外国思想理论与学术的中国阐释丛书

当代俄罗斯文学创作和文学批评的思潮与趋势研究

周启超 等 著

中国社会科学出版社

图书在版编目（CIP）数据

当代俄罗斯文学创作和文学批评的思潮与趋势研究 / 周启超等著.
—北京：中国社会科学出版社，2023.7
（外国思想理论与学术的中国阐释丛书）
ISBN 978-7-5203-9652-3

Ⅰ.①当⋯　Ⅱ.①周⋯　Ⅲ.①俄罗斯文学—文学创作研究—18世纪-20世纪②俄罗斯文学—文学评论—18世纪-20世纪　Ⅳ.①I512.06

中国版本图书馆 CIP 数据核字（2022）第 021001 号

出 版 人	赵剑英
责任编辑	张　潜
责任校对	贾森茸
责任印制	王　超

出　　版	中国社会科学出版社
社　　址	北京鼓楼西大街甲 158 号
邮　　编	100720
网　　址	http://www.csspw.cn
发 行 部	010-84083685
门 市 部	010-84029450
经　　销	新华书店及其他书店
印　　刷	北京君升印刷有限公司
装　　订	廊坊市广阳区广增装订厂
版　　次	2023 年 7 月第 1 版
印　　次	2023 年 7 月第 1 次印刷
开　　本	710×1000　1/16
印　　张	29
插　　页	2
字　　数	392 千字
定　　价	149.00 元

凡购买中国社会科学出版社图书，如有质量问题请与本社营销中心联系调换
电话：010-84083683
版权所有　侵权必究

外国思想理论与学术的中国阐释丛书

总　序

19世纪中期后,"西学东渐"逐渐成为中国思想文化的涌流。用西方治学理念、研究方法和学术话语重构中国学术体系、改良中国传统学术成为时代之风气,中国学术亦开始了从传统向现代的转换。不过,由于中西社会文化的历史性差异,在转换过程中出现了背景反差、语境异态、问题错位、观念对峙、方法不适、话语离散等严重状况,致使出现了西方思想理论与学术对中国的"强制阐释"和中国学术对西方思想理论与学术的"阐释失真"。因此在纠正西方思想理论与学术对中国"强制阐释"的同时,中国学术也亟须对西方思想理论与学术进行返真的中国阐释。

当代中国学术要成为中国特色的哲学社会科学,就必须在马克思主义指导下,立足中国、借鉴国外,挖掘历史、把握当代,关怀人类、面向未来,在中国特色、中国风格、中国气派的学科、学术、话语中深刻理解和深度阐释西方思想理论与学术,这样才能真正实现外国思想理论与学术在中国的有效转场。为此我们组织出版了这套"外国思想理论与学术的中国阐释丛书"。

"外国思想理论与学术的中国阐释丛书"基于中国视角,运用中国的理论、方法对外国思想理论与学术进行剖析、领悟与阐释,注重对历史的还原。丛书的每一部著作,都着力于重返外国思想理论与学术的历史生活场域、文化语境和思想逻辑的现场中,都尝试以真诚的态度、合理的方法和求真的标准来展示史实的真实性与思想的真理性，高度关注谱系追踪，澄明思想的演进谱系，回归历史的本真和理论的本义，实现宏观与微观的融合，达成文本、文献、文化的统一。同时自觉追求中国化的阐释，拒绝虚无主义和主观主义，以积极的态度来回应和阐释外国思想理论与学术。在对外国思想理论与学术的中国阐释中还特别关注思想史与学术史的回顾、反思、总结，以期达成中西的互鉴与互补。

今时今日，中华民族正站在"两个一百年"奋斗目标的历史交汇点上，以无比豪迈的身姿走在实现伟大复兴的道路上。科学合理的阐释是思想演进的关键方法，也是思想持续拓展、深化、超越的重要路径。如何在中国的文化语境下，博采人类思想之精华，集揽东西方智慧之长，运用中国智慧、借助中国话语、整合中国资源来建构、完善和发展阐释学理论，并付诸实践，是当代中国学人责无旁贷的历史使命，这部丛书的出版就是我们为实现这个宏大梦想而迈出的第一步。

前　　言

　　文学思潮通常是指在世界文学进程或者一个国家、一个民族的文学进程中，由一群诗人、作家有意识地提倡独特的审美格调、艺术构形、写作手法，在一系列作品中呈现出与传统相异的突出的文学意识，倡导一种超越个体的时代、民族、地域的共同文化精神，成为社会历史转折和文化心理变化、文学观念变更的标志，并且在文学发展过程中的特定文学圈（文学创作和文学接受的文化群体）里产生较大美学影响和社会影响的文学现象。

　　文学思潮的风格、流派、运动都在具体的文学作品文本、文学批评著述、文学理论著作等文学活动产品中呈现出来。文学思潮是文学的一种宏观整体现象，关涉的是文学的整体问题，涉及文学观念、文学存在、文学发展、文学形态等一系列重要问题。

　　文学思潮是重要的文学现象，也是与一个国家、民族、地域特定的时代社会思潮连接的重要社会现象。文学思潮是文学与社会关系最突出、集中的表现，这不是文学与社会的静态关系，而是在动态中标示文学自身发展变迁与超越任何个人的社会时代趋势演变的深层次关系。社会历史发展的时代性是文学思潮兴起和发展的关键性因素。

　　文学思潮在形态上是志同道合的诗人、作家、批评家集群构成推崇某一文学观念、时代潮流的文学倾向。引领潮流的诗人、作家，充分体现文学思潮内在历史文化精神的作品，对文学思潮的形成和发展具有重要作用。文学思潮研究注重对具有代表性的作家作品的研究。

特定的文学思潮总是有其文学的特异性、创新性探索。如果没有这种具有特异性的探索，就不足以形成影响文学圈的文学思潮。这种特异性往往以独特的美学观念、文学理念、艺术形式、创作技巧标志着在文学圈中与其他文学类型相区别甚至相对立。特定的文学思潮的这种特异性探索，归根结底还是时代社会变迁引起的社会心理和审美心理的变化在文学理念、艺术形式、创作技巧上的体现。

时代社会生活的快速变化，特别是重大社会事件的发生时常会引发诗人、作家重新理解和把握社会人生的美学冲动，这种审美心理如果发生在一个特定时空环境的一群诗人、作家身上，就极易形成有异于传统文学模式的新的文学思潮。

在我们看来，苏联解体以降这二十年来（1992—2012）在当代俄罗斯文坛上产生较大美学影响和社会影响的文学现象，进而可以被称为文学思潮或趋势的至少有以下三种。

以戏拟、解构、虚无为旨趣的后现代主义文学。

以写生、体认、超越为旨趣的后现实主义文学。

以魔幻、反讽、预警为旨趣的反乌托邦文学。

目 录
CONTENTS

第一章　社会主义现实主义与后现实主义 ················· 1
　第一节　社会主义现实主义文学回望 ······················· 1
　第二节　社会主义现实主义文论之反思 ····················· 12
　第三节　作为文学思潮与艺术范式的后现实主义 ············· 16

第二章　当代俄罗斯后现代主义文学创作 ················· 35
　第一节　后现代主义文学的产生与发展 ····················· 35
　第二节　后现代主义文学的基本美学特征 ··················· 40
　第三节　后现代主义文学主要作家的创作 ··················· 48

第三章　当代俄罗斯观念主义诗歌创作 ··················· 108
　第一节　莫斯科观念主义诗歌概况 ························· 108
　第二节　影响观念主义诗人创作的因素 ····················· 111
　第三节　观念主义诗歌的艺术特点 ························· 118

第四章　当代俄罗斯后现实主义文学创作 ················· 153
　第一节　马卡宁的后现实主义文学创作 ····················· 153
　第二节　彼得鲁舍夫斯卡娅的后现实主义文学创作 ··········· 201
　第三节　乌里茨卡娅的后现实主义文学创作 ················· 229

第五章　当代俄罗斯反乌托邦文学创作 ……………………… 260
第一节　文学创作中的文明冲突主题 …………………… 260
第二节　宗教冲突的文学表述 …………………………… 266
第三节　文明对抗中的"国家、社会、人"三者间关系 ……… 274

第六章　当代俄罗斯文学批评的主体构成 …………………… 280
第一节　当代俄罗斯文学批评的社会文化功能 ………… 280
第二节　当代俄罗斯文学批评主体的意识形态身份 …… 286
第三节　当代俄罗斯文学批评主体的辈分身份 ………… 295

第七章　当代俄罗斯后现代主义文学批评 …………………… 302
第一节　俄罗斯后现代主义文学批评的源流 …………… 303
第二节　俄罗斯后现代主义文学观的形态 ……………… 318

第八章　当代俄罗斯后现实主义文学批评 …………………… 359
第一节　卡伦·斯杰帕尼扬的"新现实主义"论 ………… 359
第二节　"后现实主义"诗学 …………………………… 366
第三节　"移变现实主义"艺术策略 …………………… 387

第九章　当代俄罗斯文学批评的基本格局 …………………… 392
第一节　"自由民主派"与"民族爱国派"两大阵营 …… 392
第二节　批评作为一门艺术，作为一种职业，作为一项营生 …… 397

第十章　当代俄罗斯文学的接受状况调查 …………………… 401
第一节　俄罗斯本土批评家视域中的当代俄罗斯文学 …… 401
第二节　英美学者对当代俄罗斯文学的观察 …………… 415
第三节　中国学界对当代俄罗斯文学的译介与研究 …… 431

后　　记 …………………………………………………………… 452

第一章　社会主义现实主义与后现实主义

　　进入苏联解体以降的当代俄罗斯文学创作与文学批评的思潮与趋势的梳理与考察，有必要回望当代苏联文学的主要思潮——"社会主义现实主义"。如果说，以"戏拟·解构·虚无"为旨趣的当代俄罗斯"后现代主义文学"思潮，倾心于同"社会主义现实主义文学"的对立与对抗而对之加以消解；那么，以"写生·体认·超越"为旨趣的当代俄罗斯"后现实主义文学"思潮，则是致力于同"社会主义现实主义文学"的对话与反思并与之对接。

第一节　社会主义现实主义文学之回望

一　社会主义现实主义文学理论的发展与演变

　　"社会主义现实主义"（социалистический реализм）是苏联文学理论的一个核心话语。这一理论，经历了苏联党和国家领导人的"顶层设计"与苏联作家、批评家、理论家的群体声音的"磨合"，于1932—1934年被确立。这一理论，在20世纪30—50年代的苏联文坛曾被奉为准则、典律，被推崇、被神化，也被简化；在20世纪50—70年代，它曾被质疑、被捍卫、被修正；及至20世纪80—90年代，它在苏联文坛上遭遇的是被清算、被否定、被放弃。苏联解体以来，在今日俄罗斯文坛与国际斯拉夫学界，这一理论面临的命运则是被清理、被反思、被追忆。

"社会主义现实主义"作为苏联文论的一个核心话语，自1932年5月23日在《文学报》上初次"亮相"，到1989年12月20日在《文学报》上最后"谢幕"，拥有57年的"寿命"。自其诞生之日起，作家、批评家、理论家对这一理论的质疑、争鸣就不曾中止。历次苏联作家代表大会上通过《苏联作家协会章程》而得以记载下来的、对"社会主义现实主义"表述的修改，便是这一理论历史演变轨迹的一个缩影。

第一次苏联作家代表大会（1932）上通过的《苏联作家协会章程》中，对"社会主义现实主义"做了这样的表述。

> 社会主义现实主义，作为苏联文学与文学批评的基本方法，要求艺术家从现实的革命发展中真实地、历史—具体地描写现实。同时，艺术描写的真实性和历史具体性必须与用社会主义精神从思想上改造和教育劳动人民的任务结合起来。社会主义现实主义保障艺术创作有绝对的可能性去表现创造的主动性：选择各种各样的形式、风格和体裁。①

时过境迁，第三次苏联作家代表大会（1959）上通过的《苏联作家协会章程》中，"社会主义现实主义"已不再被尊为苏联文学创作和文学批评的"基本方法"，而是被称为"苏联文学久经考验的创作方法"。这一表述上的变化，体现出苏联文学界对"社会主义现实主义"理论在文学创作与文学批评中的功能有了新的认识："基本方法"这一表述，带有规范性、统一性，进而文学创作与批评活动都应当予以遵奉；"久经考验的方法"这一提法，则偏重于对文学创作与文学批评实践中的一种既定事实予以陈述。

社会主义现实主义理论，也的确是不断在考验之中穿行的。在教条

---

① 《1934年苏联第一次作家代表大会》（速记记录）卷六，莫斯科，国家文学出版社1934年初版，1990年重版，第716页。

主义的诠释中，社会主义现实主义几乎被解读为苏联文学"唯一合法"而被要求奉行的创作方法。作家被要求"在革命的发展中描写现实"，"未来是作为已经诞生于今天并以自己的光辉照耀着它的明天而得到展现"的，作品被要求呈现出"乐观主义"，塑造出"理想人物"；在来自修正主义的诠释之中，社会主义现实主义文学的思想基础被否定，社会主义现实主义的"范围无限宽广"，阶级性和党性的标准被取消。

20 世纪 50 年代末 60 年代初，是社会主义现实主义理论发展与演变过程中的一个节点。

自 1967 年起，当代苏联社会主义现实主义理论进入其发展与演变的黄金时段。

正是在这一年，Б. 苏奇科夫提出："社会主义现实主义艺术不是一种停滞不动的、一劳永逸的美学结构，它的发展、丰富和变化是经常进行的。""社会主义现实主义之世界观基础上的一致性，并不妨碍艺术探索以及审美地把握生活的手法的丰富性。"①

1972 年，Д. 马尔科夫提出，社会主义现实主义"在原则上是一种新型的艺术意识，是表现手段的历史地开放的体系"②。

1973 年，Б. 苏奇科夫、Д. 马尔科夫、Г. 洛米泽等人纷纷撰文，肯定"社会主义现实主义"理论研究"确立了创作方法是统一的这个思想"；"克服了把现实主义当作一种只按照生活本来的样子去表现生活的艺术这一狭隘理解"；确定了"社会主义现实主义是艺术认识的一种新类型，现实主义的一种新类型，它把认识作用和主观创造作用和谐地结合一起"。③

1974 年 4 月，在苏共中央社会科学院"社会主义现实主义理论中

---

① [俄] Б. 苏奇科夫：《现实主义的历史命运》，莫斯科，苏联作家出版社 1973 年第 3 版，第 416 页。
② [俄] Д. 马尔科夫：《论社会主义现实主义艺术的概括形式》，《文学问题》1971 年第 1 期。
③ 苏联《文学评论》1973 年第 9、10 期以"新的思想和新的问题"为总标题，连续刊发 Б. 苏奇科夫、Д. 马尔科夫、Г. 洛米泽的文章。

的新现象"研讨会上，Д. 马尔科夫提出，社会主义现实主义是"历史地开放的艺术真实的体系"①。

及至1977年，"社会主义现实主义是一种开放体系"这一新命题终于出炉。Д. 马尔科夫系统地阐述了"开放体系"理论。它的基本要点有包括以下四个。

第一，"社会主义现实主义是一个发展的灵活的体系"，题材的选择以及在采用能够反映生活真实的表现手法上也是没有限制的。

第二，这个体系的核心，它的哲学基础，是看待世界和人的马克思主义视野：社会主义思想、社会主义人道主义、列宁的艺术党性原则。

第三，真实性的概念不是某种静止的东西，正如现实主义和人道主义的概念是变化的和发展的一样，应在历史发展中来看艺术真实性。

第四，别的体系的诗学成分加入社会主义现实主义的体系，在理论和实践上一般都是可能的。社会主义现实主义是新的美学体系，它的特点是艺术真实性的广阔标准：对于客观地认识社会生活之规律性的发展而言，它是开放的；同时对于体现这种发展的艺术形式而言，它也是开放的。正是在这一体系的联系之中应该看到，社会主义现实主义在表现手法上有可能结合过去和现代的其他艺术流派的成果。②

1978年，Д. 马尔科夫将"开放体系"这个新概念的基本内涵写进其《社会主义现实主义理论问题》这部专著。

20世纪60年代中期至70年代中期，"社会主义现实主义的开放体系"的建构得以完成。"开放体系"作为当代苏联社会主义现实主义理论的一个重要路标，得以确立。

在当年的苏联文论界，尽管也有一些学者认为"开放体系"不合

---

① [俄] Д. 马尔科夫：《真实表现生活的历史地开放的体系》，《文学问题》1975年第9期。

② [俄] Д. 马尔科夫：《真实表现生活的历史地开放的体系》，《文学问题》1977年第1期。

逻辑（譬如，Ю. 安德列耶夫），但大多数学者对"开放体系"命题都给予了充分肯定，认为它至少推翻了那种认为社会主义现实主义"严格规定创作细则"的简化论（В. 奥泽罗夫等）。不过，在社会主义现实主义理论的"开放"程度上，却有不同姿态。一批学者认可社会主义现实主义风格的多样化而坚持社会主义现实主义方法的一统性（譬如 С. 彼得罗夫）；另一批学者则主张创作方法也要多样化，认为"社会主义浪漫主义"也是独立的创作方法之一（譬如 А. 奥甫恰连科）。

回望历史，应该看到，20 世纪 60 年代中期至 70 年代中期是当代苏联社会主义现实主义理论探索空前活跃而颇有建树的十年。20 世纪 80 年代，围绕着"社会主义现实主义理论"还时有争鸣，但多半已是之前那些争鸣的延续；及至 1989 年 3 月，《苏联作家协会章程》草案新版本公布，社会主义现实主义在其中的表述已然遭遇"解体"，而成为"就方法来说是现实主义"与"就理想来说是社会主义"。

社会主义现实主义理论探索何以在这一时期空前活跃？这与那个十年里世界现实主义文学理论在自身的发育进程中所遭遇的挑战很有关联。可以说，"社会主义现实主义开放体系"，既是苏联文论界反思其自身在理论建设中的教条主义思潮（譬如"无冲突论"）而"有所开放"的成果，也是苏联文论界回击欧美文论界在现实主义文论上的修正主义思潮（譬如"无边的现实主义"）而"有所恪守"的结果。

就"开放体系"这一理论建构者当年所企求的意识形态效果来看，就其高扬"创作方法之一统性"而抑制"创作方法之多元性"之主观动机来看，"开放体系"理论的现实使命是双重的。理论界既要对历史反思加以反拨——苏共二十大之后，苏联文学界对斯大林时期苏联文学中不接地气而一味地粉饰生活之"节日文学"加以反思，但这一反思中也出现了全盘否定社会主义现实主义的虚无主义思潮，"开放体系"的提出，便是针对这一反思中的虚无主义的反拨之举；理论界又要对现实挑战予以回应——"解冻"以降，来自苏联文学界自身的人道主义思潮、来自欧美文学界的现代主义文学思潮，均对社会主义现实主义文学理论形成现实挑战。这一反驳与这一回应，体现出当年苏联文论界的一种战略：通过"主动修复"而在文学艺术领域捍卫"社会主义现实主义"一统天下的主导性地位。

"社会主义现实主义是真实地描写生活的历史地开放的体系"这个命题，从话语实践上看，可谓"开放中的恪守"：它采用"以开放来收编"的文化策略，既回击"解冻"以降兴起的那股对社会主义现实主义全然否定的思潮，又回击在20世纪60年代时尚起来的"无边的现实主义"的思潮，其主观追求乃在于对"社会主义现实主义"加以恪守，对社会主义现实主义世界观基础上的"一致性"加以恪守。

"社会主义现实主义是真实地描写生活的历史地开放的体系"这个命题，对于创作实践而言，乃"恪守中的开放"：提出社会主义现实主义之"艺术真实性的标准是广阔的""结合过去或现代其他的艺术流派的表现手法是可能的"，在"题材选择上"（写什么）与"能够反映生活真实的表现手法上"（怎么写）"也是没有限制的"——这些新理念，鼓励创作界、批评界以"有所开放的"精神去为社会主义现实主义开疆拓土，客观上具有推动思想解放的效果，有利于克服"社会主义现实主义理论"解读上的教条框框，有利于培育艺术探索以及审美地把握生活之手法的丰富性。

社会主义现实主义理论探索在这一时期之所以空前活跃，既有理论发育自身的诉求，更得益于创作实践的推动。理论建设的新课题与创作实践中的新气象实际上形成了良性互动。

二 社会主义现实主义文学思潮与文学创作

社会主义现实主义文学的创作实践，是社会主义现实主义文学思潮更为重要的载体。如今，冷静而客观地回溯这一思潮的发育与演化之整体的路程，就应当看到，当代社会主义现实主义文学真正繁荣与丰收的季节，并不是20世纪50年代中期以降的"解冻"岁月，更不是 20 世纪 80 年代中期起始的"改革"年代，而是在"解冻"与"改革"之间。准确地说，应是 20 世纪 60 年代中期至 70 年代中期（1967—1976）那十年。这个时期的起点是第四次苏联作家代表大会（1967）：它启动了针对两个极端的拨乱反正。其终点则是第六次苏联作家代表大会（1976），它开始动员作家为塑造"鲜明的正面人物形象"而歌功颂德。

这十年里，苏联文学走出"解冻"以来的片面与极端，重视卫国战争以来文艺发展中正反两方面的经验，不再沉湎于"无冲突论"所引导的歌功颂德的"节日文学"，也不再以虚无主义的态度倾心于"暴露文学"。在"开放体系"理论建设所开辟的"有所恪守"也"有所开放"的新语境中被解读的社会主义现实主义精髓要义，在文学创作实践中得以积极体现。

这十年里，"极端现象消失了，形成了比较求实和有建设性的文学生活"，"文学进程变得丰富多彩"。① "苏联文学界空气比起以前任何时期来要更坦率些，更多元化"②。"文学恢复了自己的基本使命——研究人的本质"，"开始聚精会神地分析人身上的善与恶、爱与恨"③。苏联作家艺术思维的新水平得以充分展现，不同类型的作家的创作个性得以充分发挥。

这十年里，具有伦理探索深度的"乡村小说"别开生面。"战争小说"的心理分析不断深化。以特里丰诺夫为代表的对城市生活中的消费主义习气的刻画，以艾特玛托夫为代表的对自然生态与精神生态中悲剧性主题的呈现，以舒克申为代表的对平凡的日常生活中人生哲理的探索，使得当代苏联社会主义现实主义文学进入一个繁荣与丰收的季节，

---

① ［俄］Ф. 库兹涅佐夫：《时代的人道主义实质》，载《真理之路与人道主义之路》（论文集），莫斯科，国家文学出版社 1978 年版，第 49 页。
② ［英］G. 霍斯金：《在社会主义现实主义之外》，转引自浦立民《西方评论界论五十年代以来的苏联文学》，载《五六十年代的苏联文学》，外语教学与研究出版社 1984 年版，第 601 页。
③ ［俄］Ю. 邦达列夫：《真理的寻求》，莫斯科，现代人出版社 1976 年版，第 39 页。

涌现出一批在苏联文学史上堪称标杆，在世界文坛上产生积极影响的力作佳品。

仅就中篇小说来看，这十年里也是佳作纷呈。堪称社会主义现实主义文学新标杆的名作，有Б. 瓦西里耶夫（1924—2012）的《这里的黎明静悄悄……》、Ю. 特里丰诺夫（1925—1981）的《交换》和《滨河街公寓》、Ч. 艾特玛托夫（1928—2008）的《白轮船》、В. 拉斯普金（1937—2015）的《最后的期限》和《活着，可要记住》、В. 阿斯塔菲耶夫（1924—2001）的《牧童与牧女》和《鱼王》、Г. 特罗耶波利斯基（1905—1995）的《白比姆黑耳朵》、В. 贝科夫（1924—2003）的《方尖碑》和《狼群》、В. 舒克申（1929—1974）的《红莓》和《精力充沛的人们》、Д. 格拉宁的（1919—2017）的《奇特的一生》、В. 田德里亚科夫（1923—1984）的《毕业典礼之夜》等。这些思想深度与艺术魅力俱佳的小说赢得千万读者，其中有不少被搬上话剧舞台，被改编成电影，被译成多种外文，走出苏联，成为当代世界文学精品。这些作品里，主人公的形象是立体的，其道德世界得到多方位呈现，堪称"严酷的现实主义"；这些作品里，有对生活现实之白描般的再现，也有假定性—隐喻性的、魔幻性的艺术手法之大面积的运用。不再局限于主要写性格与环境之相互影响的叙事类型，出现了写个性与命运冲突的抒情悲剧；不再局限于史诗般的宏大叙事，"契诃夫式"写灰色的日常生活的传统得到发扬。社会主义现实主义文学之艺术流派的多样性得到空前呈现，出现了不同流派百花竞放的景象。

有以客观的、生活本身的形式来再现生活的"原色写实"派。特里丰诺夫的《交换》，通过"换房"，写出了现代都市生活中每时每刻都在以不同方式发生的"交换"，对完全用消费主义态度来对待生活之人在"交换"中被异化这一"道德生态危机"进行曝光。拉斯普金的《活着，可要记住》以纳斯焦娜的悲剧——为了洗刷她的丈夫、她未来的孩子的父亲——逃兵安德烈使她蒙受的耻辱，而甘愿牺牲自己的生命和她怀着的孩子的生命——"使她的性格上升到高度概括的程度，变成一个鲜明的艺术典型"①，讴歌乡村妇女对道德纯洁的坚守。

也有以假定—比喻的形式来描写生活，常常远离生活的逼真性而赋予形象丰厚内涵的"寓言象征"派。艾特玛托夫的《白轮船》里，面对林区土皇帝奥罗斯库尔肆意猎取和枪杀被布古族人视为圣物的长角鹿母，七岁小孩无法容忍。眼看善即将被毁灭，这小孩跃入冰冷的河中，游向自己童话中的世界，去追赶白轮船。被波涛卷走的小孩，以自己的牺牲来表达与邪恶势不两立。作者动情地写道：

> 你抛弃了你那孩子的心不能容忍的东西。这就是我的安慰。你短暂的一生，就像闪电，亮了一下，就熄灭了。但闪电是能照亮天空的。而天空是永恒的。这也是我的安慰。
> 使我感到我的安慰还有，人是有童心的，就像种子有胚胎一样。没有胚胎，种子是不能生长的。不管世界上有什么在等待我们，只要有人出生和死去，真理将永远存在……②

在天真纯洁、富于幻想的孩子心目中，民间传说中的长角母鹿并非传说，她就是现实；幻想中的白轮船也是现实。现实生活同民间传说彼此交融，使得人物形象成为一种象征。特罗耶波利斯基的《白比姆黑耳朵》，写一条身体是白色的，耳朵是黑色的，善良、忠诚、热情的小狗在人间的遭遇，通过这条小狗的眼睛来揭示人间现实中善与恶的对立与较量，叙写现实生活中恶对于善的肆意践踏，其寓意在于对势利之人加以拷问。

更有"悲壮抒情"派，逼真性对它并不是必需的，它的特点在于描写生活现象时所具有的概括性。瓦西里耶夫在《这里的黎明静悄悄……》里，以严峻的现实主义细节描写与抒情的浪漫主义氛围，"含

---

① ［俄］瓦·诺维科夫：《现阶段的苏联文学》，北京大学俄语系俄罗斯苏联文学研究室译，中国社会科学出版社1981年版，第159页。
② ［俄］艾特玛托夫：《白轮船》，力冈译，载《艾特玛托夫小说集》，外国文学出版社1986年版，第365页。

泪为自己的主人公唱安魂曲"。五位花季女兵为国捐躯，场面十分悲壮。"整个十九个春秋都在期待着明天降临"的丽莎，身陷沼泽之中眼看就要被泥潭吞噬的丽莎——

> 久久地凝视着这美妙的碧空。她向往着这片碧空，向往着，坚信不疑。
>
> 朝阳冉冉升起在树梢上空，阳光照耀着泥沼，丽莎最后一次看见阳光——温暖而又光耀夺目，正如充满希望的明天。她到生命的最后一瞬，还坚信她的明天必然到来……①

女性的、青春的美丽同残忍的、野兽般的法西斯的邪恶，在寂静的黎明遭遇了。五位女英雄和华斯珂夫准尉的功绩，就像一部英勇壮烈的传奇而具有高度的艺术概括力。

贝科夫的《狼群》里，苏联游击队员列夫丘克从入侵的德寇手里抢救了一个刚刚降生的婴儿。婴儿的母亲女报务员和赶车的驭手为保护孩子而英勇战死，只有列夫丘克一人怀抱着婴儿，在敌人的追击下，竭尽全力向没有尽头的沼泽地跑去。他的力气越来越小，却一直保护着婴儿。这个战士清楚地意识到：

> 这一路上将婴儿托付给他的那些人，都相继死去，只剩下这个谁也不知道、大概也是谁都不需要的婴儿了。扔掉他是最简单不过的事，在谁的面前都没有责任。但正因为如此，列夫丘克才不能抛弃他。这一个婴儿联系着他以及同他亲近的那些不在人间的人……如果他不去营救这个婴儿，那么，他拼死地进行斗争是为了什么呢？②

---

① [俄] 瓦西里耶夫：《这里的黎明静悄悄……》，王金陵译，载《获苏联国家奖作家作品选》，漓江出版社1996年版，第118页。

② [俄] 贝科夫：《狼群》，转引自冀元璋《贝科夫》，载《论当代苏联作家》，外语教学与研究出版社1981年版，第46页。

列夫丘克自告奋勇地承担起这些牺牲了的战友们的托付，竭尽全力保护刚出生的婴儿躲过法西斯的射击。他站在沼泽地里，站在齐腰深的水中。这一场景犹如一幅浮雕。

社会主义现实主义文学创作的繁荣气象之所以生成，得益于这一时期苏联作家艺术思维水平的提升与文学理念的成熟，得益于这一时期"开放体系"理论建设激发的"开放意识"营造的"开放氛围"，得益于作家们心目中对"真实""现实""文学""艺术"之新的解读。

优秀作家们对其身为艺术家的使命有了更为成熟的定位，对文学的功能有了更为成熟的思考。"依我看，文学存在的意义正在于它使人警觉"（特里丰诺夫）；"文学应该坚定地唤起人们的精神需要"（贝科夫）；"对于作家和剧作家来说，他们的观察和研究对象主要是人，是人的激情行为"（邦达列夫）；"作品的焦点和轴心是人性的、个性的、公民性的良心"（库兹涅佐夫）；文学的任务就在于"捍卫个性的完整性，保护人的内心世界，使它不受侵蚀"（格拉宁）；"道德——这是作家的社会良心"（邦达列夫）；文学要写人，写活生生的人，写真实的个性，要塑造出立体的"同时代人的形象"。个人主义和利他主义"这两种品质并存于人的本性之中，处于永恒的搏斗之中。我们的任务也许就在于用文学的微弱的力量帮助一种品质战胜另一种品质，帮助人向好的方向转变"（特里丰诺夫）；"我们所操心的对象就是人。我们千方百计地表现他是一个人，而不是'电影式的'"（舒克申）；"当代人物在每一个具体情况下都应当是独具一格的、出人意料的"，"都应当是一个新的发现，是时代的启示"（艾特玛托夫）；"人是由许多根细线交织的，而不是一截或是带正电，或是带负电的光秃秃的电线"，"不应当去寻找理想的人，……而应在人身上寻找合乎理想的东西"（特里丰诺夫）。

这十年里，苏联社会主义现实主义文学的选择是丰富的。作家可以抒写人身上的人性光辉，也可以揭示人身上的恶劣品质。优秀作家对历史的反思是辩证的：文学不仅要表现个人在社会中所承担的责任，也要表现社会对个人的命运和幸福所承担的责任。这十年里，作家们丰富多样的创作个性得到了充分展现。"苏联文学这是巨大的建筑物，参加建设的有各种各样的不同类型的作家。"① 由多姿多彩的不同创作个性构成的文学世界的多声部，在这个繁荣与丰收的季节得到了较好呈现。

第二节　社会主义现实主义文论之反思

对社会主义现实主义文论的反思，在苏联解体前夕就已出现。1988年是苏联文坛围绕"社会主义现实主义"之大争鸣的终点。大体上有"捍卫派""修正派"与"放弃派"三种观点。

"捍卫派"坚持"社会主义现实主义方法不仅不与今天生活给文学提出的任务相抵触，而且仍然是反映当代现实行之有效的创作方法"②。持这种观点者较少。

修正派人比较多。这一派关注社会主义现实主义如何获得垄断地位并成为这一垄断地位的牺牲品。"修正派"认为，这一理论曾经起过积极作用，后来被教条化、绝对化了。现在需要对它的基本原则做出新的解释，需要对文学实践"开放"。要"既反对教条主义的狭隘性，又反对漫无边际的兼收并蓄"③。甚至要容纳社会主义现实主义之外的其他方法，或给社会主义现实主义以新的界定，也可以改变名称以扩大其容量。④

"放弃派"则认为，任何想要改进社会主义现实主义理论的做法都"不会有任何结果"，只有放弃。社会主义现实主义理论不仅无可救药

---

① ［俄］尤里·特里丰诺夫：《共产主义个性的形成和文学中的社会道德问题》，《文学报》1976年7月2日。
② ［俄］伊·沃尔科夫：《我们要放弃社会主义现实主义吗？——圆桌会议记录》，《文学报》1988年5月25日。
③ ［俄］Д. 马尔科夫：《关于社会主义现实主义的某些问题》，《文学问题》1988年第3期。
④ ［俄］尤里·鲍列夫：《我们要放弃社会主义现实主义吗？——圆桌会议记录》，《文学报》1988年5月25日。

地落后于文学的发展，而且也落后于现实中的现实主义的发展。它与现实主义相距甚远，不论是从形式还是从本质来说，它都更像古典主义。当年选择了"社会主义现实主义"这个公式，是"做出了最不当的选择"。"在艺术范畴前加了一个政治定语，就产生了问题。"①

自 1989 年起，完全抛弃、彻底否定甚至讽刺谩骂社会主义现实主义的论调愈来愈占上风。有人将社会主义现实主义称为"统治了文学五十年的理论怪影"②，"意识形态的附庸"，认为它执行的是意识形态的"社会订货"③，"热衷于完成非文学的任务"④，不过是"三个巴维尔的文学"⑤。对社会主义现实主义这一理论彻底放弃的一个标志是，1991 年 7 月公布的苏共纲领草案中，谈到文学和艺术时已经不提社会主义现实主义。此后，人们看到的便是后现代主义对社会主义现实主义的解构。

就在社会主义现实主义在俄罗斯学界遭遇普遍冷落、清算、否定之际，在俄罗斯境外，国际学界对苏联的社会主义现实主义表现出浓厚兴趣。欧美斯拉夫学界展开了对社会主义现实主义理论的全面清理与系统考察。在美国，出版了社会主义现实主义经典作家的作品集，其中收入《铁流》《恰巴耶夫》《水泥》《毁灭》《钢铁是怎样炼成的》《一个人的遭遇》等；在德国，比勒菲尔德大学跨文化研究中心自 1994 年起以社会主义现实主义为主题举行过多次学术研讨会；在法国，巴黎《斯拉夫评论》1998 年第 4 期开辟专栏谈论社会主义现实主义。苏联解体之后，俄罗斯学界对于社会主义现实主义没有太多的争论。在苏联解体后的最初几年，俄罗斯国内对这一理论的谴责之声甚大，反思则过于欠缺。及

---

① [俄] E. 谢尔盖耶夫：《几个老问题》，《新世界》1988 年第 9 期。
② [俄] 伊·佐洛图斯基：《抽象概念的破产》，《新世界》1989 年第 1 期。
③ [俄] 图尔苏诺夫：《显示自己新的神圣面貌吧》，《文学问题》1990 年第 6 期。
④ [俄] 维·叶罗菲耶夫：《追悼苏联文学》，《文学报》1990 年 7 月 4 日。
⑤ [俄] IO. 奥克梁斯基语，参见《文学报》1990 年 10 月 31 日。所谓"三个巴维尔的文学"，即高尔基的《母亲》中的主人公巴维尔·弗拉索夫，奥斯特洛夫斯基的《钢铁是怎样炼成的》中的巴维尔（中译为保尔）·柯察金，希帕乔夫的长诗《巴甫里克·莫洛佐夫》中的同名主人公。

至 20 世纪 90 年代中期，随着对苏联历史、文化、文学之全面否定的虚无主义渐渐退潮，俄罗斯文学理论界、艺术理论界、文化史研究界开始清理、反思、追忆社会主义现实主义。社会主义现实主义在苏联文学历史进程中的功与过，在 20 世纪文学进程中的历史地位如何；社会主义现实主义究竟是神话还是现实，它的边界在哪里；它仅仅是一种意识形态，抑或也是一种美学现象，一种艺术实践；它仅仅是一种文学理论建构，抑或也是一种文学批评活动，更是一种文学创作实践——这样一些问题，都在新的视界、新的维度上得到梳理与反思。

1998 年，П. 库普里亚诺夫斯基指出，"我们非常容易地收拾了文学中的社会主义现实主义，而没有给以真正的说明，只是简单地用过去因意识形态而避而不谈的那些人（阿赫玛托娃、曼德尔什塔姆、普拉东诺夫、布尔加科夫、施瓦尔茨等）来取代。结果，历史及其对立面的斗争和相互作用的真实图景遭到了破坏"①。

其实，就在对社会主义现实主义的讨伐声中，在新的神话被炮制出来之际，俄罗斯学界也有学者冷静地反思这一轴心话语生成中的"变异"。1934 年第一次苏联作家代表大会在讨论作协章程草案时，把"社会主义现实主义保障艺术创作有特殊的可能性去表现创造的主动性，选择各种各样的形式、方法和体裁"这段话里的"方法"一词改成了"风格"，这实际上使得社会主义现实主义成为唯一的方法，由此开始社会主义现实主义在方法上的至尊地位。② 由此也可以理解，当代苏联文学界何以有过那么多关于"文学风格多样性"的著述，而一旦有人提出"创作方法的多元化"便立即招来批评指责。

无独有偶。就在叶罗菲耶夫《追悼苏联文学》一文发表后不久，在《文学报》组织的讨论中，A. 瓦西里耶夫斯基就提出，应区分"作为某种文学史现实的社会主义现实主义"与"作为万能的和必须遵循

---

① ［俄］П. 库普里亚诺夫斯基：《文学史教程应是什么样的?》，《文学问题》1998 年第 1 期。

② ［俄］米丁：《马克思应该对什么负责?》，《文学教学》1990 年第 1 期。

的创作方法的社会主义现实主义"。更深入的反思会指向问题的症结——创作方法本身。有学者看出，由社会主义现实主义这一理论产生的种种弊端均源自创作方法这一神话。"在第一次作家代表大会上，在以后的 25 年表现得更清楚，在谈到方法时往往避开文学过程之丰富多彩的、纷繁复杂的图景"。这样提出问题，"方法必然具有指示性的特点"，变为用来创作作品的"合法的方法"，变为在艺术家着手工作之前交给他的"加工作品的训令"。事实上，并不能要求作家的作品去图解方法的所有原理，也不能要求方法的各种提法反映出文学过程的全部多样性。[①] 看来，问题不仅仅在于有没有必要且有没有可能恪守一种基本的、统一的创作方法，更在于文学创作本身有没有什么指定的"方法"可循。

　　苏联解体以来，国际学界在对社会主义现实主义理论与实践的梳理与反思上时有成果，其中至少有三部值得关注。其一是《社会主义现实主义准则》[②]，来自德、美、俄等国的 38 位学者在这部 1040 页的著作里，梳理了社会主义现实主义诗学及其起源，它与先锋派和宗教世界观的联系，它与 20 世纪初各个思想与艺术流派的互动关系，社会主义现实主义内部各个流派的历史以及各个派别之间的斗争，探讨作为历史文化现象的社会主义现实主义。其二是《社会主义现实主义：方法之蜕变·哲学话语》[③]。该书旨在讨论社会主义现实主义方法的实质。作者追问，如果说，社会主义现实主义仅仅是一种艺术方法，那么，它何以曾经被主导性意识形态那样征用？如果说，社会主义现实主义仅仅是一种意识形态指令，那么，何以在它的基础上产生了构成世界文化财富的艺术？其三是《社会主义现实主义：一个同时代人的观点与当

---

　　① ［俄］A. 埃利亚舍维尔：《请参加谈话（社会主义现实主义的昨天、今天和……明天）》，《星》1988 年第 12 期，1989 年第 1 期。

　　② ［德］汉斯·君特、［俄］叶甫盖尼·多布连科编：《社会主义现实主义准则》，圣彼得堡，学术规划出版社 2000 年版。

　　③ ［俄］柳德米拉·布拉夫卡：《社会主义现实主义：方法之蜕变·哲学话语》，莫斯科，文化革命出版社 2007 年版。

代的观点》①，该书作者声称要"以鲜活的、现如今的眼光"来检阅曾伴随苏维埃社会主义制度的这一美学现象。对那些现实的灾难的任何回忆，都不能将这一在20世纪存在了几十年、其影响几乎遍及全世界的主导性艺术思潮从历史上删除，一如古典主义并不能由于法国国王的那些不公正的行为而被勾销，文艺复兴时代的艺术并不能被宗教法庭的那些活动——连续不断地在篝火上对异教徒与巫婆进行焚烧——所勾销。作者追求"不带偏见地、尽可能客观地考察"社会主义现实主义这一美学现象："既不美化逝去的时代与它的艺术，也不隔着这历史的遥远距离来对它落井投石。"② 看来，对社会主义现实主义的追忆已成为20世纪美学思想史或20世纪艺术文化史上一个必须正视的话题。

第三节　作为文学思潮与艺术范式的后现实主义

一　当代俄罗斯后现实主义文学思潮的基本表征

在苏联解体之前，1990年7月4日，《文学报》刊发维克多·叶罗菲耶夫的《悼念苏联文学》。这位颇有名气的后现代主义作家、批评家在这篇文章里提前为苏联文学送葬。11年之后，2001年《新世界》第12期发表C. 沙尔古诺夫的文章《不同意送葬》。在这篇"新现实主义"宣言里，既是作家也是批评家的这位"80后"文坛新秀宣称：后现代主义该换班了，新的现实主义正在到来。这两篇文章时隔11载，堪称一种穿越时空的对话——当代俄罗斯文坛上两代人之间、两种文学思潮之间的对话。如今，回首俄罗斯文学这20年来的风雨历程，可以说，叶罗菲耶夫之《悼念苏联文学》与沙尔古诺夫之《不同意送葬》，

---

① ［俄］尤里·鲍列夫：《社会主义现实主义：一个同时代人的观点与当代的观点》，莫斯科，"奥林匹亚"出版社2008年版。
② 参见［俄］柳德米拉·布拉夫卡《社会主义现实主义：方法之蜕变·哲学话语》版权页上的内容提要，莫斯科，文化革命出版社2007年版。

恰恰表征着当代俄罗斯文学气象的变化。与其说苏联解体前夕叶罗菲耶夫的文章提前给以社会主义现实主义为主潮的苏联文学送葬，不如说，它及时预告了俄罗斯文学新思潮——狂飙突进般席卷后苏联新时代俄罗斯文坛的后现代主义文学的降临。21世纪伊始就面世的沙尔古诺夫的文章，则是对这一新时代文坛上另一种文学思潮——"新的现实主义文学"之崛起的一种预报。当代俄罗斯文坛有后现代主义文学的狂飙突进，更有后现实主义文学的亮丽风景。

"后现实主义文学"覆盖了出身于不同的历史文化语境中的好几代俄罗斯作家，呈现出一波又一波、一潮接一潮的艺术气象。有"解冻"岁月成长起来的"30后"与"40后"作家①，也有"停滞"年代成长起来的"50后"与"60后"作家②，更有"解体"之后成长起来的"70后"与"80后"作家③。

"后现实主义文学"覆盖了当代俄罗斯文学创作园地里多种色彩的新现实主义艺术探索，呈现出多种诗学类型。有"存在主义的现实主义"④，也有"象征主义的现实主义"⑤；有"自然主义的现实主义"⑥，

---

① 譬如，弗拉基米尔·马卡宁（1937—2017），柳德米拉·彼得鲁舍夫斯卡娅（1938— ），柳德米拉·乌里茨卡娅（1943— ）。

② 譬如，尤里·科兹洛夫（1953— ），尤里·波尼亚科夫（1954— ），安德烈·德米特里耶夫（1956— ），奥莉加·斯拉夫尼科娃（1957— ），阿列克谢·瓦尔拉莫夫（1963— ），安德烈·格拉西莫夫（1966— ）。

③ 譬如，奥列格·巴甫洛夫（1970— ），罗曼·先钦（1971— ），米哈伊尔·叶利扎罗夫（1973— ），扎哈尔·普里列平（1976— ），谢尔盖·沙尔古诺夫（1980— ），伊琳娜·捷涅日金娜（1982— ）。

④ 马卡宁的小说《铺着呢子、中央放着长颈玻璃瓶的桌子》（Стол, покрытый сукном и с графином всередине, 1993，以下简称《审讯桌》）、《高加索俘虏》（Кавказский пленный, 1994）、《地下人，或当代英雄》（Андеграунд, или Герой нашего времени, 1998），德米特里耶夫的小说《河湾》（Поворот ключа, 1995）、《一本合上的书》（Закрытая книга, 1999）、《回程的路》（Дорога обратно, 2001）。

⑤ 科兹洛夫的小说《夜猎》（Ночная охота, 1995）、《预言家之井》（Колодец пророков, 1997），瓦尔拉莫夫的小说《生》（Рождение, 1995）、《沉没的方舟》（Затонувший ковчег, 1997）、《圆顶》（Купол, 1999）。

⑥ 彼得鲁舍夫斯卡娅的小说《黑夜时分》（Время ночи, 1991），巴甫洛夫的小说《官方童话》（Казённая сказка, 1994）。

也有"浪漫主义的现实主义"①；还有"感伤主义的现实主义"②。

覆盖了好几代作家、呈现出多种诗学类型的"后现实主义文学"，倾心于苏联历史之反思与当下现实之审视，致力于走出"红"与"黑"的锁定，检视多灾多难的生存境遇中的困顿，呈现剧烈动荡的生活大潮中被裹挟者的面影，推重假定性甚强的艺术手段，沉潜于今日俄罗斯人生存状况之凝重的写生。③ 这在当代俄罗斯文化生活中产生了且还在产生现实影响，确乎构成苏联解体之后当代俄罗斯文学中一种有气势、成气象、蔚为壮观的文学思潮。

新的现实主义作家群出现了。有来自"自由派"阵营而向后现代主义挑战的"独特的反抗者"，也有来自"传统派"阵营而最大限度地把后现代主义手法吸收到现实主义中的"离经叛道者"，更有以近乎白描的手法非常细致地对他们周围的新的现实加以描写的、20—25 岁的"新生代"④。

新的现实主义文学气象形成了。"新的现实主义越出了岸，在冲击着一般现实主义之古老的堡垒，在侵占着创新的礁石，在淹没那些被称为年轻作家的一个个岛屿。"⑤ 2005 年，在法兰克福国际书展上，"终于从俄罗斯吹来一股清新的风"：成立于 2004 年的"17 人小组"发出坚持现实主义传统的宣言。该小组认定"真实地描写生活本来面目……思考和表现当代现实的所有领域和问题这一任务落在了我们这些继承俄罗斯现实主义传统的人肩上"。2007 年，高尔基文学院出版了作家们围绕

---

① 叶利扎罗夫的小说《图书管理员》（Бибиотекарь, 2008）、普里列平的小说《萨尼卡》（Санька, 2006）。

② 乌里茨卡娅的《索涅奇卡》（Сонечка, 1992）、《忠实于您的舒里克》（Искрение ваш Шурик, 2004）、格拉西莫夫的长篇小说《草原神》（Степные боги, 2009）。

③ 周启超：《沉郁的检视、凝重的写生——新俄罗斯中篇小说艺术谈》，载周启超编选《在你的城门里——新俄罗斯中篇小说精选》（周启超主编"新俄罗斯文学丛书"之一），昆仑出版社 1999 年版，第 3 页；"新俄罗斯文学丛书"（原计划 30 种，第 1 辑 8 种），是当代中国最早有规模地译介当代俄罗斯后现实主义文学作品的一套丛书。

④ ［俄］В. 邦达连科：《新的现实主义》，《文学白天报》2003 年第 8 期。

⑤ ［俄］В. 普斯托瓦娅：《溃败者与变容者——论两种具有迫切性的现实主义观》，《十月》2005 年第 5 期。

新的现实主义这一文学现象而进行的多次研讨与争鸣的论文集《新的现实主义：赞成与反对》；同年，《文学问题》开辟专栏，组织围绕新的现实主义的争鸣。2008年，已有学者提出"后现实主义的接受美学"。2009年，"新现实主义""后现实主义"已经进入俄罗斯高校文学课堂。自2010年起，《文学报》组织"新现实主义讨论"；2011年9月，俄罗斯国立人文大学当代俄罗斯文学研究中心讨论新生代作家、批评家P. 先钦编选的《俄罗斯文学批评：2000—2010》；2012年，倾心研究"新现实主义"的批评家C. 卡兹纳切耶夫的专著《现实主义的命运》面世，该书将俄罗斯现实主义的发展分为"启蒙现实主义、批判现实主义、社会主义现实主义与新现实主义"几个不同阶段，探讨现实主义方法论之产生、形成、演变与复兴；同年，"80后"新生代批评家B. 普斯托瓦娅的一部文集《大型杂志上的批评：现实性概括中的俄罗斯小说》由俄罗斯国立人文大学出版社推出，该文集收入这位年轻批评家对当代文坛名家与新秀的评论。早在1992年，就有批评家谈论"作为后现代主义结束阶段的现实主义"，提出"文学中的新现实主义时代正在到来"（K. 斯捷潘尼扬）；1993年，有批评家谈论"作为一种正在蓄势待发的文学思潮的后现实主义"（H. 莱伊德曼）。如今，经历了20年发育的"后现实主义文学"，已拥有一批又一批颇受广大读者喜爱的作家，一部又一部好看又耐看的作品，一篇又一篇有思想有激情的评论。后现实主义文学已显示出自己独特的哲学取向与美学追求，独有的艺术定位与诗学特征。如今，作为当代俄罗斯文学一种思潮的"后现实主义"已经基本定型，已经被写进当代俄罗斯文学史。[1]

"后现实主义文学"是现实主义文学发育进程中一种新的现实主义。这"后"，不仅是指苏联解体之后，更是指俄罗斯后现代主义文学之后。这"新"，体现为它是现实主义文学传统的继承者，也是后现代

---

[1] ［俄］H. 莱伊德曼、M. 利波维茨基：《当俄罗斯文学1950—1990》两卷本，莫斯科，学术出版中心2003年版。

主义文学时尚的超越者。这种"后现实主义文学"思潮之所以产生，基于当代俄罗斯文学向现实主义的"回归更新"，基于当代俄罗斯现实主义文学经历后现代主义文学思潮冲击之后的"死而后生"。正是由于后苏联时代的俄罗斯文学，继承并发扬了俄罗斯文学丰厚的现实主义（启蒙现实主义、批判现实主义、社会主义现实主义）美学传统，吸纳并化用后现代主义文学的艺术成就，这种新的现实主义才得以应运而生。

"后现实主义"作为一种新的现实主义文学，它在艺术哲学上有三个基点。其一是已然得到普适性地理解的"相对性"；其二是对于这个在不断变化着的世界体认上的"对话性"；其三是作者观照与审视这个世界、描写与叙述这个世界之立场上的"开放性"。米哈尔·巴赫金堪称这种高扬相对性、对话性、开放性的美学思想的开路人。

以"相对性""对话性"与"开放性"为基石的后现实主义文学，有自己的艺术哲学，有自己的艺术书写策略。当代俄罗斯学者 H. 莱伊德曼将后现实主义文学在艺术书写策略上的基本特征概括为四个层面。第一，将"决定论"与对"非因果的（非理性的）关联"的寻找相结合。第二，将"典型性"与"原型性"之互渗作为艺术形象构建的原理。将社会分析与心理描写同对于人的本性之类属的、形而上层面的勘察相结合。第三，形象结构自身提供艺术评价的"含混性"。评价对于作者、对于读者都成为一个不容易定夺的问题。在后现实主义的艺术体系中，可以清晰地写出人的"流变性"。第四，将世界形象作为"对话"（甚或是多边对话）来加以建构。[①]

二 后现实主义同社会主义现实主义、后现代主义的对话

当代俄罗斯文坛上的"后现实主义"，首先是在同后现代主义文学

[①] ［俄］H. 莱伊德曼：《体裁理论：研究与分析》，叶卡捷琳堡，乌拉尔国立师范大学出版社 2010 年版，第 797—798 页；或参见 ［俄］H. 莱伊德曼、M. 利波维茨基《当代俄罗斯文学 1950—1990》第 2 卷，莫斯科，学术出版中心 2003 年版，第 587—588 页。

的对话中发育起来的。

"后现实主义"正是孕育于现实主义同非现实主义（尤其是后现代主义）不同美学体系之间的对话与互动。这种对话与互动，可以从几个层面来看。

首先，是作家们的选择。这体现为主动开放与积极吸收，也体现为被洗礼、被渗透。

一方面，"后现实主义"孕育于现实主义文学本身的回归、更新与拓展。正是现实主义在当代俄罗斯文坛的回归、更新与拓展，引起批评界关注"当今现实主义的新面貌"（А. 涅姆泽尔）；关注"现实主义诗学自身的那些深层的结构性突变"（Н. 莱伊德曼）；关注"现实主义会用20世纪包括先锋派艺术在内的一切艺术发现来丰富自己"（Ю. 波利亚科夫），而采用"新的艺术战略"，建构"新的艺术范式"；关注新的现实主义会自觉地"在审美上吸收古典主义、浪漫主义和新浪漫主义——其中，有表现主义（包括它的变体：未来主义和反未来主义、存在主义与荒诞派），有象征主义（包括它的分支：超现实主义），还有20世纪后半期反文化和现代主义（包括'波普艺术''索茨艺术'和后现代主义）的巨大艺术经验"（Е. 叶尔莫林）。

另一方面，"后现实主义"孕育于"后现代主义文学"的冲击、洗礼与渗透。批评界谈论新的现实主义，谈论后现实主义，缘起于关注"那些完全是后现代主义的因素对传统的现实主义诗学之深度而有机的渗透"这一美学现象，源起于关注"那种吸收了后现代主义的某些诗学成分，然而其作者仍相信'最高的精神本质的实际存在'并努力使读者注意这些本质、试图把对世界的传统看法和主观看法综合起来的作品（马卡宁、彼得鲁舍夫斯卡娅等）"（К. 斯捷潘尼扬）；缘起于关注俄罗斯的后现代主义文学已经显露出衰退迹象，有些后现代主义作家向现实主义靠拢，创作出一些兼有后现代主义和现实主义特征的"现实主义后现代主义作品"（П. 巴辛斯基）；缘起于关注"后现代主义之超越者"（Н. 伊万诺娃）。在这个维度上可以说，后现实主义既是对后现代主义的克服，又是它的继续。这是以一般后现代主义和俄罗斯后现代主义艺术哲学的逻辑为基础的新现实主义。

后现实主义文学也是在同苏联的社会主义现实主义文学之间的潜对话之中成长起来的。

马卡宁描写城市生活的小说，刻画知识分子心态，被视为苏联著名现实主义作家特里丰诺夫最杰出的传人。特里丰诺夫晚年的小说，已经预示了对主流的社会主义现实主义与地下的后现代主义的双重超越。他的文学世界已经显得既真实又荒诞。马卡宁笔下的现实更为荒诞，知识分子更加边缘，且视自己的边缘性为生活的恩赐。后现代作家假设所有真实的都是虚拟的、虚幻的，马卡宁反其道而行之，他将所有虚拟的、虚幻的都赋予现实的况味。

瓦尔拉莫夫写当代乡村境况的小说，继承了20世纪七八十年代苏联"乡村文学"的优良传统，以抒情的口吻描绘俄罗斯北方大自然的瑰丽景色，乡村农民田间劳作、采摘浆果、泛舟捕鱼的生活情趣与风俗习惯。但同20世纪七八十年代苏联乡村题材作家不同的是，瓦尔拉莫夫没有把乡村生活和乡村农民理想化。他站在世纪末的高度叙写半个多世纪以来俄罗斯农村政策的失误：强制的农业集体化，各级"公仆"对广大下层劳动群众巧取豪夺，把农民推入贫困的深渊；对自然资源无节制的索取造成了农民生存环境的恶化，伴随着市场经济而来的唯利是图等恶习在农村泛滥。"俄罗斯农村正在从地球上消失"。这一切成了作家的"心病"。瓦尔拉莫夫公开宣称，他在文学上的导师是瓦西里·别洛夫与瓦连京·拉斯普京。

格拉西莫夫写战争的小说《草原神》，继承了苏联"战争文学"传统，讲述被制度全然不同的两个帝国所抛弃的边缘人发生碰撞，并由此激发出被战争压制的人性。作家致力于揭示谎言世界中的真情，揭示残酷的世界中人性的光辉，抒写信仰会创造奇迹，爱的信念会化解一切。年轻作家坦言：以写战争小说闻名的老作家尤里·邦达列夫、鲍里斯·瓦西里耶夫以及苏联"战争文学"是自己的导师。

巴甫洛夫笔下的"劳改营""监狱"同索尔仁尼琴的"劳改营""监狱"更是一种潜对话。如果说,索尔仁尼琴是以一个劳改犯的身份描写劳改营生活,巴甫洛夫则是从监狱看守战士的视角表现守卫劳改营区的军人生活。巴甫洛夫批判专制的同时,对自由、爱与尊严,以及人性的复杂裂变予以更有深度的探究。

普里列平的小说《萨尼卡》的问世,在社会上引起了很大反响。资深批评家弗拉基米尔·邦达列夫认为,这部作品有可能成为一代人社会行动的独特宣言,是新形势下《钢铁是怎样炼成的》的再版。作品提出了当下社会的新问题,宣扬的还是那种天不怕地不怕的极端英雄主义。这个扎哈尔·普里列平有点像当年的马克西姆·高尔基。①

后现实主义作家们这种同社会主义现实主义文学的潜对话,绝非偶然。后现实主义作家不再像后现代主义作家那般与苏联彻底决裂,一味地对苏联时代、苏联文学大加嘲讽,而是回望苏联文学,对话苏联文学,对苏联文学的一代宗师有着浓厚的研究兴趣。一些年轻的后现实主义作家甚至为苏联名作家写传。譬如,普里列平写列昂诺夫,瓦尔拉莫夫写普里什文,写阿·托尔斯泰,叶利扎罗夫写帕斯捷尔纳克,巴辛斯基写高尔基。后现实主义作家们的这种选择,可谓耐人寻味。

其次,是读者们的选择。文学生产与文学消费是互相制约的。文学创作主体的审美选择自然是主导性的,文学接受主体的审美选择也不可忽视。

从接受美学的维度来看,后现实主义文学的发育也得益于文学消费市场的变化,得益于读者阅读心理的变化:"读者对这一流派作品的市场需求上有一个好兆头:读者已经读腻了后现代主义、超级隐喻和低级趣味的读物,读腻了怪诞与乖谬的东西,没有从大做广告的新作品中找到特殊的意义,便回过头来阅读反映现实生活并把玩弄辞藻降到最低限度的作品。"(P. 先钦)后现代主义的作品(如《命运线》《集邮册》

---

① [俄] B. 邦达连科:《何谓俄罗斯文学中的主流文学?》,《俄罗斯文艺》2008 年第 1 期。

《兽笼》）在思想内涵上消解、颠覆苏联主流意识形态话语，在艺术形式上运用拼贴、戏仿、反讽等手法，文本呈现碎片性、互文性等特征，叙事呈现片段性、零散性、无情节性等特点，不符合普通百姓的审美习惯，许多读者甚至抱怨看不懂而将其弃如敝屣。丧失广大读者的后现代主义作品在文化市场上缺乏竞争力，经历了短暂的风光之后急遽衰退，为后现实主义文学腾出了文化空间。一些后现实主义作家，如乌里茨卡娅与波里亚科夫的作品，是当今俄罗斯最为畅销的文学作品。波里亚科夫的小说《无望的逃离》[①]，自 2001 年以来在俄罗斯已再版 10 次；乌里茨卡娅的小说《翻译达尼艾尔·施泰因》首印 15 万册，及至 2008 年 2 月，已发行近 80 万册。乌里茨卡娅还是当今俄罗斯文坛读者最多的女作家，其作品总印数近一百万册，被译成法文、德文、意大利文、波兰文、中文等三十多种外文。她的成名作《索尼奇卡》被改编成话剧，小说《库科茨基医生的病案》被改编为 8 集电视剧。

  再次，是文学批评的引导。介于作家的美学定位与读者的美学趣味之间的，是文学批评的引导。这种引导，通过作家团体、文学期刊、文学奖项等有组织、有理念、有规则的文学建制发挥能量，营造氛围，构成能够生成文学思潮的"文学场"。现实主义文学在当代俄罗斯文坛的回归、更新、拓展，与俄罗斯作家组织、大型文学期刊、各种文学基金会的引领与推动密切相关。经历了 20 世纪 80 年代下半期至 90 年代初期文化上的分立割据、分裂内战（自由派、传统派、正统派、民主派），及至 20 世纪 90 年代中期，俄罗斯文坛呈现出新的气象：一个不是互相攻讦而是彼此对话，不是互相敌视而是彼此开放的、整一的"文学场"终于出现了。1995 年《文学报》主编尤里·波里亚科夫主编文集《现实主义者》，对各派作品兼收并蓄；1996 年第 1 期《文学问题》组织关于当代小说的圆桌座谈，"现实主义"成为焦点；1997 年 3 月莫斯科作家组织聚会，以"新的现实——新的现实主义"为主题展开争

---

① ［俄］尤里·波里亚科夫：《无望的逃离》，张建华译，人民文学出版社 2002 年版。

鸣；1998年《莫斯科》举行"现实主义：是时尚还是世界观的基础"的专题座谈会；2000年《高潮》推出新的现实主义作家与批评家专刊；2001年俄罗斯青年作家论坛启动，"处女作奖"设立；2002年莫斯科一家出版社推出20世纪90年代走上文坛的25位现实主义新锐作家的短篇小说集；2004年"17人小组"成立，发出坚持现实主义传统的宣言。

自20世纪90年代中期以来，大型文学期刊愈发重视推出后现实主义文学作品与文学批评。《新世界》《期》《十月》《大陆》《乌拉尔》以及《文学问题》《文学俄罗斯》《文学报》经常组织围绕"新的现实主义"而展开的争鸣。一批年轻批评家脱颖而出。"现实的批评"引人注目。有批评家认为，"现如今我们正感受着与19世纪60年代、20世纪60年代相似的文学批评思想的繁荣"。当代俄罗斯文坛上，涌现出一群为新的现实主义鼓与呼的批评家①，其论敌也现身。然而，立场各异的新生代批评家具有一种共识，这共识体现为那种对待文学作品的严肃态度，那种重新在作家身上看到的成为精神领袖的热切意愿，那种要去帮助人们有自省有反思地生活，有目标有意义地生活的热忱心愿。新生代批评家不仅通过美学的、语文学的透镜来看文学作品，而且从哲学的、社会学的、政治学的、地缘政治的，甚至是神学的角度来解读文学作品。②

20世纪90年代以降，当代俄罗斯文坛重要文学奖项越来越青睐"后现实主义"。仅就小说来看，获奖的佳作可谓如雨后春笋。1992年，彼得鲁舍夫斯卡娅的《黑夜时分》入围"布克俄罗斯小说奖"（以下简称"布克奖"）；1993年，马卡宁的《审讯桌》获"布克奖"；同年，乌里茨卡娅的《索涅奇卡》入围"布克奖"；1994年，巴甫洛夫的《官方童话》入围"布克奖"；1995年，瓦尔拉莫夫的《生》获首届

---

① A.卢达廖夫、B.普斯托瓦娅、B.沙尔古诺夫、B.奥尔诺娃等。
② [俄]罗曼·先钦编：《新俄罗斯文学批评：20世纪第一个十年》，莫斯科，奥林匹亚出版社2009年版，第3—11页。

"反布克奖";1996年,科兹洛夫的《夜猎》获"莫斯科政府奖";1997年,乌里茨卡娅的《美狄娅和她的孩子们》与斯拉夫尼科娃的《放大到狗一样大的蜻蜓》均入围"布克奖";1999年,马卡宁的《高加索俘虏》和《地下人,或当代英雄》获"俄罗斯联邦文学与艺术领域国家奖"。2001年,乌里茨卡娅的《库科茨基医生的病案》获"斯米尔诺夫—布克俄罗斯小说奖";同年,德米特里耶夫的《回程的路》获"格里戈里耶夫奖";同年,21岁的沙尔古诺夫以《一个男孩受到了惩罚》在"处女作奖"大赛中一举夺魁;2002年,巴甫洛夫的《卡拉干达九日记》获"布克—开放的俄罗斯奖";2003年,格拉西莫夫的《拉西尔》赢得首届"大学生布克奖";2006年,斯拉夫尼科娃的《2017》获"布克奖";2007年,乌里茨卡娅的《翻译达尼艾尔·施泰因》赢得"大书奖"第一名;2008年,叶利扎罗夫的《图书管理员》获"布克奖";2009年,格拉西莫夫的《草原神》获"国家畅销书奖";这一年,先钦的Елтшевы同时入围"大书奖""布克奖""国家畅销书奖"。可见,出色的后现实主义作品好评如潮,优秀的后现实主义作家的人气甚旺。

三 作为一种艺术范式的"后现实主义"

理论产生于实践。当代俄罗斯文学在艺术实践上的新气象,引发了人们谈论俄罗斯文学中的新思潮,谈论艺术范式意义上的新探索,谈论一种对于现代主义元素、后现代主义元素与现实主义元素在同等理据上的耦合——折中主义的耦合,即艺术上成功、美学上新颖的耦合。从文学批评史来梳理,"后现实主义"这一概念,产生于批评界在文学思潮研究之方法论上的突破:不再仅仅将现实主义同现代主义、社会主义现实主义同后现代主义看成水火不容的对立面,而是在其对立对抗之中也看到其互动互渗而生成第三条路径的可能性,看到一种既有别于后现代主义文学又不同于社会主义现实主义文学之新的艺术范式生成的可能性。

作为新的艺术范式的后现实主义，自有其赖以生存的历史文化语境，更有其独具的世界观、独特的人生观、独到的意义观。

20世纪八九十年代，俄罗斯文学批评界已开始谈论后现代主义与现实主义之相互作用，谈论对那些源自"母系统"的元素加以新的化合而生成新的诗学类型之前景。

如今，俄罗斯批评界已经确认，后现实主义没有忽视后现代主义诗学上的财富，诸如反讽、戏拟、引征、互文、文体的杂多性、文本的块茎性、叙事的片段性、意义的不确定性等。后现实主义从后现代主义诗学中借鉴了"多元逻辑的折中"：模拟—现实，记忆—忘却，个性—无个性，片段性—整体性。如果说，在后现代主义文学中"多元逻辑的折中"是在创作过程中自生的，而阐明它们的重任常常要落到研究者的肩上，那么，在后现实主义文学中"多元逻辑的折中"则是作为一种艺术战略而出场的，它在作者的意识中时常被完全清楚地反射出来，并且已然被内省到。①

然而，后现实主义在世界观上已超越后现代主义。后现实主义者不再像后现代主义者那样肯定混沌乱象是整个存在难以摆脱的品质，不再同混沌乱象妥协，而是寻找超越它的路径。后现实主义作家们力图将决定论与对非因果性关联的探寻耦合起来，将典型性与非典型性耦合起来，将日常性与永恒性耦合起来，而致力于寻找混沌乱象自我调节的奥秘，在本体论的混沌乱象内部来构建人的宇宙。后现实主义作品中的主人公深刻体验着"对意义的渴望"，从自身汲取意义，从个人对于自己在这个世界上的使命的认识之中来汲取意义。这样的主人公深刻体验到对世界秩序的个人责任感，坚忍不拔地从事着"西西福斯式的"劳作，以知之不可为而为之的那种精神不懈进取，在已然落到他的命运中的那一小块天地里耕耘不辍，自强不息。

---

① ［俄］H. 莱伊德曼：《体裁理论：研究与分析》，叶卡捷琳堡，乌拉尔国立师范大学出版社2010年版，第847—848页。

与后现代主义相对照,也与社会主义现实主义相比较,俄罗斯后现实主义文学在其人生观与"意义观"上最为突出的一个特征,就是对于"自由"、对于"意义"有新的体认。

在俄罗斯文学的历史进程中,在不同的文学思潮与文学流派的探索中,"自由"一向作为最高的精神价值而被推崇。后现代主义文学尤其把文本的建构过程变成不屈从于任何东西之"自由意识"的形成过程。可是,在后现实主义中,绝对的自由已然受到质疑。被推上首位的乃是新的"意义观"——作为自由之不可或缺的条件的那种"意义观",没有这一条件,自由就会蜕变为小摆设,蜕变为虚空之物,蜕变为那种"无法承受的存在之轻"。

在后现实主义者这里,人对整个存在之关联的体认,则以"不自由"为前提,甚至要以对所期盼的依存性之寻求为前提。在他们的作品中,自由与意义这一问题获得悖论式的处理:只有充分而深刻地体验那种已然获得存在主义式考量的"不自由",人才能在这充满灾变的、相对化的、混沌的世界上挺得住。[①] 可见,直面现实,植根于现实,在"不自由的现实"之中超越现实,而建构"有意义的现实"——这就是后现实主义者那种积极发挥正能量的处世态度。

就现实与人的关系而言,后现实主义的特征有两点。第一,它从不怀疑现实世界作为客观的实在,作为多种多样的情境之集合,在真实地存在着。拥有不同秩序而以这样或那样的方式在影响着人的命运的那些情境集合而成的现实世界,在真实地存在着。第二,它从不扯断同人的个性在具体维度上的关联。后现实主义恰恰是"经由人且也正是为了人"而试图去体认混沌,在其深层寻找支点,这是人可以以其为支撑的那种支点,这是可以成为人之唯一的命运——总是在混沌的情境中沉浮起落的命运——之证明和意义之所在的那种支点。

[①] [俄] H. 莱伊德曼:《体裁理论:研究与分新》,叶卡捷琳堡,乌拉尔国立师范大学出版社 2010 年版,第 890—892 页。

后现实主义文学中的主人公，大多是那种在"不自由的现实中探寻意义"的边缘人。譬如，马卡宁笔下的"地下人"。① 这是城市底层的代表，是俄罗斯新资本原始积累时代的乞丐。"地下人"不怀念旧制度，可是与新秩序也格格不入。他们不被社会承认，也不受社会保护，而以边缘性为自我选择的一种生存状态。他们不随波逐流，不趋炎附势，不见风使舵，不投机钻营，而是那种"坚定地知道自己的力量，像以前一样坚持自己，坚持自己的观点"的"当代英雄"。马卡宁对"边缘人"生存状态的描写，既可以看成对苏维埃时代人的命运的一种反思，也可以看成对当今俄罗斯社会乱象的一种批判；既体现出作者对"自我"的精神世界进行深入探索的旨趣，也抒发出他对"自我"尊严的一种推崇。马卡宁在构建其小说文本时大量地运用了戏仿：有对陀思妥耶夫斯基的《地下室手记》、莱蒙托夫的《当代英雄》的戏仿，也有对屠格涅夫的《处女地》、果戈理的《外套》的戏仿；马卡宁还用其《第一病室》同契诃夫的《第六病室》相对应，用其《狗的谐谑曲》来引发对布尔加科夫的《狗心》的联想。对于俄罗斯经典文学作品主题、人物、情节的大量戏仿，给后现实主义小说的文本营造出丰厚而复杂的互文性，极大地扩展了小说的思想容量。譬如，长篇小说《地下人，或当代英雄》在书名上以对莱蒙托夫的《当代英雄》的戏仿而与之形成互文，含蓄地表达了作者对于《地下人，或当代英雄》中主人公的态度。他笔下的彼得洛维奇，一如毕巧林，也是一个"多余人"；但又不同于毕巧林，而是勇于坚守自己精神上的那份责任与担当。

后现实主义作品真诚地贴近现实，叙写的大多是日常生活中的平凡故事，但这些平凡的故事却可以被解读为内涵丰富的寓言、象征。瓦尔拉莫夫的小说《生》② 写一个在娘胎里就有病的孩子出生后受到病痛的折磨，最后勉强活下来的遭遇。这里的"生"，既可以指父母孕育、生

---

① [俄] 费·马卡宁：《地下人，或当代英雄》，田大畏译，外国文学出版社2002年版。
② [俄] 瓦尔拉莫夫：《生》，余一中译，外国文学出版社2002年版。

育子女的过程,也可以指胎儿出生并艰难地生存下来的过程;这里的"生",既可以解读为女人和男人灵魂生命结合之"诞生",也可以解读为俄罗斯在经历天翻地覆的变化之后的"新生"。① 艰难降临人世的婴儿跟命运多舛的俄罗斯形成强烈类比。婴儿的平安,便是俄罗斯有"新生"之希望的一种象征。这样,作家笔下"他"和"她"的故事就远非偶然选出的 20 世纪 90 年代里一对俄罗斯夫妇的故事,而具有现实主义文论家们常说的那种典型性。有批评家认为《生》这部小说是"对新世界的晚孕和早产作了社会学的诊断";"反布克奖"评委会则认为,"人的诞生"这一永恒主题在其中得到独特的阐明。这部小说"同时从现实的和艺术的方面反映了当代生活的本质"②。

后现实主义作家善于艺术地反映现实。优秀的后现实主义作家很会讲故事,讲得出色的故事会幻化成现实、文献、神话。在后现实主义作家笔下,严肃与通俗、庄严与滑稽、现实与虚幻等元素之间的对立已经被消弭。一些后现实主义作家以其对历史的戏拟,对现实的写生,以及讽刺的口吻、迷宫般的情节,艺术地刻画典型形象,生动地讲述人物命运,不仅让人读得饶有趣味,而且在作品文本中建构出丰满的意义空间,为读者提供了个性化解读的多种可能。米·叶利扎罗夫的小说《图书管理员》③ 运用魔幻故事的叙事手法,赋予苏联时期曾被束之高阁的图书以一种改变人生与命运的魔力。只要遵循"连续阅读"与"专注阅读"这两个必要条件,那些图书就会像施魔法一样神奇地"显灵",作用于读者的身心。只要不间断而连续阅读它们,"美好的回忆、崇高的坚忍、真正的愉悦、巨大的力量、神圣的权力、善意的愤怒和一个伟大的创意"就会帮助人们"渡过难关,并在祖国上空构建起一个牢固的圆形穹顶,庇护着祖国和人民"④。

---

① 余一中:《俄罗斯文学的今天和昨天》,黑龙江人民出版社 2006 年版,第 25—31 页。
② 张捷编:《当代俄罗斯文学纪事(1992—2001)》,人民文学出版社 2007 年版,第 79 页。
③ [俄] 叶利扎罗夫:《图书管理员》,赵丹选译,《外国文学》2009 年第 11 期。
④ 赵丹:《虚构世界中的真实》,《外国文学》2009 年第 11 期。

细读《图书管理员》这部小说，可以看到，它在思想与艺术上比较充分地展示了后现实主义文学的特点，堪称后现实主义文学的一个标本。主人公阿列克谢，一个二十多岁的大学生，走进一个叫格罗莫夫的苏联作家——"只能用左手写作，其作品有一股魔力"——的图书世界。这个格罗莫夫的图书世界主要由"力量之书""权力之书""思想之书""快乐之书""忍耐之书""愤怒之书""记忆之书"这七类书组成。收藏家们收集到其中的六类，唯独"思想之书"长期缺失。渐渐地，人们甚至怀疑"思想之书"是不是真的存在。这样的情节，是不是在隐喻大变动、大转型之中的俄罗斯民族的一种精神焦虑，是不是在表达苏联解体之后俄罗斯人心中对真理的一种渴望与诉求？而这样的写法，是否意味着"重理想建构"这一社会主义现实主义典型的笔调之回归？然而，在作家笔下，只有一册遗世的这类"思想之书"并没有人们所期盼的那股神奇魔力。这类书唯一的功能也不过是让阅读它的人一直读下去。这是不是一则寓言？这里似乎渗透着后现代主义文学所擅长的那种解构现实、消解意义的思路。相对于"思想之书"之匮乏，"记忆之书"的存量最多。"记忆之书"的阅读，使主人公获得一份社会责任感。作者强调，对苏联时代的历史记忆，有可能成为俄罗斯民族重塑辉煌的一种精神引力。正是这种对苏联历史之"整体性的怀念感"而不是"全面的憎恶感"，使得后现实主义有可能超越后现代主义那种虚无主义的历史观。阿列克谢是"70后"，他的人生阅历凸显了俄罗斯"新生代"曲折的精神成长轨迹。他那份勇于担当的社会责任感，由于对祖国历史的记忆而变得更为坚实。重温历史会激发自尊自信。这样一种对历史现实的重构，体现出后现实主义的一种基本的书写策略。

《图书管理员》情节曲折离奇，可以看成一部充满魔幻和惊悚的通俗小说，也可以看成一部别出心裁地重构苏联现实的严肃作品。小说中描写的故事发生于20世纪70年代至20世纪末这一段岁月，叙事空间则主要集中于苏联解体之后的俄罗斯。作家虚构的"格罗莫夫世界"与苏联社会惊人的相似,会心的读者甚至可以从小说文本中辨识出真实的苏联历史。如果说,作家对于苏联元素的这番戏拟与反讽,酷似后现代主义的笔法,那么,作家对解体之后的俄罗斯社会现实的写生,已属现实主义的笔调。还可以看出,对苏联历史和俄罗斯现实的描绘背后还隐藏着年轻的作者对历史与现实的一种独特反思。与解体之前活跃于苏联文坛上的那批现实主义作家对苏联的反思不同,《图书管理员》的作者所显示的,已不再像《古拉格群岛》《阿尔巴特街的儿女》《穿白衣的人们》的作者们所书写的那样,不再是对苏联一味地加以揭露与批判,一股脑地加以否定与清算。在叶利扎罗夫这样的后现实主义作家笔下,"回忆之书"引发了主人公——"70后"大学生阿列克谢——对苏联的一种"回望与追思"。这一回望与追思是不是反映了今日俄罗斯30—40岁一代青年对苏联所怀有的一种"特殊心结"呢?如果说,这种对苏联的"回望"与"追思"的确是当代俄罗斯一部分人真实存在的一种社会心态,那么,艺术地书写出这一回望与追思,是不是折射出后现实主义文学的一种新姿态——立意要超越那种对历史全盘否定的简化,要超越那种与过去彻底决裂之偏执?

这样一种既直面"记忆中的历史"又直面当下的现实境况的讲述与描写,这样一种亦真亦幻、亦庄亦谐的刻画与写生,生动地呈现出当代俄罗斯"后现实主义文学"基本的思想取向与艺术追求,形象地体现出"后现实主义"作为一种对"后现代主义"与"社会主义现实主义"实现双重超越的艺术范式之基本特征,深刻地展现了"后现实主义文学"作为当代俄罗斯文学一大思潮的现实意义与美学价值。

本章参考文献

周启超选编:《在你的城门里——新俄罗斯中篇小说精选》,周启超主编"新俄罗斯文学丛书"之一,昆仑出版社1999年版。

吴泽霖选编:《玛利亚,你不要哭——新俄罗斯短篇小说精选》,周启超主编"新俄罗斯文学丛书"之一，昆仑出版社 1999 年版。

［俄］柳德米拉·乌里茨卡娅：《美狄娅和她的孩子们》，李英男、尹城译，周启超主编"新俄罗斯文学丛书"之一，昆仑出版社 1999 年版。

［俄］斯维特兰娜·阿列克谢耶维奇：《锌皮娃娃兵》，乌兰汉、田大畏译，周启超主编"新俄罗斯文学丛书"之一，昆仑出版社 1999 年版。

［俄］尤里·科兹洛夫：《夜猎》，郑永旺、傅星寰译，周启超主编"新俄罗斯文学丛书"之一，昆仑出版社 1999 年版。

［俄］弗·马卡宁：《一男一女》，柳若梅译，白春仁主编"俄罗斯新实验小说系列"之一，中国青年出版社 2003 年版。

［俄］阿·瓦尔拉莫夫：《沉没的方舟》，苗澍译，白春仁主编"俄罗斯新实验小说系列"之一，中国青年出版社 2003 年版。

［俄］米·波波夫：《该去萨拉热窝了》，赵红译，白春仁主编"俄罗斯新实验小说系列"之一，中国青年出版社 2003 年版。

［俄］米·沙罗夫：《圣女》，李肃译，白春仁主编"俄罗斯新实验小说系列"之一，中国青年出版社 2003 年版。

［俄］尤里·科兹洛夫：《预言家之井》，黄玫译，白春仁主编"俄罗斯新实验小说系列"之一，中国青年出版社 2003 年版。

［俄］扎·普里列平：《萨尼卡》，王宗琥、张建华译，人民文学出版社 2008 年版。

［俄］奥列格·巴甫洛夫：《官家童话》，凌建侯、赵桂莲译，黑龙江大学出版社 2014 年版。

［俄］罗曼·先钦：《叶尔特舍夫一家》，张俊翔译，黑龙江大学出版社 2014 年版。

［俄］奥列格·叶尔马科夫：《野兽的标记》，刘宪平、王加兴译，人民文学出版社 2015 年版。

［俄］叶甫盖尼·希什金：《魔鬼的灵魂》，温玉霞译，北京大学出版社 2015 年版。

余一中：《俄罗斯文学的今天和昨天》，黑龙江人民出版社 2006 年版。

张捷编：《当代俄罗斯文学纪事（1992—2001）》，人民文学出版社 2007 年版。

［德］汉斯·君特、［俄］叶甫盖尼·多布连科主编：《社会主义现实主义准则》，圣彼得堡，学术规划出版社 2000 年版。

［俄］柳德米拉·布拉夫卡：《社会主义现实主义：方法之蜕变·哲学话语》，莫斯科，文化革命出版社 2007 年版。

［俄］尤里·鲍列夫：《社会主义现实主义：一个同时代人的观点与当代的观点》，莫斯科，奥林匹亚出版社2008年版。

［俄］C. 吉明娜主编：《20世纪俄罗斯文学：学派·思潮·方法》，圣彼得堡，"逻各斯"出版社；莫斯科，高校出版社2002年版。

［俄］H. 莱伊德曼、M. 利波维茨基：《当俄罗斯文学1950—1990》两卷本，莫斯科，学院出版中心2003年版。

［俄］B. 古谢夫、C. 卡兹纳切耶夫编：《新的现实主义：赞成与反对》，莫斯科，高尔基文学院出版社2007年版。

［俄］罗曼·先钦编：《新俄罗斯文学批评：20世纪第一个十年》，莫斯科，奥林匹亚出版社2009年版。

［俄］H. 莱伊德曼：《体裁理论：研究与分析》，叶卡捷琳堡，乌拉尔国立师范大学出版社2010年版。

［俄］C. 卡兹纳切耶夫：《俄罗斯现实主义的命运：产生·发展·复兴》，莫斯科，高尔基文学院出版社2012年版。

［俄］И. 沙伊坦诺夫编：《20世纪末21世纪初俄罗斯文学》，莫斯科，《文学问题》杂志出版社2011年版。

［俄］B. 普斯托瓦娅：《大型杂志上的批评：现实性概括中的俄罗斯小说》，莫斯科，俄罗斯国立人文大学出版社2012年版。

［俄］C. 丘普里宁：《今日俄罗斯文学·小百科辞典》，莫斯科，时世出版社2012年版。

［俄］O. 波格丹诺娃：《20世纪末21世纪初俄罗斯小说：基本倾向》，圣彼得堡，彼得罗帕里斯出版社2013年版。

第二章　当代俄罗斯后现代主义文学创作

第一节　后现代主义文学的产生与发展

"后现代主义"这一术语并非出自俄罗斯,而来源于西班牙诗人费德利科·奥尼斯的《西班牙暨美洲诗选》(1934)。20 世纪中叶以后,这一术语开始在欧美建筑学、绘画、音乐、文学、美学、哲学、社会学乃至自然科学等各学科领域广泛传播。

后现代主义与现代主义有着密切的联系。它是在现代主义的基础上发展而来的,同时也是对现代主义的颠覆和超越。众所周知,现代主义是伴随着对封建主义的批判、对资本主义工业文明的弘扬而出现的,它崇尚理性和技术,宣扬人类中心主义。但现代主义理念发展到 20 世纪初,逐渐显示出局限性。人类社会在理性高扬、科技日新月异的同时,人与人、人与社会、人与自然的对立和矛盾日益暴露。科技和理性的局限性与欧美传统价值观开始遭受质疑和反思。后现代主义正是在这种背景下于 20 世纪五六十年代兴起于欧美的。

后现代主义的内涵复杂且宽泛。首先,这是一种整体意义上的世界观。这种世界观是怀疑的、开放的、相对主义的、多元论的,它避免"绝对价值、坚实的认识论基础、总体政治眼光、关于历史的宏大理论和'封闭的'概念体系"①。其次,这是一种文化思潮和文化运动。它

---

① [英] 特里·伊格尔顿:《致中国读者》,载周宪、许钧主编《后现代主义的幻象》,商务印书馆 2000 年版。

是人类"经历了各种变化的文化处境","在这种状态下,人们承认自己知识的局限性,习惯于断裂、冲突、悖论和安于自己的定域性"①。最后,这还是人类历史上"启蒙运动之后最深刻的一次精神革命、思想革命和生活革命"②,它迫使人类重新思考有关欧美社会和文化的各种重大问题。

后现代主义文学思潮孕育于整体的后现代主义世界观和文化思潮。在创作理念上,后现代主义文学视现代主义文学为"艺术中过时的、封闭的潮流"③,反对现代主义文学中的二元论和单一意识形态,拒绝宏大叙事,坚持没有中心的多元论;在美学风格上,后现代主义文学既颠覆经典和传统,又试图恢复与经典和传统的联系,有意识地融合各种无法兼容的美学风格,从而开创出多元化的美学风格。

后现代主义文学诞生于欧美,之后以不同的方式和速度蔓延至其他国家,与这些国家的本土文化融合、碰撞,从而产生各种变体。俄罗斯后现代主义文学被视为欧美后现代主义文学在东方变体中最前卫、最先锋的一支。④

俄罗斯后现代主义文学具体诞生于何时,至今还是一个有争议的学术问题。但大部分学者认为,20世纪60年代与70年代之交出现的三部文学作品——阿勃拉姆·捷尔茨(Абрам Терц)的《与普希金散步》(Прогулки с Пушкиным)、安德烈·比托夫(Андрей Битов)的《普希金之家》(Пушкинский дом)、维涅季克特·叶罗菲耶夫的《从莫斯科到佩图什基》(Москва—Петушки)标志着俄罗斯后现代主义文学的诞生。

诞生于欧美的后现代主义文学之所以能在俄罗斯生根发芽,与俄罗

---

① [美]大卫·格里芬:《后现代宗教》,孙慕天译,中国城市出版社2003年版,"译者序"第3页。
② 高宣扬:《后现代论》,中国人民大学出版社2005年版,"前言"第2页。
③ Эпштейн М. Н. Истоки и смысл русского постмодернизма//Звезда. 1996. №8.
④ Скоропанова И. С. Русская постмодернистская литература. М. : Флинта: Наука. 2004. C. 70.

斯本土的社会文化语境和文学传统密不可分。众所周知，20世纪50年代中期至60年代中期，苏维埃社会文化内部盛行"解冻"之风，部分二三十年代被禁作品开始得到官方承认和出版，文艺界出现了对本国"白银时代"文学创作遗产的关注和兴趣，同时开始译介和引进部分欧美人文科学领域的经典著作。这对当时的诗人、作家、艺术家产生了巨大影响，出现了一些先锋性文艺团体，比如"最年轻的天才协会"（СМОГ）[①]，"利昂诺佐夫学派"（Лианозовская школа）[②]，"切尔科夫小组"（группа Л. Черткова）等。这些文学团体以破除权威、追求自由为精神导向，表达出全新的创作理念，成为俄罗斯后现代主义文艺运动最早的试验者。20世纪六七十年代诞生于苏联非官方文艺园地的"观念主义"（Концептуализм），推动了俄罗斯后现代主义文学的进一步发展。以诗人德米特里·普里戈夫（Дмитрий Пригов）、列夫·鲁宾斯坦（Лев Рубинштейн）、弗谢沃洛德·涅克拉索夫（Всеволод Некрасов），以及小说家弗拉基米尔·索罗金（Владимир Сорокин）等为代表的"观念主义"文学家，在创作中消解主流意识形态，颠覆等级差别，表现出相对主义和怀疑主义的世界观。

对俄罗斯后现代主义文学的产生和发展产生影响的内部因素还有很多。可以说，整个20世纪俄罗斯文学史上的"白银时代"文学、地下

[①] "最年轻的天才协会"（Самое Молодое Общество Гениев）是1965年根据列昂尼德·古巴诺夫（Леонид Губанов）的倡议组建的诗歌小组。其成员主要是莫斯科大学人文学科的大学生，包括弗拉基米尔·阿列伊尼科夫（Владимир Алейников）、尤里·库布拉诺夫斯基（Юрий Кублановский）、萨沙·索科洛夫（Саша Соколов）、米哈伊尔·索科洛夫（Михаил Соколов）、奥尔嘉·谢达科娃（Ольга Седакова）、阿廖娜·巴西洛娃（Алёна Басилова）等。其主要诗学特征是追求诗歌形式和意义的"原始主义"。 См.: Сны о СМОГе, Новое литературное обозрение. 1996. №20.

[②] "利昂诺佐夫流派"是20世纪50年代苏联地下文学的一个分支，以诗人叶甫盖尼·克罗皮夫尼茨基（Евгений Кропивницкий）、弗谢沃洛德·涅克拉索夫（Всеволод Некрасов）、扬·萨图诺夫斯基（ЯнСатуновский）、伊戈尔·霍林（Игорь Холин）、根里赫·萨普吉尔（Генрих Сапгир）为代表。他们继承先锋派的创新风格，探索出"原始主义"的美学原则，其创作完全不同于苏联官方文艺。См.: Кулаков В. Лианозовская школа: (История одной поэтической группы) //Вопросы литературы. 1991. №3.

文学、海外文学、战争文学、集中营文学、乡村文学、历史小说、城市小说等诸多文学现象都对俄罗斯后现代主义文学的产生和发展有过影响。这些作品中流露出的反意识形态倾向，对自由和多元话语的向往，与后现代主义文学的追求是一致的。

但俄罗斯后现代主义文学自诞生起就遭到官方禁止，20世纪80年代中期之前一直作为地下文学和海外文学而存在。1985年，随着苏联国内改革的开始，后现代主义文学开始光明正大地登上苏联文坛，由"地下"转到"地上"，由"非法"转向"合法"。维涅季克特·叶罗菲耶夫、普里戈夫、弗谢·涅克拉索夫、鲁宾斯坦、萨沙·索科洛夫（Саша Соколов）、弗拉基米尔·卡扎科夫（Владимир Казаков）、奥尔嘉·谢达科娃（Ольга Седакова）等后现代主义作家和诗人的名字首次出现在合法刊物上。谢尔盖·丘普里宁（Сергей Чупринин）等文学批评家也开始关注这种新的诗学探索。

1991年苏联的解体，最终为俄罗斯后现代主义文学扫除了一切障碍，使其迎来了发展的春天。后现代主义作家群体不断壮大，涌现出大量新的后现代主义作家和诗人，比如铁木尔·基比洛夫（Тимур Кибиров）、维克多·佩列文（Виктор Пелевин）、阿纳托利·科罗廖夫（Анатолий Королёв）、维克多·科尔吉亚（Виктор Коркия）、伊戈尔·雅尔克维奇（Игорь Яркевич）、德米特里·加尔科夫斯基（Дмитрий Галковский）、弗拉基米尔·沙罗夫（Владимир Шаров）、阿列克塞·帕尔希科夫（Алексей Парщиков）等。一些文坛名将也在创作中积极借鉴后现代主义手法，比如弗拉基米尔·马卡宁（Владимир Маканин）、法兹尔·伊斯坎德尔（Фазиль Искандер）、马尔克·哈里托诺夫（Марк Харитонов）、安德烈·沃兹涅先斯基（Андрей Вознесенский）、谢苗·利普金（Семён Липкин）等。出现了一批专门研究俄罗斯与欧美后现代主义文学的理论家和批评家，比如米哈伊尔·爱泼斯坦（Михаил Эпштейн）、维切斯拉夫·库利岑（Вячеслав Курицын）、亚历山大·格尼斯（Александр Генис）、鲍里斯·格罗伊斯（Борис Гройс）、马尔克·

利波维茨基（Марк Липовецкий）、伊利亚·伊里因（Илья Ильин）等。德里达、福柯、德勒兹、利奥塔、巴尔特、拉康、克里斯特瓦等欧美著名后现代主义理论家的书籍被译介到俄罗斯。众多新老文学杂志积极支持后现代主义文学作品的发表，对后现代主义文学的传播和发展起到了不可忽视的作用。

但俄罗斯后现代主义文学在20世纪90年代经历了十余年的强劲发展态势后，从21世纪开始走下坡路。以利波维茨基为代表的研究者曾在21世纪初就悲观预言："后现代主义正在走向无。"① 以伊万诺娃为代表的研究者则乐观预言：后现代主义将继续促进各种文学思潮和流派之间的相互影响和融合，新的后现代主义艺术现象将在挑战、对立和融合的复杂体系中诞生。② 21世纪二十年来的文学进程证明，俄罗斯后现代主义文学由于没有出现新的创作理念和诗学特征而逐渐走向衰微，但它仍旧是一部分成熟作家（比如索罗金、佩列文、托尔斯泰娅、沙罗夫）坚持的个人创作风格，以及一部分新生代作家（比如伊利扎罗夫、佐贝尔、科利亚金娜等）在创作中探索和模仿的对象。后现代主义文学从21世纪开始吸收融合现实主义手法，克服自身过度的游戏和荒诞色彩；与此同时，它也对当今文坛的新现代主义、后现实主义文学等其他文学流派和思潮产生了直接且深远的影响。可以说，俄罗斯后现代主义文学在21世纪初作为一种独特的文学思潮已经完结，但它没有死亡，其内部各种独立的流派开始克服自我封闭、相互渗透，从而感受并确认着新的模式，并不断动摇着大众意识的成规。③

---

① Лейдерман Н. Л. Липовецкий М. Н. Современная русская литература. В 3 кн. Кн. I, М.：УРСС，2001. С. 218.
② Иванова Н. Б. Ускользающая современность. Русская литература XX-XXI веков：от "внекомплектной" к постсоветской，а теперь и всемирной //Вопросы литературы，2007. №3.
③ Тимина С. И. Современная русская литература (1990 - е. гг. - начало XXI в.). СПб.：Филологический факультет СПбГУ；М.：Издательский центр «Академия»，2010. С. 68.

第二节　后现代主义文学的基本美学特征

各种文学思潮的本质区别，不在于文学技巧和形式，也不在于塑造的文学形象，甚至不在于美学宣言，而在于作家的创作理念，即如何看待文学与现实的关系，如何看待文学的任务和功能。现实主义作家主张文学要反映生活，再现生活的真实面貌，坚持文学的道德使命，因此他们笔下的道德与时代和环境紧密相关。现代主义作家有意远离现实而构建理想天国，但他们同样重视文学的道德使命，他们对理想天国的构建恰恰是对此在现实不满的映射，且其笔下的道德具有超越时代和环境的普适性。后现代主义作家则将文化变成现实，其塑造的世界形象建立在各种文化内部联系的基础之上，他们完全否定文学的道德使命，将文学视为个人游戏。后现代主义作家的这种创作理念，导致后现代主义文学的基本美学特征表现为解构、混乱、拟像、作者之死、互文性。

一　解构

"解构"是后现代主义的一大重要理论和观念，其构词形式"解"（де-）和"构"（конструкция）本身表达了破坏初始意义、创建新意义之理念。法国解构主义鼻祖德里达在其专著《论文字学》里将"解构"作为一种美学原则进行了翔实论述，认为其基本精神主要在于"反对逻各斯中心主义和言语中心主义，否定终极意义，消解二元对立，清除概念淤积，拒斥形而上学，为新的写作方式和阅读方式开辟广泛的可能性"①。

"解构"是贯穿俄罗斯后现代主义文学所有阶段的基本美学特征之一，其表现在方方面面。在创作形式上，"解构"表现为打破传统意义上的文本概念，同时将"文本"思想发挥到极致，甚至为了文本而文

---

①　陆晓云：《德里达〈论文字学〉的解构思想》，《广西社会科学》2011 年第 9 期。

本。俄罗斯后现代主义作家的创作形式出现了口号、标语、通知,甚至是没有任何文字的空白纸张。比如,观念主义诗人鲁宾斯坦的卡片诗,完全是没有任何逻辑顺序和思想主题、随意记录在一张张卡片上的诗句。在叙事声音上,"解构"表现为避免作家的主观评价,宁愿引用他人话语来隐匿自己的声音。作品中常常出现众声喧哗、无主体(或多主体)、无作者的叙事声音。索罗金的长篇小说《排队》就是典型例证,小说主要由排队购买食品的人的闲聊和杂语构成。在叙事语言上,"解构"表现为将多种不同文体的语言交织使用。从权威的官方语言和公文语体到黑话、行话、脏话等各种低级语体,从俄罗斯经典文学语言到社会主义现实主义文化语言等,同时出现在同一部作品乃至同一个人之口。比如,维涅季克特·叶罗菲耶夫的《从莫斯科到佩图什基》中,主人公维涅季克特的语言就杂糅了各种语体风格。正是通过杂糅不同文体的语言,后现代主义作家们解构言语中心主义,揭露所有言语的共性,即任何言语都是文化意识的产物,都旨在将关于世界和真理的认识强加给读者,因而都存在话语霸权。

后现代主义文学的解构对象无所不包。解构的对象可以是任何时代、任何国度的经典文学,阿勃拉姆·捷尔茨的《与普希金散步》,就解构了人们将普希金视为俄罗斯文学神坛上最高的"神"这一传统认知。解构的对象也可以是当代俄罗斯社会文化和价值观,佩列文的《"百事"一代》(Generation "П"),就解构了以西方价值观为导向的当代俄罗斯社会。解构的对象甚至可以是后现代主义文学本身,托尔斯泰娅的《野猫精》(Кысь),就解构了后现代主义文学的解构理念。[1]

二 混乱

后现代主义的基本理念之一是反逻各斯中心主义。这一理念的现实

---

[1] Голубков М. М. Русский постмодернизм: начала и концы//Литературная учёба. 2003. No6. C. 87–88.

基础是20世纪以来混乱的现实世界和自然科学领域的一些重大发现。尤其是相对论的发现,动摇了人类长期以来对物质宇宙的和谐性和真理的绝对性的执着信念。人类意识出现了种种矛盾,"崇拜科学的同时又因为科学的实证主义立场遭到批评而怀疑科学本身,怀疑万能的因果联系的同时又探寻对各种现象之间关系的解释"[1]。

后现代主义理论家及时地反思了人类社会上的混乱现象和人类精神上的迷惘和混乱感。法国后现代主义理论家利奥塔将人类对世界的混乱感知概括为"后现代感"(俄语 Постмодернистская Чувствительность,英语 Postmodern Sensibility),即世界在人的感知中是混沌的、无序的。美国后现代主义理论家哈桑在《后现代转折》一书中用"不确定性"来指代"后现代感":正是不确定性揭示出后现代主义的精神品格,这是一种对一切秩序和构成的消解,它永远处于一种动荡的否定和怀疑之中。英国后现代主义理论家齐格蒙特·鲍曼则将"混乱"解释为"秩序的他者",其"转义是不可界定性、不连贯性、不一致性、不可协调性、不合逻辑性、非理性、歧义性、含混性、不可决断性、矛盾性"[2]。

俄罗斯后现代主义作家本着客观书写现实的态度,利用"混乱"美学原则和策略,制造出后现代式的混沌和怪诞文本。科罗廖夫的《果戈理的头颅》中,胜利者的屠刀下头颅满地、血流成河。索罗金的《蓝油脂》中,疯疯癫癫的阿赫玛托娃匍匐在掌权者脚下。佩列文的《夏伯阳与虚空》中,军队将领变佛祖,精神病患者则在其自我意识中穿梭于20世纪初和20世纪末两大时空。可以说,将一切混沌化是20世纪80年代与90年代之交俄罗斯后现代主义文学作品的主要美学特征,它表达了作家们对逻辑和理性的特别怀疑,对拆除中心与消除霸权的强烈诉求。

---

[1] Лейдерман Н. Л. Траектории «экспериментирующей эпохи»//Вопросы литературы. 2002. №4.

[2] [英]齐格蒙特·鲍曼:《现代性与矛盾性》,邵迎生译,商务印书馆2003年版,第11页。

三 拟像

"拟像"（俄语 Симулякр，英语 Simulacra）也是后现代主义美学中的一大关键概念和美学特征。这一概念可以追溯到古希腊罗马时代的柏拉图理论，之后在法国后现代主义理论家德勒兹那里得以充分发展。在德勒兹看来，"拟像"与摹本不同，"摹本是一种具有相似性的'像'，拟像是一种不具有相似性的'像'"①。

在后现代主义文学中，"拟像"就是对现实的戏仿。戏仿出来的现实常常与客观现实相反。这种被创造出来的现实通常是结合了过去、现在，甚至是想象之未来的一种现实。类似的现实常常出现于俄罗斯作家索罗金、托尔斯泰娅、巴维尔·克鲁萨诺夫（Павел Крусанов）的后现代主义风格作品中，这类作品也常常被评论家称为"反乌托邦"作品。比如，索罗金的《特辖军的一天》（День Опричника）、《糖克里姆林宫》（Сахарный Кремль）、《暴风雪》（Метель），托尔斯泰娅的《野猫精》，克鲁萨诺夫的《天使之咬》（Укус Ангела），都将俄罗斯的历史、当今社会现实乃至未来幻想融为一体。

四 "作者之死"

"作者之死"（俄语 Смерть автора，英语 the Death of the Author）也是后现代主义文学的基本美学理念之一。法国后现代主义理论家巴尔特于 1968 年在《作者之死》中提出这一理论。根据他的观点，当一部作品有一位"作者"时，便是确立一种限定、一个终极所指，阅读作品就成了再现作者或一个先已存在的事实；只有将作者推向"死亡"，真正的写作才能登场，因为此时是作品在说话，而不是作者，作者不再是作品背后的声音、语言的主人、生产的本源，将作者取而代之的是读

---

① 董树宝：《差异与重复：德勒兹论拟像》，《苏州大学学报》（哲学社会科学版）2018 年第 4 期。

者,"读者的诞生必须以作者的死亡为代价"①。

由"作者的死亡"而建立的后现代主义文学的文本观表明,文学不再是作家思想的具现,而是读者在阅读过程中的建构。这为后现代主义文本的阐释提供了多种可能性,"有一千个读者就有一千个哈姆雷特"。它也决定了后现代主义文本写作的开放性和不确定性。科罗廖夫在长篇小说《残舌人》的结尾部分就提供了关于主人公"残舌人"命运走向的多种版本。佩列文在长篇小说《夏伯阳与虚空》的结尾处也将现实与虚幻融为一体,让主人公融入说不清道不明的虚空和混沌。

五 互文性

与"作者之死"紧密相关的是后现代主义文学第五个美学特征,即"互文性"(俄文 Интертекстуальность,英文 Intertextuality)。克里斯特瓦和巴尔特都是这一概念和思想的缔造者。克里斯特瓦于1966年最早提出"互文性"这一术语和概念,用来描述作为符号系统的文本与其他意指系统之间的关系,即每个文本都是其他文本的互文本。1968年,克里斯特瓦的导师巴尔特在提出"作者之死"理念时也声称:"文本不是释放单一神学意义的几行字,而是一个多维空间。在这个多维空间,不同意义的书写相互混杂和交融、碰撞和冲突。文本是一个由来自多种文化中心的引语交织而成的网络。"② 巴尔特实际上发展了克里斯特瓦的互文性理论,认为文本的意义并不直接来自作者,而是通过与其他文本的关系而获得。进而产生了巴尔特的"世界就是文本"的文本观,即世界被理解成超级大文本,这个文本产生的意义可以创造生活,"作品创造意义,而意义照样又创造生活"③。

"互文性"最主要的手法有移置、暗指、附会、引用、借用、改

---

① 王先霈、王又平主编:《文学理论批评术语汇释》,高等教育出版社2006年版,第418页。

② 刘文:《辩证性和革命性:克里斯蒂娃和巴特的互文本理论》,《西南民族大学学报》(人文社会科学版)2005年第5期。

③ Барт Р. Избранные работы. Семиотика. Поэтика. Москва: Прогресс. 1989. С. 491.

编、挪用、篡改、抄袭等。互文手法的大量运用使作者在创作中的地位发生了巨大变化。在传统文学作品中，作者主要通过文本表达自己对现实的感悟和认识。在后现代主义文学作品中，作者则只是本文的"组织者"，而不是某种思想的"表达者"。"互文性"也使文学作品不再具有完整统一的思想，而变成由各种引文拼凑而成的马赛克。

俄罗斯后现代主义文学中的互文文本无所不包，既有苏维埃时代的各种文本，也有苏维埃之前时代的各种文本；既有俄罗斯本国的各种文本，也有世界其他国家的各种文本。加尔科夫斯基的《没有尽头的死胡同》、比托夫的《普希金之家》、叶罗菲耶夫的《从莫斯科到佩图什基》，都是将互文手法运用到极致的俄罗斯后现代主义小说。

六　俄罗斯后现代主义文学的民族性

上面所阐述的解构、混乱、拟像、作者之死、互文性无疑是所有后现代主义文学的基本美学特征。它们不仅在俄罗斯后现代主义文学中有所表现，在世界上其他国家的后现代主义文学中也有表现，只不过表现方式和程度不同。然而，每一个国家的后现代主义文学，必定有其独特的民族性。这种民族性在俄罗斯后现代主义文学中，表现在与社会历史现实的紧密勾连上。

俄罗斯后现代主义文学这一民族性特色，根植于俄罗斯文学创作传统。俄罗斯文学自古以来就关注社会现实，关注国计民生，关注民族精神思想和道德伦理。俄罗斯后现代主义作家作为深受祖国传统文化滋养的一员，无力消除俄国文化传统在他们意识深处打下的烙印，无法洗刷意识深处关于俄国历史的各种记忆，更不可能对现代社会各种"天灾人祸"造成的悲剧现实无动于衷。因此，在俄罗斯后现代主义文学中，除了少数单纯模仿欧美后现代主义的作品外，多数作品都或多或少反映俄罗斯历史和现实中的各种问题，具有明显的社会思想性，没有完全成为文字游戏。

苏联时期，俄罗斯后现代主义文学与社会历史现实的紧密勾连主要表现为对苏维埃意识形态和文化的解构。早在俄罗斯后现代主义诞生之初的 20 世纪六七十年代，这种解构就初现端倪。只不过受制于当时官方严格的书刊审查制度，文学作品中的解构和颠覆比较隐晦含蓄。这从俄罗斯后现代主义文学第一次浪潮中出现的三部代表作可以看出。捷尔茨的《与普希金散步》表面上看在解构俄罗斯经典文学权威——普希金神话，但实际意图是打破具有相似霸权地位的社会主义现实主义艺术神话。比托夫的《普希金之家》也基于当时的苏联社会现实且有反思现实的倾向。小说创作于"解冻"结束、官方意识形态开始收紧的 1964—1971 年，"布罗茨基案件"对这部小说不无影响。比托夫这部小说，正是对俄罗斯文学和文化的寻根之旅，旨在从俄罗斯经典文学中探索苏联社会的济世良方。正因如此，小说中出现了大量与俄罗斯经典文学的互文。从普希金到勃洛克，即从俄罗斯文学的"黄金时代"到"白银时代"，这些用"金属"命名的文学时代同小说第三章"青铜人"遥相呼应，构成一个完整的隐喻整体。如果说"黄金时代"和"白银时代"隐喻过去的美好时代，"青铜时代"则隐喻陷入战乱、混沌和混乱的苏维埃社会现实。叶罗菲耶夫的《从莫斯科到佩图什基》在众多的解构和游戏层面之下，反思和解构苏维埃意识形态和文化是最明显的一个层面。主人公维涅奇卡的个人遭遇，醉酒后的胡言乱语，清醒时的思考和悲叹，全都与苏维埃社会现实紧密相关。

俄罗斯后现代主义文学发展到 20 世纪 70 年代中期以后，解构苏维埃意识形态和文化现实的倾向性越来越明显和大胆。当时地下文艺中甚至形成了反社会主义现实主义艺术（Соц–арт）这一后现代主义文艺流派。该流派将解构苏维埃官方意识形态和乌托邦视为己任。苏联"发达的社会主义"制度和"社会主义现实主义"艺术成为该流派意识形态和美学解构的对象。该流派戏仿社会主义现实主义文学的语言机制，游戏官方话语，嘲讽官方意识形态和文化，解构苏维埃国家神话。在反社会主义现实主义艺术家克玛尔和梅拉米德的画作中，就直接出现了诸如"我们的目标是共产主义"的口号。文学家索罗金的早期创作，比如短篇小说《工厂委员会会议》（Заседание завкома），长篇小说《排队》（Очередь）、《定额》（Норма）等，都戏仿了社会主义现实主义文学。作品中的情节、语言、风格、人物性格、矛盾冲突都呈现出社会主义现实主义文学范式。但作品往往通过突兀的转折开始变得荒诞不经，先前的情节完全遭到破坏，读者最初的阅读印象被彻底颠覆，显示出真正的后现代性。

苏联解体前后十几年里，俄罗斯后现代主义文学对苏维埃意识形态和社会文化的解构方式、程度和范围达到了最高潮、最极致的状态。几乎没有一部后现代主义文学作品不涉及这一历史现实和文化。索罗金的长篇小说《玛丽娜的第三十次爱情》（Тридцатая любовь Марины）和《蓝油脂》（Голубое сало），佩列文的长篇小说《奥蒙·拉》（Омон Ра）和《夏伯阳与虚空》（Чапаев и Пустота），维切斯拉夫·皮耶楚赫（Вячеслав Пьецух）的中篇《中了魔法的国家》（Заколдованная страна），科罗廖夫的中篇小说《果戈理的头颅》（Голова Гоголя），哈里托诺夫的《命运线，或米拉舍维奇的小箱子》（Линии судьбы, или сундучок Милашевича），沙罗夫的长篇小说《圣女》（Старая девочка），米哈伊尔·希什金（Михаил Шишкин）的《爱神草》（Венерин волос），马卡宁的中篇小说《审讯桌》（Стол, покрытый сукном и с графином посередине）等，都是反思和解构苏维埃意识形态的典型代表作。

进入 21 世纪以来，随着苏维埃制度成为历史，它不再是俄罗斯后现代主义文学关注和解构的重点。作家们的注意力更多转向俄罗斯当下现实、古代历史和幻想的未来。比如，索罗金的中篇小说《特辖军的一天》将解构视角投向 16 世纪古罗斯的专制体制。佩列文的长篇小说《"百事"一代》《转型时代辩证法》（Диалектика переходного периода из ниоткуда в никуда）和《昆虫的生活》（Жизнь насекомых），维克多·叶罗菲耶夫（Виктор Ерофеев）的《俄罗斯美女》（Русская красавица）等，都将注意力集中于当代俄罗斯社会，解构俄罗斯芸芸众生在欧美大众文化的侵蚀下发生的精神伦理堕落之现实。奥列格·佐贝尔（Олег Зоберн）的一系列旨在解构当代生活的意义性和目的性的短篇小说，恰恰反映了俄罗斯民族和个人当下的生存现实。还有不少作家从哲学、宗教等话题层面进行解构，比如德米特里·加尔科夫斯基（Дмитрий Галковский）的《没有尽头的死胡同》（Бесконечный тупик）和阿列克塞·斯拉波夫斯基（Алексей Слаповский）的《第一次基督的第二次降临》（Первое второе пришествие），它们也都是对当下俄罗斯民众意识混乱、精神信仰坍塌之社会现实的反映。索罗金的《糖克里姆林宫》《布罗之路》（Путь Бро）等则直接采用幻想的方式，结合俄罗斯社会过往历史和当下现实，预测未来的社会悲剧和灾难。

　　总之，俄罗斯文学注重社会历史现实书写的传统在俄罗斯后现代主义文学中得以传承和发展，这使得其在解构、拟像、混乱等基本的后现代诗学表象之下，显示出深刻的思想性和精神性，没有完全沦为文字游戏和毫无意义的"超级文本"。这也是当代俄罗斯后现代主义文学区别于欧美后现代主义文学的最重要特征之一。

第三节　后现代主义文学主要作家的创作

一　维涅季克特·叶罗菲耶夫——俄罗斯后现代主义文学的先驱者

　　谈起俄罗斯后现代主义文学，维涅季克特·叶罗菲耶夫是一个绕不过去的作家。他那部完成于 1970 年的史诗性小说《从莫斯科到佩图什基》，与捷尔茨的《与普希金散步》、比托夫的《普希金之家》共开俄罗斯后现代主义文学之先河。

　　叶罗菲耶夫出生于 1938 年，处女作是 17 岁时创作的日记体小说《疯人日记》（Записки психопата，1956—1958）。荒诞、夸张、狂欢的艺术风格在这部小说中初现端倪。在其 52 年的人生中，叶罗菲耶夫的文学创作并不以数量取胜。除了《疯人日记》和《从莫斯科到佩图什基》外，还有一部小品集《古怪人眼中的瓦西里·梁赞诺夫》（Василий Розанов глазами эксцентрика, 1973），一部悲剧《瓦尔普吉斯之夜，或骑士的脚步》（Вальпургиева ночь, или Шаги Командора, 1985），以及一些随笔、散文和札记。然而，叶罗菲耶夫的创作却为俄罗斯后现代主义文学涂上了浓重一笔。其中，《从莫斯科到佩图什基》是这位作家一生中最重要的代表作，被公认为俄罗斯后现代主义文学史上最早的一部经典。

《从莫斯科到佩图什基》创作于1970年。作家在五周内一气呵成，而且喜欢酗酒的他在此期间滴酒未沾。[①] 小说起初以地下出版物的形式流传，后来在作家大学同窗穆拉维约夫的帮助下首次于1973年在以色列出版，随后于1976年、1977年、1980年在伦敦、巴黎和纽约相继发行。小说的情节非常简单：与作家同名、同样喜欢酗酒的主人公维尼奇卡，酒气熏天地从莫斯科乘坐电气火车，准备回到鸟语花香的故乡佩图什基。在火车上，酒鬼维尼奇卡依然狂喝烂饮，始终处于半醉半醒的状态。他时而自言自语，时而与上帝、天使、魔鬼、斯芬克斯、乘客、读者交谈；时而悲天悯人、泪流满面，时而嬉笑怒骂、搞笑作怪；时而烂醉不醒、胡说八道，时而清醒无比、思想深刻。总之，喝酒、咒骂、表演、谈话成为维尼奇卡火车之旅中的主要行为。但最终他无意中发现，列车压根没有回到佩图什基，而仍旧在莫斯科。深夜十分，醉醺醺的维尼奇卡走出车厢来到大街上，却被一群歹徒持刀刺死在街上。

作为俄罗斯后现代主义文学的开山之作，《从莫斯科到佩图什基》主要在三方面呈现后现代性，即混乱感、解构和互文性。小说的混乱感主要由酒鬼兼圣愚的主人公维尼奇卡制造。圣愚本是一类特殊的宗教人物，他们信仰上帝但游离于官方教会之外，常常行走于民间，在嬉笑怒骂中传播真理，在疯疯癫癫中撕去别人的假面，以近乎宗教的严厉咒骂

---

① Ерофеев Вен. В. Мой очень жизненный путь. М.：Вагриус. 2003. С. 515.

人，甚至公开他人生活中最不可告人的隐私。他们身上展现出"智慧—愚蠢，纯洁—污秽，传统—无根，温顺—强横，崇敬—嘲讽"① 等诸多二律背反特征。《从莫斯科到佩图什基》中的维尼奇卡是一个典型的"圣愚文化原型"②，也是集主人公、叙事人和作者身份于一体的形象。首先，维尼奇卡的出身具有圣愚的无根性和神秘性。他是一个孤儿，三十岁，来自遥远的西伯利亚，独身且无家可归。其次，维尼奇卡的火车之旅，既是圣愚制造的狂欢闹剧，也是圣愚的流浪、受难和布道之旅。他时而像个底层草民一样楚楚可怜，抱着酒瓶自怨自艾，泪流满面；时而像个高高在上的沙皇一样傲慢威严，藐视周围的一切，把同车乘客称为"我国家的人民"，把自己曾在国有线缆厂领导的五个手下称为"我的人民"。他外表可怜，却有着丰富的精神世界和深邃的思考能力，同时具有强烈的批判精神和拯救意识。他由个人所遭受的屈辱，联想到整个社会底层人民的悲哀，并直指卑劣的人性，向残酷的人类发出灵魂的拷问。他鄙视愚民，又无限怜悯他们，看见他们只关心自己的利益而无视他人与外界的冷漠与麻木时充满讽刺地说："我喜欢我国人民有着这么空洞而鼓起的眼睛，它们能使我产生一种正当的自豪感。"③ 酒鬼的面具让维尼奇卡有了"胡言乱语"的权利，在迷醉中他咒骂苏维埃社会失业、货币贬值、赤贫、不公等各种丑恶现象，揭露苏维埃国家采用强制性行政命令进行工业化、以牺牲公民个人幸福为代价塑造英雄神话等体制弊病。他的"胡言乱语"和无厘头的滑稽举止，与苏维埃一元意识形态培养出来的"模范公民"形成鲜明对比，"用虚构的醉酒世界使毫无神性的存在变得充满神性"④。

---

① [美] 汤普逊：《理解俄国：俄国文化中的圣愚》，杨德友译，生活·读书·新知三联书店1998年版，第26页。

② Липовецкий М. Н. Русский постмодернизм. Екатеринбург：Изд – во Уральского ун – та. 1997. С. 161.

③ [俄] 维涅季克特·叶罗费耶夫：《从莫斯科到佩图什基》，张冰译，漓江出版社2014年版，第26页。

④ Вайль П. Л., Генис А. А. Страсти по Ерофееву//Книжное обозрение. 1992. №7.

这篇小说展现的第二个后现代主义美学特征是互文性。互文性在这篇小说中的形式多样，有的显性，有的隐性。仅维尼奇卡喝过的各种酒名所附带的文化色彩就形成了广阔的互文空间，其中有指涉苏维埃文化的"女共青团员的眼泪"等，有与宗教文化相关的"迦南之膏""约旦水"等，有指涉当代欧美大众文化的"克拉拉大婶之吻""初吻""强迫之吻""母狗之酒"等。维尼奇卡在讲述这些酒的勾兑方式时，涉及更广阔的互文。比如，关于"迦南之膏"的配方，他说道："不管怎么说，把'迦南之膏'的配方先记下来：（因为我们的一个主旋律作家曾经这样写过，'人的生命只有一次，他的一生应当这样度过——不要在配方上犯错误。'）……"① 关于"母狗之酒"的配方他说道："世上什么东西最美好？——为人类的解放而斗争。而比这更美好的是（请记录）……"② 这两种酒的配方，明显来源于社会主义现实主义文学经典《钢铁是怎样炼成的》，改写自为国家和集体的利益而牺牲个人幸福的主人公保尔·柯察金的名言。③ 作家还隐性采用各种言语和文体互文的方式，混杂使用代表官方话语的社会主义现实主义文学文本，代表民间话语的各种杂草和日常用品词汇，具有庄严语体色彩的宣誓词和具有低俗语体色彩的情色词，从而颠覆和解构了苏维埃官方宣扬的经典教条。

互文在小说中无处不在，俄罗斯乃至世界文学和文化史上的众多名人和文本都通过主人公维尼奇卡之口闪现出来。有的看似生拉硬扯、信口开河，实则隐藏着富有深意的颠覆和解构目的。比如，维尼奇卡为了证明自己喝酒的合理性，将布宁说成研究酒和酒鬼的专家，将果戈理、

---

① ［俄］维涅季克特·叶罗费耶夫：《从莫斯科到佩图什基》，张冰译，漓江出版社2014年版，第78页。
② ［俄］维涅季克特·叶罗费耶夫：《从莫斯科到佩图什基》，张冰译，漓江出版社2014年版，第82页。
③ 这段名言原文："人最宝贵的是生命，生命对于每个人只有一次！人的一生应当这样度过——当他回忆往事的时候，他不会因虚度年华而悔恨，也不会因碌碌无为而羞愧；这样，当他临死的时候，他就能够说'我的整个生命和全部精力，都已经献给世界上最壮丽的事业——为全人类的解放而斗争。'"

穆索尔斯基、契诃夫、高尔基、库普林、席勒等描写成烂醉不醒的酒鬼，还说俄罗斯社会民主党"喝得像猪一样"，说十二月党人因为喝酒才发动起义，等等。尽管维尼奇卡荒诞可笑地将以上历史和文化名人与喝酒挂钩，却在无意中点破了一个真理，即人们喝酒是"因为绝望"，"因为诚实"，因为无力改变国家和民族的命运。

与互文性紧密相关的是这篇小说呈现的第三个后现代主义美学特征——解构。俄罗斯学者佐琳娜指出，叶罗菲耶夫的作品"展现出一幅醉酒国的怪诞画面"，这画面与时代的文学和意识形态范式极不协调。① 维尼奇卡在酒后道出自己的人生遭遇，讥讽和解构苏维埃工业化建设中采用强制性行政命令开展生产竞赛的事实。他曾是苏联国企的一名线缆工，嗜好喝酒。当上生产组长后，他没有指挥大伙赶生产进度，而是领导大家集体酗酒、赌博，甚至模仿苏维埃生产进度表制作大家每月的饮酒进度表。表格不经意间落入上级领导手中，维尼奇卡被解雇。维尼奇卡在线缆厂的所作所为，形成了对官方所极力倡导的社会主义劳动竞赛的解构。而他在火车上半醉半醒之间的"胡言乱语言"，直接讽刺苏维埃。这篇小说的其他细节也处处闪现出对苏维埃一元意识形态的解构。比如，维尼奇卡看到同一车厢临窗对坐的一男一女尽管互不相识，却有着相似的着装、外表乃至表情：都穿着短外套，戴着贝雷帽，蓄有小胡须，"两个人都在愤怒地不停地打量着对方"②。显然，这里讽刺了苏维埃一元意识形态所导致的大众思维趋同化、僵硬化，男女不仅失去个性特点，甚至失去性别特征。除了这相似的一男一女，维尼奇卡还看到了更为相似的爷爷和孙子："孙子比爷爷高两头，但很可能天生就是个弱智。爷爷比孙子矮两头，也是个弱智。两个人直愣愣地盯

---

① *Кротова Д. В.* Современная русская литература：постмодернизм и неомодернизм. М.：МАКС Пресс. 2018. С. 45.

② ［俄］维涅季克特·叶罗费耶夫：《从莫斯科到佩图什基》，张冰译，漓江出版社2014年版，第87页。

着我的眼睛，还伸出舌头舔嘴唇。"① 这里的爷孙俩，不仅都是弱智，具有相同的表情，而且都叫米特里奇。作者在描写爷孙俩时故意使用相同的词汇和相似的句式，强调苏维埃大众从外貌到行为乃至思维方式的同化和僵化。

叶罗菲耶夫的创作对苏维埃意识形态的解构激情与很多后现代主义作家是一样的，但其解构手法不同于索罗金的情色和暴力，也不同于佩列文的虚空哲学。叶罗菲耶夫的解构总体上呈现出戏谑风格，狂欢中带着悲苦，调侃中带着讽刺，幽默中带着苦涩。他曾说，对他影响最大的作家有萨尔蒂科夫·谢德林、果戈理、纳博科夫、莫泊桑、拜伦、伍尔夫、卡夫卡等。叶罗菲耶夫并不喜欢布尔加科夫式过于严肃的宗教作家，海明威式过于哲理性的作家，索尔仁尼琴和沃伊诺维奇式过于露骨直白的反苏作家。叶罗菲耶夫的创作风格更接近狂欢，这种风格是他巧妙地将俄罗斯特有的圣愚形象与传统的酒文化融合交织的结果。圣愚这类人物形象本身同广场、戏台、表演等容易制造狂欢气氛的时空体有着重要联系。他们在嬉笑怒骂中将一切游戏化，使得严肃的文本消解其存在的意义和形式。酒文化也是一种代表非理性的狄奥尼索斯文化，"是狂欢化的一种现代标志"②。正是酒，让主人公暂时忘却庸俗的日常生活和现实，逃离到非理性的狂欢世界，"一条忘河隔开了日常的现实和酒神的现实"③。

这部小说作为早期俄罗斯后现代主义文学的代表作之一，不仅展现出鲜明的后现代性，而且显示出与俄罗斯文学传统的紧密联系。与传统的联系之一便是旅行主题。这一主题在俄罗斯文学史上具有深远的传统：18世纪拉吉舍夫的《从彼得堡到莫斯科旅行记》，19世纪普希金、果戈理、涅克拉索夫、冈察洛夫、屠格涅夫等人的创作，都贯穿有明显

---

① [俄] 维涅季克特·叶罗费耶夫：《从莫斯科到佩图什基》，张冰译，漓江出版社2014年版，第87页。
② 任光宣：《史诗〈从莫斯科到彼图什基〉文本的〈圣经〉源头》，《国外文学》2008年第1期。
③ 李瑜青主编：《尼采经典文存》，上海大学出版社2007年版，第26页。

的旅行主题。20世纪普拉东诺夫的《切尔古尔镇》也是旅行主题的一种变体，其中的主人公在旅行中寻找幸福——代表和谐与公正之理想的共产主义。叶罗菲耶夫的史诗也具有寻找幸福的主题。主人公维尼奇卡想要抵达的是鸟语花香的佩图什基，这使小说获得了乌托邦小说的特点。而且小说的结尾表明，这并不是一场真正的火车之旅，而是酒鬼维尼奇卡的意识之旅。维尼奇卡乘坐的那辆列车，可以看成对苏维埃社会假想出来的向前运动的隐喻；旅行终点的失败，则是对苏维埃官方宣扬的美好明天这一乌托邦理想的讽刺和嘲笑。小说描写的不仅仅是一次旅行，更是一次铁路之旅。火车在俄罗斯文学中也被视为"国家神秘象征符号之一"[1]。铁路形象在涅克拉索夫、列夫·托尔斯泰、勃洛克等作家和诗人的作品中都出现过。"俄罗斯的铁路——是神秘的，非理性的，令人费解的。其中隐藏着某种巨大的力量：也许，这种力量将人引向阴间。"[2]

《从莫斯科到佩图什基》与俄罗斯文学传统紧密相关的另一特征体现在体裁上。作家本人称自己的小说为史诗，这一体裁定位让人联想到果戈理的《死魂灵》。小说还表现出自白体、行传体等体裁特色[3]。

叶罗菲耶夫不仅在小说创作中展现出后现代主义倾向，其戏剧创作同样如此。《瓦尔普吉斯之夜，或骑士的脚步》是作家创作生涯中唯一一部剧作，却"填补了俄罗斯后现代主义文化中戏剧这一空白"[4]。剧本创作于1985年，同年在巴黎出版；1989年在苏联出版，继而在莫斯科各大剧院上演并造成巨大影响，被《莫斯科新闻报》称为"戏剧季

---

[1] Курицын Вяч. Н. Мы поедем с тобой на «А» и на «Ю»//Новое литературное обозрение. 1991. №1. C. 296.

[2] Курицын Вяч. Н. Мы поедем с тобой на «А» и на «Ю»//Новое литературное обозрение. 1991. №1. C. 297.

[3] Кротова Д. В. Современная русская литература: постмодернизм и неомодернизм, М.：МАКС Пресс. 2018. C. 43.

[4] 赵丹：《多重的写作与解读——论俄罗斯后现代主义小说〈命运线，或米拉舍维奇的小箱子〉》，黑龙江人民出版社2005年版，第27页。

最重要的事件"。① 该剧的情节很简单：主角古列维奇是一个性格忧郁、耽于幻想、嗜好喝酒的流浪诗人，官方怀疑其流浪行为有分裂祖国的企图，因而将他抓进精神病院并强迫他接受诊治。剧本以医院接收并"诊治"古列维奇开始，以古列维奇和其他精神病友在共同组织的狂欢酒会上因酒精中毒而死结束。

与小说《从莫斯科到佩图什基》一样，叶罗菲耶夫的这部剧作同样展现出后现代式的混乱、互文和解构。剧中的混乱也是由一个与维尼奇卡相似的圣愚兼酒鬼形象古列维奇制造的。古列维奇入院前已经制造了一系列混乱：他曾多次入院，最近一次入院是一年前因酒精中毒，而此次入院是因为他的流浪具有分裂祖国的倾向。入院后的古列维奇表现出圣愚式的疯癫样子。在回答医师问题的过程中，他装疯卖傻，东拉西扯，时而出口成章，时而满口脏话。在被迫住进精神病院期间，他又以疯疯癫癫的举止对抗男护士鲍连卡的霸权和暴力。面对鲍连卡的发号施令，古列维奇不理不睬，使前者的霸权受到极大挑战，将两人的矛盾推向顶峰。随后，为了解除对方给自己注射的药物的作用，古列维奇利用自己的前任女友、鲍连卡现任女友娜塔莉娅护士的情感，从医务室偷出酒精。而后，古列维奇在病室内成功举办狂欢酒会，瓦解了鲍连卡等医护人员的权威。剧本的最后，酒精中毒后的古列维奇躺倒在地时充满嘲笑和讽刺的神态，与愤怒踩向其头颅的鲍连卡形成鲜明对比，彻底证明了古列维奇在精神上的胜利。他用圣愚式的超然和淡漠，解构了官方权威不可侵犯的神话。

叶罗菲耶夫这部剧作中，同样充斥着大量的互文文本。其中有俄罗斯及世界经典文学文化文本，有社会主义现实主义文本，甚至有苏维埃政治标语。标题中的"瓦尔普吉斯之夜"首先与古希腊罗马神话传说遥相呼应。根据这个传说，每年的4月30日到5月1日之间的夜晚，魔鬼和女巫们都要在布罗肯山峰举行狂欢节。剧本的主要人物（表面疯

---

① *Ерофеев Вен. В.* Мой очень жизненный путь. М.：Вагриус. 2003. С. 516.

癫实则正常的形象)、故事情节("被作为疯子"和"被治疗")、人物体系(医护人员和精神病人)、矛盾冲突(官方与反官方、理性与非理性、暴力与非暴力)、艺术风格(悲中带笑)不仅与契诃夫的短篇小说《第六病室》有着明显的互文性,甚至让人联想到美国作家肯·克西的小说《飞越疯人院》。剧本主角古列维奇回答医生问题的过程中也处处闪现着互文文本。比如,他将诗人普希金和莱蒙托夫与同他们决斗的丹特士和马丁诺夫混为一谈;故意使用崇高典雅的莎士比亚抑扬格赋诗,表达对医学、医院以及受压制的成长环境的厌恶之情;模仿涅克拉索夫的诗风创作打油诗,讽刺苏维埃社会主义经济建设和劳动竞赛等。

《瓦尔普吉斯之夜,或骑士的脚步》与《从莫斯科到佩图什基》一样,解构的对象都指向苏维埃体制和一元意识形态。叶罗菲耶夫选择狂欢夜作为时间背景,旨在让苏维埃社会的"魔鬼们"用狂欢酒会冲破体制的威力和霸权。叶罗菲耶夫塑造类似于契诃夫笔下的"疯子"形象,则旨在通过正常人"被作为疯子"的荒诞故事来展示荒诞的社会现实。古列维奇在精神病院不拘礼节的态度,放浪形骸的举止,不受束缚的语言,错乱的言语语体,恰恰解构了陈旧刻板的官方语言和虚伪做作的官方文化。

同小说《从莫斯科到佩图什基》一样,这部剧作对俄罗斯文学传统表现出更多的继承性。正如前面提到的那样,这部剧作在故事情节、人物体系、矛盾冲突、艺术风格方面与契诃夫的《第六病室》有着很大的相似性。叶罗菲耶夫借契诃夫笔下的沙皇专制丑陋现实,揭示了苏维埃体制下荒诞的社会现实,借"疯子"的面具揭露和抨击了苏维埃体制下的种种丑陋和虚伪。

叶罗菲耶夫的后现代主义文学创作整体上表现出三大特点。第一,通过特殊的人物形象(疯子、傻子、圣愚等)制造混乱感。第二,以解构苏维埃意识形态为主要任务。这一点也是20世纪90年代之前俄罗斯后现代主义文学的整体特征。第三,互文文本更多地呈现出与经典文学的继承性与合作性,而非破坏性和颠覆性。这也是早期俄罗斯后现代主义文学的共性特征。俄罗斯学者达莉娅·克罗托娃指出："维涅季克特·叶罗菲耶夫的《从莫斯科到佩图什基》、安德烈·比托夫的《普希金之家》、安·西尼亚夫斯基的《与普希金散步》——这些作品开创了文学进程中全新的后现代主义路径，同时又表现出与传统紧密相连的特点（这种联系在叶罗菲耶夫和比托夫那里十分突出，在西尼亚夫斯基那里则不太明显）。俄罗斯后现代主义下一个阶段即顶峰阶段的作品中，首要的不再是继承性思想，而是解构和颠覆传统文学模式及读者熟悉的俄罗斯文学主题。"①

二 弗拉基米尔·索罗金——最典型的后现代作家

"弗·索罗金是引起读者和批评家最矛盾反响的作家：一些人把他纳入最伟大的当代作家之列，另一些人彻底否定他的创作，认为他的作品的意义主要在于破坏礼数和伦理规范。"② 读者和批评家对索罗金的争论不无缘由。尽管索罗金出身于书香门第，而且少年时代就接受了东正教洗礼，但他从少年时代就开始吸毒，十四岁读中学时因一篇文学习作《苹果》（Яблоки）引起同学和老师的震惊，小说描写了排队购买苹果的过程中邂逅的一对男女的狂热躁动情欲。他的早期短篇小说《萨尼卡的爱情》（Санькина любовь）描述了同名男青年在心爱的姑娘死去后的"破贞仪式"，作家由此获得"恋尸癖"的臭名。他的剧本《地球之女》（Землянка）使用下流的语言糟蹋耶稣和圣母，遭到东正教女批评家科克舍涅娃的怒斥。他的长篇小说《蓝油脂》（Голубое сало）一发表立即遭到"抵御淫秽、捍卫俄罗斯主流价值"的青年"同行者"们的抵制，并引发了一场轰动俄罗斯社会的诉讼官司。③ 索罗金在众多

---

① Кротова Д. В. Современная русская литература. Постмодернизм и неомодернизм. Москва：МАКС Пресс. 2018. С. 64 – 65.
② Кротова Д. В. Современная русская литература. Постмодернизм и неомодернизм. Москва：МАКС Пресс. 2018. С. 66.
③ 张建华：《丑与恶对文学审美圣殿的"冲击和亵渎"——俄国后现代主义小说家索罗金创作论》，《外国文学》2008 年第 2 期。

小说中对性描写的肆意大胆和直白真实，让人在惊叹他高超的艺术表现力的同时，又因为其"淫秽"的内容而脸红、心跳、恶心、呕吐。就连俄文版成人情爱杂志《花花公子》也如此评价他的文学创作："如果说，早先的俄罗斯文学如同一个心地善良的画家，画给人们看的是鲜花盛开的林中旷地，那么索罗金的这些书向人们展示的却是另一种可怕的现实……"①

索罗金1955年出生于莫斯科，本科就读于莫斯科石油天然气大学，所学专业为机械工程。他的文学创作生涯始于20世纪70年代，20世纪80年代开始正式发表作品，但只能在海外发表或以地下出版物的形式在苏联国内传播。20世纪80年代末在"回归文学"浪潮中，他开始在苏联国内正式发表作品。他的创作虽不断引起轰动和争议，但仍获得"民族布克奖"（премия Народный Букер，2001）、"安德烈·别雷奖"（премия Андрея Белого，2001）、"自由奖"（премия Либерти，2005）、"国际高尔基奖"（Международная премия Горького，2010）、"大书奖"（премия Большой книги，2011、2014）等文学奖项。

索罗金对文学创作的定位是游戏，这使他的创作理念走向了后现代主义。他曾在一次采访中说："作家应当充当预言家或社会导师的思想，这是19世纪后半叶出现的错误认识的直接后果。诸如托尔斯泰和陀思妥耶夫斯基那样的作家的出现以及东正教危机，导致19世纪末文学的地位远远超过了它应有的地位。"② 在索罗金看来，"文学是一个像绘画、黏土制餐具一样的纯美学领域，这是没有生命的材料，只有纸张和印刷色彩"，因此对文学的评价不应过高，更不能将作家神话化。③

后现代主义的创作理念贯穿于索罗金各时期的创作。20世纪七八

---

① *Соколов Б. В.* Моя книга о Владимире Сорокине. Москва：АИРО – XXI. 2005. С. 23 – 24.

② *Зайцев А.* Владимир Сорокин не хочет быть пророком, как Лев Толстой// Независимая газета. 2 июля. 2003.

③ *Сорокин В. Г.* В культуре для меня нет табу... Интервью с Владимиром Сорокиным. （взято Сергеем Шаповалом）. http：//aptechka. agava. ru/statyi/periodika/inter14. html.

十年代的代表作《定额》《排队》《玛丽娜的第三十次爱情》，初步展示出其游戏和解构苏维埃文化和意识形态的倾向，他因此被称为莫斯科"观念主义"和反社会主义现实主义艺术的小说家代表。索罗金在20世纪90年代的代表作《四个人的心》（Сердца четырёх）、《蓝油脂》更是将后现代主义文学理念演绎到极致。他的创作因此被评论界冠名为"暴力的诗学、性的诗学、审丑的诗学"。21世纪初，索罗金的创作开始带有现代主义特征，比如著名的"冰三部曲"——《冰》（Лёд）、《布罗之路》《23000》，以及中篇小说《暴风雪》。但近年的创作又回归纯粹的后现代主义风格，比如长篇小说《熊掌山》（Теллурия）和《碇锭国》（Манарага）。

　　索罗金创作的首要特点是解构。解构贯穿其创作始终，且解构对象无所不包。索罗金首先要解构的对象是苏维埃神话。这在他20世纪七八十年代的早期创作《定额》《排队》《玛丽娜的第三十次爱情》中非常明显。长篇小说《排队》通过摹写苏维埃生活中最常见的排队现象，解构了苏联在世界上作为一个盛极一时的世界大国的神话。莫斯科百货商场前，排满了购买生活必需品的苏维埃公民。有的耐心等待，有的焦躁不安；有的怨天尤人，有的乐观聊天；有的投机取巧，有的顺其自然；有的就地用餐、看报纸、打盹，有的吵架甚至打架。总之，长长的队伍和人群构成了苏联芸芸众生相。这些原本互不相干的人因为排队而偶然凑到一起，他们之间七嘴八舌的对话构成了毫无意义的声音大杂烩。但是，索罗金在这些无聊琐碎的杂声文本中置入真实的社会背景和深刻的文本意义。首先，即使在这样的人海中，也会出现由警察护送而来的特权阶层，他们有权不排队直接购物。这种无视普通阶层利益而飞扬跋扈的特权阶层的出现，成为小说反乌托邦思想最明显的体现。其次，作家用大量篇幅描写售货员的叫号声及排队者的回答声。售货员统一用姓叫号，而成千上万的回应声都是"在"。这种千篇一律的一喊一答，反映了苏维埃人民受一元意识驯服后的同化和僵化思维。最后，索罗金在小说的结尾用最擅长的性描写，将荒诞的苏维埃现实推向极致。一个排队的年轻人为了躲雨跟随一个自称经济学家的中年妇女到其家中，连续发生三次充满激情的性行为。充满反讽的是，激情过后，年轻人仍旧不忘去排队，而中年妇女的真实身份是百货商场的营业主管。显然，小说将苏联时期物资匮乏和特权阶层的丑态暴露无遗。

长篇小说《玛丽娜的第三十次爱情》通过苏维埃女公民玛丽娜的性游戏解构苏维埃神话。小说从头到尾贯穿着对玛丽娜从儿童时代到三十岁的自然主义式的性描写。童年时代的玛丽娜经历了与父亲的乱伦，与少先队夏令营辅导员恋父情结式的性爱。少女时代的玛丽娜不满足于异性恋，还热衷于同性恋。成年后的玛丽娜不仅私生活混乱，而且政治思想"堕落"，与持不同政见者来往并与他们有染。玛丽娜在颓废堕落中几近绝望，却突然遭遇第三十次爱情，与苏维埃国有企业党委书记发生性爱。这次性爱与以往都不同，它使玛丽娜在精神和肉体方面都获得彻底的满足。玛丽娜从此如获新生，从过去那个无所事事、放荡堕落的女人变成苏维埃工厂里忙碌充实、积极向上的劳动女性。从表面上看，小说写的是一名苏维埃女子从同性恋回归异性恋、从颓废堕落转向积极上进的过程，实际上隐喻的是苏维埃人民从"个性化"向"大众化"的转变，从缺乏政治意识向满怀政治意识的转变，从敌视政权到拥护政权的转变。在这些转变过程中，性起着关键作用，它无疑是软暴力和政治化的象征。正如我国学者张建华所言："小说贯穿着'性'与'政治'两大元素。显者是性，隐者是政治。生理满足的是性，精神满足的是政治。"[①] 索罗金也在一次采访中说："这是一部关于主人公自我救赎的小说。玛丽娜从自我个性、人格分裂、性的不满足、非传统性取向中解脱出来。她融化在集体的'我'之中。这是一种恐怖的救赎，但这正是20世纪向人们提倡的救赎。这是关于人选择保存自我还是丧失自

[①] 张建华：《丑与恶对文学审美圣殿的"冲击和亵渎"——俄国后现代主义小说家索罗金创作论》，《外国文学》2008年第2期。

我的小说。"①

索罗金20世纪90年代的创作仍旧存在解构苏维埃神话的倾向。其顶峰之作《蓝油脂》将英雄的、崇高的降格为猥琐的、卑俗的。

小说家索罗金的另一重要解构对象是传统小说体裁。早期小说《定额》已表现出这种倾向。这部长篇小说由八章构成。第一章以无名人士日记的形式，记载了苏维埃公民吃定额大便的荒诞事。第二章全是名词"定额"（норма）的同根形容词"标准的"（нормальный）与其他名词构成的1562个词组，比如"标准的男孩""标准的呼吸""标准的被子"等。作家用夸张到令人生厌的重复，突出"标准"一词在苏维埃社会的盛行，"象征着苏维埃人从生到死都过着'标准的生活'"②。第三章模仿布宁的感伤主义手法，写一位贵族青年安东造访童年时代小屋的所见所思。第四章全部由类似丘特切夫风格的诗组成，这些诗讴歌俄罗斯一年四季的自然风光。第五章由一个匿名人士写给一个叫马尔丁·阿列克谢维奇的男子的多封信件构成。从前面几封信的内容可知，马尔丁曾参加过卫国战争，目前是一名科研人员，但过着毫无尊严的生活。最后几封信越来越混乱怪诞，到处是脏话。最后一封信基本全由字母a构成，看不出任何意义。第六章总共两页，全部是由名词"定额"及其延伸意义"规范"等构成的句子，比如"我完成了定额""遵守伦理规范"等。第七章是审判一个年轻画家的记录。这名画家才华横溢，因崇拜法国画家杜尚并模仿他的风格作画而多次被捕入狱。最后一章描写的是一个编辑部的碰头会。总之，虽然这部作品号称"长篇小说"，却是由日记、短篇小说、诗歌、公文等构成的大杂烩。最后部分完全转向毫无意义的字母，象征着俄罗斯长篇小说以及整个文学书写的终结。

---

① Зайцев А. Владимир Сорокин не хочет быть пророком, как Лев Толстой// Независимая газета. 2 июля. 2003г.

② Руднев В. О дилогии Владимира Сорокина «Норма»/«Роман». http：//student. km. ru/ref_ show_ frame. asp? id = E6E03E79DE6E4485881E12A5E4EEC865.

长篇小说《罗曼》更是以解构长篇小说体裁为中心任务。小说的标题"罗曼"首先让人联想到长篇小说体裁，但整部小说通过模仿19世纪俄罗斯文学的人物形象、总体风格和情节内容，最后通过荒诞的死亡叙事，对19世纪俄罗斯经典文学尤其是长篇小说体裁进行彻底的颠覆。有俄罗斯学者指出："小说《罗曼》中几乎每一个主题都是对真实的或想象的俄罗斯经典作品的游戏。"[①] 的确如此，尽管索罗金从头到尾都没有指明主人公行为发生的时代背景，但读者能毫不费力地猜出是19世纪。作者本人在一次采访中也坦言："小说的行为并不是发生在时间之内，而是俄罗斯小说的空间内部。行为时间是19世纪，尽管我试图不要暴露出时间坐标。"[②]

小说主人公罗曼是19世纪文学中典型的贵族青年形象。他厌倦了首都浮华虚荣的贵族生活，决心定居于叔叔庄园所在的村子，在优美的田园风景中无拘无束地从事绘画创作。在这里，他与曾经相恋的姑娘卓娅因为生活价值观的不同而分道扬镳，随后结识并深爱上当地姑娘塔吉雅娜。在创作之余，罗曼经常到村子走亲访友，与农民一起割草劳动，到教堂参加活动等。总之，作者对罗曼在农村的生活、情感、劳动、创作等描写，高超地模仿了众多19世纪经典文学作品。比如，小说开头马车夫到火车站迎接罗曼的场景，颇似《父与子》中尼古拉驾车到车站迎接儿子阿卡基及其同学巴扎罗夫的场景。罗曼抵达叔叔的庄园后与叔叔一家过着乡村贵族传统宗法制生活，其中的细节描写让人联想到列夫·托尔斯泰的长篇小说《安娜·卡列尼娜》中列文的庄园生活。罗曼的两次恋爱经历，与冈察洛夫的长篇小说《悬崖》及普希金的诗体小说《叶甫盖尼·奥涅金》中男女主人公恋爱的情节颇为相似。此外，小说还模仿俄罗斯民间故事、童话故事和英雄史诗，描写罗曼与叔叔一

---

① Руднев В. О дилогии Владимира Сорокина «Норма»/«Роман». http://student.km.ru/ref_show_frame.asp?id=E6E03E79DE6E4485881E12A5E4EEC865.

② Сорокин В. Г. Литература как кладбище стилистических находок. *Постмодернисты по сткультуре*：Интервью с современными писателями и критиками. М.：ЛИА Р. Элинина. 1996. С. 126.

家到森林采蘑菇时遭遇大灰狼并战胜大灰狼的英雄情节,还描写了罗曼冲进火海拯救圣母画像的神奇故事,最后描写了俄罗斯传统的教堂婚礼和民间婚礼仪式等。总之,小说前五分之四章节从人物形象、情节内容、语言风格等方面高超地模仿了 19 世纪俄罗斯文学中的经典长篇小说。

但小说最后五分之一章节出现了极其荒诞的转折:罗曼在新婚之夜拿起斧头砍死所有来客,然后将新娘砍死并肢解,最后自己在半疯癫状态中死去。小说最后一句话是"罗曼死了"。这一结尾意蕴深刻。一方面,作者通过所有人物的死亡表达对 19 世纪经典文学的颠覆和解构:"索罗金的死亡叙述体现了他对俄罗斯文学古典人文精神的极度绝望。作家反其道而行之,混淆了创造性的想象与现实之间的界限,从而凸现了一种莫大的文学悲剧。"[1] 另一方面,作者在这里通过双关语的手法(名字"罗曼"的俄语小写形式表示"长篇小说"),暗示 20 世纪末俄罗斯长篇小说体裁与 19 世纪相比发生了巨大变化。俄罗斯学者鲁德涅夫指出:"小说《罗曼》象征性地指出 19 世纪传统小说思维的终结。"[2] 我国学者张建华也说:"索罗金解构并颠覆俄罗斯长篇小说艺术世界的故事本身似乎要表明经典现实主义长篇小说思想、精神、文体的毁灭与消亡,展现一个'俄罗斯文学的末日'……"[3]

索罗金 21 世纪的新作《熊掌山》依然表现出解构文学体裁的倾向。这部作品由一些短篇小说、书信片段和戏剧片段构成,仍旧没有统一的人物体系或情节线索。索罗金在这部作品中的美学定位与他的早期作品一样,在很大程度上都是消除各种体裁规范,解构传统的体裁

---

[1] 张建华:《丑与恶对文学审美圣殿的"冲击和亵渎"——俄国后现代主义小说家索罗金创作论》,《外国文学》2008 年第 2 期。

[2] Руднев В. О дилогии Владимира Сорокина «Норма»/«Роман». http://student.km.ru/ref_ show_ frame.asp? id = E6E03E79DE6E4485881E12A5E4EEC865.

[3] 张建华:《丑与恶对文学审美圣殿的"冲击和亵渎"——俄国后现代主义小说家索罗金创作论》,《外国文学》2008 年第 2 期。

范式。①

小说家索罗金的第三个解构对象是传统意义上的文学主人公。他的创作从不描写和思考人物命运，其笔下的人物大都只是一种形象、范式、文学游戏对象。无论是早期的《定额》《玛丽娜的第三十次爱情》，还是成熟期的《罗曼》，抑或是21世纪的新作"冰三部曲"、《熊掌山》《碲锭国》，全都如此。《定额》中几乎见不到任何主人公，作者的目的并不是塑造人物形象，而是构建一些旨在解构苏维埃时代陈规陋习的荒诞情景。《玛丽娜的第三十次爱情》中似乎有一个突出的女性形象玛丽娜，但作家在这里不是要塑造人物形象、展现人物性格，更不是思考女性命运、把握女性心理。玛丽娜只是作家文学游戏的一个对象、一种范式。《罗曼》似乎塑造了一个典型的19世纪多余人形象，但随着情节的发展不难看出，罗曼只是19世纪经典文学的一种主人公范式，而这种范式最终被摧毁：罗曼拿起斧头砍死了所有人，自己也在痉挛中死去。"冰三部曲"似乎塑造了一个主人公形象亚历山大·斯涅吉列夫，但小说的幻化情节最终表明，这只是一个神秘体，是名为"布罗"的光之载体。索罗金的所有小说中，只有《暴风雪》塑造了一个传统意义上的主人公形象别尔胡沙。这是代表俄罗斯民族性格的一个人物形象，他的身上集中体现了俄罗斯式的坦诚、善良、纯朴和助人为乐精神。但随后的《熊掌山》和《碲锭国》则回到解构主人公的创作路径，不再塑造人物形象，而只将其作为某种范式进行游戏。

索罗金的第四个解构对象是文体。他以高超的笔法模仿不同时代的文体，随后又用解构的屠刀将其彻底破坏。比如，《定额》以"白银时代"文学文体开始，中间穿插19世纪俄罗斯小说、诗歌、书信等各种文体，后面又加上当代公文事务语体，从而对社会主义现实主义美学范式进行最荒诞的颠覆。《罗曼》前五分之四的章节模仿19世纪俄罗斯

---

① *Кротова Д. В.* Современная русская литература. Постмодернизм и неомодернизм. Москва：МАКС Пресс. 2018. С. 69.

经典文学的文体，但最后五分之一将其彻底肢解。

从21世纪开始，索罗金的创作关注点发生了变化。他的"冰三部曲"、《特辖军的一天》、《糖克里姆林宫》、《暴风雪》等作品，关注点从过去转向未来，从俄罗斯转向世界，从俄罗斯民族转向整个人类。对苏维埃神话的解构不再是他关注的重点，尽管其中仍旧包含这类解构元素。这些作品开始具有传统意义上的"主题思想"。不少评论家认为，索罗金的创作开始转向现实主义风格了。但实际上，索罗金并不是转向现实主义叙事，而是进行新现代主义的叙事尝试，将写作视角从过去转向未来，从解构苏联意识形态转向想象未来的恶乌托邦。作家的创作理念仍旧是后现代范式的，他的创作发展了早期创作中的后现代主义理念和宗旨。其一是拟像，索罗金在这些作品中塑造了想象中的未来俄罗斯。其二是解构，索罗金在这些作品里解构的对象扩展到俄罗斯民族生活、民族性格、民族意识、俄罗斯东正教、俄罗斯国家思想等传统认知。

中篇小说《特辖军的一天》可算是索罗金21世纪创作转型的代表作。这篇小说将16世纪伊凡雷帝时代的特辖军形象置入2028年的俄罗斯未来，模仿索尔仁尼琴的《伊万·杰尼索维奇的一天》，通过对21世纪特辖军士兵安德烈·克米亚嘉一天的叙述，想象出极权主义体制下未来俄罗斯的社会图景，充满反乌托邦精神。这篇小说以克米亚嘉清晨的梦开始，对他一天的行为进行详细描写：起床洗漱用餐—执行国君命令镇压"国家的敌人"—到教堂洗礼和祷告—午餐—与特辖军头领巴佳共同审理国君女婿乌鲁索夫的打油诗案—到克里姆林宫观看戏剧演出—接受罪犯之妻的毒品贿赂—见巴佳并聚众吸毒—到海关处理俄罗斯人与中国人的纠纷—去巫婆那里占卜俄罗斯前途命运—被国母召见共进晚餐—同所有特辖军与国君共进晚餐—在巴佳的带领下与所有特辖军享受俄罗斯浴。

2028年的俄罗斯在索罗金笔下是一个封闭的君主专制国家。为了维护专制统治和东正教的纯洁性，俄罗斯在南部和西部边境修建起围墙,断绝与高加索以南国家地区及西方国家的交流与联系,唯一的友好之邦是为其提供工业品和生活用品的中国。围墙之内的国民充满安全感和幸福感,这种幸福境界如同叶·扎米亚京在小说《我们》中描写的"理想的非自由状态"。封闭孤立的俄罗斯之国类似于早期乌托邦小说中与世隔绝的孤岛,但乌托邦是关于美好、富裕、安详之世界的构想,而索罗金的小说将未来的俄罗斯描写成由暴力、流血、牺牲和破坏构成的场域。这篇小说是一部典型的反面乌托邦,也可以称为由历史上的俄罗斯和当下的俄罗斯杂糅而成的拟像。

解构现象在这篇小说中随处可见。"与民族生活相关的一切——有关俄罗斯人民和俄罗斯性格的认识全部遭到解构。"[1] 小说首先解构的对象是俄罗斯民族生活中的暴力和野蛮现象。在索罗金看来,人与人之间的相互屠杀和拷问,是俄罗斯千百年来的民族生活传统,这种传统有着深刻的民族历史根源。因此,作家用讽拟手法将2028年的俄罗斯描写成16世纪伊凡雷帝统治时代的俄国。众所周知,伊凡雷帝统治时期是俄国历史上最黑暗、最沉重的时代,其中最能体现伊凡雷帝专制的是特辖军现象。特辖军是直接隶属于伊凡雷帝并执行其恐怖专制的特权阶层,它虽然只存在七年时间(1565—1572),但给俄国留下了深远的恶劣影响。这一现象导致俄国后来历史中的很多悲剧,正如索罗金本人所言:"这种非常病态的现象在俄罗斯落入了沃土。俄罗斯的形而上学与特辖军及其目的遥相呼应。我认为,我们所有的叛乱、革命、动荡以及血流成河都是特辖军导致的后果。"[2] 俄罗斯学者西罗科娃也说,特辖军体现了一种极端特权和等级思想,"这一思想浸透了我们整个社会,并在大小官吏的头脑中扎了根"[3]。索罗金小说虚构的未来俄罗斯社会,

---

[1] *Кротова Д. В.* Современная русская литература. Постмодернизм и неомодернизм. Москва: МАКС Пресс. 2018. С. 85.

[2] *Кротова Д. В.* Современная русская литература. Постмодернизм и неомодернизм. Москва: МАКС Пресс. 2018. С. 85.

[3] *Широкова С.* Писатель Владимир Сорокин: Мой «День опричника»——это купание авторского красного коня//Известия. http://www.izvestia.ru/reading/article3096020/.

如同 16 世纪伊凡雷帝统治时期一样，是一个高度专制和独裁的国家。专制和独裁制度的象征首先是国君。他不允许国民有任何自由思想，安排刽子手专门迫害与官方思想不一致的知识分子，派特辖军镇压国内反叛活动。所有国民都威慑于国君的权力而不得不尊敬他、爱戴他、拥护他。未来俄罗斯独裁专制统治的另一象征，是以巴佳为首领，由克米亚嘉等普通士兵构成的特辖军。他们是国君实现专制统治的得力助手，拥有国君赋予的无限特权，掌握着对普通民众的生杀大权，常常利用职务之便烧杀抢掠、无所不为。

小说还解构了俄罗斯民族生活中的宗教传统和宗教意识。俄罗斯尤其是 20 世纪之前的俄罗斯一直被视为东正教国家，这在 19 世纪和 20 世纪的俄罗斯经典文学中都有所表述和展现。然而，俄罗斯人并没有由于拥有宗教信仰而消除罪恶，反而常常为罪恶的心灵披上宗教信仰的外衣。因此，在小说所塑造的未来俄罗斯，东正教也成为独裁专制社会的一大基础，发挥着加强专制统治的作用。特辖军头领巴佳就是东正教的化身，他的名字本身具有"神父"之义。他极力赞成国家修建围墙自我封闭，认为这样可以保护俄罗斯东正教的纯洁性，避免俄罗斯受其他国家意识形态和不良风气的影响。从表面上看，巴佳像一个真正的神父那样宣扬和维护东正教，实际上这张虚伪的宗教面具下隐藏着一颗罪恶的心。这是一个与权力勾结的道貌岸然的东正教徒，他主张东正教信仰，是为了迎合国君的独裁和专制。但克米亚嘉等下属不仅把他视为自己的上司，更把他尊称为"精神导师""可亲的父亲"。受巴佳的影响，克米亚嘉等普通特辖军都成了东正教信徒，但他们满口脏话，私下阅读淫秽的《启示录故事》。也正是在巴佳的领导和授意下，克米亚嘉等普通特辖军横行霸道、为非作歹、受贿吸毒、荒淫无度。

索罗金在这里还解构了当代俄罗斯民族生活中的实用主义、功利主义、自由和西化之风。这篇小说所塑造的未来俄罗斯社会，不再追捧陀思妥耶夫斯基、托尔斯泰、契诃夫等经典作家，他们的作品被扔进壁炉燃烧取暖，只留下实用性强的书籍和指南。俄罗斯在国境上唯独留下通往中国的通道，中国能给它供应工业品和生活必需品，而它可以通过给中国输送石油等能源赚钱。尽管2028年的俄罗斯实行闭关锁国政策，但仍旧受到来自西方、俄罗斯侨民和持不同政见者的威胁，出现了诸如"俄罗斯的自由""美国之声""自由的欧洲""自由""德国之浪""流亡中的俄罗斯""俄罗斯的罗马""俄罗斯的柏林""俄罗斯的巴黎"等宣扬西方自由、抨击俄罗斯专制制度的广播节目。中国作为一个工业品和日用品生产大国，对俄罗斯也造成不小的影响。主人公克米亚嘉开着中国制造的"奔驰"①轿车，俄罗斯边境上出现公开的非法中国移民和秘密土地买卖等现象。

《特辖军的一天》通过杂糅历史时空与未来时空，利用对历史现象的夸张和荒诞化处理，在游戏中将俄罗斯社会发展史上最关键、最病态的一些问题暴露出来，比如极权体制、宗教治国、实用主义、功利主义、沙文主义等。因此，这部小说被不少评论家视为讽刺俄罗斯历史和思考俄罗斯未来的小说。索罗金本人承认，这部小说是针对俄罗斯国家的思考："在俄罗斯，上至总统下至流浪汉，没有一个人知道俄罗斯的未来会怎样。而对于作家来说，它毫无疑问是富庶之邦。这是俄罗斯的形而上学。我多次说过，我们生活在过去和将来之间。我们感觉不到现在，因为我们或者回忆过去有多好或多差，或者用咖啡渣占卜未来。"②但作家并不认为这是一部讽刺作品，而将它视为一部以俄罗斯社会历史为背景的科幻作品："人们已经为我贴上讽刺作家的标签。我并不认为这是讽刺作品。我想写的是一部民族的作品。这更像是以俄罗斯为主题的科幻作品。"③

索罗金2013年创作的长篇小说《碲锭国》更鲜明地回归后现代主

---

① 小说中"奔驰"的俄文形式 мерседес 被改写为 мерин，具有游戏色彩。
② Широкова С. Писатель Владимир Сорокин：Мой «День опричника»——это купание авторского красного коня//Известия. http：//www. izvestia. ru/reading/article3096020/.
③ Широкова С. Писатель Владимир Сорокин：Мой «День опричника»——это купание авторского красного коня//Известия. http：//www. izvestia. ru/reading/article3096020/.

义。这部小说的后现代性，不仅体现为对传统小说体裁的解构，而且体现为像前面两个三部曲一样塑造了反面乌托邦。但这里的反面乌托邦与前面两个三部曲不同的是，它想象出的不是统一的中央集权制的俄罗斯国家，而是一个四分五裂的未来俄罗斯，这种分裂甚至影响到欧洲。整部小说同样解构了俄罗斯民族意识、俄罗斯传统的精神心理特质、俄罗斯国家意识乃至苏维埃意识形态范式。

索罗金最新的一部长篇小说《熊掌山》（2017）几乎践行了后现代思维的所有原则。其中有后现代式的拟像（虚构的未来俄罗斯国家），有巨大的互文网（互文文本包括西欧文学、19 世纪俄罗斯文学、"白银时代"现代主义文学），有后现代感（世界被视为混乱无序的），更有各种后现代式的解构思想（文化终结、个性蜕化乃至消失、民族自我意识消亡等）。

如果说，21 世纪之前索罗金的创作主要以解构苏维埃意识形态为旨趣且文本主要构建在苏维埃历史、苏维埃文化、苏维埃文学的碎片上；那么，他进入 21 世纪以来的创作主要描写未来的恶乌托邦且文本主要基于作家本人的想象。可以说，索罗金 21 世纪以来的创作多了一些传统小说的叙事形式和意义内涵，但这位作家始终秉承的创作理念是为文学而文学，他反对传统文学的创作形式和说教功能，这意味着他始终是一个典型的后现代主义者。

三 维克多·佩列文——与传统紧密互动的后现代作家

20 世纪 90 年代，俄罗斯后现代主义文学经历了最辉煌的发展。它从多年的地下状态转为地上状态并获得合法地位，涌现出众多后现代主义文学新秀，维克多·佩列文就是其中的一个。

1989 年，27 岁的佩列文以其处女作短篇小说《伊格纳特魔法师和人们》（Колдун Игнат и люди）登上文坛，但当时的知名度仅限于科幻小说爱好者圈子。1991 年，他的第一部短篇小说集《蓝灯》（Синий фонарь）出版，很快被抢购一空，不过他仍旧没有引起文学批评界的注意。同年发表于《旗》的长篇小说《奥蒙·拉》（Омон Ра）却使他名声大噪，这成为其创作生涯中的转折点。这部小说获得 1993 "青铜蜗牛"奖（Премия "Бронзовая улитка"）和"中间地带"奖（Премия "Интерпресскон"），另一部作品《蓝灯》荣获 1993 年"小布克"奖（Премия "Малый Букер"）。之后佩列文的创作势头更旺。1993 年，长篇小说《昆虫的生活》（Жизнь насекомых）和中篇小说《黄箭》（Желтая стрела）相继发表。1996 年，佩列文以长篇小说《夏伯阳与虚空》（Чапаев и Пустота）轰动文坛。这部小说刚一出版，立刻被文学批评界推举为俄罗斯年度最佳小说，虽然最终并未获此殊荣，但于次年摘走了"朝圣者"奖（Премия "Странник"）的桂冠。1999 年，佩列文以长篇小说《"百事"一代》（Generation "П"）再次轰动文坛，这部小说也于次年获"德国萨尔茨堡文学奖"（Немецкая литературная премия имени Рихарда Шенфельда）。短短的十年，佩列文从一名文坛新秀跃变为"俄罗斯文学中一颗耀眼的太阳"①。

21 世纪初，佩列文在文坛上沉寂了几年。直到 2003 年，"埃克斯莫"（Эксмо）出版社推出《转型时代辩证法》（Диалектика переходного периода из ниоткуда в никуда），文坛再次对佩列文刮目相看。该书当年荣获"阿波罗·格里戈里耶夫奖"（Премия Аполлона Григорьева），次年荣获俄罗斯"国家畅销书"奖（Премия "Национальный бестселлер"）。这部小说似乎成了佩列文新旧世纪创作的转折标志，之后开始了几乎年均一本大部头的高速创作：2004 年《妖怪传说》（Священная книга оборотня），2005 年《恐怖头盔》（Шлем ужаса. Креатифф о Тесее и Минотавре），2006 年《"吸血鬼"帝国》（Empire "V"），2008 年《美国政治侏儒之诀别的歌》（П5：Прощальные песни политических пигмеев Пиндостана），2009 年《T 伯爵》（t），2011 年《S. N. U. F. F.》，2013 年《蝙蝠侠·阿波罗》（Бэтман Аполло），2014

---

① Тойшин Д. Интервью со звездой. http://pelevin.nov.ru/interview/o-toish/1.html.

年《献给三位朱克布林的爱》（Любовь к трём цукербринам），2015 年《看管人》（Смотритель），2016 年《玛土撒拉的灯：秘密警察与共济会的终极之战》（Лампа Мафусаила, или Крайняя битва чекистов с масонами），2017 年《iPhuck 10》，2018 年《富士山的神秘景象》（Тайные виды на гору Фудзи）。在此期间，佩列文之前的作品也汇集成多部文集相继出版。2009 年年底的民意调查显示，佩列文是俄罗斯最具影响力的知识分子之一。

从 20 世纪 80 年代末初涉文坛至今已 30 余年，佩列文成就了一个当代俄罗斯文学神话。但文学批评界对佩列文的创作的界定五花八门，其中有科幻小说、讽刺小说、概念主义、超现实主义、后解构主义、纯后现代主义等多种说法。无论何种界定，一个不能否认的事实是，佩列文的绝大多数创作都具有后现代主义文学的特征。其创作的后现代性集中体现在解构、现实与虚幻的对立统一、"空"之理念、互文、拟像、文体杂糅等美学特征上。

解构是所有后现代主义作家的共性，佩列文也不例外。他的早期创作，如同索罗金的早期创作一样，旨在解构苏维埃意识形态和文学文化范式。在第一部长篇小说《奥蒙·拉》中，佩列文以苏维埃宇航事业为题材，以丰富的想象仿造了一个怪诞的苏维埃时空。与索罗金的创作一样，佩列文创作的解构范围越来越广，从解构苏维埃意识形态范式扩展到解构人的认知，解构人的精神世界和价值观。这种转变始于中篇小说《昆虫的生活》，其中"人甚至不是动物，而是昆虫，且人的生活与甲虫、苍蝇或飞蛾并无原则性的区别"[1]。在这部小说中，佩列文采用卡夫卡式的变形手法，将当代俄罗斯社会的芸芸众生变形成蚊子、苍蝇、蚂蚁、屎壳郎、飞蛾、大麻臭虫和蝉七种昆虫，将人的生活环境和言谈举止变成昆虫的生存环境和语言活动。小说中的七种昆虫实际上代

---

[1] *Кротова Д. В.* Современная русская литература. Постмодернизм и неомодернизм, Москва：МАКС Пресс. 2018. С. 105.

表了七种不同的价值观。与美国蚊子山姆合作开发俄罗斯血液市场的俄罗斯蚊子阿诺尔德和阿尔图尔，代表着唯利是图的商人价值观。这类人为了一己私利甚至不惜损害国家利益、盗窃国家资源、出卖同胞。企图通过与山姆的跨洋婚姻满足自己物质欲望的苍蝇娜塔莎，代表着新一代俄罗斯青年中颇为流行的拜金主义和拜物主义价值观。这类人贪图物质享受，并为此不惜出卖肉体和尊严。为丈夫和女儿忙碌一生的蚂蚁玛丽娜，代表着丧失自我的庸人价值观。这类人将自己的人生价值依附在别人身上，为了别人而活。沿路积攒屎粪的屎壳郎父子，代表着只关注自我小家的俗人价值观。这类人老实本分、维护传统，但光有物质积累而无精神追求。始终围绕"虚空"和"无我"主题进行哲理谈话的蛾子米佳和吉玛，代表着佛教式的超然价值观。这类人懂得以超脱的心态面对生活。沉湎于毒品和麻醉剂的臭虫马克西姆与尼基塔，代表着"垮掉的一代"的颓废价值观。这类人没有任何人生追求，沉迷于酒精和毒品之中，是社会的蛀虫。狂热追逐留洋梦的蝉儿谢廖沙，代表着俄罗斯年轻人的西化价值观。这类人视西方为天堂，并为抵达天堂而努力终生。小说中各种昆虫的不同结局，似乎也暗示了各种价值观在当代社会的不同走向。美国蚊子山姆匆忙离去的决定，暗示了俄罗斯投机商人利益的破产。娜塔莎的死亡，暗示了俄罗斯与西方联姻的政治企图的流产。玛丽娜孤苦伶仃的结局，暗示了它的人生价值和寄托终将无法实现。老屎壳郎的死，暗示了犬儒主义作风并不可取。臭虫的死，是青年人颓废堕落的自然结果。蝉儿谢廖沙的死，讽刺了西化的一代毫无价值的追求。小说中，只有两只飞蛾最终获得了无上的幸福和自由，只有它们的价值观博得佩列文赞赏。

"与解构原则紧密相关的是佩列文的一个核心世界观范畴——空。"[①] 佩列文的"空"之概念来源于佛教。他在一次采访中坦言，自

---

① *Кротова Д. В.* Современная русская литература. Постмодернизм и неомодернизм, Москва：МАКС Пресс. 2018. С. 105.

己从童年时代就迷恋上了东方佛教。① 成年后，他曾到韩国、中国、日本、尼泊尔、不丹等国的佛教寺院，悉心感受和理解佛教的内涵。而他的文学创作，从早期到成熟期，都或多或少流露出佛教"空"之理念和思想。中篇小说《隐士与六趾》（Затворник и Шестипалый）是"空"之理念在佩列文创作中的早期呈现。在这篇小说中，佩列文采用变形手法，将人变成鸡，通过两只鸡飞越"世界之墙"（Стена мира）、逃脱被宰杀命运的故事，阐释了佛教中的超度思想。六趾是"卢那察尔斯基养鸡场"土生土长的一只鸡，它从未见识过外面的世界，因此胆小懦弱，对生死充满疑惑与恐惧。隐士是一只外来鸡，曾经在五个"世界"（即养鸡场）里待过，历经世事、看破红尘。它充当六趾的"精神导师"，教六趾炮制栖息之所、跳跃高飞、战胜恐惧，告诉六趾黑夜、恐惧、爱情的本质，最后让六趾参透生命的轮回，鼓励六趾与它一起飞越"世界之墙"（即养鸡场的篱笆）。整部小说通过两只鸡的对话，传达出佛教"生命轮回""看破红尘""万物皆虚空"等一些基本思想。

《隐士和六趾》发表三年后，佩列文又发表了两部富含佛教思想的小说，一部是长篇小说《昆虫的生活》，另一部是中篇小说《黄箭》。《昆虫的生活》中佛教式的超然哲学和价值观，主要通过夜蛾吉玛训诫米佳的方式呈现出来。小说中的吉玛是一个佛陀形象，充当米佳的精神导师，引导米佳体悟"皆是虚妄"和"无我"的境界，认识到没有任何杂念地"扑火"就是奔向光明之理，从而使米佳摆脱生与死、光明与黑暗、"无我"与"自我"的矛盾和困惑，达到心灵的解脱和顿悟，获得真正的自由与幸福。与《昆虫的生活》发表于同一年的中篇小说《黄箭》，通过一列正在驶向坍塌之桥的火车以及乘客即将面临的悲剧性命运，阐释佛教中的"无常"思想。火车是小说所有行为发生的唯一空间，也是人们习以为常的世俗世界的隐喻。火车上的乘客构成现实

---

① Виртуальная конференция с Виктором Пелевиным. http://pelevin.nov.ru/interview/.

生活中的芸芸众生，他们在车厢里的生活象征着尘世生活，这样的生活本身就像一列在既定轨道上运动着的火车，日复一日，年复一年。然而，世俗生活无法逃脱无常的命运。列车正驶向坍塌的桥，所有人即将面临死亡。安德烈是火车中的一名乘客，但与大部分麻木度日的乘客不同，他善于思考，不太合群，对车厢里的生活感到乏味无聊。最终，他在一个富含西方哲学思想的老者和充满东方神秘主义气质的可汗的精神指引和鼓励下，抛弃无常世间而追求自在世界：他跳出列车，踏上了安静祥和的世界。

最能代表佩列文"空"之理念的作品当属长篇小说《夏伯阳与虚空》。文学批评家格尼斯称它是"俄罗斯第一部佛教禅宗小说"。[①] 明凯维奇（А. Минкевич）在这部小说中"看见了期待已久的俄罗斯禅宗"。[②] 多林（А. Долин）认为"《夏伯阳与虚空》是一部综合了东方学说、纯俄罗斯民间故事（幽默笑话）和新俄罗斯习俗的奇闻怪书"[③]。别列沃连斯卡娅（Н. Белеволенская）认为小说鲜明地表达了"唯心主义—佛教—后现代主义"哲学思想。[④] 我国学者郑永旺教授在其专著《游戏·禅宗·后现代》中，也探讨了这部小说与佛教的关系。小说中的"空"之思想表达，时而隐性，时而显性。主人公彼得的姓"普斯托塔"（Пустота）首先点明虚空的主题。小说正文在人物形象、思想语言、物品道具上，都隐性地体现出"空"的思想。其中的另一主要人物恰巴耶夫，是一个具有互文性的复杂形象，其主要身份是佛陀和精神导师，次要身份是红军将领。小说主要描写的是恰巴耶夫如何向彼得传授"皆是虚空"的道理。在他的精神教导下，彼得的精神和思想发

---

① *Кузнецов С.* Василий Иванович Чапаев на пути воина//Коммерсанть - Daily. 27 июня. 1996. С. 52.

② *Минкевич А.* Поколение Пелевина. http://pelevin.nov.ru/stati/o-mink/1.html.

③ *Долин А.* Виктор Пелевин: новый роман. http://pelevin.nov.ru/stati/o-dolin/1.html.

④ *Богданова О. В.* Постмодернизм в контексте современной русской литературы. Санкт-Петербург：Изд. филол. факультета СПбГУ, 2004, С. 342.

生了彻底变化，由最初那个对现实的执着探索者和追问者变成了人生的超脱者。

从《隐士与六趾》《昆虫的生活》《黄箭》《夏伯阳与虚空》四部小说可以看出，佩列文的文学世界饱含佛教"空"之思想，而且对"空"的阐述大都通过佛陀式的形象与学生式的形象之间的哲理对话体现出来。但佩列文的创作目的不是宣扬佛教，而是利用佛教的"空"之理念达到解构意识、颠覆现实的目的。佩列文所理解的"空"与佛教本义上的"空"也有着显然的差异。佛教的"空"反对世间是绝对虚无的观念，强调在现实生活中达到解脱。佩列文的虚空观则恰恰走上了虚无主义和唯心主义的道路，融合了东方佛教文化和西方各种哲学观点。研究者明凯维奇指出，佩列文在《夏伯阳与虚空》中表现的是"非宗教的，融合了基督教、佛教、无神论和泛神论的特殊的宗教世界观"[①]。佩列文首先将现实看成意识的产物，然后通过否定意识的存在而否定现实的存在、生活的意义及人生的价值。他的"空"可以归纳为两层含义。其一，现实是人的意识产物，是混沌的、凌乱的、虚幻的，因此他笔下的"空"可以用"虚假""幻影"等同义词来替换。其二，世界无终极真理，这也是所有后现代主义作家的世界观。

佩列文后现代式的艺术世界还呈现出另一大特点，即现实和虚幻的对立统一。可以说，"现实世界同虚幻世界的对立是佩列文整个艺术创作中最中心的二律背反体"[②]。一方面，我们能在佩列文的作品中看到俄罗斯不同历史时期的社会现实。比如：20世纪初革命和战争时期的混乱现实（《夏伯阳与虚空》），苏维埃体制下被国家意识形态异化了的现实（《奥蒙·拉》），苏维埃政权瓦解之后俄罗斯民族精神空虚、信仰丧失的危机现实（《夏伯阳与虚空》），当代俄罗斯资产私有化和市场经济化过程中知识分子的精神堕落、道德沦丧之现实（《"百事"一代》

---

① Минкевич А. Поколение Пелевина. http：//pelevin.nov.ru/stati/o-mink/1.html.

② Коваленко А. Г. Литература и постмодернизм. М.：Изд-во Рос. ун-та дружбы народов. 2004. С. 107.

《转型时代辩证法》),芸芸众生忙于蝇头小利和自我算计的庸俗现实(《昆虫的生活》)等。另一方面,佩列文的作品中出现了与现实世界并驾齐驱的虚幻世界。在《夏伯阳与虚空》中,神秘的佛教世界与红尘世界对立并存。在《奥蒙·拉》中,虚构的宇宙世界与现实世界对立并存。在《"百事"一代》中,电视广告营造的虚拟世界与后苏维埃现实对立并存。在《转型时代辩证法》中,数字构成的神秘世界与当代俄罗斯现实对立并存。在《昆虫的生活》中,昆虫的世界与人的世界对立并存。在《妖怪传说》中,20世纪90年代的莫斯科现实与妖怪世界对立并存。不过,佩列文笔下所谓的现实最终都汇入虚空的洪流。佩列文的世界观中实际上根本没有"现实"二字,正如他本人所言:"现实是任何你百分百相信的幻觉。"[1] 在佩列文看来,无论是外部物质世界还是内部精神世界,都是人意识的产物,他曾宣言:"意识是我作为一个作家,也是作为一个人最关心的中心问题。"[2] 佩列文几乎所有的作品都是对意识尤其是潜意识的复制。正是意识和潜意识诞生出各种奇异的、扭曲的现实和非现实。[3] 佩列文复制意识和潜意识,正是为了解构意识对人的控制。

  拟像是佩列文后现代主义创作的另一特征,这一特征也与他对意识的关注有关。具体而言,作家通过模仿电脑、网络、电视、广告等现代信息手段所营造的虚拟现实,来解构现代科技和大众媒体对人的意识的控制。中篇小说《国家计划王子》是对电脑游戏的复制,长篇小说《恐怖头盔》是对网络聊天的模拟,《"百事"一代》是对电视及广告的摹写。电脑游戏、网络聊天、电视广告等大众文化进入了佩列文的文学世界,于是有人称佩列文为大众文学作家,但他本人拒绝这一称呼。佩

---

[1] Вдали от комплексных идей живешь как Рэмбо – day by day. Виктор Пелевин о себе и своей новой книге//Коммерсантъ – Daily. №157 (2760). 02 сент. 2003.

[2] *Кропывьянский Л.* Интервью с Виктором Пелевиным. http://pelevin.nov.ru/interview/o – bomb/1.html.

[3] *Губанов В.* Анализ романа Виктора Пелевина《Омон Ра》. http://pelevin.nov.ru/stati/o – guba/1.html.

列文描写大众文化和现代技术手段营造的虚拟现实，是为了证明所谓的现实都是虚假的，是人的意识的产物，而不是为了宣扬或赞美大众文化和技术手段。因此，他拒绝别人对他的大众文学作家之称①，也曾批判现代技术、城市、进步等字眼："那个被称为'进步'的东西，将人变得比自由生存的动物更低等。"②

佩列文的创作还体现出后现代式的大量互文。正如俄罗斯学者佩列佐夫所言："佩列文广泛引用他人文本以借用别人的思想，然后通过游戏加工添加到自己作品中，结果是其思想已经完全不同于最初引用的那种思想了。"③ 佩列文的互文文本包罗万象，从19世纪的俄罗斯经典文学到20世纪的社会主义现实主义文学，从俄罗斯到世界各国历史文化文本，从主题内容、美学结构、人物形象、故事情节到语体、体裁、风格和语言。

佩列文的很多小说，从扉页就开始使用互文手法，直接引用或摹写简短却富含深意的诗或歌曲。《昆虫的生活》扉页引用俄罗斯侨民诗人布罗茨基的诗《致罗马朋友》，诗中孤独的抒情主人公与罗马帝国首都的繁荣和忙碌形成鲜明对比。佩列文直接引用这首诗，将现代社会芸芸众生的忙碌比喻成各种昆虫的鸣叫，颠覆了生活的意义，突出了小说的主题。《夏伯阳与虚空》的扉页上是假托成吉思汗之名的一首诗。佩列文模仿这位蒙古英雄的气魄写了这首诗，鲜明地体现出小说所表达的虚空主题。《"百事"一代》的扉页引用加拿大诗人歌手莱昂纳多·科恩的一首歌曲，内容似乎在表达爱国主义情绪，但实际上作者游戏性地暗示了电视和广告对人意识的控制作用。

佩列文小说的文本内部更是处处闪现各具特色和目的的互文。《奥蒙·拉》大量引用苏联歌曲、口号、广告文本片段，目的是解构充满虚

---

① Долин А. Виктор Пелевин: новый роман. http://pelevin.nov.ru/stati/o-dolin/1.html.
② Кочеткова Н. Писатель Виктор Пелевина «Вампир в России больше чем вампир». http://www.izvestia.ru/reading/article3098114/.
③ Перевозов Д. Зарытый талант//Подъём. 2001. №1.

假和荒诞色彩的苏维埃现实。小说中甚至杂糅引用普希金、莱蒙托夫、丘特切夫、勃洛克等19世纪与20世纪俄罗斯诗人关于月亮的诗歌片段，暗示苏维埃事业的荒诞性和戏剧性。《昆虫的生活》最具特色的互文体现于小说大标题及各章节小标题，其中涉及的互文文本不仅有普希金的长诗《青铜骑士》、伊万·克雷洛夫的寓言故事、格林卡的歌剧《为沙皇献身》、列昂尼德·列昂诺夫的长篇小说《俄罗斯森林》、肖洛霍夫的短篇小说《一个人的遭遇》、瓦西里·格罗斯曼的长篇小说《生活与命运》等19世纪与20世纪俄罗斯文学经典，还有捷克作家卡莱尔·恰佩克和约瑟夫·恰佩克兄弟俩的科幻剧本《昆虫生活中的景象》、法国作家莫泊桑的短篇小说《生活》、美国作家肯·克西的长篇小说《飞跃疯人院》，以及《圣经》等世界文学经典。除了这些文学经典外，还有诸如"飞蛾扑火""第三罗马""马可·奥利略"等互文文本，乃至人类共同的"母亲情感"等互文文本。因此，俄罗斯学者阿尔图霍娃称这部小说"是一部百科式的长篇小说"。①

《夏伯阳与虚空》最具特色的互文体现在与佛教文本和苏联红色经典《恰巴耶夫》之间的互文。与佛教的互文，体现在引入佛祖形象、"空"之教义上。这些互文文本突出了小说的虚空主题。与《恰巴耶夫》的互文，体现为佩列文借用富尔曼诺夫小说中的人物形象和情节。佩列文小说中的恰巴耶夫、彼得、安娜和纺织工人等人物形象，在富尔曼诺夫小说中的原型分别是恰巴耶夫、克雷奇科夫、叶莲娜·库奇尼娜和一位老纺织工人。这些人物在佩氏小说中具有与富尔曼诺夫小说中不同的身份和作用。佩列文笔下的恰巴耶夫不仅仅是红军将领，还获得佛祖和精神导师的新身份，其英雄色彩消退了，神秘主义气息和智者的气质出现了。佩列文笔下的安娜不仅仅是一个女机枪手，还是彼得眼中美丽、高贵、矜持、神秘的女性形象，是一个可望而不可即的幻影，这正

---

① Алтухова О. Н. Ономастический контекст в постмодернистской литературе: на материале произведений В. Пелевина. : дис. канд. филол. наук. Волгоград, Волгогр. гос. пед. ун – т. 2004. C. 100.

符合小说的虚空主题。佩列文笔下的彼得与富尔曼诺夫笔下的克雷奇科夫一样，都是恰巴耶夫的政委，但在佩列文的小说中彼得还是一名精神病患者，他因为弄不清现实和生活的真谛而患上人格分裂。除了小说中的重要人物形象，很多情节也是对富尔曼诺夫小说的借用和改编。比如，两部小说中都有火车站广场群众为红军送行的场面及战争场面，都有战士们围绕篝火唱歌娱乐的场景，但佩列文笔下的场景不是人间之象，而是彼得意识的产物。类似的经过佩列文加工、拼贴、篡改的情节很多。

在《"百事"一代》中，互文文本更多、更宽泛。小说标题是对加拿大作家道格拉斯－库普兰的《X代：加速文化的故事》的仿造。佩列文以道格拉斯的小说为蓝本塑造了俄罗斯的"X代人"，只是将英文字母"X"换成了俄文字母"П"。"П"在小说中具有多重含义，既指像主人公塔塔尔斯基一样曾经幸福地成长于社会主义红旗下，之后又亲身经历苏俄两个不同时代变迁的一代人，也是西方文化入侵俄罗斯的"百事可乐"的首字母，还指小说中女神伊什塔尔死后附身的跛脚狗皮兹杰茨（Пиздец），还可以理解成诸如后现代、后结构主义、后工业社会等与"后"（пост－）有关的当代社会现象。此外，佩列文还引用茨维塔耶娃、丘特切夫等俄罗斯经典作家和诗人的文学文本，以及讽喻当代俄罗斯现实的各种广告文本。

将不同风格和语体杂糅也是佩列文的互文手法之一。小说《奥蒙·拉》的卷首语是"致苏联宇航英雄"，《"百事"一代》的卷首语是"致中产阶级"。佩列文两部小说的卷首显赫出现"致某人"公文语体的话语，使读者顿生严肃、庄重之感，但小说的内容完全是另一种风格：《奥蒙·拉》充满愤恨、郁闷、嘲讽语气；《"百事"一代》充满对当代俄罗斯现实的鄙夷，对追名逐利现象的嘲讽。佩列文正是通过卷首语对公文语体的互文游戏，造成与小说内容语体风格的强烈反差，从而颠覆俄罗斯各个历史时期的社会现实。在《"百事"一代》中，脏话、黑话、行话、骂人话、青年俚语等比比皆是，公文语体、口语语体、科技语体、政论语体等鱼龙混杂，这样的语言和语体的互文游戏交错相织，呈现出鲜明的后现代特色。

我们上面的分析主要论述了佩列文创作的后现代性。但俄罗斯研究者 Д. 克罗托娃敏锐地发现，佩列文的创作一方面具有后现代性，另一方面却与俄罗斯文学传统尤其是"白银时代"文学传统紧密相连；佩列文的创作不像索罗金那样以解构为主旨，他的创作还思考人的本性、世界之规律等——这些都是建设性的而非典型的后现代解构任务；读者在佩列文的作品中看见的不仅仅是后现代解构层面的内容，而且还有本体论层面的内容。① 克罗托娃的发现是正确的。佩列文本人曾说："俄罗斯文学有很多传统，无论你怎样唾弃，都必定会继承其中的一些。"② 他曾高度赞扬布尔加科夫的创作，承认《大师与玛格丽特》是对他影响最大的小说，也很喜欢普拉东诺夫的创作，对纳博科夫的诗句信手拈来。他作品中的很多人物形象也都具有真善美的品质，比如他的笔下出现了一类喜欢自由、善于思考、勇于探索的俄国知识分子形象（《夏伯阳与虚空》中的彼得，《黄箭》中的安德烈等）。佩列文的创作中鲜有像维克多·叶罗菲耶夫、弗·索罗金创作中赤裸裸的性描写。正因如此，评论家阿扎多夫斯基说："佩列文……是一个文明人，佩列文和索罗金的区别正在于此。佩列文在思考如何用文明的方式表达自我，同时又不脱离读者观念中的传统文学。"③ 我们有理由说，佩列文的后现代主义属于美国学者大卫·格里芬提出的"建设性的后现代主义"④。他在铲除一些东西的同时还构建起自己的世界体系，而非索罗金之类的后现代主义作家那样，在摧毁外部物质世界的同时连人的内心世界

---

① Кротова Д. В. Современная русская литература. Постмодернизм и неомодернизм. Москва：МАКС Пресс. 2018. С. 107 – 108.

② Виртуальная конференция с Виктором Пелевиным. http：//pelevin. nov. ru/interview/.

③ Азадовский К. Виктор Пелевин. http：//www. russ. ru/culture/99 – 05 – 07/azadovsk. htm.

④ [美] 大卫·格里芬：《后现代宗教》，孙慕天译，中国城市出版社2003年版，"导言"第4页。

一起毁灭。

佩列文与俄罗斯文学传统紧密联系的主要标志在于，他的创作在思考"什么是真正的现实"这一问题。诸如索罗金这样的作家很少思考这一问题，而它却几乎出现于佩列文的每一部作品中。这个问题也是"白银时代"文学传统的中心议题之一。佩列文的创作与安德列耶夫的联系非常深入。现实与虚幻、真正的现实与意识领域之间的关系，也是安德列耶夫创作中思考的最主要问题。除了与"白银时代"的思维原则相似，佩列文还试图将"白银时代"作为一个文化时代进行重构。《夏伯阳与虚空》有几个章节完全将读者带入"白银时代"的文学生活和那时的文学沙龙氛围之中。读者借助小说主人公之眼，目睹了勃留索夫、阿·托尔斯泰等"白银时代"作家的风采。尽管这些场景只是精神病主人公的意识产物，但佩列文并非毫无缘由地关注这一时代，作家与这一时代的文化联系显而易见。[①]

佩列文作品与俄罗斯文学传统的联系还体现于他的主人公形象上。后现代主义文学的主人公通常都不是具体的形象，不具有人的个性，而只是作者用来表达某种思想体系的代表，比如索罗金的长篇小说《玛丽娜的第三十次爱情》的同名女主人公。"不同于索罗金的是，佩列文的文学主人公范畴在很多情况下都保持着传统意义。"[②] 他的文学创作尤其是早期作品中，文学主人公具有个性特征，有着丰富的内心世界。《奥蒙·拉》中的同名主人公，虽然名字富有后现代式的游戏色彩，但具有丰富的内心世界和真正的情感体验（痛苦、孤独、为功勋献身的心理准备等），甚至有传统意义上的主人公成长经历。《夏伯阳与虚空》中的主人公普斯托塔，虽然是一名精神病患者，但同样具有丰富的内心世界和情感体验。他对现实的探索，对艺术的见解，对爱情的体验，对

---

① *Кротова Д. В.* Современная русская литература. Постмодернизм и неомодернизм. Москва: МАКС Пресс. 2018. С. 108–110.

② *Кротова Д. В.* Современная русская литература. Постмодернизм и неомодернизм. Москва: МАКС Пресс. 2018. С. 111.

女性的感知，并不带有后现代式的讽刺，而是传统意义上的理解。当然，佩列文其他一些作品中的主人公的确是后现代范式的，比如《昆虫的生活》《妖怪传说》等。

佩列文与俄罗斯文学传统的另一个紧密联系还体现于他创作的爱情主题。在后现代主义文学中，爱情通常是遭到讽刺和解构的。托尔斯泰娅的《野猫精》中，爱情体验和感受是通过讽刺的口吻传达出来的。索罗金的创作完全不涉及爱情主题，而只有性游戏。尽管爱情主题在佩列文的创作中并不多见，但它是以传统形式来展现的。《夏伯阳与虚空》中彼得对安娜的爱是真正意义上的爱情，而安娜形象与"白银时代"文学中的"永恒女性"形象有直接联系。

佩列文与俄罗斯文学传统尤其是"白银时代"文学传统紧密相关的还有新神话思维。人类产生之后，便出现了神话。艺术家们经常从神话故事中汲取创作的养料和素材。文学作品对神话的运用，由最初直接对传统神话的情节、形象的引用和加工，逐渐演变为在结构上模仿神话的时间循环、现实与虚幻游戏、变形手法、神话语言等，这就是所谓的"新神话思维"。俄罗斯象征主义文学大师索洛古勃开创了20世纪新神话思维创作的先河。叶·扎米亚京的《我们》成为第一部运用新神话思维创作的反乌托邦小说。布尔加科夫的《大师与玛格丽特》、纳博科夫的《斩首邀请》、普拉东诺夫的《基坑》等，都是运用新神话思维创作的典范。当代俄罗斯文学再次兴起对新神话思维的运用，其中主要存在三种类型。第一，恢复思维深层的神话混合结构，即打破因果联系，将不同时空混合，塑造具有双重性或可以进行人神变形的主人公。第二，借用传统神话情节、主题形象，重造一个同传统神话具有相同风格和主题的神话变体。第三，作家自己打造独特的神话。[1] 佩列文的小说几乎杂糅上述所有新神话思维范式。小说

---

① Ярошенко Л. В. Неомифологизм в литературе XX века. Учеб. – метод. Пособие. Гродно：ГрГУ. 2000. С. 44.

《奥蒙·拉》借用传统埃及神话中象征自由和光明的拉神，营造了一个虚幻的新神话世界，颠覆了苏维埃国家政治神话。《"百事"一代》将古巴比伦神话融入塔塔尔斯基追名逐利的现实生活，通过人与神的结合，营造出一幅幅虚幻图景，从而解构了物质压过精神、欲望超越极限的当代俄罗斯现实。《夏伯阳与虚空》杂糅佛教神话和苏维埃战争英雄神话，打造出一个精神病人的新神话世界。《昆虫的生活》采用神话变形的形式，将人变成各种昆虫，打造出一个关于当代社会芸芸众生价值观的新神话。

总之，佩列文创作中的解构、现实与虚幻的对立统一、"空"之理念、互文、拟像、文体杂糅等特征表明，他的创作属于后现代主义。但他创作中对现实的思考、对主人公的塑造、爱情主题、新神话思维等，都表明他的创作与俄罗斯文学传统尤其是"白银时代"文学传统有紧密的联系。可以说，佩列文是与俄罗斯文学传统紧密互动的后现代主义作家。

四 弗拉基米尔·沙罗夫——后现代历史观的文学书写者

弗拉基米尔·沙罗夫可以被称为后现代历史观的文学书写者。后现代历史观作为一种历史哲学，主要是由法国后现代主义理论家福柯提出的。他在《知识考古学》一书中集中阐述了他的后现代主义历史观，其中主要包含三方面的内容。第一，否定传统历史哲学对历史客观性和真实性的理解。福柯认为，所谓历史的真实性绝不是客观历史的本来面目，而只是"一些真实性的游戏"，历史的真实性只有与产生它的程序相联系才能理解，不存在超越这种程序的真实性。第二，消解历史主体。福柯把历史主体看成一个变项，或者说是一个陈述变项的整体派生出来的功能。也就是说，主体只是话语的功能或建构材料以及可能的位置的游戏。第三，否定历史线性变化发展模式。福柯认为，西方主流传统中的理性和进步观是特定社会话语建构的，在不同时期会有不同的意义，历史是知识—权力体系的转换，它在一定条件下打破它，重建另一个知识—权力体系。①

后现代主义历史观不仅引起了历史学的一场革命，也引起了文学家们对历史的重新审视和书写。俄罗斯后现代主义作家对历史的书写态度，就是后现代主义历史观的文学具现。其中主要的代表作家是弗拉基米尔·沙罗夫。他的每一部文学创作，从20世纪70年代的处女作长篇小说《步步追踪》（След в след），到20世纪90年代三部颇具影响力的长篇小说《排演》（Репетиция）、《此前与此刻》（До и во время）、《圣女》（Старая девочка），乃至21世纪的新作《乞丐复活》（Воскрешение Лазаря）、《像孩子一样》（Будьте как дети）和《返回埃及》（Возвращение в Египет），都体现出鲜明的后现代历史观。

沙罗夫对历史主题的偏爱，与他本人的历史专业出身不无关系。他于1977年毕业于沃罗涅日大学历史系，1984年获历史学副博士学位。历史学出身的沙罗夫并没有将文学和历史学科混淆，他知道两者具有不同的方法和任务。他的作品内容虽然常常建立在大量的历史事实基础上，但作品结构却像项链或念珠，由一个个片段串联而成。所有的情节叠加在一起，但没有一个情节是偶然的、多余的，它们高度交织融汇，让人无法解开。在这个由无限颗"珠子"串联而成的项链上，不断出现新的人物，人物的行为也不断复杂化。②

碎片化的叙述方式虽然也是后现代主义文学的一种常见美学手法，但真正决定沙罗夫创作后现代性的，主要是互文性和解构。维切斯拉夫·库利岑（Вячеслав Курицын）在《俄罗斯文学的后现代主义》（Русский литературный постмодернизм）一书中，曾基于这两个主要特征论述沙罗夫的长篇小说《此前与此刻》的后现代主义历史观。实际上，这两个特征也是沙罗夫所有历史小说的主要特征。

互文性作为沙罗夫历史小说的首要特点，最主要表现在对历史人物

---

① 余章宝：《传统历史话语的颠覆——福柯〈知识考古学〉的后现代历史观》，《厦门大学学报》（哲学社会科学版）2001年第2期。

② Беляков С. Немодный писатель Шаров. http：//www.chaskor.ru/p.php? id =2930.

和历史事件的改写上。在长篇小说《此前与此刻》中，斯塔尔夫人、费多罗夫、索洛维约夫、斯克里亚宾等一系列历史人物被游戏性改写，使原本互不相干的历史人物之间基于革命思想而具有内在联系：18 世纪法国女作家斯塔尔夫人与 19 世纪俄罗斯宗教哲学家费奥多罗夫成了情人，两人的结合使法国革命思想与俄国"共同事业"哲学融为一体，从而催生俄国革命思想；之后费奥多罗夫成了 19 世纪俄罗斯宗教哲学家索洛维约夫和作曲家斯克里亚宾的老师，将俄国革命思想传播给自己的两位学生。

在所有这些被改写的历史人物中，斯塔尔夫人是最关键的人物，她的三世人生将其他历史人物串联起来。小说中斯塔尔夫人这一人物是对法国浪漫主义文学先驱斯塔尔夫人（法语 Madame de Stael，俄语 Мадам де Сталь，1766—1817）的改写。历史上的斯塔尔夫人出身于银行家之家，少女时代就以聪明才智和文学才华闻名。1786 年嫁给瑞典驻法国大使斯塔尔·侯赛因男爵。1789 年法国革命爆发初始阶段，她热情欢呼革命，后来因为目睹革命的暴力和流血牺牲而对革命的态度逐渐冷淡。新政权雅各宾派执政时，她逃至父亲的故乡日内瓦。1802 年丈夫去世后，她与作家邦雅曼·贡斯当有过一段情史。1803 年拿破仑执政期间，她因政治倾向而遭流放，之后到德国、英国等欧洲国家游历。1811 年，她与年轻士兵约翰·罗查结婚。1814 年拿破仑政权倒戈后，她返回巴黎，重建文学沙龙，接待文化界名流。[①] 小说中的斯塔尔夫人被改写成能自己生自己、有着三世人生的神奇人物。这三世人生其实是对历史上的斯塔尔夫人最初生活在巴黎，后来流亡欧洲，最后重返巴黎的一生的后现代摹写。第一世的斯塔尔夫人是法国巴黎上流社会的一名贵妇，热衷于在家中举办各种沙龙和舞会，之后见证了暴风骤雨般的法国大革命并吸收了丰富的革命思想。第二世的斯塔尔夫人在俄罗斯坦波夫省的庄园度过，是一个年轻、聪明、迷人、勤劳、富有的独身女地

---

① 参见百度百科"斯塔尔夫人"词条。

主，偶遇疯癫哲人费奥多罗夫后成为他的情人，并为他生下三个巨婴。第三世的斯塔尔夫人仍旧在俄罗斯度过，起初居住在坦波夫省且喜欢开设家庭沙龙，后来因预感到俄罗斯即将发生革命而搬到莫斯科从事地下革命工作。小说中的斯塔尔夫人与历史上的斯塔尔夫人一样，也经历了两次婚姻和多次情史。小说中她的两任丈夫在姓名、职业、地位与历史上都与事实相似，但情史却与历史事实大相径庭，甚至充满荒诞离奇色彩。这些情史，主要发生在其俄罗斯的第二世和第三世人生中，其中包含她与费多罗夫、索洛维约夫、斯克里亚宾等人物错综复杂的关系，最终导致俄国革命、国内战争和苏维埃专政等历史事件。

小说对斯塔尔夫人第二世人生中与费多罗夫的情史描写，与普希金《睡美人》中的英雄救美情节形成互文。独身且富有的庄园女地主斯塔尔夫人在巡查庄园的路上熟睡于自己的轿子中，被疯疯癫癫的费奥多罗夫撞见。其超凡脱俗的美貌，酷似玻璃匣子的轿子，以及轿子四周充满神圣光芒的香烛，都让费奥多罗夫误以为她是普希金童话故事中躺在水晶棺材里的"睡美人"，他决定像王子救公主那样实施拯救行动。费多罗夫天真幼稚但充满侠义心肠和浪漫色彩的行为，刺激了斯塔尔夫人的猎奇心理，也正好符合她想结束烦闷无聊独身生活的愿望。因此，她将计就计扮演成睡美人，制造机会让费多罗夫接近她，听他每晚来自己的"棺材"旁倾诉自己的思想。小说中的费奥多罗夫是对俄罗斯著名宗教哲学家尼古拉·费奥多罗夫（Николай Фёдоров，1829—1903）的改写。这一人物形象在小说中与历史上的费奥多罗夫具有相似的出身、经历、生活方式：他是一名公爵的私生子，在坦波夫读完中学后到敖德萨一所法政学校学习，学到半截后到县城中学任教谋生，之后到莫斯科鲁缅采夫图书馆做管理员，知识渊博，学识深厚，智慧明理；一生粗衣淡食，恬淡寡欲，终身未娶，过着苦行僧式的生活，满怀拯救和复活思想。不同的是，小说中的奥奥多罗夫形象被赋予狂欢色彩。这是一个疯疯癫癫的哲人，在偶遇斯塔尔夫人之前是个童男，与第二世的斯塔尔夫人保持多年情人关系后有了爱情结晶——三个"巨婴"。更荒诞的是，他竟然活到斯塔尔夫人的第三世,与她成了地下革命同志。

小说中费奥多罗夫的思想,是对历史上费奥多罗夫"共同事业"哲学思想的互文演绎。"共同事业"哲学原本是在怀疑"人必有一死"的认知论基础上,号召人类与死亡做斗争,并提出一套调节自然、战胜死亡的计划,"内容包括驾驭大自然,改造人体,进入宇宙,直至战胜死亡,使先人复活"[①]。简而言之,"共同事业"哲学包含"死亡是万恶之首""祖先复活""普遍复活""复活是改造"、社会乌托邦等思想。小说对这些思想都进行了演绎。第一,演绎"死亡是万恶之首"的哲学思想。疯癫哲人费奥多罗夫认为死亡是上帝为防止作恶多端的人找到重回天堂之路而故意使人们之间产生嫉妒、仇恨和屠杀,以此缩短人的寿命。第二,演绎"祖先复活"的哲学思想。费奥多罗夫提出祖先复活的方法是,孩子们先否认"所有父辈配做父亲、配生孩子和延续种族",然后在父亲的带领下走向祖先们的坟墓,开始复活生了他们的人,最后父亲们以孩子们为榜样去复活自己的父亲们。第三,演绎了"普遍复活"的哲学思想。费奥多罗夫对斯塔尔夫人说:"所有人都值得被拯救;甚至是最大的恶人,当他看见自己的罪行,会感到恐惧,会经历痛苦、经历磨难之后赎清罪恶,得到净化。"[②] 第四,演绎关于理想社会的乌托邦思想。费奥多罗夫向斯塔尔夫人宣扬俄罗斯和世界其他国家不和睦的事实,并提出改变这种事实的方法是闲散慵懒的俄罗斯民族按照军队体制生活和劳动,世界上其他战争不断的民族则克服互相之间的不亲不和,尤其关键的是让上帝的选民俄罗斯人去战胜世界之恶——英格兰人,而其他被压迫的民族加入反对英格兰的共同事业。第五,演绎"复活是改造"的哲学思想。这一思想在小说中主要通过斯塔尔夫人的三世人生来演绎,她不仅借助祖传的药剂实现了三次生命延续,而且每一次都更年轻、更漂亮、更迷人、更聪明。

---

① 范一:《托尔斯泰与费奥多罗夫》,《福建师范大学学报》(哲学社会科学版)1992年第1期。

② [俄]沙罗夫:《此前与此刻》,陈松岩译,北京大学出版社2016年版,第139页。

小说中的索洛维约夫是对19世纪俄罗斯宗教哲学家弗拉基米尔·索洛维约夫（Владимир Соловьёв，1853—1900）的互文演绎。两人具有相似的思想，比如：他们都认为大灾变正在临近人类，启示录和敌基督的时代已经到来；人应该开始行动去全面实现真理和公正；人类的历史起点是原罪，终点是末日审判和战胜世界之恶；俄罗斯的历史使命在于它是东西方之间的宗教媒介，是让东西方相互接近并最终合成一个世界之国。这些思想在本质上仍旧是宗教式的复活和救赎理念。小说中的索洛维约夫是费奥多罗夫的学生，他继承了费奥多罗夫的救赎和复活思想。但由于他反对暴力革命，最终没能成为革命的真正领袖。

小说中费奥多罗夫的另一个学生斯克里亚宾是对俄罗斯同名作曲家亚历山大·斯克里亚宾（Александр Скрябин，1871—1915）的互文演绎。他在小说中既是费多罗夫思想的继承者，又是其思想的反叛者，并在导师费奥多罗夫死亡之后成为斯塔尔夫人的情人。他自称是降临人世、拯救人类未来的神。他否认人类具有原罪。他认为，只有千百万人联合起来才能得救并得到末日狂欢。但他将战争视为改变世界的神秘力量，将特定时代的杀戮视为最高善行。显然，革命和暴力思想在这一人物形象身上越来越明显。

总之，沙罗夫在《此前与此刻》中通过对斯塔尔夫人、费奥多罗夫、索洛维约夫、斯克里亚宾等历史人物及历史事件的改写，书就了一部全新的俄国革命史。按照小说的演绎，俄国革命思想源起于法国大革命实践和俄国"共同事业"哲学理论，它们经过斯塔尔夫人与费奥多罗夫的结合而诞生，经由索洛维约夫、斯克里亚宾得到补充和发展，最终传至布尔什维克，并导致暴力革命。

长篇小说《圣女》"像一贯的那样，将'历史'思想作为小说的基础"①，用讽刺、夸张、游戏和怪诞等后现代手法，杜撰了与官方版

---

① *Ремизова М. С.* Только текст. Постсоветская проза и ее отражение в литературной критике. Москва：Совпадение. 2007. С. 338.

本完全不同的历史。

显然，历史学出身的沙罗夫在后现代主义文学创作中，善于将历史人物和历史事件作为自己构建文本的基础，通过互文性改写来塑造出全新的历史人物形象。这与后现代主义的解构美学直接相关。沙罗夫历史小说的解构对象，像索罗金、佩列文等作家的许多作品一样，首先指向苏维埃社会。

革命和战争作为苏维埃社会建立起来的最早手段，是沙罗夫创作中第一个重要的解构对象。长篇小说《此前与此刻》通过对布尔什维克领导者等众多历史人物极度夸张的想象和荒诞改写，从俄国革命发起者和接受者双重角度对俄国革命和战争的起源、性质、影响和结果进行悲剧叙事。关于十月革命思想的起源，将它追溯到俄国哲人费奥多罗夫的"共同事业"哲学与法国大革命的实践经验。关于国内战争的性质，将其定性为给俄罗斯国家和民族带来恐怖、折磨和痛苦的悲剧性事件。关于国内战争的影响，将其定性为俄罗斯民族精神心理在白色恐怖政策高压下的异化。关于革命的结果，将其描写成没有实现布尔什维克救赎和复活人类的初衷反而给全民带来破坏、痛苦和不幸的悲剧。《像孩子一样》延续了《此前与此刻》中将布尔什维克革命视为一种精神信仰的主题，同时又进行拓展和深化，描写普通俄罗斯人在新旧信仰更替过程中经历的精神危机和个人悲剧。小说通过描写女主人公杜霞及其弟弟帕维尔、儿子谢廖沙、神父尼考吉姆和尼古拉、萨满诺安、流浪儿、北方恩乔族等不同人物在革命和战争年代的悲剧命运，将革命与战争的悲剧本质全面深刻地展示出来。在作家看来，十月革命是新信仰用暴力形式彻底颠覆旧信仰的一种社会巨变，它颠覆了俄国千百年来以基督教信仰为主、多神教和萨满教等多种信仰为辅的精神文化根基，使众多旧信仰民众产生无所适从的精神危机。革命和战争中流行的杀戮，将人变得残酷野蛮，从而导致个人生活的不幸乃至整个俄罗斯民族的退化和消亡。

在革命和战争的废墟上建成的苏维埃历史，是沙罗夫后现代主义历史小说的第二个重要解构对象。《圣女》通过女共产党员维拉在丈夫被杀后沿着日记"往回走"的怪诞故事,颠覆了历史人物形象。小说通过维拉的个人悲剧,以及受她牵连的男男女女的个人悲剧,展现了苏维埃体制给普通人带来的不幸与灾难。

沙罗夫解构苏维埃历史的主要方式在于狂欢化叙事,这表现在他塑造的狂欢化人物体系、狂欢化时空等方面。按照巴赫金狂欢诗学理论,狂欢化人物形象是一些相反相成、亦庄亦谐的人物形象。他们可以是与广场文化直接相关的傻瓜、小丑、骗子,可以是离群索居、沉迷于内心世界的思想家、幻想家,也可以是各种精神病人,甚至可以是宗教人物、历史人物和神话人物。狂欢广场不仅可以是真正意义上的狂欢广场,也可以只是一种象征——只要能成为形形色色的人相聚和交际的地方,例如大街、小酒馆、道路、澡堂、船上甲板等,都会增添一种狂欢广场的意味。[1]

在沙罗夫的历史小说中,占主导地位的人物体系是精神病院里的各种精神病人,官方教堂和教会之外的圣愚和隐修士,集中营、劳改营里的各种犯人,孤儿院等场所里的各种孩童,以及世界各国的历史人物和神话人物。他们具有巴赫金狂欢诗学中所说的狂欢化特点,共同演绎了关于苏维埃历史乃至整个俄罗斯历史的狂欢闹剧,颠覆了历史人物神话和官方历史神话。

精神病人作为历史的讲述者,是沙罗夫后现代主义历史小说狂欢化人物体系的重要构成部分。巴赫金在阐述庄谐体"梅尼普体"的主要特征时就指出,精神心理实验是首次出现在梅尼普体中的现象。沙罗夫的长篇小说《此前与此刻》的主人公是一位间歇性失忆症患者。他发病入院治疗期间意识到记忆的珍贵,因此每次在记忆暂时恢复的瞬间,凭着记忆记录下他患病前的经历和他从别人那里听说的各种故事。之

---

[1] [俄]巴赫金:《诗学与访谈》,白春仁、顾亚铃等译,河北教育出版社1998年版,第168—169页。

后，他又发动病友给他讲述他们过去的经历。因此，整部小说主要由精神病主人公的回忆性转述构成。《像孩子一样》的主人公也是间歇性癫痫病患者。他不仅讲述自己从20世纪40年代初到90年代初半百人生中遇到的人和事，还讲述他从遇到的人那里听说的关于第三者的故事。而且，小说的叙事重点不是前者而是后者。这样，小说通过故事套故事的形式，反思了20世纪前半叶俄罗斯革命、战争、宗教政策等。精神病人主人公使沙罗夫的小说具有明显的后现代性。首先，疯子的叙事思维混乱、逻辑不清，这为后现代式的碎片化叙事风格定下了基调。其次，主人公的精神病通常都是成年后获得的且具有间歇性，这说明他们的叙述内容介于理性与非理性、真实与非真实、现实与非现实之间，从而为小说破除官方历史奠定了合理依据。这些精神病患者疯疯癫癫地讲述的内容，则让读者开始对官方历史产生怀疑。

圣愚主人公作为历史的反叛者，成为沙罗夫后现代主义历史小说狂欢化的人物体系的第二大组成部分。圣愚原本是俄罗斯一种特殊的东正教人物形象，这是表面疯癫但内心真诚信仰基督的人。圣愚活动的广场性，言行举止的闹剧性，表象与实质鲜明的对立性，都与巴赫金狂欢化人物特征高度契合。长篇小说《像孩子一样》中的杜霞就是一个非常典型的圣愚形象。她虽然是一个有过家室的世俗之人，但革命和战争几乎夺走了她所有的亲人，唯一幸存的儿子隐居沼泽地后自杀。杜霞从小受家庭影响具有无意识的上帝信仰，但她不喜欢教会和教区的神职人员，宁愿去隐居民间的长老那里也不愿去教会告解。她对他人具有罕见的奉献能力和信任天赋，同时对他们有随意辱骂、惩罚、奖赏的特权。她本人从不聚敛财富，对生活的要求也很简单，但在革命和战争年代主动承担起在穷人和富人之间平均分配钱财、维护社会公道、保障大家生活的责任。她对成年人漠不关心甚至非常残酷，但对孩子们善良、温柔、操心，与他们平等地做游戏、搞闹剧、过节日、举办舞会和盛宴。杜霞具有预言功能，常常发出圣愚式的疯癫呓语，人们对她既爱又怕。总之，杜霞无家无根、行动自由、祷告呓语、不爱钱财、不贪图享受、无私奉献、维护公道等特征，是典型的圣愚特征。主人公在小说中也说她是圣愚。她在小说中的作用，在于批判成人世界中的各种罪孽，保护孩童纯洁天真的世界。

与杜霞相比，《圣女》中的女主人公维拉·拉多斯金娜看起来更像一个世俗化的女人，但这也是一位隐性的圣愚形象。第一，小说充满矛盾的标题指出了女主人公的不同寻常性和反常性。① 俄文中的"старая"有"衰老"之义，而"девочка"表示"小女孩"，这两个意义相反、原本不可搭配的词却被结合使用，产生了滑稽可笑和违背常规的效果。第二，女主人公的名和姓暗示了矛盾和悖逆。名字"维拉"（Вера）包含"信仰"之义，它要求女主人公一生忠于信仰，保持伦理道德的纯洁；而姓"拉多斯金娜"（Радостина）包含"快乐"（радостный）之义，表达出充满世俗乐趣的生活。姓与名的矛盾，营造出亦庄亦谐的效果。第三，维拉的上帝信仰表现出表面亵渎但内心真诚的矛盾。她从童年起就不喜欢教堂，用各种恶作剧表达对教堂的蔑视和亵渎。成年后，她又背弃上帝信仰，转而信奉领袖。然而，当经历了丈夫被杀、三个孩子被关押的个人悲剧后，她开始沿日记把生活"往回走"。这一颇具怪诞色彩的行为，实际上是圣愚破除谎言、探寻真理、回归上帝的行为。第四，维拉是堕落与纯洁的矛盾综合体。她与众多男女发生有悖伦理道德的情感纠葛，经历过三次婚姻。按照上帝的律法来裁判，她是一个浪子。但实际上，她内心纯洁、善良、正统，充满对真理和真爱的渴望与追求，也充满奉献精神和拯救欲望。第五，维拉最终沿着日记回到婴童时代，以自杀结束了生命。这从表面上看有悖基督教的教义，但实际上女主人公的死表示回归自然与和谐的世界。总之，维拉充满悖论的一生，显示出她的圣愚本质和狂欢化色彩。她在小说中的主要作用，在于通过自己在上帝信仰和领袖信仰之间的转变以及悲剧命运，对照苏维埃体制的各

---

① Тимина С. И. Современная русская литература（1990 – е. гг.—начало XXI в.）. Санкт‐Петербург：Филологический Факультет СпбГУ. Москва；Академия. 2010. С. 75.

种阴暗面，揭示俄罗斯社会和个人的救赎之路只能通过上帝信仰来实现。

与杜霞和维拉相比，长篇小说《排演》中的主人公谢尔唐更像一个圣徒，他的大部分行为发生在教堂，但这仍旧是一个狂欢式的圣愚形象。小说没有交代谢尔唐的家庭出身，只说他是17世纪一个法国剧团的拥有者，这说明他具有无根性。他带领自己的剧团从法国到波兰、从波兰到白俄罗斯和立陶宛等地处处遭遇挫折的巡回演出，以及他最后一无所有地从波兰到莫斯科的流浪之旅，都是圣愚流浪受难的象征。谢尔唐还具有圣愚式的喜剧天赋，他曾在莫斯科一家剧院当过喜剧演员。他喜欢无拘无束的生活，却被尼康强行留在新建的耶路撒冷教堂，排演关于耶稣被钉在十字架上、复活、升天情节的宗教神秘剧。谢尔唐不喜欢尼康和他的教堂，也不留恋尼康提供的丰厚待遇和高官厚禄，但他真诚信仰上帝，每天不厌其烦地给参加排演的农民讲解基督的故事。在尼康与沙皇的斗争失败后，谢尔唐和其他排演宗教剧的农民一起被沙皇流放到西伯利亚垦荒。他带领他们前往西伯利亚的艰难之旅，如同基督带领自己的子民走向圣地的受难之旅。谢尔唐在"学生"的环绕中死去，如同基督在弟子马太的注视下被钉在十字架上的死亡。总之，无根漂泊和受难、真诚信仰上帝、不喜欢教堂、弃绝钱财和官职、喜欢喜剧和表演等特点，都说明谢尔唐是狂欢化的圣愚形象。他在小说中的作用，在于向人们宣扬真正的上帝信仰，让人们相信末日、救赎、复活等上帝真理。

总之，圣愚成为沙罗夫后现代主义历史小说中的第二大主要人物形象，具有深刻的寓意。圣愚的表面同本质的矛盾对立，营造出一种高雅与低俗、严肃与游戏相结合的狂欢化效果，而这正符合"历史是文本"的后现代创作理念。

囚犯作为历史的受害者，是沙罗夫后现代主义历史小说狂欢化人物体系的第三大组成部分。监狱作为关押犯人的地方，与民众聚集的广场具有相似之处。同时，监狱作为国家机器，各种侦查员和狱管作为操纵这种国家机器实施暴力的人群，代表着森严恐怖、神圣不可侵犯的官方权威。与此对立的是囚犯群体，他们总是试图与官方审问机制做斗争，反抗官方权威和意识形态控制。这种鲜明的对照和矛盾，特别容易产生狂欢化效果，正如巴赫金所言："对于狂欢式的思维来说，非常典型的是成对的形象，或是相互对立（高与低，粗与细，等等），或是相近相似（同貌与孪生）。"[①]

长篇小说《像孩子一样》中的神父尼考吉姆既是一位隐居修士，也是苏维埃监狱里的一名囚犯。他一生经历多次被捕和入狱，首次被捕发生在1919年，最后一次牢狱经历结束于1970年。尼考吉姆在小说中的行为有四个方面。其一，隐居山林修道院，倾听教民的告解并进行说教。其二，在流浪儿寄宿学校担任教师期间向孩子们做宗教布道。其三，在集中营与其他囚犯交流思想。其四，与主人公讲述他的牢狱经历。简而言之，尼考吉姆在小说中呈现的是交谈式演说、布道、祷告、告解等各种充满宗教神秘主义色彩的行为，而且其言论具有很强的现实性和政论性。比如，他将革命思想比作基督思想，用复活和救赎思想阐释国内战争，认为同胞相残是因为每个人都想以自己的方式拯救人类且只相信自己是正确的。不难看出，尼考吉姆的言论具有狂欢色彩，讽刺了当时的苏维埃政权，反思了革命和战争的本质。

尼考吉姆神父的同号犯人诺安在小说中也是一个极具狂欢色彩的囚犯形象。诺安是患有间歇性癫痫病的萨满人，这一民族身份和疾病已经赋予他狂欢色彩。诺安本人的经历和性格充满鲜明的对照和矛盾：他没有任何罪，却被抓入狱；他虽沦为阶下囚，却始终有着一双纯真的眼睛；他身为男性，穿着打扮和行为举止却颇似女人，甚至被狱管安排给刑事犯狗鱼作为发泄性欲的工具，狗鱼死后他又遭到其他犯人的轮奸；他胆小怕事、渴望得到保护，却拒绝做侦查员的卧底，并导致被杀的悲

---

① ［俄］巴赫金：《诗学与访谈》，白春仁、顾亚铃等译，河北教育出版社1998年版，第165页。

剧。总之，诺安身上结合了纯洁与污秽、阴柔与刚健、胆小与勇敢、邪恶与正义的鲜明矛盾和对立。

在《此前与此刻》中，主人公的儿时邻居科钦是一位身兼囚犯、怪人和思想家三重身份的狂欢化人物。首先，他所居住的"真理"大街，与他无罪被投入集中营、最后身带残疾回家的事实形成鲜明的反讽效果。其次，他性格怪异，像孩子一样，从集中营回来后几乎从不离开自己的房间，常常躺在病榻上写一些毫无逻辑的长篇小说贴在窗户上。这种反常的行为和怪异的性格加重了他的狂欢色彩。最后，他的颠覆性言论直接针对布尔什维克学说的宗教性和暴力手段，营造出让人瞠目结舌的狂欢效果。比如，他将布尔什维克学说与托尔斯泰学说相提并论，认为托尔斯泰分子和布尔什维克的目标都是"用共同体、公社把自己建造成新人，靠集体得救"①，只不过布尔什维克用无法协调的暴力手段达到目标，而托尔斯泰分子采用充分自由的方式。

在《排演》中，几乎所有人物都是囚犯。谢尔唐与所有参加尼康教堂宗教剧排演的农民在尼康同沙皇的斗争中成为牺牲品，被流放到西伯利亚。荒诞的是，这些流放犯在西伯利亚继续排演17世纪谢尔唐开创的宗教神秘剧。他们的后代在苏维埃农业集体化运动中又成为西伯利亚集中营里的囚徒，在狱中持续排演父辈们流传下来的宗教神秘剧，并为争夺其中的角色而相互背叛、告密。最后，布尔什维克根据其中一位告密者提供的名单将所有犹太人当作富人关押进集中营，而这些被投放到集中营的人继续排演宗教神秘剧，其中的男男女女也继续演绎着爱恨情仇狂欢剧。显然，小说围绕排演关于末日的宗教神秘剧，将俄罗斯三百年历史荒诞地联系起来。作家正是通过这种荒诞不经的形式，解构正史的整体性、科学性和真实性。

在《圣女》中，与女主人公维拉有过感情瓜葛的十几个男女最后都成了苏维埃集中营里的囚犯。当局担心他们受维拉的影响也将生活

---

① ［俄］沙罗夫：《此前与此刻》，陈松岩译，北京大学出版社2016年版，第30页。

"往回走"，"那时不仅集体化、工业化，就连革命本身都有可能被废止"①。官方逮捕这些人的理由是荒诞的，而这些囚犯在集中营里的行为更具狂欢色彩。起初，他们都因为期待维拉回到自己身边而相互出卖和揭发，但当他们意识到维拉不会停留在他们中的任何人身边时，就不再争斗，反而相互关爱、扶持和帮助，甚至在侦查员的带领下共同演绎告别"人民的敌人"维拉的狂欢庆典活动。庆典被安排在五月一日，这又赋予这一行为节日式的狂欢色彩。庆典的场面也是狂欢式的：侦查员和神父站在观礼台上，所有囚犯像参加运动会开幕式的代表队一样逐个出场；每个代表队的名称也荒谬可笑，其中有由维拉的俄罗斯亚洲区情人构成的"被压迫的亚洲"队，有由维拉的国内战争和卫国战争官兵情人构成的"健康的心灵蕴于健康的身体之中"队，有由维拉的党内特务机关情人构成的"革命之盾"队，有由维拉的其他情人构成的个人代表队。仪式持续了四个多小时，导致侦查员被累死的狂欢结局。囚犯们的妻子同样演绎了狂欢式闹剧。为了保住丈夫的性命，她们恳求维拉在"往回走"的路上永远停留在自己丈夫的身边。为了等到维拉出现，她们在维拉家吃住，在附近的空地上安营扎寨。维拉出现后，她们的行为举止更像狂欢闹剧：抓住维拉的裙子躺倒在地，像抽搐一样蹬着腿，对着围观的人大喊大叫，请求维拉留住并拯救自己的丈夫。总之，集中营囚犯及其妻子们的闹剧行为，无疑是对苏维埃大大小小的集中营和劳改营的狂欢摹写，讽刺了苏维埃时代极其恐怖的秘密侦查制度。

总之，沙罗夫笔下的监狱不仅是展现暴力与反暴力、权威与反权威、意识形态控制与反意识形态控制的矛盾斗争之地，而且是囚犯们交流思想、寻求真理的场所，甚至是囚犯与侦查员和狱管共同演绎狂欢庆典的游戏场所。沙罗夫笔下的囚犯，不仅是官方历史的受害者、反叛者、揭露者，而且是合谋者。作家通过这种亦庄亦谐的狂欢化叙事，讽

---

① [俄]沙罗夫：《圣女》，李肃译，中国青年出版社2003年版，第209页。

刺摹写了俄罗斯历史上的各种暴力体制，颠覆了所谓的正史，体现出随意创作和想象的自由。

孩童作为历史的反衬者，是沙罗夫后现代主义历史小说中第四类常见的狂欢化人物形象。孩童纯洁、天真、幼稚的世界与成人肮脏、充满罪孽与心机的世界构成鲜明对比，再加上孩童特有的顽皮和胡闹，特别容易制造出狂欢效果。

《像孩子一样》仅从标题就能看出，孩童形象在这部小说中占据着重要地位。事实的确如此。主人公以回忆性笔调讲述了自己孩童时代的大量情节和片段，而且大都与圣愚杜霞有关，因而特别具有狂欢色彩。比如，孩子们跟杜霞一起做游戏，一起过各种节日，一起到远离人烟的教堂去祷告，一起到大自然里洗澡、钓鱼等。如果说这些行为属于巴赫金狂欢诗学所说的"外在的狂欢化"，那么，20世纪20年代初黑海之滨苏维埃流浪儿寄宿学校的孩童则既是内在的也是外在的狂欢形象。内在狂欢性体现在流浪儿寄宿学校的建造和人员的构成方面。学校成立于国内战争结束之后，正式名称是第一公社。三分之二的学员是国内战争期间失去双亲的孤儿或被父母遗弃的流浪儿，其他学员则是当地"契卡"干部和军人的孩子。学校老师一部分来自革命前的贵族中学和其他学校，一部分是国内战争后转成预备军人的残疾伤员，但学校的领导层和军事、体育教师则是"契卡"干部。显然，流浪儿寄宿学校从创建之初就被打上意识形态烙印，其目的是让学校成为苏维埃"干部熔炉"。充满反讽的是，孩子们并不接受苏维埃意识形态。他们相信地理老师尼考吉姆神父课堂上关于拯救世界和解放圣地的布道，决定穿越黑海，奔赴耶路撒冷圣地，并为此掀起"反革命事件"。结局是，政府通过尼考吉姆神父与孩子们达成和解，让孩子们离开寄宿学校。孩子们离开学校的场面，具有嘉年华式的外在狂欢色彩：他们褪去平时的军装校服，半裸着细瘦的上身，下身套着直筒绸袍，手握步枪，脸上蒙着包装纸面具，光着脚，迈着正步，一队接一队，不慌不忙地走向黑海；尼考吉姆则跪在海岸的一座塔尖上祈祷。不难看出，孩童们武装暴动和奔赴圣地的行为，是破除官方意识形态控制的狂欢化演绎。孩子们穿越黑海的结局是狂欢式的死亡，这既与基督为上帝信仰殉道相似，也暗示了战争给俄罗斯带来的深重罪孽和灾难。

长篇小说《此前与此刻》也出现了狂欢化的孩童形象。这首先是童年时代的主人公。他是生在红旗下、长在红旗下的新一代，对生活有过美好的印象。成年后他明白了这种印象的欺骗性，却无法根除最初的意识。这里是十分深刻的内在狂欢，它通过叙述主人公孩童时代天真幼稚的认知和成年后的重新认知，对比揭示了生活的虚假。小说中还出现了三个"巨婴"，他们是有着三世人生的法国女人斯塔尔夫人与俄罗斯情人费奥多罗夫在鸦片作用下强行发生性行为的结果。作家以这三个孩子的离奇出生和古怪形态，讽刺性暗示了法国革命对俄国革命不成功的影响和结果：尽管俄国革命取得了成功，但它注定是幼稚和不成熟的。

《圣女》中也出现了狂欢式的孩童形象。女主人公维拉沿着日记"往回走"，最后变成了一个纯洁无瑕的婴儿。这一狂欢式的怪诞结局，隐喻女主人公从无神论信仰回归上帝信仰，从领袖崇拜回归上帝崇拜，从远离自然到回归自然，从罪恶的成人世界回归纯洁无辜的婴童世界。

总之，孩童形象在沙罗夫的创作中时常因为其纯洁的内心、幼稚的行为、简单的认知，对照反讽成人世界的复杂、肮脏和罪孽。他们的存在，也是对充满暴力和鲜血的现实生活、充满罪恶的人类社会的反衬，因此成了一种重要的狂欢式人物形象。

历史人物作为历史的解构者，是沙罗夫后现代主义历史小说狂欢化人物体系的第五大组成部分。巴赫金在描述庄谐体的特点时指出，过去的神话人物和历史人物，在庄谐体中被有意写得非常现代化，他们的形象价值和时间范围都发生了根本的变化。[1] 在沙罗夫的每一部历史小说中，都出现了"被现代化"了的历史人物。

---

[1] ［俄］巴赫金：《诗学与访谈》，白春仁、顾亚铃等译，河北教育出版社1998年版，第142页。

《排演》主要对17世纪宗教历史人物尼康进行了狂欢化处理。尼康在小说中被塑造成充满神秘力量，具有权力野心，同时不无荒诞的人物形象。其童年经历了遭后母迫害却被上帝拯救的神奇事迹，成年后经历了娶养父之女却最终抛妻弃子逃离世俗生活的背叛行为；成为修士后经历了受主教迫害而逃离教堂并组建新耶路撒冷教堂的事件；当上大主教后经历了与儿时好友阿瓦库姆争夺东正教会主导权并与沙皇为敌的斗争。总之，小说通过对俄罗斯17世纪历史上尼康宗教改革事件的后现代演绎，讽刺摹写了尼康与历史人物阿瓦库姆、沙皇、主教之间的矛盾和斗争，解构了俄罗斯正史和历史人物。

《像孩子一样》主要对历史人物进行狂欢化处理。小说通过精神病人拉法宾和历史教师伊先柯的讲述来展现历史人物形象。两人还从不同的角度演绎了俄罗斯人民对领袖的个人崇拜。这与官方历史中绝对正确的布尔什维克形象截然不同，由此赋予这一形象狂欢色彩。

《此前与此刻》涉及俄罗斯乃至世界上的众多历史人物。除了法国女作家斯塔尔夫人、苏维埃领导人、俄罗斯宗教哲学家费奥多罗夫和索洛维约夫、俄罗斯作曲家斯克里亚宾之外，还提到俄罗斯作家普希金、托尔斯泰、陀思妥耶夫斯基、巴利蒙特，俄罗斯社会活动家和革命家普列汉诺夫、Г. 季诺维也夫、А. 鲍格丹诺夫，俄罗斯画家П. 特卡乔夫，俄罗斯思想家别尔嘉耶夫，德国哲学家谢林、黑格尔和尼采等。这些不同时代、不同国度、不同领域的历史人物，都因为宗教思想和革命思想而统一起来。重点塑造的历史人物费奥多罗夫、索洛维约夫、斯克里亚宾、苏维埃领导人，被用狂欢化的戏仿手法进行改写后，经由斯塔尔夫人联系为一体，成了俄国暴力革命的思想来源。

《圣女》中出现了叶若夫、叶罗什金等苏维埃历史人物。小说用夸张、荒诞、反讽的手法，通过对这些人物个人生活中的情色关系以及政治生活中的秘密侦查和大清洗运动的后现代摹写，塑造了这些人物的狂欢化形象。

尽管沙罗夫的每部小说都有历史人物，但他的小说没有讲述历史到底是什么，而是以历史材料为基础，构筑起以历史人物为中心的后现代狂欢游戏，以此解构严肃的、宏大的、正统的历史叙事。正如白俄罗斯学者斯卡罗潘诺娃所言："作家在文学创作中用后现代风格改写俄罗斯历史，使被神话化的主流历史叙事遭受戏谑和怪诞化的解构，从而动摇绝对化的内容，打破历史的线性图景。"[1]

沙罗夫小说中表现出的后现代历史观可以概括为两点。第一，历史是思想家的游戏。沙罗夫笔下的历史，是受控于人、受控于思想家的历史。正是个别人的意志，制造出个人历史乃至人类历史。正因如此，他的小说中经常出现讲述和转述的叙事结构，这种叙事或多或少带有主观性，更何况其中的很多讲述者都是精神不正常的人、性格有缺陷的人或意识不清醒的垂死者。因此，由他们讲述和转述的个人史和革命史都是可疑的。然而，正是这些大大小小的个人或社会的历史，构成了人类历史。因此从本质上说，人类历史都是非常主观的、偶然的、随意的。第二，布尔什维克信仰如同基督教信仰，领袖崇拜如同上帝崇拜。作家在多部作品中都运用宗教元素，将布尔什维克信仰狂欢摹写成宗教信仰，将领袖崇拜狂欢摹写成基督崇拜。

沙罗夫利用宗教元素进行革命狂欢叙事的特点，在一定意义上受到20世纪俄罗斯作家安德烈·普拉东诺夫的影响，正如他本人多次所言："我认为，对于普拉东诺夫来说显而易见的是，世界意义的革命与最初的基督教末世论传统和19世纪后半叶至20世纪初的各种教派之间存在联系，众所周知，这样的教派在俄罗斯有很多。这些教派成员每天都期待旧世界的终结，他们相信末日并尽可能促成它的到来或使其越来越近。"[2]

---

[1] *Скоропанова И. С.* Деконструкция исторического нарратива в романе «До и во время»//Русская литература XX века：имена，проблемы，культурный диалог. 2005. №7. C. 185.

[2] *Шаров В. А.* Это я：я прожил жизнь//Дружба народов. 2000. №12.

五　奥列格·佐贝尔——解构当代生活的后现代作家

2004年，俄罗斯名不见经传的"80后"新锐作家奥列格·佐贝尔以短篇小说《陷落》（Провал）和《静静的杰里科》（Тихий Иерихон）引起文学界的广泛关注。作家随后荣获当年"处女作"（Дебют）文学奖中的"小散文"（Малая проза）奖。此后，佐贝尔的作品接连不断地刊登于各大文学杂志。2008年，"瓦格利乌斯"出版社将他的《静静的杰里科》等20部短篇小说和中篇小说汇集成同名书出版。该书一经面世，即受到广泛好评，作家本人也被认为是21世纪俄罗斯文坛最有前途的新生代作家之一。

佐贝尔的创作重在制造氛围而非编织情节，重在描写人的精神活动而非外在行为，重在客观描述而非表达作者的个人观点，再加上主人公形象的模糊性和不确定性，他的创作从本质上属于后现代主义。作为21世纪登上文坛的新一代后现代主义作家，他的创作与20世纪90年代涌现的后现代主义作家（比如索罗金、佩列文）的创作有所不同。之前的后现代主义作家大都以解构苏维埃神话为主要目标，且喜欢过度运用游戏、夸张、怪诞手法，因而作品呈现出与现实迥然不同的怪诞风格。佐贝尔的解构对象几乎不涉及苏维埃神话，"完全失去了对过去的反射"[1]，只涉及新时代主人公的现实生活，而且作品都比较贴近生活，因此他被称为"日常生活故事的搜集者"[2]。佐贝尔的后现代主义创作克服了后现代主义文学的全面游戏原则，表现出"新的真诚"，文本通常清晰可读。因此，有人将他的创作归"新感伤主义"，甚至归为"新现实主义"[3]，称他是"带有人的面貌的后现代主义者"[4]。实际上，佐贝尔的这些创作特点表明，俄罗斯后现代主义文学在21世纪有了新的

---

[1]　Пустовая В. Е. Диптих//Континент. 2005. №125.
[2]　Дьякова К. Слушайте музыку эволюции//Новый Мир. 2008. №8.
[3]　Пустовая В. Е. Пораженцы и преображены// Октябрь. 2005. №5.
[4]　Чередниченко С. А. Постмодернист с человеческим лицом//Вопросы литературы. 2010. №5.

发展特点：内容层面更关注当下俄罗斯社会生活，形式层面吸收融合了其他文学流派的艺术手法。

佐贝尔后现代主义创作的基本美学特征是解构现代生活。他笔下的主人公大都是当代俄罗斯现实生活中的年轻人。他们都期望过上美好的生活，结果都失望地发现，苏维埃体制被铲除后，生活并没有变得更好，反而越来越庸俗无聊。主人公在现实生活中找不到自己的位置，尽管他们一度挣扎和求索，但最终都在无望的结果中越来越迷惘和颓废。可以说，这是迷失的一代，他们在各个领域都存在，有文学家、知识分子、高校学生、士兵、残疾人、神职人员等。

庸俗无聊的生活让一些主人公不免怀念辉煌的苏维埃时代，然而物是人非，由此滋生出更多的伤感和无奈。与文集同名的短篇小说《静静的杰里科》，通过主人公跨越时空的梦隐喻这种伤感和无奈。这是曾经的苏维埃少先队夏令营号手，他在梦中回到童年时代的夏令营营地，那里曾经欢声笑语、人声鼎沸，如今只有残垣断壁；他想对暗恋的小女孩表白爱情，却找不到她的踪影；他想再吹一次号，号却失灵。号手失落地离开营地，在返回的路上偶遇儿时好友，随后与他一起游历，见证了新俄罗斯时代的滥砍滥伐、酗酒纵欲、贫穷无助、横行霸道、政权更替等种种乱象。小说通过号手穿越时空的梦和梦中游历，对比了两种社会体制下的不同生活，表达了当代俄罗斯人对新生活的失望。

与怀念往昔的号手不同，另一些主人公竭力面对现实，对抗现实的平庸。短篇小说《梅干诺姆岬角》（Меганом）中的主人公是两位积极进取的青年作家，他们期望在梅干诺姆岬角找到具有野性美和诚实品质的嬉皮士，希望从他们身上汲取对抗庸俗生活的勇气和力量。但结果让他们失望，他们看到的是四个瑜伽练习者，而不是真正的嬉皮士。追寻无果的痛苦甚至导致主人公强烈的死亡感："当我在月台上等待火车时，我感到恶心。非常想写死亡。"[1]

---

[1] *Зоберн О. В.* Меганом//Новый мир. 2007. №6.

还有一些主人公企图在人类永恒的爱情和友情中抗拒庸俗的现实，重树生活的信心，然而这些真诚的情感也可望而不可即。短篇小说《昆采夫教区》（Кунцевская патриархия）中的主人公是一名编辑，整天修改脱离实际、无聊透顶的文学书稿。他想与突然来电话的朋友交谈摆脱无聊，但朋友的话题让他更感无聊。他想与女友在电话中进行精神交流，但她充满物欲的谈话将他推向更深的孤独和绝望。在短篇小说《达到斯巴达》（Спарта достигнута）中，孤独的小伙子伊利亚在异国认识了女同胞尼娜并产生好感，他原以为自己找到了灵魂伴侣，但去她家做客时与她的谈话让他深刻意识到对方的肤浅和无聊，他最终怅然而归。

与上述主人公积极寻找对抗庸俗现实的主人公不同，另一类主人公选择用消极的方式对抗庸俗现实。他们有的离群隐居，有的报复生活中的恶，有的对生活冷眼旁观。短篇小说《燕子的故乡》（Предел ласточки）中的主人公谢列佳目睹和体验了上司的淫威和霸道后，对整个社会失去信任，决定前往"燕子的故乡"。显然，"燕子的故乡"与叶罗菲耶夫笔下的佩图什基一样，是一个永远无法抵达的乌托邦。短篇小说《科托罗斯利河》（Которось）中的男主人公带着女友来到别墅过隐居生活，在寒冷的冬夜凿开冰封的河流，企图用河水洗去从世俗世界沾染的庸俗和堕落。短篇小说《聪明人喝的可乐》（Кола для умных）中的丹尼拉选择以恶报恶，工作的不顺和感情挫折使他对上帝的信仰变成对魔鬼的崇拜，然而"理智的作恶"并不能驱除他内心的委屈和不满，他只能在痛苦中挣扎；其中的主人公"我"却是生活的冷眼旁观者，没有孩子，没有爱情，只活在自己无所事事的幻想中。短篇小说《富苏克木偶》（Кукла Фусукэ）中也出现了冷眼旁观生活的主人公，他对深爱的女人不愿担负任何责任。这是俄罗斯新时代年轻人的一种流行病，是俄罗斯民族玛尼洛夫习气在新时期的表现。

佐贝尔的解构对象不仅包括当代俄罗斯社会的现实生活，还包括当代俄罗斯民族的宗教信仰。在他的笔下，当代人的宗教信仰被物欲横流的世俗所浸染，失去了崇高的精神性。因此，他的作品中虽然有宗教人物形象，却丝毫没有宗教氛围。比如，中篇小说《不同风格》（В стиле different）中的主人公是新时代寺院里的一名僧侣，他耳闻目睹了"圣地"的种种媚俗现象：神职人员将神职活动当作赚钱的工具和手段，将寺院当成自己的私人场所；他们不斋戒，不领圣餐，却抽烟酗酒，有私人轿车和秘书，甚至偷养情人和生孩子。主人公希望自己成为真正的神父来拯救物化的社会，并希望自己招收的学生能像他一样过禁欲主义生活。然而，学生却都因不愿受难而离去，主人公因此陷入无望的沮丧中。短篇小说《普拉夫斯克的茶》（Плавский чай）中出现了物化和世俗化的神父人物形象。"他的穿着非宗教化——汗衫和牛仔裤，只能根据他的胡子推测，他与宗教有点关系。"[1] 他像普通年轻人一样购买外国轿车，听流行音乐，吃三明治，说青年俚语和骂人话，甚至享受妓女服务。

　　佐贝尔的创作还解构了传统的主人公形象。他笔下的主人公像飘忽不定的影子，没有人生经历，也没有具体的言行举止，只有空虚、无聊、孤独的内心世界。为了展现这种孤独、无聊和空虚，作家常将叙事空间安排在开阔的村子、森林、昔日的战场（《静静的杰里科》）、偏远的小城（《达到斯巴达》）、人烟稀少的大道（《普拉夫斯克的茶》）、人迹罕至的海边（比如《梅加诺姆海岬》）、冰天雪地的河边（《科托罗斯利河》）等。"对于佐贝尔的主人公来说，俄罗斯的广袤比监狱还要糟糕，因为人在其中无法找到自己的位置，不知如何隐藏自我。"[2] 与索罗金的创作相似，"佐贝尔短篇小说的一大主题是道路"。[3] 这一主题在后现代主义小说中无关乎主人公对生活的探索，而只关乎主人公的孤

---

[1]　*Зоберн О. В.* Плавский чай//Новый мир. 2006. №4.

[2]　*Чередниченко С. А.* Постмодернист с человеческим лицом//Вопросы литературы. 2010. №5.

[3]　*Аверьянова Н.* Дорога в никуда//Литературная Россия. 2009. №39.

独、空虚和无聊。

与索罗金相似，佐贝尔也善于用于性和肉欲描写来达到解构目的。但与索罗金不同的是，佐贝尔的性描写不是用于解构苏联神话，而是解构现代生活。性行为是主人公打发庸俗无聊生活的方式。比如，《普拉夫斯克的茶》中主人公想通过与妓女在玉米地的片刻欢娱驱走旅途的疲劳和乏味。《燕子的故乡》中的上司因为空虚无聊而在办公室强奸纯洁的女中学生。短篇小说《东方罗曼史》（Восточный романс）中的士兵因为无聊空虚而与红头发女人在行驶的列车上轮流性交。《不同风格》中的修道院院长养情人，院长秘书搞同性恋，普通僧侣做性梦，等等。

总之，佐贝尔的后现代主义创作主要致力于解构庸俗、无聊、乏味、空虚的现代生活。这与佩列文后现代主义小说中的虚无主义有些相似，但佐贝尔的创作紧紧围绕生活本身进行，其创作素材多源于日常生活，而没有像佩列文那样构建虚幻世界。佐贝尔笔下的主人公尽管否定现实，但他们终究没有抛弃现实，而是在现实中痛苦地挣扎和探索。因此，佐贝尔的世界观并非完全虚无主义的，而是探索式的。这样的世界观反映了当代俄罗斯人由苏联解体之初对生活的绝望转变为当今逐步滋生希望和拯救的欲望。

佐贝尔的后现代主义创作反映了俄罗斯后现代主义文学在21世纪的发展趋向，即吸收融合其他文学思潮和流派的创作手法，克服自身过度的游戏和荒诞色彩，逐渐回归伦理和传统，重新开始阐释人与人、人与社会之间的关系，重新拾起宗教、哲学、创作、爱情等永恒的创作命题。年轻的文学批评家普斯托瓦娅正确地指出："年轻文学中的后现代主义创作问题被现实主义的生活创作问题取代，后现代主义文学在为人的生存而战，而不再是为了风格的生存而战。"[1]

---

[1] Пустовая В. Е. Диптих//Континент. 2005. №125.

本章参考文献

Алтухова О. Н. Ономастический контекст в постмодернистской литературе： наматериале произведений В. Пелевина. ： дис. канд. филол. Наук. Волгоград. Волгогр. гос. пед. ун－т. 2004.

Богданова О. В. Постмодернизм в контексте современной русской литературы. Санкт－Петербург： Изд. филол. факультета СпбГУ. 2004.

Голубков М. М. Русский постмодернизм： начала и концы//Литературная учёба. 2003. №6.

Ерофеев Вен. В. Мой очень жизненный путь. М. ： Вагриус. 2003.

Зоберн О. В. Меганом//Новый мир. 2007. №6.

Зоберн О. В. Плавский чай//Новый мир. 2006. №4.

Иванова Н. Б. Ускользающая современность. Русская литература XX － XXI веков： от "внекомплектной" к постсоветской, а теперь и "всемирной"//Вопросы литературы. 2007. №3.

Коваленко А. Г. Литература и постмодернизм. М. ： Изд－во Рос. ун－та дружбы народов. 2004.

Кротова Д. В. Современная русская литература. Постмодернизм и неомодернизм. Москва： МАКС Пресс. 2018.

Курицын Вяч. Мы поедем с тобой на «А» и на «Ю»//Новое литературное обозрение. №1. 1991.

Липовецкий М. Н. , Русский постмодернизм. Екатеринбург： Изд－во Уральского ун－та. 1997.

Пустовая В. Е. Пораженцы и преображены//Октябрь. 2005. №5.

Пустовая В. Е. , "Диптих"//Континент, 2005, №125.

Ремизова М. С. Только текст. Постсоветская проза и ее отражение в литературной критике. Москва： Совпадение. 2007.

Скоропанова И. С. Русская постмодернистская литература. М. ： Флинта： Наука. 2004.

Соколов Б. В. Моя книга о Владимире Сорокине. Москва： АИРО－XXI. 2005.

Тимина С. И. Современная русская литература （1990－е. гг. —начало XXI в. ）. Санкт－Петербург： Филологический Факультет СпбГУ. Москва： Академия. 2010.

Чередниченко С. А. Постмодернист с человеческим лицом//Вопросы литературы, 2010，№5.

Шаров В. А. Это я：я прожил жизнь//Дружба народов. 2000. №12.

Эпштейн М. Н. Истоки и смысл русского постмодернизма//Звезда. 1996. №8.

Ярошенко Л. В. Неомифологизм в литературе ХХ века：Учеб. – метод. пособие. Гродно：ГрГУ. 2000.

［俄］巴赫金：《诗学与访谈》，白春仁、顾亚铃等译，河北教育出版社1998年版。

任光宣：《史诗〈从莫斯科到彼图什基〉文本的〈圣经〉源头》，《国外文学》2008年第1期。

［俄］沙罗夫：《此前与此刻》，陈松岩译，北京大学出版社2016年版。

［俄］沙罗夫：《圣女》，李肃译，中国青年出版社2003年版。

［美］汤普逊：《理解俄国：俄国文化中的圣愚》，杨德友译，生活·读书·新知三联书店1998年版。

王先霈、王又平主编：《文学理论批评术语汇释》，高等教育出版社2006年版。

［俄］维涅季克特·叶罗费耶夫：《从莫斯科到佩图什基》，张冰译，漓江出版社2014年版。

赵丹：《多重的写作与解读——论俄罗斯后现代主义小说〈命运线，或米拉舍维奇的小箱子〉》，黑龙江人民出版社2005年版。

张建华：《丑与恶对文学审美圣殿的"冲击和亵渎"——俄国后现代主义小说家索罗金创作论》，《外国文学》2008年第2期。

第三章 当代俄罗斯观念主义诗歌创作

第一节 莫斯科观念主义诗歌概况

莫斯科观念主义是20世纪60年代末、70年代初出现在苏联的一个非官方艺术和文学流派，该流派在莫斯科产生并得到发展与传播。最初该流派没有统一的组织形式，也没有成立宣言。莫斯科观念主义这一术语，源自文学批评家鲍里斯·格罗伊斯（Борис Гройс）1979年在巴黎的杂志 А－Я 上发表的《莫斯科浪漫观念主义》一文。格罗伊斯在这里对"观念主义"做出如下阐释："'观念主义'一词可以被相当狭隘地理解为某个受到出现时间和地点、参与人数限制的艺术流派的名称，但也可以作更宽泛的理解。广义上，'观念主义'将指下列任何一种尝试：不再令艺术对象成为用以剖析和进行美学评价的物质客体；转而发现并形成这样的一些条件，即决定观众对艺术作品的理解、艺术家创造作品的过程、艺术作品与周围环境各因素的相互关系、艺术作品的时间状态等。"[①]

一 莫斯科观念主义流派分支

莫斯科观念主义流派包括许多艺术家和诗人创作团体。对于该流派

---

① Борис Гройс. Московский романтический концептуализм//Театр. 1990. No 4. C. 65–66.

的分类，评论家们莫衷一是。我们倾向于以下观点，即该流派分为"文学中心型观念主义"（литературоцентрический концептуализим）和"分析型观念主义"（аналистический концептуализм）。

前者即为格罗伊斯所称的"莫斯科浪漫观念主义"。伊利亚·卡巴科夫（Илья Кабаков）在《俄罗斯的观念主义》一文中指出，果戈理、陀思妥耶夫斯基、契诃夫的文学传统是浪漫观念主义的决定性因素。该术语折射出观念主义富有浪漫色彩、令人捉摸不透的特点。以文学为中心的观念主义代表人物主要有德米特里·普里科夫（Дмитрий Пригов）、伊利亚·卡巴科夫（Илья Кабаков）、列夫·鲁宾施坦（Лев Рубинштейн）、瓦季姆·扎哈罗夫（Вадим Захаров）、安德烈·莫纳斯特尔斯基（Андрей Монастырский）和"集体行动"小组、埃里克·布拉托夫（Эрик Булатов）、维克托·皮沃瓦罗夫（Виктор Пивоваров）、尼基塔·阿列克谢耶夫（Никита Алексеев）、伊琳娜·纳霍娃（Ирина Нахова）、谢尔盖·阿努夫里耶夫（Сергей Ануфриев）等。

"分析型观念主义"主要采用分析的方法对待艺术，以更深入地探究艺术的本质。该分支的主要派别和代表人物有"科马尔/梅拉米德"艺术小组，即"索茨艺术"（соц-арт），其参加者为维塔利·科马尔（Виталий Комар）、亚历山大·梅拉米德（Меламид）；"巢"艺术小组，其参加者为根纳季·东斯科伊（Геннадий Донской）、米哈伊尔·罗沙利（Михаил Рошаль）、维克托·斯科尔西斯（Виктор Скерсис）；"托塔尔特"艺术小组，其参加者为娜塔利娅·阿巴拉科娃（Наталья Абалакова）、阿纳托利·日加洛夫（Анатолий Жигалов）；"СЗ"艺术小组，其参加者为维克托·斯科尔西斯、瓦季姆·扎哈罗夫；"丘比特"艺术小组，其参加者为尤里·阿尔贝特（Юрий Альберт）、维·斯科尔西斯、安德烈·菲利波夫（Андрей Филиппов）；"火绒草"艺术小组，其参加者为帕鲁伊尔·达夫佳恩（Паруйр Давтян）、维·斯科尔西斯、尤·阿尔贝特、安·菲利波夫。

二 莫斯科观念主义的发展历程

形成时期：20世纪60年代末至70年代初。此时涌现的莫斯科观念主义艺术家可谓该流派的奠基者，主要有"斯列坚斯基大道"小组、维·科马尔和亚·梅拉米德、伊·卡巴科夫等，他们创造了新的艺术形式，诸如表演、行为、装置，尤其是卡巴科夫发明了相册、墙报等形式的艺术。这些作品体现了莫斯科观念主义流派的创作理念：研究传统造型艺术（图、画）的功能及对其的接受与理解，揭示视觉形象的语言特性，关注口语体裁、平庸和无趣的东西。早期阶段，莫斯科观念主义者的作品中除有大量词汇注释外，还有插图、照片等造型艺术作品。词汇注释和造型艺术作品彼此间不对应，艺术家将这些因素排列在一起，只是为了确定上述两种因素不能涵盖的范围，未表达出事物的界限。艺术家们首先关注的是应不表露什么，通过神秘的虚空和空白的背景暗示存在某种事物。正因如此，鲍·格罗伊斯将这种艺术称为"莫斯科浪漫观念主义"。20世纪70年代初，莫斯科观念主义形成一个独立的流派。

发展时期：20世纪70—80年代。70年代中期以前，观念主义已成为苏联非官方文学中的主要流派，整体上确定了非官方艺术的一般特点。该时期活跃在艺术舞台上的艺术家有伊·卡巴科夫、维·科马尔和亚·梅拉米德、安·莫纳斯特尔斯基、维·皮沃瓦罗夫、埃·布拉托夫、里马·格尔洛维娜（Римма Герловина）和瓦列里·格尔洛温（Валерий Герловин）等。70年代下半期和80年代，积极开展观念主义创作的有尼·阿列克谢耶夫、德·普里科夫、列·鲁宾施泰因、阿·日加洛夫、叶连娜·叶拉金娜（Елена Елагина）、伊戈尔·萨卡列维奇（Игорь Сакаревич）、尼古拉·帕尼特科夫（Николай Панитков）、纳塔利娅·阿巴拉科娃（Наталья Абалакова）、"巢"艺术小组等。此时观念主义艺术最著名的现象之一是"集体行动小组"的活动。该小组将其对集体行动的评论和解释集结成数本私人出版物，并统一命名为"郊游"。20世纪80年代是新一代莫斯科观念主义发展最迅猛的时期，传承并重新思考老一辈莫斯科观念主义传统的年轻艺术家表现突出，他们表述新策略、研究新问题，其中有瓦·扎哈罗夫、维·斯科尔西斯、尤·阿尔贝特、安·菲利波夫、"医学诠释学"装置小组等。

衰落时期：自20世纪90年代起，该流派逐渐被其他运动排挤出艺术舞台。然而20世纪70年代和80年代的观念主义传统对当代俄罗斯艺术来说仍具有重要意义。目前莫斯科观念主义流派的新老代表们仍然继续创作，成为俄罗斯艺术和文学领域一个不可或缺的组成部分。

从对莫斯科观念主义的简要介绍可看出，该流派主要涉及两个领域，即艺术和文学。在文学方面，最大的成就体现在诗歌上。最早的观念主义诗歌萌芽于20世纪50年代末的"具体诗"（即利阿诺佐沃小组）的创作，其代表人物是弗谢沃洛德·涅克拉索夫（Всеволод Некрасов）。在20世纪70年代，德·普里戈夫和列·鲁宾施坦因全力推动和发展观念主义创作，被视为该流派的导师。到了20世纪90年代，铁木尔·基比罗夫（Тимур Кибиров）不但把莫斯科观念主义的理念发扬光大，而且形成了自己的创作特色。

第二节　影响观念主义诗人创作的因素

"要理解任何诗人的创作，重要的是理解整个文化语境和传统，以及直接相关的生活和文化环境，尤其是诗人直接与其产生对话关系、不同程度上参与其中并将自己的活动投射到其上的领域和环境。"[①] 莫斯科观念主义诗歌的形成受到诸多因素的影响，其中两个重要的方面是俄罗斯诗歌传统和观念主义艺术。[②]

[①] Пригов Д. Что надо знать о концептуализме. Современная русская поэзия. http://azbuka.gif.ru/important/prigov – kontseptualizm/.

[②] 一般认为，"利阿诺佐沃小组"诗歌即"具体诗"，是直接影响莫斯科观念主义诗歌的因素之一。"具体诗"和"观念诗"有许多相似之处，且"具体诗"的形成也受到与"观念诗"相似的因素的影响。我们在此不对"具体诗"加以论述，而是将视野放到更长远的时空中，以探究影响普里戈夫诗艺特点形成的更早因素。

一　观念主义艺术

欧美观念主义艺术产生于20世纪60年代的美国，之后传至英、法、德、俄等国家。俄罗斯观念主义艺术是在吸纳欧美观念主义艺术的基础上结合自身特点形成的，因而两者既有不同，也有许多相似之处。

相对于其他艺术而言，观念艺术"排除传统艺术的造型性，认为真正的艺术作品并不是由艺术家创作的物质形态，而是概念……或观念……的组合。观念艺术强调思想和观念"[1]。观念艺术涉及的范围很广。从表现形式来看，有学者将观念艺术（主要是欧美的观念艺术）分为以下几种。现成物，即被放置到艺术语境中的日常生活用品；一种发明，即某种形象、文字或事物被放置于博物馆、地下道、街道等出人意料的环境中；文献档案，即通过备忘录、照片、图片、地图等证明或显示曾经发生的事情或仅仅传达观念；文字，即用文字阐述概念、命题、意思；表演，即艺术家用肢体语言传达意图或表现意义；装置，即在展览馆、艺术馆等特定地方，设置一些机器和物品以传达观念；地景，即以大自然为材料在自然环境中传达艺术家的意念。其中，表演、装置、地景或其他艺术形式是前四种的延伸。[2] 俄罗斯学者则将莫斯科观念主义艺术的表现形式分为以下几种。画册（альбом），即一系列含有图片和文本的未装订纸张；台架画（Картина‐стенд），即这些图画被绘制在书页一样薄的纸板或画布上，在图画中，画和文本通过各种方式组合起来，苏联的宣传画是这些组合的原型；视觉艺术，如用打字机打出的图案；卡片诗歌，即将诗行写在卡片上；文本和物体的组合；针对一人的表演，即观众对物品做出某些举动。针对少数人的表演，即观众参与其中获得某种体验和感受，如在自然环境中开展的集体行动。无观众的表演，即表演仅仅是为了照相；装置，即在一定空间中设置各种

---

[1] 王治河主编：《后现代主义辞典》，中央编译出版社2005年版，第174—175页。
[2] 唐晓兰：《观念艺术的渊源与发展》，（台北）远流出版事业股份有限公司2010年版，第106—168页。

物品，观众欣赏时也不自觉进入这个被制造的空间；等等。①

从上述梳理我们看到，尽管欧美观念主义艺术和莫斯科观念主义艺术的具体表现各有特色，但在许多情况下艺术作品或事件（如集体行动）并非仅由某个元素构成，如单一的图画、词句、物品等，而是各种元素在其中相互影响和作用。这就为观念主义艺术影响诗歌提供了契机。事实上，正如有学者指出的那样，观念主义诗人从造型艺术领域进入诗歌，将拼贴手法和使用现成物的纯粹的装置机制引入自己的文本。②

二 "白银时代"诗歌

亚历山大·博利舍夫（Александр Большев）指出："20 世纪的最后几年，以若干不同流派为代表的所谓'诗歌的后现代主义'，在俄罗斯文学中也找到了自己的一席之地，这些流派的创新探索在很大程度上植根于 20 世纪初俄罗斯诗歌的传统。"③ 也有学者认为，象征派、阿克梅派（首先是曼德尔施塔姆和安年斯基）和未来派（赫列勃尼科夫、克鲁乔内赫）影响了观念主义诗人的创作风格。④

20 世纪初的"白银时代"，是俄罗斯文化艺术从现实主义转向现代主义的时期。该时期涌现出众多大家和优秀作品，被誉为俄罗斯真正的"文艺复兴"时代。"白银时代"的主要诗歌流派有以梅列日科夫斯基、明斯基、巴尔蒙特、别雷、勃留索夫、勃洛克、杜勃洛留波夫、安年斯基、伊万诺夫等为代表的象征派，以古米廖夫、阿赫玛托娃、曼德尔施塔姆、戈罗杰茨基、津凯维奇为代表的阿克梅派，以谢维里亚宁、马雅

---

① Апресян А. Эстетика московского концептуализма：дис. канд. филол. наук：Москва，2001，С. 74 – 100.

② Кривулин В. Полвека русской поэзии（Предисловие к Антологии новейшей русской поэзии-Милан，2000）. Несгибаемый Феофан. http：//feofan – lipatov. narod. ru/krivulin. htm.

③ [俄] 亚历山大·博利舍夫等：《二十世纪俄罗斯诗歌的后现代主义》，陆肇明摘译，《当代外国文学》2003 年第 4 期。

④ Погорелова И., Концептуалистская стратегия как жанрообразующая систем творчества Д. А. Пригова：дис. канд. филол. наук：Краснодар. 2011. C. 158 – 159.

可夫斯基、帕斯捷尔纳克、赫列勃尼科夫、卡缅斯基、克鲁乔内赫等为代表的未来派等。这些流派的作品精彩纷呈、各具特色，但透过复杂的现象窥探其本质，可以看到它们具有一些相同点，其中主要为诗歌的音乐性、绘画性、散文化。这都在观念主义诗歌中得到反映，但两者的创作理念不同。俄罗斯现代主义诗歌产生的基础是，"反击过分实用的西方资产阶级观念，反对过分注重写实与为社会政治服务的文学传统"①。俄罗斯现代主义重在捍卫文学艺术自身的独立性，维护为艺术而艺术的理论，强调直觉性、非理性、感性、主观性，追求并探索艺术的形式美。观念主义诗人则在否定社会主义现实主义艺术经验，吸引读者注意力的同时，追求利用各种文化语言②来进行创作的模式，不偏重任何一个，不认为任何一个占据绝对优势，令这些文化语言在同一文本中冲突、碰撞、交融。这种理念的背后隐藏着解构和重构的精神，解构逻各斯中心主义和一元化，重构多元并存的世界图景。

三 现实艺术协会

观念主义诗人德·普里戈夫曾明确指出"现实艺术协会"（Объединение реального искусства，ОБЭРИУ）对他的影响。"我与现实艺术协会的创作有十分密切的关系。我从事的，可以称为第三代先锋主义。第一代是传统的先锋派，第二代是现实艺术协会，第三代是后现代主义流派。"③

"现实艺术协会"于1928年在列宁格勒成立，1931年被迫解散。1928年1月，"现实艺术协会"的宣言在《出版之家海报》上刊发。这一宣言反映了"现实艺术协会"的基本艺术原则。第一，他们反对肤

---

① 陈远明等：《论俄国现代主义诗歌的特征及其成因》，《西华师范大学学报》（哲学社会科学版）2005年第3期。

② 这里的文化语言，指广义上的语言，即尤里·洛特曼所谈论的文学、音乐、绘画、雕塑等语言。

③ Толстой И. Дмитрий Александрович Пригов: памяти поэта, Радио Свобода. http://www.svoboda.org/content/transcript/403682.html.

浅地停留在文学、戏剧和电影创作的主题和表层上,主张深入其核心,通过创作拓展并深化事物和词语的意义,但绝不损害它们的意义。第二,寻求新的世界感受和对待事物的新方法,创造新的诗学语言。这种新艺术方法是广博的,它将囊括一切艺术形式并深入生活。第三,通过艺术复活世界。"世界被许多蠢人的语言污染,陷入'感受'和'情感'的泥潭,这世界现在以完全纯净的、具体的、勇敢的形式复活。"[1]第四,剥离了文学和日常生活外壳的具体事物是艺术的财富。用未受文明污染的"裸眼"看事物,将会看到事物的真正本质。在诗中,词汇意义的冲突在于表现该事物。第五,从传统的角度看,"现实艺术协会"的创作是"非现实的""非逻辑的""荒诞的"。[2] 由此可见,"现实艺术协会"试图构建一套全新的认知和表述系统,他们将借助该系统凸显世界万物最原初的本质。该协会的宗旨就是用传统上认为的荒诞观念和荒诞手法来创建全新的"现实"。观念主义诗人与之有相似的创作旨趣,都反对非自由的艺术,在创作上也采用荒诞的手法,显示出非逻辑性、无关联性、偶然性的特点。

四 俄罗斯知识分子追求自由的精神

国内外众多学者对俄罗斯知识分子特征问题进行了广泛深入的研究,从中我们可以看出坚持思想独立、追求精神信念自由是俄罗斯知识分子的一个鲜明特点。被喻为"俄罗斯民族精神之父"的利哈乔夫强调,俄罗斯知识分子首先应能够独立、自由地思考,对生活和道德持有自己的观点和看法,不因国家、政党和经济的压迫而屈服,不受任何思想宣传的蛊惑。俄罗斯的知识分子听命于自己的灵魂和良心,而不是听命于当权者写作,他们将反抗黑暗、暴力与独裁,追求真理、自由

---

[1] *Заболоцкий Н.* Манифест обэриутов. Даниил Хармс. http://xapmc.gorodok.net/documents/1423/default.htm.

[2] *Заболоцкий Н.* Манифест обэриутов. Даниил Хармс. http://xapmc.gorodok.net/documents/1423/default.htm.

与正义，深刻关怀人民等看作自己的责任。"自由主义就好像俄国知识分子群体先天的基因"①，在俄罗斯的历史文化发展中发挥着独特的作用。

20世纪50年代中期，赫鲁晓夫提出艺术要真实地反映社会生活，苏联文学的"解冻"时期来临。此后出现了一些质疑苏联主流文艺理论、试图使艺术摆脱官方意识形态、表达对社会生活不满的作品或文艺团体，其中包括莫斯科近郊的利阿诺佐沃小组、列宁格勒的语文小组、莫斯科观念主义团体等。在这种情况下，通过创作来颠覆社会主义现实主义文学，抨击苏联体制和苏联文化，表达对社会和生活的不满，成为包括莫斯科观念主义诗人在内的知识分子的一种选择。由于"苏俄社会主流话语始终围绕着构建帝国的合法性、合理性问题，俄国历史、文学史客观上成了意识形态的表述对象，对历史典籍和文学作品的阅读欣赏方式也被限定成为概念化的知识，而对这类体制所造成的观念、审美方式和话语等僵化现象，直接挑战会有政治风险……在体制框架内进行'善意'的批判性叙述则会事倍功半（如解冻文学），这就使得后现代主义作者采用转引这些概念化的历史或文学知识的互文性策略"②。就此，德·普里戈夫也指出，苏联文化在20世纪60年代以来分裂为官方文化和非官方文化，无论是属于作协的官方作家，还是被排斥在作协之外的非官方作家，都须选择表面上符合主流话语要求的叙述模式。③正因如此，观念主义诗人在其创作中在能指层面采用符合苏联意识形态、反映主流文化传统和权威的文字，在叙述方式上采用旨在消解传统和权威的模式，而在所指层面上传达出这种传统和权威的虚空、无意义性。

---

① 张建华：《以〈路标〉为界：俄国自由主义知识分子的思想波澜》，《社会观察》2004年第2期。
② 林精华：《苏俄后现代主义：消解现代性在俄国变体形式的另类叙事》，《社会科学战线》2010年第5期。
③ Пригов Д. Где наши руки, в которых находится наще будущее？//Вестник новой литературы. 1990. №2. С. 212.

五 俄罗斯的虚无主义

别尔嘉耶夫认为，虚无主义是俄罗斯典型且特有的现象，俄罗斯人是虚无主义者。虚无主义是"东正教教徒的禁欲主义的外向，即没有神感的禁欲主义。当理解它的纯洁性和深度时，俄国虚无主义的基础源于东正教所排斥的世界。它的真正意义是'全世界都躺在那恶人手上'。它承认一切财富与奢侈的罪恶性。承认一切艺术与思想中创造物的罪恶性……虚无主义不仅将艺术、形而上学精神价值，甚至将宗教视为罪恶的奢侈物"[1]。别尔嘉耶夫认为，任何民族都不像俄罗斯这样相对地、有条件地鄙视文化价值、人的创造、知识、哲学、艺术、权利、社会。

19世纪50年代末、60年代初兴起了俄国的虚无主义运动。它是"俄罗斯启蒙运动的激进形式。这是俄罗斯精神和俄罗斯意识发展的辩证因素"[2]。当时的沙皇俄国腐朽没落，民众处于受压迫、被奴役的地位。受到德国古典哲学影响、对现存实践形式持怀疑态度和具有罪恶感意识的俄国知识分子，力争使俄国摆脱落后，拯救民众，获得自由，他们否定农奴制度、批判沙皇专制制度、排斥愚昧的传统，希望以此颠覆旧的社会形态，可以说他们"否定过去、否定历史、否定传统，荒唐地要到荒无人烟之地去建设一种纯洁的乌托邦"[3]，他们也由此走向虚无主义。但这种虚无主义是对所谓的优秀文化、特权文化的反省，并非抛弃信仰、无信仰，而是在真切地寻求信仰。"俄罗斯的虚无主义是特权阶层造成的，并且只为特权阶层设立文化的道德反省。虚无主义者不是文化怀疑论者，他们是有信仰的人们。这是一种有信仰的年轻的运动。如果虚无主义者反对道德，那么他们这样做是为了善。他们揭露了理念原则的虚伪，而这样做是为了对毫无夸张的真理的爱。他们抨击文

---

[1] Бердяев Н. Истоки и смысл русского коммунизма. М.：ЗАО Сварог и К. 1997. C. 281.
[2] [俄] 尼古拉·别尔嘉耶夫：《俄罗斯思想》，雷永生等译，生活·读书·新知三联书店2004年版，第132页。
[3] [美] 赫克：《俄国革命前后的宗教》，高骅等译，学林出版社1999年版，第81页。

明的虚伪的欺骗。"①

在苏联，形成于 20 世纪六七十年代、包括观念主义在内的俄罗斯后现代主义作家，也由于现实环境、俄罗斯文化过度的道德主义而表现出怀疑、否定、颠覆苏联与俄罗斯经典，解构传统文学文化的虚无主义倾向。他们以游戏精神进行文学创作，质疑和消解传统的意识形态观念、价值观和生活逻辑，因而俄罗斯后现代主义文学在实现"自我"的同时，也呈现出虚无的特点。伊戈尔·佐洛图斯基（Игорь Золотуский）指出，虚无主义充斥文坛，"虚无主义已经掌控了一切，由和平的否定走向了屠杀"②。"对于社会主义现实主义而言，观念主义是虚无主义。"③ 爱普施坦谈及虚无主义和观念主义的关系时认为，"虚无主义肯定了否定；观念主义否定了肯定"④。我们可以说，虚无主义肯定了观念主义的否定，在虚无主义影响下，观念主义者否定传统和权威。但需要指出的是，在观念主义者那里，虚无主义在否定"观念"本身、令其走向虚空的同时，重视人的主观世界的非理性主义和人的个性价值，倾向于文化价值层面的重构。

第三节 观念主义诗歌的艺术特点

一 创作理念：观念的虚空

观念主义一词的俄文为 концептуализм，英文为 conceptualism。该

---

① ［俄］尼古拉·别尔嘉耶夫：《俄罗斯思想》，雷永生等译，生活·读书·新知三联书店 2004 年版，第 131 页。

② Золотуский И. Наши нигилисты//Литературная газета. 1992. No24. С. 4.

③ Касымо А. Путевые работы в беспутной области. Журнальный зал—Русский толстый журнал как эстетический феномен. https：//magazines. gorky. media/znamia/2002/5/ivan - ahmetev - devyat - let. html#top.

④ Воложин С. Пригов, Комар и Меламид, И. Кабаков, Булатов, Рогинский. Художественный смысл. Пушкин Чюрлёнис и др. Художественный смысл. Энциклопедия новых прочтений. http：//art - otkrytie. narod. ru/prigov. htm.

词源自拉丁文 conceptus，意为观念、概念。美国当代艺术家约瑟夫·柯索思指出："从杜尚开始，所有的艺术其本质都是观念艺术，因为艺术只存在于观念之中。"① 观念成为艺术的本质，重视内在信息、轻视可见的东西就成为观念艺术的核心。美国观念主义艺术大师索尔·勒维特称："在观念艺术之中，观念或概念是作品最为重要的方面。当一个艺术家使用了艺术的一种观念的形式，这就意味着一切计划和决定都已事先完成，而其实施则只是一种敷衍了事的工作。观念成为创作艺术的机器。"② 观念艺术家在摒弃传统的美术"形象"之后，趋向于运用词语、文字说明甚至纯文字作为观念表达的重要手段。"如果是利用语言，并且是从关于艺术的观点中发展而来，那么这些语言就是艺术而不是文字，数字不等于数学。"③ 艺术不是服务于视觉而是服务于思想和理念，这同样体现在莫斯科观念主义诗歌的创作中。

与欧美观念艺术力图通过各种方式，甚至是直接用语言文字传达观念、建构观念不同的是，莫斯科观念主义诗人是在用各种方式消解陈腐的观念，即解构、消除、颠覆观念，凸显其无意义性。这反映了莫斯科观念主义和西方观念主义的一个重要区别："在西方的观念主义中，'一个取代另一个'原则发挥作用；或者，艺术'作品'被替换成另外一件作品，甚至是语言描述、'作品'的思想；或者，传统的艺术品'栖息地'被破坏——艺术事件从博物馆和美术馆移至最不合适的空间。在俄罗斯的观念主义中，作品没有被替换成另外一件，甚至没被替换成具有某种具体意义的说明，而是因已成为假象垃圾场的现实（物质现实和语言现实）完全失去意义而转变为虚空……正如我们认为的那样，与虚空的相邻、接近、接触，总之与虚空的任何联系，都是莫斯科

---

① 徐淦：《观念艺术》，人民美术出版社2004年版，第8页。
② 转引自王新凤《中国民间美术的当代理念表达》，硕士学位论文，曲阜师范大学，2011年，第2页。
③ [美] 索尔·勒维特：《论观念艺术》，转引自顾丞峰《观念艺术的中国方式》，湖南美术出版社2002年版，第163页。

观念主义的主要特点。"① 莫斯科观念主义诗歌也不例外。米哈伊尔·爱泼斯坦（Михаил Эпштейн）在论及莫斯科观念主义诗歌时称："在这里，语言符号并没有指向意义的完满，恰恰相反，它揭示了自身的空洞，摆脱了所指的自由。"② 因此，虚空性就成为俄罗斯观念主义的重要表现对象，同时也形成一种围绕它进行创作的艺术手法。在莫斯科观念主义诗歌中，这种虚空体现在三个方面，即存在的虚无、内容的虚幻、形式的虚化。

（一）存在的虚无

对存在问题阐述得最深入、最透彻的是存在主义哲学。存在主义认为，存在首先是人本能的意识活动，它具体、孤独、流变、自由。包括人的存在在内的所有的存在都是偶然的、没有理由的、非先定的。人被抛弃到危险、陌生、没有终极目标的世界上，被不可知的、无理性的力量掌控着，受到自我以外的一切事物的制约、对立和抵抗，人在其中痛苦、无奈地挣扎，人在世界上的地位是不确定的。人未来的生活混沌且没有目标和方向。人只是盲目地走向未来，走向人生的最后归宿——死亡。死亡对个人的存在具有重要意义。存在的过程，就是死亡的过程。因此，"存在"就等于"不存在"。人存在于其中的世界令人无法生存，孤独、失望、厌恶、恐惧、被遗弃感等，是人在世界上的基本感受。因此，人所面对的世界是无意义的、虚无的；人存在本身也是虚无的；世界上的一切——事物抑或个人、理性抑或非理性、存在抑或毁灭、现实抑或理想——都是荒诞的。存在主义对存在③和生命的认识，也体现于观念主义诗歌中。主要有以下几个方面。

---

① Лейдерман Н., Липовецкий М. Современная русская литература. 1950 – 1990 – е годы в 2 – х томах. Т. 2. М. : Academa. 2003. С. 428.

② Эпштейн М. Постмодерн в России: литература и теория. М. : Издание Р. Элинина. 2000. С. 149.

③ 指包括人的存在在内的所有的存在。

1. 生活的虚妄

原文： 译文①：

Вот устроил постирушку 一位贫穷的先生
Один бедный господин 自己意志的主宰
Своей воли господин 总之——命运的玩偶
А в общем – то—судьбы игрушка 在洗衣服

Волю всю собравши, вот 瞧，他以全部毅力
Он стирать себя заставил 强迫自己洗衣
Все дела свои оставил 置一切于不顾
А завтра может и помрет 而明天他可能死去

（Пригов）　　　　　　（普里戈夫）

贫穷的人虽然物质上贫乏，但精神上却富有——他是自己意志的主人。但生活在这个世界上，他不得不屈从于现实——强迫自己洗衣服，然而这一切似乎都毫无意义，因为他是"命运的玩偶"，只能接受命运的捉弄与摆布：明天，他有可能因不可预测的各种因素离开人世。在这里，对人生存价值意义的否定，显示出人存在的虚妄和无奈。

2. 生命的虚玄

原文： 译文：

в тебе нет ничего 你没有任何东西
ни от черного, ни от белого 既没有来自黑的，也没有来自白的
в тебе нет ничего 你没有任何
возвышенного или униженного 崇高或低俗的东西
в тебе нет ничего 你没有任何
придуманного мной 我想象的东西

в тебе нет ничего 你没有任何东西

---

① 除标明出处的以外，诗歌译文均为自译。

ни от малого, ни от большого	既没有来自小的，也没有来自大的
в тебе нет ничего	你没有任何
нужного или ненужного	需要或不需要的东西
в тебе нет ничего	你没有任何
касающегося меня	涉及我的东西
…	……
в тебе нет ничего	你没有任何东西
ни от жизни, ни от смерти	既没有来自生的，也没有来自死的
в тебе нет ничего	你没有任何
законченного или начатого	结束或开始的东西
в тебе нет ничего	你没有任何
найденного мной	我找到的东西
в тебе нет ничего	你没有任何东西
ни от ума, ни от безумия	既没有来自理智的，也没有来自疯狂的
в тебе нет ничего	你没有任何
доброго или злого	善或恶的东西
в тебе нет ничего	你没有任何
что есть во мне	我有的东西

（Монастырский） （莫纳斯特尔斯基）

  人作为独立的个体来到这个世界上，这是生命的开始。之后，人在这个世界上不断成长，并通过各类活动，与其他人发生各种联系。然而，无论生命长短如何，无论生命质量如何，人都不得不臣服于生老病死的自然规律，于是就像当初来到这个世界上那样，孤独地来，又孤独地去。在这种境况下，一切好与坏、善与恶、对与错似乎都没有意义，而生与死的界限也变得模糊不清。

3. 无法摆脱时间的荒诞

原文：　　　　　　　　　　　　　译文：

Выходит слесарь в зимний двор　　钳工走入冬日庭院

Глядит：а двор уже весенний　　抬眼望去：庭院已然春天

Вот так же как и он теперь –　　正如他现在这样——

Был школьник, а теперь он слесарь　曾是小学生，而现在是钳工

А дальше больше—дальше смерть　而之后更甚——之后是死亡

А перед тем—преклонный возраст　而这之前——迟暮之年

А перед тем, а перед тем　　　　而再往前，而再往前

А перед тем—как есть он слесарь　而再往前——他正是钳工

　　　　（Пригов）　　　　　　　　　（普里戈夫）

时间在不知不觉中流逝，不可抗拒、不可逆转。人类生活在时间之流中，被时间之网笼罩，挣脱不出、摆脱不掉。随着今天变成昨日，未来变成今日，万事万物也不断变化：冬而春，春而夏，而人也从幼龄逐渐长大，身份随之改变。唯一不变的是，人在不断走向以死亡和毁灭为结点的未来。对此，任何抗拒和惶恐都无济于事。时间产生一切、伴随一切、毁灭一切，于是世界上的事物与时间的抗争显得哀悲、可笑、荒诞。

（二）内容的虚幻

我们将观念主义诗歌文本内容的虚幻分为物之特征的虚幻与情形的荒诞。在此，物指的是人物、动物、植物和其他事物，而情形指物与物之间因关系和联系而呈现出的各种情况或发生的事件。观念主义诗人利用这种虚幻的手法，通过对现实的讽刺性模仿，揭示现实的无意义，从而达到彻底否定现实、解构一切形式的意识形态的目的。

1. 特征的虚诞

莫斯科观念主义诗歌文本中的人物有"我""我们""你""Дмитрий Алексаныч"、姑娘、小伙、民警、农民等现实人物，朱可夫、希特勒、肃反工作人员、奥维德等历史人物，耶稣、上帝、天使等宗教人物。此

外还有各种各样的动物，如狮子、熊、牛、狼、鹰、鹤、鸡、猫、老鼠、蟑螂、苍蝇、毻斯、独角兽等。还有树木、花朵、身体器官、洗衣机、坟墓、剃刀等各种事物。他（它）们有别具一格的特点和特征，如蟑螂是"我"的兄弟或朋友，苍蝇是"我"的妹妹，"我"会飞，狼会踏正步，朱可夫的脸如同"沸腾的"钻石，等等。再如下例。

原文：	译文：
Иду, она за мной бежит	我走着，她在我身后跑
Как маленькая собачонка	如同一只小狗
Бритва——веселая девчонка	剃刀——快乐的小姑娘
И пристально в глаза глядит	目不转睛地望着我
Я говорю ей: так и так	我对她说：无论如何
Иди туда и сделай то – то! –	去那儿干该干的！——
– Ведь страшно! – говорит – А то!	——可真吓人呀！——她说
	——当然啦！
На то и есть наша работа	这就是我们的工作
Практически, метафизическая	实际上，玄之又玄的工作
（Пригов）	（普里戈夫）

这首诗中，剃须刀这一事物具有了人的特征——会看，会跑，会说话，如同一个快乐的小姑娘，这自然令诗歌内容蒙上了一层荒诞的色彩。作者指出，他借剃刀形象说明一种爱，这种爱"如此强烈，以至拥有这种感情的人甚至没有明显意识到它闯入内心，且随后她又如此深切地流露出来，以至成为昏厥似的狂喜和恐惧的原因……她表现得极为强烈，表现出一种令人折服、富有穿透性、具有控制力的残酷无情"[1]。将剃刀与爱联系起来，对于一般的读者而言似乎是难以理解和接受的，这颠覆并否定了惯常情况下人们对爱的认知，因而显得荒诞、不可捉摸。

---

① Пригов Д. Написанное с 1990 по 1994. М.：Новое Литературное Обозрение. 1998. С. 95.

2. 情形的虚谬

莫斯科观念主义诗歌中情形的荒诞与虚幻多种多样。如人与动物对话，动物与动物对话，上帝与动物、与人对话，生者与死者对话；上帝在天上拿着双筒望远镜观察世间，将发现的事情记录到书里；古罗马诗人奥维德看到"我"吃禽鸟内脏或美味糕点，他从遥远的过去发出呐喊；母狼踏着正步走过冬天的莫斯科，在它面前奔跑着所有胆怯的动物，"我"自称是其父亲；泰米尔老虎、印度老虎、非洲狮子、俄罗斯熊聚到一起，点燃蜡烛；煮在汤里的母鸡讨论自己的姓名问题；农民与牛讨论死亡；上帝把老鼠放给猫取乐，老鼠质问上帝；等等。又如下例。

原文：

ШЕСТИКРЫЛЫЙ СЕРАФИМ

...

Невольно вскрикнув от внезапной боли,

Он повернулся на спину, затих…
И все вокруг затихло. Тишину
Ничто не нарушало, кроме капель
Дождя и голосов на переправе,
Торгующихся с лодочником. Тот,
Ссылаясь, очевидно, на погоду,
Накинуть требовал. Другие голоса
С ним спорили. И эта перебранка
Не кончится, казалось, никогда.
Потом он снова потерял сознанье.
И сколько так он пролежал – минуту,
Неделю, год, столетие – никто

译文：

六翼天使

……

突来的疼痛令他不由大叫一声，

仰面倒下，悄然无声……
四周沉寂下来。寂静
未被打破，除了
雨滴和渡口上，
与船夫的争论声。船夫，
显然以天气为由，
要求盖住。其他声音
与他争论。对骂声
似乎会永不停息。
之后他再次失去意识。
他这样躺了多长时间——
一分，一周，一年，一世纪——没有人

· 125 ·

Сказать не может. Но сияло солнце,	说得清。但当阳光灿烂时,
Когда он вновь открыл глаза и понял,	他再次睁开眼睛, 意识到,
Что вновь родился…	已复生……
（Рубинштейн）	（鲁宾施坦）

这首诗的题目"六翼天使"为整个诗篇蒙上一层神话色彩。诗段内容似乎叙写了一个人在渡口昏倒或死去时渡口上的情形以及倒地人的反应、所思所想。诗段前半部分呈现的情景非常真实, 而后半部分中"一周, 一年, 一世纪""没人说得清""复生"令读者无法确定情景的真实性, 从而产生虚幻感。

(三) 形式的虚化

传统的俄罗斯诗歌是分行排列的, 有鲜明的节奏和韵律, 反映社会生活和人的精神世界的一种文学体裁。但莫斯科观念主义诗歌明显背离传统诗歌的形式（详见第二节）, 令诗失去其原本的结构而不能被称为传统意义上的诗。

原文：	译文：
Стихотворение №3	3 号诗
С—1　О—2　Р—3　О—4　К—5	С—1　О—2　Р—3　О—4　К—5
Д—6　В—7　А—8	Д—6　В—7　А—8
С—1　О—2　Р—3　О—4　К—5	С—1　О—2　Р—3　О—4　К—5
Д—6　В—7　А—8	Д—6　В—7　А—8
（Монастырский）	（莫纳斯特尔斯基）

这首诗的标题为"3 号诗", 但除分行外, 该诗显然并不具备韵脚、格律等传统诗歌应有的特征。如果不看标题, 很难想象这是一首诗, 这不过是字母和数字的堆砌。传统的诗歌结构在这里被虚化、淡化, 甚至不复存在。

在观念主义诗人那里, 作品的外在形式丧失了意义, 甚至连作品本身都消失了, 如鲁宾施坦的《35 张新页面》。

第三章 当代俄罗斯观念主义诗歌创作

Тридцать пять новых листов	35 张新页面
1	1
Лист 1*	页 1*
*Здесь, разумеется, ничего быть не должно	这里，当然，不应有任何东西
2	2
Лист 2*	页 2*
*Здесь не должно быть ничего определенного	这里不应有任何确定的东西
3	3
Лист 3*	页 3*
*Здесь не должно быть ничего кроме того, что уже есть	这里不应有任何东西，除已有的之外
4	4
Лист 4*	页 4*
*Здесь уже, пожалуй, может что-нибудь и появиться	这里已经，看来，会有什么东西出现
5	5
Лист 5*	页 5*
*Здесь уже могут возникнуть вполне конкретные ощущения	这里已经会出现十分具体的感觉
（Рубинштейн）	（鲁宾施坦）

  这首诗打印在 35 张页面上。每页顶端印有"页 1*""页 2*""页 3*"……其中 * 号表示作者拟对该页做出的解释和说明，具体说明文字打印在页面最下端。该页顶端的页码与最下端的具体说明之间是一片空白。通常情况下，这里应该有大量文字出现。因此所谓的"35 张新页面"，实际上是 35 张写有"页 1*""页 2*""页 3*"……以及具体说明的空白文本。显然，在这首诗中，诗人甚至舍弃了表现虚空的有形

· 127 ·

的事物——空洞的语言，直接用空白表现虚空本身。这种空白文本是将莫斯科观念主义创作理念发挥到极致的产物。

二 结构特点：文学与艺术拼贴

俄罗斯早期的口传民间诗歌在形式上无定规，韵律广泛而简单。14世纪以后，俄罗斯民间诗歌利用了俄语的重音特性，在每个诗行中使用二至四个重音，但这些重音的位置不固定，轻音节数目也不相同。壮士歌就明显体现了这个特点。17世纪初，除重音数目固定外，尾韵成为俄诗的重要特征，即每一行或每隔一行的最后一个音节的末尾相同，其他方面不太限定，僧侣波多利斯基创造了一系列类似诗歌。17世纪后半叶，诗人和剧作家波洛茨基创造了音节诗，这类诗的特点是每行诗有固定的音节，一般为十一、十二或十三个音节。18世纪上半叶，罗蒙诺索夫、特列基亚科夫斯基等将音节诗体改为更适合俄语特点的音节与重音并重的诗体：诗行中轻重音节有规律地配置，每一诗行由数个排列相同的音步组成。罗蒙诺索夫还主张，俄诗不仅可以使用双音节的抑扬格与扬抑格，还可使用三音节的扬抑抑格、抑扬抑格和抑抑扬格，诗句不限于十一、十三个音节，诗行末不仅可为阴性韵，也可为阳性韵。这奠定了俄诗传统格律的基础，成为后世俄诗创作者的主要依据。19世纪初，普希金及其同代人将这种诗体发展到至善至美的地步，带动了俄诗创作的繁荣。与此同时，除重音节诗外，包括茹科夫斯基、柯尔卓夫在内的不少诗人还尝试用较自由的方式写诗，使其重获口传诗歌轻重音节数不固定、不用韵脚、无重复诗行等特征，一般称之为自由诗，20世纪初该诗体发展起来。19世纪末出现了象征主义诗歌，该流派的诗歌奉行求新求变精神，除在一定程度上重视重音节诗律外，在诗歌题材、语言、声韵上都追求变化，主张自由诗体，倡导不定形的散文诗，勃洛克、库兹明就是这类诗的践行者。因此，诗体格律自由化是象征派的重要特色，也是对现代诗的一大贡献。20世纪初产生的阿克梅派和未来主义流派，延续了象征派的变革精神，其中马雅科夫斯基对诗歌的大胆改革引人注目。20世纪五六十年代苏联诗坛上崛起的富有舞台特点的"响派"诗歌也力求在内容和形式上实现创新和突破，这体现在叶甫图申科等人的创作中。

从上文对俄诗格律史的简略梳理来看，俄诗一直在探索与创新的过程中发展，到了俄罗斯后现代主义诗歌流派的重要分支之一——观念主义诗歌这里，这种创新的势头仍然不减。"颠覆在整个俄罗斯诗歌史中形成的'现成的言语体裁形式'，更宽泛地说——艺术文本的'典型模式'，这是观念主义诗歌的创新。"① 这里所谓现成的、典型的诗歌体裁，无疑是罗蒙诺索夫时期创立的重音节诗体。这种诗体对后世的创作有极大的影响，一直流传至今，其造成的结果是"现代俄罗斯诗歌不可避免地会令国外读者觉得有些守旧。原因之一是在形式上，韵律和严格的节奏仍占主导地位（至今我们连译诗也还要入韵，这一点实际上在别处已经不见了）"②。如果我们从这种传统的、典型的诗歌体裁来看观念主义诗歌体裁，就会发现后者呈现出明显的拼贴特点。

（一）图形与诗拼贴

图形与诗拼贴而成的诗，类似于视觉诗。"大多数学者倾向于将视觉化文本的所有众多变体归为视觉化诗，如从传统的图形诗、迷宫式长诗、魔方式诗到具体的字母和全息摄影式诗。"③《现代详解字典》认为，视觉诗是"将文字型和视觉型诗创作成果结合在一起的艺术形式，装饰用的或具有象征意义的图形和符号构成了诗行……视觉诗是后现代主义的一个独特趋向"④。

---

① Тимина С., Современная русская литература конца XX—начала XXI века. М.: Издательский центр "Академия". 2011. C. 106.
② [俄] 弗拉基米尔·阿格诺索夫主编：《20世纪俄罗斯文学》，凌建侯等译，中国人民大学出版社2001年版，第595页。
③ Назаренко Т. Визуальная поэзия. poem4you. http://www.chernovik.org/vizual/? rub_id =5&leng =ru.
④ ВИЗУАЛЬНАЯ ПОЭЗИЯ значение. Classes.ru. http://www.classes.ru/all-russian/russian-dictionary-encycl-term-11468.htm.

Стихотворение №1	1 号诗歌
5—то же самое, что и восточный, южный и западный медные шары на северо－западе.	5—就是，东、南和西铜球，在西北。
6—то же самое, что и восточный, южный и западный медные шары на севере.	6—就是，东、南和西铜球，在北面。
1—（повтор двойной）	1—（两次重复）
7—то же самое, что и южный и западный медные шары на севере.	7—就是，西和南铜球在北面。
8—то же самое, что и западный медный шар на северо－востоке	8—就是，西铜球 在东 北
5，5 см.	5.5 cm
（Монастырский）	（莫纳斯特尔斯基）

莫纳斯特尔斯基在 20 世纪 70 年代创造了一系列"初级诗"，所举例子即为其中的一首。该诗由文字、数字和图形构成，明显不同于传统俄诗。一方面，文字和数字部分没有呈现出传统俄诗的韵律、格律特征和意境美。例如，短诗中出现大量重复："то же самое, что и"几乎在每个诗段开头都出现，"восточный, южный и западный медные шары"重复了两次。针对重复，叶甫盖尼·多布连科（Евгений Добренко）认为这是"伪修辞要素，是引向逻辑终结、暴露'缺乏意义'的修辞要素"[①]。另一方面，诗行末尾的图示更令该诗显得别具一

---

① Добренко Е. Преодоление идеологии：Заметки о соц－арте//Волга. 1990. №11. С. 176.

格，它似乎丈量着词汇之间的距离，与文字内容没有太大的关系。这令读者感到诧异和不解，而这正是观念主义诗人希望达到的效果。

(二) 声响与诗拼贴

"'声响诗'是现代实验诗的一个分支，该分支与体现文本的语音有关。有声文本是声响诗的材料……声响诗以凭听觉接受文本为条件。文本或者在舞台上（往往是作者本人）演出，或者被录在录音带上。"①

普里戈夫经常向听众朗诵自己创作的诗，从而将诗转化为发声的艺术作品。在这里诗歌艺术、发音艺术与个人的诗学策略结合在一起，共同服从于最大限度影响听众的艺术原则。朗诵中，诗语言、声音语言、动作语言相互作用，共同构成整个艺术作品，将诗歌的魅力发挥到极致。

就声音语言而言，普里戈夫基于诗歌内容，根据需要调整停顿、重音、语速和语调等各种表达手段。当表现热烈、欢快、紧张、焦急、慌乱的内容时，语速较快；表现温馨、愉悦的场景时，语速舒缓；描绘富有激情、振奋、雄壮的境况时，语调高亢；而表达沉重、悲痛、缅怀、失望的心情时，语调低沉。在重要的地方，语调提高，语速变缓，停顿增加；在不太重要的地方，语调降低，语速急促，停顿减少。在对比部分，普里戈夫会加重语气且提升语调，以引人关注。在上述朗诵原则基础上，普里戈夫充分利用语音的表意功能，赋予诗歌不同的体裁特征，如歌曲、经文等。这会在诗歌文本原有语义基础上，赋予其新内涵。我们以普希金《叶甫盖尼·奥涅金》中的"我的伯父他规矩真大"（Мой дядя самых честных правил）诗段②为例予以说明，其原文如下。

原文：　　　　　　　　　　　　译文：
Мой дядя самых честных правил,　我的伯父他规矩真大，
Когда не в шутку занемог,　　　已经病入膏肓，奄奄一息，

---

① Тимина С. Современная русская литература конца XX – начала XXI века. М.：Издательский центр. Академия. 2011. С. 124.

② 诗人朗诵录音参见 http：//www.litkarta.ru/russia/moscow/persons/prigov – d/。

Он уважать себя заставил,	还非要人家处处都尊敬他,
И лучше выдумать не мог.	真是没有比这更好的主意。
Его пример другим наука;	他的榜样值得让别人领教;
Но, боже мой, какая скука	可是,天啊,这可多么无聊,
С больным сидеть и день и ночь,	日日夜夜把一个病人守住,
Не отходя ни шагу прочь!	他的病床你不能离开一步!
Какое низкое коварство	这是种多么卑劣的伎俩:
Полуживого забавлять,	讨一个半死不活的人高兴,
Ему подушки поправлять,	给他去把枕头摆摆端正,
Печально подносить лекарство,	哭丧着脸给他送药端汤,
Вздыхать и думать про себя:	一边叹气,一边在心里盘算:
Когда же черт возьмет тебя!	哪一天鬼才能叫你完蛋!

(智量译)

  普里戈夫以诵经的方式将其读出,使用喉音,字词发音含糊不清,有吞音现象,在吟诵字词的同时伴以嗡嗡声和颤音,每个诗行末尾音节读音延长;诗段吟诵三遍,一遍比一遍快,停顿也越来越少。但诵读诗段最后一个词"тебя"时都拖长声音、不断变化音调。考虑到该诗行原有的语义,这种诵读方式不禁令人产生各种联想:原文表达奥涅金知道伯父病重后赶去看望他时的所思所想,"Когда же черт возьмет тебя!"一句真实地表达了他的愿望。普里戈夫的诵读方式,令人感觉似乎在祈祷该愿望变成现实,且最后一次朗诵该诗时"тебя"一词的发音,给人以一个人垂死挣扎一番后毙命的印象。由此可见,朗诵赋予原本印刷在纸页上的了无生气的诗以新的生命,使其具有新的表现形式和语义。正如普里戈夫所说,他"使普希金的诗具有如此真实的……深刻的、神秘的意义,这种意义不同于表层内容"①。

  由此可见,由于朗诵方式不同,普里戈夫创造的独特的声响诗在获得不同于文字意义的新语义的同时,失去了以传统方式朗诵该诗时所具

---

① *Пригов Д. В Нью - Йорке с Виктором Топаллером.* RuTracker. org. http: //rutrack-er. org/forum/viewtopic. php? t = 4086698.

有的韵律特征，向非诗歌文本转化。

（三）物品与诗歌拼贴

MAMA МЫЛА РАМУ (1987)	7. Пошел дождь.
1. Мама мыла раму.	8. Брат дразнил брата.
	9. Молоко убежало.
2. Папа купил телевизор.	10. Перым словом было слово "колено".
3. Дул ветер.	11. Юра Степанов смастерилил шалаш.
4. Зою ужалила оса.	12. Юлия Михайловна была строгая.
5. Саша Смирнов сломал ногу.	13. Вова Авдеев дрался.
6. Боря Никитин разблил голову камнем.	

...

（Рубинштейн）[①]

[①] 该诗由 83 个词句构成，按顺序印刷在八面纸张上。其中 82 个词句分别印在 82 张卡片上，有 1 段较长词句印在了 3 张卡片上。因篇幅所限，在此只摘录第一面诗篇的内容，其译文如下：

妈妈刷洗了窗扇（1987）　　　　7. 下起了雨。
1. 妈妈刷洗了窗扇。　　　　　　8. 哥哥逗弟弟。
2. 爸爸买了电视机。　　　　　　9. 牛奶潽了。
3. 吹着风。　　　　　　　　　　10. 第一个词是"膝盖"。
4. 卓娅被蜂蜇了。　　　　　　　11. 尤拉·斯捷潘诺夫搭窝棚。
5. 萨沙·斯米尔诺夫弄断了腿。　12. 尤利娅·米哈伊洛夫娜曾是严厉的。
6. 博里亚·尼基京的头被石头碰破。13. 沃瓦·阿夫杰耶夫打架了。

（鲁宾施坦）

· 133 ·

对于观念主义艺术家而言，传达观念成为艺术创作的原则。只要能够传达观念，一切都可以成为艺术品，诸如诗歌、照片、文献、行为艺术、表演艺术等，它们能够刺激观者或听者在头脑中生成观念或概念。在这种情况下，语言文字和其他艺术形式往往同时出现，彼此映衬，其间的对立与差异被消解和被模糊，信息接收者在期待和意外中获得独特的艺术感受。这种创作方式也体现在观念主义诗歌中，其中包括物品与诗拼贴、行为与诗拼贴等。

上例为俄罗斯著名观念主义诗人鲁宾施坦的"卡片诗"。诗人把具有日常口语特点的词句写在图书借阅登记卡或索引卡上，通常是一张卡片上写一句。由于写有"诗句"的卡片未统一装订起来，并且这些词句缺乏客体指向和逻辑关系，因而可以随意排列组合在一起，且只有通过作者临时组合和朗诵，才能形成统一的诗文本。此例中，词句由于被印刷在纸面上，因而其顺序固定。但卡片上的序号只是卡片本身的编号，而非词句的顺序。仔细阅读我们可以看到，词句之间缺乏逻辑关联，似乎都是独立的诗歌单元。如果将这些词句去掉，替换成书目，这些卡片无疑就成了图书登记卡或索引卡。此外，该诗的最后一页上仅印有2张写有词句的卡片，剩下的空间被2个灰色的长方框占满，如同没有放满卡片的卡片柜。此外，在上例中纵向排列的卡片之间有一条虚线，如同书本的装订线，因此该诗篇又呈现出书本的状态。此诗可被视为卡片、书本与诗的拼贴。

（四）散文与诗拼贴

长期以来众多学者都对诗与散文的差异进行了论述。在这个问题上，俄罗斯著名文化符号学家和诗学理论家洛特曼也提出了自己的看法。他认为，在散文和诗的界限问题上，鲍里斯·托马舍夫斯基（Борис Томашевский）的观点更为合理，即"更自然和有效的是，不将诗和散文看作具有清晰界限的两个领域，而是看作两极，两个引力中心，围绕着这两个引力中心，历史性地分布着一系列现实……因此，解决诗与散文的区别这一基本问题时……首先应从那些最典型、表现最显著的诗歌和散文形式入手"①。诗与散文形式上的主要区别是诗具有韵脚、格律、诗行、诗节等。可以看到,莫斯科观念主义诗歌明显背离了传统诗歌的韵脚、格律、诗行、诗节的要求。

原文:	译文:
Я трогал листы эвкалипта	我触动着桉树叶
И знамени трогал подол	触动着旗角
И трогал, в другом уже смысле	从另一个意义而言
Порою сердца и умы	有时触动着,心灵和思想
Но жизни, увы, не построишь	但是,唉,你不能安排生活
На троганье разных вещей	去触动各种东西
Ведь принцип один здесь: потрогал –	毕竟在这儿原则只有一个:触动—
А после на место положь	之后放回原处
（Пригов）	（普里戈夫）

这首诗中,每行最后一词的词尾音节各不相同,发音也不相似——та、ол、сле、мы、ишь、щей、гал、я、ложь,因此无所谓韵脚。而在传统俄诗中,韵脚对诗歌韵律的形成发挥重要作用,它不仅使诗的韵律更接近音乐,而且能够帮助诗人把诗行的节奏、语调等音响因素联系起来。根据韵脚在诗歌中的位置,可分为毗邻韵（aabb）、交叉韵（abab）、环韵（abba）等。"一般说,每行诗都须押韵"②,但普里戈夫的很多诗都没有严格地遵循韵律,有时甚至整首诗都没有韵脚。这使人产生诗行间联系松散的印象,正如马雅可夫斯基所说:"没有韵脚……诗就会分散,韵脚能使你回到上一行,使你回想起前一行,使叙述一个思

---

① Лотман Ю. Структура художественного текста. СПб.: Искусство – СПб. 1998. С. 108.
② ［俄］弗拉基米尔·阿格诺索夫主编:《20世纪俄罗斯文学》,凌建侯等译,中国人民大学出版社2001年版,第652页。

想的所有诗行都能发挥作用。"① 就此波格丹诺娃指出,"在普里戈夫的作品中,其韵脚原则上而言不准确或完全没有:因此,批评家们谈到其诗文本散文化的问题"②。

三 语言特征:游戏性

后现代主义以语言为基点,彻底颠覆传统的"逻各斯中心主义"和本质主义,语言的地位得到前所未有的提高。语言不再是交流的工具、思想的载体,其"本身构成一种知识对象……构成一种客体……有了自己的品质、特性、土地、家宅,最终,它构成了一个封闭式的无国王的王国"③。语言的游戏性成为后现代主义关注的对象,这一特点也充分反映在莫斯科观念主义诗歌中。

在进入具体论述之前,我们先看一下语言符号的层级结构。

自索绪尔提出语言是一个符号系统后,国内外众多语言学家对语言系统的结构层次进行了分析。我国学者王铭玉从本体论、认识论和方法论角度,将语言符号分为不同的层次。④ 从本体论出发,他将语言符号分为可见事实层次与抽象概括层次。

可见事实层次 （Наблюдаемый аспект）		抽象概括层次 （абстрактный аспект）	
句位	предложение	句素	высказывание
词位	слово	词素	словоформа
形位	морфема	形素	морф
音位	фонема	音素	аллофон

---

① 郭天相主编:《俄罗斯诗学研究》,河南大学出版社1999年版,第61页。
② *Богданова О.* Постмодернизм в контексте современной русской литературы (60–90 годы XX века – начало XXI века). СПб.: Издательство СпбГУ. 2004. С. 469.
③ 汪民安、陈永国、马海良:《后现代性的哲学话语》,浙江人民出版社2000年版,第7页。
④ 王铭玉:《语言符号学》,高等教育出版社2005年版,第186—199页。

王铭玉认为，上述划分方式更易被接受。音位、形位、词位、句位分别对应着语言四个基本单位——音位、词素、词、句子，后者是执行物质载体、表义、名称、交际等语言基本功能的最小单位，且是语言分析的基础。我们同意王铭玉的观点，并拟按上述四个层次对诗文本进行具体分析。但应注意的是，这四个层次是我们主观划分的结果，实际上它们水乳交融、不可分割且彼此影响和相互作用，有时可能是某几个层次中的因素共同起作用，从而产生游戏效果。本节，我们是从产生语言游戏效果的最根本、最主要原因出发，从四个层次的角度论述语言游戏性问题。

（一）音位层次

从索绪尔的结构主义语言观来看，诗歌语音属于能指层面。当作为能指的语音不再仅仅服务于所指而是力图表现自身时，就有了游戏的性质，这正是柏拉图所指的文学的形式、节奏具有吸引力，令人感到美和快乐。约翰·胡伊青加（John Huizinga）也认为："从原初的文化创造力看，诗是在游戏中并作为游戏而产生出来的……它也总是倾向于放肆、戏谑与快乐……纯粹的诗之要素在于隐喻、突然闪光的观念、双关或只是词语本身的声音……这只能根据游戏来加以描述和理解。"[①] 俄语是富有表现力的语言，诗人借助俄语语音或音组的音色效果，表现行为、情感、生理和心理现象，令读者形成非语音的视觉、触觉、动觉等印象，由此引起相应的联想。在这里，语音充分发挥其表意功能，通过听觉形象丰富诗歌的语义。

原文：	译文：
Вот плачет бедная стиральная машина	瞧，可怜的洗衣机在哭泣
Всем своим женским скрытым существом	用女性那种含蓄的方式
А я надмирным неким существом	而我像某个超自然之物

---

① ［荷］约翰·胡伊青加：《人：游戏者》，成穷译，贵州人民出版社1998年版，第154—155页。

Стою над ней, чтоб подвиг совершила	凌驾于她以使她建功立业
Поскольку мне его не совершить	因为我无力建立功勋
Она же плачет, но и совершает	她哭着，但履行着
И по покорности великой разрешает	并且十分顺从地允许
Мне над собою правый суд вершить	我对她实施公正的裁决
（Пригов）	（普里戈夫）

诗中画线部分为音素。音素是语流中最小的声响单位，它具有音高、音强、音长、音色等声学特征。在历史、自然、生活等因素的影响下，这些声学特征逐渐在某一民族的心理中留下烙印，使之听到某些声音时就产生特定的联想和感受。罗蒙诺索夫就曾指出："俄语中，人们总觉得，频繁重复字母 a，有助于描写壮丽、宽广、深邃和高远，也可用于描写恐惧与不安；频繁出现字母 e、и、ь 和 ю，有助于表现温柔、抚爱及悲惨或微不足道的事物……"① "硬音 c、ф、x、ц、ш 和 p 的发音响亮、急促，适于更好地表现有力、伟大、洪亮、可怕和壮丽的事物或行为。"② 在上例中，c、ч、ш、p 等音不断重复产生生硬、刺耳的效果，这让人联想到一台破旧不堪的洗衣机启动时发出的嘈杂声，从而更加突出了"她哭着，但履行着"之意，强化了"建立功勋"（совершить подвиг）与实际所指——洗衣之间的反差，从而产生荒谬、可笑的效果。"совершить подвиг"这一在苏联时期频繁使用的词汇也在这种荒诞、戏谑中被消解。

（二）形位层次

在形位层次上，俄语单词可分为词根与词缀两大部分。它们是存在于词之结构内的最小表义单位。词根是词的核心与必备部分，表示该词的最基本意义。词缀环绕着词根，居于不同的位置，可分为前缀、后缀、间缀、词尾、尾缀等。莫斯科观念主义诗人经常利用俄语这一构词

---

① 郭天相主编：《俄罗斯诗学研究》，河南大学出版社1999年版，第146页。
② 郭天相主编：《俄罗斯诗学研究》，河南大学出版社1999年版，第147页。

特点，营造游戏的效果。

原文：　　　　　　　　　　　　译文：

Я помню чудное мгновенье　　　我记得那美妙的瞬间

Невы державное теченье　　　　涅瓦河浩荡的水流

Люблю тебя Петра творенье　　　我爱你彼得兴建的城

Кто написал стихотворенье　　　有人写了首诗

Я написал стихотворенье　　　　我也写了首诗

　　（Вс. Некрасов）　　　　　　　（弗谢·涅克拉索夫）

诗中画线部分单词的构成如下。мгновенье 的词根为 мговень，词尾为 е；теченье 的词根为 теч，后缀为 ень，词尾为 е；творенье 的词根为 твор，后缀为 ень，词尾为 е；стихотворенье 的词根为 стих 和 твор，后缀为 ень，词尾为 е。可以看到词尾 е 重复 5 次；енье 重复 5 次；词根 твор 重复 2 次，词根 стих 重复 3 次。如此多的重复出现在 5 个诗行中，令人感到单调乏味，进而使诗失去了韵律美。另外，"Я помню чудное мгновенье"是普希金诗歌《致凯恩》中的第一句，而"Невы державное теченье""Люблю тебя Петра творенье"是普希金长诗《青铜骑士》中的句子。作者利用这些诗句末尾词根和词缀的相似，拼出了一首诗。这令人产生作者在玩弄文字的印象，凸显了诗的游戏性和试验性。

（三）词位层次

在莫斯科观念主义诗歌中，词位层次的语言游戏体现为字母①、多义词、同音词、自创词等。比较独特的是普里戈夫创作的"字母诗"。普里戈夫充分利用俄语 33 个字母做文章，创作出众多"字母"（азбука）诗。"字母诗"在中世纪早期、巴洛克和先锋派文学中盛行。但普里戈夫对传统的"字母诗"进行了大胆的改造，对其而言"字母

---

① 我们将字母归入词位层，原因是其单独出现时，具有独立的意义。

诗"成为便于"放置意识形态套语"的形式，① 成为创造无限数量诗的模型，也成为一个游戏的场所。正如他所说："不是我第一个想出给字母添加某种意义。但我第一个将字母表理解为这些意义的严格有序排列，这些意义整体上展现了宇宙和存在的恢宏戏剧化。"②

在"字母诗"中，普里戈夫通常将字母作为诗行首个单词的首字母，并以该字母打头写成一个诗行。所有诗行按行首字母的字母表顺序纵向排列，形成一首"字母诗"。诗行或为长长的一句话，或仅为一个单词，或仅为一个字母的重复。在某些情况下，通过"字母诗"，原本彼此独立、约定俗成的套语被置于同一文本中而突破人们的惯常感受和认识，令读者感到陌生和不习惯，这就在某种程度上摆脱了俄罗斯文学特有的说教倾向，从而也就瓦解了这些刻板用语，给人以大胆改造创新、无拘无束地把玩词句的印象。

原文：

А – это первое и изначальное

Б – это страшное и безначальное

В – это что – то ненареченное

Г – это что – то уже нареченное

и Д – это тоже уже нареченное

Е – мы назначим мертвым и синим

Ж – мы назначим живым и красивым

З – это будет волны лиризма

М – будет пакостный лик имперьялизма

译文：

А—这是第一和自古存在的

Б—这是可怕和无人领导的

В—这是某种未正式宣布的

Г—这是某种已正式宣布的

而Д—这也是已正式宣布的

Е—我们将规定它是僵死和蓝色的

Ж—我们将规定它是鲜活和红色的

З—这将是抒情的浪潮

М—将是令人厌恶的帝国主

---

① *Суродина Н*. Поэтические игры с пустотой московского концептуализма （эксперименты Д. А. Пригова） Xreferat. com. http：//xreferat. ru/47/1682 – 1 – poeticheskie – igry – s – pustotoiy – moskovskogo – konceptualizma – eksperimenty – d – a – prigova. html.

② *Пригов Д*. " АЗБУКА9 ". Дмитрий Александрович Пригов. http：//prigov. ru/bukva/azbuka09. php.

第三章 当代俄罗斯观念主义诗歌创作

义的嘴脸

Н – это что – то такое нейтральное	Н——这是所谓中立的
и О – нейтральное, но и астральное	且 О——中立的，并且星辰的
но П – это уже миллионов плечи	但 П——这已是千百万个臂膀
Р – друг к другу прижатые туго	Р——这是彼此紧靠的东西
С – это стройки в небо взмечены	С——这是耸入高空的建筑
Т – держа и вздымая друг друга	Т——这是彼此支持抬举
У – это что – то воет и гнет	У——这是某个东西在号叫弯曲
Ф – что – то ломит и рвет	Ф——这是某个东西在折裂和破碎
Х – это сердце страдает – томится	Х——这是心脏疼痛——难受
и Ц – этот сердце страдает – томится	并且 Ц——这是心脏疼痛——难受
и Ч – это сердце страдает, как птица	并且 Ч——这是心脏疼痛，像小鸟扑腾
а Ш – это сердце уже оттомилось	而 Ш——这是心脏已疲惫不堪
Щ – это сердце в алмаз превратилось	Щ——这是心脏变成钻石
Ы – это Ю подземное душное	Ы——这是神秘、闷热的 Ю
Э – это Ю неземное воздушное	Э——这是脱俗的、轻盈的 Ю
Ю – это Ю подземное ясное	Ю——这是神秘的、明确的 Ю
Я – это ясно – Я	Я——显然——这是我
（Пригов）	（普里戈夫）

这首诗中，作者赋予每个字母独特的意义，将"自古存在""未正式宣布""帝国主义""中立""疲惫不堪"等原本源自不同使用领域的词汇置于同一文本，并且解构了某些套语，如将"жить как птица небесная"转变为"страдает, как птица"，将"алмаз сердца"改为"сердце в алмаз превратилось"等。这自然产生了出人意料的

· 141 ·

效果。以"字母诗"体裁结构为模板，作者通过重复字母①、增加字母②、逐渐减少字母③、吸纳各种词汇和语句等方式，重构新的结构和内容。正如伊琳娜·波戈列洛娃（Ирина Погорелова）所言，在普里戈夫那里，"构成'字母诗'体裁的意义和结构因素相当广泛：文本或是由套语和格言警句构成的集句作品，或是独立完整的作品，甚或是讽刺模拟作品，这些讽刺模拟作品的主要艺术手段是建立在联想和隐喻基础上的语言游戏。'字母诗'成为消除宇宙律法——人所共知的真理——神圣性的标志"④。总之，"字母诗"的游戏性表现为它令各种语言在以字母表为基础搭建的不断变幻的空间中自由嬉戏。

（四）句位层次

句位层次包括词组、单句、复句等句法单位。观念主义诗人通过将单词拆分成词组、语义超常搭配和语法超常搭配、自创语法结构和诗行结构等方式，创造令读者进入语言游戏的环境和前提条件。读者则通过想象和思索揣度作者所寄寓的复杂语意，从而进入其预设的游戏规则。

---

① А-а-а-а-а-а-а-а-а-а-а-а-а-а-а-а-а
　А-а-а-а-а-а-а-а-а-а-а-а-А на хуя!
　Б-б-б-б-б-б-б-б-б-б-б-б-б-б-б-б-б
　Б-б-б-б-б-б-б-б-б-б-б-Бородино!
　В-в-в-в-в-в-в-в-в-в-в-в-в-в-в-в-в
　В-в-в-в-в-в-в-в-в-Во поле березонька стояла! . . .
　　　　　　　　　　　　　　　（1983）

② Алев аглавный азвепрь
　Бтигр бужасный бхищник
　Вкит вогромное вчудище
　Гслон гвеликая гтуша
　Дносорог дстрашно двыглядит. . .
　　　　　　　　　　　　　（1984）

③ Абвгдежзиклмнопростуфхцчшщъыьэюя, в смысле, Пригов
　Бвгдежзиклмнопрстуфхцчшщъыьэюя, в смысле, Пригов, Пригов
　Вгдежзиклмнопрстуфхцчшщъыьэюя, в смысле, Пригов, Пригов, Пригов
　Гдежзиклмнопрстуфхцчшщъыьэюя, в смысле, Пригов, Пригов, Пригов, Пригов. . .
　　　　　　　　　　　　　　　（1983）

④ *Погорелова И.* Концептуалистская стратегия как жанрообразующая систем творчества Д. А. Пригова. дис. канд. филол. наук: Краснодар. 2011. C. 89.

第三章 当代俄罗斯观念主义诗歌创作

由此最大限度地激发读者的审美联想，使其在语言的碰撞和嬉戏中产生新奇、可笑、惊愕等感受。

原文：	译文：
КАЛЕНДАРЬ	日历
(что на что кончается)	（什么以什么结尾）
И сентябрь	于是九月
на брь	以 брь 结尾
И октябрь	于是十月
На брь	以 брь 结尾
И ноябрь	于是十一月
Брь	以 брь 结尾
И декабрь	于是十二月
брь	以 брь 结尾
А январь –	而一月——
На арь	以 арь 结尾
А февраль –	而二月——
На аль	以 аль 结尾
А март	而三月
На арт	以 арт 结尾
Апрель	而四月
На ель	以 ель 结尾
Май на ай	五月以 ай 结尾
Июнь на юнь	六月以 юнь 结尾
Июль –	七月——
на август	以八月结尾
Август на сентябрь	八月以九月结尾
(Вс. Некрасов)	（弗谢·涅克拉索夫）

诗人以俄语中"что на что кончается"（什么以什么结尾）这一句

· 143 ·

式为基础，将十二个月份填入其中。以九月开始，又以九月结束，形成了一个循环。因此，这首诗的内容似乎是对该句式的否定和解构，既无所谓始，也无所谓终，一切都循环往复、无始无终。

四 解构对象：权威、僵化的意识结构

莫斯科观念主义诗人的创作所反映的观念具有虚空的特点。这种虚空手法揭示了诗人对权威和僵化的意识结构进行解构的策略。诗歌结构的拼贴性、诗歌语言的游戏性，正是这种解构策略的体现。这成为俄罗斯观念主义有别于欧美同类现象的一个重要特征。

解构的对象主要有苏联的内在结构和文化，如苏联当局的宣传用语、口号、油画、招贴画、海报、标语、报刊用语、流行歌曲、电影，此外还有俄罗斯和外国名著中的语句和人物，俄罗斯和外国著名政治家、作家，以及固定的体裁结构、成语、俗语、俚语等。观念主义诗人采用后现代主义创作手法，对上述对象进行引用、模仿、改编、移置、戏谑、拼贴，由此实现解构。

莫斯科观念主义诗歌的解构对象，既可同时指涉能指和所指层面，又可分别指涉这两个层面。显然，这两个层面不能截然分开，说到能指就必然涉及所指。在此我们仅从作者创作时有意诉求的对象出发，对指涉的能指层面、所指层面予以分析。

（一）能指层面

在观念主义诗歌中，能指层面上的解构对象主要有诗歌体裁（包括韵脚、格律、诗行、诗节）、诗歌语言。这在我们上文的论述中均有涉及，也即违背传统诗歌的韵脚、格律、诗行、诗节规律、游戏语言等。观念主义诗人试图通过这种方式逃脱语言的意识形态牢笼，创造自身独特的表达方式，打破读者对诗歌的传统认知，揭露诗歌为意识形态产物的本质。由分析可见，观念主义诗人主要利用视觉和听觉两种诗歌接受途径，达到解构目的。

通过视觉接受诗歌的特点是，能够体会并观察到诗歌的空间性。观

念主义诗人正是利用这一特点，在诗歌空间结构上做文章，从而产生新颖、别致的效果。我们以鲁宾施坦的"卡片诗"为例加以说明。除印刷在纸页上的诗之外，诗人还经常在观众面前朗诵他的"卡片诗"。诵读时，他像洗牌一样用各种方式对这些卡片进行随机、任意的组合。众多批评家认为"这种从卡片到卡片的翻阅造成了某种东西在闷声地响动、交错、呈现，并且改变了周围世界的印象"[1]。这样他就把诗歌朗诵变成一场生动有趣的表演，而观众宛如置身于时空交错的环境中，观看这场"魔术"。

通过听觉接受诗歌的特点是，能够体会到诗歌的时间性及韵律节奏。在这里韵律节奏起到重要作用，它们往往影响人们对诗歌的认知和理解。例如，用不同节奏朗诵诗歌，往往会令读者感受到极其不同的效果。仍以普希金的《叶甫盖尼·奥涅金》第一诗段为例说明。普里戈夫采用佛教、基督教、穆斯林教诵经的方式将其读出，每种诵读方式都令听者感觉这是经文，而不是诗，由此解构了这首诗。

(二) 所指层面

观念主义诗人对所指的解构，主要有以下几种情况。

1. 苏联社会、文化、生活现象

观念主义诗人普里戈夫曾称自己是"苏联诗人"，而自己的风格是"苏联活力主义"（соввитализм），"仅从两个构成成分就可以理解，该词与生活有关……确切地说，与苏联生活有关"[2]。具体而言，在观念主义诗人的创作中，解构的对象主要有苏联时期的社会生活现象，如排队插队、不劳而获、食品短缺等；苏联的历史人物，如伏罗希洛夫、朱可夫；还有美国的里根；等等。

我们这里且以苏联警察形象在普里戈夫诗歌文本中的形象为例。在苏联社会中，民警（милиционер）担负着治安、消防、交通、户籍等

---

[1] Курицын В. Русский литературный постмодернизм. М.：ОГИ. 2001. С. 119.
[2] Пригов Д. Советские тексты. 1979 – 1984. СПб.：Изд – во Ивана Лимбаха. 1997. С. 24.

方面的护法职能。在其诗中,普里戈夫将该词汇变形为"милицанер",音译为"米利察涅尔"。"米利察涅尔"随处可见,像上帝一样洞察一切,他不仅与上帝交往,而且混乱力量无法伤害他。他就是秩序,他也时刻维护着秩序。在普里戈夫的诗中,最下层的、最贴近普通人和小人物的权利代表——民警,幻化为"米利察涅尔"而成为国家代表。鲍里斯·格罗伊斯就此指出:"普里戈夫,实际上,将诗学语言的权利等同于国家权利,或者,更准确地说,游戏这种等同的可能性。"① 安德烈·佐林(Андрей Зорин)称普里戈夫作品中的"米利察涅尔"是"恢复被破坏的和谐与存在秩序"之文明的神话人物。② "米利察涅尔"处于诗人构建的形而上学的纯观念现实中,他成为"神话般的调停者,他代表非完全混乱世界中的最高现实"③。

2. 宗教人物

基督教一直在俄罗斯人的精神文化中占据重要地位,甚至渗透于其日常生活的各个方面,但在莫斯科观念主义诗人那里,宗教形象发生了变化。在基督教中,上帝是造物主,它全在、全知、全能、智慧、慈爱、圣洁、公正。然而在观念主义诗歌中,上帝则是另外一种形象:他喜欢飞禽,赤裸着身子。他允许恃强凌弱。他与诗人关系密切且关心诗人,除诗人之外他不相信任何人,他使诗人拥有特殊权利,使其处于众生之上。诗中主人公将上帝视为共同创造者、合作者,且扮演上帝的角色,与上帝平等对话。在观念主义诗歌中,上帝不再神圣、威严、公平,有时沦为常人,成为诗中主人公的好友,几乎与主人公平起平坐。

3. 历史人物

在观念主义诗歌中,出现普希金、莱蒙托夫、勃洛克、涅克拉索

---

① *Гройс Б.* Стиль Сталин. Утопия и обмен(Стиль Сталин – О новом – Статьи). М. : Знак. 1993. С. 88.

② *Зорин А.* Альманах – взгляд из зала. Личное дело №: литературно – художественный альманах. М. : Союзтеатр. 1991. С. 266.

③ *Лейдерман Н.* , *Липовецкий М.* Современная русская литература. 1950 – 1990 – е годы в 2 – х томах. Т. 2. М. : Academa. 2003. С. 436.

夫、冈察罗娃、彼得三世、保罗·德科克、奥芬巴赫、丹特斯、越南末代皇帝保大等人物的名字及与之相关的典故。观念主义诗人在特定语境下赋予这些人物更多的特点和含义。例如，普希金在历史上被誉为俄国文学之父、俄国诗歌的太阳、俄国浪漫主义文学的杰出代表、俄国现实主义文学的奠基人、现代标准俄语的创始人等。他处在受人尊敬的崇高地位。但在观念主义诗人这里，普希金的身份和形象多样化、平民化、庸俗化，笼罩在他身上的神圣光环消失，他不再是人民的偶像，而只是一个普通人，也排队购物，还大骂陀思妥耶夫斯基等。米哈伊尔·贝格（Михаил Берг）指出："与其说，这是揭示诗歌之王希望扮演所有可以想象得出的文化角色的渴望，不如说，这是想挤压在俄罗斯文化中形成的环境所造成的结果，这环境暴露出本国艺术的强制性、政治化和教育性。"①

4. 文学形象和情节

普希金、果戈理、莱蒙托夫、托尔斯泰、陀思妥耶夫斯基、涅克拉索夫、赫列布尼科夫、叶塞宁、阿赫玛托娃等作品中的形象和情节，也都成了观念主义诗歌的解构对象。我们以铁·基比罗夫的《历史浪漫诗》为例。该诗改编自涅克拉索夫的诗歌《三套马车》。《三套马车》描写美丽的农村少女对三套马车上的骑兵少尉产生了倾慕之情，但这种爱恋是无望的，社会地位的差距成为他们之间不可逾越的鸿沟。等待姑娘的是可预知的命运：早婚、被丈夫殴打、无法忍受的沉重体力劳动，喂养一大群孩子，等等，生活将变成毫无意义的存在。而在《历史浪漫诗》中，情形倒置，纯洁的少女成为浓妆艳抹的农妇，骑兵少尉对农妇产生了炽热的情欲，但农妇欺骗、背叛、毁灭了他。

5. 真、善、美

在莫斯科观念主义诗歌中，有时会出现"真""善""美""心灵"

---

① *Берг М.* В той башне высокой и тесной девица Татьяна жила. Новая версия "Евгения Онегина". Коммерсантъ. http: //ficus. reldata. com/km/issues/evgeniy_ onegin.

"崇高""未来的国度""神的国度"等字眼以及表达这些意义的词汇。诗人在运用这些词汇时，有时还用首字母大写的方式，如"Красота""Добро""Правда"。这种用法在 19 世纪就显得有些老旧过时了。诗人实际上是在否定这些词汇及其意义，清除这些词汇传统的、官方的用法所传达的崇高意味，抹去其庄严肃穆、古板矜重的色彩。能体现这一点的是，在观念主义诗歌中，不同层次和风格的语言结合杂糅：不仅有俄罗斯经典文学作品语言、社会主义现实主义文学语言、官方权威语言，还有黑话、骂娘话等各种边缘语言。这些语言在观念主义诗文本中形成了"阳春白雪"与"下里巴人"众声喧哗的景象，由此将"真""善""美"拉下神坛，令其"脱冕"，从而打破社会强加给读者的关于世界和真理的认识。

（三）能指和所指层面

在莫斯科观念主义诗歌中，解构有时同时指涉能指和所指，这主要有两种情况。首先是苏联语言，如政治口号、宣传用语、标语、报刊用语等；还有经典文学作品或其中的语句、套语、成语、俚语等。对这些文本，人们一般耳熟能详，其结构和意义固定。观念主义诗人引用它们时，同时颠覆其能指和所指。

原文：

Широка страна моя родная

Всюду жизнь привольна—без эксплуатации человека человеком, без национального, расового и религиозного гнета,

и широка

Словно Волга, Дон, Днепр, Днестр, Лена, Кама, Ока, Индигирка, Нева, Москва - река, Терек, Заравшан, Кура, Ангара, Сев. Двина, Нижняя и Верхняя Тунгуски, Обь, Иртыш, Витим, Алехма, Алдан, Истра, Нерль, Амур, Байкал, Гильменд, Амударья, Сырдарья и др.

течет,

Молодым—до 35 лет—везде—в университеты, институты,

техникумы, профессиональные училища, вечерние школы и институты, аспирантуры, профессуры и т. д.

у нас дорога,

Старикам—женщинам после 50, а мужчинам после 55 лет—везде у нас почети бесплатные пенсии от 60 руб. и выше, вплоть до персональных пенсий для особо заслуживших большевиков, и все это, не считая бесплатного лечения, образования, низкой квартирной платы и платы за коммунальные услуги, и т. п.

（Пригов）

译文：

我们的祖国辽阔广大

<u>各处生活自由</u>——没有人剥削人，没有民族、种族和宗教压迫，并且宽广

<u>像伏尔加</u>、顿河、第聂伯、勒拿、卡马、奥卡、因迪吉尔卡、涅瓦、莫斯科河、捷列克、扎拉夫尚、库拉、安加拉、谢夫、德维纳、上下通古斯卡、鄂毕、额尔齐斯、维季姆、阿列赫马、阿尔丹、伊斯特拉、涅尔利、阿穆尔、贝加尔、赫尔曼德、阿姆、锡尔和其他河流。

<u>直泻奔流</u>，

青年——到 35 岁——都——进大学、研究所、中等技术学校、职业学校、夜校和学院、研究生班、出任教授等等。

<u>有远大前程</u>，

老人——妇女 50 岁以后，而男人 55 岁以后——<u>处处受尊敬</u>并且无偿领取退休金，从 60 卢布和更多，直到为有特殊贡献的布尔什维克发放个人特定退休金，并且所有一切，不包括免费医疗、教育、低房费和公用事业服务费，等等。

在这首诗中，普里戈夫几乎完全复制了诗人瓦西里·列别杰夫-库马奇（Василий Лебедев - Кумач）作词、音乐家伊萨克·杜纳耶夫斯

基（Исаак Дунаевский）作曲的《祖国之歌》中的段落。这首歌曲在苏联时期广为流传，被人们称为苏联"第二国歌"。[①] 诗的标题"Широка страна моя родная"是歌词第一句，在原歌词中共重复五次。

原歌词就是一首诗，为五音步扬抑格。每行都有破格，但诗行对照比较工整。一、二诗行格律相似，而三、四诗行格律相近，押交叉韵（abab）。一、二诗行语义对等，三、四诗行语义对等。

普里戈夫在这里几乎保留了原歌词中的所有词汇（见译文中画线部分）。同时原歌词中的个别词汇被更加确切、详细地解释和说明。诗行正是因此而不断延展，几乎有遏制不住的趋势，以致不得不用"其他""等等""诸如此类"等词结束。整个诗段的扩充，似乎在呼应诗的标题"我们的祖国辽阔广大"和诗句"各种生活宽广自由"。从能指角度看，这首诗几乎失去齐整的韵律，而变成一首自由诗；从所指角度看，原歌词的语义在这里被扩展、延伸并发生了转化，之前的赞美之情似乎已不复存在，而是充满了戏谑、揶揄之意。

本章参考文献

陈远明等：《论俄国现代主义诗歌的特征及其成因》，《西华师范大学学报》（哲学社会科学版）2005年第3期。

［俄］弗拉基米尔·阿格诺索夫主编：《20世纪俄罗斯文学》，凌建侯等译，中国人民大学出版社2001年版。

郭天相主编：《俄罗斯诗学研究》，河南大学出版社1999年版。

林精华：《苏俄后现代主义：消解现代性在俄国变体形式的另类叙事》，《社会科学战线》2010年第5期。

---

① 原诗、译文、格律模式如下所示：

Всюду жизнь и вольно и широко,	各处生活都宽广自由，	/U /U /U UU /U
Точно Волга полная, течет.	像那伏尔加河直泻奔流。	/U /U /U UU /U
Молодым везде у нас дорога,	这儿青年都有远大前程，	UU /U /U /U /U
Старикам везде у нас почет.	这儿老人到处受尊敬。	UU /U /U /U /

（姜椿芳译）

［俄］尼古拉·别尔嘉耶夫：《俄罗斯思想》，雷永生等译，生活·读书·新知三联书店 2004 年版。

［美］索尔·勒维特：《观念艺术的短评》，转引自顾丞峰《观念艺术的中国方式》，湖南美术出版社 2002 年版。

唐晓兰：《观念艺术的渊源与发展》，（台北）远流出版事业股份有限公司 2010 年版。

汪民安、陈永国、马海良：《后现代性的哲学话语》，浙江人民出版社 2000 年版。

王铭玉：《语言符号学》，高等教育出版社 2005 年版。

王治河主编：《后现代主义辞典》，中央编译出版社 2005 年版。

徐淦：《观念艺术》，人民美术出版社 2004 年版。

［俄］亚历山大·博利舍夫等：《二十世纪俄罗斯诗歌的后现代主义》，陆肇明摘译，《当代外国文学》2003 年第 4 期。

［荷］约翰·胡伊青加：《人：游戏者》，成穷译，贵州人民出版社 1998 年版。

张建华：《以〈路标〉为界：俄国自由主义知识分子的思想波澜》，《社会观察》2004 年第 2 期。

［苏］朱利叶斯·赫克：《俄国革命前后的宗教》，高骅等译，学林出版社 1999 年版。

Апресян А. Эстетика московского концептуализма. дис. канд. филол. наук. Москва. 2001.

Бердяев Н. Истоки и смысл русского коммунизма. М.：ЗАО "Сварог и К". 1997.

Богданова О. Постмодернизм в контексте современной русской литературы（60 – 90 годы XX века – начало XXI века）. СПб.：Издательство СпбГУ. 2004.

Гройс. Б. Московский романтический концептуализм//Театр. 1990. № 4.

Гройс Б. Стиль Сталин. Утопия и обмен（Стиль Сталин—О новом—Статьи）. М.：Знак. 1993.

Добренко Е. Преодоление идеологии：Заметки о соц – арте//Волга. 1990. №11.

Золотуский И. Наши нигилисты//Литературная газета. 1992. №24.

Зорин А. Альманах—взгляд из зала. Личное дело №：литературно-художественный альманах. М.：Союзтеатр. 1991.

Курицын В. Русский литературный постмодернизм. М.：ОГИ. 2001.

Лейдерман Н., *Липовецкий М.* Современная русская литература. 1950 – 1990 – е годы в 2 – х томах. Т. 2. М.：Academa. 2003.

Лотман Ю. Структура художественного текста. СПб.：Искусство – СПб. 1998.

ПогореловаИ. Концептуалистская стратегия как жанрообразующая систем творчества Д. А. Пригова. дис. канд. филол. наук. Краснодар. 2011.

Пригов Д. Где наши руки, в которых находится наще будущее? //Вестник новой литературы. 1990. №2.

Пригов Д. Написанное с 1990 по 1994. М.：Новое Литературное Обозрение. 1998.

Пригов Д. Советские тексты. 1979 – 1984. СПб.：Изд – во Ивана Лимбаха. 1997.

Тимина С. Современная русская литература конца XX—начала XXI века. М.：Издательский центр "Академия". 2011.

Эпштейн М. Постмодерн в России：литература и теория. М.：Издание Р. Элинина. 2000.

第四章 当代俄罗斯后现实主义文学创作

第一节 马卡宁的后现实主义文学创作

2017年11月1日，当代俄罗斯著名作家弗拉基米尔·西蒙诺维奇·马卡宁（В. С. Маканин）因病辞世，享年81岁。半个多世纪里，他笔耕不辍，以《在天空跟群山相连的地方》（Где сходилось небо с холмами）、《逃跑的公民》（Убегающий гражданин）、《一男一女》（Один и одна）、《洞口》（Лаз）、《审讯桌》（Стол, покрытый сукном и с графином посередине）、《地下人，或当代英雄》（Андеграунд, или герой нашего времени）、《高加索俘虏》（Кавказский пленный）、《亚山》（Асан）、《两姐妹与康定斯基》（Две сестры и Катинский）等诸多优秀作品，为自己赢得俄罗斯国家文学奖"巨著奖""俄罗斯布克奖""欧洲文学奖"等多个俄罗斯和国际奖项，被誉为俄罗斯文学"活的经典"，有"当代果戈理"和"20世纪陀思妥耶夫斯基"之称。马卡宁是20世纪中后期以来俄罗斯文坛中一道独特的风景线，他的创作主题和艺术手法颇具特色。

评论家们一直十分关注马卡宁的创作，认为他的作品是文学演进与发展的一个重要范例。批评家邦达连科将马卡宁归于"四十岁一代"作家的代表之列，列夫·安宁斯基（Л. Аннинский）又将其看成"七十年代人"。之后，20世纪90年代，谢尔盖·丘普里宁（С. Чупринин）

当代俄罗斯文学创作和文学批评的思潮与趋势研究

在提出"另类小说"（Другая проза）的概念时，认为马卡宁是这类文学的杰出代表。然而，不少批评家还是将马卡宁看作后现代主义作家。他们认为，马卡宁创作的最突出之处是艺术手法的创新，这种创新与后现代主义手法有诸多相似之处。马卡宁的作品中，故事情节发生的时间不确定，时而与现实时间相合，时而又明显呈现虚拟的特征；小说的空间亦是如此，真真假假，亦真亦幻。批评家们将马卡宁归为后现代主义作家的第二个有力佐证，即是其作品的对话性。读者和研究者可以轻易发现，马卡宁的很多作品是建立在与经典文学文本的互文性关系之上的。作家通过与经典的对话，对经典进行消解。例如《高加索俘虏》，小说的标题就确立了它的对话性和游戏性。在接触小说文本之前，人们的脑海中就会想到普希金、莱蒙托夫和列夫·托尔斯泰几乎同名的作品。之前三位作家的作品俄语名为"Кавказский пленник"，甚至译成汉语时与马卡宁的作品名也完全一致，也要译成《高加索俘虏》。作家的另一部作品《地下人，或当代英雄》则让人们联想到陀思妥耶夫斯基笔下的"地下人"等一系列"思想型"的主人公，以及莱蒙托夫的小说《当代英雄》中的典型形象。尽管如此，这些作品在反映现实方面的真实性和典型性，又使得一些批评家把马卡宁的创作看成一种独特的现实主义，将作家本人看成具有超现实主义色彩的作家。只是马卡宁这种独特的现实主义经过了与现代主义、先锋主义的强烈碰撞和相互作用，融合了某些超现实主义成分。可以说，马卡宁是一个很难用某种"主义"的标签来界定的作家，他的创作具有自己的独特性和超前性，他的作品中表达了许多更为重要的东西。马卡宁是后现代主义作家吗？事实上与我们有同样困惑的，还有俄罗斯著名文学评论家娜塔莉亚·伊万诺娃。她否认马卡宁是后现代主义作家，这一点是确定的，但同时她又不知该将其归入何种派别。因此只能说，马卡宁既不属于当代新的文学流派，也不属于传统流派，他就是他自己。[①] 有美国研究者认为，"马卡宁是

---

① *Иванова Н. Случай Маканина //Знамя. 1997. №4.*

一个专业的落伍者,他就像他笔下的主人公一样,永远生活在临界地带上,拒绝归属于某个团体"①。当然,也有批评家明确指出,"马卡宁本质上还是一个现实主义作家,他只是大量运用了现代主义和后现代主义艺术手法而已"②。

然而,不可否认,若认为马卡宁为现实主义作家,他的作品中呈现出的创作原则与创作方法又与传统意义上的现实主义相去甚远。但同时,马卡宁的艺术体系也不能完全与后现代主义相提并论,虽然与后者在一定程度上有相近性。因此,有研究者在对马卡宁的创作方法和创作特点进行综合分析和研究之后,将其创作归入"超隐喻现实主义"(трансметареализм)的文学范畴。③

我国学者余一中曾指出:"说到马卡宁的创作方法,有人把他归于现实主义作家,有人把他归于现代派作家,也有人把他归于后现代派作家。但是他和他塑造的许多主人公一样是极具个性的,他是一位独特而杰出的艺术家。他总是为自己的不同作品选择不同的最为适合的创作方法。……因此,当你读《中间化故事》时,你会觉得其中的无情节、碎片性、语体杂糅、大量的戏拟和引文都让人认定这是一部后现代主义小说;当你读《畏惧》时,你会觉得这是一部传统的现实主义小说;而当你读《路漫漫》时,你会感到,要确定它的创作方法竟是这样的难,因为其中的一条线索是那样的现实主义,另一条线索却又是那样的现代主义。马卡宁的创作似乎说明:一位优秀的作家是不拘泥于一种固定的创作方法的。"④

马卡宁的创作虽然表现出现代主义、后现代主义文学的一些特征,但又与之有着本质的区别。比较而言,马卡宁的很多作品内涵更为丰富

---

① Laird S., *Voices of Russian Literature. Interviews with Ten Contemporary Writers*, Oxford: Oxford University, Press 1999, p. 49.
② Никонова Т. А. История русской литературы XX века: учебное пособие. Воронеж: ВГПУ. 2004. С. 124.
③ Иванова Н. Преодолевшие постмодернизм//Знамя. 1998. №4.
④ 余一中:《读一读马卡宁的小说吧!》,《经济观察报》2010年2月26日第56版。

深刻，作家在反思深度、批判力度以及反思与批判的向度等方面都表现出突出的个性和创新性。他的很多作品中，理性认知甚于感情用事，重视历史真实本身，对于价值的判断更为慎重。特别值得指出的是，马卡宁在"打碎"的同时，一直不懈地进行着"重建"的努力。这种努力建构意义，杂糅现实主义与现代主义创作思想和创作方法的独特风格，正是被称为后现实主义的思想精髓。在今天的俄罗斯文坛，马卡宁的创作代表了一个虽有争议，却不容忽略的重要文学流派——后现实主义。

我们在这里将紧紧抓住马卡宁小说创作中思想艺术的内在逻辑结构、心理世界以及哲理意义，后现实主义的具体体现，以"本体"为主线，以"自由"为中心话语，从"当代个体的精神困境""自由之生命体认"和"马卡宁后现实主义创作艺术特色"三个方面探讨马卡宁作品的思想内涵、艺术特征，并且通过对其代表性作品的文本分析，对马卡宁后现实主义创作特色进行考察，展开梳理。

一 当代个体的精神困境

20世纪80年代末至90年代初，后现代主义思潮风行一时，其影响力几乎波及全世界，特别是在文学创作领域，后现代主义思潮影响深远。后现代主义艺术的宗旨是解构和颠覆，其所推崇的多元、开放和不确定性，给俄罗斯文艺工作者，特别是作家，带来耳目一新的感觉。随着苏联的解体，各种思潮流派蜂拥而至，俄罗斯艺术工作者眼界大开，应接不暇。尤其在文学领域，敏感、富于激情、富有创造力、具有创新与反传统精神的文艺创作者们，比其他任何领域都更积极、更主动地接受后现代主义思潮，涌现出一批独具特色的后现代主义作家，如阿勃拉姆·捷尔茨（А. Терц）、维涅季克特·叶罗菲耶夫（Венидикт Ерофеев）、弗拉基米尔·索罗金（В. Сорокин）等，他们的作品无异于在当时的苏联文学界投放了炸弹。这是一场文化爆炸，其后果如何还有待历史的评说，但他们的确为俄罗斯文学带来了新的语言和新的哲学。

然而，无论如何，根植于俄罗斯文学传统土壤的后现代主义文学与欧美的后现代主义文学不能画等号。俄罗斯的后现代主义文学毕竟具有俄罗斯特色。无论艺术技法如何革新、如何消解文化传统、如何对苏维埃体制进行戏谑，俄罗斯文学终究无法摆脱其独有的深沉的忧患意识和社会责任感。后现代的作家们书写着混乱、破碎、茫然无措，但内心深处依然渴望着混乱之后的调整，破碎之后的复原，茫然之后的坚定，解构之后的重建。随着这种确定性成分不断增加，一些作家的作品便无法归入后现代主义文学之列。这些作品中表现出对自由和权利的追求，对爱、命运、死亡、罪恶等永恒命题的思考以及对存在最高精神实质的信心，使得人们完全有理由相信，他们与后现代主义的精神旨趣已渐行渐远，一个全新的文学理论——后现实主义文学理论的精神轮廓日渐清晰。马卡宁的许多作品都有力地证明了这一流派的确立。

马卡宁创作探索的核心追求是"寻找"。作家清醒地意识到后现代主义文化语境中人与社会之间的失谐，因而尤为关注生命个体的存在和出路，视当代情境下的个人命运为表达的中心，以为当代人寻求立足之地为写作的任务。马卡宁重新转向对哲学、宗教、生命、死亡等永恒命题的拷问，以拼接起世界的碎片、重建世界秩序为己任，在个体生命体验的层面进行深入思索，探寻生存的意义。

在马卡宁中早期的作品《在天空跟群山相连的地方》中，就可以发现其创作的后现实主义苗头。这部作品的叙述中心已发生转向。马卡宁在早期作品中将主人公的性格、行为及其生存的客观环境作为重点描写对象，这部作品则将关注的重点转向探寻个体问题的社会属性，其突出表现为在关注个体之人的同时，重点表现整个社会的苦闷情绪，反映当代人的内在真实。同时，从这部作品开始，马卡宁的创作呈现出透过社会生活的某一具体历史时期或历史事件来深入思考存在的价值和意义，揭示当代人的精神困境的趋势。寻找精神出口——自由，正是后现实主义文学寻找与建构的精神向度。马卡宁思考并提出了这样一个问题：个体的努力——个人的自由选择、对自己的行动负责、对个人存在价值和意义的探索是否可以成为解决社会普遍精神危机的良药？

(一) 个体存在的维度——自我分裂

20世纪70—80年代马卡宁的很多作品具有这样一个特征，就是通常都存在那么一位主人公，他看似为自己树立了一个明确的目标，并为之努力奋斗，结果却适得其反。但他们又并不是因为自己与外界的关系而陷入矛盾，而主要是由于深陷自己与自我的纠结之中无法抽身。《在天空跟群山相连的地方》《逃跑的公民》以及《一男一女》所反映的正是这个方面的主题。

1. 软弱的拯救者

表面上看来，小说《在天空跟群山相连的地方》（Где сходилось небо с холмами）主要讲述的是音乐家巴希洛夫在成名之后，回到生养自己的小镇去复兴家乡的音乐的故事。为了这个目的，巴希洛夫曾先后三次回到故乡，但村民对他的态度却一次比一次冷漠，最后，他不得不无可奈何地带着失败的沮丧离开故乡。巴希洛夫三次回乡，故乡一次比一次衰落，人情一次比一次冷漠，这与巴希洛夫随着年岁的增长对于故乡"负罪感"的逐渐增强，形成一种情感上的反向拉伸，从而使得这两条线索之间的张力愈来愈强。因此，很容易给读者制造出这样的印象：这部小说的主要目的是表达作者对现代文明冲击下珍贵的俄罗斯民族文化遗产流失的遗憾。

但实际上，小说中还存在着一条隐性线索，它很容易被文本中所展现出来的小镇的日渐衰落、主人公无比"愧疚"的心绪所遮盖，在这里哀伤与痛苦作为情感的悲剧强烈地吸引了读者的注意力，使读者产生怜悯、无奈与失落之感。正是这个隐性线索不动声色地瓦解了音乐家的"负罪感"，向读者展示了巴希洛夫作为一个痛苦的拯救者的无力感。

首先，巴希洛夫的拯救是在与故乡逐渐疏离的过程中进行的。巴希洛夫每一次回乡，在空间上与故乡之间的距离是拉近了，但在情感上，巴希洛夫却与故乡越来越远。第一次回乡时，巴希洛夫刚刚大学毕业，身上还保留着青年人的那份单纯，"他穿着十分朴素，没有任何显眼或刺眼的地方，一只皮箱，一套合身的西装和当时莫斯科流行的皮鞋"①。村民家的卧室虽然狭小，却让他感觉到亲切温暖，甚至有些兴奋。二十年后巴希洛夫第二次回到故乡，这时他在音乐事业上已经取得一些成就。当村里的老奶奶邀请巴希洛夫夫妇在自己家里过夜时，巴希洛夫却拒绝了。他声称他们是旅行家，坐汽车来的，他们是路过这儿，待不了太久。此时的他其实跟故乡早已失去联系，就连送他去莫斯科上学，并且因为他付出了再也不能唱歌的代价的阿赫登斯基去世那么多年他都一无所知。他甚至为自己与老太婆们聊起关于村民的话题而感觉不好意思，他觉得，妻子对于这样的闲谈一定觉得无聊。果然如他所言，他在汽车上过了夜，第二天一早便匆匆离开了小镇。第三次回乡，当丘克列耶夫发出在自己家过夜的邀请时，他又一次给出了同样的回答："我睡在汽车上，惯了……"② 在受到村子里年轻一代的嘲笑之后，巴希洛夫感到震惊、委屈、愤怒、侮辱，于是决定离开村子，"他不会再来了，而告别当然也就意味着原谅"③。最牵肠挂肚的事情却被这样一个简单的、无所谓的决定全部化解。这样的解决问题方式与自己口口声声的痛苦到底哪个更真实，除了巴希洛夫自己之外，恐怕细心的读者都已经看得很明白。

其次，巴希洛夫的"拯救"是在抛弃的过程中进行的。巴希洛夫曾信誓旦旦地要拯救家乡的民歌遗产，但实际上他所做的却是用自己的双手将这份珍贵的俄罗斯文化遗产抛弃了。巴希洛夫的创作历程就是最好的证明。

第一次故乡之行时，巴希洛夫弹拉起了《晌午起风了》这支古老

---

① ［俄］弗拉基米尔·马卡宁：《在天空跟群山相连的地方》，转引自茹科夫编《上诉理由》，王士燮译，外国文学出版社1987年版，第16页。
② ［俄］弗拉基米尔·马卡宁：《在天空跟群山相连的地方》，转引自茹科夫编《上诉理由》，王士燮译，外国文学出版社1987年版，第69页。
③ ［俄］弗拉基米尔·马卡宁：《在天空跟群山相连的地方》，转引自茹科夫编《上诉理由》，王士燮译，外国文学出版社1987年版，第80页。

的乌拉尔歌曲。他虽然做了大量的变动，将流行音乐的旋律加进其中，但还是保留了这支民歌的基本框架：

> ……这仿佛是一曲钢琴前奏，当大提琴或比方说，中音部沉默的时候，钢琴手往前赶了点儿。他拉完第一遍之后，便用第二变奏赋予这支古老的歌曲以朝气和活力，确确实实把它的旋律融化在三连音的洪流里了。他拉得非常响，他在演奏，他看到大家都在惊异地听着，因而更加大了音量，同时低音部有意而略带嘲讽地跟在急促的云雀曲调后面打着拍子。第三变奏拔得更高了，他加进模仿钢琴的富丽而略显冷淡的华彩：少加点华丽没有妨碍。直到第四变奏，采用小调音阶，他才使听众得到直感：他把这首歌的主题中所隐含的不安曲调淋漓尽致地表现出来，毫不延宕，让它的旋律立刻尽情反复地出现……①

本来《晌午起风了》曲调简单浑厚，巴希洛夫却将其改编成了如此复杂的变奏曲。这样的演奏是美妙动人的，以至于村民们听了之后都如痴如醉。但演奏所带来的结果并不是村民们也跟着变奏曲来热情洋溢地演唱这首民歌，而是相反，村民们被它改编后的华丽所震撼，这支变奏曲只能"使他们力不从心，无法再学，只有张张嘴再闭上"②。

第二次故乡之行后，巴希洛夫更加出名。在音乐之都维也纳的演出为他赢得了更多的荣誉，他甚至被人称为"一个真正的爵士乐演奏家"，而代价就是他将奏鸣曲中的乌拉尔民歌部分全部删除。③ 由此可以看出，巴希洛夫的拯救就是在名气声誉的渐次增大与创作中民歌元素

---

① ［俄］弗拉基米尔·马卡宁：《在天空跟群山相连的地方》，转引自茹科夫编《上诉理由》，王士燮译，外国文学出版社1987年版，第16页。
② ［俄］弗拉基米尔·马卡宁：《在天空跟群山相连的地方》，转引自茹科夫编《上诉理由》，王士燮译，外国文学出版社1987年版，第28—29页。
③ ［俄］弗拉基米尔·马卡宁：《在天空跟群山相连的地方》，转引自茹科夫编《上诉理由》，王士燮译，外国文学出版社1987年版，第61页。

的逐渐削弱中进行的。

对于自己艺术创作中所存在的这个严重问题，巴希洛夫却浑然不知。他与根纳吉的对话就充分证明了这一点。

根纳吉认为，乌拉尔民歌之所以濒临灭绝，其实是由像巴希洛夫这样的一群人所进行的艺术创新活动造成的。这些人不仅使民歌丧失了原汁原味，还诱使乡民们逐渐失去了对于古老淳朴民歌的热情。

"你写一首歌，就等于把牛奶上面最轻的奶皮剥掉了。农民和妇女开头还当自己的歌来唱，就唱起来，因为你的歌好唱，经过艺术加工；到了他们那儿，如鲠在喉——使他们不能再唱旧歌，把他们引到你的轨道……"① 巴希洛夫的回答——"那又怎样?"② ——这个简短的反问已经将他所谓的拯救彻底消解了。

从上述分析中可以看出，这部小说呈现出这样一种悖谬性思维，即拯救＝破坏，拯救者＝需要被拯救的人。拯救实际上成了巴希洛夫在世界上最想做却又无能为力的事业，欲要拯救民歌，却不知道到底什么是拯救，把破坏当作拯救的途径。并且，他根本就不知道自己是多么需要被拯救。在他那明晰的目标以及痛苦的心境之下掩藏的是灵魂的无措与茫然，他能够从自己所处的环境中超拔出来，审视它们，谋划它们，却缺乏应有的自省能力，从而造成了"目的"与"结果"之间的巨大鸿沟，最终只能使自己在"拯救"中越陷越深，丧失对于自己之"我"的主宰权力。他愈发严重的痛苦，他一次次的故乡之行，与其说是去拯救，倒不如说是为自己内心的生存焦虑寻求一份安宁与平静的徒然努力。一个不懂得什么是"拯救"，拿什么去"拯救"，到底要去拯救什么的人，最终只能使自己生活于自我游戏、自悼孤独之中，成为一个软弱的拯救者。

---

① ［俄］弗拉基米尔·马卡宁：《在天空跟群山相连的地方》，转引自茹科夫编《上诉理由》，王士燮译，外国文学出版社1987年版，第41页。

② ［俄］弗拉基米尔·马卡宁：《在天空跟群山相连的地方》，转引自茹科夫编《上诉理由》，王士燮译，外国文学出版社1987年版，第41页。

2. 无望的逃跑者

《逃跑的公民》（Гражданин убегающий）这部作品的题目构成本身就是一个矛盾修饰法。"公民"（гражданин）最基本的意思就是属于某个国家、在享有一定权利的同时又要承担一定义务的人。而"逃跑"（убегать）则意味着逃避。作者将这两个不相调和的词放在一起，开宗明义地提示读者：本书中将要演绎一场自相矛盾的活动。在小说中，作者从多个角度，运用多种手法，对主人公的形象进行多层次建构：开拓者（первопроходец）形象、逃跑者（беглец）形象与破坏者（разрушитель）形象。作者赋予这三重形象之间一种悖谬的逻辑关联，主人公柯斯丘科夫正是在"开拓者"的自我正面定义与"逃跑者"和"破坏者"的负面行为之间所形成的张力的撕扯下，不自觉地陷入自我瓦解之中，最终孤独地走向死亡。

在主人公柯斯丘科夫看来，成为一名"开拓者"具有积极意义。人类存在的意义就在于不断地进行寻找、发现，"人类过去与现在如果都不是寻找者，那么他就不曾开心过"[①]。在他眼里，在这个世界上没有任何东西可以像新事物那样能够让自己感到满足，只有开拓才能进行创造，才能促进新事物的诞生，人类的进步是在开拓中一点一滴累积起来的。出于对"开拓"的这种理解，柯斯丘科夫便将自己满腔的"开拓"热忱投向对茫茫西伯利亚原始森林的发掘事业。

"开拓者"的身份本身就赋予柯斯丘科夫不断变更处所的需要。因此，柯斯丘科夫必须不断迁移，以到达一个人迹罕至的地方。正是在这个不断迁移的过程中，柯斯丘科夫不知不觉又变成了一个"逃跑者"的形象。这样看来，开拓与逃跑之间所形成的关系是出于职业的需要：既然要开拓，就需要不断逃跑，只有逃跑才能到达一个新地方，才能进行下一次的开拓。因此，开拓与逃跑之间是一个双向往返运动。

柯斯丘科夫的"开拓者"和"逃跑者"形象还具有另外一层含义。

[①] *Маканин В.* Собрание сочинений. в 4 – х томах. т. 2. М. ：Материк. 2002. C. 69.

柯斯丘科夫认为，由于自己年少无知，在一场又一场的男欢女爱之后制造了一群孩子。而为了避免承担抚养责任，自己需要不断逃跑。在这个层面上，"开拓者"形象与"逃跑者"形象又生成了新的意义：与一个又一个女人生活在一起，在感情上不断进行"开拓"，面对"开拓"的"成果"——孩子——则需要运用"逃跑"的策略来应对，只有这样才能不用承担"开拓"的责任。

柯斯丘科夫的"破坏者"形象与他的"开拓者""逃跑者"形象之间也形成了相互映衬、相互瓦解的关系。柯斯丘科夫的"破坏者"形象也是多重的。首先，柯斯丘科夫是大自然的"破坏者"。柯斯丘科夫之大自然"开拓者"的自我定位，决定了他每到一处就需要进行爆破、开掘等一系列破坏自然环境的行为。而在"破坏了没有人到过的地方，使其适于居住，人们在这里开始挖掘工作之后，他就离开，而人们则在他身后继续进行破坏"①。对于自己的破坏，柯斯丘科夫又用自己的一套"逃跑"的理由来进行解释："我们要逃跑，难道在我们人类身后不是工厂所污染的空气在追逐着我们？难道我们没有被化学所破坏的污水以及身患疾病的孩子所追逐？"② 可以看出，柯斯丘科夫应对破坏的策略就是逃跑，而逃跑的目的实际上就是去进行下一次的开拓与破坏。同时，柯斯丘科夫也是伦理与责任的"破坏者"，他对自己情感上的开拓"成果"——孩子们（他将其称为"牲畜群"）没有承担一丁点责任，任由他们到处游荡。

上述分析表明，柯斯丘科夫是一个自相矛盾的多重形象的复合体，他身上发生着自我分裂。正是因为这种分裂与混乱，决定了柯斯丘科夫不论"开拓"到哪里都是无望的逃离。

3. 病态的边缘人

《一男一女》展现了一种病态的生存方式，小说里总是回荡着一种

---

① Маканин В. Собрание сочинений. в 4 – х томах. т. 2. М. : Материк. 2002. С. 80.
② Маканин В. Собрание сочинений. в 4 – х томах. т. 2. М. : Материк. 2002. С. 69.

欲挣扎不能、欲逃离无路的悲哀。戈洛谢科夫与尼古拉耶夫娜两位主人公都是知识分子，两个人都具有自己独特的生活模式，即戈洛谢科夫喜欢向"后"看，尼古拉耶夫娜喜欢向"前"看。男主人公戈洛谢科夫将自己的生活意义建立在回忆的基础上，女主人公尼古拉耶夫娜则依靠对未来的幻想来存活。虽然模式不同，但二者生活方式的本质却是一样的。

对于小说《一男一女》中的男主人公戈洛谢科夫而言，回忆几乎构成了他生活的全部。他一次次地往返于回忆与现实之间，欲获取属于自己的"快乐"。在大学时代，戈洛谢科夫充满激情，积极向上。他经常参加诗歌晚会，同其他同学激烈地争论物理、抒情诗以及哲学上的一些问题。他成了学校里最引人注目的学生之一。大学毕业后，戈洛谢科夫在一个大机构做起了高级研究员，虽然工作繁忙，但他依然保持着昂扬向上的精神。他热爱工作，总是充满正义，维护先进生产方式，维护集体利益，与那些只为私利的同事势不两立。不久之后，他成为一位著名的经济学家，提出了一项又一项新经济措施，改进了工作方式，提高了其他工作人员的待遇。在这个生命与事业最辉煌的时刻，许多姑娘向戈洛谢科夫投去了迷恋的眼神。虽然他并没有与其中的任何一位产生恋情，但女性那种暧昧的目光足以印证他的魅力所在。

在马卡宁所钟爱的马丁·海德格尔看来，"回忆"与"思"应该是紧密联系在一起的。海德格尔将回忆的诗学作用提到本体论的高度，立足"在"的本体论立场。以这位哲学家之见，回忆是回忆到的、回过头来"思之聚合"。回忆具有一种反思品格，回忆能发现、深化经历的意义，是对个人经验的重温。回忆具有一种超拔性，它能帮助回忆者从各种束缚中挣脱出来，以平静自然的心境去体验、反思过去的经验。回忆之思又是超验的，"内在回忆乃是颠倒那种告别而达于敞开者的最宽广之轨道中"[①]。然而，在《一男一女》中，回忆对于男主

[①] [德]马丁·海德格尔：《诗人何为？》，载孙周兴选编《海德格尔选集》，上海三联书店1996年版，第450页。

人公戈洛谢科夫而言却并没有起到这样的作用。在他身上，回忆与思是完全断裂的。

戈洛谢科夫虽然善良、儒雅，有知识，有干劲，但在第一次遭遇解雇之后，他就把自己封闭起来，变得沉默寡言，甚至把自己的行踪也隐藏起来，与外人的接触越来越少。从此，他过起了除了与"我"偶尔接触之外几乎与世隔绝的生活。他与同事、与社会保持着距离，希望通过这种方式换取内心的平静。然而，在生活中戈洛谢科夫又不可能真正与社会切断关系。因此他只好带着厌倦与逃避的心理勉强踏入社会。理想与现实之间的矛盾无法化解，欲抽离而不得的生活状态不仅没有达到预期的效果，反而弱化了他对生活的热情。戈洛谢科夫经常穿戴得齐齐整整，躺在沙发上看书，或者干脆什么也不干，三番五次向单位请病假，蜷缩在家里。"他会躺在沙发上，一言不发，心思在远处的某个地方飘忽不定，要是细看看他的双眼，竟然有泪花。他大声地叹了一口气，两颗泪珠，随着长叹跌落下来，他竟没有发现。"[1] 而在这种情况下，能够给戈洛谢科夫带来宽慰的只有回忆。戈洛谢科夫一直沉浸在一种回溯型的生活模式中，但他并不是为了通过回忆来获得一种反思经验，而只是想通过对自己往昔的光荣岁月以及那些姑娘的暧昧眼神的回忆来让自己获得一时的迷醉。但这样的反反复复对流逝之美的怀念除了能让戈洛谢科夫产生一时的兴奋之外，并没有给他提供更多的正能量，而是相反，戈洛谢科夫越是陷入回忆，他的生活与工作就变得越糟，而他生活与工作的糟糕状态又反作用于他，使他愈发无休止地深陷回忆。在这样一个恶性循环的生活模式中，戈洛谢科夫逐渐变得疲惫不堪，最终走向工作与生活的边缘。回忆于他而言，并没有帮助他反思当下的生活，寻得生命的存在意义、个体的栖居之所与灵魂归宿。戈洛谢科夫永远凝滞在过去的时间里，就像"琥珀里的苍蝇一样"。[2]

---

[1] ［俄］弗拉基米尔·马卡宁：《一男一女》，柳若梅译，中国青年出版社2003年版，第110页。

[2] Амусин М. К 70 – летию Владимир Маканина//Звезда. 2007. No 3. C. 200.

与戈洛谢科夫不同的是，女主人公尼古拉耶夫娜喜欢一切向前看。她总是沉浸于幻想，总是对每年夏季的南方之行充满期待，期待自己在那里能遇见一位心仪的军官。她还一次次为自己杜撰出一个单位里新来的男同事。她总是以一种疏离和藐视一切的姿态，以审视和批判的眼光打量周围的人物与事物。表面上看来尼古拉耶夫娜的生活是清晰的，积极向前，在为"将来"做努力。但如果沿着她的生命脉络向纵深处追溯，读者就能深刻感受到她与戈洛谢科夫之间灵魂深处的雷同：他们都是生活当中的失败者，都因找寻不到确立自我的根据而让自己的生命陷入颓废。他们只是截取时间中的一段——"不再"或"尚未"来当作存在的"此时此地"。他们似乎都在做着反思和建构"自己与自己的关系"的努力，但他们的努力却是断裂的、碎片式的。他们无法懂得"构成人的存在的一切都不能不根据人的时间性——'尚未''不再''此时此地'——加以理解"[①]。"在场"并不是指派给"不再""尚未""此时此地"三态中的任何一态，而是指派给三态的"相互达到"。[②]而在这里，戈洛谢科夫用"不再"，尼古拉耶夫娜用"尚未"来充当自己的生活，实际上都是对在场意义的错误理解。二者充其量就是把对过去的回忆与对未来的憧憬误认为自己的在场。因此，他们也就无法为超越现状而经营筹划。这也就注定了他们只能永远被内心的遗憾或者憧憬所奴役，被虚妄的过去或者无望的未来所捕获，遥遥无期地沉浸在生命底色之中。爱作为他们生命的唯一维系，反过来同样掏空了他与她当下的真实存在，从而使自己逐渐陷入缺乏主体性的存在的虚无状态。正如小说中所说的那样，生命对于他们只是一种"存在的重复"[③]。行为的重复又恰恰消解了生命的意义，使他们最终成为边缘人，只能在自己所设

---

① [美]威廉·巴雷特：《非理性的人——存在主义哲学研究》，段德智译，上海译文出版社 2007 年版，第 243 页。

② [德]马丁·海德格尔：《面向思的事情》，陈小文、孙周兴译，商务印书馆 2005 年版，第 16 页。

③ [俄]弗拉基米尔·马卡宁：《一男一女》，柳若梅译，中国青年出版社 2003 年版，第 47 页。

计的无法调换方向的人生单行道上越走越远。

(二) 孤独的群体

在关注单独个体的孤独生命发展进程的同时，马卡宁也对群体表现出强烈的研究兴趣。

"群体"就是指由两个或者两个以上的人构成的集合体。从人的自然本性来说，"人情喜群居而恶离索，故内则有家室，而外则有朋友"①。从个人情感而言，群体对于个体具有强大的吸引力。群体由于数量的优势能够为个体提供安全感，个体可以通过与群体中其他成员之间的交流分享自己的快乐，获得愉悦之感；个人也可以通过与他人交流来释放自己的恐惧，从而在一定程度上缓解自己高度紧张的神经。从社会生活而言，群体在很多时候是开明公民的集合体，是合理诉求的中坚力量。群体可以比个体更勇敢，更公正，当他们被赋予一种理想或者一种强烈的信念时，他们会变得大公无私，并最终能够将这种理想或信念变成现实。人类历史长河中所发生的很多影响深远的重大改变正是在群体力量的支持下完成的。但是，群体也会给个体带来"原始恐惧感"。很多哲学家、心理学家都认为，那些深刻精粹的思想都是由个人构造的，愚蠢错误的思想则来自民众。苏格拉底曾说："但愿大众既能作大恶，也会行大善，这还是有出息的。可是他们都不能：他们既不能使人智，又不能使人愚，他们的一切都是出于偶然的冲动。"② 也就是说，当个体聚集到一起构成一个群体时，这个群体就会产生强大威力，这个威力之大可能超出想象，但在一定条件下这种威力很可能是负面性质的。

在很多作品中，马卡宁都曾用大段的篇幅来描写群体。在《洞口》《地下人，或当代英雄》中，马卡宁通过对群体的行为以及精神面貌的描述来对群体的负面特征进行形象的展示。《洞口》中就有很多这样的例子。

---

① 蔡元培：《蔡元培全集》第 2 卷，中华书局 1984 年版，第 188 页。
② [古希腊] 柏拉图：《游叙弗伦苏格拉底的申辩克力同》，严群译，商务印书馆 2003 年版，第 99 页。

成千上万只脚踏踏作响的声音一分钟一分钟地逼近,这使得这种成千上万只脚的脚步声更显得出人意料,"嗡嗡嗡"的突然就物化成了一大群人。……人流一下子就涌了出来,人们向一个方向走着,都急匆匆地,而且是急急地、肩挨肩地、挤着往前走。……人流是从一个楼里涌出来的,而且紧紧环绕着这个楼,以至于楼的四角和墙壁都被肩膀们磨得露出了红砖。①

群体具有易变、冲动和狂躁的心理特征。心理学家塔尔特认为,群体就像女人一样,缺乏稳定性,喜怒无常,容易激动,夸大自己的感情。一旦人们因某种原因聚集在一起或受到某种刺激,就很容易产生判断和理性的缺失,成为"群氓"。② 对于"群氓"而言,基本就不存在什么未必确实的事情。它用想象来思考,从不使用任何理性的力量来检验想象与现实之间是否存在逻辑上的一致性。

从《洞口》这篇小说所反映的社会背景来判断,局势的动荡,生活的困窘可能引起了很多民众对当局者的不满,因此他们聚到一起,要表达自己的诉求。但他们的行为举止却让读者看到了他们身上的冲动和理性的缺乏。读者可以从拟声词"踏踏""嗡嗡"以及副词"急匆匆"当中感觉到他们情绪的焦躁,马卡宁在这里对于群体的描写反映出了群体的非理性特征。

《地下人,或当代英雄》中也有很多关于群体的描写。

空气里充满了兴奋。都在狂喊。我脑袋里嗡嗡响,仿佛做客时一杯接一杯捞足了不花钱的高档咖啡。自尊心特强的"我",连它也温顺了,落价了,躲开了,待在我的鞋后跟的什么地方,和成千万只脚一道沙沙地蹭着柏油马路。一旦参加了,精神便被撕开裂

---

① [俄] 弗拉基米尔·马卡宁:《洞口》,载《一男一女》,柳若梅译,中国青年出版社2003年版,第315—316页。
② [法] 塞奇·莫斯科维奇:《群氓的时代》,许列民等译,江苏人民出版社2003年版,第98—99页。

口！使我们全神贯注。闪电支配着世界——我重复着这句话，那时感到十分幸福（像沸腾的人群一样）。我回头一看——四周全是陌生的面孔。①

俄国心理学家弗拉基米尔·别赫捷列夫（В. Бехтерев）认为，一旦一个群体聚集起来，便有一种共同的心理冲动使得所有构成这个群体的人联合起来，暗示和相互暗示便成为后来发生的事件的决定因素。② 法国学者古斯塔夫·勒庞认为，这种暗示性实际上源于"集体潜意识"，即一种"受精神统一率"支配的心理规律。与孤立时的个体截然不同，个体进入群体之后，很容易受到群体里其他成员的感染和暗示，犹如进入催眠状态的人一样，自己的思想会受到催眠师的控制。群体中的所有个体之间还会形成一种相互暗示，相互之间的传染则会使其力量变得更加强大。因此，个体一旦进入群体，就无法抗拒群体的建议，从而促使个体的整体从众心理的形成。即使是那些清醒的人也会被感性所支配，被群体所束缚，他们的意识倾向于大众的平均水平。他们将陷入同化的模式，成为相互之间没有区别的"乌合之众"。③《地下人，或当代英雄》的主人公是一个乐观对待生活的人，纵然自己经济贫困，不被别人认可，但他仍能以平常心来对待。即使是这样的一个人，在遭遇群体之后也不由自主地被裹挟其中，受到他们情绪的感染。

有的群体具有很强的破坏性，他们会失去行为的道德、价值评判和责任感。群体在马卡宁的笔下也总是与破坏联系在一起。

街上空荡荡的，很多人躲在家里，严严实实地拉上了窗帘。

---

① [俄] 弗拉基米尔·马卡宁：《地下人，或当代英雄》，田大畏译，外国文学出版社 2002 年版，第 310—311 页。
② [法] 古斯塔夫·勒庞：《乌合之众——大众心理研究》，冯克利译，广西师范大学出版社 2007 年版，第 175 页。
③ [法] 古斯塔夫·勒庞：《乌合之众——大众心理研究》，冯克利译，广西师范大学出版社 2007 年版，第 52 页。

此时此刻的克柳洽列夫尽量不去想这些。当然，无人的街未免有些冷清。但没有人就没有了危险。街头暖融融的，暮色渐暗，却还没到黑夜。暖融融的街道让人感到似乎就要响起口哨、就要涌出人流，随之而来的便是凶杀、抢劫、以强凌弱。这种感觉压迫着你，不由得心情变得沮丧。不过此时街上是空旷的，静悄悄的。这就是生活……克柳洽列夫走在街上，心里翻腾着知识分子这类细腻而怯懦的想法。①

上面的分析可以证明，马卡宁对于群体的描写反映出群体心理的诸多特征。然而，这并非马卡宁关注群体问题的唯一维度。马卡宁真正想要的是对人为何要下意识地集结成群，为何要想尽办法挤进人群进行探究。小说《审讯桌》就是一部这样的作品。

在《审讯桌》里，审讯者作为一个群体表现出强大的力量。他们逻辑严密，精于合作。首先由那个彬彬有礼、"爱提问题的人"抛出问题，正是他引导追捕。他的那种单刀直入的手法使得受审者一上场就惊慌失措，不知该如何应对，受审者心里准备好的各种应对手段顿时就被打乱了。"老头儿"采用刚柔结合的办法，表面上他是同情受审者的，其实他是在制造悲剧因素。每当受审者被打得鲜血淋漓，被折磨得精疲力竭的时候，他就会站出来，把受审者抱在怀里，边走边微微摇晃着，还能听到他像老保姆那样哼着歌，给受审者造成他会心疼人的印象。他的行为立刻让受审者产生了被怜惜之感，产生了认为自己有罪、需要忏悔的想法。就这样，受审者的心理防线出现了裂痕。"社会愤怒分子"采用了粗暴对待、扰乱受审者思绪的方法。他会将没有逻辑关联的事情拢到一起，制造自己的逻辑，他会将你的生活必需——吃黄油面包与苏联国家没水没电、火车停运之间建立起一种逻辑关系，迫使受审者不知如何应答，继而让受审者认为他们是对的，并产生一种罪恶感，认为自

---

① ［俄］弗拉基米尔·马卡宁：《洞口》，载［俄］弗拉基米尔·马卡宁《一男一女》，柳若梅译，中国青年出版社2003年版，第269页。

己应该对这些关系国计民生的事情负责。"党员"使用的则是分裂瓦解、挑唆哄骗的手法。他还会使用离间计,比如他会对受审者说:"您所关心的那个人转到了另一边。他倒戈了——他还会往您身上泼脏水的!"① "外貌平常的女人"在这时候也会粉墨登场,她假仁假义,装出一副悲天悯人的样子,她会用痛苦而又沉稳昂扬的语调高喊:"但是正义何在!""我们在要求他的同时,是否要求自己做到公正……"② 她的话对于快要精神崩溃的受审者而言,简直就是一棵救命稻草,恨不得把她当作亲人,抓住她的胳膊向她倾诉,受审者的心理防线这时基本上已经崩溃了,甚至把她看作"发现我们罪孽的上帝"③。

"群体的基本特点就是将个人融入一种共同的精神和情感之中,从而模糊个体差异,降低智力水平。每个人都设法追逐他身边的人。聚合体通过他的力量将他拉向它的方向,就像潮水将鹅卵石一并卷走那样。卷入其中的人,无论其受教育程度或文化水平如何,或者其社会等级如何,其结果都一样。"④ 在《审讯桌》中,老者在抵抗在挣扎,但同时又在扭曲在变形。面对人数数倍于自己的群体,个体只能甘拜下风,承认自己有罪。

群体如此强大残暴,但当每个个体从群体中分离出来时,他们就变成令人感到温暖的人。审讯者中"那个爱提问题的人"在老者到访时,会告知老者自己名叫奥斯特罗格拉多夫,并友好地接待老者,甚至会为自己审讯时的行为举止而感到抱歉。而"社会愤怒分子"在审讯之外的生活中也会自然做起善事。他帮助一个老妪过马路,帮助别人把一只沉重的大箱子提到地铁站,给一个急匆匆的行人让路,甚至与老者——他审讯中的敌人——在树林里相遇时,为老者提灯引路。"他迅速望了我一眼。关心道:'我是阿尼克谢耶夫。阿尼克谢耶夫……我们

---

① [俄] 弗拉基米尔·马卡宁:《审讯桌》,严永兴译,漓江出版社2003年版,第35页。
② [俄] 弗拉基米尔·马卡宁:《审讯桌》,严永兴译,漓江出版社2003年版,第72页。
③ [俄] 弗拉基米尔·马卡宁:《审讯桌》,严永兴译,漓江出版社2003年版,第38页。
④ [法] 塞奇·莫斯科维奇:《群氓的时代》,许列民等译,江苏人民出版社2003年版,第98页。

走吧。我陪着您。我是阿尼克谢耶夫。'"①

塞奇·莫斯科维奇认为，一个个生命个体之所以会聚集到一起，组成一个群体，对弱者施暴，原因在于个体身上所存在的孤独感。为了摆脱这种孤独感，他才陶醉于集体的世界，欣快地施展着自己用权力无限征服的本能。② 在马克思主义者埃里希·弗罗姆看来，孤独就是无力感的代名词，是个人在世界上个体位置的丧失。③

《审讯桌》里审讯者行为的矛盾性正是这种孤独感的形象体现。审讯者个体身上所呈现的残忍与善良之间的对立，实际上是其人格紊乱、人性扭曲与异化的反映。对自己的强调实际上证明，当他们成为一个群体时，会迷失自我。一次又一次地重复自己的名字，实际上是他们希望自己能够得到别人的认可与肯定。正是在这种孤独感的驱使下，这些来自不同阶层的普通人才会聚集在一起，成为一帮审问者，成为极权主义的帮凶。他们通过相互合作来展示自己的力量，甚至表现出强烈的虐待倾向和破坏欲望，建立起自己的幸福感。他们通过品尝施虐的快感来证明自己的强大。

综上所述，马卡宁在其后的现实主义作品中对当代人的精神疾患进行诊断。马卡宁笔下的这些"患者"中，有些人不断努力地寻找着，忙碌着，奔波着，或者静静地回忆着，幻想着，希望借此获取存在的价值意义。但他们却由于自身的分裂和不完整寻而未得，并最终导致自己内部世界的土崩瓦解。还有一些人则干脆主动放弃主体自我的辨认能力，通过将"我"放入群体来获得一时的心灵慰藉。这些由膨胀的施虐者组成的一个个群体中的人，无论他们渴望主宰还是臣服，实际上在他们庞大的数量优势下面隐藏的都是个体的软弱无能、疲惫不堪，他们丧失了"我想"或者"我是"的情感。虽然"群体"

---

① [俄] 弗拉基米尔·马卡宁：《审讯桌》，严永兴译，漓江出版社2003年版，第90页。
② [法] 塞奇·莫斯科维奇：《群氓的时代》，许列民等译，江苏人民出版社2003年版，第119页。
③ [美] 埃里希·弗罗姆：《埃里希·弗罗姆作品精选集》，刘林海译，国际文化出版公司2007年版，第82页。

能够帮助他们一时缓解无法忍受的焦虑，逃避恐惧，却无法从根本上解决问题。所有这些人物的共同特征，正如俄罗斯学者尼古拉·斯卡托夫所概括的那样："马卡宁的主人公不仅害怕外部环境，他们更害怕自己。他们身上经常发生着变形，这些变形首先是由他们缺少内在的自我核心所导致的。"① 正是自身所存在的这种问题，才使得他们处于一种混乱的"放任自流"的生活状态，不能掌控自己的生活，从而无法获得心灵自由。

二 自由的生命体认

马卡宁在一次采访中，谈及他的创作时曾作出以下表达。

> 说起生活的"隧道体验"，我不能不提及我生活中的另一变故。1972年，我遇上了一起车祸，脊椎骨折，处于死亡边缘。给我做了几次大手术，一连三年我都被缚在医院的病房里，被缚在石膏护骨胸衣上。当我终于脱离病床，开始行走，开始全面正常生活时，所经受过的痛苦使得我以一种新的眼光来看世界、看自己，还有其他一些个人的因素同样给了我一种——不妨说是——看待生活的宗教式观点。与这种观点相伴的还有对人生真正价值、对于人的存在之自身意义的认识。②

这里的"宗教式观点"实际上指出了作家本人对自己的创作所提出的任务——为当代人寻求精神出路。人生的真正价值、对于人的自身存在意义的认识则构成了马卡宁寻求精神出路的落脚点。这个落脚点就是马卡宁在自己的大量作品中苦苦思索的问题——自由。

---

① Скатов Н. Русская литература XX века. Прозаики. Поэты. драматурги; Биобибл. Словарь. т. 3. М.: ОЛМА – ПРЕСС Инвест. 2005. С. 498.
② 郑滨:《当前的题材很少使我心动——记者阿穆尔斯基访马卡宁》，《苏联文学》1991年第4期。

(一) 逃离：个体争取自由的基本策略

马卡宁善于发现人自身所存在的诸多"疾患"，却无意于让自己的主人公与读者一味滞留于痛苦的感知当中彷徨无措、迷惘困惑，而是认为，人应该积极行动起来，在寻找自我的行动中进行体悟，找寻到出路。只有如此才有自救的希望，才有可能获得生存的意义与价值。"逃离"则成为马卡宁为我们提供的摆脱困境的首选策略。这里的"逃离"，同《逃跑的公民》中的主人公柯斯丘科夫的主动摆脱责任与义务的"逃跑"完全不同。这里的"逃离"是一种对不受干预的"消极自由"[1]的争取方式，是马卡宁笔下的主人公确立个体自我实现的首要条件。"消极自由"的立场并非意味着一种虚无和颓废的人生态度，它展现的是个人努力摆脱外在强制力的束缚，避免成为他人意志的工具，避免成为受力对象。人的主体意志正是对主体自由的追求。"消极自由"是真实的、真切的、非暴力的，它能够使人避免走入极端、暴力、破坏的境地。

在马卡宁的创作中，以"逃离"的方式获取自由的想法最初在小说《当侍从的人》里露出了苗头。在这里，整个故事就建立在"侍从"这个具有身份与地位象征意义的名词上。在小说中，所有人都处于一种"侍从"的角色模式中，所有人活得都不轻松，都被人类社会长久以来形成的等级秩序思维所钳制，深陷于"侍从"的存在状态。表面上看，经理秘书安德列耶夫娜领导派头十足，性情难以揣测，实际上她却是经理的侍从，只会对经理毕恭毕敬。安德列耶夫娜的下属——谨慎的罗季翁采夫、办事周密的维卡、天真活泼的萨宁却又都是安德列耶夫娜的侍从，对她唯命是从。

小说的主人公罗季翁采夫作为经理秘书阿格拉娅·安德列耶夫娜的下属，在其鞍前马后效力了十五年。罗季翁采夫行事严谨，办事认真，对领导一向毕恭毕敬。但突然有一天，他却无缘无故地被安德列耶夫娜

---

[1] [英] 以赛亚·柏林：《自由论》，胡传胜译，译林出版社2003年版，第189页。

疏远，失去了"洒满阳光的角落"。从此，罗季翁采夫的生活变得不再平静。他痛苦地思索自己被冷落的原因，一会儿认为是自己说错了话，一会儿又归咎于自己没有领会领导的暧昧之情。他总是处在委屈、烦恼、愤怒的情绪纠结之中，在前途未卜的处境中等待着、忍受着、煎熬着。罗季翁采夫的遭遇也引起了周围人的关注，尤其引起了同事兼好友维卡和自己妻子的兴趣，二人总是一次又一次聚集到罗季翁采夫身边，猜测罗季翁采夫失宠的缘由，查找那个"莫须有"的罪名，甚至为事件的发展做出种种猜测。领导的冷落，妻子的责问，朋友的干涉以及自己内心的痛苦，使得罗季翁采夫的承受能力达到了极限。但意想不到的是，罗季翁采夫却没有按照事件发展的惯性走向失望与绝望。在经历了煎熬与失望之后，他欣然地采取了另一种方式——自动撤退，主动逃离。他突然明白，自由才是存在的价值。小说在罗季翁采夫的恍然大悟中戛然而止。

> 罗季翁采夫微笑着：不当侍从，这真是个高明的见解。这太聪明了！现在，没有什么能让他——罗季翁采夫担惊害怕了。他放声笑了起来：伟大的想法！……自由——再一次深深地打动了他。①

罗季翁采夫终于以"逃离"这种消极方式挣脱了侍从思维模式的禁锢，主动摆脱了受虐状态，获得了生命个体最起码的人身自由权力。至于罗季翁采夫到底会在此后的生活中如何行动，作者却只字未提。这样的结尾，不免给读者留下了遐想的空间：罗季翁采夫在主动逃离侍从生活之后又该如何面对接下来的生活呢？他的"逃离"是否只是出于他对自由的恍惚意识，他真正弄明白了自由的深刻内涵吗？

可以说，《当侍从的人》是马卡宁"自由"之旅的起点，它标志着马卡宁在个体面临困境时寻求出路的开始，预示着个体的一种觉醒。"消极自由"争取到的不受干预的前提既是个体自由的一种呈现方式，

---

① [俄]弗拉基米尔·马卡宁：《当侍从的人》，山征译，《苏联文学》1983年第5期。

也是展开个体更多的自由追求的保障。在马卡宁后来的创作中，自由更多地体现为拥有主体意志的个体对于自己主体自由的追求，更多地在于这些主人公能够意识到"自由是人的存在的特征，自由的意义取决于人把自身作为一个独立和分离的存在物加以认识和理解的程度"[1]。在他们身上所发生的是个体如何不受别人阻止并做出选择而去行动的自由。

（二）自由选择：执着于对本真的追求

关于人的自由选择问题，在马卡宁那部具有超大容量的"总结性作品"[2]《地下人，或当代英雄》中有集中而精细的研究。作者通过主人公彼得洛维奇为捍卫自己之"我"而心甘情愿永居于"地下"的选择，通过他对于"地下"选择的肯定与坚守，使自由从"逃离"——摆脱外力驱使——进入内在追求本真的更高一级状态。

在让-保罗·萨特看来，自由是选择的自由，自由在于能够无条件地做出独立选择的能力。从"被抛"到这个世界上开始，人们就注定要进行选择，而且非选择不可，人的自由只有在选择中才能获得意义。"自由是选择的自由，而不是不选择的自由。不选择，实际上就是选择了不选择。因此，选择是被选择存在的基础，而不是选择的基础。"[3]所以，"对人的实在来说，存在就是自我选择"[4]。选择的自由也就意味着人的命运取决于自己的抉择，人的命运由自己决定，人在选择的过程中充分实现自由意志。

从小说之名上读者可以看出，这是一部穿越文本时空的作品，它通过与经典文学作品之间建立互文性联系，使得读者不得不面对一定

---

[1] [美]埃里希·弗罗姆：《逃避自由》，陈学明译，工人出版社1987年版，第39页。

[2] Архангельский А. Где сходились концы с концами. Над страницами романа В. Маканина《Андеграунт, или Герой нашего времени》//Дружба народов. 1998. №7. С. 180.

[3] [法]让-保罗·萨特：《存在与虚无》，陈宣良等译，生活·读书·新知三联书店1997年版，第599页。

[4] [法]让-保罗·萨特：《存在与虚无》，陈宣良等译，生活·读书·新知三联书店1997年版，第549页。

的文学传统，在一定的视角下进行阅读。"地下人"（андеграунт，underground）这一人物形象在小说之名中的鲜明呈现，自然而然地使得读者将它与陀思妥耶夫斯基的《地下室手记》（Записки из подполья）建立起联系。在这两部小说里，"地下"之意涵在一定程度上是相同的。

《地下人，或当代英雄》的主人公与《地下室手记》的主人公一样，严格地说，他们都没有真正居住于"地下"，"地下"一词主要是一种象征意义，是他们生存状态的形象表达，是对他们独特的精神品格的隐喻性摹写。

在这两部小说里，"地下"首先是对两位主人公生存状态的形象表达。两位主人公的生活状况非常相似，贫穷与不被承认是他们的共同处境。《地下室手记》中的主人公命运坎坷，被置于社会规则与秩序之外。他从小就失去父母，在缺乏爱的环境下长大，在学校里因低微卑贱的出身而经常受到同学们的讥讽嘲弄。成年之后，他的生活同样被屈辱与痛苦所充塞。作为彼得堡一名八等文官，他因穷困潦倒、官职卑微、仕途失意而受到同事们的鄙视与疏远。从远房亲戚那里继承来的遗产也并不能使他的生活获得改观，他只能蛰居于彼得堡的某个角落的一间破房子里，没有大衣，没有靴子，寒酸透顶。马卡宁笔下的彼得洛维奇的处境相比之下也好不了多少。彼得洛维奇在知天命之年依旧贫穷寒酸，居无定所。为了生计，他曾先后做过锅炉工、守夜人，最后来到了苏联时期建造的筒子楼里当守门人，为自己在筒子楼的走廊里赢得几平方米的容身之地，依靠微薄的收入勉强糊口度日。身份的卑微，事业的毫无起色使得他不可能从别人那里获得起码的尊敬。筒子楼里的居民需要他时，他就会被呼来喝去；而当人们觉得可以不再需要他时，则对他嗤之以鼻，甚至拳脚相加。正如彼得洛维奇自己所言，对于筒子楼里的居民来说，"逢着他们想痛快地聊一番因而用得着我的时候，我就是作家。我已经习惯了。用不着我的时候，我就是神经病，看门狗，失败者，吃闲饭的，说什么的都有，还有说老写作狂的"①。因此可以说,"地下"正是两位主人公生活处境的真实写照。

"地下"不仅是两位主人公的生活状态,更是对他们独特的精神品格的隐喻性摹写。"地下"是他们主动选择的结果。《地下室手记》的主人公从中学时代便开始阅读令同龄人望而却步的书籍,他因智力超群,生性敏感,拥有了对人和世界的精辟透彻的分析能力。同时,他又充满了对智慧与生活的美好幻想和热烈追求。生活是苦难的,但他却表现出同困难处境进行抗争的勇气。他能保持清醒的头脑,对身边一切庸俗、丑陋的人或事物表现出强烈的蔑视态度。他认为,"在我周围没有什么是可以值得我尊敬的东西,没有能吸引我的东西"②。他对于当时社会的主流意识形态也充满了强烈的怀疑与反驳。他拥有"双重视力"③,能够发现常人没有发现或者根本就不愿意承认的东西。他认为,革命民主主义者所提出的理想的水晶宫——空想社会主义大厦、合理的利己主义、社会环境决定论等观点本身就是不合理的。理性并不能够引领人们走向理想的自由王国,它实际上是对人的最宝贵的东西——本性、意愿的遮蔽与摧毁,而"人,不论他是什么样的人,也不论什么时候,在什么地方,他总喜欢按自己的意愿行事,而全然不是理智和利益所驱使的那样;……自己个人的、随心所欲的、自由的意愿、自己个人的、哪怕最怪异的任性,自己的、有时甚至被刺激到疯狂程度的幻想——这一切才是那被疏漏掉的、最有利可图的利益;……他们根据什么总以为人需要的一定是合乎理智的、有利可图的意愿?人需要的只是独立的意愿"④。

---

① [俄] 弗拉基米尔·马卡宁:《地下人,或当代英雄》,田大畏译,人民文学出版社2002年版,第4页。
② [俄] 费·陀思妥耶夫斯基:《地下室手记》,陈尘译,解放军文艺出版社1997年版,第113页。
③ [俄] 列·舍斯托夫:《在约伯的天平上》,董友等译,生活·读书·新知三联书店1988年版,第25页。
④ [俄] 费·陀思妥耶夫斯基:《地下室手记》,陈尘译,解放军文艺出版社1997年版,第91—92页。

第四章 当代俄罗斯后现实主义文学创作

一句话，在陀思妥耶夫斯基的"地下人"看来，世界不应该如理性主义者所期待的那样有条理，有规律。世人一直在强调理性的强大作用，而这实际上完全是对人的个体、个性的忽略。既然现实是如此不堪，居于其中便无法袒露内心，所以索性以弃绝待之，蜗居于"地下"，也就无须对任何人、任何事，尤其对自己有任何的隐瞒，保持意识的清醒与独立即是不错的选择。

马卡宁的彼得洛维奇的确也是如此。栖身于筒子楼的走廊里是他自愿选择的结果。彼得洛维奇曾经一度有改变自己那仅有几平方米而显得狭促的生活空间的机会。民主派人物德沃里科夫帮助彼得洛维奇获得了一套住宅，但在彼得洛维奇看来，这套住宅并不能给予他精神上的栖居之所，原因在于，"居室本身很漂亮，因而十分像创世之初的虚空"①。筒子楼里居住着各色人等，他们能够为自己提供观察与体悟世界的机会。于是，他拒绝了对生活充满美好向往的乐观主义者德沃里科夫的热情，心甘情愿待在筒子楼里。当筒子楼里的居民都在想方设法地扩大自己的"平方米"的时候，彼得洛维奇却对自己的"地下"采取欣然接受的态度，双手插进裤兜里，以主人公的自信步伐在走廊里走来走去，通过每一个鲜活的"平方米"来了解世界上形形色色的人。

> 一间间住宅和一处处有出路的或无出路的拐弯，把这个气味浓重的走廊——住宅的现实变为梦，变为电影，变为顽固的幻象，变为棋盘——鸟笼的世界——变为奇异的不很可怕的超现实。结果发现人不需要更多的东西了：对于我已经足够了。有这个走廊的世界就完全足够了，不需要意大利或外贝加尔、西伯利亚的美景，纽约市的高楼或者别的什么东西。我连莫斯科也不需要。②

---

① [俄] 弗拉基米尔·马卡宁：《地下人，或当代英雄》，田大畏译，人民文学出版社 2002 年版，第 72 页。
② [俄] 弗拉基米尔·马卡宁：《地下人，或当代英雄》，田大畏译，人民文学出版社 2002 年版，第 34 页。

陀思妥耶夫斯基"地下人"的"地下"可能给读者制造出这样的印象，他的"地下"选择似乎是源于他对社会的不齿与深恶痛绝。但实际上还有另外一个重要原因，那就是他自身所存在的无法调和的矛盾。实际上，陀思妥耶夫斯基的"地下人"对待"地下"是一种双重态度，因为他的生活从来就没有真正摆脱外在世界投射进来的巨大阴影。他一方面会因为拥有"地下室"而感到自豪，甚至高呼"地下室万岁"，因为在这里他可以成为世界的主人，可以毫无顾忌地批判整个世界，获得一种主人的幸福感。但另一方面，在他与世隔绝、拒斥、质疑的高傲姿态下面潜藏的却是他与外在世界发生联系的渴望。他虽然认为世人庸俗，努力远离他们，不屑与之往来，却渴望自己的"自我"能够在庸俗的"他我"中得到证实，以期获得他人对自己人格的承认和尊重。正如巴赫金所言——

> "地下室人"想的最多的是，别人怎么看他，他们可能怎么看他；他竭力想赶在每一种他人意识之前，赶在别人对他的每一个想法和观点之前。每当他自白时讲到重要的地方，他无一例外都要竭力去揣度别人会怎么说他、评价他，猜测别人评语的意思和口气，极其细心地估计他人的话会怎么说出来，于是他的话里就不断地插进一些想象中的他人的对话。①

为此，这位"地下人"花了两年的时间跟踪一名军官，就是为了能够完全平等地从他旁边走过去，为了使军官能够当众把自己放到跟他平等的社会地位上。在数年时间里，他想方设法让那个军官能够注意到他，认识到自己尽管渺小，但也在这里拥有一席之地。他明知与肤浅愚蠢的兹维尔柯夫之流的聚会并不能给自己带来任何精神上的满足，但还是死皮赖脸地参加了这场聚会。在宴会上，面对宾客的白眼，他在内心

---

① ［俄］巴赫金:《陀思妥耶夫斯基诗学问题》，白春仁、顾亚铃译，生活·读书·新知三联书店1988年版，第89页。

蔑视他们的同时又仔细地周旋应付。在遭到宾客冷落时他又故意装出一副无所谓的神态，可同时却又故意把靴子跺得通通直响，从而引起他人的重视。最后，为了获得宾客的认可，他不惜低声下气地向他所鄙视的人赔礼道歉，自我否定已经达到了高潮，但这并没有使他获得心理上的安慰，反而让他感觉到作为人的尊严在自己身上已经荡然无存，陷入了痛苦万分的状态。当这个被肯定的愿望一次次落空之后，"地下人"感受到了一股巨大的痛苦，并对自己进行了强烈的否定。

> 我觉得自己在这整个世界面前是个苍蝇，肮脏的、下贱的苍蝇，比所有的人都更聪明、更有教养、更高尚的（这是不言而喻的）但不停地为所有人让路的苍蝇，被所有的人所欺侮和凌辱的苍蝇。①

接下来，这位"地下人"对衡量人的生活的价值标准进行了彻底更换。在他看来，既然人的身上有"负数"的存在，那么就应该让"负数"尽情显现出来。于是，"地下人"将否定的矛头对准了妓女丽莎，故意幸灾乐祸地向丽莎描述妓女的悲惨凄凉的下场，以此摧残、折磨涉世未深的丽莎的那颗企图弃恶从善的心。然而，对于他人的侮辱并没能使得他自己获得心理上的平衡。当丽莎出现在他的"叫花子窝"般的住所里，看到他狼狈不堪的景象时，一度在丽莎面前充当强者、英雄、体面者的他，瞬间意识到自己实际上什么也不是，充其量也就是一个"混蛋、下流坯、自私自利者、懒汉""一只小癞皮狗"而已。他意识到，无论是作为受侮辱者还是侮辱者，自己都无法找到平等和尊严，"他拼命想摆脱屈辱，却在屈辱中越陷越深，他竭力想维护自尊，却落得更加可悲的地步。他的痛苦有增无减"②。

---

① [俄] 费·陀思妥耶夫斯基：《地下室手记》，陈尘译，解放军文艺出版社1997年版，第118页。
② 王圣思：《静水流深》，上海教育出版社2002年版，第172页。

与《地下室手记》主人公有所不同的是，在现实与人的关系方面，彼得洛维奇虽然对于当时的社会现状持否定与批判的态度，但把自己置于社会、意识形态准则、同时代人的生活方式与思维方式的对立面，这还并不是他栖居于"地下"的直接原因。彼得洛维奇并不像陀思妥耶夫斯基的"地下人"那样，挣扎于无休止的自我证实之中，隔绝于"常人"却又希冀从他们身上获得归属与认同，沉陷于无尽的痛苦与自我折磨之中，而是活在内心深处，在选择中确立自我，清醒地保持着"在……之中而不属于"的自我肯定的姿态，执着于自己的选择和追求，不被外界诱惑与左右，"甘愿在贫民窟和黑暗漫长的走廊里过'后文学'的生活"①。

彼得洛维奇不希望走出"地下"状态的愿望，并没有被国家所发生的变化——比如民主主义运动的兴起、言论的自由等而动摇与改变。实际上，对于彼得洛维奇而言，如果要改变自己的"地下"状态，可以有多种选择，时代本身就为他提供了这样的机会。彼得洛维奇首先可以选择的就是放弃文学创作事业。他可以像德沃里科夫那样，为民主派奔走宣传，获得仕途亨通的机会。他也可以像洛维亚尼科夫那样，做一个功利主义者，利用"私有化"的混乱空隙为自己捞取物质利益，或许还会有跻身于"新贵"行列的可能。他还可以像其他的"阿地"那样，从"地下"走到"地上"，"跳进新时代"：可以如斯莫利科夫那样，利用外界对于"地下人"的好奇之心，向媒体兜售"地下人"的情感；也可以模仿济科夫，走西方路线，做出一副面容憔悴、疲惫不堪的样子，迎合西方的政治需要，那样的话即使作品意义不大，也能成为国际宠儿。但面对眼前出现的各种诱惑，面对种种扬名立万的机会，彼得洛维奇却依然故我，毅然决然地选择最艰难的道路，任凭生活辗转奔波，一直抱持着自己的文学创作的意志，坚守着自己的"地下"选择，

---

① 吴泽霖：《末日梦魇中"自我"的寻求——几部九十年代俄罗斯文学重要作品印象》，《当代外国文学》2001年第4期。

从未产生过丝毫的动摇与迷惘。他不想成为文学的附属品，所以拒绝了德沃里科夫、济科夫等人提出的发表作品的意见和建议。文学在彼得洛维奇的心中永远是唯一可以对他进行裁决的上帝。虽然读者无从得知彼得洛维奇曾经创作过什么，但非常明显，他的这种地下状态与其说与政治逃避有关，倒不如说与他所感受到的创作危机有关。小说中其他寻求作品发表途径的作家的创作就证明了这一点。比如，济科夫在"地下"时期是一个与彼得洛维奇才能相当的作家，但自从他走上地面之后，就逐渐失去了才华。"他（指济科夫——笔者注）的东西时常发表，但意思不大。笔头还行，但已经没有了小说。没有了文本。新体制的花岗石碎屑，人家这样说他，但这也还罢了。面貌——实质在这儿，他已经没有了自己的面貌！"①

由此可以判断，彼得洛维奇选择"地下"状态，避免落入当下文学的"程式化"序列，实际上是为了"地下人"的精神不至于丧失殆尽。促使他选择待在"地下"的原因就是他对于"地下精神"的坚守。那么，到底什么是"地下人"精神呢？在彼得洛维奇看来，那就是与茨维塔耶娃一样，意识到自己是彼类，而不是此类，"能在无光处看见东西。甚而越无光亮看得越清楚"②。正是基于上述动机，彼得洛维奇确信，自己所保持的"地下"状态实际上是一种胜利姿态。

> 我把自己的不被承认不看作失败，甚至不看作平局——而看作胜利。看作我的"我"超越了文本的事实。我往前先迈进了一步。③

---

① ［俄］弗拉基米尔·马卡宁：《地下人，或当代英雄》，田大畏译，人民文学出版社2002年版，第611页。
② ［俄］弗拉基米尔·马卡宁：《地下人，或当代英雄》，田大畏译，人民文学出版社2002年版，第253页。
③ ［俄］弗拉基米尔·马卡宁：《地下人，或当代英雄》，田大畏译，人民文学出版社2002年版，第525页。

上述分析证明，陀思妥耶夫斯基的"地下人"是在履行着自由选择的权利。他想通过选择的自由来实现个体的意志自由，但这个选择却使他深深陷入自我分裂的状态。原因在于，他急于向他人、向内心的另一个自我显示存在的意义。他的价值认同，不是建立在对价值本身的追求上，而是产生于对他者期待的眼光之中。"他高呼有'自主意愿'的人——而他自己就是这种自主意愿的奴隶，不能自由地驾驭自我"①；他最多也只能通过自身的挣扎、折磨、分裂给予读者关于自由的启示。马卡宁的"地下人"的"地下"选择并非不得已而为之，而是他自由选择的结果，正如批评家阿穆辛所评说的那样："彼得洛维奇是一个不去寻求成功的作家，但他却捍卫了自己的自由，他不仅捍卫了创作的自由，还捍卫了不被社会角色、惯性所束缚的自由以及行动、记忆与想象的自由。"② 可见，彼得洛维奇这个"地下人"并不等同于陀思妥耶夫斯基的"地下人"，更不是一个消沉的"多余人"，而是一个以孤拔的姿态成为在失落的位置上执着于自己本真追求的真正的"当代英雄"。

三 伦理尺度下的自由

《地下人，或当代英雄》的主人彼得洛维奇为了执着于自己的本真追求，一直秉持一套独特的"打击哲学"，即以暴制暴的手段。彼得洛维奇认为，这种哲学并不像人们看上去那样危险。相反，在一定意义上，它是一种推动力，是开启摆脱蒙蔽人的墨守成规的传统思维的突破口，是精神觉醒。

在"打击哲学"的支配下，彼得洛维奇先后杀死了两个人。

在第一次杀人时，彼得洛维奇并没有认为自己杀人有罪。彼得洛维奇对自己所生活于其中的时代处境、社会情势做出了一番分析。他认

---

① [俄] Г. Б. 波诺马廖娃：《陀思妥耶夫斯基——我探索人生奥秘》，张变革译，商务印书馆2011年版，第120页。

② Амусин М. К 70 – летию Владимира Маканина//Звезда. 2007. №3. С. 203.

第四章　当代俄罗斯后现实主义文学创作

为，"不可杀人"在当今社会并不是一个道德训诫，而是一个社会禁忌，是生活中的强者——特权者为普通人做出的权利限定。既然我彼得洛维奇身处一个无理的社会，生活的时代是特权者能够杀人的时代，而我又无法选择自己所出生的时代，更无力改变社会，那么，我为了我的"我"杀人又有何不可？他声称，陀思妥耶夫斯基的"不可犯杀人罪"的告诫并不适合于当下的生活，它只是"作为一种表达有力的艺术抽象"的思想而已。①

　　要知道陀思妥耶夫斯基是以他的话语在战胜着我们的。但费·米刚为自己的话语庆祝胜利的时候，却发现他战胜的是一个无关的人。不是我。即他只是在内部，在他的文本的书页上在战胜着；在我读书的时候。是在文本的内部——但不是在我的"我"的内部。②

在经历了第一次杀人事件之后，彼得洛维奇并没有收敛。他那近乎狂热的"自我"所持有的自豪感与自信心反而使他的个性变得更为膨胀，个体对自由的滥用也发展到了极致。当他感觉到一个"过时的克格勃分子"有可能通过告密而使自己受到威胁时，他在对方毫无防备的情形下毫不犹豫地完成了对其策划已久的杀害，实施了第二次杀人。在这次杀人成功之时，彼得洛维奇再一次感觉到了自己的自我意志所拥有的巨大力量，他为自己的"我"再一次成为赢家而感到欣喜。

　　我又是一个人了。我的生活，我的尽管轻如鸿毛的存在，和它一起的我的"我"以及我的文本（还有什么来着？……）现在正返回自己的家，一道走在灰突突的柏油路上，肩并肩地，又像是手

---

　　① [俄]弗拉基米尔·马卡宁：《地下人，或当代英雄》，田大畏译，人民文学出版社2002年版，第221页。
　　② [俄]弗拉基米尔·马卡宁：《地下人，或当代英雄》，田大畏译，人民文学出版社2002年版，第219页。

拉手地走着——像保持了清洁的孩子们回家时那样走着。[①]

然而，当看到被杀的丘比索夫的两个年幼的孩子时，信奉"打击哲学"的彼得洛维奇突然发现了生命中某种不可丢弃的东西——自己身上所存在的善之因子。"我成了一个危险人物，施用私刑，杀了一个人，使孩子失去了父亲……"[②] 杀人事件此时演变成了精神事件。"打击哲学"的理论依据此时变得不堪一击。良心的声音越来越强大，最终使得彼得洛维奇一下子瘫软，他的心灵欠债和道德成本，以及由此产生的道德自责和道德追问把他猝然掷入痛苦的深渊，使他置身于"自我心罚"的状态，无论如何都无法获得灵魂上的平静。良心上所遭受的煎熬使彼得洛维奇终于明白，自己的"打击哲学"在他的精神空间里难以成立，"不可杀人"的训诫其实是有着深刻的内涵的。放任无限制的自由并不能使人获得本性自由的特权。一个人如果对自由意志无限崇尚，最终就会使这种意志转化为恣意妄为，而恣意妄为最终又会转化为恶与罪孽，而恶与罪孽只能使自己如笼中的野兽一般，陷入痛苦而绝望的境地。"过分放纵的（自治的）'我'已经需要加以遏制和纠正了，它过分的'我'了。"[③] 不管杀人的目的表面上看起来是多么"崇高"（为了自由），但杀人就是杀人者在道德上的堕落，杀人就是道德的恶，它永远不可能在任何冠冕堂皇的说辞遮掩下变成善。杀人是一把双刃剑，在被害者身上割下一道长长的伤口的同时，也会给自己带来毁灭，与其说自己杀死的是别人，还不如说是自己。"像世界一样古老的古旧思想，即杀了一个人，你不仅毁坏着他身内之物——也毁灭着自己的身内之物。"[④]

[①] ［俄］弗拉基米尔·马卡宁：《地下人，或当代英雄》，田大畏译，人民文学出版社2002年版，第345页。

[②] ［俄］弗拉基米尔·马卡宁：《地下人，或当代英雄》，田大畏译，人民文学出版社2002年版，第345、351页。

[③] ［俄］弗拉基米尔·马卡宁：《地下人，或当代英雄》，田大畏译，人民文学出版社2002年版，第383页。

[④] ［俄］弗拉基米尔·马卡宁：《地下人，或当代英雄》，田大畏译，人民文学出版社2002年版，第382页。

至此，彼得洛维奇终于明白，陀思妥耶夫斯基的思想是不能用"时代"等具有阶级、社会限定性的词汇加以解释的；陀思妥耶夫斯基的"上帝"虽不是一种客观的精神实体和绝对权威，但它是人的道德榜样和良心凭证，是一种生活的希望，是陀思妥耶夫斯基为人们所求索的能够自由地生活的最理想的途径。

纵然彼得洛维奇对于"不可杀人"的训诫有了深刻的体悟，但当看到精神病院里"男护士"殴打年迈的病人时，彼得洛维奇又忍不住践行"打击哲学"，用拳头将"男护士"狠狠揍了一顿。

苏联著名导演安德烈·塔尔科夫斯基认为，艺术是对理想的渴慕。"艺术必须传达人类对于理想的渴望，必须表达人类朝向理想的历程；艺术必须予人希望和信心。""从艺术家的角度所呈现的世界越是没有指望，也许我们会越清楚地看到那与其对立抗衡的理想吧——否则生活即变成不可能！"① 如果我们借用这段话来理解彼得洛维奇，就会明白，在确定性与含混性之间的摇摆，与其说是主人公思想的困惑，毋宁说是马卡宁创作中不可或缺的机杼。马卡宁不愿遵循文学创作的传统习惯，直接向读者宣告、说教、布道；而是想让读者去体验、去思考，亲身参与对作品深意的寻找与体悟的过程，通过主人公的纠结困顿、陷溺的无底深渊、灵魂的震颤，让自己所要言说的核心思想成为一种永远的追寻，希望借此让读者自己去洞察自己灵魂里与生活中的缺失，体悟当代人精神所面临的困境。

四 马卡宁后现实主义作品的空间和时间艺术

马卡宁在创作中一直不懈地探索着最能体现自己风格的艺术形式。在《洞口》《审讯桌》《地下人，或当代英雄》等作品中，马卡宁在空间和时间等艺术策略方面都表现出自己的特色，这些艺术特色也恰恰折

---

① ［俄］米·叶夫多基莫夫：《俄罗斯思想中的基督》，杨德友译，海学林出版社1999年版，第92页。

射出后现实主义文学独特的创作原则与精神追求。

（一）空间隐喻

隐喻是后现实主义文学建构艺术景观最重要的手段。在后现实主义文学创作者的笔下，隐喻是实现"曲径通幽"的最佳方式之一。隐喻最本质的特征就是它能够在本体与喻体之间架起一座联系的桥梁，能够在不同范畴的事物或事件之间建立起某种共容性，这正符合后现实主义文学的探索精神，在模糊、间断甚至混乱的状态中进行多边性对话。

马卡宁在其创作中也非常重视隐喻的运用。一方面，马卡宁重视局部隐喻的应用，善于运用背景、姓名等具体细节进行喻射，从而达到呈现人物内心世界，渲染故事情节的效果。另一方面，马卡宁作品中的隐喻具有一种整体性，具备一种新的艺术构形能力。隐喻不再被作为附加的润饰物，而是被当作一种思想来看待。隐喻在他的创作里已经变成文本自身的内在逻辑，隐喻表达成为其行文结构与主题创建的重要特征之一。

以空间隐喻为例。马卡宁往往通过一个外在景观或场景建立起一个有关社会、群体、个体的精神状态乃至存在等诸多层面的抽象空间的隐喻，从而将整个文本纳入隐喻范畴。

空间，最朴素的意义是为物体提供存在的场所。随着认知的深入，人们发现，除了不变的物理空间之外，还有一个认知空间。所谓认知空间，是指物理空间通过各种感知器官被人们所认识的空间世界。与客观存在的物理空间的三维场景不一样，认知空间是映射到人们的感知器官里经过主观处理的三维空间世界场景。认知空间会因人而异，作为一种概念的空间是客观事物的空间关系在人脑中的投影，但由于个体的差异，这种投影与客观实际可能并不能保持完全一致。

在文学作品里，空间具有上述物理与认识的双重属性。对于一部文学作品而言，空间首先是承载情节内容的容器，任何故事都需要在一定的空间背景中展开。但文学作品所具有的审美属性又使得客观存在的物理空间超出了其物质存在的客观属性范畴。在作家想象力的作用下，

"它们不仅有实证方面的保护价值，还有与此相连的想象的价值，而后者很快就成为主导价值"①。也就是说，空间具有隐喻的意味。

马卡宁相信，存在的真实性很多时候就存在于人对有形有质的空间事物的切实感知之中。因此，他非常重视空间的隐喻作用。马卡宁经常利用"筒子楼"（общага，《地下人，或当代英雄》），具有原型性的，能够勾起沉潜在人们无意识中的那种狭窄、半明半暗、令人感到呼吸困难的本初感受的空间范畴——"孔"（лаз，《洞口》）、"隧道"（тоннель，《群声》《损失》）、"裂缝"（щель，《关于爱情的成功叙事》）等作为其作品中人物的主要活动场所，将空间性与生存性以及体验性紧密地联系在一起，最终揭示出空间所具有的内在隐喻意蕴。

小说《地下人，或当代英雄》中的"筒子楼"就是一个典型的例子。在这部作品里，"筒子楼"这个空间背景的选择对于整部作品都颇为重要。虽然它不是一切故事发生的唯一地点，但所有的故事无不与它直接或者间接形成交集关系，它不仅帮助作品建立了一个空间坐标轴，成为故事的汇集地，②而且具有强烈的整体性隐喻品质。

"筒子楼"是社会形态的空间隐喻。这座筒子楼首先是时代的象征。这是一座成型于苏维埃时期的建筑物，是苏联时期国家统一建造、无偿分配、实行高补贴低租金政策的住房福利制度的产物，是那个时代与制度的代表之作，它身上承载着"典型的公共宿舍的思路"和"公平分配的情感"。但如今，筒子楼却变成了"简陋平方米"，变成了可以随意交换的商品。作者偏偏选择筒子楼作为故事场景，实则是将整个文本放置到了一个衰败、混乱的情境中，从而为文本制造出了一种压抑的气氛。

筒子楼的空间特征是，长长的走廊，由若干个被隔离开的、封闭的、狭小的居住空间构成。作者在行文当中，恰恰紧紧抓住筒子楼这种

---

① ［法］加斯东·巴什拉：《空间的诗学》，张逸婧译，上海译文出版社 2009 年版，"引言"第 23 页。

② Амусин М. К 70 – летию В. Маканина//Звезда. 2007. №3. С. 203.

建筑结构特征，建立起了一种有关价值评判的空间隐喻。

筒子楼是彼得洛维奇作为看守居住与游荡的场所，也是他以作家身份进行观察与思考的空间。虽然彼得洛维奇并不喜欢它，但它所内含的空洞着实令彼得洛维奇感到惊叹。这种空虚从彼得洛维奇所观察到的筒子楼里形形色色的居民身上体现了出来。

库尔涅耶夫——缺失信仰的中产阶级代表。库尔涅耶夫曾是一个工程师，生活殷实，曾经在某个设计院大展拳脚，甚至还曾获得一项研究专利。但遗憾的是，他已经完全适应了苏联体制下的生活方式，完全丧失了作为个体的自主性。当他辛辛苦苦获得的研究成果被所在单位以一切荣誉属于集体为借口窃取时，他没做一点抱怨，甚至认为这是理所当然的。在苏联制度解体之后，库尔涅耶夫变得茫然，不知所措，经常发出这样的感慨："可上面是空荡荡的，没有领袖们了！"① 虽然他偶尔也会想让自己变得积极起来，但这种想法就像黑暗中闪现的一个火花，虽然明亮却很快熄灭。他担心自己会被周围人不理解，会被他们嘲笑。对于他而言，信仰还不如在走廊里挨家挨户去打听自己那位水性杨花的妻子到底又在哪里鬼混更为实际。

捷捷林——丧失了生命力的底层人物。这个与果戈理的《外套》主人公同名的人物，与果戈理笔下的捷捷林如出一辙。果戈理的《外套》中，阿卡基·阿卡基耶维奇·捷捷林是一个生活在底层的人，虽然是一位九品文官，但生活穷困潦倒。为了活得有点尊严，他一直奢望自己能够获得一件体面的外套。但这个愿望在实现之后很快又变成了一种失望——外套不幸被盗。在经过一系列的波折后，他终于得到向一个大人物——刚上任的将军陈述外套被窃案件的机会。在被将军当作靶子一样进行了一番斥责之后，阿卡基·阿卡基耶维奇·捷捷林无法纾解心中的苦闷，最终不幸死去。马卡宁笔下的捷捷林也是一个地位卑微的人。

---

① ［俄］弗拉基米尔·马卡宁：《地下人，或当代英雄》，田大畏译，外国文学出版社 2002 年版，第 28 页。

他与彼得洛维奇一样，在筒子楼里当个看门人。具有讽刺意味的是，他甚至都没有能够像果戈理笔下的阿卡基·阿卡基耶维奇·捷捷林那样得到申诉的机会，便抱着自己要求退货的裤子静悄悄地死掉了。如果说果戈理笔下的捷捷林还有着极力维护自己的体面与自尊的努力，那么，马卡宁笔下的捷捷林在这方面则是连点想法都没有，他彻底失去了做人的自尊，完完全全是一个猥琐的人。他不仅是一个被侮辱与被损害的弱者形象，而且还是一个自我侮辱与自我损害的人。他以自己低三下四的声调在走廊里穿梭，祈求他人的怜悯，总是试图通过模仿别人或者是背后说别人坏话的方式，来引起筒子楼居民们对自己的关注。可见他的精神贫困要比果戈理笔下的捷捷林还严重。正如彼得洛维奇以一个作家的身份对他所发表的一番评论那样："阿卡基这个典型对于我们只是一个雏形，19世纪古典作家们过早地给小人物打上了句号，没能预见到它的模仿者的发展动态——没能看到（隔着彼得堡的浓雾）如此快熟的变态。在历史的出口处，愿望的渺小变成了心灵的渺小。"①

杜洛夫——迷茫的新贵。杜洛夫生活条件不错，但在他奢华的装束下面蛰伏着的却是分裂的人格和原始欲望。杜洛夫是一个对机会具有敏锐嗅觉的人。他利用私有化还未成型的混乱局面，为自己迅速捞取财富，过上了衣食无忧、纸醉金迷的生活。然而，物质上的富足并没有给他带来精神上的充实，相反，他愈发感觉到空虚与和无聊，只能从早到晚靠找女人、与下属喝酒来打发时间。

库尔涅耶夫、捷捷林、杜洛夫分别是三个不同阶层的代表人物。他们的性格、命运都各不相同，但读者能够发现，他们有一个共同性，那就是精神贫困。库尔涅耶夫的思想僵化、麻痹，捷捷林的卑琐，杜洛夫的迷茫，都因为筒子楼而汇集到一起。因此，在这里，筒子楼已经不再是一个简单的客体化空间，它成了丧失精神家园的人的畸形灵魂的栖居

---

① [俄] 弗拉基米尔·马卡宁：《地下人，或当代英雄》，田大畏译，外国文学出版社2002年版，第166页。

之所。它的破败，影射着俄罗斯当代人的个人精神空间的残缺，它那蜂巢状的狭小空间与出入其中的各色人等的内心世界是同构的，在它那破旧的躯壳下面已经没有了俄罗斯的性灵。

因此，可以说，马卡宁选择筒子楼作为整篇小说故事的发生地是有着自己强烈的隐喻建构意图的。筒子楼作为故事的发生地点，既具有时代的指涉意义，又具有深层的精神指涉意义。

在小说《洞口》中，作者以"洞口"建立起隐喻体系。在这里，作者以"洞口"为源域，将这个源域的显著特征通过相似性联想映射到各种目标域当中。

洞口这个狭小的、需要人付出疼痛的代价往来穿梭的空间不再是一个空洞的范畴，它已然成为整个文本所要呈现的现实状态的隐喻。

在小说中，连接于洞口两端的两个世界的状况就能反映出这方面的问题。地上世界完全是一片混乱无序的景象。地上世界物资匮乏，人们的衣食住行陷入毫无保障的状态。对于火车站空地上的描写就证明了这种状况。

一个人都没有。克柳洽列夫在车站上。平常人们看到车站周围狗拉的屎总是骂声不绝，说，真是岂有此理，也不收拾一下。现在车站这块小小的柏油空地出奇地干净。因为现在食物只剩下了罐头和糁米，所以养狗的人都把狗送走了，正像人们所说的那样，把狗带到了郊外：说，你们能怎么活就怎么活吧。①

为了糊口，人们不仅需要耗时排队，甚至还必须得忍痛割爱，与宠物争抢食物，可见粮食短缺达到了何等严重的程度。

城市的运行也陷入僵死状态。

---

① [俄] 弗拉基米尔·马卡宁：《地下人，或当代英雄》，田大畏译，外国文学出版社2002年版，第293页。

没有汽油，白搭。一些汽车死定定地停在楼旁。真是死定定的，甚至主人都不从拉着厚厚窗帘的窗户后看它们一眼。①

石油是国民经济的命脉，眼下与石油相关的产业停止运行实际上正暗示出国民经济已经彻底陷入瘫痪状态。

不仅如此，社会秩序也完全陷入失控状态。人们会为一双鞋进行抢劫，甚至毫无理由变得狂暴，进而杀人。克柳洽列夫的好友帕夫洛夫之死就是一个这样的例子。他怎么死的，细节如何，所有人都无从知晓。

相比于地上世界，地下世界的真实状况也好不了多少。地下世界的人均来自地上世界，他们为了生存，为了求得一个安身之所纷纷来到地下。但实际状况却是，安逸的物质生活与看似崇高的交流已经使他们逐渐变得精神麻痹。面对死亡，他们的表现精准地证明了这一点。

……克柳洽列夫还看见了死亡，就在这里，离他只有两步远的地方。听诗的时候，一个人咳嗽起来，蜷缩着，像是马上就会站直了，但他一直弯下去，弯下去，……头一仰，倒下去了。这是个年轻人。据说死在这里是平常的事。有几个人回头看，但特别注意这个人的很少。②

作为普通人，我们都会为一个生命——不论这个生命是由于疾病还是生命的自然发展历程所致的离去——而感到悲伤、惋惜。但地下居民却对于一个鲜活的、正处于人生最辉煌时刻的生命的离去都视而不见，足见他们的心灵冷漠到了何种地步。

由此可见，"洞口"是整个文本所呈现的现实环境的隐喻。人们无

---

① ［俄］弗拉基米尔·马卡宁：《地下人，或当代英雄》，田大畏译，外国文学出版社 2002 年版，第 293 页。
② ［俄］弗拉基米尔·马卡宁：《地下人，或当代英雄》，田大畏译，外国文学出版社 2002 年版，第 335 页。

论怎样，都犹如生活在一个狭窄的洞口般的空间中一样，都无法为自己的身心谋得一个舒适之所。

洞口不仅是生存状态的隐喻，同时也是存在意义的隐喻。作者利用洞口所具有的穿透性与联结性功能，通过主人公克柳洽列夫的身份选择与坚守地上世界的过程，为读者建立了一个"存在的意义是洞口"的隐喻映射模式。

克柳洽列夫坚守着自己的知识分子身份。在社会动荡混乱的时局中，很多知识分子都抛弃了俄罗斯传统文化中的珍贵遗产，为了物质生活的安逸纷纷逃到地下世界。但克柳洽列夫并没有这么做。虽然生活贫困，但他却为自己的知识分子身份颇感自豪。他甚至一直要凸显自己的这种知识分子身份。比如，他一直不愿摘掉那顶透露出他多年知识分子经历的滑雪帽。克柳洽列夫不仅坚守着自己的知识分子身份，也以知识分子的责任感坚守俄罗斯民族所遗留下来的珍贵文化遗产。虽然在克柳洽列夫看来，地下世界里有关社会本质、村社制度的探讨都属于崇高话语层面，但他认为，如果崇高的话语不能作用于现实，那么它就没有什么意义可言了。在克柳洽列夫眼里，陀思妥耶夫斯基的"不愿意把幸福建立在别人的丝毫痛苦之上"——这一在很多人眼里已经过时的命题，永远都是人们最需要的精神给养。事实上，他也不遗余力地践行着陀思妥耶夫斯基的爱的思想。

克柳洽列夫一次次来到地下世界为家人寻求生活必需品。地下世界的富足、安宁以及地下居民的盛情挽留也曾令他一度产生过犹疑，但最终因为无法割舍对于妻子与儿子的爱，他毅然决然地返回地上世界，与家人在困难混乱中一起厮守。在克柳洽列夫眼里，地上世界的生活才是最真实的，尽管其中充满不幸。在地上世界，克柳洽列夫一直用自己满腔的爱来对待生活。他与妻子在动荡不安、物资短缺的困境中相互扶持、互敬互爱，共同照顾患病的儿子，精心地呵护自己的家庭。在混乱的时局中，他仍不忘记履行作为友人的责任，冒着被"群氓"砸死的危险穿梭于街区之间去安葬亡友，抚慰其怀孕的妻子。往返于洞口所经历的切肤之痛，对于克柳洽列夫而言，正是自己获得存在意义的必要历程，正如他所激励自己的那样——

> 克柳洽列夫使劲地钻，以至于他已不再是他，他都成了地的一部分，成了一个即使不是最好的，也是严丝合缝地挑选出来的身体填充物。就在这个位置上，将来某一次他也许再也动不了了，他会死在这儿，死在这儿的他还会作为一个填充物、一个塞子留在这儿。他会腐烂、变小，但地会合拢，会有沙土、灰尘填进缝隙里，地就缩紧了（地是会缩紧的）！所以死后很可能，克柳洽列夫留在这个岗位上，他的躯体还会顽强地挖洞不止，只要不是挤得地已成了躯体的坟墓的话。①

综上，我们可以看出，在《洞口》这篇小说中，作者利用"洞口"的空间属性为读者建立了一个有关生存状态与生存意义的隐喻复合体，将作者建构文本而诊断疾病、开出药方的意图完全纳入了由"洞口"所建构的隐喻体系。

（二）放射状非线性叙事时间

时间是小说建构的一个重要因素。巴赫金认为，"在文学中，时空体里的主导因素是时间"②。英国著名女作家伊丽莎白·鲍温也认为，在小说中，时间与人物和故事同样重要。一个懂得小说技巧的作家必定懂得如何对文本中的时间因素加以充分利用。鲍温对文学里的时间因素又进行了详细划分，认为叙事是一组有两个时间的序列——被讲述的故事的时间和叙事的时间，即"故事时间"和"叙事时间"。③ 所谓"故

---

① ［俄］弗拉基米尔·马卡宁：《地下人，或当代英雄》，田大畏译，外国文学出版社2002年版，第345页。
② ［俄］米哈伊尔·巴赫金：《巴赫金全集》第三卷，白春仁等译，河北教育出版社1998年版，第275页。
③ ［英］伊丽莎白·鲍温：《小说的兴起》，载吕同六主编《20世纪世界小说理论经典》上，华夏出版社1995年版，第602页。

事时间"指的就是故事发生、发展的自然时间状态,是故事从开始到结束的进程;所谓"叙事时间"指的是故事在语言叙述中所呈现的时间状态,是作家根据一定意图对故事加工改造后呈现给读者的文本秩序。"故事时间"与"叙事时间"在文学中扮演着非常重要的角色,它们往往成为区分不同时期、不同类型作品的重要参照因素。

小说《审讯桌》首先体现出鲜明的非线性叙事特征。在这部作品中,作者采用了意识流、倒时序与循环时序等手法,完全颠覆了传统的文学叙事秩序。在《审讯桌》中,叙事时间与故事时间之间的分离非常明显。小说的故事时间是"今天",但叙述的却是以前的事,甚至是久远的历史事件。小说的主要叙事线索是一位老者从晚饭前接到受审电话到次日凌晨死在审讯桌上十小时内的生活,其时间走向严格按照钟表时间进行,发展时间线清晰可辨。但与此形成鲜明对比的却是小说叙事时间与故事时间之间比例,即"时距"的失谐。

"时距"亦称时间跨度,这"是故事时间与叙事时间长短的比较"[①]。时间跨度是叙事艺术中一个很重要的功能手段。"小说家对时间跨度的调度最终影响到文本的价值世界的结构。"[②] 在《审讯桌》里,叙述者用非常大的篇幅来详细叙述在这短短的时间内——一夜之间所发生的意识活动,使得叙述时间明显超出故事时间的长度,在一定程度上扰乱了故事的发展顺序。通过"时距"的这种设置技巧,我们可以感觉到马卡宁所提供给读者的信息:作品的叙述并不是为了描述事件本身,而是为了突出和强调人物内心深处的精神活动,后者才是读者在阅读中应该掌握的重点。

传统的写实性小说基本上是按时间顺序来安排组织材料的。以描写主人公完整人生历程的故事为例,其时序安排通常为主人公的诞生—童年—学校教育—爱情—上升—没落—死亡等人生的各个阶段。在《审讯

---

① 罗钢:《叙事学导论》,云南人民出版社1994年版,第145页。
② 徐岱:《小说叙事学》,中国社会科学出版社1992年版,第255页。

桌》里，时序完全被打乱，作者并没有向读者提供在场与事先存在的事件的充分信息。在小说第一章，叙述者直接从故事的"中间"切入，没有涉及人物和场景的介绍与描述，而是由主人公——受审者直接从自己的视角将审讯者引荐给读者，突兀地将读者拉到审讯者面前。至于故事所发生的时间、地点，人物的背景、外貌等却丝毫没有提及。在接下来的章节，作者巧妙地将叙述者与主人公融于一人——受审者身上，采用内心独白的方式，运用第一人称内聚焦的写作技巧，用受审者的眼光去观察生活，用受审者的头脑去思考问题，致力于表现受审者在受审时恐惧混乱的情感体验和复杂矛盾的内心世界，从而扰乱了叙述的顺序。其具体表现为在叙事时间上打破以往小说按时间先后的顺序来写作的方法，时间跳转的幅度之大时常令读者产生判断困难。比如：这个叙事片段是一种回忆还是一种想象；叙述人叙述的事件是已经发生的还是未曾发生的；究竟哪个时间在前，哪个时间在后。再比如，第四章在描述审讯者的种种丑行时，叙述者完全打破时空的限制，自由穿梭，甚至讲述了奸尸、两性生活这样隐秘的事情，但读者却无从得知这到底是事实还是人物的假想。

巴尔特指出："发现名字，即是发现已经构成了代码的东西，它确保了文本和构成叙事语言结构的一切其他叙事之间的沟通。"① 虽然《审讯桌》一眼看去叙述比较凌乱，但事实上，作者在利用混乱无序来隐喻审讯给受审老者带来的痛苦和恐惧的同时，也在努力构建起一种超越眼前现实的"代码"的构架。这一"代码"则赋予小说放射状特征，使其能够超越时间跨度，将历史、当下和未来镶嵌于彼此之间。在作者看来，只有通过这种"代码"构架，传统和历史感才能得到恢复；只

---

① 秦海鹰：《文化与象征——罗兰·巴尔特的五种代码分析法及相关问题》（《中国人民大学学报》2015年第4期）指出，巴尔特论及文本分析法时提出了"清点代码"的步骤。"清点代码"就是按照文本的自然顺序，对分割后的每个句段进行缓慢阅读，"慢镜头"拍摄文本的"结构化"过程，发现和记录从中读出的可能意义和内涵。代码在文本分析过程中起重要作用，"它确保了文本和构成叙事语言结构的一切其他叙事之间的沟通"。[法] 罗兰·巴尔特：《符号学历险》，李幼蒸译，中国人民大学出版社2008年版，第118页。

有通过这种构架方式才能展现出审讯制度的过去与现在甚至将来是怎样紧密地交织在一个统一的存续体中的。这一架构的"代码"就是"铺着呢子，中间放着长颈玻璃瓶的桌子"。在这部篇幅不大的小说中，作者正是通过从文本标题就开始进行的架构建设，通过在各个章节对于"铺着呢子，中间放着长颈玻璃瓶的桌子"的反复呈现和解释，逐渐使"桌子"产生一种放射性作用，从而在散乱的表象下面形成一种结构化的思维走向：事实层次（事件层面）→ 背景层次（现实材料、历史数据层面）→ 意义层次（达到主客观的统一认识），并通过这种结构引导读者对无辜的受审老者受到审讯的原因进行深入思考。

  小说在第一章就抛出事实层次，即老者"我"坐在桌旁接受审讯。在老者看来，"铺着呢子，中间放着长颈玻璃瓶的桌子"就是审讯的象征物。"正是这一象征物，不管它多么普通，使坐着的人成为提问者，迫使你承认他们，并感到忐忑不安。"① 但与此同时，作者却并没有给出事件的充分信息，所以必然要为其寻找先前的基础作为依托，而这样的对于开头的探索又自然会导致叙事线条回溯。正是在这个回溯的过程中，人物的反省式追问逐渐呈现出来——"我"为何会走到今天这个局面？为何一接到受审电话就会立刻变得惶恐不安，心脏剧烈跳动，无法入睡，只能从房间到厨房，又从厨房到房间反复徘徊？由此开始，自然而然地引出了背景层次的勾画。老者面对审讯时所表现出来的恐惧心理，实际上是由坐在"桌子"对面的审讯者的虐杀式的审讯过程造成的。

  那么，又是谁赋予了这些来自社会不同阶层的普通人聚集在"桌子"周围，而一起进行群氓般的施虐行为的权利呢？叙述者一方面为读者提供了现实证据；另一方面，叙述者为读者提供了翔实的历史数据。在叙述者看来，"桌子"的存在是由来已久的。桌子和地下室的联系是实体性的，永久性的，并且深入古代。譬如，深入拜占庭时代。因此，

---

① ［俄］弗拉基米尔·马卡宁：《审讯桌》，严永兴译，漓江出版社2003年版，第6页。

在今天，不论如何进行伪装，不论把装有矿泉水的瓶子在桌子上放得多有文化味，或是多有技巧（散乱地），实际上它都无法否认"桌子"是靠传统的地下室来维持，靠地下室来支撑这一本质。"倘若它们的关系突然被直截了当显露出来，比如在马柳塔时代，抑或1937年的地下室时代——以一种过分露骨和公开的方式显露出来的话，那只能算是偶然。"[1]

由此看来，在小说之名中出现的"桌子"，在行文的过程中被作者不断放大存在范围，从受审者一个人身上逐渐放大到受审者所处的时代，接着又被放大到人类历史当中，并最终落脚到了人类存在身上。因此，在这里"桌子"并非一种纯粹的物质概念，它更多的是一种文化代码、存在代码，是世界发展的非逻辑的化身，是历史悲剧的代言者。

综上，在《审讯桌》里，作者以叙述主人公的意识流动作为结构中心，将人物的回忆、联想的各种场景交织叠合在一起，通过倒时序、循环时序的时间顺序安排使得叙事线条呈现出非线性，虽然表面上看起来凌乱，但实际上作者却利用"桌子"作为代码建立起了一个具有严格的逻辑走向的存在结构图式。虽然在《审讯桌》里，在叙事上存在非线性安排，但它并没有通过"小叙事"来消解"大叙事"，从而造成"大叙事"价值的下跌。作者通过从小说之名就开始建构的放射状模式，最终使文本成功地实现了片段性、碎片化与条理性、连贯性的有机结合，无形中践行着后现实主义文学在非理性与决定论之间建立联系的策略，并借此使作品达到了深远的透视效果。

本章参考文献

Маканин В. Собрание сочинений. в 4 – х томах. т. 2. М. ：Материк. 2002.

Никонова Т. А. История русской литературы XX века：учебное пособие. Воронеж：ВГПУ. 2004.

---

[1] ［俄］弗拉基米尔·马卡宁：《审讯桌》，严永兴译，漓江出版社2003年版，第20页。

Скатов Н. Русская литература XX века. Прозаики. поэты，драматурги. Биобибл. Словарь. т. 3. М.：ОЛМА – ПРЕСС Инвест. 2005.

Laird S.，*Voices of Russian Literature. Interviews with Ten Contemporary Writers*，Oxford：Oxford University，Press. 1999.

Амусин М. К 70 – летию В. Маканина//Звезда. 2007. №3.

Архангельский А. Где сходились концы с концами. Над страницами романа В. Маканина 《Андеграунт，или Герой нашего времени》//Дружба народов. 1998. №7.

Иванова Н. Преодолевшие постмодернизм//Знамя. 1998. №4.

Иванова Н. Случай Маканина //Знамя. 1997. №4.

［俄］费·陀思妥耶夫斯基：《地下室手记》，陈尘译，解放军文艺出版社 1997 年版。

［俄］弗·马卡宁：《地下人，或当代英雄》，田大畏译，人民文学出版社 2002 年版。

［俄］弗·马卡宁：《洞口》，载弗·马卡宁《一男一女》，柳若梅译，中国青年出版社 2003 年版。

［俄］弗拉基米尔·马卡宁：《审讯桌》，严永兴译，漓江出版社 2003 年版。

［俄］弗拉基米尔·马卡宁：《一男一女》，柳若梅译，中国青年出版社 2003 年版。

［俄］加琳娜·波诺马廖娃：《陀思妥耶夫斯基——我探索人生奥秘》，张变革译，商务印书馆 2011 年版。

［俄］列·舍斯托夫：《在约伯的天平上》，董友等译，生活·读书·新知三联书店 1988 年版。

［俄］米·巴赫金：《巴赫金全集》第三卷，白春仁等译，河北教育出版社 1998 年版。

［俄］巴赫金：《陀思妥耶夫斯基诗学问题》，白春仁、顾亚铃译，生活·读书·新知三联书店 1988 年版。

［俄］叶夫多基莫夫：《俄罗斯思想中的基督》，杨德友译，上海学林出版社 1999 年版。

［俄］弗拉基米尔·马卡宁：《当侍从的人》，山征译，《苏联文学》1983 年第 5 期。

吴泽霖：《末日梦魇中"自我"的寻求——几部九十年代俄罗斯文学重要作品印

象》,《当代外国文学》2001年第4期。

郑滨:《当前的题材很少使我心动——记者阿穆尔斯基访马卡宁》,《苏联文学》1991年第4期。

余一中:《读一读马卡宁的小说吧!》,《经济观察报》2010年2月26日。

第二节　彼得鲁舍夫斯卡娅的后现实主义文学创作

柳德米拉·斯特凡诺夫娜·彼得鲁舍夫斯卡娅（Людмила Стефановна Петрушевская，1938—　）是当代俄罗斯小说家、剧作家、诗人，俄罗斯后现实主义代表性作家之一。

20世纪60年代中期，彼得鲁舍夫斯卡娅初涉文坛。她的短篇小说《有那样一位姑娘》（Такая девочка）当时虽未发表，却受到《新世界》杂志当时主编特瓦尔多夫斯基的好评。短篇小说《克拉丽莎的故事》（История Клариссы）和《口无遮拦的女孩》（Рассказчица，又译《讲故事的女人》[①]）1972年在《阿芙乐尔》杂志发表，标志着彼得鲁舍夫斯卡娅正式踏入文坛。1974年，她的短篇小说《青蛙与网罗》（Сети и ловушки）和《穿越田野》（Через поля）面世。

20世纪70年代，彼得鲁舍夫斯卡娅主要活跃在戏剧领域，成为新浪潮戏剧的著名剧作家之一。她的《音乐课》（Уроки музыки，1973）、《苦艾酒》（Чинзано，1973，又译《清扎诺》）、《爱情》（Любовь，1973）、《科隆比娜的屋子》（Квартира Коломбины，1973）、《莫斯科大合唱》（Московский хор，1984）等作品都在戏剧界引起了热烈反响。

20世纪80年代末，彼得鲁舍夫斯卡娅的两部剧作集，《20世纪之歌》（Песни XX века，1988）和《三个穿蓝裙的姑娘》（Три девушки в голубом，1989），先后问世，收录了她在1970—1989年完成的23部

[①] 沈念驹：《繁荣后面的另一种生活（译序）》，载［俄］彼得鲁舍夫斯卡娅《夜深时分》，沈念驹译，浙江出版联合集团、浙江文艺出版社2013年版，第1页。

剧本。同时，莫斯科工人出版社出版了她的短篇小说集《永生的爱》（Бессмертная любовь，1988），收录了她在1972—1988年所写的33部短篇小说和2部中篇小说。

1992年，彼得鲁舍夫斯卡娅的中篇小说《夜深时分》（Время ночь）（又译《午夜时分》）[①]刊于《新世界》杂志，并入围第一届俄罗斯布克奖。1993年，短篇小说集《沿着爱神厄洛斯的道路》（По дороге бога Эроса）问世。1996年，彼得鲁舍夫斯卡娅五卷本作品集问世，分别收录了她的小说、戏剧、诗歌、童话等体裁的作品。彼得鲁舍夫斯卡娅成为当代俄罗斯文坛重要的作家之一。

彼得鲁舍夫斯卡娅在当代俄罗斯文坛上是多产而颇有实验意识的探索者，著有短篇小说、中篇小说、长篇小说、剧本、诗体小说、童话等。她在题材、叙事、语言方面都进行了多样尝试，形成了鲜明独特的艺术风格。利波维茨基（М. Липовецкий）甚至认为"彼得鲁舍夫斯卡娅本身就是一个流派"。在彼得鲁舍夫斯卡娅这里，"同一作者的创作中不同的流派因素常常交织在一起"[②]的特点尤为突出；同时，评论家也指出，彼得鲁舍夫斯卡娅的创作立足于深沉的现实主义基础，"在她的戏剧和小说中，现实主义在艺术认知方面的特色终究没有改变。现实主义世界图景中人与环境之间的基本联系未受到破坏"[③]。

彼得鲁舍夫斯卡娅的作品篇幅不大，其不同体裁的作品，在构架、叙事、语言等方面各具特色，但其笔下的人物、事件、主题又具有连贯性。

[①] 参见段丽君《当代俄罗斯女性主义小说中的"疯女人"形象》，《南京社会科学》2005年第2期；赵杨《从〈午夜时分〉看彼特鲁舍夫斯卡娅小说中的"绝望意识"》，《外国文学研究》2012年第1期。

[②] [俄] 马克·利波维茨基：《陡度的规律》，吴晓都译，载 [法] 让-弗·利奥塔等《后现代主义》，赵一凡等译，社会科学文献出版社1999年版，第170页。

[③] [俄] 马克·利波维茨基：《陡度的规律》，吴晓都译，载 [法] 让-弗·利奥塔等《后现代主义》，赵一凡等译，社会科学文献出版社1999年版，第170页。

彼得鲁舍夫斯卡娅塑造了新型的女性人物形象，她们不同于俄罗斯经典文学中的女主人公。彼得鲁舍夫斯卡娅笔下的主人公是生活在都市里的普通女性，年龄各异，处境不同，都处在普普通通的家庭生活的种种矛盾和痛苦之中，愤恨、焦灼、无奈。这些人物是被经典俄罗斯文学所忽视或排斥的。维林（Г. Вирен）曾说，彼得鲁舍夫斯卡娅笔下的"主人公太接近'窗外的、今天的街道'"①，指的就是彼得鲁舍夫斯卡娅小说中的艺术形象与现实生活中人物之间的高度相似性。维林当时将这一特性视为彼氏小说的一个主要缺点。

彼得鲁舍夫斯卡娅描摹这些普通城市女性窘迫的个人生活，讲述她们所经历的日常事件，展现她们在儿女情长、柴米油盐之间承受的细小而痛楚的折磨，凸显她们陷落在家庭生活困境中的绝望感。

康楚科夫（Е. Канчуков）指出，彼得鲁舍夫斯卡娅短篇小说主要写的不是"性格，而是情景"，作家着重表现的"不是人本身，而是人与生活的冲突"，是那种让人"走向毁灭"的冲突。② 这种冲突持续而全面地发生在普普通通的家庭生活中。

彼得鲁舍夫斯卡娅作品里的事件都是片段性的、零碎的、不连贯的。她的故事情节常以某一时刻或者某一看似"无关紧要"的小事为起点而加以展开，并无富有震撼力的高潮事件与场景，但其中蕴藏着丰富的情感张力。彼得鲁舍夫斯卡娅的小说中充满了"各种令人伤感的细节"，并以此表现"女性的生活从前以及现在都是由这些细节组成的"③这一立场。

彼得鲁舍夫斯卡娅小说的语言极具特色。她被称为"精准语言的大师"④。评论家阿尔布佐夫（А. Арбузов）就曾以"录音机般的"真实

---

① Вирен Г. Такая любовь//Октябрь. 1989. №3. C. 219 – 222.
② Канчуков Е. Двойная игра//Литературная Россия. 1989. №4. C. 14.
③ Василенко С. Новые амазонки изящной словесности. https：//www.apropospage.ru/lit/amazonki.html. 2016/11/8.
④ Анализ рассказа Л. С. Петрушевской《Страна》. https：//studfiles.net/preview/3537529/page：2/. 2015/7/22.

来强调彼得鲁舍夫斯卡娅的戏剧中人物语言的口语化特征。① 这一口语化特征在彼得鲁舍夫斯卡娅的小说中也很鲜明,以至于卡克什托(Н. Кякшто)认为,彼得鲁舍夫斯卡娅仿佛"从城市普通大众的喧闹声中、从街头的谈话里、从医院病床边和居民楼边长椅上的讲述中,吸取出自己的情节、传说与故事"②。高茜洛(H. Goscilo)说彼得鲁舍夫斯卡娅的"这种语言就像它记录的生活,充斥着不和谐,是城市俚语、专业行话、文化的陈词滥调、文字误用、地道生动的俗语和语法错误的集大成"③。斯梅良斯基(А. Смелянский)赞扬彼得鲁舍夫斯卡娅"从堆积如山的言辞矿渣中做了复杂的筛选"④,使"这些陈规俗套的言辞从它们原来习惯处在的位置被推离开,变得陌生化,互相之间发生着冲突和碰撞"⑤。

早在20世纪90年代,俄罗斯国内外就有一些评论家从叙事、语言、主题、人物等层面对彼得鲁舍夫斯卡娅的小说、剧作展开研究。我们在本节主要分析这位女作家20世纪90年代以来的作品,聚焦于她的不同风格的小说和"给成年人的童话"⑥,评析彼得鲁舍夫斯卡娅创作的后现实主义艺术特征。

一 类型化的典型人物形象

彼得鲁舍夫斯卡娅的作品中,男性形象是缺席的,较少出现的男性多数被置于叙事的边缘,女性处于叙事的中心。

---

① См.:*Бавин С.* Обыкновенные истории(Людмила Петрушевская):Библиогр. Очерк. М.:РГБ. 1995. С. 10.

② *Кякшто Н.* Петрушевская Людмила Стефановна, см. Грознова Н. и другие. Русские писатели XX века. Биобиблиогр. Слов.:в 2 ч. Ч. 2. М.:Просвещение, 1998. С. 185.

③ Goscilo H., "Paradigm Lost? Contemporary Women's Fiction", *Women Writers in Russian Literature*, Ed. By Toby W. Clyman & Diana Greene. Westport:Praeger. 1994. pp. 219 – 221.

④ *Смелянский А.* Песочные часы//Современная драматургия. 1985. №4. С. 204 – 218.

⑤ *Бавин С.* Обыкновенные истории(Людмила Петрушевская):Библиогр. Очерк. М.:РГБ. 1995. С. 10 – 11.

⑥ 这类童话作品借用了童话体裁形式,在很大程度上延续了作家短篇小说的人物形象和主题,可以视为童话体裁的小说。

《灰姑娘之路》（Путь Золушки，1996）讲述了一位二十多岁的女主人公费尽心力经营爱情和生活，却遭受种种挫败，失去所有希望和寄托，不仅没有获得幸福的婚姻，连辛苦抚养长大的孩子也被孩子的父亲夺去；《漂亮的妞拉》（Нюра Прекрасная，1995）叙写的是年轻妻子受到丈夫冷遇而郁郁死去，死后却被人们任意打扮成幸福模样的故事；《生活的阴影》（Тень жизни，1993）描述的是幼年失去父母、依傍着外婆长大的一个女孩所遭遇的绝境；《奇迹》（Чудо，1995）讲述了单身母亲娜佳为儿子操心受苦，却无力给予儿子成长中最不可或缺的父爱，因之惶惑无助的苦况；《迷宫》（Лабиринт，1999）叙述了一个30多岁的单身女图书管理员与父母不睦，独自住在乡下房子里的离奇遭遇；《离魂》（Там, где я была，2000）是写一个快40岁"没人需要的老太婆"① 因烦闷离家出走遭遇车祸后的梦境，折射出女性的孤独无奈；《夜深时分》中，读者面对的是两代母女、三位女性——年近五十岁的安娜·安德里阿诺夫娜、她年迈的母亲和她成年的女儿，几乎"遗传"一般，一代代重复着悲苦绝望的单身母亲命运……

彼得鲁舍夫斯卡娅讲述的是受困于家庭生活中的女性。《安顿生活》（Устроить жизнь，1995）中，33岁"不很年轻"的"年轻媳妇"② 工作之余，既要照料年幼的孩子，又要顾及向唯一女儿需索温情的孤独母亲，无助中唯有深夜饮泣；《魂断蓝桥》（Мост Ватерлоо，1995）里，"有人喊她老奶奶，有人喊她大妈"③ 的中年妇女，年轻时被丈夫抛弃，年老后被迫为儿女奔忙，只有在电影院理想爱情的幻想里，才能获得短暂的安慰；《遗忘故事一则》（Короткая история

---

① [俄]彼得鲁舍夫斯卡娅：《迷宫》，路雪莹译，上海文艺出版社2015年版，第56—63页。
② Петрушевская Л. Собрание сочинений в 5 - ти томах., Т. 1. Харьков: Фолио. М.: Тко Аст. 1996. С. 188.
③ Петрушевская Л. Собрание сочинений в 5 - ти томах., Т. 1. Харьков: Фолио. М.: Тко Аст. 1996. С. 178.

забвения，1999）里的老太太因为独居且遭受病痛折磨，不得不依靠酒精求得短暂"遗忘"，成为遭人鄙视的酗酒者……

彼得鲁舍夫斯卡娅笔下的女主人公无不深感孤独无助。她们受困于居室的狭窄、家务的烦琐、物质的匮乏，经历父母、子女、夫妻间"两败俱伤"的"内战"①，惊恐焦虑，却无处可逃。《离魂》中的家庭主妇因丈夫在朋友聚会中毫不掩饰被年轻女孩吸引，认为身边发生的"一切都很琐碎、丢人"，她痛感自己"成了没人需要的老太婆""完了"，她渴望逃离，可她"和自己的母亲关系紧张"，唯一依恋的"贴心而智慧"的房东老太太（实际上老太太"也跟自己的女儿分开多年""被所有人抛弃"）已在孤独中死去；②《黑大衣》（Черное пальто，1995）中的两个女性都因为被男性抛弃（怀了身孕的年轻女孩被男友抛弃、带着两个孩子的妈妈被丈夫抛弃）而绝望；《济娜的选择》（Выбор Зины，1999）里，济娜的丈夫死了，留下大大小小几个孩子要她一个人养活，她必须出门挣钱，可怀里的幼儿尚在襁褓中；《夜深时分》的主人公安娜·安德里阿诺夫娜，年轻时被丈夫抛弃，在母亲的帮助下独自抚养儿女长大，当母亲年老时，安娜却因住室狭小被迫将她送走受苦而无法赡养她，同时，安娜成年的儿子出狱后需要收入微薄的母亲接济，作为单身妈妈的年轻女儿也渴望安娜的帮助，而安娜连小外孙的一日三餐都无力保障……

彼得鲁舍夫斯卡娅文本中的女性愤怒、刻薄、凶狠，她们不像经典文学中圣徒般的受难者那样驯顺地向苦难顶礼。彼得鲁舍夫斯卡娅笔下的女主人公怀着对苦难的憎恨，有时候甚至是对他人的烦厌，其言语行为显得十分粗鲁、冷漠、刻薄，甚至"成了一个伤害者、摧残者"③。如济娜给幼儿喂完最后一次奶，把他抱到冰天雪地的户外冻死；安娜在

---

① [俄] 彼得鲁舍夫斯卡娅：《迷宫》，路雪莹译，上海文艺出版社2015年版，第59页。
② [俄] 彼得鲁舍夫斯卡娅：《迷宫》，路雪莹译，上海文艺出版社2015年版，第56—57页。
③ Савкина И. Говори, Мария! （Заметки о современной женской прозе）. http：//www.a-z.ru/women/texts/savkina1r.htm. 2010/11/10.

夜深时怀着对儿女的挚爱，却拒绝帮临产的女儿看护孩子，痛骂她为什么不去早早地把胎儿打掉；《大团圆》（Хэппи-энд，1996）里，主人公波林娜"视丈夫为仇敌"，对儿子、儿媳恶语相向，向"唯一"的女友诉苦，却对女友的哭诉"没有兴趣，甚至在马利娜说话时，把听筒拿得离耳朵远些"①。《美狄娅》（Медея，1993）里的妻子，因为丈夫"过于放纵"而杀死了他们14岁的女儿……维林对彼得鲁舍夫斯卡娅小说中女性形象的评价切中肯綮，他说："彼得鲁舍夫斯卡娅笔下的女性不可爱，没魅力。她们是凶恶的、厚颜无耻的……是母狼。"② 玛尔琴科（Марченко А.）也认为，彼得鲁舍夫斯卡娅的女主人公"疲惫不堪、万分痛苦，陷入歇斯底里。有时候甚至失去理智"③。

彼得鲁舍夫斯卡娅笔下的这些女性人物是失语女性。她们无处陈说自己的困境，无法表达自己的诉求。这一方面是因为她们的话语得不到倾听，如《大团圆》中的波林娜及其女友。另一方面是因为她们被剥夺了开口说话的机会，如《漂亮的纽拉》中死去的纽拉、《小婴儿》（Дитя，1993）中的妈妈和《夜深时分》里的安娜·安德里阿诺夫娜。纽拉已经死去，她躺在棺材中，只能任由他人随意装扮，再无说出自己生活真相的可能。《小婴儿》中的母亲活着，可叙述者多次提及她"无法为自己申辩""更没有办法为自己申辩"④。按其法定的职责本该替她辩护的"那位为她请的律师"，不仅没有站在她的立场上替她陈述事实，反而将她污名化，认为她确实图谋杀死婴儿，分娩时"失去了理智"⑤。不仅如此，他甚至说，"他觉得这整个故事根本没有任何意

---

① ［俄］彼得鲁舍夫斯卡娅：《幸福的晚年》，段京华译，《外国文学》1997年第5期。
② *Вирен Г.* Такая любовь//Октябрь. 1989. №3.
③ *Марченко А.* Гексагональная решетка для мистер Букера//Новый мир. 1993. №9.
④ *Петрушевская Л.* Собрание сочинений в 5 - ти томах. Т. 1. Харьков：Фолио. М. ：Тко Аст. 1996. С. 41.
⑤ *Петрушевская Л.* Собрание сочинений в 5 - ти томах. Т. 1. Харьков：Фолио. М. ：Тко Аст. 1996. С. 43.

义"①，直接否定了为困境中的女性辨析事实、公开披露女性困境这一讲述行为所具有的社会价值。小说中，邻居老太婆和产房女护士们，除了对产妇表达无语的同情，也没有为这位产妇做出任何辩解，她们沉默地接受了对产妇和婴儿命运的判决，其实也是无奈地接受了对所有女性命运的判决。《夜深时分》中的安娜·安德里阿诺夫娜作为一个诗人，失去了抒发个人情怀的可能性。她"每年只在三八节发表一首诗"；她受雇在杂志社代写退稿信，只许依照冷冰冰的固定格式，禁止按照她自己的意愿写成"充满同情""充满对话"的个性化退稿信，她使用个人话语的权利被褫夺；起初，女儿阿廖娜向日记倾诉心声，遭到母亲的讥讽后，停止了写日记，陷入了沉默。此外，她们的话语被打上"不正常"的标签，被夺去了合法性。如《犹如天使》（Как ангел，1996）里的女主人公安吉丽娜索求自己权利的话被当作病人的呓语，遭到社会的漠视，饱受嘲讽和讥笑，被批评为"自私"而"丑"且"病"；《夜深时分》里安娜的倾诉心声的诗歌体退稿信被无情制止，她抒发苦闷的桌边札记也曾因被搁置而落满灰尘。

彼得鲁舍夫斯卡娅小说中的人物具有抽象化、类型化的特点。

彼得鲁舍夫斯卡娅小说中的主人公常常没有名字，或者有名字，但名字并不具备个性化意义。她们是"她""一位妇女""我""母亲""两个小妇人""父亲""丈夫""弟弟"等。他们常有年龄标记和家庭身份，而很少具备外貌特征与社会身份，有些人物甚至自始至终都没有名字。如上文提及的《闹鬼》中的主人公是"房子的女主人""她""母亲—女儿"乃至"母—女"；《带狗的太太》（Дама с собаками，1993）中的女主人公也没有姓名；《黑大衣》里的主人公就是"一个姑娘"；《灯光》（Фонарик，1995）里的主人公是"一个年轻姑娘"。有时候，作家在小说一开头就说出人物的名字，可是后

---

① Петрушевская Л. Собрание сочинений в 5 – ти томах. Т. 1. Харьков：Фолио. М. ：Тко Аст. 1996. С. 44.

来的叙述却把名字淡化、淹没了。有时候，人物的名字和身份很晚才被说出，叙述者仿佛不经意地一带而过，而且人物的名字并不对叙事产生影响，名字变成人物的代号，不再具有个性化价值。莱杰尔曼（Лейдерман Н.）和利波维茨基（Липовецкий М.）称，彼得鲁舍夫斯卡娅人物的一个重要特征是他们的"匿名性"，匿名性抹去了人物的个性化特征。① 这使得她笔下每一个人物遭遇的命运，都可以归入一个固定模型。②

彼得鲁舍夫斯卡娅取消了名字对叙事的意义，使人物个性退隐到叙事的次要地位，将人物的性别身份及其在家庭中的身份凸显出来。她们是"母亲""妻子""女儿"，年轻的母亲、中年的母亲、年迈的母亲；被遗弃的妻子、婚姻外的情人；单身的女儿、结了婚的女儿、被遗弃的女儿……女性人物叫安娜，还是济娜，或者奥丽雅，已经无关紧要。紧要的是，主人公是一个女性，正值人生中某个年龄或者某种处境中的女性。如此一来，彼得鲁舍夫斯卡娅使她笔下的人物拥有了一个共同的名字，那就是"女人"。而具体人物的偶然遭际，就幻化成女儿、母亲的普遍遭遇。它们互为补充和映照，建构出普遍的女性命运图景。叶夫列莫娃（О. Ефремова）就此指出，彼得鲁舍夫斯卡娅的小说"写的都是孩子们，写的都是母亲们"③，这是不无道理的。

彼得鲁舍夫斯卡娅在塑造人物形象方面对现实主义的继承与发展，正在于此。莱杰尔曼和利波维茨基认为，彼得鲁舍夫斯卡娅"在遵守自己要完全仿真这一理念的同时，彻底忽略人物的心理个性化，即所谓'心灵辩证法'，但却尽可能地放大人物的'典型性'"④。与传统现实

---

① *Лейдерман Н. Липовецкий М.* Современная русская литература：1950–1990–е годы：Т. 2 Academa. 2003. С. 612.

② *Лейдерман Н. Липовецкий М.* Современная русская литература：1950–1990–е годы：Т. 2 Academa. 2003. С. 619.

③ *Прохорова Т.* Расширение возможностей как авторская статегия. Людмила Петрушевская//Вопросы литературы. 2009. №3.

④ *Лейдерман Н. Липовецкий М.* Современная русская литература：1950–1990–е годы：Т. 2 Academa. 2003. С. 617.

主义塑造典型形象所不同的是，彼得鲁舍夫斯卡娅的典型性不是建立在塑造单个人物个性形象的基础之上，而是通过模糊个性形象来构建群体形象特征。莱杰尔曼和利波维茨基进一步指出，作家"没有将性格与社会环境联系在一起，而是与命运联系在一起"；她笔下的人"完全等同于自己的命运"，而这个命运里包含着"普遍、恒久、本质的人类命运"。[1] 巴温（С. Бавин）将这些"不仅不美，而且有时候可怜，有时候又可憎"的女性人物称为"我们的当代英雄"[2]，就是指她们作为小说主人公具有的时代意义和典型性。

彼得鲁舍夫斯卡娅的这些女性人物和莱蒙托夫的主人公一样，在很大程度上可以说是"一代人缺点"的集大成者。她们和毕巧林一样，也是悲剧性的，是她们生存环境的牺牲品。

彼得鲁舍夫斯卡娅多次申明，她塑造这些人物，是出于"爱她们"[3] "想保护她们"[4] 的冲动。在她看来，"艺术不是检察官办公室……相反，它保护，它辩解"；"它唤醒人们的热泪。艺术面前众生平等。大家都是人"。[5] 普罗霍罗娃（Т. Прохорова）指出，彼得鲁舍夫斯卡娅的艺术世界是"小人物"的世界，作家对她们饱含同情[6]。但彼得鲁舍夫斯卡娅却反对将她作品的人物列入小人物画廊。她辩解说，"在我看来，她们不是小人物，她们并非微不足道。对我来说，她们是人"[7]。彼得鲁舍夫斯卡娅再三解释说，讲述她们的故事，描画她们的形象，是希望人们不再无视这些被时代和文学所抛弃的人，"看见她们，

---

[1] *Лейдерман Н. Липовецкий М.* Современная русская литература：1950 – 1990 – е годы：Т. 2 Academa. 2003. С. 617.

[2] *Бавин С.* Обыкновенные истории（Людмила Петрушевская）：Библиогр. Очерк. М. ：РГБ. 1995. С. 5.

[3] *Петрушевская Л.* Попытка ответа//Девятый том. М. ：Изд – во Эксмо. 2003. С. 33.

[4] *Петрушевская Л.* Кому нужен обыкновенный человек? // Девятый том. М. ：Изд – во Эксмо. 2003. С. 70.

[5] *Петрушевская Л.* Попытка ответа//Девятый том. М. ：Изд – во Эксмо. 2003 С. 34.

[6] *Прохорова Т.* Как сделан первый роман Людмилы Петрушевской? //Вопросы литературы. 2008. №1.

[7] *Петрушевская Л.* Попытка ответа//Девятый том. М. ：Изд – во Эксмо. 2003. С. 33.

怜悯她们，爱她们，或者只是理解她们"，而"理解意味着宽恕，意味着怜悯，意味着为他人的命运掬一捧热泪"。①

可以说，彼得鲁舍夫斯卡娅通过将苏联时期凡庸、卑微的女性形象纳入文学视域，通过讲述女性遭遇的绝望处境，旨在唤起对这些被忽视、被流放在文学世界之外的人物的理解、同情与怜悯。彼得鲁舍夫斯卡娅肯定了女性作为人的价值，实现了与社会主义现实主义文学的对话，完成了向19世纪俄罗斯文学中果戈理和契诃夫的现实主义传统的回归。

二 耦合日常与永恒的生活图景

彼得鲁舍夫斯卡娅继承了果戈理和契诃夫的现实主义传统，将日常的、家庭的生活置于叙述中心。日常生活以及人物对日常生活的体验和认知，成为贯穿她作品的叙述内容。普罗霍罗娃说，"无论彼得鲁舍夫斯卡娅写什么体裁，她的作品中展现的总是当代俄罗斯以及日常生活情境"②。

尽管彼得鲁舍夫斯卡娅并不认为她写的是日常生活——"我从未写过日常生活。我写的是独特的情境。我写的是偶然事件，意外的惨祸……从未写过日常生活"③，但可以肯定的是，她所写的这些"偶然事件，意外惨祸"是她的主人公日常生活中遭遇的"事件和惨祸"；而且，对于她的主人公来说，这些"事件和惨祸"并非"偶然"，也绝不"意外"，而是日复一日地在重复着生活本身。如在《大团圆》里，由夫妻不睦引起的各种龃龉——类似共用冰箱电费如何分摊才公允这样的

---

① Петрушевская Л. Кому нужен обыкновенный человек? //Девятый том. М. : Изд-во Эксмо. 2003. С. 70.

② Прохорова Т. Как сделан первый роман Людмилы Петрушевской? //Вопросы литературы. 2008. №1.

③ N. Condee, *Ludmila Petrushevskaya: How the Lost People' Live*, Materials of Institute of Current World Affairs, May, 1986.

纷争"每天家里都要发生一两件","伴随着粗野的叫骂";① 在《安顿生活》里,母亲定期拜访身为单身妈妈的女儿以及母女间周而复始的"争吵、眼泪、和解";在《夜深时分》里,安娜·安德里阿诺夫娜家因食物问题引发多次冲突,外婆当年嫌弃安娜的丈夫好吃懒做,如今安娜讨厌女婿吃掉本属于女儿和儿子的口粮,把怒火发到女儿身上,安娜找借口带小外孙去相熟的朋友家,给孩子蹭一顿饱饭,因朋友家人的态度,猜疑自己受到鄙弃,深感屈辱……即便在她的那些神秘体裁小说和童话里,神奇事件也是在日常生活背景下发生、展现的,揭露的也是日常生活的不如意。如《离魂》中,遭遇车祸而处于昏迷状态的尤利娅所见的是安妮亚大婶"和往常一样的"家,她们谈论着大婶的死亡、安葬和死后的家事;《两姐妹》(Две сестры, 1993)里,两个八十多岁"早餐吃面包喝开水,午餐吃煮土豆"②的穷困姐妹,常受邻居们的滋扰,在垂老的煎熬中,神奇变为两个十二三岁的少女,依然面临着如何与吵闹的邻居及其抽烟、骂脏话的孩子们相处的难题……

在小说中,彼得鲁舍夫斯卡娅以"自然派"那样的手法反复细致描摹城市家庭的日常生活。一方面,这凸显出家庭冲突的普遍性、日常性以及现实性。批评家称其"丝毫不加任何粉饰、原原本本地再现了生活的真实,残酷生活的真实"③,指的是彼得鲁舍夫斯卡娅对俄罗斯现实主义文学传统的继承。另一方面,彼得鲁舍夫斯卡娅小说中的被多角度书写的城市家庭的日常生活,已被作家赋予存在主义意义。彼得鲁舍夫斯卡娅通过讲述日常生活层面的冲突引发主人公被围困、被剥夺的绝望感——"波林娜像头困兽"④,凸显出其对人物内心造成的巨大影响——揭示其存在主义层面的意义。彼得鲁舍夫斯卡娅的人物,常因这

---

① [俄]彼得鲁舍夫斯卡娅:《幸福的晚年》,段京华译,《外国文学》1997 年第 5 期。

② Петрушевская Л. Две сестры. https：//royallib.com/book/petrushevskaya_lyudmila/dve_sestri.html. 2010/9/18.

③ 孙超:《二十世纪八九十年代俄罗斯中短篇小说研究》,人民文学出版社 2014 年版,第 90 页。

④ [俄]彼得鲁舍夫斯卡娅:《幸福的晚年》,段京华译,《外国文学》1997 年第 5 期。

些日常生活冲突而怀疑生活的价值,否定生命的意义。如安娜·安德里阿诺夫娜不仅看透生活的悲剧实质,预言女儿"除了暗淡的前景",已没有什么可期待的。① 她否定生命的价值,痛斥"大自然这个骗子!大骗子"②!与安娜·安德利阿诺夫娜年纪相仿的波林娜也因为"每天不断的吵闹"而"对人感到厌倦了"③,她敏锐而悲哀地意识到,"这是最重要的"④。

佩图霍娃(Е. Петухова)认为,彼得鲁舍夫斯卡娅以比契诃夫"更加绝望的心境看待人超越环境之压迫的可能性"⑤,这多少有失偏颇。持悲观态度的是作家笔下的人物,并非作家彼得鲁舍夫斯卡娅。彼得鲁舍夫斯卡娅并不因冲突的日常性和普遍性而否定生命的价值,抹杀生活的意义。她"尽力以相当清醒冷静的态度观察审视事物"⑥,目的仍在于寻找突破困境的出路。如"对人感到厌倦"的波林娜因丈夫一句关切的话而最终与丈夫和解(《大团圆》);绝望到想自杀的小女孩重新看待眼镜的神奇功能,不仅与不完美的世界和解,还发现与其相处的崭新模式(《神奇的眼镜》(Волшебные очки,1993));阿廖娜将母亲安娜·安德里阿诺夫娜蒙尘的札记送到编辑手中,在母亲死后,不仅达成与母亲的和解,还让母亲得到精神上的复活,还原了母亲的"诗人"身份(《夜晚时分》);不幸的大婶劝告尤利娅"每个人都是自己的最后的避难所"⑦,尤利娅重新认识到家庭的价值,生起"回到温暖的孩子们身边"的愿望(《离魂》);娜佳最终勇敢地接受了自己作为母亲所面

---

① [俄]彼得鲁舍夫斯卡娅:《夜深时分》,沈念驹译,浙江文艺出版社2013年版,第58页。
② Петрушевская Л. Время ночь. https://royallib.com/read/petrushevskaya_lyudmila/vremya_noch.html. 2010/10/12.
③ [俄]彼得鲁舍夫斯卡娅:《幸福的晚年》,段京华译,《外国文学》1997年第5期。
④ [俄]彼得鲁舍夫斯卡娅:《幸福的晚年》,段京华译,《外国文学》1997年第5期。
⑤ Петухова Е. ,"Чехов и другая проза"//Чеховские чтения в Ялте:Чехов и ХХ век. М. :Наследие. 1997. С. 72. 转引自董晓《试论柳德米拉·彼特鲁舍芙斯卡娅戏剧中的契诃夫风格》,《国外文学》2013年第4期。
⑥ Петрушевская Л. Девятый том. М. :Изд–во Эксмо. 2003. С. 306.
⑦ [俄]彼得鲁舍夫斯卡娅:《迷宫》,路雪莹译,上海文艺出版社2015年版,第63页。

临的困局，决定"我们自己承担我们的不幸吧"，并因此而"感到轻松，幸福"①（《奇迹》）……

　　总之，彼得鲁舍夫斯卡娅将家庭日常生活置于叙述中心，将诸多个体的现实生活片段构建成一幅时代现实生活图景。作家描述主人公在混乱的现实生活中对秩序、对和谐、对意义的追寻及失败，延续了现实主义传统对人的不幸命运的同情；她致力于讲述悲剧性现实生活，寻觅摆脱困境的出路，重建和谐世界。"通过冷峻地表现生活的'残酷'，以此来实现对人的人道主义关怀"②，构成彼得鲁舍夫斯卡娅作品的现实主义内核。与此同时，彼得鲁舍夫斯卡娅通过肯定个体形象中的永恒性——"在我眼中，她们就是永恒的人"③，肯定了日常家庭生活的价值，将"日常性与永恒性耦合起来"④，建立了后现实主义的世界观和价值观。

三　主题指向的后现代叙事

　　彼得鲁舍夫斯卡娅继承了契诃夫"照它在小市民日常生活的毫无生气的混乱中间呈现出来的那个样子，极其真实地描绘给他们看"⑤ 这一透彻敏锐的洞察力和细致真实的表现力。她截取生活的片段，记录下事件、冲突的高潮场景，从不加入作者的评论，不用价值体系界定自己的人物，这就是"真实地描述"事件本身。但通过后现代主义的艺术手法，如重复叙事、隐喻、戏拟等，彼得鲁舍夫斯卡娅明确并深化了小说的主题。

　　彼得鲁舍夫斯卡娅借助重复叙事，使小说中描述的事件本身具有了

---

①　［俄］彼得鲁舍夫斯卡娅：《迷宫》，路雪莹译，上海文艺出版社 2015 年版，第 208 页。
②　孙超：《二十世纪八九十年代俄罗斯中短篇小说研究》，人民文学出版社 2014 年版，第 94 页。
③　Петрушевская Л. Попытка ответа//Девятый том. М. : Изд - во Эксмо. 2003 С. 33.
④　周启超：《"后现实主义"——今日俄罗斯文学的一道风景》，《求是学刊》2016 年第 1 期。
⑤　［俄］高尔基：《安东·契诃夫》，载高尔基《文学写照》，巴金译，人民文学出版社 1959 年版，第 109 页。

主题意义。

彼得鲁舍夫斯卡娅的小说文本中经常出现重复叙事。既有显性的重复叙事，又有隐性的重复叙事。所谓显性的重复叙事，主要是指叙述中出现明显的重复叙述行为；所谓隐性的重复叙事，主要指的是叙事过程中并未明确标记的重复，但在叙事的其他层面上，如人物、事件等层面，实现了叙事的重复性。《表》（Сказка о часах，1989）[①] 和《夜深时分》中分别对两代（或者可以说三代）母女关系进行了分量不同的叙述。其中，其他两对母女关系的叙述是作为主要的一对母女关系的背景或补充或延伸出现的；《大团圆》中波林娜和她女友的故事、《离魂》中尤利娅和安妮亚大婶的故事，都构成重复叙事。多文本的重复叙事主要指的是多个文本叙事中出现的对某一相同事件从不同视角或以不同文体展开叙述。在彼得鲁舍夫斯卡娅的叙事文本中，经常出现的是小说、童话以及剧本等不同文体对女性生活悲剧的反复叙述，以及对母女关系分别以母亲与女儿视角进行的叙述、对婚外情分别以妻子和情人视角进行的叙述等。

彼得鲁舍夫斯卡娅的重复叙事有两种方式。一是单文本重复叙事，二是多文本重复叙事。

彼得鲁舍夫斯卡娅几乎所有的单文本小说中都有不同表现方式的反复叙述。《安顿生活》就讲述了一个发生过若干次的事件。文本中对一个夜晚进行的集中叙述，成为诸多类似夜晚的典型。于是，女主人公在这一晚的困境暗中得到反复叙述。在《夜深时分》《大团圆》《济娜的选择》中，重复叙事是通过对故事中女性人物相似经历的叙述来实现的。《济娜的选择》以近乎相同的比重叙述了母女两代人的生活经历，有意凸显其相似之处，把母女两代不同女性的经历抽象成为女性的一种相同经历。《夜深时分》里，安娜反复唠叨"我的女儿……将在厨房里

[①] *Петрушевская Л.* Собрание сочинений в 5 – ти томах. Т. 4，Харьков：Фолио. М.：Тко Аст，1996. C. 165 – 170.

独自庆贺，就像我总是在深夜呆在那里一样"，"轮到我坐这张有洞的沙发"①，"这是多么古老而又古老的歌词"！② 将代际经历的相似性、重复性展现出来。两代母女（诗人安娜·安德里阿诺夫娜和她女儿阿廖娜；安娜·安德里阿诺夫娜与她母亲西玛外婆）都在青年时代遭遇被抛弃的命运，都被迫成为有妇之夫的情人，都被丈夫离弃而不得不独自抚养孩子，与母亲相爱相杀）。这种单文本重复叙事，将对一个人物的叙述延伸到另一个人物，对一个事件的叙述延展到另一个事件，扩大了文本的时空与叙事的广度，强化了叙事的节奏与张力。

彼得鲁舍夫斯卡娅在多个小说文本中从不同的视角对女性家庭生活中的同一事件进行叙述，使家庭中日常的冲突与隔阂被从当事者双方角度分别进行观察、感知和表现。这构成了多文本重复叙事。《夜深时分》从母亲的视角叙述母女间的冲突，《安顿生活》《地狱的音乐》则从女儿的角度讲述母女间复杂的依恋和对立关系。《表》描述的是理想世界中，饱含爱与奉献的母女情谊；《夜深时分》讲述的则是现实生活中爱恨交织的畸形母女关系。童话世界里理想的母女关系与现实世界里的母女关系形成对照，揭示了现实的残酷和理想的不可及。

恰如热奈特（G. Gerette）在研究普鲁斯特的反复叙事时所说的那样，"'重复'实际上是思想的构筑，它去除每次出现的特点，保留它与同类别其他次出现的共同点，是一种抽象"③。重复叙事同样成为彼得鲁舍夫斯卡娅小说"思想的构筑"，彼得鲁舍夫斯卡娅以多文本重复叙事实现了对时间与事件的抽象化。她那些叙写女性日常生活遭际的单个小说文本，共同构成对女性成长过程中不同阶段重要经历的重复叙述。多文本重复叙事使叙述附加了主题意义，它凸显了女性困境的普遍

---

① ［俄］彼得鲁舍夫斯卡娅：《夜深时分》，沈念驹译，浙江文艺出版社2013年版，第130页。
② ［俄］彼得鲁舍夫斯卡娅：《夜深时分》，沈念驹译，浙江文艺出版社2013年版，第61页。
③ ［法］热拉尔·热奈特：《叙事话语 新叙事话语》，王文融译，中国社会科学出版社1990年版，第73页。

性，展现出独立的"偶然事件"对于女性群体的无可避免性。

在彼得鲁舍夫斯卡娅的小说中，女性年龄在叙事中具有重要意义。这不仅显示了女性（包括女性人物、叙述者以及作者彼得鲁舍夫斯卡娅）对时间的独特认识，也标志着女性记忆的独特性。同时，独特的时间记忆把彼得鲁舍夫斯卡娅的单个文本连缀成统一的女性叙述文本。

彼得鲁舍夫斯卡娅讲述的是"年轻姑娘""三十多岁的单身姑娘""三十多岁的单身妈妈""快四十没人要的老太婆""快五十岁的妇女""八十多岁的老太太""临终前的老太太"乃至"已经死去的老太太"的故事。她们以个人生活中的重大事件——恋爱被离弃、结婚遭背叛、怀孕生育、抚养子女、罹患病痛、衰老垂死为坐标，建立女性自己的记忆模式，构造女性独立的叙事文本。这些分别讲述了不同女性在人生各个时期生活经历和情感体验的文本，联结成一个统一的文学文本，展现了女性普遍因个体生活遭际而形成对人生、对世界的扭曲认识和矛盾感情。在这个统一的文本中，个体的经验与记忆转变为一个孤独的经验和记忆对另一个孤独的经验和记忆的反响，构成女性的共同经验和记忆。

借助重复叙事，彼得鲁舍夫斯卡娅弱化了所叙述事件或情境的个体化色彩，彰显其普遍性、哲学性内涵。这将她的极端性故事与人物化作类型性故事与人物，又使类型性故事与人物具有普遍性和典型性意义，将表层的日常生活问题转化为深层的生命存在难题，揭露其悲剧性及荒诞性的本质。与此同时，个人情感体验、日常生活琐事被发掘出重要的社会意义。正如赵杨所说，"看似是家庭的自我毁灭，其实是其坚不可摧、循环往复的存在方式。换言之，家庭生活是不合逻辑的、倾斜的，但却是存在内在规律、秩序的。在彼特鲁舍夫斯卡娅有意抹杀了家庭生活的时间、历史以及社会理性特征，她的"秩序"实际上是不以个人意志为转移的，是超越时间且永恒的秩序"[①]。

[①] 赵杨：《从〈午夜时分〉看彼特鲁舍夫斯卡娅小说中的〈绝望意识〉》，《外国文学研究》2012 年第 1 期。

彼得鲁舍夫斯卡娅的文本充满隐喻。隐喻提供了审视小说中所讲述事件的新视角。

以病室、牢笼、城堡、疾病来隐喻人在社会中不自由的处境，在现代小说和后现代小说中早已有之。空间在这些文本中不仅是"行动的地点"（the place of action），还是一个"行动着的地点"（acting place）。①彼得鲁舍夫斯卡娅的小说文本中，狭小逼仄的住处是她的人物所处的现实空间，也是扭曲了其心理、威胁着其生存、剥夺其高尚人格的命运象征。由此，彼得鲁舍夫斯卡娅小说里的空间便兼具"行动的地点"与"行动着的地点"的双重意味。在她笔下，狭窄住处、病室（疯人院、医院）、棺材等往往隐喻女性在苏联社会生活中的位置。

彼得鲁舍夫斯卡娅短篇小说里的许多事件都发生在医院里。在彼得鲁舍夫斯卡娅笔下，医院里的女主人公经历、感受和思考着反母性的屈辱，将她们置于极端困境。《小婴儿》中被指控图谋杀害自己新生婴儿的年轻母亲被关在"加了铁栏杆的"产院病房里，她难以养活这个多余的孩子，不得不抛弃他，为此她"不愿意认这个婴儿，不愿意见到他，也不看他一眼"，"用手捂住脸，好像是害怕的样子"。周围的人却不理解她的困境，对她的痛楚视而不见，反而质疑她"怕谁呢？怕那个小小的婴儿，而那个婴儿所需要的只不过是40克母奶罢了，仅此而已，别无奢求"②。《帕尼娅可怜的心》中的帕尼娅待在产科的病房里，等待施行人工流产手术，她实在无力抚养第五个孩子。《夜深时分》中曾经优雅的西玛外婆"眼睛已经褪尽色彩"③，被送进医院，"躺在臭气熏天的粪便里"④。

病房似乎还不能完全暗示女性的处境。彼得鲁舍夫斯卡娅在其小说

---

① ［荷］米克·巴尔：《叙述学》，谭君强译，中国社会科学出版社2003年版，第160页。
② ［俄］彼得鲁舍夫斯卡娅：《小婴儿》，乌兰汗译，《俄罗斯文艺》1994年第5期。
③ ［俄］彼得鲁舍夫斯卡娅：《夜深时分》，沈念驹译，浙江文艺出版社2013年版，第79页。
④ ［俄］彼得鲁舍夫斯卡娅：《夜深时分》，沈念驹译，浙江文艺出版社2013年版，第136页。

文本中不止一次提及棺材——这是另一个更具悲剧意味的隐喻意象。《大团圆》中波林娜在整理姨妈的遗物时，发现家族相册中居然有"一个绝顶美丽姑娘躺在棺材里"这样的"葬礼照片"。波林娜因儿子和孙子对相册的忽视，甚至感觉自己"又一次被装进棺材"①。那本相册成了埋葬她和她的前辈们美丽青春的"棺木"。

疾病以及死亡作为小说中人物生存状态的隐喻，经常出现在彼得鲁舍夫斯卡娅的小说文本中。彼得鲁舍夫斯卡娅文本中许多女性罹患疾病。《自己的圈子》中的"我"身患遗传的绝症，疾病将从失明开始，最后被夺去生命；《大团圆》中的妻子被丈夫传染难以启齿的性病；《隔离病房》中的女性身患绝症；《卫生隔离》（Гигиена，1990）中，整个城市陷入致命疫情危机。此外，还有一些女性精神"不太正常"，如《安格丽娜》中的安格丽娜；《迷宫》中与已故诗人结为好友的姨妈和与之攀谈的某姑娘；《夜深时分》中的安娜·安德里阿诺夫娜处在疯狂的边缘，她的母亲西玛外婆早就精神错乱了。不过，精神病院的医生说，"在医院的范围以外有比这里多得多的疯子"②，这表明不正常已经成为普遍现象。医生接下来的话道出了"疯狂"和"疾病"的本质，"这里的人倒是基本正常的，他们只是缺点儿什么"③。至于缺的是什么，是不难从文本中发现的。

莱考夫和约翰逊认为，隐喻"提供看待事物的新视角，赋予日常活动以新的意义"④，使读者在"现实生活中看到荒诞与非逻辑"⑤。彼得

---

① Петрушевская Л. Хэппи－энд. https：//bookscafe. net/read/petrushevskaya_ lyudmila－most_ vaterloo_ sbornik－170958. html#p2. 2010/9/10.
② ［俄］彼得鲁舍夫斯卡娅：《夜深时分》，沈念驹译，浙江文艺出版社 2013 年版，第 78 页。
③ ［俄］彼得鲁舍夫斯卡娅：《夜深时分》，沈念驹译，浙江文艺出版社 2013 年版，第 78 页。
④ 束定芳：《隐喻学研究》，上海外语教育出版社 2000 年版，第 140 页。
⑤ Нефагина Г. Русская проза второй половины 80－х－начала 90－х годов ХХ века. Минск：Издательский центр "Экономпресс". НПЖ "Финансы. учет，аудит". 1998 г. С. 75.

鲁舍夫斯卡娅运用丰富的隐喻意象，创造了新的、与传统视角和维度不同的、女性的观察视角和维度。

戏拟（也称戏仿），是后现代主义构建文本间对话的手法。热奈特在文本间性的框架中提出"戏拟"这一概念。他发现，"超文本……包含了对原文的一种转换或模仿，先前的文本并不被直接引用，但多少被超文本引出……派生的两种主要形式是戏拟（parodie）和仿作（pastiche）……戏拟对原文进行转换，要么以漫画的形式反映原文，要么挪用原文。无论对原文是转换还是扭曲，它都表现出和原有文本之间的直接关系"①。赵宪章进一步指出，戏拟作品是对原文的"戏谑性派生和异化"②。彼得鲁舍夫斯卡娅经常运用戏拟手法，建立她的作品或人物与经典文本或人物的这种"戏谑性派生和异化"关系。

短篇小说《魂断蓝桥》是对同名经典爱情电影的戏拟。小说中的主人公奥莉娅生活在莫斯科，"曾经是音乐学院的歌剧演员"，也曾有一位潇洒的丈夫——"丈夫是植物学教授"。与电影中男主人公对爱情的执着与忠贞不同，奥莉娅的丈夫在"一次出差后就再没有回家，连衣物和书籍也没有来取"③。奥莉娅被迫独自抚养女儿，如今她年纪已老，为帮助女儿养家糊口，仍不得不四处奔波。《魂断蓝桥》让奥莉娅"在银幕上看见了自己所有的理想"，"看见自己的丈夫，就是他应当表现的那个样子，也看到了她不知为何没有过上的那种生活"。④ 她甚至将"那个神奇的（电影）世界"当作"自己的另外一种生活"，不仅日常怀着温情使用丈夫的手帕，甚至恍惚间与电影中走出来的理想爱人相遇。彼得鲁舍夫斯卡娅通过戏拟电影文本，完成了对原文本的戏谑性派生和异化，同时实现了对小说主人公奥莉娅以及"许多同年龄的老太

---

① ［法］蒂费纳·萨莫瓦约：《互文性研究》，邵炜译，天津人民出版社 2003 年版，第 42 页。
② 赵宪章：《超文性戏仿文体解读》，《湖南师范大学社会科学学报》2004 年第 3 期。
③ Петрушевская Л. Мост Ватерлоо//Новый Мир. 1995. №3.
④ Петрушевская Л. Мост Ватерлоо//Новый Мир. 1995. №3.

太，也是这样带着包的大婶们""（与她一样）哭泣过的幸福脸庞"①的异化和戏谑。通过戏拟，彼得鲁舍夫斯卡娅将苏联女性的爱情现实与幻景并置，凸显出苏联女性对理想丈夫的"盲目信赖"与对忠贞爱情的"非分幻想"，揭示了她们的爱情生活中现实的、普遍的、残酷的甚至带有宿命色彩的不幸。她们沉迷于电影院里虚构的完美爱情，恰恰映照出她们在现实生活中被抛弃的痛苦。

彼得鲁舍夫斯卡娅的《带狗的太太》（Дама с собаками，1993）是对契诃夫《带小狗的太太》的戏拟。作家不仅在小说的名字中指明了戏拟的对象，还在小说一开头就写明，"她死了，他也死了，他们那丢人现眼的罗曼史也结束了"②，以此建立两部小说之间的关联。接下来那句"而且，有趣的是，早在他们过世之前，它就已烟消云散。他们早已分手，差不多十年之前，他就搬去不知什么地方，去了一个女人那里，她呢，一个人带条小狗③，明确了对原文本讽刺性模仿的修辞基础。在彼得鲁舍夫斯卡娅笔下，契诃夫小说中相爱的男女终于结合，可"罗曼史"依然落入婚姻窠臼。男人背离家庭，投入其他女性的怀抱，女主人公被抛弃。她青春不再，孤身一人，孩子成年，可是彼此难以相处。她邋里邋遢，与狗为伴。她被讥笑、被无视，她的自杀成了一场滑稽闹剧。她孤独死去，随即被遗忘，不仅"没人知道她怎么死的"，连动物小说虚构的人狗温情——"在她遗体旁悲号，在她坟头长坐"——也不再可能出现，因为"我们这时代没有人会允许其发生"。④在彼得鲁舍夫斯卡娅笔下，即便声名显赫因爱情结合的艺术家男女，在家庭生活中也难免粗鄙不堪。"浪漫爱情"依然演变成一场滑稽戏。男性再次逃离，女性成为"完美爱情想象"的受苦者。彼得鲁舍夫斯卡娅揭露现实家庭生活的低俗面目，打破了契诃夫文本中对浪漫爱情的想

---

① *Петрушевская Л. Мост Ватерлоо//Новый Мир. 1995. No3.*
② *Петрушевская Л. Мост Ватерлоо//Новый Мир. 1995. No3.*
③ *Петрушевская Л. Мост Ватерлоо//Новый Мир. 1995. No3.*
④ *Петрушевская Л. Мост Ватерлоо//Новый Мир. 1995. No3.*

象,剥离了原作者赋予浪漫爱情的社会拯救功能,表现其无法将人超拔出庸俗生活的本质。但同时,彼得鲁舍夫斯卡娅一方面借女主人公之口,提出"谁都有活着的权利",为庸俗生活、平凡人物正名,认同他们也有不被否定、不被贬斥的权利;另一方面,作者明确指出这位卑微甚至可厌的女性所具有的现实价值——"只有一点明明白白:没了她,狗儿免不了要受苦";此外,作家揭露了拒绝为受苦者"悲号"的非正当性。由此可见,彼得鲁舍夫斯卡娅的文本既与契诃夫的文本形成争辩性对话,又与它同声同气,在揭露生活真实面目的同时,蕴含了对人的深刻关怀。

彼得鲁舍夫斯卡娅笔下的安娜·安德里阿诺夫娜是对20世纪俄罗斯著名女诗人安娜·安德烈耶夫娜·阿赫玛托娃的戏拟。小说中的女主人公与阿赫马托娃几乎同名;同时像她那样,坚持使用"诗人"而非"女诗人"这一身份定位。① 历史上的安娜·安德列耶夫娜·阿赫玛托娃少年成名,在诗坛上取得耀眼成就,被誉为"俄罗斯诗歌的月亮"。小说中的人物安娜·安德里阿诺夫娜热爱诗,诗让她免于"死亡和心碎"②,她的诗篇却被女儿"引以为耻",被其贬称为"写作狂的诗篇"③。她每年只在妇女节发表两篇歌颂母爱与和平的"作品",靠写退稿信、替人编纂诗集养活孩子。她将诗情倾注于退稿信。"我写长诗。我引征,建议,就是骂也是充满同情"④,就连这也被制止。她枉自坚持"我是诗人"⑤,却无法像阿赫玛托娃那样以诗抒发内心的痛楚,并

---

① [俄] 彼得鲁舍夫斯卡娅:《夜深时分》,沈念驹译,浙江文艺出版社2013年版,第11页。
② [俄] 彼得鲁舍夫斯卡娅:《夜深时分》,沈念驹译,浙江文艺出版社2013年版,第53页。
③ [俄] 彼得鲁舍夫斯卡娅:《夜深时分》,沈念驹译,浙江文艺出版社2013年版,第53页。
④ [俄] 彼得鲁舍夫斯卡娅:《夜深时分》,沈念驹译,浙江文艺出版社2013年版,第93页。
⑤ [俄] 彼得鲁舍夫斯卡娅:《夜深时分》,沈念驹译,浙江文艺出版社2013年版,第11页。

得到理解与同情。小说中的安娜·安德利阿诺夫娜想要获得男性的同情，只能编一些男性可以理解的谎话，因为她作为女性、作为母亲、作为女儿的那些痛楚，"他都听不进去，这一切令他厌恶，说这些话对他不起作用"①。她毕生沦陷在困窘不堪的境遇中，唯有深夜里在"杂乱不一的"纸上记下自己充满哀叹和愤怒的零乱札记。彼得鲁舍夫斯卡娅笔下的女诗人安娜·安德里阿诺夫娜活着时不仅在诗歌上毫无建树，她甚至在"家彻底破了"之后，成了一个疯子。通过对安娜·阿赫玛托娃，这位与主人公安娜几乎同名之人的戏拟，作家揭示了主人公安娜现实与梦想的荒诞，将苏联时代女性的悲剧性展露无遗。

彼得鲁舍夫斯卡娅对阿赫玛托娃的戏拟，还具有类型化的意义。作为经历了"白银时代"辉煌和苏联时代沉寂与摧折的女诗人，阿赫玛托娃的命运具有典型性意味。当代俄罗斯著名学者斯卡托夫（Н. Скатов）曾指出："……如果说，勃洛克确实是自己时代最典型的英雄，那么，阿赫玛托娃当然就是时代最典型的女英雄，在女性遭遇的各种各样的命运中显现出的英雄。"②安娜·安德里阿诺夫娜这位比阿赫玛托娃晚了一辈的"女诗人"，其个人命运也和她崇拜的对象一样，是"在女性遭遇的各种各样"不幸命运中的一位"时代最典型的女英雄"，是她同时代女性的一位代表。

彼得鲁舍夫斯卡娅通过戏拟经典艺术作品，戏拟历史人物，展现了她的小说主人公窘迫的生活现实，以经典作品所描绘的诗意生活，反衬出她们境遇的悲剧性。

重复叙事、隐喻以及戏拟增加了彼得鲁舍夫斯卡娅现实主义主题的深度与广度，使小说中展现的个人经历、个人体验具有家族史、性别史的意义，使得"个人的""此刻的"绝望和痛苦成为"普遍的""永恒

---

① ［俄］彼得鲁舍夫斯卡娅：《夜深时分》，沈念驹译，浙江文艺出版社2013年版，第91页。

② ［俄］阿格诺索夫：《20世纪俄罗斯文学》，凌建侯等译，中国人民大学出版社2001年版，第203页。

的"绝望和痛苦，从而赋予其现实主义的典型性特征。

后现实主义文学这一术语最早由批评家莱杰尔曼提出。他认为，这是"一种新的艺术范式"（новая парадигма художественности）①，是"现代主义、后现代主义与现实主义的结合"②。在和利波维茨基合著的书中，莱杰尔曼明确提出，在20世纪90年代，"已经有理由将后现实主义作为一种艺术思维体系加以讨论"③。我国学者周启超也认为，后现实主义"是苏联解体之后俄罗斯文学发育进程中出现的新气象"④，"既是现实主义文学传统的继承者，也是后现代主义文学时尚的超越者"，"是现实主义文学发育进程中一种新的现实主义"⑤。具体说来，后现实主义文学在吸纳当代俄罗斯文学的后现代主义艺术元素的同时，继承和发扬了现实主义传统，形成了自己的美学价值观和世界观。

彼得鲁舍夫斯卡娅作为一个后现实主义作家，她小说中的人物多数是焦虑痛苦的女性，"是我们在单位里、在地铁上、在楼门口都会遇到的人"⑥。她们被困囿于狭窄的居所、贫穷的物质条件和孤立无援的绝望处境之中，但她们在挣扎求生的同时，依然努力寻求摆脱困境的出路，她们是"在不自由的现实中探寻意义之边缘人"⑦。这些人不仅被残酷的现实环境挤压在社会生活的边缘，也被排斥在社会主义现实主义文学之外。彼得鲁舍夫斯卡娅将她们引入文学的聚光灯下，展示她们的

---

① *Лейдерман Н. Липовецкий М.* Современная русская литература – 1950 – 1990 – е годы（Том2. 1968 – 1990）Academa. 2003. http：//litmisto. org. ua/？p = 3886. 2006/7/8.

② *Лейдерман Н. Липовецкий М.* Современная русская литература – 1950 – 1990 – е годы（Том 2. 1968 – 1990）. Academa. 2003. http：//litmisto. org. ua/？p = 3886. 2006/7/8.

③ *Лейдерман Н. Липовецкий М.* Современная русская литература – 1950 – 1990 – е годы（Том 2. 1968 – 1990）. Academa. 2003. http：//litmisto. org. ua/？p = 3886. 2006/7/8.

④ 周启超：《"后现实主义"——今日俄罗斯文学的一道风景》，《求是学刊》2016年第1期。

⑤ 周启超：《后现实主义：文学思潮与艺术范式——今日俄罗斯文学气象手记》，《芒种》2013年第9期。

⑥ http：//spisok – literaturi. ru/books/dom – devushek_ 34960195. html. 2010/10/2.

⑦ 周启超：《后现实主义：文学思潮与艺术范式——今日俄罗斯文学气象手记》，《芒种》2013年第9期。

艰难的生活现实及她们的平庸的面貌和卑俗的言辞，叙写她们"日常生活中的平凡故事"①，"用残酷的生活现实唤起人们的同情和怜悯之情"②，同时也将这些个人的、"偶然的"事件，置入时代背景下，纳入"家族史""族群史"，加以审视，不仅从这些个人生活的日常图景中发现时代生活的特征，也发掘出世代重复着的永恒的生活本相。

彼得鲁舍夫斯卡娅描写她们日常的、家庭里的生活，多视角展现她们家庭中爱恨交织的复杂关系，展现日常生活对于她笔下的主人公们的深刻意义。彼得鲁舍夫斯卡娅小说中对日常生活的描述，由彼此不连贯的片段场景构成，没什么情节，但充满了激烈的冲突。作家描写日常生活，实际上是展现日常生活中家庭里的冲突，展现冲突中的人物。但作家并非在传统的现实主义意义上展示日常生活。换句话说，她叙写的不是日常生活本身，而是对日常生活的感知，是她笔下的主人公对于日常生活个性化的体验。彼得鲁舍夫斯卡娅通过叙写代代相传的、普遍存在的"偶然事件""意外的惨祸"，揭示了"偶然事件"和"意外惨祸"的普遍性意义，将她们日常生活中遭遇的身份撕裂的困境变成时代的、社会的问题。

彼得鲁舍夫斯卡娅突破现实与幻境的界限，抹除体裁之间的差异，将市井俚语引入文学叙事。在她笔下，"严肃与通俗、庄严与滑稽、现实与虚幻等元素之间的对立已经被消弭"③，她的"每一部短篇小说的主题都包含了一整部长篇小说的戏剧性和情感性"④。在她的作品中，"永恒与瞬间如根和叶彼此紧密相连"⑤。因此，彼得鲁舍夫斯卡娅"带有自然

---

① 周启超：《后现代主义：文学思潮与艺术范式——今日俄罗斯文学气象手记》，《芒种》2013年第9期。
② 陈方：《残酷的和感伤的——论当代俄罗斯女性小说创作中的新自然主义和新感伤主义风格》，《俄罗斯文艺》2007年第2期。
③ 周启超：《后现代主义：文学思潮与艺术范式——今日俄罗斯文学气象手记》，《芒种》2013年第9期。
④ http：//spisok‐literaturi.ru/books/dom‐devushek_34960195.html. 2010/10/2.
⑤ http：//spisok‐literaturi.ru/books/dom‐devushek_34960195.html. 2010/10/2.

主义色彩的现实主义"①,"原原本本地呈现"了"未经加工的生活"②。

彼得鲁舍夫斯卡娅通过重复叙事、隐喻和互文性,使她小说文本中所呈现的"未经加工的生活"进入更为广阔的历史时空,显露出家族史、族群史、时代风貌的特征,揭示了个人的、家庭的、日常生活所蕴藏的"丰满的意义空间"③。在这个意义上可以说,彼得鲁舍夫斯卡娅所表现的是"我们每一个人"④"都是苏联妇女"⑤。

彼得鲁舍夫斯卡娅坦言,"如果用中学生的话来说,我的风格是批判现实主义的"⑥。她声称,在她的短篇小说里"没有什么特别的智慧,可是提出了不少问题。为什么?他们有什么权利?不是'谁之过',而是'为什么'。为什么人们明明白白,可还是这样生活"⑦?敏锐而理性地提出社会问题,这正是俄罗斯现实主义文学的伟大传统。

本章参考文献

Агишева Н. Звуки «Му» // Театр. 1988. №9.

Анализ рассказа Л. С. Петрушевской «Страна». https://studfiles.net/preview/3537529/page: 2/. 2015 − 7 − 22.

Бавин С. Обыкновенные истории (Людмила Петрушевская):Библиогр. Очерк. М.:

---

① 周启超:《"后现实主义"——今日俄罗斯文学的一道风景》,《求是学刊》2016年第1期。

② 陈方:《残酷的和感伤的——论当代俄罗斯女性小说创作中的新自然主义和新感伤主义风格》,《俄罗斯文艺》2007年第2期。

③ 周启超:《后现实主义:文学思潮与艺术范式——今日俄罗斯文学气象手记》,《芒种》2013年第9期。

④ *Агишева Н.* Звуки «Му» // Театр. 1988. № 9. С. 55 − 64.

⑤ *Петрушевская Л.* Людмила Петрушевская:«Я писала о судьбе советской женщины» https://www.lofficielrussia.ru/art/lyudmila − petrushevskaya − ya − pisala − o − sudbe − sovetskoy − jhenshiny. 2018/8/3.

⑥ *Петрушевская Л.* Людмила Петрушевская:«Я писала о судьбе советской женщины» https://www.lofficielrussia.ru/art/lyudmila − petrushevskaya − ya − pisala − o − sudbe − sovetskoy − jhenshiny. 2018/8/3.

⑦ *Зонина М.* Бессмертная любовъ // Литературная газета. 1983. №47. С. 6.

РГБ. 1995.

Василенко С. Новые амазонки изящной словесности. https：//www. apropospage. ru/lit/amazonki. html. 2016 – 11 – 8.

Вирен Г. Такая любовь//Октябрь. 1989. №3.

Грознова Н. и другие. Русские писатели XX века. Биобиблиогр. Слов.：в 2 ч.，Ч. 2，М.：Просвещение. 1998.

Зонина М. Бессмертная любовъ//Литературная газета. №47. 1983.

Лейдерман Н. Липовецкий М. Современная русская литература：1950 – 1990 – е годы：Т. 2 Academa. 2003.

Канчуков Е. Двойная игра//Литературная Россия. 1989. №4.

Марченко А. Гексагональная решетка для мистер Букера//Новый мир. 1993. №9.

Нефагина Г. Русская проза второй половины 80 – х – начала 90 – х годов XX века. Минск：Издательский центр "Экономпресс". НПЖ "Финансы. Учет. аудит". 1998.

Петрушевская Л. Время ночь. https：//royallib. com/read/petrushevskaya_lyudmila/vremya_noch. html. 2010 – 10 – 12.

Петрушевская Л. Мост Ватерлоо//Новый Мир 1995. №3.

Петрушевская Л. Собрание сочинений в 5 – ти томах. Т. 1. Харьков：Фолио. М.：Тко Аст. 1996.

Петрушевская Л. Собрание сочинений в 5 – ти томах. Т. 4. Харьков：Фолио. М.：Тко Аст. 1996.

Петрушевская Л. Дама с собаками. http：//rulibs. com/ru_zar/prose_contemporary/petrushevskaya/13/j13. html. 2017 – 10 – 3.

Петрушевская Л. Две сестры. https：//royallib. com/book/petrushevskaya_lyudmila/dve_sestri. html. 2010 – 9 – 18.

Петрушевская Л. Девятый том. М.：Изд – во Эксмо. 2003.

Петрушевская Л. Людмила Петрушевская：«Я писала о судьбе советской женщины» https：//www. lofficielrussia. ru/art/lyudmila – petrushevskaya – ya – pisala – o – sudbe – sovetskoy – jhenshiny. 2018 – 8 – 3.

Петрушевская Л. Хэппи – энд. https：//bookscafe. net/read/petrushevskaya_ lyudmila – most_ vaterloo sbornik – 170958. html#p2. 2010 – 9 – 10.

Прохорова Т. Как сделан первый роман Людмилы Петрушевской? //Вопросы литературы. 2008. №1.

Прохорова Т. Расширение возможносей как авторская статегия. Людмила Петрушевская//Вопросы литературы. 2009. №3.

Савкина И. Говори, Мария！（Заметки о современной женской прозе）http：// www. a – z. ru/women/texts/savkina1r. htm. 2010 – 11 – 10.

Смелянский А. Песочные часы//Современная драматургия. 1985. №4.

Condee N., *Ludmila Petrushevskaya*：How the 'Lost People' Live, Materials of Institute of Current World Affairs, May, 1986.

Goscilo H., "Paradigm Lost? Contemporary Women's Fiction", *Women Writers in Russian Literature*. Ed. By Toby W. Clyman & Diana Greene. Westport：Praeger. 1994. http：// spisok – literaturi. ru/books/dom – devushek_ 34960195. html. 2010 – 10 – 2.

［俄］阿格诺索夫：《20世纪俄罗斯文学》，凌建侯等译，中国人民大学出版社2001年版。

［俄］彼得鲁舍夫斯卡娅：《夜深时分》，沈念驹译，浙江出版联合集团、浙江文艺出版社2013年版。

［俄］彼得鲁舍夫斯卡娅：《迷宫》，路雪莹译，上海文艺出版社2015年版。

［俄］彼得鲁舍夫斯卡娅：《幸福的晚年》，段京华译，《外国文学》1997年第5期。

［俄］彼得鲁舍夫斯卡娅：《小婴儿》，乌兰汗译，《俄罗斯文艺》1994年第5期。

陈方：《残酷的和感伤的——论当代俄罗斯女性小说创作中的新自然主义和新感伤主义风格》，《俄罗斯文艺》2007年第2期。

段丽君：《当代俄罗斯女性主义小说中的"疯女人"形象》，《南京社会科学》2005年第2期。

段丽君：《反抗与屈从——彼得鲁舍夫斯卡娅小说的女性主义解读》，黑龙江人民出版社2009年版。

董晓：《试论柳德米拉·彼特鲁舍芙斯卡娅戏剧中的契诃夫风格》，《国外文学》2013年第4期。

［俄］高尔基：《安东·契诃夫》，载高尔基《文学写照》，巴金译，人民文学出版

社 1959 年版。

［法］让－弗·利奥塔等：《后现代主义》，赵一凡等译，社会科学文献出版社 1999 年版。

［荷］米克·巴尔：《叙述学》，谭君强译，中国社会科学出版社 2003 年版。

［法］蒂费纳·萨莫瓦约：《互文性研究》，邵炜译，天津人民出版社 2003 年版。

孙超：《二十世纪八九十年代俄罗斯中短篇小说研究》，人民文学出版社 2014 年版。

［法］热拉尔·热奈特：《叙事话语　新叙事话语》，王文融译，中国社会科学出版社 1990 年版。

赵宪章：《超文性戏仿文体解读》，《湖南师范大学社会科学学报》2004 年第 3 期。

赵杨：《从〈午夜时分〉看彼特鲁舍夫斯卡娅小说中的"绝望意识"》，《外国文学研究》2012 年第 1 期。

周启超：《后现实主义：文学思潮与艺术范式——今日俄罗斯文学气象手记》，《芒种》2013 年第 9 期。

周启超：《"后现实主义"——今日俄罗斯文学的一道风景》，《求是学刊》2016 年第 1 期。

第三节　乌里茨卡娅的后现实主义文学创作

　　乌里茨卡娅是当代俄罗斯文学蓬勃发展的一个鲜明代表。虽然于 20 世纪 90 年代中期成名于国外，但在较短的时间里，作家就赢得了普遍的关注。她的作品被译成 30 余种文字，受到全世界读者的喜爱。乌里茨卡娅获得的众多文学奖项是对她艺术创作水平的最好证明：1996 年获法国美第契奖；1997 年，获莫斯科—彭内国际文学奖；1999 年获意大利朱赛佩·阿采尔比奖；2001 年获俄罗斯布克文学奖；2004 年在莫斯科第 17 届国际图书展销会上乌里茨卡娅因其创作"在非商业文学领域享有的创纪录的畅销"而被评为年度作家；2005 年年初被法国政府授予荣誉骑士勋章；2007 年又成为俄罗斯文学奖"大图书奖"获得者。在当代俄罗斯文学界，乌里茨卡娅几乎是最受读者欢迎的作家。这一切成绩的取得与其在作品中描绘的独特艺术世界有十分紧密的关系。

乌里茨卡娅的全名是柳德米拉·叶甫盖尼耶夫娜·乌里茨卡娅（Людмила Евгеньевна Улицкая）。1943年2月23日出生在乌拉尔，卫国战争后随家人迁居莫斯科。1966年毕业于莫斯科大学生物系，后在苏联科学院生物遗传研究所工作。1970年，因阅读当时被禁的"地下文学"出版物而被研究所开除，从而成为一名自由职业者。当时，乌里茨卡娅主要靠编儿童剧、广播剧和木偶剧等维持生计。1979—1982年在莫斯科犹太话剧院任文艺部主任。此后，乌里茨卡娅正式投身于文学创作。

1983年，乌里茨卡娅的处女作《一百个纽扣》（Сто пуговиц）由儿童文学出版社推出，这似乎影响了她今后作品的基本体裁。要知道，这位女作家一向重视儿童题材小说的写作。此后，她还创作了剧本《我的孙子维尼阿明》（Мой внук Вениамин，1988），编过电影剧本《彩缎姐妹》（Сестрички Либерти，1990）和《大众女性》（Женщина для всех，1991）。最初，乌里茨卡娅从事写作就是为了养家糊口，所以她的早期作品艺术价值并不十分突出。

自20世纪80年代末90年代初，她的一些短篇小说相继发表在《星火》《首都》《大陆》《俄罗斯思想》等报刊上。这些作品并没有引起评论界的足够重视，这可能是因为它们多数都发表在一些从严格意义上而论文学性并不十分鲜明的报纸和杂志上。①

1992年，发表在《新世界》杂志第7期的中篇小说《索涅奇卡》（Сонечка）给作家带来了相当大的声誉。这部小说入围1993年度布克文学奖最终决赛名单，引起了学术界的相应关注，同时，也出现了对作

---

① Л. Улицкая. Бронька//Огонёк. 1989. №52. C. 20 – 23. Л. Улицкая. Три рассказа//Крестьянка. 1989. №2；1990. №3.
Л. Улицкая. Счастливые//Ковчег. 1991. №2. C. 85 – 89. Л. Улицкая. Перловый суп//Столица. 1991. №46/47. C. 120 – 121.

家创作的一些评论文章。① 可以说，《索涅奇卡》是乌里茨卡娅的成名作。

1994 年，乌里茨卡娅早期创作的代表作——短篇小说集《穷亲戚们》（Бедные родственники）在俄罗斯出版。这部短篇小说集分为《穷亲戚们》和《小女孩》（Девочки）两个系列，共收录了作家早期创作的短篇小说 14 篇。需要特别指出的是，这部小说集首先是在国外出版的，先有法文版，然后是德文版，之后才是俄文版。难怪评论界认为，乌里茨卡娅的艺术才华是在国外最先获得承认，之后又推动了她在俄罗斯本国的知名度。

1996 年，《新世界》刊登了乌里茨卡娅的中篇小说《美狄娅和她的孩子们》（Медея и её дети），它也入围 1997 年度布克文学奖最终决赛。这部小说被专家誉为 20 世纪 90 年代俄罗斯文学界的代表作之一。② 从此，乌里茨卡娅进入当代俄罗斯一流作家行列。

1998 年，她的中篇小说《欢快的葬礼》（Весёлые похороны）发表，同样受到读者和评论界的好评。

2000 年，她的长篇小说《库科茨基医生的病案》（Казус Кукоцкого）发表。它可以说是乌里茨卡娅的又一个杰作。2001 年，这部小说终于让作家获得布克文学奖。

一　乌里茨卡娅小说中的性格类型

评论界对乌里茨卡娅中长篇小说创作关注比较多，而对作家的成名短篇很少提及。实际上，作家在短篇小说创作领域同样成绩斐然。她的

---

① *Прусакова И.* Людмила Улицкая. Сонечка. Повесть//Нева. 1993. №1. С. 236. *Золотоносов М.* Чувствительность с приставкой«нео»//Московские новости. 7 фев. 1993. №6. С. 5. *Лямпорт Е.* 10000 фунтов лиха//Независимая газета. 12 авг. 1993. №151. С. 7. *Кузичева А.* В списках значится...«Вечная Сонечка»? //Книжное обозрение. 17 дек. 1993. №50. С. 13. *Быков А.* «Сонечка» и другие//Урал. 1994. №2 – 3. С. 287 – 288.

② *Тимина С.* Ритмы вечности. （Роман Людмилы Улицкой«Медея и её дети»）//Пером и прелестью. Женщины в пантеоне русской литературы：Сб. Ст. Ополе, 1999. С. 145. *Немзер А.* Замечательное десятилетие. О русской прозе 90 – х годов//Новый мир. 2000. №1. С. 219.

· 231 ·

短篇小说集曾多次再版,"几乎成为当今文坛的经典"①。作家本人也常说她最擅长的还是短篇小说。② 我们这里拟以作家早期创作的《穷亲戚》(Бедные родственники, 1994)这部短篇小说集为例,试就其作品中的性格类型做一分析。这里的性格,指的是"那些构成人的个性心理特征的总和,这些特征体现在他的行为和行动中"③。研究作家创作体系中的性格类型,可以帮助我们更明晰地理解作家的创作风格。通过对性格类型本质特征的比较,可以清晰地勾画出作家对待主人公的观点和态度。

(一) 大历史中的小"个体"

人与国家的主题是俄罗斯文学的永恒主题之一。在20世纪俄罗斯作家笔下,这个主题得到了更加深入的展现。当代作家乌里茨卡娅素来以侧重表现主人公的内在精神而著称。她在20世纪90年代的小说创作中对这个问题表现出格外的关注。在她的作品中,苏联国家体制下政权与个人之间被激化了的紧张关系得到了淋漓尽致的展现。个体与强权的搏争,以及在面对体制时表现出来的道德上的无奈乃至妥协,都在小说里得到了不同的表现。个体下意识里总是在千方百计地去捍卫自己的个性,强大的国家体制却将个人身上残存的个性无情地抹去。这成为乌里茨卡娅多数作品的主题。这一主题在她的很多中长篇小说,如中篇小说《索尼奇卡》(Сонечка, 1992)、长篇小说《美狄娅和她的孩子们》和《库科茨基医生的病案》(Казус Кукоцкого, 2000)等作品中得到了不同的呈现。她早期的短篇小说集《穷亲戚》也主要探讨这个主题。如何在消弭个性的时代捍卫个体的人格尊严,一直是作家关心的核心问题。在小说中,乌里茨卡娅力求表现每一个单独的个体是否能够抗衡强

---

① 它由《穷亲戚》和《小女孩》(Девочки)两个短篇小说集组成。
② Улицкая Л. Интервью Л. Улицкой. Беседа вела Наталья Болтянская на радиостанции «Эхо Москвы» от 1 июля 2001 года. 莫斯科回声. http://www.echo.msk.ru/programs/beseda/15017/ (2003.04.21); Улицкая Л. Младшая шестидесятница и ценности моей жизни. Материал подготовила Мария Седых//Общая газета. 2002. №20. С. 8.
③ Левидов А. Автор – образ – читатель. Л. : Изд – во ЛГУ. 1983. С. 228.

大的国家机器和令人窒息的意识形态，与此同时，却又不迷失自己。

在当代俄罗斯评论界，有一些评论家指责乌里茨卡娅，说她笔下的主人公只知道沉迷于自己微不足道的女性世界，痴心于"世俗的日常生活中"，只关心"从厨房到卧室的狭窄空间"（亚·阿尔汉格尔斯基、巴·巴辛斯基、奥·达尔克、阿·拉蒂尼娜、谢·丘普里宁等）。应该说，这些指责是没有多少道理的。乌里茨卡娅多数作品中的主人公在特定生活情势下做出的选择，既是由他们独特的心理特征决定的，也是由具体的社会历史条件决定的。卫国战争刚刚结束，冷峻的 20 世纪 50 年代成为乌里茨卡娅笔下小说叙事的大背景。短篇小说《大麦粥》（Перловый суп，1991），以及《穷亲戚》和《49 年的童年》（Детство сорок девять，2003）两部集子里许多小说的故事都发生在这个时代。20 世纪 40 年代末 50 年代初的日常生活可以让作家更加深入地刻画那个特定时代自身的矛盾及其内在的冲突。

在《那年的三月二日……》（Второго марта того же года...，1991）和《非人工的礼物》（Дар нерукотворный，1994）中，小说的故事发生在一个时代的结尾——1953 年。这一点甚至在第一部小说的名字中已有所暗示。作家运用省略暗示法传达了那个特定时代的独特氛围，人们对既成事实的一切似乎还心存恐惧。在这里，时间履行了我们熟悉的功能。它一方面强调了社会进程的荒谬和悲剧意味，另一方面也体现了人的生活的永恒价值。

乌里茨卡娅笔下的日常生活，既表明了主人公生存的物质基础，也是特定时代的特殊标志。作家通过生活中的一些物象细节以及详尽的描述揭示了主人公的性格，也反映了那个特殊时代的独特性。也难怪，对于希姆卡来说，邻居家"桌子上铺着的白色桌布和蓝色茶碗"[1] 简直是富足、有保障生活的象征（《布罗妮卡》）。自传女主人公莉丽娅·日什蒙尔斯卡娅家里摆放的各种物件，如罩上棉套的古旧转椅、当时普通百

---

[1] Улицкая Л. Сонечка：Повести. Рассказы. М.：Изд-во Эксмо. 2002. C. 200.

姓家里很少见到的电视机、配有铜环的卧床、嵌有各种油画的各种画框以及厚实的窗帷等，令人觉得女主人生活在一种沉稳、充盈并且舒适的氛围中，这与公共住宅里的普遍贫穷与窘迫形成了鲜明的对照（《那年的三月二日……》）。

描绘民众生活的宣传画和摆在教室后面的三角标语（《那年的三月二日……》）具有某种象征意义。一方面，它反映的是官方所倡导的理想社会模式；另一方面，又预示着所发生事件的真正实质。这里有紧张的国际主义问题（"每个时代都有属于自己的一套陈规陋习：鞑靼人与鞑靼人交朋友，中等生同中等生是好朋友，医生的孩子们结交的是那些父母也同样是医生的同学。犹太医生的孩子们更是如此"①），这里也有被意识形态迷醉的广大人民群众（"面对摆在莉丽娅班级墙角里的悠远的五彩斑斓的灰色三角标语，画上面，在已然褪色的远景中站着一小撮伟大民众的杰出代表，宣布道，他死了"②）。这个艺术细节在《布哈拉女儿》里也反复出现过。不同的是，在后一部小说里，作家意在把它同男主人公的脆弱性格相提并论。

摆放在博物馆里的那些送给伟大领袖的礼物，连同被多次提到的物像，不只是特定时代的标志，而且传达了当时那种唯官方至上的特殊气氛，甚至也表达了一种戏剧性和游戏性，当然，也抒发了作家对当时所发生的一切的独特态度（《非人工的礼物》）。

《大麦粥》里的大麦粥形象，是联结三个互不相干的小故事的核心母题。"为什么儿时的生活三次清楚地留下了大麦粥这个印记？它确实呈珍珠灰色，搅拌时会变成与胡萝卜类似的粉红色，在锅里煮时会有几块糖块拌在里面"③。在小说里，这个细节被作家用来概括和描述20世纪40年代复杂的俄罗斯生活。

乌里茨卡娅笔下的物像世界与主人公的内在精神世界息息相关。这

---

① Улицкая Л. Сонечка：Повести. Рассказы. М.：Изд－во Эксмо. 2002. С. 356－357.
② Улицкая Л. Сонечка：Повести. Рассказы. М.：Изд－во Эксмо. 2002. С. 367.
③ Улицкая Л. Сонечка：Повести. Рассказы. М.：Изд－во Эксмо. 2002. С. 246.

一点在小说《拎着手提包的盖涅列》（Генеле-сумочница，1993）里表现得比较集中。具有象征意义的是，在作家的很多小说里，物像甚至成为小说的名字，如《大麦粥》《白菜奇事》（Капустное чудо，2003）、《蜡制尿壶》（Восковая уточка，2003）、《小木丁》（Гвозди，2003）等。

孩子是乌里茨卡娅钟爱的形象，是作家笔下多数小说的主人公。与同时代作家（如尤·布伊达、法·伊斯坎德尔、弗·马卡宁、柳·彼得鲁舍夫斯卡娅、塔·托尔斯泰娅等）不同的是，乌里茨卡娅小说里的故事多取材于生活中的真人真事。她作品里的孩子是无辜的，是追求人间正义的象征。描写孩子们对那个时代日常生活的强烈反应和感受，是乌里茨卡娅创作的一个鲜明特色。这无疑承继了俄罗斯古典文学的优良传统。作家认为，敏感的孩子们在记忆深处和意识层面选取的生活事件是最典型的。童年的印象令人难忘、不可磨灭。童年的经验时常在作家笔下成为小说中后续事件的缘由，也形成了主人公对周围世界的总体印象。

短篇小说《大麦粥》《那年的三月二日……》和《非人工的礼物》有一个共同的主题。在这里，作家考察的是儿童意识与现实社会激烈碰撞的主题。在这些小说里，很多事情都是在潜意识层面，通过主人公的集体无意识予以揭示的。主人公大多处在个性发展的转折时刻，处在性格形成的关键期。这一切令小说里描述的事件显得特别尖锐，也特别真实。

在作家笔下，孩子们同社会现实的碰撞往往以悲剧结尾。这是因为我们每个人都是历史的过客，连孩童也不能例外。

在作家的代表性短篇《那年的三月二日……》里，孩子们稚嫩的心灵成为搏斗的主战场。作家通过十二岁小姑娘莉丽娅同小院里的"半大小子"鲍德里克之间的冲突揭示了问题的实质。鲍德里克拥有与莉丽娅完全不同的性格，他是当时那个时代的典型代表。作家通过肖像描写、艺术细节、空间和主人公们的行动等揭示了主人公们的内在实质。在先前，两个人保持着纯洁的伙伴关系，甚至互有好感。看起来，一切都应该是另外一个样子。但是，特定的时代对两个孩童施加了不该有的影响。随着时间的流逝，相互的好感被仇视和怀恨替代，鲍德里克对于莉丽娅相对"富足"的生活极度不满。渐渐地，原本是个人之间的冲突演变成另外一种类型的冲突，变成个体与环境之间的对抗。作家着重描写了莉丽娅最后的反抗，这种情感的爆发是由于主人公直觉里有一种克服恐惧和战胜威胁的热望。作家将小女孩最后的反抗看作一种抗议，看作摆脱困境的有效手段。莉丽娅·日什蒙尔斯卡娅在同时代的搏击中，捍卫了自己的人格尊严，同时，也完成了性格形成的艰难过程。这次事件后，女主人公心理和生理上的变化证实了这一点。在小说中，特定时代同主人公个体生活之间的冲突，是通过展现其个性成长的过程、隔代人之间的相互关系，以及测度人的忍耐极限来表达的。在小说中，乌里茨卡娅还借助一些宗教形象，将小姑娘性格的形成过程纳入一种永恒的视角来审视。

在《非人工的礼物》中，作家展示了时代如何施加对人的影响，并决定了他的意识和想法。小说中的主人公，斯维特兰娜·巴卡图利亚、索尼娅·普列奥布拉任斯卡娅、阿廖娜·普舍尼奇尼科娃和玛丽娅·切雷舍娃，是深受时代影响的典型形象。她们计划在参观斯大林博物馆时庄重地举行加入少先队的光荣仪式。作家认为，这个过程对于小孩子们形成自己的性格非常重要。但是，在小说里，受意识形态左右的成人仪式给人一种被强迫的感觉。这种感觉，乌里茨卡娅是通过作家的评论插叙来表达的。这些插叙虽然不多，却消除了故事的激昂情调。作家的否定观点是通过对所谓的"社会活动家们"等边缘人物的刻画表露出来的，作家还运用了其他一些艺术手法，比如对比、物像细节，以及带有嘲弄和讽刺语气的比喻等。

与心目中的"英雄"——失去双手的残疾人——晤面这一场景是全篇的高潮。在这里，标志着特定时代的特定物像以及主人公们的瞬间醒悟表现得特别鲜明。作家通过塑造充满悲剧意味又个性鲜明的塔玛拉·科雷万诺娃这个形象，展示了所见和所想之间的明显对立。臆想中的女主人公，她的居住环境、言语特征以及行为方式，与孩子们在书本上学到的和社会上所倡导的关于幸福生活的主流话语截然相反。对于这些衣食无忧、品学兼优的女孩子来说，在现实生活中所看到的这一切无疑相当于一场内心的地震。作家通过细致的心理描述刻画了这场震撼。在小说的结尾，作家揭示了作品名字的真正含义。原来，送给伟大领袖的礼物不是出于塔玛拉·科雷万诺娃的心甘情愿，而送给邻居的一瓶物美价廉的波尔多葡萄酒才是女主人公发自内心的馈赠。在主人公看来，这瓶葡萄酒才是真正的非人工的礼物，因为它为普通人带来了喜悦。这，恐怕也是作家的观点。

乌里茨卡娅并没有刻意强调主人公同时代发生冲突的社会原因，主要的事件发生在主人公的私生活层面。但与此同时，他们所经历的内心震荡与周围的现实生活却有着直接的联系。

无论是短篇小说，还是长篇巨作，几乎乌里茨卡娅的每一部作品都会涉及处于"大历史"之中的人的主题。所以，人的观念在作家笔下具有某种社会历史含义。作家的艺术构思初看上去关注的是社会层面，实质上反映的却是深层次的哲理问题。在生活中，刚刚迈入社会的孩子们常常会不意间发现生活的"不和谐"，从而引发人们对所见所闻的深刻思索，在意识层面反思无法解决的生活矛盾。

(二) 想象与现实之间的幻想者

梦想和现实是生活的永恒组成，是生活复杂性和矛盾性的本质表现。拥有梦想会让人超越平庸的现实，鼓舞他去追求自己的生活方式，使得生活变得充实、有意义。梦想使一个人的生活变得更加美好，将日常生活变为哲学上的存在。如果一个人没有自己的梦想，无异于失去了翅膀的飞鸟，不会超越灰色、平庸的现实。但是，如果一味地沉湎于自己的梦想世界，这同过于追求世俗利益一样，也很危险。梦想会为你开启另外一扇生活之窗。理想和现实之间常常是一种不平衡的关系。如何兼顾理想与现实，是否能够找到摆脱现实的道路，一个人的理想与现实生活是否有出入，所有这些都是作家们感兴趣的话题，乌里茨卡娅也不例外。

《布罗妮卡》（Бронька，1989）、《可怜的幸运儿卡雷万诺娃》和《苏黎世》（Цю-юрихъ，2002）等几部小说的核心主题是理想和现实之间的冲突。成为上述作品共同探讨的主题显然有其社会原因。在强调步调一致、集中统一的社会体制下，个人会不由自主地逃离现实，奔向自己的理想，只有在那里，人才能够做一个自己设想的人，成为真正的"我"。在上述作品中，乌里茨卡娅对生活中的这种现象进行了高度审视，对生活中的梦想者进行了深入概括，在生活的危急时刻展现了人的本质性格属性。

理想与现实之间的对比形式多样，这一点主要是由主人公的个性本质决定的。

上述小说的梦想都同牺牲母题有关联。为了追求自己的理想，布罗妮卡牺牲了个人名誉，塔尼娅·卡雷瓦诺娃出卖了自己的童贞，莉吉娅则失去了自己的自尊心。

理想也同梦以及迷人的梦幻母题紧密相关。在上述小说里，现实与梦境之间的界限往往模糊不清，难以界定。主人公们能够轻松地跨越这个界限，从一个时代迈向另外一个时代，从一种生活跨入另外一种生活方式。

梦想经常通过一定的人或物来表现。比如，照片（《布罗妮卡》）、一篮子鲜花（《可怜的幸运儿科雷万诺娃》）、外国丈夫（《苏黎世》）。与此同时，令人奇怪的却是梦想时而会变得更加遥不可及。但与此同时，好像生活中有一种神奇的力量，梦想最终还是改变了主人公的生活，好像把他们从一种贫穷、可怜的生活带入另外一种空间维度，一个外在舒适、安全、平安的世界。作家反复强调，这一切不过是一种外在的现象。初看上去，小说里主人公的结局都很幸福，但实际上这是一个假象，是一个真正的圈套。比如，在小说《苏黎世》里，主人公的梦想实现了，但这种"幸福的结局"使主人公陷入更深的失望。《布罗妮卡》和《可怜的幸运儿科雷万诺娃》（Бедная счастливая Колыванова，1994）的结尾几乎像童话故事一样，"灰姑娘变成了漂亮的公主"。但是，这种结局给人一种俗不可耐的感觉。它表明，为了实现自己的梦想，人往往要付出巨大的代价。于是，我们发现，那个"可怜的幸运儿科雷万诺娃"在嫁到瑞典之后，立刻就给自己买了一件羊毛大衣，她的行为表明，她同果戈理笔下的阿尔卡季·阿尔卡季耶维奇不无相似之处。

在上述小说的诗学体系中，梦想往往起着联结情节的作用，它几乎一直在"拽着"情节主线。常常是在小说的后半部分，主人公们的梦想变成了现实（《可怜的幸运儿科雷万诺娃》和《苏黎世》）。这样，无论是情节，还是结构，都在试图与梦的非理性的运行逻辑相符合。

作家对于"逃离现实"的母题格外关注。主人公们在直觉和潜意识层面非常向往"另外一种生活"（《布罗妮卡》和《可怜的幸运儿科雷万诺娃》）。作家一边讲述这些孤独梦想者的故事，一边力求弄清楚，到底是什么原因促使他们走向"逃离"；他们又是怎样成功地从现有的窘境突围，找到了摆脱无望困境的出路。乌里茨卡娅认为，在这个过程中，这些梦想者越是感到自己身上的"自我"很少得到满足，他们的经历就越有价值。

但是，无论如何，梦想总是高尚的。对于布罗妮卡而言，她梦想的是另外一种生活，它是美好的，到处都是关爱，对美格外珍视。对于塔妮娅·科雷万诺娃来说，在遇到如仙女般美丽的班主任之后，自己如何能变得像偶像一样妩媚便成了她日思夜想的心事。对于莉丽娅来说，梦想展现了自己不可预知的那一面，但幸运的是，她在自己身上找到了那种能够将梦想变成现实的力量。

正是生活中的梦想挽救了上述几位主人公，使她们避开了平庸、乏味的灰色现实生活。在努力实现梦想的过程中，她们变得幸福、坚韧。生活中的挫折已经不能摧毁她们，她们变成了能够对抗整个世界的伟大的个体，甚至按照自己的方式改变了现实世界。主人公们沉醉于自己的理想，在同理想接触的那一瞬间，她们自身也发生了变化。布罗妮卡变成一个全能的、可以傲视众人的人，科雷万诺娃突然变成一个漂亮的姑娘，由此也享受到了甜美的爱情和幸福的生活。莉季娅成了一个成功、富有的女商人。正是梦想拯救了所有这些主人公，并让她们享受到另外一种生活。梦想本身就是关于另外一个世界、另外一种社会的模板。具有象征意义的是，上述作品主人公们的所有梦想都与苏联社会倡导的主流意识形态截然相悖。乌里茨卡娅用这样一种方式间接地表明了苏联社会的不和谐。

在上述小说里，现实与理想之间的关系遵循着的是一种补充原则。梦想取代了现实生活中没有的人或事。在主人公的生活中，它往往物化成现实生活中缺失的事物，舒适的住宅、和睦的家庭、和善的相互关系、漂亮的衣裳等。必须承认，现实与梦想之间并不是完全相对的。现实由于梦想的存在而更加美好。这样，就可以说，乌里茨卡娅笔下的梦想履行的是积极的对生活富有建设性的功能。

在以梦想为主题的小说里，乌里茨卡娅将自己的艺术嗅觉集中在主人公的性格和命运上。作家感兴趣的首先是一组具有典型性格的人物。作家向来感兴趣的是生活在这个"蚂蚁"世界上的个体生命的价值和意义。在这三篇讲述梦想和现实问题的小说里，有两篇就是以主人公的名字命名的。这绝非偶然。它说明了小说是以一种独特的个性为中心来展开叙事的。在乌里茨卡娅的小说里，主人公对生活主要抱持一种肯定的、积极入世的态度。她笔下的主人公往往会引起我们的赞赏和惊叹，读者时而会有一种在自己的生活中也要仿效这些主人公的所作所为的冲动。我们认为，这体现了作家对待人和生活的一种人本主义态度。这种态度，使得乌里茨卡娅同很多当代俄罗斯作家（如尤·布伊达、柳·彼得鲁舍夫斯卡娅、维·托卡列娃、塔·托尔斯泰娅等）有明显的不同。

（三）富于自我牺牲精神的高尚心灵

主人公是否具有高尚的灵魂是俄罗斯文学的一个永恒主题。通过对主人公内在的个人生活的描述，我们可以看到作者的人文主义观点，发现作者对待幸福的态度。

乌里茨卡娅的创新在于，存在的本质问题都是通过人物的日常行为来展现的。作家认为，凭借主人公的日常生活表现，就可以判定他们的生活准则和道德水平。在探索道德问题时，作家力求探察生命的意义、灵魂与拯救等永恒主题。在作家的创作中，"善与恶"这一永恒主题似乎经常和爱与恨、真与假、正义与冷漠、责任与无耻等联系在一起。乌里茨卡娅描述了"个体在道德和思想上的自决过程，以及人在探索真理时的痛苦"①。

在《布哈拉女儿》（Дочь Бухары，1993）、《别人家的孩子》（Чужие дети，1994）和《黑桃皇后》（Пиковая Дама，1998）等小说中，人的心灵属性、主人公内在而又充满矛盾的精神维度是作家关注的焦点。

乌里茨卡娅常常把自己的主人公放置在一个特殊的生活时期，往往小说开篇的时候主人公们都过着幸福又无忧无虑的生活，然而，命运中的偶然事件或者某种"特例"打破了他们原本平静的生活。这或者是在一个相对富足的家庭中突然诞生了一个患有"唐式综合征"的女儿（《布哈拉女儿》），或者是在前线战场上厮杀已久的丈夫突然得知妻子生下了一对双胞胎女儿（《别人家的孩子》），再或者是失去音信多年的前夫突然来到家里，搅乱了家人之间原有的亲情纽带（《黑桃皇后》）。主人公们陷入一种两难的境地，而且这种冲突随着故事情节的发展还要进一步激化，主人公们几乎面临着生与死的痛苦抉择。作家将主人公置于道德选择的关口。生活中的现实检验着主人公的精神维度，考验着他们克服困难的能力，也考验着他们身上的人性，进而挖掘出他们性格中乃至心灵世界所蕴含的道德精神。

在乌里茨卡娅的小说里，善与恶之间明显的对立并不多见，它们往往潜藏在文本的深层。作家笔下的主人公也很少有好坏之分。我们可以

---

① Есин А. Принципы и приёмы анализа литературного произведения. М.: Флинта. Наука. 2002. С. 50.

看到,乌里茨卡娅的这种态度与现实生活极其相似。我们现实生活中的大多数人都是优缺点兼有的。作家在作品里谴责的是一个人负面的精神取向。由此,读者对这个人物形象的指责并不会有分毫的减少。军医德米特里不能克服生活中的困难,没有恒心和毅力养育自己的弱智女儿,他抛弃了家庭,投入另外一个女人的怀抱(《布哈拉女儿》)。谢尔戈是一名优秀的工程师,在你死我活的战场上表现得也异常英勇,但在生活的考验面前,他却胆怯了。作家认为,一个人外在的英雄行为,并不能说明他的内心就是完美无缺的。主人公精神维度的缺失使得家庭处在崩溃的边缘。如妻子失去了理智,新生儿没有人去照料(《别人家的孩子》)。

在事件发展的关键时刻,正是那些具有坚韧毅力和高尚道德品质的主人公发挥了至关重要的作用。这是自身患有绝症、外表残弱的年轻布哈拉(《布哈拉女儿》)。这是在乌里茨卡娅小说中经常出现的老一代的杰出代表,包括《别人家的孩子》和《弃儿》(Подкидыш,1994)中的艾玛·阿肖托夫娜和尤里·索罗门诺维奇,《那年的三月二日……》中的阿隆、亚历山大·阿隆诺维奇和贝拉·吉诺维耶夫娜,《布哈拉女儿》中的安德烈·英诺肯基耶维奇和帕莎,《幸福的人》(Счастливые,1991)中的贝尔塔和马季斯·列维等。这些主人公都有一个共同的特征,那就是同过去、本族、家庭、民族和人民的根脉保持着隐秘的无意识联系。坚信自己、坚信自己的女儿,使得阿莉避免了一场灾难(《布哈拉女儿》)。女婿谢尔戈眼中的"老妖婆"艾玛·阿肖托夫娜将本已无可挽回的家庭从深渊中拉了回来,拯救了幼小的生灵(《别人家的孩子》)。

这样,乌里茨卡娅为我们描绘出其眼中理想的世界图景。作家认为,宽容、智慧、自我牺牲精神、心存感恩与爱是我们存在的基础。这与俄罗斯经典作家之间有很多共同之处。

如果我们把乌里茨卡娅与同时代作家比较一下,就会发现作家在处理类似问题时独有的方法。托尔斯泰娅的《一张白纸》(Чистый лист,

1984）和《夜》（Ночь，1987）以及彼得鲁舍夫斯卡娅的《像天使》（Как ангел，1996）反映的是同样的问题。通过比较分析，我们会发现不同的作家在表达自己的观点和态度时，会有不同的选择。

小说《一张白纸》和《布哈拉女儿》讲述的是类似的故事。乌里茨卡娅将自己的艺术着眼点集中于布哈拉的内在精神世界，而托尔斯泰娅向我们展示的却与之截然相反，她表现了个体和灵魂在生活的重压下逐渐退化的过程。作家在小说里借助拟人手法、省略暗示法、科幻、独具个性的言语以及其他一些手法，向我们展示了产生这种蔑视一切、冷漠无情的性格的原因。

很显然，乌里茨卡娅和托尔斯泰娅的写作风格是完全不同的。但无论是崇尚写实的前者，还是明显受到后现代主义写作范式影响的后者，都对人身上的冷酷无情、自私自利的品质进行批驳。她们认为，正是主人公身上的高尚母性、女性的牺牲精神才能够拯救世界，使其免受毁灭的厄运。这种思想显然受到了俄罗斯经典文学的影响。

托尔斯泰娅的短篇小说《夜》呈现的也是同样的主题，只不过作家变换了讲述的视角，她是从生病孩子的角度出发展开叙述的。与乌里茨卡娅《布哈拉女儿》中的米拉不同，阿列克谢·彼得洛维奇对周围的生活和人有自己的评判尺度。通过主人公的内心独白和心理思索等艺术手法，作家为我们展示了主人公看待生活的独特观点，这种观点不带有任何偏见，显得格外真实和准确。在主人公的眼中，现实不仅对于患病者，而且对于正常人来说，也具有一种潜在的危险。主人公周围的人和事不断地伤害着他。在现实面前，没有人能够保护他。在这种情况下，对于阿列克谢·彼得洛维奇来说，母亲的形象就显得格外伟岸。在小说中，她仿佛是一个无比高大、法力无边的神人。为了保卫自己生病的孩子，她应该力大无穷。小说在结构上像一个封闭的圆，这也进一步强调了主人公孤苦寂寞、前途无望的命运，象征着他无法摆脱的孤独感。

在彼得鲁舍夫斯卡娅的《像天使》里，作家更加"残忍"。她向我们展示了一个养育了先天弱智孩子的家庭所面对的无法摆脱的际遇。主人公只有在家里、在亲人们的眼中才是一个天使。而在社会生活中，安格丽娜遭到了别人的讽刺与嘲弄。她认为，周围人对她有失公允，于是就用暴力来回应别人对她的这种不友好态度。久而久之，她的这种仇恨和嫉妒心理甚至慢慢地施加到了自己的双亲身上。作家展示了这种生活悲剧的自然根源。与此同时，作家也力求揭示造成这一悲剧的其他因素，如社会因素。作家认为，在一个道德风尚有问题的社会，人更容易变坏。在文本中，作家的态度潜藏在字里行间。但我们还是通过主人公的内心独白来揣摩作家难言的心声。女主人公自言自语，所有人都是上帝的造化，但在现实生活中这一观点却找不到明证。

在乌里茨卡娅20世纪90年代的创作中有一种追求哲理思考的倾向。1998年发表的《黑桃皇后》表明，作家对于存在的思索达到了一个全新的层面。在小说里，善与恶、灵魂与丑陋的主题在某种意义上获得了存在主义的特点。

在主人公性格的刻画上，作家不再坚持早期创作中比较典型的双重性格的原则。在小说里，作家塑造了两个性格上完全相对的人物形象——恶势力的象征穆尔和她善良、温顺、富于自我牺牲精神的女儿安娜·费奥多拉芙娜。作家对象征着永恒恶的生活现象进行思索，得出了这样一个结论：一方面，如果善在恶面前妥协，那么恶的力量就会越来越大，将自己的权势传散开来，贻害四方；另一方面，善应该像恶对抗善一样，采取积极的态势。如果善良变成没有原则地善待对方，那么这将会产生令人痛心的后果。

乌里茨卡娅肯定的是那些永恒的全人类普遍适用的价值观，爱、忠诚、自我牺牲精神、善良等。作家认为，我们的生活正是基于此才得以存在下去的。在人类生活的危急时刻，只有那些善于爱的主人公才可能获得胜利。

二　乌里茨卡娅小说的时空建构

乌里茨卡娅特别善于选取那种十分严峻，甚至是残酷的历史时刻作为小说的时代背景。

苏联卫国战争刚刚结束后，冷峻的20世纪50年代成为乌里茨卡娅笔下小说叙事的大背景。短篇小说《大麦粥》，以及《穷亲戚》和《49年的童年》两部集子里小说的故事情节都发生在这个时代。20世纪40年代末50年代初的日常生活，可以让作家更加深入地刻画那个特定时代自身的矛盾及其内在的冲突。

乌里茨卡娅多数小说（短篇小说尤为典型）中的时间，并不是直接表达出来的，需要读者精心阅读后才能推测出来。作家经常会使用一些艺术细节来展现特定时代的标志，如作品中的肖像细节。《幸福的人》中的主人公玛季阿斯"留着斯浓密的短须"①，从人物的这种外表我们不难看出时代留给他的痕迹；《弃婴》（Подкидыш，1994）中维克多利娅杜撰出来的用来吓唬姐姐加扬涅的邻居别肯利哈的外貌，几乎成了那个可怕时代的典型，"个头甚至比男人还高，剃着男人一样的平头，苍白的面容，身上的衣服总是破破烂烂的，大家都知道她是一个酒鬼，虽然没有人见过她喝醉的样子"②。类似的人物类型在上文分析过的小说里还有很多，如《那年的三月二日……》中的鲍德里克、《可怜的幸运儿科雷万诺娃》中的"蜘蛛侠"、《布罗妮卡》和《布哈拉之女》（Дочь Бухары，1993）中小院里的半大小子等。

一些物象细节贯穿乌里茨卡娅的多部作品，成为作家笔下那个特定时代典型的中心细节。这样的细节有"茶碗""桌布""手提包"等。具有象征意义的是，在作家的很多小说里，物象甚至成为小说的名字，如《大麦粥》《白菜奇事》《蜡制尿壶》《小木丁》等。

作家在作品中不经常使用的一些描述性的文字能够直接表露小说故事情节发生的时代背景。《幸福的人》中的玛季阿斯是一个"手艺丝毫也不比巴黎同行逊色的华沙裁缝"（Улицкая，*Сонечка* 191），这句看似

---

① Улицкая Л. Сонечка：Повести. Рассказы. М.：Изд–во Эксмо. 2002. С. 191.
② Улицкая Л. Сонечка：Повести. Рассказы. М.：Изд–во Эксмо. 2002. С. 339.

无意的表述向我们揭示了主人公的生活历程：年轻时先是在巴黎做活，又到华沙工作过，二战后来到苏联继续从事自己的老本行；《古利娅》（Гуля，1994）的同名女主人公坐过两次牢，"一次是遭到丈夫的连累，而另外一次，她自己解释说，是因为她的教育程度过高"[①]，不难从中体会到20世纪30年代肃反扩大化对个人生活的影响；《弃婴》中的主人公生活在一个典型的莫斯科小庭院中，早晨在小院的泔水沟旁发现了一具新生婴儿的尸体，警察向左邻右舍索取证词，得到的几个线索却显得非常不可思议，这里面"既有私欲，还有蛊惑力，也有想告密的热情"[②]，正是特定的时代造就了这种人与人之间的隔阂与疏远。

乌里茨卡娅认为，每一个时代既有自己的时代精神，还有自己的时代品位、时代气息，甚至有专属于那个时代的音乐。中篇小说《索尼奇卡》中写道："亚霞的塔夫绸连衣裙发出响亮的唰唰声，金黄色的浓密的头发像是用整块透明的松脂浇铸成的，齐齐地落在肩上，和那年走红的影片《妖女》里的女主角玛丽娜·弗拉吉一模一样。"[③] 在这里，作家并没有指明事件的具体年代，但我们不难得知，影片《妖女》在苏联广为流行是1959年第一届莫斯科电影节首映后的事情。

在作品中，乌里茨卡娅正是通过上述种种艺术手法塑造了战后时代人的群像。乌氏小说叙事的核心几乎都是人的个性命运。作品中的时间对表达文本的中心思想起着非常重要的作用。在这里，时间履行了我们所熟悉的职能。它一方面强调了社会进程的荒谬和悲剧意味，另一方面也衬托了人的生活的恒定价值和其先天的坚定品性。

乌里茨卡娅笔下的很多小说都发生于一个闭塞的空间。主人公的生活空间往往十分有限，他们很少能够摆脱这种封闭的、自给自足的世界。比较典型的空间是莫斯科的简陋小院、莫斯科近郊的破败板楼，或者是几户人家共用一间厨房的公共住房。在作家的笔下，小院、公共住

---

① Улицкая Л. Сонечка：Повести. Рассказы. М.：Изд – во Эксмо. 2002. С. 273.
② Улицкая Л. Сонечка：Повести. Рассказы. М.：Изд – во Эксмо. 2002. С. 339.
③ Улицкая Л. Сонечка：Повести. Рассказы. М.：Изд – во Эксмо. 2002. С. 38.

房得到了客观、细致的展示，这与陀思妥耶夫斯基以及"自然派"的文学传统是一脉相承的。这里"泥土的庭院，杨树间连着的绳子随处可见，上面晒着刚刚洗过的衣裤，也能见到用竹条做成的顶端是金黄色装饰球的华丽栅栏"①。这段文字里虽没有评价色彩的词汇，却充满了代表时代特征的词汇：泥土的庭院、古老的杨树、长有竹子并饰有金黄色球体的华丽的栅栏。根据这些具体、翔实的细节，不难断定故事情节所发生的自然时间与历史时间。

难闻的气味、肮脏的环境、冰冷冻人或者闷热难耐的住室，以及令人刺眼的黄色，再加上体液和腐烂菜叶混在一起的恶心味道构成了外在空间的典型特征。"房子里有一个大炉子，正中间挂着一些绳子，上面低垂着浅灰色的衣裤，使人不能即刻看清楚屋子里的人和物。"② 战后的萧条、停滞甚至从作者对主人公生活空间的称谓都可以感觉到。在《布罗妮卡》《幸福的人》《天花》和《可怜的幸运儿科雷万诺娃》中，主人公栖居在自己的"猫儿村"。小说《非人工的礼物》里少先队员们眼中的"女英雄"住在20世纪四五十年代莫斯科一个治安情况最为混乱的"玛丽茵密林区"。与此相应，这块地区"到处都是煤棚子、鸽子窝和木板房，随意扯建的粗绳子上堆放着随风摇摆的破衣烂裤"③。这些特定的居住场所无疑对主人公们的心理会施加一定的影响，主人公们之间的打斗、争端以及谩骂成为其日常生活的主要内容。

可以说，这样艰苦的生存空间使得人与人之间原本的隔阂加深、矛盾被进一步激化，使得这种社会日常冲突充满了内在的悲剧，显得异常荒诞，也从另一个方面突出了那些能够经受住生活磨砺的主人公的独特性格和迷人气质，表现了他们敢于向生存环境挑战的十足勇气。

---

① Улицкая Л. Сонечка：Повести. Рассказы. М.：Изд－во Эксмо. 2002. С. 208.
② Улицкая Л. Сонечка：Повести. Рассказы. М.：Изд－во Эксмо. 2002. С. 365.
③ Улицкая Л. Сонечка：Повести. Рассказы. М.：Изд－во Эксмо. 2002. С. 305.

三　乌里茨卡娅小说的梦境描写

乌里茨卡娅的创作往往以塑造人物性格为主，在刻画主人公性格方面，作家擅长运用各种艺术手法，梦境描写就是乌里茨卡娅常用的一种手段。作家曾承认，"梦境中的世界以及与其相关联的世界对我而言非常重要，我从那里获得很多启示"①。综观乌里茨卡娅的整个创作体系，无论是中短篇小说，还是长篇巨著，对于梦的描写都非常普遍。

从表现形式上看，乌里茨卡娅小说中的梦境描写多数比较简短、精炼，往往只有三言两语。绝大多数作品是直接点明梦境；有些作品则像描绘真实的生活细节和场景那样去写梦，读者需要联系上下文，留意前言后语，方能领悟到作者隐含于字里行间的梦境。这种梦境与现实相互"渗透"、相互"交融"的场景，在我们在前面已详尽分析的那些书写梦想与现实冲突的小说中特别明显，如《布罗妮卡》《可怜的幸运儿卡雷万诺娃》《苏黎世》。还有一些梦境是在主人公潜意识层面出现的幻觉，这往往是由于他们在生活中的某一时段受到了严重的刺激，或者是精神处于一种异常兴奋的状态下表现出来的。这在那些书写十二三岁女孩子所经历的"成年礼"的小说中特别明显，例如《弃婴》《那年的三月二日……》《天花》。

总体而言，梦是乌里茨卡娅创作风格中的一个鲜明艺术特征，在文本中发挥着重要的功能。

首先，梦的描绘揭示了人物的心理活动，往往能够制造深切细致、真实动人的艺术效果。例如，《穷亲戚们》中的梦境描写。这部小说篇幅很短，它主要讲述玛季阿斯和贝尔塔在老年得子后又突然失去爱子的故事。与孩子共同生活的八年时光，为主人公带来了无穷的欢乐，使他们的生活显得充实而又有意义。回忆过去、回忆先前的幸福生活几乎成

---

① Улицкая Л. «Принимаю всё, что дается». Беседу вела А. Гостева//Вопросы литературы. 2000. №1. С. 227.

为主人公日常生活的全部。这一点甚至表现在他们的梦中，"梦中他们见到的景象是每个星期日午饭后的场景，是他们三个人共同生活过的最幸福的那八年时光"[①]；对于贝尔塔而言，"在梦中，她就像走入邻居家的房间一样，轻松地回到了过去，并在其中轻快地游走，幸福地与自己的儿子呼吸着一样的空气"[②]。这里虽没有对梦境的具体描绘，却表达了主人公对残酷的现实生活中那些难忘的美好情景的向往，对能够获取哪怕是很微小的幸福感的深深感激之情。这样的梦在长篇小说《库科茨基医生的病例》（Казус Кукоцкого，2000）中有大量的描写。它在小说中的首次出现是在第一部第十三节"叶莲娜的第一本日记"中，即库科茨基同妻子叶莲娜发生激烈的争论之后。此处的梦境描写，既表明了叶莲娜对丈夫力主堕胎合理化的深深失望，也标志着夫妻间十年幸福、和谐的婚姻生活彻底结束，更是叶莲娜抛却尘世生活、执迷于回忆和幻觉的心理活动的真实写照。

其次，梦境是现实人生的真切反映。乌里茨卡娅是一位观察力十分敏锐的作家。她笔下的梦境描写往往有一定的现实基础。作家希望借此来述说人情世事，以"虚"写"实"，却是为了呈现"实"的本质。这样的小说在乌氏笔下有很多。《古利娅》中的同名女主人公年轻的时候受了很多苦，如遭流放、蹲监狱、婚姻生活不幸、晚年孤独等，但古利娅对待生活却始终乐观、积极，把每天都当作节日一样度过。在小说中，有关主人公的过去生活，作家很少提及，但却通过梦境描写呈现出来："这一次临近早晨的时候却做了一个梦，但是它并不是立刻就出现的，却破坏了古利娅如同过节一样的快乐心情。梦没有头绪。只是觉得受到了别人的摆布，还有对另外一种封闭空间的感受。非常粗俗，异常粗俗。快走开，快走开，真不想继续回忆！桌子上摆放着绒布……乌杰科夫大尉令人嫌恶的骂人的话不时传到耳边……滚你……滚你……奴

[①] Улицкая Л. Сонечка：Повести. Рассказы. М.：Изд - во Эксмо. 2002. С. 189.
[②] Улицкая Л. Сонечка：Повести. Рассказы. М.：Изд - во Эксмо. 2002. С. 191.

才……下流坯……救世主。快滚开！我不想！"①《天花》主要描写了六个中学生在同学阿廖娜家聚会的情景。除了阿廖娜之外，关于其他人物的家庭背景、生存状态并没有过多的描述，作家只是在欢聚过后不同主人公的梦境描写中简单提了一下，"在那天晚上，普里希金娜也生病了。把她折腾得够呛，被子被拧成了一团……她喝了点水，又一次陷入可怕的梦境中：在她的面前躬身站着一个又高又壮的老头，长得十分可怕，留着尖尖的黑胡须，一个劲地向她的身上吹热气，他就是妈妈怕得要死的那个税务检察官，她的妈妈没有工作，只靠在家里给人缝缝补补赚点钱，多少年来都是无证经营"②。具有象征意义的是，对于主人公而言，这次聚会很快就被遗忘了，因为它是偶然的、意外的，而由现实生活带来的恐惧却像幽灵一样永远缠绕在身，使其终生难以忘怀；莉丽娅·热日蒙尔斯卡娅同样感受到了类似的痛苦，只不过在她那里，现实的悲痛换了另外一种形式，她梦到了不想见到的亲生父母来接她。③ 前面分析过的小说《可怜的幸运儿卡雷万诺娃》中同样出现了类似的梦境描写。在作品中，主人公把自己的班主任理想化了，文本的空间几乎都是对其不切实际的浪漫幻想。在小说的结尾，乌里茨卡娅通过梦境描写向我们展示了现实生活中卡雷万诺娃同叶夫根尼娅·阿列克谢耶夫娜之间比较实际的关系，"她有一次梦见了叶夫根尼娅·阿列克谢耶夫娜，但却令人感到不快：好像是老师在上课的时候走到了她的跟前，就开始用涂得花花绿绿的手指背敲她的脑袋"④。梦中的叶夫根尼娅与虚幻中的她完全相反，这说明主人公只是生活在自己的潜意识幻想之中。

再次，梦境描写有时能起到"统率"全篇结构的作用。它是情节的"发端"，又是情节发展的推动力和转机，还是情节的某种"归宿"。《黑桃皇后》《别人的孩子》就是以梦境描写开启小说叙事的。它的目

---

① Улицкая Л. Сонечка：Повести. Рассказы. М. ：Изд – во Эксмо. 2002. С. 271.
② Улицкая Л. Сонечка：Повести. Рассказы. М. ：Изд – во Эксмо. 2002. С. 392.
③ Улицкая Л. Сонечка：Повести. Рассказы. М. ：Изд – во Эксмо. 2002. С. 392 – 393
④ Улицкая Л. Сквозная линия：Повесть. Рассказы. М. ：Изд – во Эксмо. 2002. С. 412.

第四章　当代俄罗斯后现代主义文学创作

的不是把读者带入一个奇幻的天地或者神秘的世界，而是作为再现真实人生或者抒发情感的楔子，以虚境带来实境，引发读者的好奇联想或情感共鸣，进入主要故事情节。《美狄娅和她的孩子们》及短篇小说《二号人物》（Второе лицо，2002）中的梦则有"承上启下"的作用。美狄娅在自己的丈夫萨穆埃尔去世周年之际梦见了他，"他手里拿着一张像，不知怎么搞的，人像两腿朝上。他拿起锤子，用它敲打玻璃边，然后整整齐齐地取出人像。但是就在他摆弄玻璃时，人像消失不见了，在他先前的位置上出现了亚历山德拉年轻时的大照片"①。梦中出现的景象引起了美狄娅的疑虑，她在整理丈夫的遗物时，发现了妹妹亚历山德拉写给他的一封情书，不仅多年的婚外恋情曝光了，而且主人公也顺藤摸瓜地发现，外甥女尼卡是萨穆埃尔与自己妹妹的女儿。这样，梦境描写打破了先前的情节，导向了新的人物关系，成为小说第二部的结构重心，将后面的叙事串联了起来。《二号人物》中的主人公叶夫根尼·尼古拉耶维奇一生喜好收藏古董，积累了大量价值连城的文物。80多岁的他没有子女，如何分配自己的财产成了主人公的一块心病。在他犹豫不决之际，他的一个梦提示了他。"他做了一个不祥的梦：好像是由于什么票的事情他同已故的妻子吵了起来。只是无论如何也想不起来，不是他想走，而她表示反对，就是相反，她要即刻上路，而他哪儿也不想去。后来跑来了一群狗，数量特别多而且大小不一，于是，一切人和物都消失不见了，包括艾玛。"② 这个梦似乎在告诉叶夫根尼要慎重对待自己的决定，于是他把所有的继承人都请来单独谈话，以便下最后的决心。情节的发展证明了梦中的情景。最后，他决定把自己的财产全部留给自己的侄子——兽医亚历山大，因为他为人善良忠厚、有爱心，平日里最感兴趣的就是收留那些无家可归的流浪狗。

最后，借助梦境可以深化作品的主题，更便于艺术想象力的飞跃，

---

① ［俄］柳德米拉·乌里茨卡娅：《美狄娅和她的孩子们》，李英男、尹城译，昆仑出版社1999年版，第212页。

② Улицкая Л. Сквозная линия：Повесть. Рассказы. М.：Изд－во Эксмо. 2002. С. 104.

· 251 ·

从而打破"时空"界限,从更深、更广的意义上去揭示作品的主旨。短篇小说《上帝的选民》(Народ избранный,1989)写的是弱智女孩济娜在母亲死后到教堂前乞讨的经历,主要探讨人的生活态度问题,尤其是弱势群体应该如何面对生活中的各种艰难险阻。对小人物、边缘人物的描写是俄罗斯文学的一个优良传统。乌里茨卡娅的创新之处在于她对待这些人物的独特观点。作家的立脚点不在于展现主人公的困苦生活,也不是展现其贫弱的内心世界,而是再现这些小人物对待艰辛生活的态度。作家通过卡佳之口向我们表明,每个人都可能在生活中遇到不幸,而那些遭遇不幸的人的使命就是勇敢地面对生活,无悔地背负自身沉重的十字架,在悲苦的现实中找到自己的定位,而且还要因为自己被上帝选中作为对别人的启示而感谢生活,这就是人生的全部意义。在小说的结尾,济娜的梦说明愚笨的她终于领悟到了卡佳话语中的思想,因为她发现"自己的周围到处都是细小的淡蓝色及暗色的鲜花",她还梦到了唯一的亲人——自己的母亲,而且"向她微笑地挥着手,又非常年轻"[1]。《美狄娅和她的孩子们》中美狄娅的第一个梦也具有这样的功能。在父母10周年祭日之际,美狄娅为双亲扫墓,当她坐在一棵橄榄树下时,梦见了自己的父母以及夭折的妹妹,"他们三人对美狄娅的态度非常和蔼,却没有开口说话。等到他们消失之后,美狄娅才发现自己根本没有打盹,至少没有从梦中苏醒的感觉,空中却飘逸着一股美妙的古色古香的松香,沁人心脾,使她激动不已,意识到刚才他们三人轻飘飘地郑重下世,特别是留下这股香气,意思是感谢她把弟弟妹妹们养大成人,同时又好像解除了她多年来自愿承担的义务"[2]。通过这个梦,乌里茨卡娅进一步深化了小说的自我牺牲主题。在今后的生活中,受到父母感谢的美狄娅把自己的高尚心灵发挥到了极致,将自己的全部心血都用在了照顾弟弟、妹妹的下一代子女上,她成了联结众多家族后代精

---

[1] Улицкая Л. Сонечка：Повести. Рассказы. М.：Изд-во Эксмо. 2002. C. 292.
[2] [俄] 柳德米拉·乌里茨卡娅：《美狄娅和她的孩子们》,李英男、尹城译,昆仑出版社1999年版,第89页。

神世界的中心纽带。而在短篇小说《野兽》（Зверь，1998）以及《库科茨基医生的病例》第二部中，在现实生活中无法实现的精神追求（主要是亲人之间的和谐与关爱关系）却在主人公们的梦中实现了。这样，梦境描写不仅拓展了小说的空间，而且升华了作品的主题——现实生活中个性之间存在永恒的矛盾关系，就连自己的亲人也不例外。

总之，乌里茨卡娅笔下的梦境描写是其塑造人物性格和呈现小说主题的一手"绝招"。她的作品空间中所描绘的"梦的情景"，给我们提供了一把开启梦者心扉的"金钥匙"。这些梦既是结构作品的手段，又是小说主题的有机组成部分，让读者得以窥见小说中人物爱憎悲欢的情感波澜、复杂的心态、鲜明的性格。

四 乌里茨卡娅小说的艺术话语

在20世纪八九十年代文化转型期的俄罗斯小说创作中，作家们的注意力越来越集中于普通人的生存境况。反映原生态的现实生活，再现人与人关系的冷漠和疏离，成了彼得鲁舍夫斯卡娅、托尔斯泰娅、维·叶罗菲耶夫、叶·波波夫、皮耶楚赫等作家的叙事重心。这种叙事角度的转换同样导致了作家叙事手段和方式的变化。客观冷静的叙事成为作家们偏爱的叙事策略。作者从一种"全知全能"的叙事中隐退，把叙述的职能大多赋予作品中的人物或主人公。作家们越来越多地直接让事实说话，他们无意于主观的价值判断，"越来越注意隐去'自我'，以超然而又冷静的目光审视现实和历史，力求呈现给读者一个真实可信的世界"[1]。这些作家文本中的情感基调多为反讽、怀疑和揶揄。

20世纪90年代才专事文学创作的乌里茨卡娅却有着截然不同的审美认知和美学原则。她对现实有不同的看法，她曾说："在我们生活其中的这个时代（我指的并非单单是苏联和后苏联社会，也包括西方社会），人性失落的过程异常迅速……当作家镇定从容地宣称，他的任务

---

[1] 张建华：《论俄罗斯小说转型期的美学特征》，《当代外国文学》1995年第4期。

· 253 ·

就是'打破各种禁忌'（这是我亲耳听到的），那么我们应该清醒地意识到，这是一个以摧毁现有生活为宗旨的人。"① 不难发现，乌里茨卡娅对待时代的态度不是否定的，而是建设性的、积极的。这种处世态度也决定了她创作的题材和塑造的人物类型。作家关注的多是俄罗斯文学中的传统题材，如家庭问题（《索尼奇卡》《美狄娅和她的孩子们》）、教育问题（《库科茨基医生的病例》）和个性成长问题（短篇小说集《女孩们》）等。乌里茨卡娅笔下的主人公从某种意义上说也很普通，都是些或多或少处在社会边缘的"小人物""灰色的人"，如病人、老人、残疾人、疯子、孩童等。但作家感兴趣的是这些边缘人物身上蕴含的人性品质。她关注的是主人公的精神世界，所表现的是他们如何克服各种痛苦和不幸，从而变成一个配得上生活的人、幸福的人，并具有内在自由和精神道德。作家试图破解一个人的个性之谜，人的个体生活引起了乌里茨卡娅始终如一的关注。她笔下的人物会生活，会爱别人，也会恨别人，会保护自己免遭不测。正像她自己所说的那样，"尽管俄罗斯当今生活非常艰难、复杂，他们还是获得了真正人的性格"②。可以看到乌里茨卡娅笔下人物 的鲜明个性。这种个性像一束光一样照亮了周围的一切。一些人几乎被作者塑造成了道德的忠诚卫士。有些主人公甚至具备了圣智的光辉，成为善良、睿智和有创造力的象征，如索尼奇卡、布哈拉、美狄娅、阿利克（《喜葬》，Весёлые похороны，1998）等。

乌里茨卡娅20世纪90年代小说创作的叙事方式也明显有别于很多同时代作家。如果说后现代作家们是冷静的记录者，那么乌里茨卡娅则是一个乐观的观察者。作家更偏爱全知全能式的第三人称叙事。叙述者在组织文本、描绘客观世界时显得从容、自信；在刻画人物、描述事件时会流露出自己的观点；在表达作者观点方面，叙述者同作者之间并没

---

① Улицкая Л. Плохой читатель//Вопросы литературы. 1996. №1. С. 34 – 35.

② Улицкая Л. Литература происходит из жизни...//Русская мысль. 20 ноя. 1996. №4149. С. 16.

有非常明显的距离，作者的道德观和美学观密不可分。从叙述者的语言来看，作家小说中的叙述者通常是一个来自日常生活、善于观察又非常熟悉主人公生活状态的讲故事者。叙述者对作者笔下的人物富于同情心，有时甚至可以感到叙述者对主人公的由衷赞赏，对生活以及我们身边的一切事物的喜爱和欣赏。叙述者对所有的人物都一视同仁，没有明显的好恶区别。在叙述者兼作者看来，每个人都有生存的权利，都有获得幸福、关爱的权利。叙述者兼作者并不是简单地描写普通人的行为。乌里茨卡娅好像以自己的善意和关怀护卫着笔下的这些宠儿，使他们免遭不测，不受外面险恶世界（无论是来自别人，还是来自当局和国家）的干扰。她是那样怜悯自己笔下的人物，诚挚地捍卫着他们的人格尊严，以至于很多作品都是以大团圆的结局收尾。这种叙事方式使得乌里茨卡娅显然有别于与同时代的很多作家。

在乌里茨卡娅20世纪90年代的小说中，作者对待主人公和所叙述事件的态度主要是通过准直接引语（несобственно-прямая речь）表现出来的。

准直接引语的表达优势在于将作者的叙述语言和人物的语言融合在一起，读者不仅可以听到作者的声音，还可以感觉到人物的声音，呈现出叙述语言与人物语言水乳交融、似分似合的审美形态。使用准直接引语，能拉近叙述者与人物的距离，揭示人物的所思所想，更重要的是，还再现了作者的创作意识和态度。构成准直接引语的语法单位，既可以是单词和词组，也可以是短语和完整的句子。在乌里茨卡娅20世纪90年代的小说中，更常看到的是以句子形式出现的准直接引语。该类型常常借助语气词、感叹词等情态词，或直接使用感叹句、疑问句及无人称句等，以表现人物的主体意识。例如：

> И за эти десять минут, что она шла к дому, она осознала, что семнадцать лет её счастливого замужества окончились, что ей ничего не принадлежит, ни Роберт Викторович — а когда, кому

он п ринадлежал? – ни Таня, которая насквозь другая, отцова ли, дедова, но не её робкой породы, ни дом, вздохи и кряхтенье которого она чувствовала ночами так, как старики ощущают своё отчуждающееся с годами тело...①

　　这段话出自中篇小说《索尼奇卡》。它讲述了同名主人公普通而又甘于奉献、面对丈夫晚年的背叛亦能淡然相对的一生。收到小区要拆除、搬迁的通知后，索尼奇卡跑到丈夫的画室找罗伯特，意外地发现了丈夫与亚霞之间的婚外情。这使索涅奇卡陷入深深的痛苦，要知道在生活中她将全部心智都用在了家人身上，丈夫和女儿构成了索尼奇卡生活的全部重心，但丈夫对自己不再忠心，女儿无论是外在还是内心世界与她没有多少相似之处。在作者的叙述中，句子"а когда, кому он принадлежал?"引起了我们的注意。作者一方面通过句法手段（即破折号）使其明显有别于整段语篇，另一方面用疑问句的方式巧妙地展现了女主人公此时此刻内心的痛楚。但索尼奇卡的与众不同之处恰在于她有一个宽广的胸怀，她那在经典文学滋养下孕育的灵魂甚至能够宽待丈夫的婚外恋情。她完全是从丈夫的角度去思考这件事情的，"年轻、美丽、温柔、秀气，又和他一样才华出众，这样不同凡响的女人陪伴在他的身边，是多么合乎情理呀。他已步入老年，能遇上这样的奇迹，使他再次转向他一生中最重要的事业，重新搞起艺术创作，这真是生活的英明安排"②。在这里，准直接引语过渡为主人公的内心独白，这清楚地表明了索尼奇卡个性独特之处。丈夫背叛的消息并没有影响到她对待生活的态度，她始终怀着一种"感恩的"心态来对待生活，抱着一种"喜悦并陶醉其中的"态度来感受生活。

---

① Улицкая Л. Сонечка：Повести. Рассказы. М. ：Изд – во Эксмо. 2002. С. 54.
② ［俄］柳德米拉·乌里茨卡娅：《美狄娅和她的孩子们》，李英男、尹城译，昆仑出版社 1999 年版，第 49 页。

第四章　当代俄罗斯后现代主义文学创作

> Как рассказывала впоследствии Анна Марковна, Симку прибило в московский двор волной какого-то переселения ещё до войны. Извозчик выгрузил её, тощую, длинноносую, в завинченных вокруг худых ног чулках и больших мужских ботинках, и, громко ругаясь, уехал. Симка, удачно отбрёхиваясь вслед и крутя руками как ветряная мельница, осталась посреди двора со своим имуществом, состоящим из огромной пятнастой перины, двух подушек и маленькой Броньки, прижимавшей к груди меньшую из двух подушек, ту, что была в розовом напернике и напоминала хохлого поросёнка. ①

这是小说《布洛妮卡》开篇的一段话。作者以第三人称叙述开始，先以叙述者的视角描述主人公初来莫斯科的情景。但文中两处带有谐谑口吻的比喻（ветряная мельница，дохлый поросёнок）、使用的俗语词"отбрёхиваться"以及错误的词组搭配（пятнастая перина）都表明叙述者是一个很熟悉主人公生活、与其有类似经历的人。这段话不仅给出了对主人公的外在评价，而且通过再现主人公独特的言语，也让读者了解了叙述者及主人公的居住环境。

有时，叙述者为了拉近与主人公的距离，还会采用自问自答的方式。例如：

> Одна-единственная курица в её умудрённых руках превращалась во множество яств: бульон с клёцками из мацы под названием «кнейдлех», и фаршированную шейку, и куриные кнели, и паштет из печенки, и даже заливное. Как это ей удавалось? Удавалось... Между куриными делами и рыба фаршированная образовывалась, и кое-какие в меду

---

① Улицкая Л. Сонечка: Повести. Рассказы. М.: Изд-во Эксмо. 2002. С. 54.

· 257 ·

сваренные орешки из теста.①

总之，在乌里茨卡娅20世纪90年代的小说创作中，作家善于选取残酷的历史时刻和闭塞的空间来作为小说的时空背景。这种艰苦的生存环境不仅激化了人与人之间的隔阂与矛盾，也突出强调了那些能够经受住生活磨砺的主人公的独特性格和迷人气质，表现了他们敢于向生存环境挑战的十足勇气。

不言而喻，乌里茨卡娅在其20世纪90年代小说文本形式层面表现出来的诗学建构特征是其美学主张和创作原则的集中体现。在20世纪与21世纪之交的当代俄罗斯文学语境下，后现代主义所代表的对世界图景的整体性、人的个性以及存在的否认几乎成为文学主流之一。乌里茨卡娅的小说则迥异于这种创作潮流，她的作品中表现出来的对待主人公的深切关爱之情，对"个体生活"的高度关注和褒奖肯定，以及同文学前辈们（普希金、果戈理、陀思妥耶夫斯基、契诃夫、安德列耶夫）的创作的密切联系，使其在新俄罗斯文坛众多作家中独树一帜。

本章参考文献

Есин А. Принципы и приёмы анализа литературного произведения. М. ：Флинта. Наука. 2002.

Левидов А. Автор – образ – читатель. Л. ：Изд – во ЛГУ. 1983.

Молчанов А. Настоящая женская проза или Феномен Людмилы Улицкой//Людмила Улицкая. Сквозная линия. М. ：Эксмо. 2002.

Улицкая Л. Плохой читатель//Вопросы литературы. 1996. №1.

Улицкая Л. Литература происходит из жизни...//Русская мысль. 20 ноя. 1996. №4149.

Улицкая Л. ：«Принимаю всё, что дается». Беседу вела А. Гостева//Вопросы литературы. 2000. №1.

---

① Улицкая Л. Сонечка：Повести. Рассказы. М. ：Изд – во Эксмо. 2002. С. 226.

Улицкая Л. Интервью Л. Улицкой. Беседа вела Наталья Болтянская на радиостанции «Эхо Москвы» от 1 июля 2001 года. 莫斯科回声 http：//www.echo.msk.ru/programs/beseda/15017/（2003.04.21）．

Улицкая Л. Младшая шестидесятница и ценности моей жизни. Материал подготовила Мария Седых //Общая газета. 2002. №20.

Улицкая Л. Сонечка：Повести. Рассказы. М.：Изд – во Эксмо. 2002.

Улицкая Л. Сквозная линия：Повесть. Рассказы. М.：Изд – во Эксмо. 2002.

［俄］柳德米拉·乌里茨卡娅：《美狄娅和她的孩子们》，李英男、尹城译，昆仑出版社1999年版。

张建华：《论俄罗斯小说转型期的美学特征》，《当代外国文学》1995年第4期。

第五章 当代俄罗斯反乌托邦文学创作

第一节 文学创作中的文明冲突主题

20世纪90年代，世界上最大的后现代解构事件就发生在俄罗斯。苏联的解体本身就是对宏大叙事的颠覆。早在1990年，维克多·叶罗菲耶夫（В. Ерофеев）就在《文学报》上发表火药味浓烈的《为苏联文学送葬》（Поминки по советсклй литературе）一文，其中透露出的信息已经显示，后现代主义的春风已然吹绿了俄罗斯的文学江南岸。在叶罗菲耶夫眼里，苏联文学渐渐成为长着巨大头颅的思想亡者。他的见解代表了很多人的想法，那种按主流思想订货生存的文学产品使制造者和消费者都产生了巨大的审美疲劳。① 解构，在叶罗菲耶夫的笔下变成"拆卸"②（раскрутка），是"肮脏的现实主义"（грязный реализм）的同义词，一如索罗金等人的作品里，粪便和性是不可或缺的关键词。不过，国内有一种观点，俄罗斯式的后现代主义解构手法，始终与西方式的操作手法存在差异。马卡宁式的"铺着呢子中间放着长颈瓶"的桌子旁，坐着的永远是忧国忧民却一事无成的《地下人，或当代英雄》

---

① 郑永旺等：《俄罗斯后现代主义文学——理论分析和文本解读》，人民文学出版社2017年版，第294—295页。
② 该词在俄语中的意思是 развить скрученное，即拆开。叶罗菲耶夫经常将该词与 грязный реализм（肮脏的现实主义）搭配使用，其内在价值与德里达等解构主义者所使用的解构意义相同。

中的彼得洛维奇等具有世纪末情结的"地下人";穿越不仅仅是当下电影艺术中追求震惊的艺术手法,也是佩列文的《夏伯阳与虚空》中"存在的难民"携带的"文学是生活的教科书"的传统文学倡导的核心价值。而且,这种价值从普希金开始就不断被强化,这也是为什么俄罗斯文学有强烈的本体论和认识论企图。的确,"最深刻最重要的思想在俄国不是在系统的学术著作中表达出来的,而是在完全另外的形式——在文学作品中表达出来的"①。文学的思想书写策略从19世纪的俄国徜徉到21世纪的俄罗斯,并通过形象中的教科书基因得到延展,在消费主义泛滥的后苏联时代,作家充当哲学家、思想家的企图在俄罗斯文学领域仍有活动空间。

20世纪90年代以及此前的俄罗斯反乌托邦文学同样无法完全摆脱经典反乌托邦文学的创作范式。② 在很多情况下,反乌托邦文本中的主人公不是生活在"桃花源",而是活在叶·扎米亚京式的"大一统国",而且不是偶然闯入的游客。他们通常是各种现实的制造者或亲历者。③进入21世纪,文化语境的改变和政治情势的变迁使得俄罗斯反乌托邦文学的创作有了一些新的特征。俄罗斯不是文化孤岛,其文化生态同世界文化生态能产生共振现象并相互影响。苏联解体后,俄罗斯精神需要重塑,俄罗斯文学也需要重装上阵。俄罗斯作家在创作手法和价值观上与西方文学也构成连接关系。

虽说丘特切夫信誓旦旦地告诉世人"理智无法理解俄罗斯",但世界上任何重大事件都会影响到21世纪这个"具有独特身段的"俄罗斯。具体而言,这个重大事件就是2001年9月11日,恐怖主义分子劫机撞击美国世贸大厦,制造了震惊世界的"9·11"恐怖袭击事件。从此之后,世界两大文明——基督教文明和伊斯兰教文明——走向对抗,

---

① [俄]弗兰克:《俄国知识人与精神偶像》,徐凤林译,学林出版社1999年版,第4页。
② 郑永旺:《点亮洞穴的微光——俄罗斯反乌托邦文学研究》,中国社会科学文献出版社2020年版,第7页。
③ 郑永旺:《反乌托邦小说的根、人和魂——兼论俄罗斯反乌托邦小说》,《俄罗斯文艺》2010年第1期。

而且这种对抗日益白热化。文明的冲突从潜在的不甚公开的小动作,变成大规模的、国与国的、宗教信仰之间的公开行动。以美国为首的西方发达国家作为基督教文明的代言人在全球充当正义宪兵队的角色,但因该文明本身所具有的多元性特征使得美国并不能让天下都发出同一个声音。他们在伊拉克和阿富汗等地的遭遇就已经很好地证明了这一点。那就是单边主义只是一些国家一厢情愿的想象,在现实中很难立足。只要这世界上有不同的文明板块,就必然有纷争,也就是萨缪尔·亨廷顿所说的"文明冲突论"。他坚信,"文明之间最引人注目的和最重要的交往是来自一个文明的人战胜、消灭或征服来自另一个文明的人"[1]。但是,世界上的文明已经基本定型,而且不会有人承认自己的文明不如异族的文明。在这个以和平为主要价值观的世界里,没有人(个体的行为可以忽略不计)敢于声称自己的文明绝对优越于另外一种文明。然而,这并不意味着世界上没有冲突,同一种文明内在的亚文明也会发生冲突。国家之间和国家内部的重大事件在解密过程中会被各种文本所演绎。文学文本能够利用其中形象化的思维把政治事件进行审美格式化。不过,人类在一个问题上的答案似乎趋于统一,那就是"9·11"之后,人类社会进入了无法摆脱恐怖主义梦魇的暗黑时代。"十几年间,从局势动荡的中东到和平稳定的北美,恐怖袭击都未曾离开人们的视线。根据全球恐怖主义数据库的统计,2000—2012年,全世界发生的恐怖袭击事件达到25903起,平均每年发生2000起左右,每天发生5起……在这些地区,盘踞着几大活跃的恐怖组织,如塔利班、基地组织、博科圣地组织等"[2]。与此同时,遍及世界各地的互联网终端能瞬间将消息传达给不同宗教背景的个体,而娱乐至上的消费主义精神可以像当下的新冠病毒一样在地球村传播。互联网时

---

[1] [美] 萨缪尔·亨廷顿:《文明的冲突与世界秩序的重建》,周琪、刘绯、张立平等译,新华出版社1998年版,第35页。

[2] 《恐怖袭击弥漫全球,每年平均2000起左右》,网易,http://data.163.com/14/0504/23/9REI6E0D00014MTN.html,访问时期2014年5月4日。

代，消费作为动词，其客体不仅包括物质，而且包括精神产品，文学不过是精神消费品之一。如果承认文学是商业活动的一部分，那么文学能否充当生活的教科书是值得怀疑的；"文学之死"的判断虽然有些耸人听闻，但也不无道理。人们或多或少应该承认，文学依旧可以充当抚慰心灵的良药，但"生活的教科书"这副良药只残存了些许的药效。可以说，"罗兰·巴尔特所说的'作者之死'是不是真能把文学作品都变成思绪遄飞的文本，在俄罗斯这个文学王国同样是个疑问。但毋庸置疑的是，反乌托邦文学的产生代表了创作者悲剧性的世界感受，无处不在的恐怖主义活动的确可以成为世界反乌托邦小说的创作资源"[1]。21 世纪，科技迅猛发展。好莱坞电影《我是机器人》中的场景在当下有成为现实的可能。《双城记》中的一段话可以形容这个时期的特质。

> 这是最幸运的年代，这是最倒霉的年代，这是智慧的时代，这也是愚昧的时代；这个时期信仰与怀疑共存，这个时期光明与黑暗共存；这是希望之春，也是失望之冬；人们面前琳琅满目，但又一无所有；我们正直达天堂，我们正直通地狱。[2]

这句话虽然是狄更斯借叙述者之口在 19 世纪说出的，但在今天依然具有现实意义。之所以说这是最幸运的年代，是因为人类可以充分享受科技带来的舒适和便利；说是最倒霉的年代，是因为社交网络让热点新闻瞬间传遍世界的各个角落，人们无法独善其身，蝴蝶效应并不是小概率事件，人类目前拥有的核弹头足以毁灭地球 N 多次，那些几千年沉淀下来的文明可能在瞬间化为灰烬。经济上繁荣的景象在很多发展中国家是通过破坏生态环境和资本疯狂逐利得来的，人类的

---

[1] 郑永旺：《点亮洞穴的微光——俄罗斯反乌托邦文学研究》，中国社会科学文献出版社 2020 年版，第 81 页。
[2] [英] 查尔斯·狄更斯：《双城记》，叶红译，长江文艺出版社 2006 年版，第 3 页。

美好时光更像是末日狂欢和回光返照。"人类仿佛要在末日到来前尽情狂欢，为此不惜放纵自己，在盛宴上对美食浅尝辄止，把大部分的食物扔在地上，还踏上一脚"①。如果真有最幸运的年代，那么生活于其中的人们不会有这么强烈的后现代主义解构冲动。只有在末日到来之前，人们才会不顾一切地宣泄自己的不良情绪，反乌托邦思维才能成为左右作家创作的"未思之物"。而且，这种思维并不是现在才出现的。托马斯·莫尔之所以愿意为读者描绘"乌有之乡"的美妙画卷，就是因为现实有太多令人不满意的地方。美国作家吉姆·德维尔和凯文·弗林在非虚构文学作品《双子塔》中用一段话来证明"9·11"事件对整个时代的巨大影响，那就是这个时代向人类自己提出一个严峻的问题，即个体在危机四伏的今天该如何存在。

> 整个美国东北部地区的人们一下子惊醒了，一夜之间他们就进入了新的时代，那个昨天还能保护他们的年迈国家，现在已经无力再让他们安然无恙，曾几何时，这个庞大的国家机器和身居要职的大人物信誓旦旦说要保护他们。冷战的终止、苏联的解体、中东地区永无宁日的未完结历史、世界上唯一的超级大国首都里权力机构哪怕细小的无意义的动作，都是这次不可思议的"9·11"事件的起因，是此前数十年全球范围内欠下债务的大偿还。②

美国在恐怖主义活动泛滥的当下无疑是受害者之一，但美国也是恐怖主义的制造者之一。美国赢得了全世界同情的目光，但也让人类陷入对未来的深度忧虑之中。好莱坞梦工场拍摄了很多美国英雄拯救世界的商业电影，如系列电影《黑衣人》《彗星撞地球》《2012》《后天》以及漫威系列电影，美国向全世界输出唯有美国英雄才能拯救世界的价值

---

① Волков А. Можно ли научиться жить без всего? http：//ogrik2. ru/b/aleksandr – volkov/100 – velikih – tajn – zemli/26144/mozhno – li – nauchitsya – zhit – bez – vsego/102.

② Дауйер Д. Флинн К. Башни – близнецы. СПб. ：Амфора. 2006. С. 399.

观。但现实中的美国人突然发现,他们的英雄仅仅存在于由漫威系列动画改编的电影里,闪电侠们和蜘蛛侠们在巨大的核爆炸面前也会化成粉末。电影《华氏911》曾一度引起美国民众对美国当局运用武力清除恐怖组织的质疑,但电影在一定程度上反映了为什么美国会成为恐怖袭击的目标。电影揭示了这样一个令人难以相信的事实:表面上看,布什总统在全世界范围内以正义者自居,但在貌似"政治正确"的后面是布什家族和阿拉伯世界富商之间的利益博弈。进入21世纪,在科技昌明的历史阶段,文学除了依旧反映人类永恒的主题(如爱情、死亡等)外,文明的冲突和科学幻想也日益成为其不可绕过的主题。较早书写基督教文化和伊斯兰教文化碰撞而导致毁灭的主题的是美国作家约翰·厄普代克(John Hoyer Updike)。他的小说《多种宗教体验》(Многообразие религионого опыта,2003年译成俄文)由多个片段构成,所有的片段都和那束刺眼的毁灭之光有关。毁灭之光过后,小说中的人物除了惊恐和不解之外,尚没有意识到这是一场民族的悲剧。邓·克洛格来纽约看望女儿和外孙,他目睹了世贸中心南侧大楼的垮塌。每个情节中,"作者都安排了两双眼睛,一双眼睛从大楼的内部注视毁灭的场面,另一双眼睛则从外部观察惨剧发生的细节"[1]。此外,作家还安排了第三个视角,即恐怖主义分子的视角。一群恐怖分子坐在基督教国家的某个不洁之地(酒吧),吃着这个国家不洁的食物,喝着异教徒不洁的白酒,等待为真主献身的神圣时刻。这部小说的反乌托邦性表现为对信仰存在的深度怀疑。主人公邓·克洛格经分析得出结论,真正控制全局的是恐怖主义者穆罕默德,而克洛格信仰的上帝在这生死攸关的时刻并没有显圣来拯救他的信徒。正如《夜猎》中的恐怖分子兰凯斯特所说的那样,在人的兽性已经战胜了人性的时刻,唯一值得信奉的上帝就是手中的带红外瞄准设备的狙击步枪。恐怖分子似乎在向上帝挑

---

[1] 郑永旺:《点亮洞穴的微光——俄罗斯反乌托邦文学研究》,中国社会科学文献出版社2020年版,第83页。

岬，对上帝的权威发出挑战。这挑战即作家在小说中提出的问题：谁（上帝还是安拉）的力量更为强大。

第二节　宗教冲突的文学表述

进入 21 世纪，塔吉亚娜·托尔斯泰娅推出自己历经 14 年之久创作的小说《野猫精》（Кысь），这部作品给作者带来了巨大声誉。2001 年，《野猫精》获得俄罗斯"凯旋奖"和"奥卡图书奖"，并入围"布克奖"短名单。如今，这部作品已经被译成包括中文在内的十多种语言。国内学术界有学者认为，这部小说是一部融入多种元素（现代主义的、新现实主义和后现实主义的元素）的后现代文本，但同时也指出，"这也是一部由一系列后现代的语言表达方式、离奇的幻想和不连贯的生活画面构筑而成的带有反乌托邦色彩的讽刺小说"①。这部 21 世纪的反乌托邦小说同传统的反乌托邦小说有哪些相同或相异之处？

首先，托尔斯泰娅像她的前辈叶·扎米亚京与赫胥黎一样，是一位有全球情怀的作家。叶·扎米亚京的《我们》将目光延伸到未来，人们生活在玻璃天堂里，每个号码（нумер）都是"联众国"这部超级机器上的螺丝钉；赫胥黎的《美妙的新世界》同样强调科技高度发达导致人类自身人口生产的异化。托尔斯泰娅所处的历史文化语境则有所不同，她笔下的未来与核爆炸产生的人类悲剧性的生存图景关系更加密切。从这一点来看，托尔斯泰娅的这部作品更接近另一位当代俄罗斯作家科兹洛夫（Ю. Козлов）的反乌托邦小说《夜猎》（Ночная охота，1995）。《夜猎》描绘的是 2200 年核污染严重的世界上仅存的一个国家。托尔斯泰娅和科兹洛夫不同的是，她拓展了"莫斯科文本"的表现内容。一般来说，"在俄罗斯文学中，一切与俄罗斯历史上'莫斯

---

① 郑永旺等：《俄罗斯后现代主义文学研究——理论分析与文本解读》，人民文学出版社 2017 年版，第 365—366 页。

科形象''莫斯科思想'有关的问题几乎都是借助于一种特色的文学文本，即'莫斯科文本'来实现的"①。换言之，莫斯科不仅仅是国家的首都，同时也是承载俄罗斯文化与俄罗斯思想的"有意味的形式"。就托尔斯泰娅笔下的莫斯科而言，18世纪和19世纪关于这座城市的书写都是当前文本的前文本（pretext），作品对莫斯科的描述充满了无限的哀伤。

> 我们的城市、亲爱的故乡叫费多尔·库兹米奇斯科；而在这之前，老妈说，又叫伊凡·波尔费里奇斯克；再往前叫谢尔盖·谢尔盖伊奇斯克；在那以前叫南方仓库；而最早的名字是莫斯科。②

尽管小说没有给出故事发生的准确时间，但可以通过文中关于"大爆炸"的信息得出结论，此时在莫斯科生活的人基因发生了严重的变异。"有的长着鱼鳃；有的长着鸡冠或其他东西"③。这部作品的重要价值在于，当人们经历了科学繁荣昌明的美好时代再回到原始社会后，会如何看待那些记忆中的文化遗产。作家给出的答案是悲观的。代表俄罗斯文化的尼基塔为俄罗斯辉煌的历史记忆殉情，长着尾巴有返祖特征的本尼迪克则是野猫精，他代表了人类重返原始社会后最佳的进化选择。在这个阶段，宗教、文学艺术等都成了"天鹅之歌"。

但是，在托尔斯泰娅的小说里，还是看不到关于现实的描写。她还是停留在后现代主义对宏大叙事进行解构的叙事策略层面。这部小说毕竟创作于20世纪八九十年代。不过作家毕竟注意到，文明毁灭的后果

---

① 傅星寰：《俄罗斯文学"莫斯科文本"的代码系统研究》，《俄罗斯文艺》2018年第2期。
② [俄]塔吉亚娜·托尔斯泰娅：《野猫精》，陈训明译，上海译文出版社2005年版，第13页。
③ [俄]塔吉亚娜·托尔斯泰娅：《野猫精》，陈训明译，上海译文出版社2005年版，第12页。

就是回到原始社会。而《野猫精》里的莫斯科不再可能扮演"第三罗马"的角色,莫斯科城是世界末日的隐喻。有学者认为,莫斯科既是"大墓地",又是"凤凰之城"①。但从《野猫精》来看,"大墓地"已经成为不可更改的事实。随着尼基塔的死去,"凤凰之城"的涅槃重生已经没有可能。从这个意义上讲,生活在文明的冲突随时发生的21世纪还是无比幸福的,毕竟核力量仅仅是威慑,不能真正用于毁灭人类。

当代俄罗斯反乌托邦文学除了以本国内部的政治、经济事件为资源,也逐渐将世界纳入文本,成为世界反乌托邦文学大合唱中的重要成员。换言之,俄罗斯人同样深刻感受到世界局势因文明的冲突而引发的不和谐。这一时期的俄罗斯,发生了许多比小说里的故事还要惊悚的事件,而这些事件多和车臣分离主义分子有紧密的关联。2004年9月1日,车臣分离主义分子在俄罗斯联邦北奥塞梯共和国别斯兰市劫持该市第一中学的学生、老师和家长共计1200人为人质,要挟俄罗斯从车臣撤军,释放因袭击印古什被逮捕的恐怖分子。这是人类历史上规模最大的人质劫持事件之一。解救人质的过程共造成333名人质死亡,其中很多都是未成年人。现实中的许多恐怖事件被作家写进了小说,被导演搬上大银幕或改编成电视剧。再现2002年10月24日发生在莫斯科大剧院的人质劫持事件的,就有电影《生死倒计时》。别斯兰人质事件被拍成一系列纪录片:2005—2009年由察里科夫(В. Цаликов)执导的系列电影《别斯兰的公民》《退休教师》《别斯兰·希望》,2009年由多琴科(И. Доценко)执导的《来自未来的信件》等。有些伤疤之所以被人不断揭开,只是为了不再出现新的伤口。

除了上述纪录片,最近10年,关于车臣战争和反恐袭击的俄罗斯电影也赢得了较高的票房。例如2006年的《爆破》(Прорыв)和《风

---

① 傅星寰:《俄罗斯文学"莫斯科文本"和"彼得堡文本"初探》,《俄罗斯文艺》2014年第2期。

暴之门》(Грозные ворота) 就深受观众青睐，获得巨大的票房。《爆破》描述了一支100人的俄罗斯部队同2000多人的车臣分离主义分子之间的惨烈战斗。俄罗斯部队的战士像斯巴达勇士一样牺牲，充分显示了俄罗斯军人的勇气和爱国情怀。《风暴之门》讲述的是一场力量悬殊的战斗，100人的俄罗斯突击队在一处关隘同车臣分离主义分子展开殊死搏斗，并最终取得悲惨的胜利。[①] 在法国作家、文学批评家、电影导演兼电视主持人弗里德里克·贝格伯德（Frederic Beigbeder）的小说《世界之窗》(*Windows on the World*, 2002, 俄文版书名是 Окно в мир, 2004年出版) 中，21世纪的俄罗斯以弱国形象出现。作者坦言，俄罗斯曾经是唯一能抵抗美国这个超级大国的大国，"美国过去只有一个敌人，那就是俄罗斯。事实上，拥有一个强大的对手也不是件坏事。这样世界上其他人都有了选择的机会。这种选择就是你是希望商店里空空如也，还是里面的商品琳琅满目？你是选择自由批评的权利还是缄口不言？而今天，美国人失去了对手，成了全球的领袖，当然也就成了众矢之的"[②]。苏联解体后，俄罗斯联邦经济下滑，政府在军费上的投入因石油贸易额缩水而严重不足，已经无法同美国进行直接抗衡。"9·11"之后，车臣和南奥塞梯地区的伊斯兰宗教激进主义分子暗中得到基地组织的很多援助，在莫斯科等地开展了爆炸、暗杀、劫持人质等多种形式的恐怖活动，比如2002年10月24日莫斯科大剧院的人质事件和震惊世界的2004年9月1日别斯兰人质事件。20世纪末和21世纪初的两次车臣战争并没有彻底解决问题。21世纪俄罗斯的反乌托邦作品大多与东正教和伊斯兰教两大文明有关，而伊斯兰的信众遍布俄罗斯联邦全境，高加索地区在历史上就有与东正教文明相对抗的传统。这一时期的反乌托邦创作是19世纪以来俄罗斯文学中高加索主题的延续。但两个主题具有明显的差异。普希金的《高加索俘虏》赞叹年轻俘虏的勇敢

---

① 但有些和车臣反恐相关的电影也不乏温情，比如由尼基塔·米哈尔科夫导演的电影《十二怒汉》就充满了对车臣小男孩的人道主义关怀。

② *Бегбедр* Ф. Окно в мир. М.：Иностранка. 2005. C. 175.

机智，普希金也没有贬低契尔克斯人的信仰和习俗。① 不过需要指出的是，普希金特别注重一个信奉基督教的欧洲人（即俄罗斯俘虏）眼中信奉伊斯兰教的高加索人形象，在后来的《一八二九年远征时的埃尔祖鲁姆之行》中，普希金明确地阐释了高加索地区的居民对仇视罗斯的原因。

> 契尔克斯人仇恨我们。我们把他们赶出广阔的牧场；他们的山村被焚毁，一个个部落被消灭。他们一天比一天更深地藏到山里去，并从那里发动突然袭击。②

为了彻底解决文明冲突问题，普希金提出了一个自认为不错的方案。"还有一种比较有效、比较道德，也比较符合我们时代的教育精神的手段，这就是传播《福音书》"③。今日社会，尽管科学普及，对死亡的认识早就消解了宗教提供的永生不朽的方案，但对于很多笃信宗教的民族而言，信仰是一种生存方式，是深入骨髓内部的基因。任何用一种宗教取代另外一种宗教的设想都可能是表面的。甚至，"神圣文本"（the Text）中的故事对于另外一个信仰系统的人来说只是故事或传说，

---

① 普希金的伟大在于，他并没有过度宣扬俄罗斯人的沙文主义思想，而是站在相对公正的立场上看待俄罗斯和异族的冲突；他甚至非常欣赏山民勇敢顽强的战斗精神。这种超越民族的高加索书写，体现了俄罗斯诗人的大格局。他在诗中写道：
然而这个奇特的民族
吸引着欧洲人的全部注意。
俘虏在山民中间观察
他们的信仰，风俗和教育。
他喜欢他们的朴实好客，
和他们对战斗的渴望；
他佩服他们迅疾的动作，
敏捷的腿脚和有力的手掌。
普希金：《高加索俘虏》，载《普希金全集》第4卷，郑体武、冯春译，河北教育出版社1999年版，第131页。
② ［俄］普希金：《一八二九年远征时的埃尔祖鲁姆之行》，载《普希金文集》（小说二、散文），冯春译，上海译文出版社1993年版，第231页。
③ ［俄］普希金：《一八二九年远征时的埃尔祖鲁姆之行》，载《普希金文集》（小说二、散文），冯春译，上海译文出版社1993年版，第232页。

但对于笃信那个宗教的群体而言,则是真实的历史。普希金的解决方案就意味着改变某些人的历史观,这其实是非常危险的操作方式。尽管今天依然有人效仿当年的普希金,四处传播《福音书》以消除文明之间的对抗,但冰冷的现实,如科索沃战争、克里米亚半岛的鞑靼人的独立主张,都能证明,在文明的冲突中,《福音书》和《古兰经》永远不能变成合订本。此外,即便是拥有相同信仰和相同起源的民族之间(比如俄罗斯民族和乌克兰民族)也存在亚文明之间的冲突。乌克兰克里米亚重返俄罗斯就可以证明,当政治条件成熟时,这种集体无意识会以极端的方式表现出来。列夫·托尔斯泰的《高加索俘虏》基本上延续了普希金作品的核心价值,只是增加了对人性黑暗面的深度理解。俄罗斯俘虏日林更加狡黠,更符合他在现实中的人设。但列夫·托尔斯泰尽量回避民族之间因宗教原因引发的矛盾,更缺少普希金那种直书民族矛盾的勇气。列夫·托尔斯泰的《高加索俘虏》闪烁着超越民族情感的人性之光,鞑靼女孩季娜为了救日林,违背父亲的意志,她身上闪烁着超越民族情感的人性光辉,但这丝毫无法抹去鞑靼人同俄罗斯人之间的仇恨。季娜的命运会怎样,作品没有交代。她在与日林分开后,"掩面痛哭,然后像只小山羊似的蹦蹦跳跳地向山下跑去"[①]。《福音书》和《古兰经》都无法真正解决民族间的问题,只有小女儿身上的人性之光才能照亮文明冲突的黑暗地带,爱是唯一的解决方案。在马卡宁1998年发表的《地下人,或当代英雄》第二部中的《高加索的痕迹》里,高加索形象的书写方式具有了日常生活的属性。作家试图用更加具有生活质感的场景来表现俄罗斯人同高加索人之间的民族矛盾。小说的主人公彼得洛维奇之所以杀掉高加索人,是因为此前他亲眼看见三个高加索人对工程师的侮辱和讽刺。彼得洛维奇认为这是一个民族对另一个民族的宣战。高加索人告诉彼得洛维奇:"你说你是俄罗斯人? ……哎,老爷子,

---

① [俄]托尔斯泰:《写给孩子们的书》第4卷,宋红译,黑龙江少儿出版社2018年版,第99页。

你还别跟我争。这已经是尽人皆知的。俄罗斯人完了。已经彻底完了……'富克'!"① 这种宣战充满了后现代式的戏谑。酒量并不能代表某个民族的优秀品质,却可能暴露民族性中的弱点。马卡宁式的高加索叙事缺少战场上的血腥,但民族间的仇恨恰恰通过酒这个俄罗斯民族喜爱之物得以表达。在陀思妥耶夫斯基的《罪与罚》中,拉斯科尔尼科夫杀掉放高利贷的丽莎维塔与超人哲学无关。《罪与罚》的创作和发表时间远远早于尼采的《查拉图斯特拉如是说》。拉斯科尔尼科夫的犯罪行为与他的精神状态有关。从心理学层面解释,就是他听到了年轻军官和大学生的对话,而军官的一句"她不配活着"启动了主人公埋藏在心里的类似"替天行道"的设想,以证明自己不是繁殖同类的材料。于是他开始了自我催眠。《地下人,或当代英雄》里的彼得洛维奇眼睁睁地看着三个贩卖蔬菜的高加索人用刀威胁俄罗斯人,就像拉斯科尔尼科夫在小酒馆里见到马尔美拉多夫,并从后者那里听到"贫穷不是罪,但赤贫就是罪"的观点后开始憎恶这个世界一样,于是一个狂妄的念头牢牢地盘踞在拉斯科尔尼科夫的心里。彼得洛维奇与高加索人比拼酒量,并最终杀掉了这个高加索人。马卡宁在这里运用了元小说的写作策略,在整个环节之中有意暴露彼得洛维奇和拉斯科尔尼科夫的关系,甚至里面的警察也有意识地扮演《罪与罚》中的侦查员波尔菲里这样的角色。

"喂,怎么样啊?"又是那种特别的讥讽,似乎他在扮演着一个明察秋毫的侦探或者那本著名的小说里的波尔菲里(要知道拉斯科尔尼科夫也是个文人呐,你看看!——脑子里闪过这个念头)。但现在行不通。对不起,不是那个世纪了!他妈的。②

---

① [俄]弗·马卡宁:《地下人,或当代英雄》,田大畏译,外国文学出版社2002年版,第183页。
② [俄]弗·马卡宁:《地下人,或当代英雄》,田大畏译,外国文学出版社2002年版,第190页。

马卡宁关注的是俄罗斯人同某些民族间的"世仇",并极力渲染个体之间的"文明冲突",但这个个体是连姓氏都混没了的、一部作品都没发表过的作家彼得洛维奇。这个小人物在自身难保的情况下竟然同高加索人对抗,这不是凛然的正义感,而是悲凉的讽刺。事实上,俄罗斯同其他民族(主要是信奉伊斯兰教的高加索地区各民族)间的矛盾是历史遗留问题。但自从"9·11"恐怖袭击事件之后,这个矛盾暴露出其后面广阔的国际背景。具体而言,就是基督教世界同伊斯兰教世界(主要是以伊斯兰宗教激进主义者为主导的力量)间的争斗从未停止过,在每个信仰背后都站立着强大的利益集团和政治诉求。在伊斯兰宗教激进主义者所推崇的"一个信仰——伊斯兰教,一个神——安拉"的理念之下,基督教的西方世界成为紧锁其生存空间的最大敌人。俄罗斯车臣分离主义分子背后是基地组织。拉蒂尼娜(Ю. Латынина)的长篇小说《哲罕南,或地狱中相见》(Джананнам, или До встречи в аду, 2005)① 和沃罗斯(А. Волос)的长篇小说《动画师》(Аниматор, 2005)所要表现的正是在广阔的俄罗斯领土上车臣人为"独立"而进行的战斗。在这类小说中有标准的反乌托邦小说要件,即个人和国家间关系的主题。20世纪90年代及90年代之前的俄罗斯反乌托邦小说虽然在很多方面继承了经典反乌托邦文本的书写范式,但这种继承多是修补性的;更多的是追求审美的愉悦感和畅快淋漓。在体现强烈政论性和争议性的同时,也对前文本进行讽拟性书写和解构,以人的个体性普遍遭到践踏为显著标记。21世纪的反乌托邦小说在情节上对这种人之个体性被普遍践踏做了进一步的细化,使个体性可以忽略不计。换言之,由于环境的变化,21世纪人的价值变得更加无足轻重,就像《地下人,或当代英雄》中的彼得洛维奇,甚至不需要姓氏就可以在人间苟活。

---

① джаханнам(哲罕南)是伊斯兰教中地狱的名称。

第三节 文明对抗中的"国家、社会、人"三者间关系

沃罗斯在《动画师》这部长篇小说里,为哲学家费奥多罗夫[①]的乌托邦思想涂上了一层奇幻色彩。依据费奥多罗夫的方案,沃罗斯设计了一种能为生者提供有关死者的回忆的艺术文本,即根据信息员提供的有关死者的信息,把死者在世时的某些重要生活片段制成动画片。原本这项工作的意义在于寄托死者家属或亲人的哀思,但政府的安全部门对这项工作产生了浓厚的兴趣。他们根据这些动画片提供的情报,来掌控某些目前活跃的危险分子(比如恐怖主义分子)的活动情况。动画师巴尔敏对此项工作有着浓厚的兴趣。在他看来,动画片中深藏着灵魂的奥秘,因为 анимация(动画片)来自拉丁语 anima,即俄语的 душа(灵魂)。巴尔敏为死者编写了类似传记的个人生活史,并将其变成动画的脚本。这些死者中,有生前曾任车间主任的尼基弗洛夫,有幻想家捷波罗夫,有倒卖军火的少校科林等。[②] 类似的内容,佩列文在《天堂的铃鼓》(Бубен верхнего мира,1993)中也描述过。只是在佩列文的笔下,死者可以复活,并成为一些人的丈夫,但他们在世的时间仅仅能维持3年左右。小说的主人公是名叫特依梅的妇女,她从事的职业是为待嫁的女性寻找未婚夫。但她寻找的方式非常独特,那就是和妇女们到荒郊野外招魂,"我们复活死人是有条件的,就是让他们娶我们"[③]。然而,即便在阴间,人的价值也是不同的。"我们一般要德国人。一具德国人尸体和一个来自津巴布韦的活黑人价格相当,我们也要说俄语而且没有前科的犹太人。最值钱的是'蓝色师团'中的西班牙亡者。当然,我们也需要意大利人和芬兰人。罗马人和匈牙利人我

[①] 此人不是作为一个鲜活的人物出现在文本里,而是巴尔敏在给大学生上课时提到的一个人。

[②] Волос А. Аниматор. http://royallib.ru/book/volos_andrey/animator.html.

[③] Пелевин В. Бубен верхнего мираИз сборница Желтая стрела. М.:Эксмо. 2005. С. 320.

们碰都不碰。"① 《天堂的铃鼓》和《动画师》是否存在互文性，有待进一步研究。但有一点是肯定的，那就是沃罗斯把死者的信息通过技术手段加以利用，每个过世的人都是海量信息的节点和数据库，能对生者的社会提供在线咨询。比如巴尔敏就是借助死者生前的重要信息来破解恐怖案件的。这个系统相当于好莱坞电影《源代码》。与《源代码》不同的是，巴尔敏更多的是利用死者和生者之间的关联来建立社会安全保障系统，从而避免国家的毁灭。《动画师》中，尼基弗洛夫之所以犯罪，是因为受捷波罗夫不切实际的幻想蛊惑；捷波罗夫之所以被蛊惑，是因为他和科林贩卖军火赚了大钱；恐怖主义分子马迈德利用购买的军火把剧院中的观众当人质。俄罗斯军队打击恐怖主义分子时，巴尔敏和情人克拉拉在剧院，在保护巴尔敏的过程中，克拉拉中弹。小说的结局意味深长，巴尔敏将前往克拉拉母亲所在的城市，看望情人为他诞下的不满50天的女儿。这是一篇以人性为核心的作品。小说中除了克拉拉（遗憾的是，她死得很悲惨）外，很难找到一个传统作品中的正面人物形象。俄罗斯少校科林和恐怖主义分子马迈德虽然各为其主，但他们都有人格缺陷。马迈德的爱国主义情绪更多和童年不幸的经历有关，而科林的贪财和躁狂症则和他的军队生涯密不可分。总之，《动画师》这部小说展现了人类社会最理想的状态之一，那就是给予言论充分的自由。终极自由也会走向另外的极端，那就是幸福在终极的言论自由中失去立足之地，被无尽的放纵所绑架。这一点恰好和《我们》中对待"自由和幸福"的态度相反，但结果都是一样的，即未来的人类注定和幸福无缘，这是个人的悲剧，更是人类的悲剧。

　　拉蒂尼娜的长篇小说《哲罕南，或地狱中相见》进一步挖掘在恐怖主义肆虐的时代人性丧失的主题。在这部作品里，所有的人物都被捆在国家这部残暴又破旧的战车之上被动地狂奔，所有的人在自己的行动和日常行为中都不会考虑国家的利益，也不会考虑自己所居住的名为科

---

① Пелевин В. Бубен верхнего мираИз сборнцка Желтая стрела. М. ：Эксмо. 2005. С. 320.

萨列夫的城市的福祉。经验丰富的车臣恐怖主义分子哈立德·哈萨耶夫很清楚俄罗斯人精神世界的污浊。他带领一群训练有素的人员渗透进石油加工厂,在厂长阿尔焦姆·苏里科夫和俄联邦安全局当地分支机构首长雷德尼科将军的配合下,出其不意地占领了这家工厂。[1]《哲罕南,或地狱中相见》中,俄罗斯性(русскость)以更为极端的方式得到表达。作家在这里着意刻画俄罗斯性格中的无耻和贪婪。电影《突破》中的爱国主义精神不见了,从底层到顶层,人人都为自己的利益而出卖国家。小说对恐怖主义分子哈萨耶夫的描写突破了那种单一的模式,表现了恐怖主义分子复杂的心理状态。作家强调,俄罗斯民族和高加索地区信奉伊斯兰教的居民之间有无法铲除的世仇。

以上两部作品与现实世界密切相关。从这个意义上讲,与经典的反乌托邦小说创作诗学尚存在一定的距离,或者可以用"具有反乌托邦倾向的小说"(проза с антиутопической направленностью)来加以命名。21世纪俄罗斯文学创作,特别是反乌托邦体裁的创作,同民族分裂分子及恐怖主义分子(姑且称其为高加索主题)有密切关联,也和人类的共同价值(或称之为具有启示录特质的普遍价值)同样有紧密的联系。斯拉夫尼科娃(О. Славникова)的长篇小说《2017》(2006)是这一时期较为经典的反乌托邦作品。

小说的名称"2017"本身就暗示着这是一部关于未来的作品。用年份暗示某种未来世界图景,这一手法,在俄罗斯反乌托邦文学创作中的先驱者之一是奥多耶夫斯基(В. Одоевский В)。他在19世纪完成的《4388》几乎成为世界反乌托邦小说书名的标准配置,仅在俄罗斯就有诸多以年份为名称的反乌托邦小说,如多连科(С. Доренко)2005年出版的《2008》,这部作品以普京的政坛之路为路径,描写了俄罗斯社会的未来走向;又如沃依诺维奇1986年完成的《莫斯科

---

[1] Латынина Ю. Л. Джаханнам, или до встречи в аду. https://read-book-online.com/boevik/91885-dzhahannam-ili-do-vstrechi-v-adu.html? page=1.

2042》等。小说《2017》中的故事发生在乌拉尔地区利费斯边疆区首府。2017 年的俄罗斯与作者的写作时间高度吻合，这使得这部小说的叙事具有较强的现实所指性。这一时期的俄罗斯，政商勾结，鱼肉百姓，在矿区工作的工程技术人员和副博士们也只能领到勉强维持生计的薪水。小说通过安菲洛夫寻找矿藏的线索把克雷洛夫和娜塔莎联系起来，构成块茎结构。与科幻色彩浓重的反乌托邦小说不同，《2017》的玄幻色彩浓厚，作家运用了大量假定性的手法。整个文本就是一场大型真人游戏，规则的制定者是权力机构、传统富豪和俄罗斯新贵。身处社会底层的游戏参加者在庄家通吃的法则下必定失败。这种游戏与佩列文在《夏伯阳与虚空》中的游戏相似，"名词 игра 既是游戏者动作指涉的间接客体（играть 的间接客体），同时也是虚空这个游戏者要游戏的内容，因为 игра 保留着动词 играть во что 相同的支配关系"①。这就意味着，《夏伯阳与虚空》这个文本本身就是一个游戏。里面的游戏规则是建立在 Кто играет в игру во что 的语法规则之上的，普通人知道 игра，但不知道 во что；而顶层人士不仅知道这是 игра，而且知道后面的 во что 中 что 的内容。有学者指出，"在《2017》中，同样的 Кто играет в игру во что 却代表完全不同的所指，кто 指的是那些制定规则同时又是裁判的寡头，играет 是 кто 发出的动作，关键是 игра во что 中的 что 实际不是指物，而指那些被玩转的自以为是游戏动作发出者的普通人"②。克雷洛夫的前妻塔玛拉就是 Кто играет в игру во 这部反乌托邦小说中制定游戏规则的人，她最后也变成游戏被动的参与者。正如尼采所言，与怪物战斗的人，应当小心自己成为怪物。当你凝视深渊时，深渊也在凝视你。

---

① 郑永旺：《作为俄罗斯后现代主义小说叙事策略的游戏》，《外语学刊》2010 年第 6 期。

② 郑永旺：《点亮洞穴的微光——俄罗斯反乌托邦文学研究》，中国社会科学文献出版社 2020 年版，第 93 页。

本章参考文献

一 中文文献

［英］查尔斯·狄更斯：《双城记》，叶红译，长江文艺出版社 2006 年版。

［俄］弗兰克：《俄国知识人与精神偶像》，徐凤林译，学林出版社 1999 年版。

傅星寰：《俄罗斯文学"莫斯科文本"的代码系统研究》，《俄罗斯文艺》2018 年第 2 期。

《恐怖袭击弥漫全球，每年平均 2000 起左右》，网易．http：//data.163.com/14/0504/23/9REI6E0D00014MTN.html。

［俄］弗·马卡宁：《地下人，或当代英雄》，田大畏译，外国文学出版社 2002 年版。

普希金：《高加索俘虏》，载《普希金全集》第 4 卷，郑体武、冯春译，河北教育出版社 1999 年版。

［俄］普希金：《一八二九年远征时的埃尔祖鲁姆之行》，载《普希金文集》（小说二、散文），冯春译，上海译文出版社 1993 年版。

［美］萨缪尔·亨廷顿：《文明的冲突与世界秩序的重建》，周琪、刘绯、张立平等译，新华出版社 1998 年版。

［俄］塔吉亚娜·托尔斯泰娅：《野猫精》，陈训明译，上海译文出版社 2005 年版。

［俄］托尔斯泰：《写给孩子们的书》第 4 卷，宋红译，黑龙江少儿出版社 2018 年版。

郑永旺等：《俄罗斯后现代主义文学——理论分析和文本解读》，人民文学出版社 2017 年版。

郑永旺：《点亮洞穴的微光——俄罗斯反乌托邦文学研究》，中国社会科学文献出版社 2020 年版。

郑永旺：《反乌托邦小说的根、人和魂——兼论俄罗斯反乌托邦小说》，《俄罗斯文艺》2010 年第 1 期。

郑永旺：《作为俄罗斯后现代主义小说叙事策略的游戏》，《外语学刊》2010 年第 6 期。

二 外文文献

Бегбедр Ф. Окно в мир. М.：Иностранка 2005.

Волков А. Можно ли научиться жить без всего? http：//ogrik2. ru/b/aleksandr‑volkov/100‑velikih‑tajn‑zemli/26144/mozhno‑li‑nauchitsya‑zhit‑bez‑vsego/102.

Волос А. Аниматор. http：//royallib. ru/book/volos_ andrey/animator. html.

Дауйер Д. Флинн К. Башни – близнецы. СПб．：Амфора. 2006.

Латынина Ю. Л. Джаханнам，или до встречи в аду. https：//read‑book‑on‑line. com/boevik/91885‑dzhahannam‑ili‑do‑vstrechi‑v‑adu. html？page＝1.

Пелевин В. Бубен верхнего мира//Желтая стрела. М．：Эксмо. 2005.

第六章 当代俄罗斯文学批评的主体构成

第一节 当代俄罗斯文学批评的社会文化功能

后苏联时期是当代俄罗斯社会文化转向的关键时期。文学批评与社会情状、文化风尚之间的关系显得尤为紧密。后苏联文学批评是既承载着俄罗斯的深厚文化传统,又浸润着后苏联文化气息的重要文化载体。俄罗斯文化——尤其是苏联社会文化——及其当代转向长期以来一直困扰着当代批评家们。他们一方面以外在的"他者"的审视目光,努力尝试对俄罗斯文化的历史道路、当下境况与发展前景作出分析和评价;另一方面又深陷社会文化转向的旋涡,竭力辨明自身的方位与前行的方向。可以说,后苏联文学批评不仅记录了当代俄罗斯社会文化转向的过程,而且本身也是这一过程的有机组成部分;它不仅见证了苏联体制的全线崩溃,而且也深深地烙上了"后苏联"时代的印记。

俄罗斯社会文化的当代转向走过了一条荆棘丛生、回环往复的道路,其全部复杂性的关键在于苏联社会与文化不相协调的发展。根据马·利波韦茨基的说法,从社会学的角度考察,苏联体制是对"现代性"[①]的叛离。然而,在文化学视野中,"苏联精神是现代性的罕见

[①] 马·利波韦茨基使用的是 modernity 一词。"现代性"是 modernity 这个词的习惯译法。

的骇人形式";"解冻"是苏联社会体制现代化的初次尝试,也是"苏联文明危机的第一次警铃";"以'改革'之名的现象原来是两个实质上对立的过程的联合。一方面,这是社会—政治现代化的又一次尝试;另一方面,现代性的苏联变体发生了文化—意识形态结构的彻底崩溃"[1]。文化范式的变迁先于社会制度的变革,伴随着"解冻"不期而至。

"解冻"呼应了战后苏联社会对自由的渴望,它对个人崇拜的批判使官方意识形态、社会价值体系与道德标准开始受到质疑。维涅·叶罗费耶夫,更是把"解冻"氛围中的怀疑情绪与自由气息浓缩成无视一切权威和规范的社会文化姿态。《从莫斯科到佩图什基》《普希金之家》等最初一批后现代主义风格的文学作品在20世纪70年代初的问世表明,"解冻"在社会—政治层面上的强制性终结,并未阻止后来被称为"后现代主义"的文学文化现象在苏联的生成;相反,它孕育了无论是"解冻"的发起者还是破坏者都不曾料想到的一系列结果,即不同政见开始蔚然成风,并逐渐形成同官方意识形态相抗衡的社会思潮;"内在的移民"、道德的双重标准、人格分裂成为清醒的苏联人的普遍生存状态[2];非官方文化在"地下"的茁壮成长同官方文化的萎靡不振形成强烈对比,昭示着上层建筑的全面危机。苏联社会与文化的严重分裂最终发展到无法弥合的地步,"改革"势在必行。此时的国内情势与世界格局已经大不同于"解冻"年代。旨在推动社会政治改良的一系列"公开性"举措,引发了文化—意识形态结构的彻底崩溃。

"改革"前夕的苏联已经处于风雨飘摇之中,不堪重击。这致命的

---

[1] *Липовецкий М.* Современность тому назад (Взгляд на литературу «застоя»)// Знамя. 1993. No 10. C. 188 – 189.

[2] 《俄罗斯文化史》的两位作者认为:"可以将戏剧性确定为那个时代文化中人的生活风格。每个人都有自己的假面、伪装,在其下隐藏着人的真正面孔。而且这副面孔相当频繁地消融于假面之中,模糊得无从辨认。每个人自觉或不自觉地在演戏。……在这个恐怖的魔鬼游戏中,在这场可怕的表演中,'人的面孔被分解了',取代它的竟是假面。" См.: *Березовая Л. и Берлякова Н.* История русской культуры. М.: Гуманит. изд. центр ВЛАДОС. 2002. C. 299 – 300.

重击,恰恰来自文学和批评。由《星火》率先开始的"被禁文学"回归[1],以《古拉格群岛》和《切文古尔镇》的发表为标志,在20世纪90年代初达到顶峰。蔚为壮观的"回归文学"浪潮,裹挟着"公开性"年代的写实文学和"新浪潮"文学[2],瞬时淹没社会主义现实主义的文学领土;非官方文学的"真实性"和"真诚性"写作,推翻了官方文学的"神话",激起整个社会的"去神话化"激情。"关于历史的真实"和"古拉格哲学('世界如同一座庞大的古拉格')"构建了新的大众哲学模式,"存在的偶然性、生活的无序性思想"开始全面左右大众意识。[3] 在反对官方话语的同时,非官方文学揭示了另一种"现实",提供了另一种生存与思考的维度,推动了人们的世界观、生活观,乃至价值观的革新,加速了苏联体制和文化体系的崩溃。由于"索尔仁尼琴的在场"[4],批评界,尤其是"自由民主派"批评家们,对苏联官方文学及其社会主义现实主义美学根基展开全面而彻底的批判。纳·伊万诺娃通过解读社会主义现实主义经典作品(绥拉菲莫维奇的《铁流》、法捷耶夫的《毁灭》、奥斯特洛夫斯基的《钢铁是怎样炼成的》等),通过分析彼·普罗斯库林——社会主义现实主义的忠实追随者——从20世纪60年代至20世纪80年代的创作,对苏联官方文学的意识形态教条进行激烈批判,并在此基础上将苏联文学与"苏联时期的俄罗斯文学"加以严格区分,表达了鲜明的意识形态与美学立场。[5] 与纳·伊万诺娃相比,维克多·叶罗费耶夫的批判更激进、更极端。在《为苏联文学送

---

[1] Архангельский А. У парадного подъезда: Литературные и культурные ситуации периода гласности (1987—1990). М.: Советский писатель. 1991. С. 34.

[2] 前者有如阿·雷巴科夫的《阿尔巴特街的儿女们》、维·阿斯塔菲耶夫的《悲伤的侦探》等,后者有如柳·彼特鲁舍夫斯卡娅、维·皮耶楚赫、叶·波波夫等人的创作。

[3] Золотоносов М. Отдыхающий фонтан. Маленькая монография о постсоциалистическом реализме//Октябрь. 1991. № 4. С. 170.

[4] Иванова Н. Возвращение к настоящему//Знамя. 1990. № 8. С. 222.

[5] Иванова Н. Наука ненависти. Коммунисты в жизни и в литературе//Знамя. 1990. № 11.

葬》①一文中,"送葬者"将整个苏联文学近70年的历史存在不加区分地全都扫进坟墓。维克多·叶罗费耶夫的极端虚无主义观点,有失偏颇,有待商榷,却传达了那段特殊历史岁月的社会文化呼声。在苏联解体之前,文学与批评已经将苏联文化碾成一片"废墟";苏联作家协会的分裂和解散②,预示着摇摇欲坠的苏联大厦的倒塌只在旦夕之间。

如是观之,"公开性"宣称后,苏联社会与文化中被压抑的自由渴求长期以来积蓄的巨大能量,如火山爆发般喷涌而出,几乎顷刻间摧毁了建筑于火山口上的苏联文化和政治堡垒,促成了社会制度变革和文化范式变迁的戏剧性突进。以苏联文明为极端表现形式的国家管理模式、社会价值体系、文学艺术规范等,被这股强大的冲击力击得粉碎;与此同时,苏联土壤中的俄罗斯精神文化传统,也遭到毁灭性的破坏。苏联文明的"废墟"上,散落着俄罗斯文学中心主义传统的碎片。"文学中心主义特性的丧失,成为后苏联时期文化的重要特征……这是俄罗斯文化发展的首要特征。"③

在沙皇专制统治的阴霾岁月,"文学是唯一的讲坛"④。文学是传达和倾听时代声息的唯一途径;这种"唯一"成就了俄罗斯的文学中心主义。这一传统发展至苏联时期,由于官方意识形态的强行介入发生了变形。社会主义现实主义的构建者,在利用文学中心主义不断加强文化治理的同时,逐渐将其推向新的高潮。苏联时期的文学中心主义高潮是文化政治化的结果,是官方意志的集中体现。社会主义现实主义的推

---

① Ерофеев Вик. Поминки по советской литературе//Литературная газета. 4 июля 1990.
② 随着"公开性"的推进,苏联作家协会的内部矛盾愈发尖锐,分裂倾向渐趋明显;1991年10月,它正式解散为两个对立的作家组织:"爱国主义的"俄罗斯作家协会(Союз писателей России)和"民主的"俄罗斯作家协会(Союз российских писателей). См.:Чупринин С. Русская литература сегодня:путеводитель. М.:Время. 2007. С. 37.
③ Березовая Л. и Берлякова Н. История русской культуры. М.:Гуманит. изд. центр ВЛАДОС. 2002. С. 385.
④ 赫尔岑认为,"凡是失去政治自由的人民,文学是唯一的讲坛,可以从这个讲坛上向公众诉说自己的愤怒的呐喊和良心的呼声"。参见《赫尔岑文集》第7卷,(苏联)科学院出版社1956年版,第198页。转引自刘宁主编《俄罗斯文学批评史》,上海译文出版社1999年版,第176页。

行，制造了苏联文学的"主流"，也遏制了其他"支流"的发展。然而，"手稿是烧不掉的"（米·布尔加科夫语）创作于20世纪20—70年代而被强制脱离文学史自然进程的作品，同20世纪80年代的文学创作一起构成当下的文学现实，创造了"公开性"年代的"杂志热潮"[①]和文学中心主义的巅峰，对紧要历史关头的社会政治变革以及此后的社会文化发展产生了不可估量的影响。

非官方文学创作，在揭示历史真相、唤醒社会良知方面，充分发扬了俄罗斯文学中心主义的优良传统，同时也加速了它走向终结的步伐。这是当代俄罗斯文学文化发展的悖论，即"被禁文学"、反抗官方意识形态的知识分子，在收获自由与民主的同时，却不得不接受文学"降格"的事实——由文学和批评发起的对官方意识形态的解构，首先消解了文学自身在文化中的核心地位。纳·伊万诺娃对此进行了深刻反思："意识形态对抗与斗争的阶段，文学中的'国内战争'阶段过去了，终结了；这场'战争'与改革一同开始，延续了六年有余……这是为争取社会舆论、争取社会精神领袖的荣耀，在赋予全人类价值以优先权而以自由民主为取向的作家们（即新'西欧派'），同自称为民族爱国者的知识分子之间进行的斗争。支持在俄罗斯实现民主的自由民主派知识分子成为这场斗争的胜利者。然而，胜利的代价却令人难以置信地变成文学在社会中的领导地位的丧失。"[②] "权力之争以权力的丧失而告终。"[③] 当局出于意识形态治理的需要，对文学中心主义传统的人为强化和歪曲，破坏了它的自然生命周期，形成了它与官方意识形态之间的

[①] 绝大部分"被禁文学"作品是通过大型文艺杂志的刊发而实现"回归"的；它们在当时引起的巨大社会反响，促成了杂志事业前所未有的繁荣。掀起"索尔仁尼琴热"的《新世界》在1988年的"发行量增长了132%，《各民族友谊》因预告续载阿·雷巴科夫的《阿尔巴特街的儿女们》，其印数增长了433%"。См.：Чупринин С. Русская литература сегодня：путеводитель. М.：Время. 2007. C. 23.

[②] Иванова Н. Триумфаторы, или новые литературные нравы в контексте нового времени//Звезда. 1995. No 4. C. 179.

[③] Иванова Н. Между. О месте критики в прессе и литературе// Новый мир 1996. No 1. C. 204.

共生关系。后者的垮台必然导致意识形态化的文学中心主义的瓦解,此其一。其二,苏联文学的意识形态特质也决定了它在后苏联社会文化生活中的地位。绝大部分苏联文学——无论是为苏联政权歌功颂德的官方文学,还是抨击苏联的非官方文学——皆以官方意识形态为生存之根本,"在由上而下强行灌输的虚构、欺骗性质的意识形态——官方意识形态之外,不存在也没有形成任何别样的精神逻辑,任何稳定的坐标系"①。当官方意识形态土崩瓦解之时,"经受巨大困难的不仅有恰科夫斯基、马尔科夫和普罗斯库林②,还有在稳定的体制下呼吸'偷来的空气'、尝试描绘'人的面孔'的文学"③。苏联文学——官方或非官方的——意识形态特性,在"文学中的'国内战争'"时期,被"自由民主派"与"民族爱国派"的批评家—意识形态政论家充分挖掘并利用;意识形态斗争的激化与扩大化,为文学中心主义达于高潮发挥了推动作用。俄罗斯文学中心主义最后的辉煌,是特殊的历史时期与特殊的文学品质共同作用的结果。这场旷日持久的"国内战争"以苏联解体的激进方式告终之后,厌倦了意识形态说教与反意识形态说教的后苏联社会,抛弃了被有意或无意地填入"意识形态潜台词"④ 的苏联文学;失去了现实支撑的文学中心主义,则同苏联体制一起成为历史。

后苏联社会文化的去意识形态化趋向和文学中心主义的消解,深刻地影响了批评家的职业道路,在很大程度上决定了文学批评的走势和话语权力的归属;同时,这种趋向与文学批评自身发展逻辑的应和,更加巩固了后苏联时期批评话语权力之争的格局。

---

① *Липовецкий М.* Современность тому назад (Взгляд на литературу «застоя»)// Знамя. 1993. № 10. С. 184.

② 他们是社会主义现实主义代表作家。

③ *Золотоносов М.* Отдыхающий фонтан. Маленькая монография о постсоциалистическом реализме", //Октябрь. 1991. № 4. С. 174.

④ *Берг М.* Литературократия. Проблема присвоения и перераспределения власти в литературе. М. : Новое литературное обозрение. 2000. С. 181.

第二节　当代俄罗斯文学批评主体的意识形态身份

当代俄罗斯文学批评在后苏联时期的发展历程表明，它不仅是映照俄罗斯文学气象的一面镜子，也是由各种社会文化矛盾交织而成的复杂现象。要对其做出全面而深刻的描述和评价，不仅需要时间的沉淀，还需找到切中关键的突破口。"批评即批评家们"。[1] 相对稳定的当代批评家群体，可以为审视矛盾而复杂的后苏联文学批评进程提供一种有效的视角。

在后苏联文学批评界，活跃着以谢·丘普里宁和纳·伊万诺娃为代表的"自由民主派"，以弗·邦达连科为代表的"民族爱国派"这两派批评家。他们在"改革"年代走向公开对立，并逐渐将意识形态的"国内战争"[2] 推向高潮。苏联解体之后，文学批评中的意识形态对抗并未随解体而销声匿迹；相反，它在整个后苏联时期绵延，时消时涨，构成散发出浓烈火药味的批评图景。批评主体的意识形态身份，划定了后苏联文学批评的两大派系。在弗·邦达连科的批评言辞中，"丘普里宁们""伊万诺娃们"是自由主义者——仇俄分子的代名词。[3] 在"自由民主派"的评论中，弗·邦达连科则被称为"红得发黑的恶棍"。[4]

---

[1] 语出丘普里宁的专著《批评即批评家们：问题与肖像》。См.：Чупринин С. Критика—это критики：проблемы и портреты. М.：Советский писатель. 1988.

[2] 这是在后苏联文学批评中通用的形象比喻，用以表现"公开性"年代"自由民主派"与"民族爱国派"之间激烈的意识形态斗争。См.：*Эпштейн М.* После будущего. О новом сознании в литературе//Знамя. 1991. No 1. C. 220. *Чупринин С.* Элегия//Знамя. 1994. No 6. C. 187. *Иванова Н.* Триумфаторы, или новые литературные нравы в контексте нового времени//Звезда. 1995. No 4. C. 179.

[3] 弗·邦达连科曾经表示，"批评界若没有娜塔丽亚·伊万诺娃们的指挥，谢尔盖·楚普里宁的行为举止兴许会谦逊一些的"；也曾经对"丘普里宁们"领导普京政府的爱国主义教育委员会深表鄙夷。参见张建华《关于当代俄罗斯文学的对话两则》，《俄罗斯文艺》2006年第1期；*Бондаренко Вл.* Пламенные реакционеры. Три лика русского патриотизма. М.：Алгоритм. 2003. C. 11.

[4] 张建华：《关于当代俄罗斯文学的对话两则》，《俄罗斯文艺》2006年第1期。

"民族爱国主义"① 与自由主义这两种意识形态之间无法化解的矛盾，决定了当代批评家群体的截然二分，并由此形成后苏联文学批评突出的意识形态二分特性。

"改革"时期，在侨民文学与"被禁文学"陆续回归的同时，境外的不同政见与境内的"地下"言论也开始在官方传媒中频频出现。"铁幕"崩塌后，侨民文化与本土文化的融合并没有实现预期中的文化统一；相反，随着"公开性"的深入与言论自由的扩大，两种文化各自的分裂愈发突显出来。关于苏联文化与侨民文化或"红"或"白"的单一色调的设想，关于苏联知识分子与侨民知识分子统一体的神话，被层出不穷的各种思想与学说击得粉碎。在形形色色的不同政见中，民族爱国主义与自由主义作为最具感召力与生命力的意识形态，构成晚期苏联社会思想运动的两股精神源泉。民族爱国主义将民族性与国家性奉为圭臬，视民族利益与国家强权高于一切；自由主义则将民主与自由提升为终极的绝对价值，把全人类的共同利益置于狭隘的民族利益之上。这两大思潮在民族国家的生存与民族文化的发展等关键问题上的根本分歧，决定了它们之间不可调和的、旷日持久的对抗和斗争。如果说1987年之前，两派的矛盾只是在对具体事件、具体作品（如对瓦·别洛夫的小说《一切都在前面》）的评价上表现出来，那么，从1987年开始②，"自由民主派"与"民族爱国派"的公开论战愈演愈烈，逐渐形成以《星火》杂志与《青年近卫军》杂志为中心阵地的两大敌对阵营，战火迅速燃烧至其他重要期刊。③ 两大阵营之间的口诛笔伐几乎席卷整个知识分子阶层；在政治学家、社会学家、经济学家等专家学者缺

---

① 纳·伊万诺娃在使用这一称谓时，强调它的自封性质，并一度以"新根基派"一词指称"自称为'民族爱国主义'的知识分子"。

② Архангельский А. Только и этого мало... (Общественное сознание в зеркале «Огонька»). У парадногоподъезда：Литературные и культурные ситуации периода гласности (1987–1990). М.：Советский писатель. 1991.

③ 《旗》《新世界》《十月》《各民族友谊》《文学报》等刊充实了自由主义的力量，《我们的同时代人》《莫斯科》《文学俄罗斯报》等刊则加固了"民族爱国主义"阵线。

席的情况下，批评家身兼数职，担当起各自阵营的喉舌。文学批评自然而然地成为意识形态言说的主要途径，而意识形态的对抗又孕育着批评群体的二分格局。

"民族爱国派"与"自由民主派"的冲突，并未随着苏联解体而成为历史。民族爱国主义的抗争也并未随着自由主义的胜利而偃旗息鼓。"对垒的情势，亦即两种文化在一种民族文化框架内被迫共同却分裂的生存，如同以前一样延续着"①；"在看似统一的、单一的体系崩溃之后，在'民族爱国派'与'自由民主派'五年意识形态对抗之后，随之而来的是文学疆域的'各自为政'"②。两大意识形态在苏联解体前后的对抗与共存，集中显露出俄罗斯文化的固有矛盾及其导致的文化分裂。正如谢·丘普里宁所言："意识形态对立的法则，政治斗争的规则，在我们的传统中是坚不可摧的。"③

"民族爱国派"与"自由民主派"又被冠以"新'斯拉夫派'"与"新'西欧派'"④的名称，其中的寓意颇为深刻。"民族爱国派"批评的喉舌弗·邦达连科与"自由民主派"批评的先锋纳·伊万诺娃，尽管时时处处剑拔弩张，但是在一点上显然达成了共识，即爱国主义者们同自由主义者们的对抗是"斯拉夫派"同"西欧派"斗争的继续。⑤ 在俄罗斯，有关东西方冲突的意识可以追溯到 17 世纪。⑥ 这种意识逐渐与

---

① Чупринин С. Перечень примет//Знамя. 1995. No 1. C. 187.

② Иванова Н. Каждый охотник желает знать, где сидит фазан//Знамя. 1996. No 1. C. 215.

③ Чупринин С. Первенцы свободы. «Новая журналистика» глазами литературного критика//Знамя. 1992. No 5. C. 209.

④ Иванова Н. Триумфаторы, или новые литературные нравы в контексте нового времени//Звезда. 1995. No 4. C. 179.

⑤ 张建华：《关于当代俄罗斯文学的对话两则》，《俄罗斯文艺》2006 年第 1 期。

⑥ 俄国著名历史学家瓦·克柳切夫斯基指出，"俄国社会精神生活的两种思潮"，是在十七世纪的人们，即经历了动乱的人们——的头脑中产生的。司书伊凡·季莫费耶夫在米哈伊尔统治之初撰写的年鉴（从伊凡雷帝统治时期开始），即有关他那个时代的札记中，也许已经看到这些思潮的萌芽。参见瓦·克柳切夫斯基《俄国史教程》第 3 卷，左少兴等译，商务印书馆 1996 年版，第 258—260 页。

知识阶层关于俄罗斯国家和民族生存的思考相结合，最终生成 19 世纪 30—40 年代两大社会思潮——"斯拉夫主义"与"西方主义"。两种截然对立的民族国家发展观念，构成了俄罗斯知识分子阶层分裂的思想根源。"斯拉夫派"与"西欧派"是特定历史阶段的知识分子群体；"斯拉夫主义"与"西方主义"对俄罗斯社会思想与文化发展的影响却甚为深远。①

两种主义的对抗，在 20 世纪的俄罗斯侨民思想文化中延续，是侨民知识分子与侨民文化分裂的意识形态基础。② 在苏联本土，"这一冲突从 60 年代中期便开始尖锐起来，但是近期（即 20 世纪 80 年代中后期——作者注）达到了国内战争的白热化程度"③。"公开性"时期的苏联社会思想文化情状，尤为集中、尤为突出地暴露了 20 世纪俄罗斯文化的分裂特质，即侨民文化与本土文化的二分，苏联官方文化与非官方文化的二分，侨民文化与本土非官方文化各自内部的二分。④ 甚至官方文化也并非单一的、纯粹的存在，"军事小说""乡村小说"都分别包含有自由主义与民族爱国主义两派。⑤ 在"改革"的促成下，当侨民文

---

① 在"斯拉夫派"与"西欧派"之后，出现了诸多所谓"亲斯拉夫派"与"亲西欧派"的思想学说，它们大都以"斯拉夫主义"或"西方主义"为内核，显示出与这两种主义直接的传承关系。"亲斯拉夫派"的学说如哲学保守主义、民族主义等，而"亲西欧派"的思想如政治改良主义、自由主义等。

② 在安·西尼亚夫斯基有关侨居经历的自述中，真实地描绘了民族主义与自由主义在侨民知识分子中的影响力及其导致的分裂；在《俄罗斯文化史》中，文化学家伊·孔达科夫对俄罗斯侨民文化的分裂进行了理论上的分析和论证。См.: Синявский А. Диссидентство как личный опыт//Юность. 1989. No 5. Кондаков И. Культура России. Часть 1. Русская культура: краткий очерк истории и теории. М.: Книжный дом «Университет». 2000.

③ Эпштейн М. После будущего. О новом сознании в литературе//Знамя. 1991. No 1. С. 220.

④ 伊·孔达科夫在《俄罗斯文化史》中对俄罗斯文化的二分特质做出了详尽的分析，并将二分的根本原因归结为与生俱来的"俄罗斯气质"。См.: Кондаков И. Культура России. Часть 1. Русская культура: краткий очерк истории и теории. М.: Книжный дом «Университет». 2000.

⑤ "乡村小说"与"军事小说"中自由主义思想的代表有瓦·舒克申、维·阿斯塔菲耶夫、格·巴克兰诺夫、瓦·贝科夫等；"民族爱国主义"思想的代表有瓦·拉斯普京、瓦·别洛夫、尤·邦达列夫等。

化与本土文化、官方文化与非官方文化的二分界限趋于模糊时，民族爱国主义与自由主义由来已久的分歧在俄罗斯文化中的裂化作用愈加鲜明地显现出来。背道而驰的意识形态信仰成为知识精英（包括作家与批评家群体）分化的主导因素，成为一种民族文化框架内两种文化并存的思想根基。随着"改革派"与"保守派"的斗争日趋严酷，两大意识形态的对抗愈发激烈，俄罗斯文化（包括文学与批评）的意识形态二分格局也渐趋明朗。这一格局规划了后苏联社会思想文化发展的基本态势，即在意识形态的多元并存中，民族爱国主义与自由主义依然是俄罗斯社会的两大主要意识形态①，它们之间的角力依然主导着社会思想文化的发展进程。

俄罗斯文化深刻的分裂性传统及其新质深深地渗入后苏联文学批评，奠定了"自由主义者们"与"爱国主义者们"二分天下的格局。批评阵地——报纸杂志的分割，批评主体、客体的分野，批评话语的对决，等等，后苏联文学批评各方面都打上了意识形态二分的烙印。

如果说"自由民主派"与"民族爱国派"批评家们在"公开性"年代短兵相接的正面冲突，仍不失为相互交流、相互影响的一种极端方式，那么，后苏联时期他们之间的对抗关系则陷入了僵持与凝滞。意识形态鏖战过后，随之而来的是"势力范围"的划分。曾经的自由主义先锋论坛《星火》失去了昔日的激进光芒，退出了意识形态的对阵；坚守自由主义阵线的是《旗》《新世界》《十月》《各民族友谊》等刊，它们继承了"改革"时期的办刊宗旨，一如既往地为"自由民主派"批评家们创造言说的空间；尤其是谢·丘普里宁与纳·伊万诺娃主持的《旗》，真正成为后苏联时期"自由民主派"文学与批评的一面最鲜亮的旗帜。与此相对，《我们的同时代人》《莫斯科》《青年近卫军》则延续了民族主义的路线，成为"民族爱国派"批评家们展现平等的言说

---

① 在后苏联时期，除了民族爱国主义与自由主义之外，还活跃着欧亚主义、民主社会主义、民族布尔什维主义等多种意识形态。

权利的阵地。每个阵营都有其相对稳定的批评家群体。在自由主义取向的报纸杂志上，除了《旗》的两位批评家之外，还活跃着弗·诺维科夫、安·涅姆泽尔、马·利波韦茨基等人；在民族爱国主义的园地里，弗·邦达连科则被公认为最勤奋的"劳作者"①，与他共同劳作的还有瓦·柯日诺夫、费·库兹涅佐夫等人。每个阵营的批评家都有其推崇的作家群体。在谢·丘普里宁心目中，12位作家"有力的、耀眼的"名字照亮了20世纪90年代的俄罗斯文坛。② 在弗·邦达连科开列的当代俄苏优秀小说家名单③中，除去在1990年之前辞世的作家，代表着俄罗斯文学最新成就的则完全是另一组人选。这两组作家之间没有交集。在纳·伊万诺娃与弗·邦达连科的访谈④中，他们各自提出的当代优秀作家，大多遭到对方的鄙薄和贬损。显然，不同意识形态取向的批评家在各自势力范围内，评说着各自阵营的文学动态，而藐视对方"领地"上发生的文学现实。正如纳·伊万诺娃在描述1995年文坛概貌时指出："现今，在俄罗斯文学中几乎可以看到多种平行的'文学'……每种亚文学都有自己的一拨小说家、诗人、批评家……如今每种亚文学都有自己的杂志、文集，甚至报纸，自己的文学奖，自己的大会（或者'帮会'）。""民族爱国派"的《文学俄罗斯报》刊出的文坛近况，同"自由民主派"的《文学消息报》呈现的文学世界"完全两样……在《文学消息报》的评论中，《文学俄罗斯报》的文学世界可以完全不被提及；在前者有关新组织、大会和'圆桌会议'的信息中，找不到与

---

① *Сорокин В.* Работник. К 60 – летию Владимира Бондаренко//Москва. 2006. No 2.

② 这12位作家是奥·叶尔马科夫、德·巴京、维·佩列文、玛·维什涅维茨卡娅、弗·沙罗夫、安·德米特里耶夫、阿·斯拉波夫斯基、艾·盖尔、奥·斯拉夫尼科娃、阿·瓦尔拉莫夫、安·沃洛斯、德·加尔科夫斯基。См.：*Чупринин С.* Перемена участи. М.：Новое литературное обозрение. 2003.

③ 即尤·邦达列夫、康·沃罗比约夫、瓦·贝科夫、德·古萨罗夫、弗·博戈莫洛夫、费·阿勃拉莫夫、叶·诺索夫、维·阿斯塔菲耶夫、瓦·舒克申、鲍·莫扎耶夫、弗·索洛乌欣、谢·扎雷金、瓦·别洛夫、瓦·拉斯普京、维·利霍诺索夫、弗·利丘京。См.：*Бондаренко Вл.* Серебряный век простонародья, М.：ИТРК，2004；转引自 Сорокин В. Работник. К 60 – летию Владимира Бондаренко. С. 3 – 4.

④ 张建华：《关于当代俄罗斯文学的对话两则》，《俄罗斯文艺》2006年第1期。

《我们的同时代人》《莫斯科》或《青年近卫军》有关'爱国主义'亚文学生活的新闻的任何相交点。"① 总之，在俄罗斯文坛割据时期，无法想象弗·邦达连科的评论或亚·普罗哈诺夫的小说在《旗》——哪怕是较《旗》平和一些的《新世界》上出现；也无法预见谢·丘普里宁、安·涅姆泽尔等批评家的文章或他们青睐的作家作品在《我们的同时代人》《莫斯科》或《青年近卫军》上发表。

俄罗斯文学批评的意识形态言说由"公开性"年代的狂轰滥炸转向后苏联时期的意识形态对垒之后，"民族爱国派"与"自由民主派"各自占有一方批评领土，分享言说权利。这种言说的主要目的并不在于让对方听见，向对方施加影响，而是要证明言说的可能，证明自身的存在。事实上，谁也不可能说服对方，因为谁也不听对方的。因此，后苏联文学批评的意识形态言说更多地表现为独白，而非对话；在两大批评派系之间"实际上没有交汇点，因为这是两个世界，两种文化"②。尽管弗·邦达连科对他笔下的"丘普里宁们""伊万诺娃们"始终恶言相向，然而，不可否认的是，正是自由主义意识形态的胜局，为弗·邦达连科及其"反动派"③盟友创造了自由言说的条件。意识形态言说权利的分享是无奈的，也是不可避免的。因而，后苏联文学批评必然呈现出由意识形态属性限定的两种言说方式、两套批评话语。"每种独立的亚文学都有自己的语言——而俄语现今仿佛是它们'交往'和'相互作用'的超语言"；两派的批评也都有自己的语言，俄语为批评言说提供了基本的、共同的语言工具，却未能搭建批评家们相互理解、相互交流的桥梁。"《文学俄罗斯报》上，叶赛宁周年纪念日必然会以'宗教主

---

① Иванова Н. Каждый охотник желает знать, где сидит фазан//Знамя. 1996. № 1. С. 216.

② Чупринин С. Первенцы свободы. «Новая журналистика» глазами литературного критика//Знамя. 1992. № 5. С. 210.

③ 弗·邦达连科在其专著《火热的反动派——俄罗斯爱国主义的三副面孔》中将"爱国主义者们"称作"反动派"，意在表明"民族爱国主义"同自由主义坚决斗争、与俄罗斯社会现行发展方向和主导思想潮流相对抗的姿态。

题'的名义度过,而比方说《星》,则会把叶赛宁描写成'静谧而狂暴'的诗人。"① 两派批评家们从不同的批评视角审视文学生活,用不相交集的两套批评话语阐释文学现象,他们的意识形态身份在各自的批评话语中烙下深深的印记。

当代俄罗斯文学批评的意识形态二分和对立,是俄罗斯文化的意识形态分裂特性在文学批评中的表现;"自由民主派"与"民族爱国派"之间的批评话语权力之争,则相应地与两派文学、两种文化的角力相呼应。文学批评以文学创作为存在之本,文学创作的优劣与批评言说的方式、批评话语的力量直接相关。在后苏联时期,发达的自由主义文学创作为"自由民主派"批评家争得话语权奠定了坚实的基础。自由主义批评的话语力量也是以其强大的主体实力为支撑的;与此相反,民族爱国主义批评的主体力量却日渐萎缩。《旗》《新世界》与《青年近卫军》《我们的同时代人》等杂志批评专栏的运营状况,生动地说明了这一点。在后苏联时期的自由主义杂志论坛上,从伊·罗德尼扬斯卡娅、斯坦·拉萨金、伊·佐洛图斯基,到谢·丘普里宁、纳·伊万诺娃、弗·诺维科夫、谢·科斯特尔科;从安·涅姆泽尔、亚·阿格耶夫、米·佐洛托诺索夫,到马·利波韦茨基、叶·多布连科、维·库里岑……这里的批评家不胜枚举。如果说在20世纪60—70年代和20世纪80年代的"民族爱国派"批评中,还可以看到维·查尔马耶夫和瓦·柯日诺夫、弗·邦达连科和亚·卡金采夫的名字,那么,在崛起于20世纪90年代的新生批评力量中,可以与"自由的初生子"②相提并论的"爱国主义者",实无一人。正如谢·丘普里宁所言:"新生力量朝进步倾向(相对而言)的批评之狂飙突进,在爱国主义阵营青黄不接的背景下格外显眼。"③ 确实,在同时期的民族爱国主义批评阵地上,孤零零地摇曳着

---

① Иванова Н. Каждый охотник желает знать, где сидит фазан//Знамя. 1996. № 1. С. 216.

② Чупринин С. Первенцы свободы. «Новая журналистика» глазами литературного критика//Знамя 1992. № 5.

③ Чупринин С. Элегия//Знамя. 1994. № 6. С. 187.

弗·邦达连科这一面旗帜。意识形态"国内战争"时期的"战友"或退守自己的专长——政论文写作，如亚·卡金采夫；或转入古典文学研究，如瓦·柯日诺夫；总之，都放弃了真正意义上的文学批评。《伏尔加》杂志主编、批评家谢·博罗维科夫指出，"明显的人才优势不是在他们（指'爱国主义者们'——作者注）的领土上，不是在他们的出版物的篇页上"[1]。批评家群体的单薄是"民族爱国派"丧失批评话语权力的致命原因。

当代俄罗斯文学批评主体的意识形态身份，决定了两派批评话语迥然不同的特征，形成了相差悬殊的话语实力。

在逐渐去意识形态化的后苏联社会文化语境中，"民族爱国派"批评鲜明的意识形态指向性同"自由民主派"批评从意识形态政论转向美学评价的明显趋向形成强烈反差。当"自由民主派"批评家把主要精力投入对文学论文学的批评时，"民族爱国派"批评家却仍执着于意识形态层面的较量。正是这种执着耗尽了弗·邦达连科作为一位批评家的才华，钝化了他的审美悟性，使他无法正视自由主义倾向的作家创作，而偏执于"爱国主义者们"的苍白文字，因此不可避免地偏离了后苏联文学与批评的主流进程。论及后苏联文学批评时，弗·邦达连科只是作为一位突出的"民族爱国派"批评家，而非仅仅作为一位文学批评家、一位有才华的文学批评家被提及。与他相比，"自由民主派"批评家们则超越偏激的意识形态观念，而将作品的思想性与艺术性作为审度与评鉴的首要尺度。这是他们鄙薄"民族爱国派"作家创作的关键原因。谢·丘普里宁在罗列1994年度俄罗斯文坛特征时指出："来自保留地——《我们的同时代人》《莫斯科》《青年近卫军》的狂热爱国分子，还是没有回到他们自愿离弃的正常的俄罗斯文学，没有以任何一个有才华的新人来充实自己的队伍，在一年内实际上没有创作出任何值

---

[1] Боровиков С. Современная литература: Ноев ковчег? //Знамя. 1999. No 1. C. 198.

得进行真正的美学评价的东西。"①

对于"自由民主派"批评家们而言，作品的意识形态倾向性是做出道德判断的依据，而非评价文学创作的艺术水准与审美价值的决定性因素。读者很难在"民族爱国派"的批评文章中读到类似审美鉴赏的文字，他们不仅忽略自由主义倾向的作家创作的艺术技巧，而且根本无视这样的写作本身，沉陷于意识形态抗争的批评意识而偏废了作品的文学艺术性。"民族爱国派"批评家们的批评言说在去意识形态化的社会文化语境中仍深受狭隘的意识形态派系斗争的制约；"自由民主派"批评则在意识形态论战如火如荼的"公开性"年代便已呈现出多样化的存在形态②，在后苏联时期进一步加强了去意识形态化的发展趋势。总之，批评家的意识形态信仰向批评实践的渗透，塑造了各自的批评话语特征，形成了当代俄罗斯文学批评话语及其意识形态决定性的特点。

第三节　当代俄罗斯文学批评主体的辈分身份

随着两大意识形态、两种文化之间并存与分立的局面趋于稳定，两大批评阵营各自内部的分化也日渐明显。在"民族爱国派"一边，意识形态"国内战争"结束后，亚·卡金采夫由批评家—意识形态政论家向政论家的身份转变，瓦·柯日诺夫由文学批评家向古典文学研究者的身份转变，使得原先由弗·邦达连科、亚·卡金采夫、瓦·柯日诺夫在"公开性"年代结成的"民族爱国派"批评联盟愈发显得势单力薄；与此同时，自由主义者们之间的分歧——尽管一直存在——也更加明显

---

① Чупринин С. Перечень примет//Знамя. 1995. No 1. С. 187.
② "公开性"年代的"自由民主派"批评，以意识形态政论与纯学术写作为两极，衍生出丰富的批评实践。其中大致可以区分出以意识形态论战为中心的政论文写作，纯学术的批评研究，以纯文学批评为主、兼顾意识形态政论等三种批评行为模式。其代表性批评家分别有别·萨尔诺夫、尤·布尔京、弗·卡尔金、马·利波韦茨基、米·爱泼斯坦、谢·丘普里宁、纳·伊万诺娃、亚·阿尔汉格尔斯基等。

地表露出来，并不断扩大。在"民族爱国派"批评主体力量愈益单薄的背景下，"自由民主派"批评主体内部分流逐渐成为主导 20 世纪 90 年代以来俄罗斯文学批评进程的关键因素。

后苏联时期的"自由民主派"批评实践表明，与批评家的出生年代紧密相关的文化身份是决定其批评言说的重要因素；不同时代的社会文化土壤在塑造不同年代人的文化品格的同时，也催生了他们之间的差异与分歧，形成了不同年代人批评话语各异的辈分特征。

在高度意识形态化的苏联社会文化语境中①，批评家的出生年代与他的辈分身份，乃至文化身份有着直接的关联。正如弗·诺维科夫生动描绘的日丹诺夫的葬礼、斯大林的葬礼是他的前辈（"60 年代人"）大学生涯②的标志。他这代人"也有自己的里程碑，即大学一年级——西尼亚夫斯基与达尼埃尔受审，毕业那年——《新世界》被毁。③ 我们准备做 60 年代人，却不得不成为 70 年代人。……问题的关键在于，我们是谁，为什么来到了这里"④。可见，有关"我们是谁"这一文化身份问题，与批评家出生及成长的历史年代直接相关。为了较全面、较确切地描述"自由民主派"批评家群体，更细致地判别它的构成、思想与美学倾向性及由其决定的批评话语分流，我们不妨将其区分为"60 年代人""七八十年代人"与"90 年代人"，或称为"自由民主派"批评家中的"父辈""子辈"与"孙辈"。

当代俄罗斯文化中，"60 年代人""70 年代人""80 年代人"以及

---

① 米·佐洛托诺索夫在分析苏联体制的瓦解对文学的影响时指出："甚至那些倾心于'永恒主题'和存在问题的作家——尤·特里丰诺夫、安·比托夫、法·伊斯康德尔——在特殊的苏联的意义上也具有深刻的'社会性'，因为人曾经（现在亦如此）完全由国家并为了国家而造就。人就其本身而言，除了他的社会决定性之外，几乎不可能有其他区别特征……苏联国家崩溃的过程引发了波及全体的'死亡流行病'……人与生养他的世界一同走向死亡。"См.：Золотоносов М. Отдыхающий фонтан. Маленькая монография о постсоциалистическом реализме//Октябрь. 1991. No 4. С. 173.

② 即 1950—1954 年。

③ 先后发生于 1965 年、1969 年。

④ Новиков Вл. Раскрепощение. Воспоминания читателя//Знамя. 1990. No 3. С. 210.

"90 年代人"是具有特定文化内涵的称谓。不同的社会历史语境决定了不同代人的称谓所包含的特殊社会文化内涵。关于这一点，"60 年代人"批评家列·安宁斯基曾做过系统的探讨。①

"60 年代人"主要指的是出生于 20 世纪 20—30 年代，成熟于"解冻"时期的一代人。身为"60 年代人"的批评家，即"自由民主派"批评家中的"父辈"，具有这一代人的普遍特征。他们在斯大林执政时期度过童年与少年，成为"二十大"之后反思运动的中坚力量，被称为"二十大的孩子"；他们在"停滞"时期历经坎坷与困顿，终于在"公开性"时期将其与苏联体制的对抗推向巅峰；他们对建设"人道主义的社会主义"始终怀抱希望，也被称为"最后的理想主义者"；他们关于"自由主义"之有限的、保守的设想与实践，应和了纳·伊万诺娃给他们的名称——"老一代自由派"。"60 年代人"批评家的著名代表，除列·安宁斯基以外，还有伊·佐洛图斯基、伊·杰德科夫、伊·罗德尼扬斯卡娅、斯坦·拉萨金、尤·布尔京等。

在列·安宁斯基的论述中，1953 年不仅是"60 年代人"成长道路上的重要转折点，也是"70 年代人"与"80 年代人"相区别的出生临界点。"一个人出生于 1953 年之前还是之后，他呼吸的是如火如荼的神化领袖的空气，还是根基开始动摇时的空气，这一点颇为重要。"② 这样，在"战后的困顿、战后的亢奋"中出生的"70 年代人"，便注定在"停滞"时期苦撑青春岁月；生于"解冻"时期、在改革中走向成熟的"80 年代人"，则在"公开性"与"新思维"中"找到了自我"。在此区分的基础上，列·安宁斯基通过分析两代人反抗体制的不同形式，界定了他们的特殊文化身份。"70 年代人"在怀疑与绝望中从现实遁入个体的隐秘世界；"80 年代人"则在犬儒主义的虚饰与道德的双重标准

---

① Аннинский Л. Шестидесятники, семидесятники, восьмидесятники...К диалектике поколений в русской культуре//Литературное обозрение. 1991. No 4.

② Аннинский Л. Шестидесятники, семидесятники, восьмидесятники...К диалектике поколений в русской Культуре//Литературное обозрение. 1991. No 4. С. 11.

下，成为非官方文化的积极参与者。对于列·安宁斯基这种区分和界定，安·涅姆泽尔深不以为然。他认为，列·安宁斯基显然混淆了这两代人的特征，抹杀了他们之间的相通相似之处。① 不管怎样，作为文学批评家，"70年代人"和"80年代人"确实是一个难以分割的整体。按照列·安宁斯基的标准，出生于1947年的谢·丘普里宁应属"70年代人"，却在"60年代人"伊·佐洛图斯基那里获得"'80年代人'批评家"② 的称谓。若以1953年为界对这个整体进行截然二分，列·安宁斯基所裁定的文化身份难与批评家在后苏联时期的文化实践相称，这种划分便也失去了现实意义。因此，毋宁从批评实践角度出发，把"七八十年代人"的批评作为一个整体加以考察，通过比较年龄相仿的批评家的不同职业道路，更准确地把握这个成员众多、个性丰富的"自由民主派"批评群体的话语特征。

我们认为，这里更为可行的是借用谢·丘普里宁的提法，在"七八十年代人"——"子辈"批评家中区分"年长的子辈"与"年少的子辈"。当然，在借用之际，我们摒弃了他赋予这两个名称的意义，即它们所代表的两种截然不同的工作方式。这首先是因为，在逐渐去意识形态化的后苏联社会文化生活中，谢·丘普里宁观念中的"年长的子辈"已经鲜有作为。正如他所言，"年长的子辈"的"报刊言论在三五年前（即20世纪80年代末——作者注）非常适时。但是，在当前条件下，当文学中的国内战争以它仅仅可能的方式——亦即两种文化在同一民族文化框架内的隔离状态，被迫共同却分立的存在状态——结束以后，这'一代人'积极的文学批评活动中断了或者至少受阻了，也许要待到更加英雄主义时期的新来临"③。我们所指称的"年长的子辈"，与"年少的子辈"一样，皆以"集中精力、深思熟虑地建构新的已然是后苏联

---

① *Немзер А.* Страсть к разрывам. Заметки о сравнительно новой мифологии//Новый мир. 1992. № 4. С. 234.

② *Золотусский И.* Пройти безвредно между чудес и чудовищ//Литературное обозрение. 1990. № 1. С. 7.

③ *Чупринин С.* Элегия//Знамя. 1994. № 6. С. 187.

的文学空间"为职业行为准则；然而，从他们的批评实践中也透露出批评观念与方法方面的细微差别。正基于此，我们将谢·丘普里宁、纳·伊万诺娃、弗·诺维科夫等批评家称为"年长的子辈"，而将安·涅姆泽尔、马·利波韦茨基、叶·多布连科等称作"年少的子辈"。这样的分类结果与两组批评家的年龄特征之间的契合①再次证明，批评家的辈分身份，与其出生年代直接相关；对批评主体的辈分界定和文化身份的研究，是把握当代俄罗斯文学批评特征的有效途径。

"90年代人"是生于"停滞"时期，在20世纪80年代与90年代之交——俄罗斯社会文化转向的关键时刻确立自我意识的新生代。与前辈批评家相比，身为"90年代人"的批评家成为在自由的哺育下成长起来的第一代人——"自由的初生子"。正是他们构成了后苏联文学批评中一股不可忽视的新生力量。

20世纪90年代以来，不同辈分的"自由民主派"批评家在《旗》《新世界》《各民族友谊》等自由主义论坛上畅所欲言、各抒己见，促进了后苏联文学批评的繁荣。与"自由民主派"同"民族爱国派"之间不可避免的分立共存与被迫无奈的权利分享不同，与他们之间言说阵地互不侵犯、批评话语互不交集不同，一致的意识形态取向、共同的批评论坛、不同辈分的"自由民主派"批评家群体的客观存在，为批评主体互通有无创造了有利条件；批评家们主观上对不同声音的渴望、对对话者的渴求，则进一步促进了"自由民主派"批评话语的生成。因此，"自由民主派"批评家们之间言说权利的分享不是自说自话，不是言说主体的独白，而是不同的文艺学与美学观念的对话与碰撞。正是不同辈分的"自由民主派"批评家们的分歧和论争，促成了后现代主义与后现实主义文学批评的繁荣，激发了层出不穷的批评话语，展示了当代俄罗斯文学批评的深度和广度。

---

① 前一组批评家出生于20世纪40年代，而后一组批评家则出生于20世纪50—60年代。

本章参考文献

Аннинский Л. Шестидесятники, семидесятники, восьмидесятники... К диалектике поколений в русской культуре//Литературное обозрение. 1991. № 4.

Архангельский А. У парадного подъезда: Литературные и культурные ситуации периода гласности (1987 – 1990). М.: Советский писатель. 1991.

Березовая Л. и Берлякова Н. История русской культуры. М.: Гуманит. изд. центр ВЛАДОС. 2002.

Берг М. Литературократия. Проблема присвоения и перераспределения власти в литературе. М.: Новое литературноеобозрение. 2000.

Бондаренко Вл. Пламенные реакционеры. Три лика русского патриотизма. М.: Алгоритм. 2003.

Бондаренко Вл. Серебряный век простонародья. М.: ИТРК. 2004.

Боровиков С. Современная литература: Ноев ковчег? //Знамя. 1999. № 1.

Ерофеев Вик. Поминки по советской литературе//Литературная газета. 4 июля 1990.

Золотоносов М. Отдыхающий фонтан. Маленькая монография о постсоциалистическом Реализме//Октябрь. 1991. № 4.

Золотусский И. Пройти безвредно между чудес и чудовищ//Литературное обозрение. 1990. № 1.

Иванова Н. Возвращение к настоящему//Знамя. 1990. № 8.

Иванова Н. Наука ненависти. Коммунисты в жизни и в литературе//Знамя. 1990. № 11.

Иванова Н. Триумфаторы, или новые литературные нравы в контексте нового Времени//Звезда. 1995. № 4.

Иванова Н. Каждый охотник желает знать, где сидит фазан//Знамя. 1996. № 1.

Иванова Н. Между. О месте критики в прессе и литературе//Новый мир. 1996. № 1.

Кондаков И. Культура России. Часть 1. Русская культура: краткий очерк истории и Теории. М.: Книжный дом«Университет». 2000.

Липовецкий М. Современность тому назад (Взгляд на литературу «застоя»)//

Знамя. 1993. № 10.

Немзер А. Страсть к разрывам. Заметки о сравнительно новой мифологии//Новый мир. 1992. № 4.

Новиков Вл. Раскрепощение. Воспоминания читателя//Знамя. 1990. № 3.

Синявский А. Диссидентство как личный опыт//Юность. 1989. № 5.

Сорокин В. Работник. К 60 – летию Владимира Бондаренко//Москва. 2006. № 2.

Чупринин С. Критика – это критики：Проблемы и портреты. М.：Советский писатель，1988.

Чупринин С. Перемена участи. М.：Новое литературное обозрение. 2003.

Чупринин С. Русская литература сегодня：путеводитель. М.：Время. 2007.

Чупринин С. Первенцы свободы. «Новая журналистика» глазами литературного Критика//Знамя. 1992. № 5.

Чупринин С. Элегия//Знамя. 1994. № 6.

Чупринин С. Перечень примет//Знамя. 1995. № 1.

Эпштейн М. После будущего. О новом сознании в литературе//Знамя. 1991. № 1.

张建华：《关于当代俄罗斯文学的对话两则》，《俄罗斯文艺》2006年第1期。

［俄］瓦·克柳切夫斯基：《俄国史教程》第3卷，左少兴等译，商务印书馆1996年版，第258—260页。

第七章 当代俄罗斯后现代主义文学批评

根深蒂固的体制弊端，盘根错节的社会矛盾，使背负着沉重历史包袱的"改革"，愈走向深入愈显得危机重重。进入20世纪90年代，矛盾与危机的日益激化最终导致苏联解体。在俄罗斯社会文化转向的紧要关头，幻灭与重生的种种可能性激发了人们的联想；整个后苏联时空弥漫着"未来之后"[①] 的历史终结感，充盈着浓重的"后历史"[②] 情绪。于是，各种"后"话语便应运而生。所谓"后意识形态""后乌托邦"等，已经成为言语交际中的惯用语；它们不仅准确指称了俄罗斯历史上的特殊时代，而且生动反映了这个时代普遍的"后"存在意识。

文学批评及其主体作为特定时空存在的一部分，必然受到其精神氛围的熏陶。尽管"后"历史语境对不同批评主体的影响程度不同，表现各异，然而毋庸置疑的是，所谓"后社会主义现实主义"[③] "后先锋主义"[④] "后现代主义""后现实主义"[⑤]，乃至"后后现代主义"[⑥] 等批评

[①] *Эпштейн М.* После будущего. О новом сознании в литературе//Знамя. 1991. No 1.

[②] *Эпштейн М.* После будущего. О новом сознании в литературе//Знамя. 1991. No 1.

[③] «постсоциалистический реализм». См: *Золотоносов М.* Отдыхающий фонтан. Маленькая монография о постсоциалистическом реализме. Или «постсоцреализм». См.: *Рассадин Ст.* Голос из арьергарда//Знамя. 1991. No 11. С. 203.

[④] «поставангард». См.: Поставангард: сопоставление взглядов//Новый мир. 1989. No 12, *Липовецкий М.* Закон крутизны (Дискуссия о постмодернизме)//Вопросы литературы. 1991. No 11–12.

[⑤] «постреализм». См.: *Лейдерман Н. и Липовецкий М.* Жизнь после смерти, или Новые сведения о реализме//Новый мир. 1993. No 7.

[⑥] *Иванова Н.* Каждый охотник желает знать, где сидит фазан//Знамя. 1996. No 1.

话语，是"后"时代观念向批评家的意识渗透并左右批评文字的表现。与此同时，一方面，随着"改革"的启动而逐渐回归的俄罗斯本土思想遗产，以巴赫金与洛特曼的理论建树为核心，在20世纪90年代以来的人文研究中得到了继承和发扬；另一方面，随着体制界限的开放而引进的西方社会文化与文艺理论思潮，以势头强劲的"后学"，尤其是后现代主义学说为主流，对整个后苏联时期的精神文化生活，包括文学创作与批评产生了广泛而深刻的影响，催生了一系列以"后现代主义"为核心的批评话语。

后现代主义批评在后苏联时期的兴盛，也是批评家们直面文学文化现实、细察并鉴定其新质的结果。这一现实自"公开性"推行伊始，变得愈加生动而复杂；诚然，与其说文学的非国家化丰富了文学文化生活，毋宁说发掘了它本身的丰富性与复杂性。当"被禁文学"陆续回归，"被命令忘却"的"异样"历史存在构成文学现实的有机组成部分之时，勘察文学的"地下"资源，追踪其当下的发展动向，便成为后苏联文学批评责无旁贷的历史任务。在完成这一任务的过程中，"民族爱国派"与"自由民主派"，"60年代人""七八十年代人"与"90年代人"，各自所承担的责任，付出的努力，做出的贡献，相差悬殊。

第一节　俄罗斯后现代主义文学批评的源流

在俄罗斯文学批评史上，"后现代主义"一词开始被用于指称某类文学创作现象，是20世纪90年代的事。诚然，正如当今许多研究成果[①]所表明，后现代主义在俄罗斯文学史上的发生，可追溯至20世纪60年代末、70年代初，可以两部公认的后现代主义经典名作——维涅季克

[①] *Липовецкий М.* Русский постмодернизм：Очерки исторической поэтики. Екатеринбург：Издательство Уральского университета. 1997. *Скоропанова И.* Русская постмодернистская литература. М.：Флинта：Наука. 2002. *Богданова О.* Постмодернизм в контексте современной русской литературе（60 – 90 – е годы 20 века—начало 21 века）. СПб.：Филол. факультет С. – Петерб. Гос. Университета. 2004.

特·叶罗菲耶夫的《从莫斯科到佩图什基》[1]、安·比托夫的《普希金之家》[2] 为证；然而在"停滞时期"，此类创作始终处于文学批评视野之外。直至20世纪80年代后半期，此类创作才开始引起批评界的广泛关注，更准确地说，批评家们才得以正视其存在并发表相关评论。他们在完成历史遗留下来的批评课题之同时，将层出不穷的此类创作也纳入自己的批评视域。于是，俄罗斯后现代主义文学二三十年的存在，便一并成为后苏联文学批评的对象。

后苏联文学批评对此类文学现象的认识，也在这一创作潮流的发展中，在批评自身的成长过程中不断深化。换言之，后现代主义文学批评绝不是一成不变的若干观点的论证与表述。与经年累月完成的文学研究著作不同，文学批评写作的即时性决定了批评文章的时效性。然而，正是标有明确年月的批评文章，为我们追踪批评家的思想发展轨迹留存了珍贵的线索；也正是散见于20世纪80年代末以来批评文章中的相关话语，为我们探寻后现代主义文学批评的演进脉络，提供了有效途径。

总体看来，迄今为止的俄罗斯后现代主义文学批评经历了三个阶段。在1989年2月8日的《文学报》论辩中，谢·丘普里宁与德·乌尔诺夫各执一词，对柳·彼得鲁舍夫斯卡娅、塔·托尔斯泰娅、维·皮耶楚赫、叶·波波夫等人的创作发表了截然对立的观点。与德·乌尔诺夫所谓"坏的小说"针锋相对，谢·丘普里宁开创性地提出"异样小说"[3] ——

---

[1] "据作者所言，《从莫斯科到佩图什基》以'蛮横方式'于1970年1月19日至3月6日写成，1973年首次在以色列发表，1977年刊于法国，在俄罗斯发表则是在1988—1989年。"参见亚·博利舍夫、奥·瓦西里耶娃《20世纪俄罗斯后现代派文学概观》，《俄罗斯文艺》2003年第3期。陆肇明摘译自 Большев А. иВасильева О. Современная русская литература (1970 – 1990 – е годы). СПб. : Филол. факультет С. – Петерб. Гос. университета, 2000. С. 75 – 104. 标题系译者所加。

[2] 《普希金之家》创作于1964—1971年，1973年以自发出版物形式面世，并于同年在境外出版物《边界》第103期发表。在俄罗斯国内，《普希金之家》完整版本最早刊于《新世界》1987年第10—12期。
См: Скоропанова И. Русская постмодернистская литература. М. : Флинта：Наука. 2002. C. 114 – 115.

[3] Чупринин С. Другая проза//Литературная газета. 8 февраля 1989. C. 4 – 5.

第七章 当代俄罗斯后现代主义文学批评

说，并由此全面拉开"后现代主义"之争的序幕。"异样"小说家、诗人开始吸引愈来愈多的目光；与此同时，批评界尚未掌握适当的理论、方法以及话语，来阐释这个不同于俄罗斯传统——包括现实主义与现代主义的传统——的文学创作之"异样文学"的内涵。1991年春在高尔基世界文学研究所召开的以"后现代主义与我们"为主题的学术研讨会，成为后苏联文学批评史上的标志性事件；"此后，这个'主义'几乎于一瞬间开始在国内胜利进军。标有这一流派印记的一切，都被认为是需要的和有趣的，而其余的一切，迅即被抛进故纸堆"①。在这股热风的劲吹之下，有关后现代主义的言说主导了几乎整个20世纪90年代的文学批评论坛。进入21世纪，后现代主义狂飙突进的势头明显减弱，无论是创作还是批评，都陷入喧嚣之后的沉寂。后现代主义文学批评的三位关键人物——马·利波韦茨基、米·爱泼斯坦、维·库里岑，先后以相关论著②对各自批评实践所做的整理、归纳与提升，无疑印证了后现代主义文学批评一个时期的终结。于是，以"异样文学"一说的诞生、"后现代主义"一词的推广、后现代主义相关话语的流行③

---

① Эпштейн М. Истоки и смысл русского постмодернизма//Звезда. 1996. № 8. С. 166.

② 马·利波韦茨基的《俄罗斯后现代主义：历史诗学概论》、米·爱泼斯坦的《后现代在俄罗斯：理论与文学》、维·库里岑的《俄罗斯文学的后现代主义》分别于1997年、2000年、2000年问世。См：Липовецкий М. Русский постмодернизм：Очерки исторической поэтики. Екатеринбург：Издательство Уральского университета. 1997. Эпштейн М. Постмодерн в России：Литература и теория. М.：Издательство Р. Элинина. 2000. Курицын Вяч. Русский литературный постмодернизм. М.：ОГИ 2000.

③ 除这三位批评家之外，一批研究者在21世纪初也发表了有关俄罗斯后现代主义文学的专著，其中包括 Скоропанова И. Русская постмодернистская литература. М.：Флинта：Наука. 2002. Богданова О. Постмодернизм в контексте современной русской литературе (60 – 90 – е годы 20 века—начало 21 века). СПб.：Филол. факультет С. – Петерб. Гос. Университета. 2004. Маньковская Н. Эстетика постмодернизма. СПб.：Алетейя，2000. Берг М. Литературократия. Проблемаприсвоения и перераспределения власти в литературе. М.：Новое литературное обозрение. 2000.

此外，在文学批评的基础上，21世纪初的文学史教材已将俄罗斯后现代主义文学纳入其中。См：Большев А. и Васильева О. Современная русская литература (1970 – 1990 – е годы).

СПб.：Филол. факультет С. – Петерб. Гос. Университета. 2000，Лейдерман Н. и Липовецкий М. Современная русская литература. М.：УРСС. 2001.

为节点，我们便可将俄罗斯后现代主义文学批评的发展划分为三个阶段。

20世纪80年代末至1991年为第一阶段。这是后现代主义文学批评的发端期，或后现代主义文学批评话语的酝酿期。渴望紧跟文学创作步伐的批评家们，在各种解读的努力下创造了个性化、本土化、多样化的批评话语；可以说，欧美后现代主义理论及其话语体系被引进俄罗斯之前的20世纪八九十年代，是俄罗斯后现代主义文学批评史上最富戏剧性的时期。用于指称与俄罗斯文学传统迥然有别的文学创作的概念，除"异样小说"之外，有广泛使用的"新浪潮""后先锋主义""反讽的先锋主义"，也有在小范围内流通的个人语汇——马·利波韦茨基的"表演性小说"①、米·爱泼斯坦的"后卫小说"②、叶·多布连科的"社会艺术小说"③；有泛泛而指的"新文学""年轻的文学"④，也有特指某种文学创作潮流的"元现实主义""观念主义""社会艺术"；如此等等，不一而足。问题的复杂性与重要性并不仅仅在于这些表述各异的概念本身，更在于它们的具体内涵及其异同；不同话语的能指之间与所指之间的重合与偏离，反映了此阶段后现代主义文学批评的主要症结。

在影响深远的《异样小说》一文中，谢·丘普里宁以"异样"为名，试图将"停滞时期"以降一直处于批评视野之外的一批小说家，从"1937年的孩子"⑤ 维涅季克特·叶罗菲耶夫到年轻的瓦·纳尔比科

---

① «артистическая проза». См.: *Липовецкий М.* Свободы черная работа (об «артистической прозе»нового поколения)//Вопросы литературы. 1989. № 9.

② *Эпштейн М.* После будущего. О новом сознании в литературе//Знамя. 1991. № 1. С. 227.

③ «соцартистская»проза. См.: *Добренко Евг.* Преодоление идеологии. Заметки о соц-арте//Волга. 1990. № 11. С. 175.

④ «молодая литература»与20世纪60年代的"青年小说"（«молодежная проза»）相区别。

⑤ 语出弗·邦达连科。维涅季克特·叶罗菲耶夫生于1938年，弗·邦达连科称他为"黄金一代'1937年的孩子们'中的最后一位"。См.: *Бондаренко Вл.* Подлинный Веничка//Наш современник. 1999. № 7. С. 177.

娃[1]，从书刊审查的幸存者柳·彼得鲁舍夫斯卡娅到"极端的情形之一"尤兹·阿列什科夫斯基，等等，一并从幕后推向"公开性"时期文学文化生活的前台。批评家从其为陌生的"异样文学"申辩的立场出发，阐述它的概念、思想主旨及意义，在将"异样文学"与批判现实主义文学进行对比的基础上，分析它的"异样"特征。谢·丘普里宁指出，"异样小说"是"重要的社会心理、世界观、艺术的现象"，是"同占统治地位的道德、同我们这里被认为是真正的文学之所有的一切截然有别、刻意对立的"文学。[2] 它具有强烈的震撼性、论辩性、挑衅性、进攻性："异样小说整个儿就是挑战与攻击，整个儿就是讽刺与戏拟，整个儿就是对抗那些由艺术，尤其是在30年代的'寒冬'，赫鲁晓夫的'解冻'以及勃列日涅夫的'霜冻'岁月由宣传、由大众传媒编织的金黄色的梦。"[3] "异样文学"深深地"扎根于现实"[4]，"异样小说家所描写的正是这种——扭曲了的、糟糕的、光怪陆离的——现实"[5]。同时它又超然于现实，同批判现实主义作家不同，"异样小说家很少呼号，更少号啕"，冷嘲热讽或冷眼旁观是他们在小说中应对不幸的惯常方式。[6] 然而，"正是在此时此地需要""异样文学"，需要阅读它、了解它，因为它对另一种人、另一种生活的现实存在的关注，是其"人道主义意义和主旨"之所在；它对现实的邪恶本质的无情揭露，对人的卑微生存的冷酷透视，是其"社会批评、批判的意义"之所在；它的存在本身证明："小说可以是非同寻常、与众不同的，正所谓异样的，亦即不同的。其文学的、革新的创造性意义正在于此。"[7] 谢·丘普里宁的"异样小说"观，开拓了一片崭新的批评领域，引领了文学

---

[1] 她在20世纪80年代末崭露头角时，还不到30岁。
[2] Чупринин С. Другая проза//Литературная газета. 8 февраля 1989. С. 4.
[3] Чупринин С. Другая проза//Литературная газета. 8 февраля 1989. С. 4.
[4] Чупринин С. Другая проза//Литературная газета. 8 февраля 1989. С. 4.
[5] Чупринин С. Другая проза//Литературная газета. 8 февраля 1989. С. 4.
[6] Чупринин С. Другая проза//Литературная газета. 8 февраля 1989. С. 4.
[7] Чупринин С. Другая проза//Литературная газета. 8 февраля 1989. С. 5.

批评的"新浪潮";当然,它的局限性也是显而易见的,即批评家小心翼翼的辩护姿态、意犹未尽的辩护词,使其论述显得局促而粗浅。这种局限性恰恰反映了"异样小说"观诞生于"此时此地"的特殊语境;更重要的是,"异样文学"这一提法之"概念模糊,然可从直觉上参悟的内涵"①,反倒成就了这一话语的开放性,激发了当代批评家们不断努力明确其内涵。

与"异样文学"相比,所谓"新浪潮""新文学""年轻的文学",则是内涵和外延更为模糊的概念。新与旧、年轻与年老总是交替而生的。每个文学浪潮在来袭之初都是新的、年轻的,因此以它们作限定语的概念,其所指也变动不居。在20世纪八九十年代,所谓"新浪潮",一般是指发端于20世纪70年代后半期的一股迥然不同于传统的文学创作的潮流。② 所谓"新文学",更强调文学的这种新质,而淡化了它出现的时间限制。米·爱泼斯坦指出:"新文学是新近的文学,这并非是就其出现的时限,而是就其本身的极端实质而言。正是这种没有时间标记的文学,如今被认为是真正当代的文学"③。"年轻的文学"一说,由叶·什克洛夫斯基的批评文章④得到推广,用于特指在20世纪80年代,尤其是在"公开性"时期崭露头角的那些作家的创作。很显然,这三个概念的通用意义之间有呼应,也有出入;不过,在频繁的交替使用中,它们之间的区别却时常被忽略。诚然,批评家个人所赋予它们的特殊含义,使本不精确的概念之使用更为混乱。

纳·伊万诺娃在有关"新浪潮"小说的论述中,将"异样小说"理解为"新的、直到近期仍不为人所知的作者的小说",即"新浪潮"

---

① См.: Десятерик Д. "Другая проза". Альтернативная культура: Энциклопедия, Екатеринбург: Ультра Культура. 2005. Чупринин С. Русская литература сегодня: Жизнь по понятиям. М.: Время. 2007. С. 143.

② Зорин А. Круче, круче, круче...//Знамя. 1992. No 10. С. 198.

③ Эпштейн М. После будущего. О новом сознании в литературе//Знамя. 1991. No 1. С. 218.

④ Шкловский Евг. На рандеву с гармонией. Размышления о молодой прозе// Литературное обозрение. 1986. No 1.

第七章 当代俄罗斯后现代主义文学批评

小说、"新小说"——"以前少有人听闻的作者的小说"①。在此基础上，批评家归纳出"新浪潮"小说的三个流派："历史派（毫无疑问，其起源与尤·东布罗夫斯基、瓦·格罗斯曼、尤·特里丰诺夫的小说相关联），'自然'派（与60年代'新世界的'社会小说相近）和反讽的先锋派"。她有所保留地列举出这三个流派的代表性作家，即"历史派"——米·库拉耶夫，"'自然'派"——格·格洛文、谢·卡列京、维·马斯卡连科，"反讽的先锋派"——维·皮耶楚赫、塔·托尔斯泰娅、叶·波波夫、维克多·叶罗菲耶夫、瓦·纳尔比科娃。②尽管"异样小说"在纳·伊万诺娃那里被阐释为"新浪潮"小说、"新小说"，但在她的行文中用以指代"新浪潮"的，却始终是"'新'小说"，而非谢·丘普里宁的发明——"异样小说"。这并非没有原因。很显然，纳·伊万诺娃所谓的"新小说"与谢·丘普里宁的"异样小说"相比，其内涵更为宽泛，也更为具体。一方面，谢·丘普里宁鉴定的"异样"，仅仅是纳·伊万诺娃所谓的"新小说"之"反讽的先锋派"，而她所论及的"历史派"和"'自然'派"小说倒更接近于现实主义和自然主义的创作（如谢·卡列京的《建筑营》）；另一方面，"异样"在纳·伊万诺娃那里获得了相对明确的风格诠释。

　　同时期的马·利波韦茨基，却避开"异样小说"或"新小说"的提法，在质疑"年轻的文学"一说的同时，对新生代创作主体进行更为明确的辈分界定，并在此基础上展开他的"表演性小说"批评。在他那里，"70年代人"被细分为"年长的70年代人"与"年少的70年代人"③，分别用以替代"四十岁一代"与"三十岁一代"；于

---

① Иванова Н. Намеренные несчастливцы? （о прозе «новой волны»）//Дружба народов. 1989. № 7. С. 239.
② Иванова Н. Намеренные несчастливцы? （о прозе «новой волны»）//Дружба народов. 1989. С. 239 – 240.
③ 马·利波韦茨基论及的"年少的70年代人"，即米·爱泼斯坦所谓的"新浪潮"文学主体——"80年代人"（«восьмидесятники»），或米·佐洛托诺索夫批评言说中的"80年代人"（«восьмидерасты»）。在这里，米·佐洛托诺索夫别出心裁的发明，是为了在点明作家崛起年代的同时突出其全新的文学创作理念。

· 309 ·

是,"年轻的文学""三十岁一代的小说"被置换为"'年少的70年代人'的小说"①,即由塔·托尔斯泰娅、阿·伊万琴科、尼·伊萨耶夫、瓦·维亚兹明、维·皮耶楚赫、叶·波波夫、维克多·叶罗菲耶夫等为代表的"新一代的'表演性小说'"②。尽管马·利波韦茨基关注的"年少的70年代人"与谢·丘普里宁推介的"异样小说家",其各自组成上有明显出入,但在不久之后有关当代短篇小说诗学的文章中,"表演性小说"与"新浪潮"小说、"异样文学"却仍被作为同义词使用。③

如果说纳·伊万诺娃对"新浪潮"小说做出了横向的、共时性的分类评述,那么,随后米·爱泼斯坦则对其进行了纵向的、历时性的考察。在他的俄罗斯文学循环发展论中,由元现实主义与观念主义——"80年代人"创作的两种对立风格、"两极或两端"④——构成的"新浪潮"小说,是"在与中心化小说⑤的比照、与它的内在争辩中"发展起来的"离心小说"⑥:"它似乎总是从中心的统治下走出,与中心自由地游戏——在西尼亚夫斯基、阿克肖诺夫、尤兹·阿列什科夫斯基、维涅季克特·叶罗菲耶夫、维克多·叶罗菲耶夫那里便是如此。"

---

① *Липовецкий М.* «Свободы черная работа»（об «артистической прозе» нового поколения）//Вопросы литературы. 1989. № 9. С. 4.

② *Липовецкий М.* «Свободы черная работа»（об «артистической прозе» нового поколения）//Вопросы литературы. 1989. № 9. С. 3.

③ *Лейдерман Н. и Липовецкий М.* Между хаосом и космосом. Рассказ в контексте времени//Новый мир. 1991. № 7. С. 253－257.

④ *Эпштейн М.* После будущего. О новом сознании в литературе//Знамя 1991. № 1. С. 220.

⑤ «центрированная проза» или «центральная проза». 米·爱泼斯坦指出:"我们时代的中心小说,首先是索尔仁尼琴（还有格罗斯曼、弗拉基莫夫）的小说,有确定的作者声音和立场,作者就像造物主一样,用语言的利剑创作小说。所有词语都是同义重复性质的,都是在直义或直白化的意义上被使用的,没有任何偷换、遮饰、欺骗性的含混。"См.: *Эпштейн М.* После будущего. О новом сознании в литературе//Знамя. 1991. № 1. С. 228.

⑥ «эксцентрическая проза». См.: *Эпштейн М.* После будущего. О новом сознании в литературе//Знамя. 1991. № 1. С. 228.

"然而第三种小说——已然不是离心的，而是去中心化了的小说①——出现了，并在20世纪80年代末传播开来。……如果离心文学作者总是同消融了的、被抛弃了的中心进行游戏，'所言非所指'，那么，去中心化了的小说则完全缺少那样的结构构造空间，即哪怕是最基本的立场、反观念可能在其中得以巩固的空间。在词语之间没有富有韧性的相互排斥或者充满激情的彼此吸引。……句号不仅可以点在句子之间，而且可以点在词语之间——它们相互之间毫无差别。"② 这就是米·爱泼斯坦所谓的"有所言，然不知所言"的"后卫文学"③，萨沙·索科洛夫即是其突出代表。于是，"历史派""'自然'派""反讽的先锋派"的共时存在，被代之以元现实主义、观念主义、"后卫主义"的历时演进。

很显然，米·爱泼斯坦所谓的"后卫文学"已经超越谢·丘普里宁的"异样文学"、纳·伊万诺娃的"新小说"、马·利波韦茨基的"表演性小说"，而将"新浪潮"推向最后的、最极端的发展形态，甚至应当说，它引领了20世纪70—80年代"新浪潮"之后又一个新的文学浪潮。此外，在廓清"新浪潮"内部分流的各种尝试中，纳·伊万诺娃的"三流派说"、米·爱泼斯坦的"两极观"④，由叶·多布连科的"社会艺术论"得到补充。在由"异样小说"推而广之的"异样文化"⑤ 背景下，叶·多布连科鉴定"社会艺术"的"异样"特征；反

---

① «децентрализованная проза». См.： Эпштейн М. После будущего. О новом сознании в литературе//Знамя. 1991. No 1. С. 228.

② Эпштейн М. После будущего. О новом сознании в литературе//Знамя. 1991. No 1. С. 228.

③ «проза арьергарда» или«арьергардная проза». См.： Эпштейн М. После будущего. О новом сознании в литературе//Знамя. 1991. No 1. С. 228.

④ 米·爱泼斯坦在1988年论及"诗歌中的新潮流"时，已经区分了"新浪潮"诗歌的两种对立风格——元现实主义与观念主义；20世纪90年代初，在阐述"文学中的新意识"时，他又将这一区分扩展至"新浪潮"小说。См.： Эпштейн М. Концепты... Метаболы... О новых течениях в поэзии//Октябрь. 1988. No 4. Эпштейн М. После будущего. О новом сознании в литературе// Знамя. 1991. No 1.

⑤ Добренко Евг. Преодоление идеологии. Заметки о соц-арте//Волга. 1990 No. 11. С. 166.

之，在审视"社会艺术"的"异样美学"的基础上，批评家参悟整个"异样文化"的美学品质。"异样小说""异样文化""社会艺术"这三者之间的相互阐释，清晰地呈现出叶·多布连科的批评逻辑。它根源于这样一种认识，即"异样文化所有主要的内在趋向和文化功能"在"社会艺术"中得到了最彻底、最有机的实现。[1] 于是，叶·多布连科将马·利波韦茨基的术语"表演性小说"引申为"社会艺术小说"[2]，以指代"新浪潮"小说的一股主要流向，突出"异样文化"的典型美学特征。

"后现代主义文学"的种种代用话语，名称各异，但总的来说其结构元素无非有二，即限定语和中心词。"新""后""异样""年轻"等限定语强调文学潮流不同以往的新质，中心词通常点明"以往"的比较对象。以先锋主义为中心词构成的话语便是如此。不论其前缀为何，这些话语都旨在突出新的文学现象与历史上的先锋主义流派之间的内在关联。事实上，先锋主义与"异样文学"、后现代主义文学的关系，是贯穿于整个俄罗斯后现代主义文学批评始终的核心论题之一。

"异样文学"一说诞生之初，批评家们大多未及深思便将其视为俄罗斯先锋主义的又一变体。在随后一期《文学报》上展开的"一周对话"中，尼·阿纳斯塔谢耶夫指出，谢·丘普里宁所谓的"异样文学"就是"我们国内的先锋派"[3]。20世纪90年代初，叶·多布连科在清理众说纷纭的"异样文学"批评时概括并认同道，"异样"小说，就是"另一种"小说、"新浪潮"小说、"反讽的先锋主义"小说。[4] 大约一

---

[1] Добренко Евг. Преодоление идеологии. Заметки о соц-арте//Волга. 1990. № 11. С. 167.

[2] 马·利波韦茨基的"表演性小说"（«артистическая проза»），在加上前缀"社会"（соц –）并更换后缀后，变形为叶·多布连科的"社会艺术小说"（«соцартистская» проза）。См.: Добренко Евг. Преодоление идеологии. Заметки о соц – арте//Волга. 1990. № 11. С. 175.

[3] Анастасьев Н. и Давыдов Ю. Набоков и «набоковцы» Литературная газета. 15 февраля. 1989. С. 2.

[4] Добренко Евг. Преодоление идеологии. Заметки о соц – арте//Волга. 1990. № 11. С. 164.

年后,即"后现代主义"一词进入当代俄罗斯文学批评话语流通的关键时期,马·利波韦茨基在欣然接受它的同时,仍把"后先锋主义"作为它的代名词。① 随着批评家们对后现代主义理论与文学实践的思考不断深入,文学批评界关于后现代主义与先锋主义之关系的认识也渐趋成熟。不久,马·利波韦茨基便著文指出俄罗斯后现代主义当下最典型的普遍困惑之一——"现代主义、先锋派与后现代之间不加区分",即"以前被称为先锋主义,如今成了后现代主义"②;在此语境中,他进行澄清这一困惑的最初尝试。其他批评家,如米·爱泼斯坦、亚·格尼斯等,也纷纷就这一问题发表各自的创见。然而,他们始终未能达成共识。分歧首先根源于"异样文学"这一内涵丰富而模糊的话语本身。谢·丘普里宁认为,"异样文学"与"坏文学"之争,"在俄罗斯的出版物上承认了先锋主义与后现代主义文学的合法性"③。言下之意,"异样文学"是先锋主义与后现代主义文学的杂糅。在这种概念的混乱中,我们不妨以"异样文学"一说诞生的特殊语境和"异样"所具有的永恒相对性,来区分其狭义与广义。简而言之,狭义的"异样文学"就是后来所谓的俄罗斯后现代主义文学,而广义的"异样文学"则泛指任何不同于主流的先锋性质的文学。后现代主义文学一度的先锋姿态,以及它对任何主义,包括先锋主义的颠覆,导致了后现代主义同先锋主义若即若离。况且俄罗斯后现代主义"是非常多样的"④,它同先锋主义、现代主义、社会主义现实主义等诸多主义之间的关系也是复杂而微妙的。这是一个至今仍悬而未决,似乎永远也无法解决的问题。

---

① *Липовецкий М.* Закон крутизны (Дискуссия о постмодернизме)//Вопросы литературы. 1991. № 11–12.

② *Липовецкий М.* Патогенез и лечение глухонемоты. Поэты и постмодернизм//Новый мир. 1992. № 7. С. 213.

③ *Чупринин С.* Русская литература сегодня: путеводитель. М. : Время. 2007. С. 25.

④ *Липовецкий М.* Патогенез и лечение глухонемоты. Поэты и постмодернизм//Новый мир. 1992. № 7. С. 215.

综上所论，以谢·丘普里宁、纳·伊万诺娃、马·利波韦茨基、米·爱泼斯坦为代表的身为"七八十年代人"的批评家，发起并引导了这场影响深远的"异样文学"之争，赢得无可争议的话语权；他们留下的可圈可点的批评文字，构造了俄罗斯后现代主义文学批评第一阶段的亮丽风景，也烘托出它的鲜明特征，即这是创新与守旧、丰富与混乱并存的矛盾集合体；他们围绕"异样文学"而展开的诸种话语生成与诠释的努力，积聚了宝贵的本土话语资源，并为接受欧美后现代主义理论和话语体系做好了充分的思想准备。

自 1991 年至 20 世纪末为第二阶段。这是后现代主义文学批评的成长和成熟期，或后现代主义文学批评话语的爆发期。一方面，"文学研究者们寻找着在后现代主义的术语体系中描述许多当代小说与诗歌现象的可能性"[1]。另一方面，德·普里戈夫、季·基比罗夫、列·鲁宾斯坦的诗，马·哈里托诺夫、叶·波波夫、弗·索罗金、维·佩列文的小说——纷繁多彩的"异样文学"现象为批评家们创造了充足的阐释空间。后现代主义理论与话语开始大规模渗入文学批评实践，全面左右批评思维与表达；与此同时，批评家们（"七八十年代人"）在借鉴欧美"后学"反思本国文学文化现象的过程中，逐渐形成各自的后现代主义观念及立场，并在为其辩护的努力中构建各自的话语体系。因此可以说，从欧美后现代主义理论在俄罗斯文学中的具体化到批评实践的系统化，这前后近十年的时间，是俄罗斯后现代主义文学批评史上最具争议性、论辩性，也最富于活力和成果的时期。批评家们（"七八十年代人"）在欧美理论与本土文学现实、他者与自我之间的权衡，决定了俄罗斯后现代主义文学批评在依附性与独创性的张力中的矛盾，决定了批评话语在西化与本土化两极之间游移的特质。这是俄罗斯后现代主义文学批评第二阶段的基本表征，它首先可以由"后现代主义"一词进入俄罗斯文学批评的过程得到有力说明。

---

[1] "Дискуссия о постмодернизме"//Вопросы литературы. 1991. No 11 – 12. C. 3.

第七章 当代俄罗斯后现代主义文学批评

  1991年之前，"后现代主义"一说在文艺期刊上的出现，并未引起苏联批评界的普遍关注。1989年第9期《文学问题》上的《从现代主义到后现代主义》一文①，与马·利波韦茨基的"表演性小说"论相比，显得微不足道，可有可无；1990年10月31日《文学报》刊出的《跨入朝气蓬勃的文化》一文②，后来被认为是"俄罗斯后现代主义文学第一篇宣言"③，在当时却未能形成气候。进入1991年，情况大有改观。以"后现代主义与我们"为主题的研讨会在推广后现代主义学说方面发挥了关键作用；与此同时，舶来的后现代主义术语体系取代本土的既成话语，在批评家观念中的实现却并非一蹴而就的。两者的并存与对话，贯穿了1991年的批评文字，记录了后现代主义文学批评思维的过渡状态。米·爱泼斯坦、马·利波韦茨基分别于1991年年初与年末发表的相关文章，在批评史上的意义正在于此。

  米·爱泼斯坦的"文学中的新意识"④的论说，是其此前对"诗歌新潮流"⑤之关注的延续。批评家分析"新浪潮"小说的"风格对立"，即与诗歌创作相呼应的两股新潮流——元现实主义同观念主义的对立；在此基础上，他突出了超越这两种对立的风格而代表最新文学意识的"后卫主义"。批评家认为，它是"苏联后现代主义"的最新变体，"是现有的后现代主义形式中最激进的一种"⑥。细究之，米·爱泼斯坦的新文学观与欧美后现代主义学说的遭遇，是在自我与他者之间寻找平衡点的尝试。它具体表现为两点。其一，批评家在陈述原创性的"后卫小说"观时，一方面以"后卫主义"充实由元现实主义和观念主

---

① Ивбулис В. От модернизма к постмодернизму//Вопросы литературы. 1989. No 9.
② Курицын Вяч. На пороге энергетической культуры//Литературная газета. 31 октября. 1990.
③ Чупринин С. Русская литература сегодня: путеводитель. М.: Время. 2007. C. 33.
④ Эпштейн М. После будущего. О новом сознании в литературе//Знамя. 1991. No 1.
⑤ Эпштейн М. Концепты...Метаболы...О новых течениях в поэзии//Октябрь. 1988. No 4.
⑥ Эпштейн М. После будущего. О новом сознании в литературе//Знамя. 1991. No 1. C. 230.

义构成的"新浪潮",另一方面将元现实主义、观念主义与"后卫主义"视作"苏联后现代主义"的三种变体,从而将其纳入后现代主义的大潮流;其二,批评家在提出"苏联后现代主义"一说时,一方面以后现代主义在欧美产生的条件为参照,阐述后现代主义在苏联存在的可能性和特殊性,另一方面以欧美后现代主义的特征为标准,论证"苏联后现代主义"的同步性,甚至是超前性。于是,可以看到,在米·爱泼斯坦的"文学新意识论"中,"我们的'未来之后'与西方的后现代主义"① 之间的比较,乃至较量,造就了"我们的"表达与外来的说法之交叉并用;与此同时,有关"后卫主义"与"后现代主义"的批评文字所占的篇幅比例,显示出批评家在"我们的"和"西方的"之间做抉择时倾向于前者。

跨越了1991年之春的《文学问题》"关于后现代主义的讨论"②,展现了"后现代主义的术语体系"向后苏联文学批评的巨大迈进。马·利波韦茨基回避了在1989年提出、在1991年年初仍提及的"表演性小说"的说法③,而改用"后先锋主义"④ 和"后现代主义"这两种表述。显而易见的是,批评家在论证"俄罗斯后现代主义"的发生及发展状况时,仍试图以本土化的"后先锋主义"同"后现代主义"相抗衡;然而,不可否认的是,两者的混用模糊了彼此之间的区别,消解了前者——旧说法存在的必要性。由此可见,"我们的"和"西方的"在批评言说中并存的局面虽然依旧,却明显地朝相反的方

---

① 即米·爱泼斯坦所谓的"后卫主义"。

См.: Эпштейн М. После будущего. О новом сознании в литературе//Знамя. 1991. No 1. С. 229.

② "Дискуссия о постмодернизме"//Вопросы литературы. 1991. No 11 – 12.

③ См.: Липовецкий М. Свободы черная работа (об «артистической прозе» нового поколения) //Вопросы литературы. 1989. No 9. Лейдерман Н. и Липовецкий М. Между хаосом и космосом. Рассказ в контексте времени//Новый мир. 1991. No 7.

④ 在此之前,《新世界》杂志曾组织以"后先锋主义"为论题的书面研讨。马·利波韦茨基认为,这是"后现代主义"一词最终进入俄罗斯文学批评语汇。См.: Поставангард: сопоставление взглядов//Новый мир. 1989. No 12. Липовецкий М. Закон крутизны (Дискуссия о постмодернизме)//Вопросы литературы. 1991. No 11 – 12. С. 3.

向倾斜。

从米·爱泼斯坦到马·利波韦茨基的转向，两位批评家各自的话语演变，是俄罗斯后现代主义文学批评在西化的必然趋势中谋求独立发展、争取话语权的生动写照。米·爱泼斯坦和马·利波韦茨基此后的批评实践表明，他们一方面完全弃用"后现代主义"的种种代用语，而汇入令人眩晕的欧美话语流；另一方面却始终未曾放弃在欧美后现代主义话语体系的整体框架中寻求局部突破、本土创新的可能。

自21世纪以降开始第三阶段。这是俄罗斯后现代主义文学批评的回落期，或后现代主义文学批评话语的沉淀期。运用西方理论阐释本土文学文化现实的批评模式，随着后现代主义理论的穷竭、文学创作的停滞而陷入危机。一方面，从利奥塔到詹姆逊，从巴尔特到鲍德里亚，一系列与后现代主义或多或少有所关联的人物及其学说，在第二阶段已被大量地介绍给俄罗斯，几乎没有留下可以在第三阶段加以填补的空白；另一方面，俄罗斯后现代主义文学创作，在维·佩列文之后已不见可以与之相比肩者，维·佩列文在20世纪90年代书写的后现代主义文学传奇，也未能在21世纪延续。于是，马·利波韦茨基不禁感慨："'后现代主义'一词消失了！据本人观察，它最后一次或多或少被严肃地说起，是由于《蓝色脂肪》和《'百事'一代》[①] 实际上的同时问世。"[②] 关于后现代主义危机的言说，几乎伴随着整个后现代主义之争，尤其是20世纪90年代中期以来，反对后现代主义的呼声越来越高；尽管如此，危机意识并未消减批评家们的论辩激情。但进入21世纪后，后现代主义论题明显地从文学批评视野的中心退向边缘。可以说，"后现代主义"一词连同整个后现代主义文学批评话语体系的悄然隐退，恰如它的轰然崛起，似乎只在转瞬之间。然而，正是这种急转直下的情势，为

[①] 《蓝色脂肪》和《"百事"一代》分别是弗·索罗金、维·佩列文于1999年发表的作品。马·利波韦茨基所说的"最后一次"是指他本人就这两部作品发表的相关评论。См.: Липовецкий М. Голубое сало поколения, или Два мифа об одном кризисе//Знамя. 1999. No 11.

[②] Липовецкий М. ПМС（постмодернизм сегодня）//Знамя. 2002. No 5. C. 200.

· 317 ·

批评家们反思理论与现实，探讨后现代主义文学及批评的得失提供了契机。因此，随着后现代主义文学创作的"经典化""博物馆化"，随着它从颠覆霸权的工具转变为需要被颠覆的霸权，后现代主义文学批评迈进最富有怀疑精神和批判激情的发展阶段。

纵观之，俄罗斯后现代主义文学批评近二十年的存在，是随着"异样文学"生活的展开而不断揭示其"异样"品质，展现其"异样"内涵的过程。在这一过程中，以谢·丘普里宁、纳·伊万诺娃为代表的"年长的子辈"与以马·利波韦茨基、米·爱泼斯坦为代表的"年少的子辈"，以其特有的感悟力和洞察力，记录了俄罗斯后现代主义文学的崛起与衰落的轨迹，鉴定了其发育与发展的特征，引领了后苏联文学批评的主流。他们的批评话语建构，从其与"后现代主义"平行的不同代用语的发明，到其在"后现代主义"统领下对诸多从属话语的制造，勾勒出后现代主义文学批评不断深化和细化的发展趋势，呈现了批评话语权之争在双重维度上同时展开的图景。

第二节　俄罗斯后现代主义文学观的形态

围绕"后现代主义"展开的褒贬不一、针锋相对的论辩，席卷了从"60年代人"到"90年代人"，从"自由民主派"到"民族爱国派"的几乎整个后苏联文学批评界，调动了批评家们的言说欲望和潜力，呈现出一派百家争鸣、众声喧哗的景象。批评主体的意识形态及辈分身份、文学品位和批评才情，便在其有关后现代主义文学的批评言说中留下了印记。

这场论辩，从谢·丘普里宁同德·乌尔诺夫之争开始，随着后现代主义文学批评的深化和细化而渐趋复杂。这二人的最初分歧，已然划分出此后有关后现代主义文学的全部言说中两种截然对立的立场。具体而言，"民族爱国派"批评家、"自由民主派"批评家中的"60年代人"、部分"90年代人"，对与"后现代主义"相关的一切——具体的作家作品、抽象的诗学与美学，等等，均表达了一成不变的反对意见。① 同样的"始志不渝"则成就了批评家中另一部分"90年代人"的"后现代主义"神话：后现代主义理念是他们为之欢呼雀跃的无可厚非的终极真理，是放之四海而皆准的批评原则和方法。与此形成鲜明对比的，不仅仅是"七八十年代人"有关后现代主义的批评言说的个性化与多样化。这群批评家还善于在流动不息的文学创作与批评实践中凝练发展变化的后现代主义观。后现代主义对于他们而言，既不是毫无可取之处的异端邪说，也不是亘古不变的神圣信仰。总的来说，迄今为止，身为"七八十年代人"的批评家普遍经历了由大体肯定向基本否定演进的后现代主义认知道路，尽管在每个批评主体那里，这一转变的原因与表现各不相同。

虽然"民族爱国派"与一部分"自由民主派"批评家对后现代主义自始至终的排斥显示出某种一致性，他们做出否定判断的因由却大相径庭。"民族爱国派"的批评，正如上文所论，在意识形态"国内战争"结束后几乎陷入全面"瘫痪"。无论是对苏联文学的重审，还是对后苏联文学的评判，实无出彩之论。弗·邦达连科，作为"集体—爱国主义阵营的首席批评家、思想家"②，其批评言说勉强维系着"民族爱国派"批评的存在，也直接关系它的品质；他有关"异样文学"的只言片语，成为我们评判该派后现代主义观的依据。

20世纪90年代上半期，"自由民主派"批评家们在《旗》《新世界》《文学问题》上纷纷发表各自的"后现代主义文学论"，"爱国主义者们"却始终保持缄默。当马·利波韦茨基、米·爱泼斯坦、维·库里岑的专著相继问世时，弗·邦达连科方才重拾关于谢·多甫拉托夫、维

---

① 在后现代主义之争第一阶段，德·乌尔诺夫发出"坏的小说"的斥责之声；在第三阶段，费·库兹涅佐夫在2002年上海外国语大学举行的俄罗斯文学座谈会上将后现代主义作家同国家、人民对立起来，对"书店里充斥着后现代主义的书"深表怨愤。

② Чупринин С. Русская литература сегодня: путеводитель. М.: Время. 2007. С. 159.

涅季克特·叶罗菲耶夫创作的话题。①

谢·多甫拉托夫，这位在"自由民主派"批评家中享有盛誉的侨民作家，在许多当代文学研究者的论述中被作为俄罗斯后现代主义文学体系的早期后现代派代表，却遭到了弗·邦达连科不留任何余地、不容任何分说的激烈批判。"当代文学中无与伦比的修辞家"② 沦落为弗·邦达连科笔下"无可救药的犬儒主义者""唾弃品位"的"草根作家"。在他的作品中，"没有任何道德劝谕、任何教诲，没有任何智慧的言语、任何复杂的修辞"③。于是，"'多甫拉托夫'体裁"，即"'生者'与'死者'、虚构的主人公与真实的历史人物在其中交流对话的体裁"④，在弗·邦达连科那里蜕变为"不道德的手法"："他似乎有意识地混淆所有体裁，包括回忆录、小说、随笔、笑话。当然，实质上这是不道德的手法。"⑤ 谢·多甫拉托夫的"日常生活的表演主义"，被曲解为对同志情谊的背叛："监狱看守多甫拉托夫对待作家的声名，就像在集中营里对待劳改犯一样简单"⑥；"他不羞于犯错，或许，甚至有意而为之"；他"将自己圈内的真实人物置于笑话的中心。他似乎在抨击自己人——全部持不同政见的知识分子同道"。⑦ 弗·邦达连科毫不留情地攻击并非毫无来由。文章通篇未曾提及"后现代主义"，然而批评家开列的谢·多甫拉托夫的种种"罪责"正在于被"自由民主派"批评家们视

---

① Бондаренко Вл. Плебейская проза Сергея Довлатова//Наш современник. 1997. No 12. Подлинный Веничка//Наш современник. 1999. No 7.

② [俄] 亚·博利舍夫、奥·瓦西里耶娃：《20世纪俄罗斯后现代派文学概观》，陆肇明摘译，《俄罗斯文艺》2003年第3期。

③ Бондаренко Вл. Плебейская проза Сергея Довлатова//Наш современник. 1997. No 12. C. 258.

④ Иванова Н. Преодолевшие постмодернизм//Знамя. 1998. No 4. C. 198.

⑤ Бондаренко Вл. Плебейская проза Сергея Довлатова//Наш современник. 1997. No 12. C. 258.

⑥ 在部队服役期间，谢·多甫拉托夫曾担任劳改集中营的守卫。因此，弗·邦达连科在文中多次轻蔑地称其为"监狱看守多甫拉托夫"。См.：Бондаренко Вл. Плебейская проза Сергея Довлатова//Наш современник. 1997. No 12. C. 257.

⑦ Бондаренко Вл. Плебейская проза Сергея Довлатова//Наш современник. 1997. No 12. C. 258.

为后现代主义诗学之表现的"表演主义"。① 在批评家看来，这位作家人格及文风的形成，归根结底，正因他所受自由主义知识氛围之单方面的不良影响："多甫拉托夫笑话式小说最主要的怪象在于，从一开始，从迈出的最初步伐起，他就处于自由主义知识分子的圈子，完全不知晓当代俄罗斯文学中的土壤派；因此，他的全部冷嘲热讽，全部矫揉造作的犬儒主义，守卫的冷酷无情，他都往这个圈子发泄。在这一点上，他实际上颇像契诃夫——后者无情地嘲笑无助的、潦倒的万尼亚舅舅们、三姐妹以及其他的樱桃园住民。只是在多甫拉托夫那里，时代不同，知识氛围也变了……俄罗斯的乡土世界对他而言是陌生的。他似乎被灌输了这样的观念——这是异己的世界。"② 弗·邦达连科甚至推论，谢·多甫拉托夫"向自己的自由派同道泄愤，是因为看到他们和自己的恒常的犬儒主义两面性、意识形态衣装在不时变更"③。"自由民主派"批评家们交口称赞的小说家及其创作，就这样出人意料地被弗·邦达连科用作攻击意识形态论敌的又一杆枪。

与弗·邦达连科相比，伊·杰德科夫、斯坦·拉萨金、伊·罗德尼扬斯卡娅等"60年代人"批评家对后现代主义的批判，则明显地从文学外围进入文学内部，从意识形态说教上升到思想性与艺术性的品评。他们拒斥后现代主义文学，均出于对后现代主义艺术哲学与诗学的反感，对他们所认定的文学思想性与艺术性理想的坚持；这种理想，这种坚持，无疑同他们的辈分身份紧密相关。也正因如此，他们将肯定后现代主义文学的思想与美学价值的"七八十年代人"视为论敌，却从未将"民族爱国派"批评家们认作同道；谢·丘普里宁同德·乌尔诺夫

---

① «артистизм». См.：*Липовецкий М.* Русский постмодернизм：Очерки исторической поэтики. Екатеринбург：Издательство Уральского университета. 1997. *Иванова Н.* Преодолевшие постмодернизм//Знамя. 1998. № 4. С. 199.

② *Бондаренко Вл.* Плебейская проза Сергея Довлатова//Наш современник. 1997. № 12. С. 258.

③ *Бондаренко Вл.* Плебейская проза Сергея Довлатова//Наш современник. 1997. № 12. С. 258.

之争，相继被代之以米·爱泼斯坦同伊·杰德科夫、亚·格尼斯同伊·罗德尼扬斯卡娅的对弈。

伊·杰德科夫向米·爱泼斯坦的发难，依循了后者在新的文学史框架中阐述"后卫主义"的论证逻辑。伊·杰德科夫首先否定米·爱泼斯坦的文学循环发展论，进而质疑这一循环发展中的最后环节——"后卫文学"。伊·杰德科夫认为，米·爱泼斯坦对俄罗斯文学史的重新梳理，是以抽象观念重整具体事实、以简单图式规划复杂现象的结果，是在全盘否定与绝对肯定的两极之间作非此即彼之选择的二元思维模式的表现。[1] 这种观念先行、削足适履的批评方法，这种好走极端的思维定式，便促成了米·爱泼斯坦对"未来之后"这一文学形态的向往，造就了他的"文学新意识论"。对于米·爱泼斯坦之抽象化、图式化的文学演进观，伊·杰德科夫的解构策略可谓一针见血。然而，在抨击对方的同时，伊·杰德科夫自己却犯了同其论敌类似的错误，即仅仅按照理想文学的抽象而单一的标准，对以"新文学"名之的庞杂文学现象不加区分而予以全盘否定；仅仅依据米·爱泼斯坦的论说，从米·爱泼斯坦的一极转向了与之截然对立的一极。于是，文学应当关注"现实生活、现实时代、现实的人类思想"[2] 的文学观，在这里却制造出批评家同"新文学"之间的隔膜。米·爱泼斯坦所倡导的"后卫文学"，作为文学"新浪潮"中文字游戏的一种极端表现，如斗牛士手中的红布，吸引了伊·杰德科夫的全部注意力，妨碍了他对"新文学"的深入探究，加深了他的偏见。"无边的自主性""无责任心""不断重复的游戏"[3]，便成为伊·杰德科夫有关"新文学"的全部认识。如此抽象而笼统的只言片语，使他的批判锋芒锐减。批评家不仅未能实现他用以要求对方的言说"具体性"，而且最根本的症结在于，他甚至未能提出可以同论敌相抗衡的"新浪潮"文学观。正如马·利波韦茨基所指出的，

---

[1] Дедков И. Между прошлым и будущим//Знамя. 1991. № 1. С. 237.
[2] Дедков И. Между прошлым и будущим//Знамя. 1991. № 1. С. 239.
[3] Дедков И. Между прошлым и будущим//Знамя. 1991. № 1. С. 239–240.

第七章　当代俄罗斯后现代主义文学批评

至少"米·爱泼斯坦按照自己的方式对现实存在着的文学情境做出了分析和分类",伊·杰德科夫却"没有提出自己的分析","没有提及一部'新'作品"①。

相形之下,斯坦·拉萨金在《发自后卫的声音》一文中勾画的后现代主义文学形象更为具体、更为清晰,尽管他对俄罗斯后现代主义的提法深表怀疑,他所论及的作家作品也极其有限。伊·杰德科夫简短的"新文学"评语与潜在的现实主义文学理念,由斯坦·拉萨金的论说得到进一步阐发,二者的不谋而合充分展现了"60年代人"批评家们共同的文学旨趣。

具体而言,斯坦·拉萨金嘲讽"'异样'文学代表"的写作狂行为,解构"我们有别于你们所有人"②的"异样"宣言,铺陈维克多·叶罗菲耶夫在《俄罗斯美女》中的色情描写,强调弗·索罗金阐明创作意向的后现代主义宣言远比他无定形的作品更具可读性。这一切旨在渲染"后现代主义的突出特征"——"无法无天",即无所不可、无所不为的"绝对无界限"③。批评家否认德·普里戈夫、季·基比罗夫诗歌创作的"艺术个性",突出后现代主义文学的"二手性"④与破坏力,认定这二手的必然性与这破坏的"单调性",怀疑创新的可能性与重建的"产出性"。⑤这一切旨在鉴定后现代主义文学千篇一律的"游戏"性质。斯坦·拉萨金质疑以弗·索罗金为代表的后现代主义文学的可读性,揭露它沉迷于文本的世界而无视读者的精英文学性质,斥责文本的意义在自我陶醉、"极端放肆的"文字游戏中的游离,乃至缺省。⑥这一切旨在批判后现代主义作家责任心的丧失。显然,斯坦·拉萨金对

---

① Липовецкий М. Совок – блюз. Шестидесятники сегодня//Знамя. 1991. No 9. C. 235.
② «Мы не такие, как вы все». См.：Рассадин Ст. Голос из арьергарда//Знамя. 1991. No 11. C. 202.
③ Рассадин Ст. Голос из арьергарда//Знамя. 1991. No 11. C. 201 – 202.
④ 一译"重复性"。这里译为"二手性",是为了表达斯坦·拉萨金使用该词时的贬损语气。
⑤ Рассадин Ст. Голос из арьергарда//Знамя. 1991. No 11. C. 201 – 202.
⑥ Рассадин Ст. Голос из арьергарда//Знамя. 1991. No 11. C. 210.

"异样文学"的贬抑，与伊·杰德科夫一样，都以俄罗斯后现代主义文学的极端例证为立论依据。不同的是，伊·杰德科夫将米·爱泼斯坦的批评言说拆解为他攻击"新文学"的多个突破点；斯坦·拉萨金则把在彼时彼地声名狼藉的社会主义现实主义用作贬低后现代主义文学的同类参照物。追赶色情文学时尚的尤·邦达列夫与逾越文学的色情边界的维克多·叶罗菲耶夫——同样良莠不分、"品位低俗"，同样展现了无所不能的"后"风采。在前者是"后社会主义现实主义"，在后者是"后现实主义"①。无名氏的社会主义现实主义颂诗与德·普里戈夫的观念主义诗、季·基比罗夫的集句诗——同样由于诗人们"不能创造自己的风格"，故而"尽其所能地使用了通用的套语"，无名氏甚至胜在了他的"天真""朴实""自然"。② 社会主义现实主义的"国家订货"性质与后现代主义的文本崇拜——同样"无可读性"，同样无视读者。彼·普罗斯库林对列夫·托尔斯泰叙述语调的庸俗模仿与"异样文学"的引文游戏——同样"无定形""无个性"，同样"矫揉造作、竞尚辞藻"③。

总而言之，在斯坦·拉萨金那里，宣判后现代主义死刑的所有"罪证"，归根结底，皆在于它同社会主义现实主义一样背离了现实主义文学传统。"当前的后现代主义或观念主义或社会艺术的灾难……在于民间文学，同民间文学融为一体的'自发创作'……以及现实本身……这一切，同运用戏拟—重构手法创作的社会艺术相比，不仅更真实、更生动，而且更具艺术表现力。"④ "没有主题，且没有重大主题的艺术，没有人的深度的艺术"——后现代主义也好，社会主义现实主义也罢，

---

① *Рассадин Ст.* Голос из арьергарда//Знамя. 1991. № 11. C. 203.
  斯坦·拉萨金在这里提出的"后现实主义"，是批评家在评论维克多·叶罗菲耶夫的创作时，为了避免使用"后现代主义"一词而发明的术语，与马·利波韦茨基所谓的"后现实主义"并无关联。
② *Рассадин Ст.* Голос из арьергарда//Знамя. 1991. № 11. C. 204 – 207.
③ *Рассадин Ст.* Голос из арьергарда//Знамя. 1991. № 11. C. 211 – 212.
④ *Рассадин Ст.* Голос из арьергарда//Знамя. 1991. № 11. C. 207.

皆不过"是幼稚或者欺诈的一种表现"。① 唯有俄罗斯现实主义——"善、公正、真实、良心、悲悯……的思想的体现",才是真正的艺术;唯有安·普拉东诺夫、亚·索尔仁尼琴、瓦·格罗斯曼、安·阿赫玛托娃等"用自身展现的那种艺术",才配称为"现实主义"的艺术。② 因此,在斯坦·拉萨金的论述中,无论是害怕现实主义的社会主义现实主义,还是藐视现实主义的后现代主义,它们的存在只是为了反证"真实的艺术"的恒久生命力。由此可见,虽然伊·杰德科夫与斯坦·拉萨金走近批评对象的途径各异,然而最后,他们不约而同地到达了同一个目的地,捍卫他们的艺术理想——俄罗斯现实主义;更准确地说,目的地就是他们的出发点。神圣不可侵犯的文学信仰,恪守不渝的道德与审美观念,决定了身为"60年代人"批评家们对现实主义文学传统的固守,由此开始了他们对颠覆传统、亵渎信仰的后现代主义文学的层层审判。

如果说伊·杰德科夫与斯坦·拉萨金在"内容与体式"层面展开的后现代主义文学论,表述了"60年代人"批评家们对异于现实主义的文学现象所作的形而下的思考,那么,伊·罗德尼扬斯卡娅写在荒诞边缘的文字,则记录了"60年代人"批评家们在哲学层面对后现代主义文学文化所作的形而上的审度,透露出他们与后现代主义格格不入的思想根源。

在后现代主义论争方兴未艾的20世纪80年代末至90年代初,伊·罗德尼扬斯卡娅向米·爱泼斯坦的"后先锋主义"论③、亚·格尼斯的"大众社会"论④提出的反诘,鲜明地体现了她的文学艺术观,透彻地反映了"60年代人"的世界观、价值观。

面对席卷当代俄罗斯文化生活的"后先锋主义或后现代主义浪潮",伊·罗德尼扬斯卡娅不禁慨叹,不能回到完美的过去是"文化显

---

① Рассадин Ст. Голос из арьергарда//Знамя. 1991. № 11. С. 211–212.
② Рассадин Ст. Голос из арьергарда//Знамя. 1991. № 11. С. 217.
③ Эпштейн М. Искусство и религиозное сознание (Поставангард: сопоставление взглядов)//Новый мир. 1989. № 12.
④ Генис А. Вид из окна//Новый мир. 1992. № 8.

见的历史悲剧之一"。"在艺术中直接表现圣物、宗教真理"的辉煌时代已一去不返,"人的灵魂通过艺术达到自我意识"、发现自身最高价值的"新时期"也已是明日黄花。如今,"从对'宗教'和'伦理'所负的外部责任中解放出来的艺术,在其迂回曲折的道路上已经开始从内部脱离'上帝'和'善'"。在不得不接受这样的艺术现实的无奈中,唯有"努力保持艺术与人的面貌、人的世间命运、作为人类家园的世界本身的命运之间的联系";因为"人总要保卫自己,总要找到通往天堂的路,而同他在一起的是艺术,如果艺术不会变得无人性、无个性的话"①。然而,当下的后现代主义文学却舍弃了寻找天堂之路的人,加速了艺术的"堕落"。"人从文学中的'消失'"②,真正验证了"一股恶魔的力量"③ 在神圣的艺术殿堂中的肆虐。伊·罗德尼扬斯卡娅确信,"新小说"在割断与人的联系的同时,也阻滞了人借助艺术的力量向理想迈进的脚步,中断了艺术在人的不懈求索中向永恒升华的征途。因此,"人们所宣扬的'末日的艺术'乃艺术的末日……人的末日。艺术只可能是'中间的艺术'……它的位置在理想与尘世现实之间、在人的精神与肉体之间、在短暂与永恒之间。它不惧怕生命的转瞬即逝,因为穿透瞬间的美并非稍纵即逝,它是本体性的,是可以万世流芳的"④。很显然,伊·罗德尼扬斯卡娅的艺术观是以人为支撑,在形而下(尘世、现实、肉体、短暂)—艺术—形而上(天堂、理想、精神、永恒)之间搭建等级结构;它构成了伊·罗德尼扬斯卡娅全部立论的根本出发点,反映了所有"60年代人"批评家们在文学中寻求形而下与形而上、表与里、短暂与永恒之间的必然联系,究问终极意义的基本思维模式。

---

① *Роднянская И.* Заметки к спору (Поставангард: сопоставление взглядов)//Новый мир. 1989. № 12. С. 246 – 247.

② *Роднянская И.* Гипсовый ветер//Новый мир. 1993. № 12. С. 224.

③ *Генис А.* Вид из окна//Новый мир. 1992. № 8. С. 217.

④ *Роднянская И.* Заметки к спору (Поставангард: сопоставление взглядов)//Новый мир. 1989. № 12. С. 248 – 249.

第七章 当代俄罗斯后现代主义文学批评

伊·罗德尼扬斯卡娅向亚·格尼斯的"大众社会"宣言提出的挑战，在捍卫其艺术信念的同时，更突出了双方的价值观、世界观的根本对立。在伊·罗德尼扬斯卡娅这一方，真、善、美是上帝创造的绝对价值，是亘古不变的绝对真理；它们赋予人类的尘世生活以意义，规划艺术通向永恒的必经之路，即艺术在向人们阐发意义、揭示真理的努力中，使人的灵魂与人的艺术一同得到升华，汇入永恒。然而，在亚·格尼斯那一方，任何"绝对"、任何"永恒"皆已不复存在。20世纪的绵延、"大众社会"的统治拉平了人类生存的垂直等级，生成了"没有结构的社群"① 和"没有容积的二维平面世界"②；换言之，20世纪是表层化、平庸化、琐碎化生活的温床，"大众社会"是无个性、无生气的芸芸众生的摇篮。随着人类世界向20世纪迈进、向"大众社会"转型，有形的秩序被代之以无形的混沌，深层的意义被代之以表层的荒诞。于是，伊·罗德尼扬斯卡娅与亚·格尼斯有关"大众社会"的论争，便浓缩为围绕意义之有无而展开的两种世界观的冲突。

在亚·格尼斯看来，只有荒诞能忠实地再现世界的本真面貌，因为"当我们将意义带入世界时，便毫无顾虑地把世界简单化了"③；只有荒诞能阻止我们把世界当作一本包罗所有答案的书来读，因为"它确证，世界的意义并不在于它的深处，而在于我们栖息其上的表面"④。伊·罗德尼扬斯卡娅针锋相对地反驳道："只有相对论者才将意义带入、引入宇宙，以更方便于描述宇宙；完全相反的立场，是认定宇宙中存在意义……并用智慧、心灵和意志的力量去寻找意义。"⑤ 对于亚·格尼斯而言，在周遭世界中最为珍贵的恰恰是无意义，"换言之，只有诚实地承认自己无力找到意义，才有意义"⑥。伊·罗德尼扬斯卡娅却断言：

---

① *Генис А.* Вид из окна//Новый мир. 1992. No 8. С. 220.
② *Генис А.* Вид из окна//Новый мир. 1992. No 8. С. 223.
③ *Генис А.* Вид из окна//Новый мир. 1992. No 8. С. 222.
④ *Генис А.* Вид из окна//Новый мир. 1992. No 8. С. 223.
⑤ *Роднянская И.* NB. на полях благодетельного абсурда//Новый мир. 1992. No 8. С. 225.
⑥ *Генис А.* Вид из окна//Новый мир. 1992. No 8. С. 224.

"长时间的乌托邦中毒最可怕的后果,是对任何真理求索、意义探寻、存在深度的先在抗拒。"① 亚·格尼斯认为,"接近尾声的 20 世纪最终吸取了教训,任何试图通过引入图式而将世界简单化的尝试,都会遭遇无形的、不羁的生活的混沌游戏"②。伊·罗德尼扬斯卡娅则表示,"在混沌与荒诞中不可能发现任何使未来清晰可见的规律性"③。这样,在意义与无意义、真理与荒诞、深度与混沌的对立中,珍视后者的亚·格尼斯认定,只有"令读者直面混沌"(如后现代主义文学)或"用微乎其微、因而扣人心弦的伪造物来掩饰混沌"(如大众文学)的艺术,才是真正诚实的艺术;换言之,"我们时代的艺术,或是坦诚相见的无助,或是开诚布公的虚假。其余的一切——犹如赘疣"④。执着于"真理求索、意义探寻、存在深度"的伊·罗德尼扬斯卡娅却强调,拒绝寻找绝对价值的后现代主义是对文化的威胁:"在这杯鸡尾酒里应有尽有,只缺少崇高……泯灭崇高等同于泯灭真理"⑤。哗众取宠、曲意逢迎的大众文学是对艺术的亵渎,即它培养了社会的低级趣味,抹去了读者的历史记忆。⑥

如是观之,亚·格尼斯为"大众社会""大众文学"所作的正面宣传所冲击的,就不只是伊·罗德尼扬斯卡娅个人的"纯良品味"⑦,甚至也不仅仅是"60 年代人"的批评思维模式。这是"两种精神策略——后现代主义策略(亚·格尼斯)与传统策略(伊·罗德尼扬斯卡娅)在哲学层面的公开冲突"⑧,是两种文化范式角力的缩影。后现代主义之前的所有精神策略或世界观体系,"都认同这样一种观念,即

---

① Роднянская И. NB. на полях благодетельного абсурда//Новый мир. 1992. № 8. С. 225.
② Генис А. Вид из окна//Новый мир. 1992. № 8. С. 224.
③ Роднянская И. NB на полях благодетельного абсурда//Новый мир. 1992. № 8. С. 226.
④ Генис А. Вид из окна//Новый мир. 1992. № 8. С. 224.
⑤ Роднянская И. Литературное семилетие. М. : Книжный сад. 1995. С. 300 – 301.
⑥ Роднянская И. Гипсовый ветер//Новый мир. 1993. № 12. С. 222.
⑦ Роднянская И. Литературное семилетие. М. : Книжный сад. 1995. С. 283.
⑧ Лейдерман Н. и Липовецкий М. Жизнь после смерти, или Новые сведения о реализме//Новый мир. 1993. № 7. С. 249.

存在某种意义储存器，这些意义一起构成了理想的和谐。恢复和谐是艺术家的目的。他不是创造，而是揭示存在于永恒之中的真理。……创作活动——这是短暂向永恒的回归"[1]。亚·格尼斯将这样的世界认知模式命名为"白菜范式"："在一片又一片地撕去虚假存在的外层时，我们逐渐达于内茎——意义。这里的精神运动是向心的。它的矢量朝向现实的深处，朝向现实的隐秘内核，其中就包含着全部文化模式的中心启示。……就与这个神圣核心的关系而言，所有其他的现实表层在实质上都是多余的——他们只会妨碍向构建意义的中心深入。"[2] 在俄罗斯，神圣的意义内核——或宗教信仰，或共产主义信念，构成了传统精神策略中艺术的至高追求与终极目的。而在同"白菜范式"截然对立的"洋葱范式"中，"文化恰恰建筑在……虚空之上"，"虚空不是意义的坟墓，而是源泉"[3]。"如果'白菜范式'中混沌在外，而秩序在内，那么'洋葱范式'中混沌则是世界的内核……因此，这里的运动不是向心的，而是离心的、向外的，即意义不是逐渐被揭示，而是不断产生。"[4] 于是，在宗教信仰中发掘先在意义的伊·罗德尼扬斯卡娅同在虚空、混沌、荒诞中发明意义的亚·格尼斯，便赋予艺术截然不同的功能。在前者，艺术是认识现实、揭示绝对"崇高"的媒介；在后者，艺术是制造现实、表演真理游戏的"魔法"。总之，不同辈分的批评家们认知世界的不同模式，相应地生成了迥然有别的文学艺术观念，制造了他们有关后现代主义文学的根本分歧。

综观"60年代人"批评家们的后现代主义论，斯坦·拉萨金从先锋转为后卫的防备姿态，伊·杰德科夫"在过去与未来之间"的文学坚守，伊·罗德尼扬斯卡娅对形而上的绝对意义的艺术追求，均形象地反映了"60年代人"在新形势下显现出的中庸的、温和的保守主义，

---

[1] Генис А. Лук и капуста. Парадигмы современной культуры//Знамя. 1994. No 8. C. 195.
[2] Генис А. Лук и капуста. Парадигмы современной культуры//Знамя. 1994. No 8. C. 195–196.
[3] Генис А. Лук и капуста. Парадигмы современной культуры//Знамя. 1994. No 8. C. 196.
[4] Генис А. Лук и капуста. Парадигмы современной культуры//Знамя. 1994. No 8. C. 197.

生动地再现了这代人内在的、深刻的矛盾性。尽管伊·罗德尼扬斯卡娅主观上意识到,所有回到过去、停住瞬间、自我重复的企图,其实质都在于"无创造力的保守主义"①;然而,客观上她却无力挣脱它的控制。尽管伊·罗德尼扬斯卡娅对消解终极意义、绝对真理的后现代主义深为不满,她却相当欣赏安·比托夫在《普希金之家》中的互文性实践。这是"60年代人"批评家们在理性与感性、激进与保守之间踯躅不前的矛盾个性的表现。

与父辈们相比,以帕·巴辛斯基为代表的孙辈批评家们不仅将这种文化保守主义自觉付诸实践,而且刻意标榜他们的极端保守主义姿态。这是"90年代人"偏执、偏激的批评个性的生动写照。"60年代人"的文化保守主义在经过"七八十年代人"的激进自由主义涤荡后,出人意料地在"自由的初生子"那里获得了"新生"。

"90年代人"的文化保守主义,以帕·巴辛斯基保卫现实主义的誓词最具代表性和进攻性;后现代主义,则成为他树立现实主义权威、确立文化传统统治的攻击目标。帕·巴辛斯基甚至避免正面论及后现代主义,以表示对后现代主义本身的鄙夷。在他的论述中,可以同现实主义相提并论的只有现代主义,后现代主义只不过是现代主义的惨淡尾声;"20世纪俄罗斯文学的全部道路",即从现代主义历经"20年代、地下文学、'新浪潮'实验和'俄罗斯后现代主义'"向现实主义的"回归","实质上正是将俄罗斯现实主义体认为唯一价值的过程"②。尽管帕·巴辛斯基坚信,现实主义的"回归"是俄罗斯文化发展的必然趋势,他仍不免对传统文化守护者们的疏忽大意耿耿于怀:"传统文化的首要错误和头等耻辱在于,它的代表们天真地相信,如果'所谓的后现代主义者或者其他云云'一旦获得出版、拍

---

① Роднянская И. Заметки к спору (Поставангард: сопоставление взглядов)//Новый мир. 1989. № 12. С. 246–247.

② Басинский П. Возвращение. Полемические заметки о реализме и модернизме//Новый мир. 1993. № 11. С. 233.

摄电影、举行展览会、组织报刊专栏,等等的可能,那么他们实际上将在创作方面显得无能。"① 尽管帕·巴辛斯基认定,后现代主义的欢宴已曲终人散②,他仍不忘告诫他的战友们,坚定立场、寸土不让是传统文化的生存法则,坚决回击后现代主义的侵袭、磨砺意志——"厘清界限的意志"③,是传统文化在现阶段的生存之路。因为界限"是一个本质的范畴,没有它,世界不可能生存。……与叶·扎米亚京的虚构④完全相反的社会,俨然是一场灾难,这就是有可能发生的后现代主义革命的后果,即没有任何法则、规律和界限,任何约束的压力,没有任何有价值的、确定的、权威的东西"⑤。面对帕·巴辛斯基猛烈的保守主义攻势,伊·罗德尼扬斯卡娅不禁申明与后生的分歧,即她的艺术主张并非"帕·巴辛斯基所捍卫的严格而有限意义上的"现实主义。⑥ 显然,孙辈们所展现的已经是令父辈们难以认同的"新文化保守主义",是恪守现实主义"清规戒律"的激进的文化保守主义。正如纳·伊万诺娃所指出的,"新斗士们尤其是其理论家(指帕·巴辛斯基——作者注)的极端严厉⑦,他们因依从传统而感到格外的骄傲,他们向'异样者'倾泻的神圣怒火,他们为真理(终极的)的战斗,他们对大写字母⑧的热爱,也具有十足的后现代主义的

---

① Басинский П. Пафос границы//Новый мир. 1995. No 1. C. 222.
② Басинский П. Возвращение. Полемические заметки о реализме и модернизме//Новый мир. 1993. No 11. C. 236.
③ «воля к границе». См.: Басинский П. Пафос границы//Новый мир. 1995. No 1. C. 223.
④ 叶·扎米亚京在反乌托邦小说《我们》中虚构了一个高度制度化、集体化的社会,法则、规约、秩序统治着社会中的一切,包括人的情感与理智、肉体与精神。
⑤ Басинский П. Пафос границы//Новый мир. 1995. No 1. C. 223.
⑥ Роднянская И. Гипсовый ветер//Новый мир. 1993. No 12. C. 224.
⑦ Сугубая Серьезность(СС). 纳·伊万诺娃将《Сугубая Серьезность》缩写为《СС》,赋予该词组以肃杀的色彩,因为《СС》是纳粹党卫军的俄文缩写。
⑧ 纳·伊万诺娃在描绘新斗士们的"批评姿态"时使用的评语,诸如"非同寻常的严肃""骄傲""传统""神圣怒火""真理""大写字母",采用了每个词的首字母大写的格式。这样做,旨在突出"他们对大写字母的热爱",对虚无缥缈的终极真理、伟大传统的膜拜。

特征"①。"……斗士们的要求与文学的品质没有任何关系。对于斗士们而言，重要的不是品质，而是恪守规范。"② 应当说，纳·伊万诺娃对新保守主义者们大而空的"假道学"所作的后现代主义定性，只有理解为大写的"后现代主义"，即维·库里岑论说的后现代主义才准确。

从《文学报》第一篇后现代主义宣言③开始，维·库里岑始终致力将西方后现代主义的模式移植到俄罗斯本土，或将俄罗斯文学文化现象纳入西方后现代主义的理论框架。在他的观念中，没有独立的、小写的俄罗斯后现代主义，只有统一的、大写的后现代主义——来自西方的版本。正如米·别尔格所言，"库里岑是在巴尔特和德里达20世纪60年代末发明的语言理论体系中阐释后现代主义的。……他不会区分西方的与俄罗斯的后现代主义，对他而言，后现代主义是放之四海而皆准的游戏规则"④。因此，在《后现代主义：新原始文化》⑤ 一文中，"世界如同文本"的准则指导了他对弗·纳博科夫、安·比托夫、德·普里戈夫、安·列夫金等作家的评论；"互文性"的标志性手法成为他判定后现代主义意识的首要依据。马·利波韦茨基却恰恰认为，"维·库里岑如此细致地罗列的手法，如今在后现代主义中什么也解释不了，在其他与后现代主义相邻近的潮流以及当代的现实主义中亦如此。成为定律的相对意识制造了普遍的后现代主义情境，置身其中的'纯粹'现实主义者，如弗·马卡宁、柳·彼得鲁舍夫斯卡娅、弗·格伦施泰因——原

---

① Иванова Н. Преодолевшие постмодернизм//Знамя. 1998. No 4. C. 195.

② Иванова Н. Преодолевшие постмодернизм//Знамя. 1998. No 4. C. 193.

③ Курицын Вяч. На пороге энергетической культуры//Литературная газета. 31 октября 1990.

④ Берг М. Литературократия. Проблема присвоения и перераспределения власти в литературе. М. : Новое литературное обозрение. 2000. C. 293-294.

⑤ Курицын Вяч. Постмодернизм: новая первобытная культура//Новый мир. 1992. No 2.

则上无法回避后现代主义调色板中的美学色彩"[1]。同为"俄罗斯后现代主义思想家"[2]，维·库里岑与马·利波韦茨基、米·爱泼斯坦之间存在着明显的不同。如果说后两位是以外在的、批评的眼光审视后现代主义，那么维·库里岑则是以内在的、赞赏的目光仰视后现代主义的"真理"。这样看来，弗·诺维科夫反对将马·利波韦茨基和米·爱泼斯坦称作"文学批评中的'后现代主义者们'"[3]，便不无道理了。与他们相比，维·库里岑的批评才是真正意义上的后现代主义批评、后现代主义式的批评，只有维·库里岑当之无愧于"批评家—后现代主义者"的称呼。维·库里岑所宣扬的西方后现代主义观念，诸如世界的文本性、文化的多元主义，就是他的信仰；故而他坚持认为，后现代主义意识是文学进程中唯一具有现实意义和"美学生命的事实"[4]，——他的多元主义信仰与后现代主义的"唯一"论显然是自相矛盾的，诚如他的整个批评架构一样，"在将注意力集中于后现代主义拒绝任何话语之整一性的同时，库里岑认同了对整一性加以拒绝的整一性"[5]。

如是观之，在后现代主义问题上，表面上看来被一分为二的"90年代人"批评家群体，却恰恰达成了某种内在的一致，即"90年代人"批评家们，无论是后现代主义的攻击者还是推崇者，都在觊觎统领一切的话语霸权。

显而易见的是，以弗·邦达连科为代表的"民族爱国派"批评、以"60年代人"与"90年代人"为主体的"自由民主派"批评，对后现代主义的指摘都存在着程度不同的偏见。在文学批评中宣泄民族主义

---

[1] *Липовецкий М.* Патогенез и лечение глухонемоты. Поэты и постмодернизм//Новый мир. 1992. № 7. С. 215.

[2] *Чупринин С.* Русская литература сегодня: Жизнь по понятиям. М.: Время. 2007. С. 434.

[3] *Новиков Вл.* Либерализм: взгляд из литературы//Знамя. 2004. № 6. С. 188 – 189.

[4] *Курицын Вяч.* Постмодернизм: новая первобытная культура//Новый мир. 1992. № 2. С. 227.

[5] *Берг М.* Литературократия. Проблема присвоения и перераспределения власти в литературе. М.: Новое литературное обозрение. 2000. С. 294.

情绪的"爱国主义者"自不必说,"自由民主派"批评中的新旧保守力量对现实主义文化传统的固守——尽管因缘不同、表现各异,也妨碍了批评家们将对俄罗斯后现代主义文学文化现象的考察推向纵深。值得庆幸的是,在"七八十年代人"的批评思维中并不存在恒定不变的绝对真理。诚然,任何一个文学流派的出现都蕴含着某种必然性,任何一种"主义"的存在都显示出其自身的意义和价值——现实主义如此。后现代主义亦如此。从某种角度而言,俄罗斯文学史,乃至整个世界的文学发展历程就是各种"主义"交替的历史,就是曾经坚不可摧的美学规范更迭的历史。① 后现代主义不是恒常的定律,现实主义也并非不变的真理。理性的文学发展观推动了"七八十年代人"批评家们冷静而深入地思考俄罗斯后现代主义发生的必然性与存在的合理性,促成了他们较为客观公正地评说后现代主义文学在俄罗斯文学史上的地位与价值。

秉持文学发展观的"七八十年代人"批评家们,欣然接受了后现代主义文学文化的范式"革命",也能够坦然面对它由盛而衰的生命周期。因此,"七八十年代人"有关俄罗斯后现代主义文学的批评言说,在记述其发展道路的同时,也勾画了他们的后现代主义观的演变轨迹。总体而论,从"年长的子辈"谢·丘普里宁、纳·伊万诺娃、弗·诺维科夫,到谢·丘普里宁认定的"火热的俄罗斯后现代主义思想家"② ——"年少的子辈"米·爱泼斯坦、马·利波韦茨基,几乎所有关注俄罗斯后现代主义问题的"七八十年代人"批评家,都由最初的辩护立场不约而同地转向对它的质疑,乃至否定。

具体说来,在针锋相对的后现代主义论争中,谢·丘普里宁以"异样文学"辩护者的身份成为正反两方的论说都无法规避的人物,然而他本人却"急流勇退",从此对"俄罗斯后现代主义文学"再无专题论

---

① Липовецкий М. Изживание смерти. Специфика русского постмодернизма//Знамя. 1995. No 8. C. 201.

② Чупринин С. Русская литература сегодня: Жизнь по понятиям. М. : Время. 2007. C. 434.

述。对于"异样文学"这样一个含义丰富、概念模糊,因而极富争议性的话语,它的发明者也未做进一步阐发。尽管如此,我们仍可以由谢·丘普里宁记述当下文学及批评状况的文字判断其立场的转变及其原因。在清理"改革"以降的文学批评思路时,谢·丘普里宁指出:"在同社会主义现实主义垄断的斗争中使出全部力量之后,人们即刻开始为它寻找万能的替代品,宣称某一种创作潮流因为正确而无可置疑。"①亚·阿格耶夫的"新文学'主流'论"②、维·库里岑的后现代主义至上论③,都是这种非此即彼的二元思维模式的表现,因此都遭到了谢·丘普里宁的否定。他进而客观地指出,在后改革时期读者群体多层化、市场供求多样化的文化消费社会中,"骁勇的后现代主义者以及其他任何主义者觊觎唯一具有现实意义的文学的声名",只能是一种奢望。④甚至当"出新出奇的艺术冒险"开始向"高雅艺术"与"大众消费的美学产品"之间的区域进发时,曾经的拓荒者——"后现代主义者、观念主义者和'其他主义者们'"仍将自己视为"羞辱社会趣味的大胆试验者",也只能是枉费心机。⑤ 在谢·丘普里宁那里:"高雅"抑或"低俗"、后现代主义抑或其他主义,都只是多元文化空间中的平等一元,没有"唯一"或"主流"可言——这就是谢·丘普

---

① Чупринин С. Нормальный ход. Русская литература после перестройки//Знамя. 1991. No 10. C. 229 – 230.

② 亚·阿格耶夫在《关于危机的纲要》一文中指出,只有关注"单个的"人的价值、而非"社会化的"价值的作品,即布·奥库扎瓦、安·比托夫、弗·马卡宁、阿·库尔恰特金等人的创作,"才能构成某种'主流',新文学的主要潮流"。Агеев А. Конспект о кризисе. Социокультурная ситуация и литературный процесс//Литературное обозрение. 1991. No 3.

③ 指维·库里岑在《跨入朝气蓬勃的文化》一文中,"将他心仪的后现代主义抬高至当今文学中的一切之上"的相关论断,比如,"它正是当今最新的以及——在文化内的层面上——唯一具有现实意义的美学状态",等等。详见 Курицын Вяч. На пороге энергетической культуры//Литературная газета. 31 октября 1990.

④ Чупринин С. Нормальный ход. Русская литература после перестройки//Знамя. 1991. No 10. C. 232.

⑤ Чупринин С. Сбывшееся небывшее. Либеральный взгляд на современную литературу—и«высокую», и«низкую»//Знамя. 1993. No 9. C. 182.

里宁有关各种亚文学不分主次、高低等级的多元发展观。由此推断，他与后现代主义文学的疏离，主要是因为他意欲成为"唯一"的勃勃野心与批评家的自由主义文学观格格不入。这样看来，谢·丘普里宁在整个20世纪90年代沸沸扬扬的后现代主义论争中保持沉默的姿态本身，已经表明他怀疑一切文学主流、否定一切文学霸权这一自由主义文学批评立场。

　　谢·丘普里宁起初为"异样文学"辩护，不久便表露出对后现代主义者们的不满，如此急剧的转变看似前后矛盾，实质上却有其贯穿始终的内在逻辑。在"公开性"时期渴求历史真相的时代氛围中，谢·丘普里宁将边缘地带的"异样文学"推向社会文化生活的中心，这是为了对抗"写真实"的文学主流——不管是服从只写真实之命令的社会主义现实主义，还是响应"不要生活在谎言中"之号召的"严酷的现实主义"；这是为了提升"异样文学"的影响力和竞争力，从而推进文学的多元化发展。随着苏联体制的瓦解，"存在的偶然性、生活的无序性思想开始在世界图景中发挥新的作用"①，而表现生活的荒诞、存在的混沌的后现代主义文学恰恰契合了这种时代情绪；与此同时，揭示尘封历史的社会激情在"索尔仁尼琴年"②达到高潮之后迅速回落，被真相所累的社会逐渐厌弃探索真理、追问意义的文学创作与阅读理念。于是，原本边缘化的文学现象、名不见经传的作家作品顺势开始"势力扩张"，并迅速填补已被腾空的中心要地。谢·丘普里宁在分析20世纪90年代初的俄罗斯文坛动态时已经辨明了这一走势："如今，即便是……曾经在本质上异样的文学，也正在我们的眼前变成统一的社会文化机制的组成部分。也无怪乎许多小有名气的异样文学代表，心满意足

---

　　① Золотоносов М. Отдыхающий фонтан. Маленькая монография о постсоциалистическом реализме//Октябрь. 1991. No 4. C. 170.
　　② 即1990年。该年，亚·索尔仁尼琴的一系列重要作品《第一圈》(《新世界》1990年第1—5期)、《一七年三月》(《各民族友谊》1990年第5期)、《癌症楼》(《新世界》1990年第6—8期)等陆续发表，引起了极大的社会反响。俄罗斯评论界将该年称作"索尔仁尼琴年"。

地在当下稳定的文学格局中占据了空位……"① 在这里，谢·丘普里宁担心的是，"异样文学"有可能从革新文学范式的创造性力量变成阻碍文学进一步发展的保守势力；于是，就像当初在传统的写实文学主流那里为"异样文学"争取平等的生存权利一样，他又将同样的反中心、反体制的自由主义激情投入了新的抗争，以防出现新的、以后现代主义为中心的文学等级。

与谢·丘普里宁相比，纳·伊万诺娃同样矢志不渝地实践她的自由主义原则。她也经历了从"新小说"庇护者向后现代主义文学怀疑者的转变。后现代主义由"异样文学"发展为"最主要的、等级化的、纷纷攘攘的、排挤和压制其他现象的文学"②，这一事实也促使她变换立场。与此同时，在审视俄罗斯后现代主义文学兴衰史的批评道路上，纳·伊万诺娃显然比谢·丘普里宁行进得更远、更深。具体而言，她将自由、多元的文学发展理念从谢·丘普里宁反主流、反等级的外部共存原则，推进到艺术表现手法的内部层面；后现代主义艺术表现手法从创新到守旧的过程，左右了后现代主义文学的命运，也在很大程度上决定了批评家后现代主义观的演变。在早先发表的"新小说"论中，纳·伊万诺娃将"新浪潮"作家与"代表文学进程之正常、自然状态的作家"③ 所作的对比，旨在突出并肯定前者打破"停滞"时期的"风格惯性"、宣告一个文学时代终结的艺术创新精神。④ 数年后，在评述1995年俄罗斯文学情势时，纳·伊万诺娃对突破后现代主义的游戏规则、回归生命本真状态的"作者小说"（авторская проза），明显地给予更多的关注与同情。批评家欣喜地发现了曾经被后现代主义文学摒弃的"直白性""坦诚性"在"作者小说"中的新生，并宣告以"新的真诚性"

---

① Чупринин С. Перемена участи. Русская литература на пороге седьмого года перестройки//Знамя. 1991. No 3. С. 232.
② Иванова Н. Преодолевшие постмодернизм//Знамя. 1998. No 4. С. 197.
③ 指鲍·瓦西里耶夫、谢·叶辛和维·托卡列娃。
④ Иванова Н. Намеренные несчастливцы？（о прозе«новой волны»）//Дружба народов 1989. No 7. С. 240－242.

为特征的"新文学阶段——后后现代主义阶段"的到来。① "至于说到后现代主义者们,那么其中只求数量不顾质量的劳作者们,在社会艺术之后转向了"纳·伊万诺娃所谓的"罗斯艺术"（руссарт）。② 她进而解释道:"在最近几年的时间里,社会艺术的基本素材难以摆脱,故而仍旧是苏联的宏大风格③……现在,当苏联的宏大风格已经基本穷尽、主题无休无止的闪现已经令人嫌恶……之时,小说家们开始向俄罗斯古典文学的宏大风格④的领土狂飙突进——正是从这一源头中生成了叶·波波夫的屠格涅夫再造品《前夜之前夜》、弗·索罗金的《罗曼》和他的《罗曼·罗季昂诺维奇·拉斯柯尼科夫》⑤、尤·库瓦尔京的《乌鸦》⑥。"同时,纳·伊万诺娃敏锐地察觉到,"在苏联时期对俄罗斯古典文学进行改写和意识形态改造,从而将其变成苏联文化的艺术和思想事实之后……我们的后现代主义者们所开发的,与其说是俄罗斯文化的黄金地带,毋宁说是它的苏联版本"⑦。换言之,"社会艺术"向"罗斯艺术"的进发并不意味着后现代主义文学对自身写作风格的超越;因为"'题材的'突破还不是艺术创新的保障"⑧。然而,纳·伊万诺娃所期待的文学在艺术形式上的革新,始终未能在当初克服"停滞"时期"风格惯性"的后现代主义文学那里得到延续。面对"社会艺术"以及

---

① *Иванова Н.* Каждый охотник желает знать, где сидит фазан//Знамя. 1996. № 1. С. 218.

② *Иванова Н.* Каждый охотник желает знать, где сидит фазан//Знамя. 1996. № 1. С. 222.

③ Большой Советский Стиль. 纳·伊万诺娃在接下来的论述中使用的是这一词组的缩写形式——БСС。

④ Большой Стиль Русской Классики.

⑤ 罗曼·罗季昂诺维奇·拉斯柯尼科夫是陀思妥耶夫斯基代表作《罪与罚》中的主人公,他的名字 Роман 是一个多义词,除用作人名外,还有长篇小说、情爱故事等含义。弗·索罗金在此处将该词作为他的小说名,正是取其一语双关的修辞效果。这部作品是弗·索罗金对屠格涅夫长篇小说创作风格进行戏拟的"伪屠格涅夫长篇小说"。

⑥ 尤·库瓦尔京的中篇小说《乌鸦》是契诃夫的剧本《海鸥》的后现代主义"再造品"。详见 *Кувалдин Ю.* "Ворона"//Новый мир. 1995. № 6.

⑦ *Иванова Н.* Каждый охотник желает знать, где сидит фазан//Знамя. 1996. № 1. С. 222.

⑧ *Иванова Н.* Намеренные несчастливцы? (о прозе «новой волны»)//Дружба народов. 1989. № 7. С. 241.

第七章 当代俄罗斯后现代主义文学批评

整个后现代主义文学的艺术创造潜力开发殆尽的现实情状,纳·伊万诺娃在1997年已经毫不犹疑地判定了观念主义[①]艺术生命的衰竭,即"观念主义在很大程度上已经穷尽了嘲笑苏联论调和教条的激情,正逐渐僵化,奄奄一息";并据此划定后苏联文学艺术走过的两段历程——观念主义时期和后观念主义时期。[②] 与其他文学流派一样,后现代主义也无法摆脱"博物馆化"的命运,无法规避文学"浪潮"新旧交替的发展规律。

俄罗斯后现代主义文学,尤其是"社会艺术",在将自身的艺术体系建筑于苏联文学文化的历史存在的基础之上时,便已经决定了它对"苏联的宏大风格"难以克服的依赖性以及它的艺术表现手法的单一性,甚至也已经限制了它拓宽自身艺术道路的可能性。关于这一点,叶·多布连科与纳·伊万诺娃达成了共识;而且可贵的是,叶·多布连科以"社会艺术"的代表人物德·普里戈夫的诗歌创作为例,对纳·伊万诺娃的感悟进行了充分而深入的阐发,从而将有关俄罗斯后现代主义文学主要流派——"社会艺术"的批评研究推向新的高度。正如叶·多布连科一针见血地指出:"除了社会主义现实主义文化,社会艺术不知道,也不可能知道任何其他文化……毫无疑问,社会艺术是透过社会主义现实主义的眼镜来阅读古典文学的。"[③] "因为无论普里戈夫,

---

[①] "观念主义"与"社会艺术"是俄罗斯后现代主义文学之主要流派的名称,尽管能指不同,但是它们的所指却多有重合。在有关俄罗斯后现代主义诗歌创作的评论文章中,"社会艺术"与"观念主义"时常被用作同义词。关于这个问题,米·爱泼斯坦曾经解释道:"社会艺术与观念主义的相互关系,并不那么容易确定。起初人们认为,社会艺术是'舶来的'、更直白的名称,而观念主义是我们这里的更机智也更隐晦的叫法,二者所指相同。但是'本土的'术语渐渐显出了自身的优势——与整个思维和文化体系更深刻、更基础的关联……重要的是,它并非依附于某一种社会体制,而是固着于思想意识本身,不管表述的是何种意识形态。"См.: Эпштейн М. Искусство и религиозное сознание(Поставангард: сопоставление взглядов)//Новый мир. 1989. № 12. С. 227.

[②] Иванова Н. Ностальящее. Ретро на (пост) советском телеэкране//Знамя. 1997. № 9. С. 207.

[③] Добренко Евг. Нашествие слов (Дмитрий Пригов и конец советской литературы)//Вопросы литературы. 1997. № 6. С. 58.

· 339 ·

还是索罗金……都没有另一种非苏联的视角，另一种非苏联的语言，另一种非苏联的文学风格和技巧……"① 与纳·伊万诺娃一样，叶·多布连科在追踪德·普里戈夫创作道路的过程中愈发清醒地意识到，"社会艺术"之艺术视野的狭隘性、表现手法的一成不变，是它本身无法克服的缺陷，即"走出苏联性，社会艺术便不再是社会艺术"②。与此同时，"苏联性"的意识形态内涵也愈加清晰地呈现在批评家面前。

20世纪90年代初的叶·多布连科，正如许多"七八十年代人"一样，对"社会艺术"的文学与文化创造力充满了期待。他曾认为，"社会艺术"以及整个"新浪潮"文学瓦解的并不仅仅是社会主义现实主义传统："'新'文学更为激进、极端。……这是走出一般意识形态传统的尝试。……异样文化意欲侵犯的不仅仅是，甚或并不是神话和幻景，而是神话生成系统本身。……异样文化使任何语言、任何意识形态失去效力，这样便将人从对它们的奴性依附中解放出来，而从事他对所理解的现实进行重新编码的艺术。"③ 然而，随着德·普里戈夫及其所代表的后苏联文化的整个潮流由当下文学现实变成历史，叶·多布连科对"社会艺术"摆脱意识形态羁绊的可能性产生怀疑。"克服雇佣艺术与'自由'艺术之间传统的二元对立的尝试，在社会艺术中以新的雇佣性而告终。这是因为在许多的文化符码中，俄罗斯的后现代之子选择了自身的鲜活的历史（甚至不是选择，而是一开始就置身其中）。关于'走出历史'和'未来之后'的生活的后现代主义说辞，也是社会艺术的宣言，结果被整合进历史。……在这里，所宣称的全新事物原来也是对独一无二性的无由觊觎。"④ "社会艺术"对社会主义现实主义文本的

---

① Добренко Евг. Нашествие слов（Дмитрий Пригов и конец советской литературы）// Вопросы литературы. 1997. № 6. С. 59.

② Добренко Евг. Нашествие слов（Дмитрий Пригов и конец советской литературы）// Вопросы литературы. 1997. № 6. С. 64.

③ Добренко Евг. Преодоление идеологии. Заметки о соц - арте // Волга. 1990. № 11. С. 183.

④ Добренко Евг. Нашествие слов（Дмитрий Пригов и конец советской литературы）// Вопросы литературы. 1997. № 6. С. 63.

戏拟,在解构其意识形态内核的同时,不可避免地保留了意识形态化的文化编码。"鉴于社会艺术无力走出苏联引文的圈子……因此只能认为,它既是俄罗斯先锋主义,又是社会主义现实主义的完结。而且也不排除它是新的文化范式的前奏。"① 通过戏拟意识形态而颠覆意识形态的"社会艺术",只能在它自身的终结中实现意识形态幽灵的销声匿迹。由此叶·多布连科深信,德·普里戈夫是"最后一位苏联作家",他由"新浪潮"的代表到后现代主义经典作家的身份转换,预示着"苏联文学的终结"②、新的文化范式的开始。换言之,苏联文学连同以苏联文学文化为极端表现形态的旧的文化范式,必将随着"社会艺术"的"博物馆化"而成为历史。

在叶·多布连科打破自己缔造的"社会艺术克服意识形态"③ 的神话之后,纳·伊万诺娃从当下的社会文化情势出发,进一步发挥有关"社会艺术",乃至整个俄罗斯后现代主义文学的艺术潜力有限性和意识形态局限性的思想。从 20 世纪 90 年代中期开始,一方面,后现代主义文学日益受制于自身的"风格惯性",踯躅不前;另一方面,"社会艺术"的创作模式迅即被推广至电视、电影、戏剧等其他文化领域,不断地扩大影响力,密集地重温苏联文化的历史。纳·伊万诺娃忧心忡忡地指出,后现代主义试图颠覆的社会主义现实主义文化却在后苏联社会愈加浓重的怀旧情绪中卷土重来,而渗入这种文化的苏联意识形态也在毫无防范的大众意识中收复失地。④ 在她看来,对于这种局面的出现,后现代主义者们必须承担相应的责任:"创造新风格、新的联结社会艺术思想的尝试以失败而告终,正是因为戏拟者——破坏者恰恰是苏联风格的效仿者,他们自己却没有察觉到这一点。"苏联意识形态在苏联文

---

① *Добренко Евг.* Нашествие слов(Дмитрий Пригов и конец советской литературы)// Вопросы литературы. 1997. № 6. С. 64.

② *Добренко Евг.* Нашествие слов(Дмитрий Пригов и конец советской литературы)// Вопросы литературы. 1997. № 6. С. 37.

③ *Добренко Евг.* Преодоление идеологии. Заметки о соц – арте//Волга. 1990. № 11 .

④ *Иванова Н.* Сталинский кирпич("Итоги советской культуры")//Знамя. 2001. № 4.

化怀旧中逐渐向后苏联社会文化生活渗透,"这就是对大量使用苏联语汇和象征物的现实的回报。它们的活力远超乎后现代主义者们的想象。后现代主义者们以为自己利用了它们,实际上它们利用了我们所有的人"①。换言之,通过戏拟"苏联的宏大风格"而构建自身艺术体系的后现代主义,不仅未能创造出足以同它相抗衡的"新风格"②,相反却身不由己地延续了它的生命力和影响力;后现代主义者们逐渐陷入自己挖掘的意识形态陷阱,却浑然不觉,也无法自拔。在这里,纳·伊万诺娃的言辞未免过于激烈,也有失公允。平心而论,苏联文化怀旧情绪在20世纪90年代中后期的泛滥,不能完全归咎于后现代主义者们的文学文化实践。只是对苏联体制深恶痛绝的纳·伊万诺娃,面对自由主义事业所遭受的威胁与侵害,越发难以忍受后现代主义者们的作为,也更加坚定了她作为审判者的立场。

同样的立场转变,在谢·丘普里宁与纳·伊万诺娃的同辈人弗·诺维科夫身上的发生,却极富戏剧性。1991年,在弗·诺维科夫等人的努力下,召开了第一届也是迄今为止唯一的一届后现代主义学术研讨会;1993年,弗·诺维科夫在《旗》上评介一系列"后现代主义短篇小说"③,并称

---

① Иванова Н. Сталинский кирпич ("Итоги советской культуры")//Знамя. 2001. С. 187 – 188.

② 1997年,纳·伊万诺娃在评述俄罗斯社会文化生活中的苏联怀旧现象时指出,文化大众的怀旧情绪"再一次确证,'民主变革的时期'暂时还无法提供任何在专业性方面可以与以前的创造——即便是根据社会主义现实主义教条——相比量的东西"。"不能不承认,苏联艺术,其中也包括电影、电视,确实——至少到目前为止——在美学方面是坚挺的。尽管已经宣告了意识形态的胜利,尽管已经获得了自由,完全取消了书刊审查,其中也包括美学审查,但是后苏联文化继续展现出对已逝时代的语言和风格、角色和人物的长久依附性。'中断关联'、冲向新的美学空间的尝试未获成功……"当时的纳·伊万诺娃认为,应当将文化怀旧与"进攻性的、出于政治原因的怀旧"区别开来;然而,在21世纪初的社会文化情势中,她显然推翻了这种截然区分的可能性。См.:Иванова Н. Ностальящее. Ретро на (пост) советском телеэкран//Знамя. 1997. No 9. С. 210, 211, 208.

③ 其中包括弗·索罗金在俄罗斯出版的第一部《短篇小说集》,弗·诺维科夫曾认为,这是"俄罗斯文学中最重要的社会艺术现象"。См.:Новиков Вл. Точка, поставленная вовремя. Владимир Новиков представляет постмодернистскую новеллистику//Знамя. 1993. No 2. С. 207.

"我们生活在后现代主义情境中，不管是否愿意"①；1995 年，同样是在《旗》上，弗·诺维科夫表示，"后现代主义"一词"不再悦其耳"，他"根本不愿意用它来谈论当下文学"，进而完全否定了俄罗斯后现代主义文学的存在。② 从此，他便成为后现代主义旗帜鲜明的反对者之一。1997 年俄语小说布克奖评选爆出最大冷门——维·佩列文的后现代主义小说《夏伯阳与虚空》在预赛中意外出局。这与时任评委的弗·诺维科夫的决断不无关系。

同样的文学辩证发展观与艺术形式的创新理念③，最初令弗·诺维科夫比任何同行都更积极地投入后现代主义的俄罗斯本土化事业，最终却将他导向更激进的虚无主义立场。前后的强烈对比，源自弗·诺维科夫的后现代主义文学理想与现实之间的反差，或曰后现代主义的文学宣言与创作实践之间的脱节。他在评介"后现代主义短篇小说"时指出，"真正的后现代主义须当游刃有余地、广泛地运用前辈的经验"④；然而在后苏联时期，后现代主义文学的创作道路却越走越窄："'异样者'缺乏创作的大气。他们中的每一位在精心锤炼个人风格时，最终给自己打造了惯性的枷锁，它束缚了运动，它妨碍了向一旁迈动脚步、离弃已经形成的风格、走向活生生的读者。"⑤ 无怪乎后现代主义者们"最强势的体裁是访谈，是有趣的、充满豪言壮语却并未在艺术实践中完全实现的美学宣言"⑥。或许，正是对后现代主义的失望，促成了弗·诺维科夫对现代主义的"新发现"；或许相反，正是对现代主义文学价值的

---

① Новиков Вл. Точка, поставленная вовремя. Владимир Новиков представляет постмодернистскую новеллистику//Знамя. 1993. No 2. C. 205.

② Новиков Вл. Заскок//Знамя. 1995. No 10. C. 194.

③ 弗·诺维科夫认为，"文学的发展是依循辩证法规律而实现的"；"必须回到与现代主义一同诞生的'形式方法'来编写文学手法的历史。20 世纪俄罗斯文学引人入胜的首先是这些文学手法"。См.：Новиков Вл. Заскок//Знамя. 1995. No 10. C. 191.

④ Новиков Вл. Точка, поставленная вовремя. Владимир Новиков представляет постмодернистскую новеллистику//Знамя. 1993. No 2. C. 206.

⑤ Новиков Вл. Заскок//Знамя. 1995. No 10. C. 193.

⑥ Новиков Вл. Заскок//Знамя. 1995. No 10. C. 194.

重估，坚定了他摒弃后现代主义的立场。不管怎样，在弗·诺维科夫那里，俄罗斯后现代主义绝非可以与现代主义相提并论的文学艺术体系——这与其说是因为二者实力悬殊，毋宁说是因为它们根本没有可比性，因为俄罗斯后现代主义根本不存在："在诗学框架中"，马·哈里托诺夫、阿·斯拉波夫斯基、弗·沙罗夫等人的小说，季·基比罗夫、谢·冈德烈夫斯基等人的诗，并未呈现"新的文学美学品质"；"这是现代主义，任何后现代主义皆不存在。这是最晚期的现代主义，'晚期现代主义'（поздмодернизм）"①。于是，弗·诺维科夫描绘的20世纪俄罗斯文学史——"文学手法的历史"中，"晚期现代主义"便成为继20世纪初到30年代的现代主义、"解冻"时期的现代主义②、20世纪70年代末到80年代"异样文学"之后俄罗斯现代主义的第四个，也是最后一个发展阶段。总之，20世纪是现代主义的世纪。

总的来说，谢·丘普里宁、纳·伊万诺娃、弗·诺维科夫等"七八十年代人"批评家，虽然是"异样文学""新小说""后现代主义"的最早一批倡导者，却在发起后现代主义论辩之后不久便毅然决然地改变了立场，不约而同地成为俄罗斯后现代主义文学的怀疑者甚至否定者。虽然在不同的批评主体那里这一转变的具体原因和表现各异，但不管是或否，他们的判断坚定而果断。与"年长的子辈"相比，"年少的子辈"的抉择显然缺少这种清晰与明快。他们对俄罗斯后现代主义文学以及一般而言的后现代主义文化的认知，由于种种原因，并非是从"是"到"否"这样清晰而决绝的过程，而是充满了矛盾与困惑。

在"年少的子辈"中，马·利波韦茨基、米·爱泼斯坦不愧为"俄罗斯后现代主义思想家"：从后现代主义之争蓄势待发的20世纪80年代末开始，他们便始终活跃于俄罗斯后现代主义论坛，致力于追踪其历史源流与现实动态，鉴别其特性与品质。可以说，他们的批评言说完

---

① *Новиков Вл. Заскок//Знамя.* 1995. № 10. С. 194.

② 弗·诺维科夫强调，它只是在时间上与政治"解冻"相重合，但并不以后者为先决条件。

整地展现了俄罗斯后现代主义文学的发展历程，同时也清晰地勾画了"年少的子辈"迂回曲折的后现代主义认知道路。

1989 年，马·利波韦茨基发表"表演性小说"论，为"异样文学"的勃兴发挥了积极的作用。两年后，维·库里岑的"后现代主义文化论"尚未发布，马·利波韦茨基却已经充分认识到以"后现代主义"命名的文学在俄罗斯发生、发展的独特性与矛盾性，并在其诗学与美学危机中预见现实主义新的发展前景。① 此后，他并未像谢·丘普里宁、弗·诺维科夫那样，完全放弃对后现代主义文学的期待，而是在几乎整个 20 世纪 90 年代的批评实践中，一面深入阐发后现代主义文学的困境，一面积极地为它寻找出路。无论是向维涅季克特·叶罗菲耶夫的回眸②，还是对后现实主义的展望，都见证了这位批评家为陷入僵局的俄罗斯后现代主义文学谋求转机的努力。然而，当代俄罗斯后现代主义的行进却未能如他所愿，从"消耗的文学"转变为"补充的文学"③；未能借鉴后现代主义经典力作的创作经验，实现与文学传统——现实主义的、现代主义的——融合。进入 21 世纪，当俄罗斯后现代主义者们的文化攻势逐渐蜕变为赤裸裸的政治野心时，马·利波韦茨基最终义无反顾地成为像纳·伊万诺娃那样尖锐的批判者。

米·爱泼斯坦从 20 世纪 80 年代末发掘"诗歌新潮流"，维护"后先锋主义"，20 世纪 90 年代初倡导"后卫主义"，到 20 世纪 90 年代中期宣布"后现代主义的终结"，似乎与纳·伊万诺娃的批评步调不谋而合；然而，米·爱泼斯坦的后现代主义终结说，并非如纳·伊万诺娃曾经理解的那样，单纯意味着后苏联文学的后现代主义阶段的结束、"后

---

① Липовецкий М. Закон крутизны ("Дискуссия о постмодернизме")//Вопросы литературы. 1991. № 11 – 12.

② Липовецкий М. Апофеоз частиц, или диалоги с хаосом. Заметки о классике, Венедикте Ерофееве, поэме «Москва—Петушки» и русском постмодернизме//Знамя. 1992. № 8.

③ 在这里，马·利波韦茨基借鉴了美国后现代主义小说家约翰·巴斯的提法。см.：Липовецкий М. Патогенез и лечение глухонемоты. Поэты и постмодернизм//Новый мир. 1992. № 7. С. 215.

后现代主义阶段"的开始。如果说透过维涅季克特·叶罗菲耶夫的《从莫斯科到佩图什基》，马·利波韦茨基看到了后现代主义在与现实主义诗学传统的沟通中克服危机的希望，那么，米·爱泼斯坦则在它的"新感伤情怀"中找到了治愈后现代主义文学"情感缺乏症"的可能。换言之，米·爱泼斯坦所谓的"新的真诚性"，不是对俄罗斯后现代主义文学的否定，而是对其自身的感伤主义美学传统的弘扬，是引导人们走出"后现代性"第一阶段——后现代主义，步入第二阶段的"新感伤主义美学"①。"新感伤主义"论题，建立在辨析利奥塔、詹姆逊的后现代主义学说的基础之上。这就意味着，在米·爱泼斯坦的论述体系中，"后现代主义"这个概念已经不完全是马·利波韦茨基、纳·伊万诺娃等批评家言说中的俄罗斯后现代主义文学，而是涉及文艺学、文化学，乃至社会学、哲学等多个学科。在同年发表的《俄罗斯后现代主义的起源与意义》一文中，米·爱泼斯坦深入挖掘后现代主义（"就大多数研究者认同的阐释而言"②）与苏联共产主义的共同特质，与整个俄罗斯文明久远的亲缘关系。这使我们更有理由相信，引起纳·伊万诺娃误解的关键恰恰在于米·爱泼斯坦全部立论的出发点。他所谓终结的后现代主义，泛指整个西方文明的后现代主义时期，而并非特指俄罗斯文学的后现代主义；同时，恰恰是俄罗斯后现代主义文学的特殊品质，为陷入后现代主义泥沼的西方文明指引了出路。由此可见，米·爱泼斯坦通过后现代主义文学—文化、后现代主义—后现代性这些概念置换，一面宣告了后现代主义的终结，一面又延续了俄罗斯后现代主义文学的精神传统。

马·利波韦茨基以俄罗斯后现代主义诗学为中心展开的全部批评言说，米·爱泼斯坦在区分后现代主义与后现代性的基础上所做的文章，以及亚·格尼斯对俄罗斯文化范式转型的期待，无不显露出"年少的子

---

① *Эпштейн М.* Прото – , или Конец постмодернизма//Знамя. 1996. No 3. C. 201 – 202.
② *Эпштейн М.* Истоки и смысл русского постмодернизма//Звезда. 1996. No 8. C. 167.

辈"难以割舍的"后现代"情结。它的形成根源于后现代主义精神与他们的世界观在不同程度上的契合。马·利波韦茨基对"乡村小说"美学神话的解析[①]表明，对存在的混沌与现实的荒诞本质的认识，是这位批评家与后现代主义文学产生共鸣的世界观基础。米·爱泼斯坦则明确表示，在1992—1993年之前，后现代主义世界观于他心有戚戚，之后他感受到"新世纪的牵引力"[②]，于是便有了20世纪90年代中期所谓"后现代主义之终结"与"后现代性"之延续的论说。亚·格尼斯为后现代主义文学、大众文化所作的辩护，正是对新的宇宙认知与文化范式的坚守。正如上文有关伊·罗德尼扬斯卡娅与亚·格尼斯的对比分析所展示的，批评家的文艺观及其指导下的批评实践，是世界观在文学艺术领域的具体实现；批评主体的辈分身份是塑造其世界认知模式的重要因素。

在"七八十年代人"这个复杂的批评群体内部，"年长的子辈"与"年少的子辈"的隔膜，虽然不及他们同"60年代人"之间的代沟那样深，但是仍清晰可辨。"准备做60年代人，却不得不成为70年代人"[③]的"年长的子辈"，与在"60年代人"的自由主义事业受挫的阴影中成长的"年少的子辈"相比，更多地展现了与"60年代人"的亲缘关系。在"七八十年代人"批评家们对苏联文化的集体声讨中，如果说谢·

---

① 马·利波韦茨基认为，在"停滞"时期，"所有试图艺术地表述关联规律、世界构造之统一的那些人，其探索的共同向量或许可以这样表示——关于现实的神话。当然，编造神话的意向最鲜明地体现在'乡村'小说中"。"乡村小说作者"（«деревенщики»）的失败"不单是因为意识形态，首先是因为美学。众所周知，他们的美学引人注目的是示威性、纲领性的传统性和19世纪取向性，不仅是对社会主义现实主义，而且是对整个20世纪全部文化的轻视。但是，正是这种取向性生成了'乡村小说作者'面前的现实图景与他们中意的神话定位之间的矛盾"。这是因为，在"停滞"时期的混沌现实中，他们的美学努力"不时地遭遇荒诞因素……在由现代性的全面危机而引起的、这样或那样的等级逻各斯的断口与分裂处，荒诞时不时地显示自己的存在"。См.：Липовецкий М. Современность тому назад（Взгляд на литературу«застоя»）//Знамя. 1993. No 10 C. 189.

② Эпштейн М. De'butdesiecle，или От пост – к прото – . Манифест нового века// Знамя. 2001. No 5.

③ Новиков Вл. Раскрепощение. Воспоминания читателя//Знамя. 1990. No 3. C. 210.

丘普里宁、纳·伊万诺娃在向"老一代自由派"的保守主义发难的同时，延续了他们的社会关怀与政论激情，继承了"60年代人"未竟的自由主义事业，那么，马·利波韦茨基、叶·多布连科、亚·格尼斯等人则从美学与文化学层面剖析了"60年代人"的文学文化实践的根本症结。① 如果说"年长的子辈"对苏联文化的意识形态批判，仍然要求"于索尔仁尼琴的在场中"② 明辨是非曲直，那么"年少的子辈"已经认识到，苏联文化范式主宰下的艺术——无论官方的还是反官方的，其创作模式只能是"隐喻'逻辑'"③："不管这种艺术述说什么——先进分子、烟囱、迫害，它总是另有所指。"④ 要瓦解这种逻辑及其生成机制——"苏联形而上学"，必须"经由另一种维度——混沌"，必须引入荒诞因素，作为"'不可预言性的发生器'"⑤。换言之，唯有推行后现代主义的世界认知模式，才能彻底颠覆苏联体制文化的基础，实现文化范式的革新。由此可见，正是在同高度等级化、意识形态化之苏联文化的斗争中，"年少的子辈"认同并利用了后现代主义；面对混沌—秩序、偶然性—必然性的二元对立，他们毫不犹豫地选择了前者。

在"年少的子辈"反思苏联体制文化的过程中，俄罗斯本土及域外人文社会科学的相关学说，更促进了他们与后现代主义思想的亲近。巴赫金、洛特曼、巴尔特、鲍德里亚等思想家的著述，对于马·利波韦茨基、米·爱泼斯坦、叶·多布连科、亚·格尼斯而言，并非是用以修

---

① 叶·多布连科曾有这样一个论断："'60年代人'对正在逝去的文化的批评，不可能追根究底，也不可避免闪烁其词。……'60年代人'对30年代苏联体制文化的批判是不彻底的、有历史局限的。其局限性在于，艺术的任务被归结为新的要求——写真实，而在狭隘地理解'生活真实'与'艺术真实'之间真正是一条鸿沟。'60年代人'主要停留在以前的文化范式框架内。在满怀激情地推翻妖术后，他们要求另一种'真实'——仙术。……如果30年代苏联体制文化的美学根基被剖露出来，那么仙术与妖术的有机联系便昭然若揭了，'60年代人'的美学编码，它的积极性、社会性、超道德主义、意识形态性等，就会瓦解。"См.: Добренко Евг. Правда жизни как формула реальности//Вопросы литературы. 1992. No 1. C. 25.

② Иванова Н. Возвращение к настоящему//Знамя. 1990. No 8. C. 222.

③ Генис А. Лук и капуста. Парадигмы современной культуры//Знамя. 1994. No 8. C. 194.

④ Генис А. Лук и капуста. Парадигмы современной культуры//Знамя. 1994. No 8. C. 192.

⑤ Генис А. Лук и капуста. Парадигмы современной культуры//Знамя. 1994. No 8. C. 192.

饰批评文字的华丽标签，而是锤炼批评家的世界观与文艺观、加强思考深度与批判力度的思想资源。巴赫金的复调小说理论在马·利波韦茨基所谓"表演性小说"的"风格复调"论中有回响[1]；洛特曼提出的俄罗斯文化非此即彼的极端化倾向，对马·利波韦茨基有关后现代主义困境的思考有启发[2]；巴尔特的神话学研究为叶·多布连科的"社会艺术论"提供了理论支撑[3]；亚·格尼斯依循鲍德里亚的"仿真与拟像"逻辑对社会主义现实主义展开批判；米·爱泼斯坦在利奥塔与詹姆逊的对比研究中为后现代主义谋求出路……国内外思想家们的理论建树，为"年少的子辈"观照当代俄罗斯文学文化提供了新颖的视角。最重要的是，所有这些以颠覆主流话语、消解等级与界限为精神主旨，以张扬人的存在之主体性、独一无二的个性为核心的思想源泉，已经沁入"年少的子辈"的批评品性，塑造了他们的思维与行为模式。

  与此同时，俄罗斯批评家们与西方学术圈的亲疏远近，也是影响他们对后现代主义思想的认同程度、改变其后现代主义文学观的重要因素。马·利波韦茨基、米·爱泼斯坦、亚·格尼斯这三位重要的俄罗斯后现代主义理论家，与后现代主义文化思潮的发源地美国的学术往来尤为密切。马·利波韦茨基 1995 年发表的《俄罗斯后现代主义特征论》[4]，是在华盛顿凯南学院资助下完成的课题。与 1991 年《酷的法则》[5] 相比，美国访学显然开拓了马·利波韦茨基的研究视野，充实了他的理论知识储备，从而为其提供了阐释这一问题的新视角。这位批评家将俄罗斯后现代主义文学与西方，尤其是拉丁美洲后现代主义文学所

---

[1] Липовецкий М. Закон крутизны ("Дискуссия о постмодернизме")//Вопросы литературы. 1991. No 11 – 12. C. 7.

[2] Липовецкий М. Голубое сало поколения, или Два мифа об одном кризисе//Знамя. 1999. No 11.

[3] Добренко Евг. Преодоление идеологии. Заметки о соц – арте//Волга. 1990. No 11.

[4] Липовецкий М. Изживание смерти. Специфика русского постмодернизма//Знамя. 1995. No 8.

[5] Липовецкий М. Закон крутизны ("Дискуссия о постмодернизме")//Вопросы литературы. 1991. No 11 – 12.

作的对比研究，直观地反映出他在与美国"后学"界亲密接触中所受到的影响。这种比较批评与理论论证的趋向，在他1996年移居美国、执教于当地大学后的批评实践中得到了更充分的显现。

　　国外治学的经历也深深地影响了米·爱泼斯坦、亚·格尼斯等"年少的子辈"的职业生涯。分别于1990年、1977年移居美国的米·爱泼斯坦、亚·格尼斯，是在西方学术语境中参与俄罗斯本土的后现代主义争论的；如果说20世纪90年代中期美国研究机构的直接介入，改变了马·利波韦茨基的批评步调，那么，整个20世纪90年代置身于西方学术圈的米·爱泼斯坦、亚·格尼斯，则基本上应和了后现代主义批评研究在美国的变奏。1997年，与维·佩列文痛失俄语小说布克奖相呼应，大洋彼岸的后现代主义者们也在美国国家图书奖的评选中遭受重创。[①] 美国文学批评界的风向逆转，对于从西方汲取后现代主义思想资源的俄罗斯批评家而言，无疑构成了最具说服力的后现代主义危机信号，加速了他们与后现代主义的"诀别"。1990年，刚刚定居亚特兰大的米·爱泼斯坦，开始以西方后现代主义为参照而努力寻找"苏联后现代主义"独立存在的论据，并对"后卫主义"所代表的俄罗斯文学新动向充满期待。[②] 时至20世纪90年代中期，在对利奥塔与詹姆逊的后现代主义学说做深入研读的基础上，米·爱泼斯坦酝酿了"后现代主义之终结"[③] 的宣判词，宣告了普遍的后现代主义文化危机。与米·爱泼斯坦相比，亚·格尼斯对后现代主义怀有更深厚的感情，要他抛却后现代主义构想也显得更艰难。在第三次移民浪潮中出走美国的亚·格尼斯，深受西方自由民主观念的熏陶。在他看来，后现代主义与大众文化正是这种观念的体现和保障。他在20世纪90年代上半期对西方后现代主义思

---

　　① 纳·伊万诺娃发现，1997年美国国家图书奖小说奖的角逐中，著名的后现代主义小说家托马斯·品钦、菲利普·罗斯的新作，不敌唐·德里罗的《地下世界》、查尔斯·弗雷泽尔的《冷山》等写实风格的作品，因而无缘决赛。См.：Иванова Н. Преодолевшие постмодернизм//Знамя. 1998. № 4. С. 196.

　　② Эпштейн М. После будущего. О новом сознании в литературе//Знамя. 1991. № 1.

　　③ Эпштейн М. Прото –，или Конец постмодернизма//Знамя. 1996. № 3.

第七章　当代俄罗斯后现代主义文学批评

想与美国大众文化模式所做的宣传①，旨在加速苏联文化的瓦解、推动健全的文化体制在俄罗斯本土的构建。然而，随着后现代主义的消解任务趋于完结，而其建设力又日显微茫，随着后现代主义批评成为真正意义上的批评，亚·格尼斯也不得不调整对后现代主义的过高期待。他似乎难以像马·利波韦茨基、米·爱泼斯坦那样，直言后现代主义的"危机"或"终结"，而是选择了回避——从后现代主义退守现代主义，选择了默认——"现代主义是20世纪的主导艺术思想"②，至于后现代主义，批评家一言未发。

　　由此可见，尽管"年少的子辈"所受西方影响的程度不同、表现各异，但毋庸置疑的是，批评家们与西方学术界直接或间接的对话，不仅改变了他们的职业道路，而且改造着他们的后现代主义观。

　　当然，正如"年少的子辈"的最终选择所表明的，俄罗斯后现代主义本身的诗学危机、文化野心，尤其是"今日后现代主义"③的政治"堕落"，是将他们推向"年长的子辈"的批评路径的根本原因。在这方面，马·利波韦茨基与纳·伊万诺娃批评道路的最终交汇，颇具说服力。

　　马·利波韦茨基对俄罗斯后现代主义危机的感知与反思，从20世纪90年代初开始持续至今。随着后现代主义文学的演变、批评家阅历和学养的丰富，他与后现代主义之间的隔膜也逐渐加深。对后现代主义诗学无法克服的内在矛盾的认识，是促使马·利波韦茨基不断发出危机信号的首要原因。然而，在有限的艺术潜力之外，后现代主义者们日益显露的无限的文化野心，迫使批评家最终越出学院的樊篱，开始与危及自由主义文化事业的新保守势力的正面交锋。继纳·伊万诺娃之后，马·利波韦茨基进一步强调，后现代主义的独特形式——"后社会艺术"（постсоц）或"反观念主义"（антиконцептуализм），是社会主义

---

① См.: *Генис А.* Вид из окна//Новый мир. 1992. № 8; Хоровод. Заметки на полях массовой культуры//Иностранная литература. 1993. № 7.

② *Генис А.* Модернизм как стиль ХХ века//Звезда. 2000. № 11. С. 202.

③ *Липовецкий М.* ПМС（постмодернизм сегодня）//Знамя. 2002. № 5.

现实主义文化怀旧的重要刺激源。后现代主义者们"对保守主义的热衷",令这位批评家不禁将20世纪90年代与20世纪20年代、21世纪前十年与20世纪30年代的社会文化情势作类比——不能完全排除历史重演的可能性。① 正如美国共和党与民主党的矛盾所显示,同样宣称为自由主义的捍卫者,对它的理解却可能有天壤之别。因此,"围绕后现代主义展开的论战,显然是一场意识形态论战"②,是形形色色的自由主义价值观之间的争鸣。对于那些转向保守主义的后现代主义者而言,"自由主义意识形态原来只是一种时尚,而非内在的革命"③。这样,在十余年学院批评道路的最后,马·利波韦茨基同伪自由主义者之间的意识形态冲突取代了他同后现代主义者之间的美学分歧,而成为他更坚决、更激烈地反对后现代主义的主要原因。确切地说,十余年的后现代主义文化诗学批评,实际上恰恰实践了马·利波韦茨基的自由主义价值观与世界观。

"七八十年代人"批评家们的后现代主义认知道路表明,在这个复杂的批评群体内部,既存在着由共同的辈分身份所决定的基本一致的倾向,也存在着因辈分的细微差异而引起的分歧。毫无疑问,无论是谢·丘普里宁、纳·伊万诺娃、弗·诺维科夫等"年长的子辈",还是马·利波韦茨基、米·爱泼斯坦、亚·格尼斯等"年少的子辈",对后现代主义文学的关注本身,都是为了集中精力、深思熟虑地建构新的已然属于后苏联的文学空间。与此同时,恰恰是在后现代主义问题上,呈现出"七八十年代人"批评群体的辈分层次。总体而言,大部分"七八十年代人"起初都表达了对"异样文学"的垂爱,并对其寄予厚望;他们所珍视的,是它异于苏联文学的品质。然而,在"异样文学"同苏联文学的对抗中,"年长的子辈"更看重它的苏联文学和文化针对性,即它所戏拟的是苏联文学的内容和体式,它所否定的是苏联文学的意识形

---

① *Липовецкий М. Либерализм: взгляд из литературы*//Знамя. 2004. No 6. С. 183.
② *Липовецкий М. Либерализм: взгляд из литературы*//Знамя. 2004. No 6. С. 184.
③ *Липовецкий М. Либерализм: взгляд из литературы*//Знамя. 2004. No 6. С. 183.

态雇佣性,它所颠覆和解构的是以社会主义现实主义为表征的苏联文化;令"年少的子辈"欢欣鼓舞的,则是"异样文学"的"异样性"本身,即它所代表的是与传统——不仅仅是苏联文化传统——背道而驰的"异样"文化范式,它所充盈的是颠覆、怀疑、否定的激情——无论它颠覆、怀疑、否定的是什么,重要的是这种认知与创作模式。"七八十年代人"批评家们最终都遗弃了后现代主义,他们无法忍受的是俄罗斯后现代主义的"风格惯性",是它对绝对权力的觊觎、对自由主义文化事业的戕害。然而,在后现代主义的种种危害中,"年长的子辈"最忌讳的是它在戏拟中所复制的苏联意识形态,在否定中所延续的"苏联的宏大风格"对后苏联社会文化氛围造成的污染;令"年少的子辈"大失所望的,则是它与生俱来的独特的文化"胎记"、难以克服的"苏联性"本身。因此,相对而言,"年长的子辈"有关后现代主义的批评言说具有明确的指向性与针对性,故而更加具体、务实;"年少的子辈"则试图从具体的文学文化现象透视深层的文化范式,由政治意识形态推及普遍的思维模式,故而他们的批评实践更倾向于抽象的理论论证、纯粹的学术探讨,尽管他们并未偏废对社会文化现实的关注与思考。

  不同的批评思路生成了"七八十年代人"之间的隔膜。弗·诺维科夫对马·利波韦茨基有关俄罗斯后现代主义之特征[1]的论述方式不以为然,指责他的术语结构云山雾罩、不知所云:"需要具有副博士,甚至是博士学位,才能在脑子里解开这样的结构……并确信其内容的同义重复性质。"[2] 对于"后现代主义"这一概念本身的模糊性,弗·诺维科夫也深表不满:"越深入这个无止境的问题,越怀疑自己对其有所了解。"[3] 由此可见,"年长的子辈"的批评言说更注重于思考具体的文学

---

[1] *Липовецкий М.* Изживание смерти. Специфика русского постмодернизма// Знамя. 1995. № 8.

[2] *Новиков Вл.* Заскок//Знамя. 1995. № 10. С. 189.

[3] *Новиков Вл.* Заскок//Знамя. 1995. № 10. С. 194.

创作现象，解决实际的社会文化问题；他们厌恶抽象的后现代主义说教，乃至玄奥的哲理思辨。"年少的子辈"则恰恰相反。对于从利奥塔到詹姆逊、从巴尔特到鲍德里亚这一系列欧美后现代主义思想家的理论创见，"年少的子辈"表现出极大的兴趣。于是，钻研欧美后现代主义学说并以此为基石思考俄罗斯本土文学文化现实，便构成他们的批评活动的主要内容，由此更加强化了他们的批评言说的学院派性质。当然，由批评家的生理年龄所决定的知识结构、认知习惯，也是影响其理论接受的意愿与能力、决定其批评写作的方式与文风的重要因素。总而言之，"七八十年代人"批评家之间的辈分差异，尽管不及他们同"60年代人""90年代人"的对比那样突出，但毕竟存在，并在"年长的子辈"与"年少的子辈"有关后现代主义的批评文字中留下了鲜明的印记。

综上所述，不同意识形态取向、不同辈分的批评家对俄罗斯后现代主义文学的好恶，在很大程度上决定了他们在这条批评道路上能够走多远。"爱国主义者"的民族主义情绪、新旧保守主义者的现实主义情怀，使他们早早地放弃了开发文学批评的这块处女地；"90年代人"所特有的偏执与狭隘，妨碍了维·库里岑对他所谓的"新原始文化"① 做正反两方面的辩证思考；"七八十年代人"则在从辩护者到审判者的角色转变中，记录俄罗斯后现代主义文学的发展进程，并对其做出较为全面而深入的思考，留存了丰富而有力的言说与话语。

本章参考文献

Агеев А. Конспект о кризисе. Социокультурная ситуация и литературный процесс// Литературное обозрение. 1991. № 3.

Анастасьев Н. и Давыдов Ю. Набоков и «набоковцы»//Литературная газета. 15 февраля 1989.

---

① *Курицын Вяч.* Постмодернизм：новая первобытная культура//Новый мир. 1992. № 2.

Басинский П. Возвращение. Полемические заметки о реализме и модернизме//Новый мир. 1993. № 11.

Басинский П. Пафос границы//Новый мир. 1995. № 1.

Берг М. Литературократия. Проблемаприсвоения и перераспределения власти в литературе. М.：Новое литературное обозрение. 2000.

Богданова О. Постмодернизм в контексте современной русской литературе（60 – 90 – е годы 20века—начало 21 века）. СПб.：Филол. факультет С. – Петерб. Гос. Университета. 2004.

Большев А. и Васильева О. Современная русская литература（1970 – 1990 – е годы）. СПб.：Филол. факультет С. – Петерб. Гос. университета. 2000.

Бондаренко Вл. Подлинный Веничка//Наш современник. 1999. № 7.

Бондаренко Вл. Плебейская проза Сергея Довлатова//Наш современник. 1997. № 12.

Генис А. Вид из окна//Новый мир. 1992. № 8.

ГенисА. Хоровод. Заметки на полях массовой культуры//Иностранная литература. 1993. № 7.

Генис А. Лук и капуста. Парадигмы современной культуры//Знамя. 1994. № 8.

Генис А. Модернизм как стиль XX века//Звезда. 2000. № 11.

Дедков И. Между прошлым и будущим//Знамя. 1991. № 1.

Десятерик Д. "Другая проза", Альтернативная культура：Энциклопедия. Екатеринбург：Ультра. Культура，2005.

"Дискуссия о постмодернизме" //Вопросы литературы. 1991. № 11 – 12.

Добренко Евг. Преодоление идеологии. Заметки о соц – арте//Волга. 1990. № 11.

Добренко Евг. Правда жизни как формула реальности//Вопросы литературы. 1992. № 1.

Добренко Евг. Нашествие слов（Дмитрий Пригов и конец советской литературы）//Вопросы литературы. 1997. № 6.

Золотоносов М. Отдыхающий фонтан. Маленькая монография о постсоциалистическом Реализме//Октябрь. 1991. № 4.

Зорин А. Круче, круче, круче...//Знамя. 1992. № 10.

Иванова Н. Намеренные несчастливцы?（о прозе «новой волны»）//Дружба народов. 1989. № 7.

Иванова Н. Возвращение к настоящему//Знамя. 1990. № 8.

Иванова Н. Каждый охотник желает знать, где сидит фазан//Знамя. 1996. № 1.

Иванова Н. Ностальящее. Ретро на (пост) советском телеэкране//Знамя. 1997. № 9.

Иванова Н. Преодолевшие постмодернизм//Знамя. 1998. № 4.

Иванова Н. "Сталинский кирпич" ("Итоги советской культуры")//Знамя. 2001. № 4.

Ивбулис В. От модернизма к постмодернизму//Вопросы литературы. 1989. № 9.

Кувалдин Ю. "Ворона" //Новый мир. 1995. № 6.

Курицын Вяч. На пороге энергетической культуры//Литературная газета. 31 октября 1990.

Курицын Вяч. Постмодернизм: новая первобытная культура//Новый мир. 1992. № 2.

Курицын Вяч. Русский литературный постмодернизм. М.: ОГИ 2000.

Лейдерман Н. и Липовецкий М. Между хаосом и космосом. Рассказ в контексте времени//Новый мир. 1991. № 7.

Лейдерман Н. и Липовецкий М. Жизнь после смерти, или Новые сведения о реализме//Новый мир. 1993. № 7.

Лейдерман Н. и Липовецкий М. Современная русская литература. М.: УРС. 2001.

Лейдерман Н. и Липовецкий М. Либерализм: взгляд из литературы//Знамя. 2004. № 6.

Липовецкий М. Свободы черная работа (об «артистической прозе» нового поколения)//Вопросы литературы. 1989. № 9.

Липовецкий М. Совок – блюз. Шестидесятники сегодня//Знамя. 1991. № 9.

Липовецкий М. Закон крутизны ("Дискуссия о постмодернизме")//Вопросы литературы. 1991. № 11 – 12.

Липовецкий М. Патогенез и лечение глухонемоты. Поэты и постмодернизм//Новый мир. 1992. № 7.

Липовецкий М. Апофеоз частиц, или диалоги с хаосом. Заметки о классике,

Венедикте Ерофееве, поэме «Москва—Петушки» и русском постмодернизме// Знамя. 1992. № 8.

Липовецкий М. Современность тому назад (Взгляд на литературу «застоя»)// Знамя. 1993. № 10.

Липовецкий М. Изживание смерти. Специфика русского постмодернизма// Знамя. 1995. № 8.

Липовецкий М. Русский постмодернизм: Очерки исторической поэтики. Екатеринбург: Издательство Уральского университета. 1997.

Липовецкий М. Голубое сало поколения, или Два мифа об одном кризисе//Знамя. 1999. № 11.

Липовецкий М. ПМС (постмодернизм сегодня) //Знамя. 2002. № 5.

Маньковская Н. Эстетика постмодернизма. СПб.: Алетейя. 2000.

Новиков Вл. Раскрепощение. Воспоминания читателя//Знамя. 1990. № 3.

Новиков Вл. Точка, поставленная вовремя. Владимир Новиков представляет постмодернистскую новеллистику//Знамя. 1993. № 2.

Новиков Вл. "Заскок" //Знамя. 1995. № 10.

Поставангард: сопоставление взглядов//Новый мир. 1989. № 12.

Рассадин Ст. Голос из арьергарда//Знамя. 1991. № 11.

Роднянская И. Заметки к спору (Поставангард: сопоставление взглядов)//Новый мир. 1989. № 12.

Роднянская И. NB на полях благодетельного абсурда//Новый мир. 1992. № 8.

Роднянская И. Гипсовый ветер//Новый мир. 1993. № 12.

Роднянская И. Литературное семилетие. М.: Книжный сад. 1995.

Скоропанова И. Русская постмодернистская литература. М.: Флинта: Наука, 2002.

Чупринин С. "Другая проза" //Литературная газета. 8 февраля 1989.

Чупринин С. Нормальный ход. Русская литература после перестройки//Знамя. 1991. № 10.

Чупринин С. Сбывшееся небывшее. Либеральный взгляд на современную литературу—и«высокую», и«низкую»//Знамя. 1993. № 9.

Чупринин С. Перемена участи. Русская литература на пороге седьмого года

· 357 ·

перестройки//Знамя. 1991. № 3.

Чупринин С. Русская литература сегодня：Жизнь по понятиям. М. ：Время. 2007.

Чупринин С. Русская литература сегодня：путеводитель. М. ：Время. 2007.

Шкловский Евг. На рандеву с гармонией. Размышления о молодой прозе// Литературное обозрение. 1986. № 1.

Эпштейн М. Концепты. . . Метаболы. . . О новых течениях в поэзии//Октябрь. 1988. № 4.

Эпштейн М. Искусство и религиозное сознание （"Поставангард：сопоставлениевзглядов"）//Новый мир. 1989. № 12.

Эпштейн М. После будущего. О новом сознании в литературе//Знамя. 1991. № 1.

Эпштейн М. Прото －，или Конец постмодернизма//Знамя. 1996. № 3.

Эпштейн М. Истоки и смысл русского постмодернизма//Звезда. 1996. № 8.

Эпштейн М. Постмодерн в России：Литература и теория. М. ：Издательство Р. Элинина. 2000.

Эпштейн М. De'butdesiecle，или От пост － к прото －. Манифест нового века// Знамя. 2001. № 5.

［俄］亚·博利舍夫、奥·瓦西里耶娃：《20世纪俄罗斯后现代派文学概观》，陆肇明摘译，《俄罗斯文艺》2003年第3期。

第八章　当代俄罗斯后现实主义文学批评

在旷日持久、众说纷纭的"主义"之争中，围绕俄罗斯后现代主义展开的文学批评经历了从发端至成熟、由繁盛而衰微的演进过程。有关现实主义或"新"或"后"的论说，则随着后现代主义批评的起落而呈现出此消彼长的发展趋势。具体而言，后现实主义批评在20世纪90年代上半期后现代主义批评的高潮中发端，在这一高潮的回落中逐渐取而代之，成为20世纪末、21世纪初俄罗斯文学批评的主流。

"自由民主派"批评以卡伦·斯杰帕尼扬、马·利波韦茨基、纳·列伊杰尔曼和纳·伊万诺娃为代表，从不同角度、在不同程度上揭示以"新的真诚性"追求终极"真理"的文学创作的新美学特征，提出并论证了各自的"后现实主义"诗学主张。

第一节　卡伦·斯杰帕尼扬的"新现实主义"论

20世纪90年代，卡伦·斯杰帕尼扬在主导当代俄罗斯文学批评的杂志《旗》上发表系列文章[①]，实时追踪当下文学的发展动态，辨析

[①] *Смепанян К.* Реализм как заключительная стадия постмодернизма//Знамя. 1992. No 9. Реализм как преодоление одиночества//Знамя. 1996. No 5. Реализм как спасение от снов//Знамя. 1996. No 11. Кризис слова на пороге свободы//Знамя. 1999. No 8.

"作为后现代主义终结阶段的现实主义"① 崛起的必然趋势。与此同时，他提出"新现实主义"一说，用来指称和突出后现代主义时代以"真理"为终极追求的文学创作；批评家进而将"真理"作为"新现实主义"诗学的核心观念，在后现代主义的意义废墟上重建现实主义的"新"精神"堡垒"。

细论之，20世纪90年代初，卡伦·斯杰帕尼扬潜心于后现代主义主流创作（阿·科罗廖夫的《果戈理的头颅》、阿·列夫金的《黑日白日》等）中捕捉"脱离后现代主义规范"②的现象，并据此推测作者"对真正的现实的渴望"③，预言"新现实主义时代的到来"④。20世纪90年代中期，被评论界誉为"新现实主义"代表性作家的阿·瓦尔拉莫夫的力作《生》，为卡伦·斯杰帕尼扬进一步阐明他的"新现实主义"精神内核提供了契机。批评家通过揭示和批判作品传达的"建立在恐惧之上的信仰"⑤ 及其所包含的教化寓意，强调"新现实主义"不同于教化文学的思想根源，即建立在爱之上的上帝信仰、"真理"信念。随后，批评家又通过分析维·佩列文的《夏伯阳与虚空》等制造"梦境"，乃至"恐怖梦魇"的作品，辨析"存在"与"不存在"的界线，论证走出梦境、摆脱梦魇的力量源泉在于现实主义，在于"最高精神本质的真实存在"⑥。20世纪90年代末，卡伦·斯杰帕尼扬通过分析"在后现代主义语境中行动且自身大多归属于这一语境"⑦ 的当代优秀作家弗·马卡宁、米·布托夫"从内部摧毁这一语境"⑧ 的杰

---

① *Степанян К.* Реализм как заключительная стадия постмодернизма//Знамя. 1992. № 9. С. 231–238.
② *Степанян К.* Реализм как заключительная стадия постмодернизма//Знамя. 1992. № 9. С. 233.
③ *Степанян К.* Реализм как заключительная стадия постмодернизма//Знамя. 1992. № 9. С. 234.
④ *Степанян К.* Реализм как преодоление одиночества//Знамя. 1996. № 5. С. 205.
⑤ *Степанян К.* Реализм как преодоление одиночества//Знамя. 1996. № 5. С. 206.
⑥ *Степанян К.* Реализм как преодоление одиночества//Знамя. 1996. № 5. С. 197.
⑦ *Степанян К.* Кризис слова на пороге свободы//Знамя. 1999. № 8.
⑧ *Степанян К.* Кризис слова на пороге свободы//Знамя. 1999. № 8.

作——《地下人，或当代英雄》《自由》，推翻了"文学作为掌握现实的手段在俄罗斯已穷尽自身"[①] 的论断，赋予"新现实主义"克服陷入"语言危机"的后现代主义之救赎使命。

纵观之，在卡伦·斯杰帕尼扬的"新"现实主义批评实践中，批评家始终致力于在后现代主义文学及批评的在场中探讨"真实的标准""真实性"等现实主义诗学的核心概念，致力于在后现代主义制造的"真实性"危机中恢复形而上的、大写的"真理"信仰。他在否认客观真实之存在的同时，始终坚信"形而上的真实性"[②] 的客观存在。因此，他"所谓的新现实主义，即作者相信最高精神本质的真实存在并力求引起读者对本质（正是本质而非作者信仰）的关注的那些作品"[③]；他强调，"这可以是方法、体式和作者文风迥然不同的作品，将它们联结起来的只有一点，即其中的艺术世界指向最高精神力量、天堂之存在的现实"[④]。换言之，这一现实以"真理"信仰之存在为自身存在的基础，这一现实的"真实性"以主观信仰的客观存在为前提。可见，卡伦·斯杰帕尼扬所谓"新现实主义"的"现实"是信仰的现实，没有信仰便没有现实。显然，"真理"或曰"最高精神实质"，是卡伦·斯杰帕尼扬"新现实主义"批评的核心观念和话语：在他那里，对"最高精神力量"的坚定信仰不仅决定了批评对象的"新现实主义"精神表征，也彰显了批评主体的世界观和价值观；不仅左右了批评家的审美取向，也生成了他的"新现实主义"批评模式——对"最高精神实质"之存在的"真实性"信仰，是其"新现实主义观"的精神根源和思想基础，是其全部论证的起点，同时也是终点。

这种观念先行的批评模式决定了卡伦·斯杰帕尼扬对后现代主义的

---

① *Степанян К.* Кризис слова на пороге свободы//Знамя. 1999. № 8.
② *Степанян К.* Реализм как преодоление одиночества//Знамя. 1996. № 5. С. 205.
③ *Степанян К.* Реализм как заключительная стадия постмодернизма//Знамя. 1992. № 9. С. 235.
④ *Степанян К.* Реализм как преодоление одиночества//Знамя. 1996. № 5. С. 205.

先在抗拒,也成就了他与"60年代人"①批评家们的不谋而合。

在20世纪80年代末至20世纪90年代上半期的后现代主义文学和批评高潮中,以伊·杰德科夫、斯坦·拉萨金、伊·罗德尼扬斯卡娅等为代表的"60年代人"批评家,构成了后现代主义最彻底、最坚决的批判力量之一。正是这种始终如一的拒斥和否定传达了"60年代人"永恒的现实主义追求,体现了他们对文学思想性和艺术性理想的坚持不懈。伊·杰德科夫和斯坦·拉萨金向米·爱泼斯坦所谓的"后卫文学"②,即俄罗斯后现代主义文学的极端形态发出的责难,伊·罗德尼扬斯卡娅对米·爱泼斯坦的"后先锋主义论"③、亚·格尼斯的"大众社会论"④提出的反诘,构成了这一时期后现代主义同现实主义论争的重要内容。

显而易见的是,信仰"上帝""真理""意义"之永恒存在的伊·罗德尼扬斯卡娅,同认定"最高精神实质"之绝对存在的卡伦·斯杰帕尼扬,在世界观、价值观以及与其紧密相关的文学艺术观方面都产生了共鸣。对于颠覆绝对价值、消解崇高真理的后现代主义,卡伦·斯杰帕尼扬表示怀疑和抗拒,伊·罗德尼扬斯卡娅则始终抱持否定态度和批判立场;为了救赎"末日的艺术",二人不约而同地转向了现实主义,无论是有感于艺术的"堕落"而回眸现实主义辉煌历史的伊·罗德尼扬斯卡娅,还是立足于现实并展望俄罗斯文学"新现实主义时代"的卡伦·斯杰帕尼扬,都透露了难以割舍的现实主义情结。与"60年代人"的现实主义理想的呼应,也恰恰说明卡伦·斯杰帕尼扬的"新现实主义"观同最传统意义上的现实主义在精神实质上的契合。可以说,

---

① "六十年代人",主要指的是出生于20世纪20—30年代,成熟于"解冻"时期的一代人,即当代自由民主派中的"父辈"——老一代"自由派"。

② «проза арьергарда» или «арьергардная проза». См.: Эпштейн М. После будущего. О новом сознании в литературе//Знамя. 1991. № 1. С. 228.

③ Эпштейн М. Искусство и религиозное сознание (Поставангард: сопоставление взглядов)//Новый мир. 1989. № 12.

④ Генис А. Вид из окна//Новый мир. 1992. № 8.

卡伦·斯杰帕尼扬的"新现实主义论"的精神主旨正是对俄罗斯现实主义诗学之精神传统的弘扬。

诚然,对上帝信仰、艺术使命的坚守拉近了卡伦·斯杰帕尼扬与"60年代人"批评家们的距离。然而,另一方面,后现代主义与现实主义之争也彰显了他们之间的分歧,正是这种分歧揭开了卡伦·斯杰帕尼扬"新现实主义论"的第二个层面——"新"为何在。无论是列·安宁斯基的"文学消亡论"[1]、斯坦·拉萨金"发自后卫的声音"[2],还是伊·罗德尼扬斯卡娅的"艺术末日论",在这些"60年代人"的批评言说中,后现代主义始终而彻底地被视作与现实主义格格不入的异端。这种格格不入制造了两种主义的二元对立,也决定了"60年代人"在两种主义之争中难有突破性的创建。事实上也确实如此,他们的"后现代主义论"仅仅止步于激烈的批判和片面的否定;他们与"恶魔般力量"的对抗,也仅仅局限于对传统现实主义诗学的抱守。于是,全盘否定和摈弃后现代主义主导的文学文化生活,成为"60年代人"在20世纪90年代患上"恐新症"和"失语症",从而逐渐失去批评话语权的重要原因。

当"60年代人"抛弃现实、回望历史时,卡伦·斯杰帕尼扬却清醒地意识到后现代主义存在的必然性和历史性,转而思索"新的时间和空间范畴、新的现实和新现实主义"[3]。具体而言,与"六十年代人"不同,卡伦·斯杰帕尼扬在对消解崇高、颠覆真理的后现代主义表示怀疑和抗拒的同时,也肯定了后现代主义的大发现。在它的启发下,在公开性时期呈现的各种历史真实面前,批评家认识到现实主义文学之真实性追求的非现实性,进而否认了客观真实的存在,认同真实标准的多样性和主观性。[4] 与此同时,他强调"形而上的现实"——"最高精神实

---

[1] *Аннинский Л.* Критики о критике//Вопросы литературы. 1996. № 6. C. 18.
[2] *Рассадин Ст.* Голос из арьергарда//Знамя. 1991. № 11. C. 207.
[3] *Степанян К.* Кризис слова на пороге свободы//Знамя. 1999. № 8.
[4] *Степанян К.* Реализм как преодоление одиночества//Знамя. 1996. № 5. C. 203–205.

质之存在的现实"的真实性,并以此为支撑构建"新现实主义"的精神内核。换言之,尽管尘世的真实是多样的,然而上帝的真理却是唯一的。于是,在经历了历史的沧桑、后现代主义的洗礼之后,"现在可以期待的是重新转向现实"[1]。然而,这不是向现实主义的简单回退,因为"这一阶段早已过去",因为"任何回归——回归批判现实主义也好,回归自然主义、印象主义也罢——只会导致重复"[2]。这也不是对后现代主义的寄望,因为"后现代主义意识在我们这个时代已经无法胜任这一角色"[3]。这是新的文学流派出现的历史征兆和现实吁求,是在非现实的、虚幻的、荒诞的后现代主义文本世界中透出的对真实的渴望,也是在传统现实主义构建的"共同的社会价值等级"中发出的对个性的呼唤。卡伦·斯杰帕尼扬所谓"新现实主义"的新质也正在于此。

批评家卡伦·斯杰帕尼扬始终强调,"新现实主义"是一个独立的、新兴的文学流派。它对真实的渴望并不意味着向现实主义回归,它质疑真实的客观标准也并非对后现代主义的简单复制。"新现实主义"与现实主义、后现代主义形成了积极的、平等的对话关系。在"新现实主义"作品中,一方面借鉴了后现代主义的各种艺术表现手法,如"《果戈理的头颅》,就其形式特征而言,是一部典型的后现代主义作品",另一方面又"坚定地导向既定的目的"——"令读者领悟充盈着宇宙的崇高精神能量"[4];一方面,"出现了与古典文学的对话,或曰卓有成效的呼应"[5],另一方面,"对真理的领悟是以打破传统的方式进行

---

[1] Степанян К. Реализм как заключительная стадия постмодернизма//Знамя. 1992. № 9. С. 235.

[2] Степанян К. Реализм как заключительная стадия постмодернизма//Знамя. 1992. № 9. С. 235.

[3] Степанян К. Реализм как заключительная стадия постмодернизма//Знамя. 1992. № 9. С. 235.

[4] Степанян К. Реализм как заключительная стадия постмодернизма//Знамя. 1992. № 9. С. 236.

[5] Степанян К. Реализм как заключительная стадия постмодернизма//Знамя. 1992. № 9. С. 237.

的"。具体言之，如果说"在俄罗斯文学传统中占据主导地位的是共同的社会价值等级"，那么"20世纪的精神经验让许多人认识到，每个人都是独一无二、不可复制的个体"。"因此，不仅不可能使大家集体领悟真理，而且也不可能领悟大家的共同真理。真理只有通过个性的、个人的途径而寻得，真理本身只能是个性的、个人的。"[1] 在卡伦·斯杰帕尼扬看来，"最高精神实质"存在的客观性和唯一性与认知的主观性和个体性之间并不矛盾，"因为对客观存在的最高精神本质的理解、关于本质的真理，不是在大众中、在群体中向人们显现的……而只能通过隐秘的内心去感知"。批评家认为，"正是将传统思想的世界观与主观的世界观相结合的尝试"，昭示着一种"与俄罗斯文学传统泾渭分明"，与后现代主义相对而生的文学流派——"新现实主义"的诞生。换言之，"新现实主义"是在绝对真理的客观性和唯一性同精神感悟的主观性和个体性之间谋求共通的有益尝试。卡伦·斯杰帕尼扬并未对"新现实主义"与现实主义、后现代主义的"分"与"合"展开论证，然而从他有限的论述来判断，这种尝试实质上就是"新现实主义"对现实主义诗学和后现代主义诗学的扬弃。一方面继承现实主义的人文主义情怀和艺术使命感，另一方面否定它对个性的桎梏；一方面肯定后现代主义对形而下的现实真实性、客观性的颠覆，对个性、主观性的重视，另一方面摈弃它对形而上的最高真理的蔑视、对终极意义的鄙夷；一方面质疑后现代主义对文字游戏的热衷，另一方面也借鉴它的艺术创新手法。于是，碎片化、断裂性的"马赛克体"不再只是后现代主义者的流派标签，也被柳·彼得鲁舍夫斯卡娅、弗·马卡宁、阿·科罗廖夫等卡伦·斯杰帕尼扬所谓的"新现实主义"作家广泛运用。于是，"新现实主义者"站在现实主义与后现代主义之后的历史高度，既否定真实的客观标准，又肯定真理的绝对存

---

[1] Степанян К. Реализм как заключительная стадия постмодернизма//Знамя. 1992. № 9. С. 237.

在，既怀疑"共同的社会价值体系"，又信仰上帝真理的普适性价值，既坚持绝对价值的唯一性和客观性，又强调价值认知的多样化和主观性。一言以蔽之，这种矛盾的扬弃、这种将矛盾对立的现实主义诗学和后现代主义诗学予以耦合的努力，便构成了卡伦·斯杰帕尼扬所倡导的"新现实主义"诗学的精髓。

综而观之，在卡伦·斯杰帕尼扬的"新现实主义"诗学架构中，"真理"或曰"最高精神实质"是作家作品"既定的目的"，也是"新现实主义"诗学的精神主干；对现实主义和后现代主义艺术手法的种种批判性继承则是达到这一目的的手段，是"主干"外的"枝干"。批评家并未明确表示，他所谓的"新现实主义"是对现实主义和后现代主义加以中和的结果，然而事实上，他的论证始终试图在两种诗学的矛盾对立中为当下文学的发展探索一条中间道路。也正是在这一点上，卡伦·斯杰帕尼扬与纳·列伊杰尔曼与马·利波韦茨基父子达成了某种一致。遗憾的是，关于"新现实主义"如何处理矛盾、如何走中间道路的关键问题，卡伦·斯杰帕尼扬并未展开论证。弥补这一遗憾的是纳·列伊杰尔曼父子。他们在建构"后现实主义"诗学体系时，观点更为鲜明透彻，论证也更加深入系统。正因如此，他们逐渐取代卡伦·斯杰帕尼扬，成为 20 世纪 90 年代，乃至 21 世纪初"新"现实主义理论建构中举足轻重的人物。

第二节 "后现实主义"诗学

早在俄罗斯后现代主义文学批评方兴未艾的 20 世纪 90 年代初，马·利波韦茨基已经诊断出后现代主义的美学危机，并基于这一诊断而预言现实主义的复兴。在随后的十年间，他始终致力为深陷后现代主义危机的当代俄罗斯文学寻找出路，并与其父纳·列伊杰尔曼一起，共同构建系统而严密的后现实主义诗学体系。

1991 年年末，在《文学问题》上展开的后现代主义讨论中，马·

利波韦茨基发表《"酷"的法则》一文,不仅巩固了他作为"俄罗斯后现代主义思想家"的地位,而且预告了他由后现代主义转向后现实主义;这标志着俄罗斯后现代主义诗学的成熟,也预示着现实主义诗学的复兴和后现实主义诗学的萌芽。具体而言,在接受"后现代主义"这一术语,以替代本土化话语"后先锋主义"的同时,马·利波韦茨基便已经提出,"俄罗斯的后现代主义运动"经历了三个阶段。始自20世纪60年代末、70年代初的第一阶段,"在七八十年代的某处开始的"第二阶段以及20世纪80年代末以来的"第三个,也是最'酷的'阶段"。这位批评家认为,在不同阶段,俄罗斯后现代主义呈现出不同的特征,呈现出与现实主义、现代主义、社会主义现实主义等文学传统的不同关联。"毫无疑问,俄罗斯后先锋主义在不间断的形象与观念的对话中存在和发展,既同19世纪与20世纪俄罗斯心理现实主义生动的(和伟大的)传统对话,也同社会主义现实主义的教条对话,直到不久前。这确实是俄罗斯后现代主义的美学定位……"① 然而,发展至"最'酷的'阶段",以塔·谢尔宾娜、费·埃尔斯金等人为代表的小说创作,"斩断了与现实主义传统的结构联系"②,彻底且忠实地实践了西方后现代主义将世界视同文本的诗学哲学③。马·利波韦茨基确信,现实主义美学在这一阶段的缺席,推动了后现代主义美学原则的极端发展。"严格意义上的后现代主义的美学原则愈来愈彻底地发展,最终导致后现代主义艺术哲学以及诗学的自我否定。"④ 于是,"'酷的'后先锋主义不可避免地倒向最传统的(20世纪最初20年的)先锋主义。这并非玩弄辞藻。它正在明显地向某种世界观的核心艺术模式回退,那恰恰是

---

① *Липовецкий М.* Закон крутизны ("Дискуссия о постмодернизме")//Вопросы литературы. 1991. № 11 – 12. С. 13 – 14.
② *Липовецкий М.* Закон крутизны ("Дискуссия о постмодернизме")//Вопросы литературы. 1991. № 11 – 12. С. 35.
③ *Липовецкий М.* Закон крутизны ("Дискуссия о постмодернизме")//Вопросы литературы. 1991. № 11 – 12. С. 27.
④ *Липовецкий М.* Закон крутизны ("Дискуссия о постмодернизме")//Вопросы литературы. 1991. № 11 – 12. С. 32 – 33.

后现代主义在其全部历史存在中与之针锋相对的世界观。换言之，文学史'情节'的这一回转，使它之前的全部发展都失去了内在的意义"[1]。"这一回转"，或曰后现代主义发展的"'酷的'法则"，不仅加速了它的危机进程，也推动了马·利波韦茨基批评立场的转变。在他的观念中，一方面，俄罗斯后现代主义在第一、第二阶段的"艺术发现很大程度上有赖于现实主义的对话性存在"[2]，在第三阶段，对话的中断则使后现代主义蒙受"重大损失"，而陷入危机；另一方面，"当代俄罗斯现实主义被此前发展的强劲惯性所累，在历史混乱时期正处于艰难的停滞状态，它迫切需要俄罗斯后现代主义的美学经验"[3]。显而易见，批评家希望现实主义美学可以缓和后现代主义文学的内在矛盾，更期待俄罗斯现实主义文学的新发展。这种希望和期待酝酿着一种全新的诗学。

此时的马·利波韦茨基在反思俄罗斯后现代主义文学的危机时，透过尼·别尔嘉耶夫的文化学视角，已经清醒地意识到，"酷的"后先锋主义是俄罗斯文化发展的"批判"阶段的表现和产物，继之而来的是建设性的"有机"阶段以及作为这一阶段文学标志的现实主义的复兴。诚然，这种复兴不可能是传统现实主义原封不动的回归，必然刻有时代的印记。此后不久，马·利波韦茨基更加明确地表示，"如果公认后现代主义是过渡的艺术体系，与那些由一种文化范式变更为另一种本质上不同的文化范式时形成的艺术体系相似，那么似乎目前的文学过渡状态正走向尽头，或者已经完结。为了继续对话，至少需要对'具体的人'投去更具体、更专注的目光……因为永恒的人类生活正是在这混沌中进行的，正是在这生活中——不管怎样——存在着真理、幸福、意义……

---

[1] Липовецкий М. Закон крутизны ("Дискуссия о постмодернизме")//Вопросы литературы. 1991. № 11 – 12. С. 33.

[2] Липовецкий М. Закон крутизны ("Дискуссия о постмодернизме")//Вопросы литературы. 1991. № 11 – 12. С. 35.

[3] Липовецкий М. Закон крутизны ("Дискуссия о постмодернизме")//Вопросы литературы. 1991. № 11 – 12. С. 36.

如何将对待同一现实的各种方式结合起来？这里没有现实主义是行不通的。这是首先应当将后现代主义的主要发现——它的艺术'相对论'、刻写在话语中的万事万物全面对话的鲜明指向——纳入自身的现实主义。我坚信，在不久的将来，俄罗斯文学最有趣的发现，理应来自现实主义，来自心理现实主义焕然一新的、被后现代主义经验丰富滋养的、但就其基本品质而言依然传统的诗学"[1]。至此，以传统的现实主义诗学为根本、融合各种诗学（包括后现代主义）的诗学体系已初具雏形。由此可见，"后现实主义"诗学的应运而生，与其说是为陷入困境的后现代主义谋求出路，毋宁说是为迷失自我的现实主义指引方向，更准确地说，是为后现代主义之后停滞不前的当代俄罗斯文学规划未来。

纳·列伊杰尔曼和马·利波韦茨基有关"后现实主义"的理论思考，是在与同行，尤其是在与卡伦·斯杰帕尼扬的对话和论辩中展开的。对于卡伦·斯杰帕尼扬在现实主义同后现代主义的矛盾对立中寻求中间道路而发现的"新现实主义"，父子二人认同它存在的可能，又敏锐地提出两种诗学的结合引起的一系列问题，例如，"后现代主义手法在'新现实主义'中的意义和作用何在"？这是现实主义的革新还是"后现代主义扩张的又一例证？""'新现实主义'真有那么新吗？"[2] 最后这触及根本的关键一问，关于"新现实主义""新"在何处的发问，确实正中卡伦·斯杰帕尼扬的"新现实主义论"的要害，这也恰恰是纳·列伊杰尔曼和马·利波韦茨基"后现实主义论"的立论之本。

诚然，无论卡伦·斯杰帕尼扬的"新现实主义"是什么，以其命名的文学现象"新"在何处，首先必须指出的是，有关"新现实主义"

---

[1] *Липовецкий М.* Патогенез и лечение глухонемоты. Поэты и постмодернизм//Новый мир. 1992. No 7. C. 223.

[2] *Лейдерман Н. и Липовецкий М.* Жизнь после смерти, или Новые сведения о реализме//Новый мир. 1993. No 7. C. 235.

的设想并非 20 世纪末俄罗斯文学及批评的产物。诚如纳·列伊杰尔曼父子所指出的,现实主义的危机在 19 世纪末已初露端倪。结合两种诗学的尝试在 20 世纪初的文学实践中已屡见不鲜。叶·扎米亚京早在 1924 年便已对"新现实主义"发出吁求。① 此后,在整个 20 世纪,即便是在社会主义现实主义试图一统天下的格局中,这种新的艺术范式仍然顽强地彰显自身的存在。纳·列伊杰尔曼和马·利波韦茨基在 1993 年发表的文章《死后而生,或有关现实主义的新知》,是论证"后现实主义"艺术范式的最初尝试,同时也成为 20 世纪重要的俄罗斯文学流派的诗学纲领,其原因正在于批评家们以"后现实主义"为名展开提纲挈领式的文学史梳理和理论概括。

  对于新艺术范式的研究者而言,只有追溯它的源与流,才能确定具体的研究对象,进而辨识其诗学特征;同时,只有确定它的新质,才能为厘清其发展脉络提供取舍的依据和判断的标准。相辅相成、互为前提的这两个方面,是"后现实主义"诗学建构者们首先需要解决的悖论。从 19 世纪末、20 世纪初现实主义的危机和现代主义的解决方案中,纳·列伊杰尔曼父子认识到,"'立场的认定'是作为出发点的公理,即生活有意义!(传统独白的说法)或者相反,生活没有意义!(现代主义的说法)。然而,20 世纪的许多艺术家既没有肯定,也没有否定。他们向自己提出不可预先解答的问题——生活是否有意义"。"他们改变了'创作构思''思想'等概念的内容本身。在他们那里,创作构思不再是需要实现或者检验的某种假说。创作构思成了问题。创作过程本身则成为充满戏剧性的、多种解答方案的逐一选择,其中的肯定时时被代之以怀疑和否定,发现则不断被新的信息所推翻。""这样生成了新的'艺术范式'。其基础是得到广泛认同的原则——相对性、通过对话理解不断变化的世界、作者对待这一世界之立场的开放性。在这种'艺

---

① Лейдерман Н. и Липовецкий М. Жизнь после смерти, или Новые сведения о реализме//Новый мир. 1993. № 7. С. 235.

术范式'的基础上形成的创作方法,我们称之为'后现实主义'①。"②与其同时,父子二人强调,"不能把后现实主义仅仅解释为在传统现实主义体系内部发生的质的'增长';也不能把它解释为杂交品、旧现实主义与现代主义的结合。尽管这两个过程——自我发展与结合——对后现实主义的形成都发挥了并仍发挥着自身的作用"③。为了避免对"后现实主义"的认识仅止于这种流于表面的解释,它的发现者们作出了更深入的论证。

纳·列伊杰尔曼和马·利波韦茨基进一步明确指出,"后现实主义的新质在于,构成其基础的是新的美学。它的首位发现者是巴赫金"④。"实质上,巴赫金奠定了新的相对美学的基础,这种美学要求将世界看作永恒变化的、流动的现实,其中在上与下、永恒与此刻、存在与不存在之间没有界限。"⑤ 换言之,"后现实主义"的美学基础是"相对美学",新的美学基础决定了"后现实主义"的"新质"。与米·巴赫金相对美学相呼应的,是奥·曼德尔施塔姆有关"新的相对诗学""新的创作'手段'"的思考。尽管二人在20世纪30年代初没有直接交流,

---

① "问题不在于术语(或许,可以找到更准确的术语),而在于新方法的实质,在于它的定向——定向于人与现实之间关系的全新体系。或许,由我们的时代最有教养的诗人之———格纳季·埃格提出的术语'存在现实主义'将被普遍采用? 我们想提请注意他的言说:'我想,苏联时期还是创造了文学的,也许它会存活下来……我觉得,实现了存在现实主义。它绝非社会主义的,而是现实主义的。虽然不知道克尔凯郭尔,甚至不知道'存在主义'一词,然而正是普拉东诺夫、左琴科和现实艺术联盟成员创造了伟大的存在文学。而且荒诞的出现早于它在西方的巩固,这并非偶然。产生了没有信仰的信仰问题。'(《文学问题》1991年第6期。)可以就个别名字与格纳季·埃格商榷,但是他所说的在本质上、在语义学的范围内,与我们建议称作后现实主义的现象是相近的。"——原注。

② *Лейдерман Н. и Липовецкий М.* Жизнь после смерти, или Новые сведения о реализме//Новый мир. 1993. No 7. C. 236.

③ *Лейдерман Н. и Липовецкий М.* Жизнь после смерти, или Новые сведения о реализме//Новый мир. 1993. No 7. C. 236.

④ *Лейдерман Н. и Липовецкий М.* Жизнь после смерти, или Новые сведения о реализме//Новый мир. *Лейдерман Н. и Липовецкий М.* Жизнь после смерти, или Новые сведения о реализме//Новый мир. 1993. No 7. C. 236.

⑤ *Лейдерман Н. и Липовецкий М.* Жизнь после смерти, или Новые сведения о реализме//Новый мир. *Лейдерман Н. и Липовецкий М.* Жизнь после смерти, или Новые сведения о реализме//Новый мир. 1993. No 7. C. 237.

然而他们的"思想共鸣所达到的相亲相近，令人震惊"①。这样，米·巴赫金和奥·曼德尔施塔姆的相对性思想便奠定了后现实主义的美学和诗学基础。

随之而来的问题是"以绝对的怀疑、无休止的变化、离散的存在为基础的美学如何同艺术永恒的'有限性'——同艺术对宇宙、对制衡的和谐之追求相结合"②。这是"从相对范式出发的艺术家必须作出自我判断的基本问题"，同时也是纳·列伊杰尔曼和马·利波韦茨基在论证"后现实主义"独特的诗学和美学时必须解决的关键问题。在"阿赫玛托娃和帕斯捷尔纳克、曼德尔施塔姆和普拉东诺夫'一类'人"的创作中，批评家们发现，"鲜明、痛苦、悲哀的混沌意识并未使他们屈从于精神的相对主义"③。相反，他们"对混沌的感知越强烈，就越执着于寻求'存在的关联'"④。为了进一步论证在混沌中建立关联的可能性，"后现实主义"的发现者们进一步引经据典："亚历山大·勃洛克曾经指出，'我只承认从这一混沌中（而非在其中或在其上）……创造宇宙的人为好艺术家'。"在此基础上，纳·列伊杰尔曼父子通过审视混沌与宇宙（秩序、规范）的关系，梳理出它的不同处理方式以及由此形成的不同艺术范式："严格地说，真正的艺术家一直处于同存在的混沌的相互作用之中，但是这种关系始终具有独白的性质：艺术家或者将生活现象之混沌屈从于预先给定的和谐规律（规范的艺术）；或者从关于和谐的世界秩序的假说出发并更正这一假说，勇敢地深入性格与环境的复杂关联（不规范的，尤其是传统现实主义的艺术）；或者拒绝和谐的希望，在混沌的孤立片段中寻找本不和谐的最高世界真理（按照马赫

---

① Лейдерман Н. и Липовецкий М. Жизнь после смерти, или Новые сведения о реализме//Новый мир. 1993. № 7. С. 237.

② Лейдерман Н. и Липовецкий М. Жизнь после смерти, или Новые сведения о реализме//Новый мир. 1993. № 7. С. 237.

③ Лейдерман Н. и Липовецкий М. Жизнь после смерти, или Новые сведения о реализме//Новый мир. 1993. № 7. С. 238.

④ Лейдерман Н. и Липовецкий М. Жизнь после смерти, или Новые сведения о реализме//Новый мир. 1993. № 7. С. 238.

林的说法,现代主义艺术'相反的独白'就是如此)。而在社会主义现实主义中,与令人痛苦、惊恐、慌乱的现代主义混沌不同,宇宙被重建起来。这甚至不是规范的,而是近乎指令性的宇宙。这是扼杀探寻的思想、不允许偏离标准的宇宙。但是在这个宇宙中有秩序,确实,这不是自然的和谐,而是全面的秩序,然而不管怎样……它充满了必然的乐观主义,它保障了幸福。"① 而这一判断标尺,即混沌与宇宙的关系,也成为纳·列伊杰尔曼和马·利波韦茨基鉴别后现代主义和后现实主义的诗学特征,突出二者差异的不二法门。

如上所述,纳·列伊杰尔曼父子认为,宇宙对混沌的规范和统治生成了各种独白式的艺术范式,"就是在这样的背景下,全新的艺术策略诞生并积蓄着力量——这正是勃洛克所深思的策略,即与混沌对话的策略"②。在父子二人看来,这一艺术策略又具体化为后现代主义和后现实主义两种不同的艺术类型。他们此前有关俄罗斯后现代主义的研究表明,"与混沌对话是后现代主义文学的结构基础"③,"后现代主义将文化作为存在混沌最相称的类似物,更准确地说是存在混沌的'代表',对其形象进行了非同寻常的思考;之后,在建构复杂的文化诗学时,在自身演变的过程中,后现代主义'遗失了'有其痛苦、有其命运的,具体的,活生生的人,即人逐渐被一组互相排斥的文化学联想所取代"④。"而后现实主义,从其最初的发现者开始,从未中断对人的个性的具体审度。正是通过人和为了人,后现实主义试图领悟混沌;它无畏地投入混沌的深渊,以求理解混沌的非逻辑规律,并在其中找到目的性的关联,即可以成为被混沌'情势'包围的唯一人类生命的目的和理

---

① *Лейдерман Н. и Липовецкий М.* Жизнь после смерти, или Новые сведения о реализме//Новый мир. 1993. № 7. C. 238.
② *Лейдерман Н. и Липовецкий М.* Жизнь после смерти, или Новые сведения о реализме//Новый мир. 1993. № 7. C. 238.
③ *Лейдерман Н. и Липовецкий М.* Жизнь после смерти, или Новые сведения о реализме//Новый мир. 1993. № 7. C. 238.
④ *Лейдерман Н. и Липовецкий М.* Жизнь после смерти, или Новые сведения о реализме//Новый мир. 1993. № 7. C. 238.

由的东西。这首先表现为,在绝不忽视周围现实、不中止'旧'现实主义的研究热情的情况下,后现实主义者建立起这样的'艺术范式',其中,传统现实主义的原则在结构上同与其辩证对立的艺术宗旨相比照。"① 在后现实主义的最初发现者那里,"决定论与非因果关联的执着探寻相结合。由此出现了对于阿赫玛托娃和帕斯捷尔纳克、茨维塔耶娃和曼德尔施塔姆而言颇为典型的现象,即抒情情节上几近于建筑学的准确性、各种形象的高级思维关联、对韵律学前所未见的重视之间的奇异结合"② "在他们那里,社会性和心理描写与研究人的本性中遗传的、与生俱来的、深奥的形而上层面始终保持着关联。在普拉东诺夫'隐秘的人'中,社会典型的,甚至具有浓重自然主义色彩的因素与超验的、纯粹精神的因素之融合,由此而来;普拉东诺夫典型的艺术世界结构——思辨性的社会实验与存在—不存在、神秘、美好及恐怖的形象相比照的模式,亦由此而来。"③ "最后,后现实主义中的形象通常建构成其结构本身必须以美学评价的矛盾为前提。评价成为无论作者还是读者都无法解决的问题。"④ 由此可见,尽管"后现实主义"与后现代主义的艺术策略都根源于对独白式的艺术范式的质疑,"后现实主义走向与混沌的对话,有其自身独立的路径"。无畏求索混沌的非逻辑性规律,执着探寻在形而下与形而上之间游移的人性奥秘,不懈追问在经验与超验之间闪烁的生命意义——总之,矛盾的、动态的对话方式生成了"后现实主义"不同于后现代主义的诗学特征,也决定了"后现实主义"艺术范式更深邃的创造力和更持久的生命力。这在对"后现实主义"发展史的梳理中得到了生动有力的阐明。

---

① *Лейдерман Н. и Липовецкий М.* Жизнь после смерти, или Новые сведения о реализме//Новый мир. 1993. № 7. С. 238-239.

② *Лейдерман Н. и Липовецкий М.* Жизнь после смерти, или Новые сведения о реализме//Новый мир. 1993. № 7. С. 239.

③ *Лейдерман Н. и Липовецкий М.* Жизнь после смерти, или Новые сведения о реализме//Новый мир. 1993. № 7. С. 239.

④ *Лейдерман Н. и Липовецкий М.* Жизнь после смерти, или Новые сведения о реализме//Новый мир. 1993. № 7. С. 239.

第八章 当代俄罗斯后现实主义文学批评

正如上文所论及的，20世纪90年代初的后现代主义危机与现实主义复兴相交织的文学现实，激发了纳·列伊杰尔曼和马·利波韦茨基有关"后现实主义"的思考。然而"关于现实主义的新知"的发表却表明，他们的思考远远超出20世纪80年代末、90年代初的文学现实，跨越了自19世纪末现实主义危机以来的整整一个世纪。因此，文学史的这种梳理，实质上是批评家们在为新的艺术范式命名并确定其"新质"之后，以此为基准对20世纪的文学家和文学现象所做的更名，或曰对20世纪俄罗斯文学史的部分重写。

于是，从"后现实主义"的角度回望20世纪的俄罗斯文学，它便呈现出新的面貌。首先，"在30年代，与新'艺术范式'完全相符的新结构原则开始显现轮廓。它的实质在于，将世界形象塑造为彼此之间相隔甚远的文化，首先是当代文化和古代文化的对话（甚至是多方交谈）"①。诚然，在普拉东诺夫、曼德尔施塔姆、阿赫玛托娃等人的创作中，"对世界的艺术领悟的新原则体系仅仅初具雏形。然而，在后现实主义最初一批作品中，宇宙已经得到重建。这是新的、相对的宇宙，是生自混沌的宇宙，是在世界的离散性中发现其整体性、在对立面的疏远中发现统一性和牢固性、在无止境的运动过程中发现稳定性的宇宙"②。"这样的宇宙没有屈从于混沌，也没有将任何抽象的'线条'强加于它。然而，宇宙至少还是通过双方的对话和磨合整饬了混沌，因为这种磨合不是禁锢，而是组织了顽强的思想劳作。在后现实主义的最初一批作品中呈现的宇宙，并未安抚意识，而是使意识转向了理解现状，同时它也增强了人对庸俗的志同道合，对精神相对论的抵抗力。"③ 遗憾的是，"在二三十年代开启这条道路的天才们，只来得及在时代的交叉路

---

① *Лейдерман Н. и Липовецкий М.* Жизнь после смерти, или Новые сведения о реализме//Новый мир. 1993. № 7. С. 239.
② *Лейдерман Н. и Липовецкий М.* Жизнь после смерти, или Новые сведения о реализме//Новый мир. 1993. № 7. С. 239.
③ *Лейдерман Н. и Липовецкий М.* Жизнь после смерти, или Новые сведения о реализме//Новый мир. 1993. № 7. С. 239.

口选择前行的方向"①。"后现实主义"的最初"经验在当时便遭到了打压，因此未能通过文学各代人的传承链条而得到正常的掌握和吸收。60—80年代的作家们不得不加快速度重复去走过去的路线，发现之前已经发现却'被命令忘却'的东西。然而不管怎样，从解冻时期开始，进展是明显的，变化是显著的"②。尤·特里丰诺夫、弗·马卡宁、弗·格伦施泰因、约·布罗茨基的创作在数十年间所跨越的"巨大距离"，生动地再现了"后现实主义"艺术范式的强大生命力和感染力。"但是直到如今，在90年代，当整个20世纪接近尾声的时候，才有理由将后现实主义作为大师与新秀无不受其逻辑之影响的、确定的艺术思维体系来论说，作为某个正在积蓄力量的文学流派来论说，其中叙事长篇和抒情短文、长诗和戏剧、小品文和格言以及其他尚无命名的体裁与风格，由统一的'艺术范式'联结起来……"③ 由是观之，纳·列伊杰尔曼和马·利波韦茨基所理解的"后现实主义"，经历了三个阶段，即二三十年代的萌芽期，"解冻"之后的复苏期以及20世纪90年代以来的成熟期。其中，前两个阶段的漫长存在，是在为"后现代主义"文学流派的最终形成储备能量。

纳·列伊杰尔曼父子认为，"后现代主义"的艺术潜能在20世纪末的爆发，一批优秀作家作品的涌现，不仅足以将"后现实主义"作为成熟的艺术流派来论说，甚至可以对这一流派的不同支流细加区分。判断和分类的标准是"当下文学对混沌的意义问题所做的解答"④。显然，"混沌的意义"或"混沌的逻辑"这样的表述本身已然是对混沌与宇宙逻各斯之关系的"后现实主义"式解答，它准确地概括了"后现

---

① Лейдерман Н. и Липовецкий М. Жизнь после смерти, или Новые сведения о реализме//Новый мир. 1993. № 7. С. 240.

② Лейдерман Н. и Липовецкий М. Жизнь после смерти, или Новые сведения о реализме//Новый мир. 1993. № 7. С. 239.

③ Лейдерман Н. и Липовецкий М. Жизнь после смерти, или Новые сведения о реализме//Новый мир. 1993. № 7. С. 239–240.

④ Лейдерман Н. и Липовецкий М. Жизнь после смерти, или Новые сведения о реализме//Новый мир. 1993. № 7. С. 240.

实主义的元情节"①。于是,批评家们根据"当下文学对混沌的意义问题所做的解答",区分出"后现实主义"文学的三个分支。第一种类型,可称之为包罗万象型,其代表作主要有弗·格伦施泰因的《圣诗》、亚·伊万琴科的《个性签》、弗·沙罗夫的《前奏》② 等。这类文学作品给出的是"正题:'圣书'",它们"实质上是圣经的当代版本",它们"致力在生命流中洞悉人类智慧难以企及的最高旨意",在混沌中寻求无所不包的至高构想。第二种类型,可以柳·彼得鲁舍夫斯卡娅的《午夜时分》、弗·马卡宁的《透气孔》等作品③为典范,它提出的是"反题:安魂曲"④。它所描绘的是日常生活的混沌景象和荒诞面貌,因此被称为"'日常的'后现实主义"。"'因为荒诞,所以相信!'——是这类小说的内在规律。它有目的地在混沌的深处洞察意义,这些意义为人的可怕生活做出了悲哀的辩白。"第三种类型,即"纯对话型"的"后现实主义小说",可以马·哈里托诺夫的《命运线》为成功范例,它呈现的是"合题:对话的设想"。这部作品被大多数人视为俄罗斯后现代主义的经典力作,然而纳·列伊杰尔曼父子却坚持认为,它"是新文学探索最具有代表性的现象","只不过它的某些诗学元素与后现代主义相关"⑤,而"将这些元素融合成一个艺术整体的那种逻辑、那种系统的关联",恰恰应和了"后现实主义"与混沌对话的逻辑。更确切地说,这是第三种类型的逻辑,即"通过对话克服存在的缺陷。因为'我们是经由自身来理解别人的,正如经由别人来理解自己一

---

① Лейдерман Н. и Липовецкий М. Жизнь после смерти, или Новые сведения о реализме//Новый мир. 1993. № 7. С. 240.
② 这三部作品分别连载于《十月》1991年第10期至1992年第2期、《乌拉尔》1991年第2至第4期、《涅瓦》1992年第1、2期。
③ 这两部作品分别发表于《新世界》1992年第2期、1991年第5期。
④ Лейдерман Н. и Липовецкий М. Жизнь после смерти, или Новые сведения о реализме//Новый мир. 1993. № 7. С. 246.
⑤ Лейдерман Н. и Липовецкий М. Жизнь после смерти, или Новые сведения о реализме//Новый мир. 1993. № 7. С. 248.

样'"①。故而,"与他者对话的过程本身显得至关重要。正是自身的混沌同他者的混沌之间的对话性联结使人惊觉到某种呼应和逻辑;同时,这种逻辑并不能消除每个个体生命的荒诞性"②。总而言之,与混沌对话的不同方式不仅生成了"后现实主义"与后现代主义这两种不同的艺术范式,而且造就了"后现实主义"的不同类型。当然,无论是"直接诉诸神话"③的"圣书",还是直面荒诞现实的"安魂曲",抑或深入他者内心的"对话设想",无不折射出"后现实主义的元情节",即"以意义为名"④而与混沌对话。

"关于意义与自由"⑤的问题,或曰宇宙逻各斯与混沌的关系,是纳·列伊杰尔曼和马·利波韦茨基诗学论证的根本出发点。由此衍生出各种艺术范式的不同哲学基础,也凸显出伊·罗德尼扬斯卡娅同亚·格尼斯之间分歧的实质。这是"两种精神策略——后现代主义的(亚·格尼斯)与传统的(伊·罗德尼扬斯卡娅)——在哲学层面的公开冲突。一方面是以捉迷藏的形式与混沌对话,另一方面则相信,通过探求先在的最高真理,可以克服混沌"⑥。在文学现状的分析、文学史的重审和理论思考的基础上,纳·列伊杰尔曼父子进而得出结论:"后现实主义选择的是第三条道路,它在相当程度上消除了后现代主义策略同传统策略(包括现实主义)之间的对立,同时既不依从前者,也不顺应后者。后现实主义者是'意义的探求者',就这一点而论,他们仍然忠

---

① *Лейдерман Н. и Липовецкий М.* Жизнь после смерти, или Новые сведения о реализме//Новый мир. 1993. № 7. C. 248.
② *Лейдерман Н. и Липовецкий М.* Жизнь после смерти, или Новые сведения о реализме//Новый мир. 1993. № 7. C. 248.
③ *Лейдерман Н. и Липовецкий М.* Жизнь после смерти, или Новые сведения о реализме//Новый мир. 1993. № 7. C. 240.
④ *Лейдерман Н. и Липовецкий М.* Жизнь после смерти, или Новые сведения о реализме//Новый мир. 1993. № 7. C. 248.
⑤ *Лейдерман Н. и Липовецкий М.* Жизнь после смерти, или Новые сведения о реализме//Новый мир. 1993. № 7. C. 248.
⑥ *Лейдерман Н. и Липовецкий М.* Жизнь после смерти, или Новые сведения о реализме//Новый мир. 1993. № 7. C. 249.

于古典现实主义的传统。但是，他们寻找意义，并不以意义在宇宙中的存在为假设。"[1]

此后，马·利波韦茨基在华盛顿凯南学院的资助下进一步完善了俄罗斯后现代主义文化诗学的建构，将有关"后现实主义"的理论思考推向纵深。在1995年发表的《俄罗斯后现代主义的特征》一文中，批评家分析了后现代主义的诗学危机以及传统现实主义的发展困境；在此基础上，他重申走"在现实主义与后现代主义之间折中的'第三条'道路"[2]——"后现实主义"道路的可能性和重要性。一方面，"'后现实主义'既是对后现代主义的克服，也是后现代主义的延续。普遍的后现代主义和具体的俄罗斯后现代主义的艺术哲学逻辑，为'后现实主义'做好了准备"[3]。在对后现代主义的扬弃中，"后现实主义"努力摸索"混沌的逻辑""荒诞的意义"，力求将"消耗的文学"发展为"补充的文学"[4]。于是，"对生活意义的个体的、主观的体验……便在这种小说中获得了混宙[5]，即秩序、逻各斯，存在于混沌内部并赋予混沌本体实现的逻各斯——的意义"[6]。另一方面，"后现实主义"寻求存在意义、重建宇宙逻各斯的努力，传达了与现实主义相通的人文主义追求；然而，"这种新人文主义的理想将再也不是人与宇宙的和谐，而仅仅是

---

[1] *Лейдерман Н. и Липовецкий М.* Жизнь после смерти, или Новые сведения о реализме//Новый мир. 1993. № 7. C. 249.

[2] *Липовецкий М.* Изживание смерти. Специфика русского постмодернизма//Знамя. 1995. № 8. C. 202.

[3] *Липовецкий М.* Изживание смерти. Специфика русского постмодернизма//Знамя. 1995. № 8. C. 204.

[4] 在这里，马·利波韦茨基借鉴了美国后现代主义小说家约翰·巴斯的提法。См.: Липовецкий М. Патогенез и лечение глухонемоты. Поэты и постмодернизм//Новый мир. 1992. № 7. C. 215.

[5] «хаосмос»——这一术语的词形取自"混沌"（«хаос»）与"宇宙"（«космос»）二词的拼写。

[6] *Липовецкий М.* Изживание смерти. Специфика русского постмодернизма//Знамя. 1995. № 8. C. 203.

混宙，是与混沌的荒诞逻辑暂时的和局部的休战"①。这样，马·利波韦茨基便在后现代主义的"混沌"与现实主义的"宇宙"之间搭建了以"混宙"（хаосмос）为核心的"后现实主义"诗学体系。

如上所述，"后现实主义"诗学体系的生成源自20世纪90年代初马·利波韦茨基关于"危机的危机"的清醒意识。1993年"后现实主义"诗学纲领的问世，构成了20世纪90年代"新"现实主义论争的标志性成果；1995年"混宙"说的提出，进一步完善了"后现实主义"诗学的理论架构；纳·列伊杰尔曼在2002年发表的长文《"实验时代"的轨迹》②，不仅完成了"后现代主义"诗学的阶段性论证，也为"新"现实主义论争的第一阶段画上了句号。

纳·列伊杰尔曼的"后现实主义"新论，是对之前相关论说的理论提升和补充，其新意主要体现在两个方面。第一，为了将"后现实主义"区别于当下广泛使用的文学批评术语"新现实主义"，批评家对"新现实主义"进行了正本清源。首先，他从混沌与宇宙（秩序）的对立出发，区分了两种类型的艺术认知模式，即古典模式（古典主义、浪漫主义、现实主义）和现代模式（现代主义、先锋主义、后现代主义）。批评家指出，尽管现代主义对后世文学影响深远，但是不能据此认为，20世纪是现代主义完胜的世纪；现实主义和浪漫主义范式在20世纪俄罗斯文学中的出色表现说明，文学进程的基本特性在于，文学流派在经历发展的高峰后仍继续存在，甚至再度放射耀眼的光芒。"因此，在某些大师的创作实践中可以看到不同艺术策略的共存以及由时间上较新的方法向'旧'方法的'回归'。"③ 两种艺术策略的相互融合和渗透，在契诃夫和高尔基的创作中得到了最鲜明的体

---

① Липовецкий М. Изживание смерти. Специфика русского постмодернизма// Знамя. 1995. № 8. С. 205.

② Лейдерман Н. Траектории «экспериментирующей эпохи» //Вопросы литературы. 2002. № 4.

③ Лейдерман Н. Траектории «экспериментирующей эпохи» //Вопросы литературы. 2002. № 4. С. 20.

现。他们对于20世纪文学进程主要轨迹的形成发挥了至关重要的作用。在安·别雷1907年论安·契诃夫、尼·别尔嘉耶夫1910年论《银鸽》的文章①中，纳·列伊杰尔曼发现了有关现实主义与象征主义相结合的论证，并将这种结合两种诗学的可能性进一步扩展至整个20世纪文学。他继而在马·沃罗申的评论文章中找到了"新现实主义"这一术语的最初形态："在安德烈·别雷、库兹明、列米佐夫、阿列克谢·托尔斯泰的长篇和中篇小说中，新现实主义（нео–реализм）道路已经开始。这种在象征主义的土壤中出现的新现实主义（нео–реализм），当然不可能同在浪漫主义的土壤中出现的现实主义相似……新现实主义（новый реализм）与象征主义并不对立……"② 在马·沃罗申之后，包括亚·沃伦斯基和叶·扎米亚京等在内的一批杰出批评家，都将"新现实主义"理解为"旧现实主义与现代主义的结合"，并"试图摸索两种根本对立的艺术策略——现实主义与象征主义相连接的对接面"③。纳·列伊杰尔曼由此断定，"古典体系与现代体系相互渗透的某种趋势，实际上在20世纪最初的几十年间就已经开始萌芽了"④。从他对"新现实主义"所做的历史溯源来看，这一术语本身并非20世纪末的新发明，而是20世纪初文学批评的创造。尽管批评家并未点明当下的"新现实主义"之争中对概念的理解误区，然而史实的陈述本身已经不言自明了。

无论是世纪初，还是世纪末的"新现实主义"，都有别于纳·列伊杰尔曼和马·利波韦茨基提出的"后现实主义"，同时又与它紧密相关。为了明确20世纪主要文学流派的相互关系，突出"后现实主义"

---

① *Белый А.* "А. П. Чехов". 1907. *Бердяев Н.* Русский соблазн（По поводу «Серебряного голубя» А. Белого）//Русская мысль. 1910. № 11.

② *Лейдерман Н.* Траектории «экспериментирующей эпохи» //Вопросы литературы. 2002. № 4. С. 24.

③ *Лейдерман Н.* Траектории «экспериментирующей эпохи» //Вопросы литературы. 2002. № 4. С. 24.

④ *Лейдерман Н.* Траектории «экспериментирующей эпохи» //Вопросы литературы. 2002. № 4. С. 25.

独一无二的诗学特征，纳·列伊杰尔曼进一步澄清了它的历史渊源。批评家认为，"20世纪二三十年代，现代主义文化的尖锐危机已经呈现出明显的症状，就在那时，现代主义已发展为先锋主义，先锋主义是现代主义的极端形式"[1]。其中最具说服力的是，"先锋主义文学的主要代表——叶·扎米亚京、鲍·帕斯捷尔纳克、尼·扎博洛茨基，几乎同时公开表示摈弃先锋主义的纲领性思想，并宣称回归'前所未闻的简单'（鲍·帕斯捷尔纳克）"[2]。维·什克洛夫斯基发表于1932年夏的文章，则被纳·列伊杰尔曼视作新的文学范式诞生的预言，因为作者在文中指责了现代主义大师们的"文学印象的重复性和繁复性"，提出了"选择简单的事物或者将任何事物简单化"的要求。[3] 纳·列伊杰尔曼认为，当时对"简单"存在三种理解，即维·什克洛夫斯基所谓"生活的简化"，弗·霍多谢维奇、格·伊万诺夫的抒情诗所展现的"空白、虚空"以及叶·扎米亚京所谓"寻找生活的本原"。"可以有所保留地说，从简单即简化的说法中开始生发出社会主义现实主义美学，虚空思想构成了后现代主义的基础，而寻找作为人生存之本原的简单，则决定了我们称为'后现实主义'的创作路线的实质。"[4] "所有这三种艺术策略，作为走出同一情境——现代主义危机的三种方案，在同一时间开始萌芽。它们成为文学流派，却是在不同的历史时期。"[5] 纳·列伊杰尔曼进而分别追踪了这三个文学流派的源与流。

首先，"总的说来，彻底地继承先锋主义路线的是后现代主义。

---

[1] Лейдерман Н. Траектории «экспериментирующей эпохи»//Вопросы литературы. 2002. No 4. C. 26.

[2] Лейдерман Н. Траектории «экспериментирующей эпохи»// Вопросы литературы. 2002. No 4. C. 27.

[3] Лейдерман Н. Траектории «экспериментирующей эпохи»//Вопросы литературы. 2002. No 4. C. 27.

[4] Лейдерман Н. Траектории «экспериментирующей эпохи»//Вопросы литературы. 2002. No 4. C. 28.

[5] Лейдерман Н. Траектории «экспериментирующей эпохи»//Вопросы литературы. 2002. No 4. C. 28.

它把先锋主义对全部人类价值的怀疑导向了绝对。术语'后现代主义'首现于 1934 年……50—70 年代,后现代主义发展成一个相当完整的文学史体系(文学流派),而在俄罗斯,这一过程滞后了十年左右"①。"后现代主义的艺术哲学在于,接受混沌并尝试在美学上确立其合法性……"②"后现代主义策略在其发展进程中呈现出以下趋向。第一种趋向,从艺术的人文主义实质和精神救赎使命的角度,意识到全面怀疑的美学'极限'和手法的局限性。因此,本土后现代主义的一些领跑者(德·亚·普里戈夫)都论及后现代主义策略本身的过渡性质。第二种趋向,力求在混沌内部洞悉赋予混沌某种意义与和谐的神秘动力。当混沌自我组织的这些秘密被揭示的时候,负面能量消失殆尽,后现代主义艺术范式转变为另一种神话体系……第三种趋向,将后现代主义怀疑彻底导向全面破坏所有的美学与伦理禁忌,这是嘲弄的美学和'肮脏的、底层的'诗学……"③ 这三种趋向便构成了俄罗斯后现代主义文学的三个分支。

然而,"不管怎样,30 年代成形的并非后现代主义,而是社会主义现实主义"④。自此直至 50 年代的几乎三十年间,社会主义现实主义始终占据着苏联文学的主导地位。究其原因,"当然,意识形态和政治管控发挥了至关重要的作用",这是一方面。另一方面,社会主义现实主义方法的形成和长期主宰,与当时"社会对秩序的渴望,对简单易懂地阐释世界、振奋人心的神话的渴望"⑤ 有关。社会主义现实主义"以国

---

① Лейдерман Н. Траектории «экспериментирующей эпохи» // Вопросы литературы. 2002. No 4. C. 28.

② Лейдерман Н. Траектории «экспериментирующей эпохи» // Вопросы литературы. 2002. No 4. C. 29.

③ Лейдерман Н. Траектории «экспериментирующей эпохи» // Вопросы литературы. 2002. No 4. C. 29.

④ Лейдерман Н. Траектории «экспериментирующей эпохи» // Вопросы литературы. 2002. No 4. C. 30.

⑤ Лейдерман Н. Траектории «экспериментирующей эпохи» // Вопросы литературы. 2002. No 4. C. 30.

家为典范""制作宇宙的模型",于是,"阶级矛盾和意识形态冲突成为宇宙的发展动力"①。纳·列伊杰尔曼认为,社会主义现实主义范式的根本缺陷在于两方面。"其一,它将个体简化为社会功能,将美学理想局限于单纯的社会价值"②;它偏废了艺术的形而上学之维,忽略了亘古不变的艺术之本——"确定人生存的崇高标准"。其二,社会主义现实主义的美学纲领使艺术意识回归规范主义,实际上杜绝了艺术之外的(非符号化了的)现实同预先指定的意识形态目标的强制性之间的任何对抗。正因如此,它的艺术潜力也甚为有限:"从50年代中期政治'解冻'的最初征兆出现伊始,社会主义现实主义艺术的刚性构架便摇摇欲坠了。"③

最后,"30年代显现的第三种艺术策略,在起源上与20世纪前十年的'新现实主义',与当时将现实主义与现代主义相结合的探索有关联。然而如今这些探索获得了美学根基,即米·巴赫金进行了充分研究的新折中主义美学。在此基础上形成的创作'工具',可以把握支离破碎的、不合逻辑的、荒诞的、混沌般存在的世界,并寻找其中的意义。在叶·扎米亚京的《洪水》、安娜·阿赫玛托娃的《安魂曲》、普拉东诺夫的《切文古尔镇》和《基坑》、曼德尔施塔姆的莫斯科笔记和沃罗涅日笔记、布尔加科夫的《大师与玛格丽特》这样一些作品中,显现出新创作方法的结构原则"④。这种新创作方法被命名为"后现实主义"。在这里,纳·列伊杰尔曼进而将其结构原则归纳为以下四点。"第一,将决定论与寻找非因果的(非理性的)关联相结合;第二,典型特征与原型特征的相互渗透是艺术形象的结构原则;第三,性格的构

---

① Лейдерман Н. Траектории «экспериментирующей эпохи»//Вопросы литературы. 2002. No 4. C. 30.

② Лейдерман Н. Траектории «экспериментирующей эпохи»//Вопросы литературы. 2002. No 4. C. 31.

③ Лейдерман Н. Траектории «экспериментирующей эпохи»//Вопросы литературы. 2002. No 4. C. 33.

④ Лейдерман Н. Траектории «экспериментирующей эпохи»//Вопросы литературы. 2002. No 4. C. 34.

成以艺术评价的矛盾双重性为前提；第四，将世界的形象塑造为彼此之间相距遥远的文化模式之间的对话（甚至是多方交谈）……"① 与若干年前一样，批评家强调，"在'后现实主义'的最初一批作品中，宇宙已经得到重建。这是新的、相对的宇宙，生自混沌的宇宙——若借用詹姆斯·乔伊斯发明的词语，可以称之为混宙。这一混宙在世界的离散和断裂中发现整体性，在对立面的冲突中发现相关性，在无止境的运动过程中发现稳定性。这样的宇宙没有屈从于混沌，也没有将任何抽象的'线条'强加于它"，而是"通过双方的对话和磨合从内部整饬混沌"。② "30年代的所有'后现实主义'试笔，或遭到强行打压，或同其作者一起备受摧残，无一例外。但是，正是从断裂处开始，这条轨迹由帕斯捷尔纳克的长篇小说《日瓦戈医生》（1945—1955）得到延续。随后，在七八十年代，它冲出了表面，成为一支强大的文学流派。"③ 然而，"后现实主义在俄罗斯文学中广泛流传，它转变为强大的艺术流派，却是在世纪末"。弗·马卡宁（《透气孔》《地下人，或当代英雄》）、柳·彼得鲁舍夫斯卡娅（《午夜时分》）、弗·沙罗夫（《前奏》）、维·佩列文（《昆虫的生活》）等优秀作家作品在这一时期纷纷涌现，为批评家提供了有力的论据。

在文章最后部分，纳·列伊杰尔曼概括道，俄罗斯文学的20世纪是一个过渡性质的文学时代；眼下，"向'永恒主题'的回归"、20世纪标志性"文艺思潮的终结"等征候表明④，这一过渡的文学世纪已经落下了帷幕。然而，这种终结并不意味着文学道路的中断，相反，它为"强大的新艺术流派"——"后现实主义"的新生奠定

---

① *Лейдерман Н.* Траектории «экспериментирующей эпохи»//Вопросы литературы. 2002. No 4. C. 34 – 35.

② *Лейдерман Н.* Траектории «экспериментирующей эпохи»//Вопросы литературы. 2002. No 4. C. 35.

③ *Лейдерман Н.* Траектории «экспериментирующей эпохи»//Вопросы литературы. 2002. No 4.

④ *Лейдерман Н.* Траектории «экспериментирующей эпохи»//Вопросы литературы. 2002. No 4. C. 43.

了基础。①

综上所述，纳·列伊杰尔曼与马·利波韦茨基的理论建构，与卡伦·斯杰帕尼扬的"新现实主义"一起，构成了20世纪90年代以来"新"现实主义批评第一阶段的重要成果。一方面，与卡伦·斯杰帕尼扬的"新现实主义"相比，他们有关"后现实主义"的论证更深入、更系统。其一，纳·列伊杰尔曼父子不仅剖析了当下文学的发展动态，判明了新艺术范式的基本原则，而且以此为线索向历史的纵深开掘，梳理了"后现实主义"发展的源与流；其二，在辨识"后现实主义"历史面貌的基础上，纳·列伊杰尔曼父子深入研究它的当下形态，并通过区分"与混沌对话"的不同策略，鉴别"后现实主义"三种不同类型及其诗学特征。因此，他们的论证不仅兼具历史的深度和现实的广度，而且显示出深刻的理论性和缜密的系统性。另一方面，不管是在1992年发现"新现实主义"征兆的卡伦·斯杰帕尼扬，还是在整个20世纪90年代钻研"后现实主义"诗学的纳·列伊杰尔曼和马·利波韦茨基，他们的论证不仅展现了后现实主义从后现代主义那里所得到的"馈赠"，而且也显露了"新"现实主义批评的特定语境。正如马·利波韦茨基所指出的，"成为定律的相对意识制造了普遍的后现代主义情境，置身其中的'纯粹'现实主义者，如马卡宁、彼得鲁舍夫斯卡娅、格伦施泰因——原则上无法回避后现代主义调色板中的美学色彩"②。后现代主义时代的"新"现实主义批评亦如此，批评主体的艺术观念、认知模式、审美标准的革新，乃至新批评话语的发明，都不知不觉地显露出后现代主义的在场。

---

① Лейдерман Н. Траектории «экспериментирующей эпохи»//Вопросы литературы. 2002. No 4. С. 44.

② Липовецкий М. Патогенез и лечение глухонемоты. Поэты и постмодернизм//Новый мир. 1992. No 7. С. 215.

第三节 "移变现实主义"艺术策略

　　1992年"新现实主义论"的发表，1993年"后现实主义"诗学的阐述，在俄罗斯评论界引起了强烈反响，开启了有关现实主义"新"形态的论争。继卡伦·斯杰帕尼扬、纳·列伊杰尔曼和马·利波韦茨基之后，纳·伊万诺娃于1998年发明了"移变现实主义"一词，用以指称当代俄罗斯文学中的某类独特现象，用来描述"征服了后现代主义的"作家们的创作特征。围绕这一与众不同的术语展开的论证，构成了20世纪90年代"新"现实主义论争的一道独特风景。

　　与卡伦·斯杰帕尼扬、纳·列伊杰尔曼和马·利波韦茨基一样，纳·伊万诺娃的这一发明是密切关注文学现实、深入思考创作规律的结果。20世纪90年代中期的文学现实最突出的特征，就是"后现代主义诗学和美学的自我崩溃"①。在卡伦·斯杰帕尼扬评论"作为后现代主义终结阶段的现实主义"、纳·列伊杰尔曼父子指明"危机的危机"②之后，纳·伊万诺娃又提出"对拒绝的拒绝"③，再次确诊后现代主义的危机症候。其表现有二。"曾经的后现代主义者们，其诗歌和小说由面具和角色转向人、转向寻找生活的意义（马·利波韦茨基所谓的'混宙'）"④，此其一；其二，"除了在后现代主义诗学的废墟上，在后现代主义者们那里出现的'新现实主义'……从未对后现代主义怀有好感，或者有意识地抗拒后现代主义诗学的作家作品，在当代文学图景中占据着愈来愈重要的地位"⑤。后现代主义与后现实主义的此消彼长勾勒出当下文学的整体走势。纳·伊万诺娃进而指出，"将后现代主义

---

① Иванова Н. Преодолевшие постмодернизм//Знамя. 1998. № 4. С. 197.
② Лейдерман Н. и Липовецкий М. Жизнь после смерти, или Новые сведения о реализме//Новый мир 1993. № 7. С. 234.
③ Иванова Н. Преодолевшие постмодернизм//Знамя. 1998. № 4. С. 199.
④ Иванова Н. Преодолевшие постмодернизм//Знамя. 1998. № 4. С. 197 – 198.
⑤ Иванова Н. Преодолевшие постмодернизм//Знамя. 1998. № 4. С. 198.

的风格经验与重拾被抛弃的意义和价值相结合,对拒绝的拒绝",成就了"新感伤主义的魅力和影响力"①。以马·哈里托诺夫为代表的后现代主义者们的创作转向以及奥·叶尔马科夫、德·巴金、阿·斯拉波夫斯基、玛·维什涅维茨卡娅、弗·别列津、安·德米特里耶夫等"非后现代主义者们"的文学探索,都见证了这种结合的文学创造力。"非后现代主义者们"的创作风格各异,但是"在他们的诗学中存在某种共同之处、确定的美学趋向"②,这就是纳·伊万诺娃深度关注的"移变现实主义"诗学。

纳·伊万诺娃独创"移变现实主义"一词,其目的不仅在于区别于广为使用的、争议不断的话语"新现实主义",也在于区别于马·利波韦茨基的发明——"后现实主义"。纳·伊万诺娃认为,"后现实主义诗学的生成是通过激活日记、给同辈人的书信、地缘学研究、游记等边缘化体裁来实现的"③。其主要表现形式——"当代梅尼普体,即生者与死者、臆想出来的人物与真实的历史人物在其中对话的体裁,它的现实活力同'真实的'回忆录、日记在读者中的日益盛行相关"。在纳·伊万诺娃看来,"当代梅尼普体"或曰"多甫拉托夫体裁"的任务是"制造新的神话"④。"在后现代主义的怀抱中成长起来的'新现实主义',正是从后现代主义那里继承了语言的表演主义,同时也赋予它不同的内涵和意义,发掘了它的新价值。"⑤ 换言之,与后现代主义有着血缘关系的"新现实主义"、以"当代梅尼普体"为表现形式的"新现实主义",书写的是一种神话诗学,而"移变现实主义"呈现的则是另一种诗学:"它的目标不是制造神话,而是破解神话。"⑥ "在那些创作伊始就与后现代主义没有丝毫关系(除了作为观察者)的作家那里也

---

① Иванова Н. Преодолевшие постмодернизм//Знамя. 1998. № 4. С. 199.
② Иванова Н. Преодолевшие постмодернизм//Знамя. 1998. № 4. С. 196.
③ Иванова Н. Преодолевшие постмодернизм//Знамя. 1998. № 4. С. 198.
④ Иванова Н. Преодолевшие постмодернизм//Знамя. 1998. № 4. С. 198.
⑤ Иванова Н. Преодолевшие постмодернизм//Знамя. 1998. № 4. С. 198.
⑥ Иванова Н. Преодолевшие постмодернизм//Знамя. 1998. № 4. С. 199.

可以看到"结合后现代主义与现实主义两种诗学的努力。他们"有意识地选择了现实主义的创作策略,以其为指向,同时对后现代主义又不具备免疫力"①。纳·伊万诺娃进而强调,"巴金、叶尔马科夫、德米特里耶夫、马卡宁的移变现实主义与机械模仿的现实主义相比,其突出之处不仅在于'对真理的求索',更在于独特的艺术策略",这种艺术策略必须具备以下三个本质特征。第一,"将文本展开为一个统一的、多层次的隐喻";第二,"将感性的自省理性化";第三,"将俄罗斯古典文学的'致命'追问问题化"。②"在克服后现代主义情境的同时,移变现实主义吸收了后现代主义者们的写作技巧——互文性、荒诞、反讽,只不过所有这些被掌控和被征服的因素都服从于最高任务——正如弗拉基米尔·马卡宁在《地下人,或当代英雄》中所做的那样。"③

至于"移变现实主义"这一术语,"部分是受叶尔马科夫的小说名激发而起"。在提出这一术语的同时,纳·伊万诺娃本人首先意识到它的缺陷,同时强调,它只是艺术鉴定的工具,"在工序完成之后,工具可以弃之不用"。或许任何话语都并非无懈可击的。然而,重要的是它们在揭示文学现象的内涵时所发挥的不可替代的作用,是它们所凝聚的时代特征以及批评家的努力和智慧。

必须指出的是,纳·伊万诺娃在文中论及"后现实主义"时,似乎并未完全领会纳·列伊杰尔曼父子的思想精髓。在纳·伊万诺娃看来,"后现实主义"是继后现代主义而起的文学潮流。然而事实上,后现代主义与"后现实主义"并非先后出现的文学艺术体系,尽管后现代主义文学批评确实早于"后现实主义"文学批评。马·利波韦茨基正是在后现代主义的诗学危机中,在对危机的反思中转向建构"后现实主义"诗学的,或者说,用"后现实主义"一词来指称某类文学现象是受后现代主义诗学的启发而开始的批评行为。随着思考的深入,"后

---

① *Иванова Н.* Преодолевшие постмодернизм//Знамя. 1998. № 4. С. 199.
② *Иванова Н.* Преодолевшие постмодернизм//Знамя. 1998. № 4. С. 201.
③ *Иванова Н.* Преодолевшие постмодернизм//Знамя. 1998. № 4. С. 201.

现实主义"的所指也由当代文学潮流扩大至20世纪重要的文学流派。与纳·列伊杰尔曼父子不同的是，纳·伊万诺娃在提出"移变现实主义"时，所针对的是当下文学中的新气象。总而言之，"后现实主义"所指涉的是在20世纪30年代萌芽、历经七八十年代的酝酿，直至90年代发展成熟的一种独特诗学；"移变现实主义"则特指20世纪90年代中期"征服了后现代主义"的一类非后现代主义文学创作所实践的艺术策略。

不管怎样，后现代主义，乃至"后后现代主义"文学时代的"现实主义"论争，显然无法回避后现代主义文学的创造和批评。后苏联文学批评的"现实主义"论说，或是以后现代主义为参照来鉴定现实主义之新质，或是在后现代主义文学的框架中辨别现实主义的精神主旨。正如与现实主义有着千丝万缕的联系因而并不纯粹的俄罗斯后现代主义文学一样，纯粹的现实主义传统早已不复存在；经历了后现代主义时代的现实主义又汲取了后现代主义文学的给养。俄罗斯文学强大的现实主义传统向后现代主义的渗透以及反向渗透，现实主义与后现代主义文学的丰富多样，不同的批评家对同一文本中现实主义与后现代主义因素的不同侧重，决定了后现代主义与"新现实主义"或"后现实主义"之间并不存在不可逾越、一目了然、客观公允的界限。也正因如此，20世纪90年代的"新"现实主义论争与后现代主义文学批评紧密相关。西方"后学"对"新"现实主义论者们的艺术认知观念的影响，已经预先决定了它在"后社会主义的现实主义"论争中不可规避的在场。

本章参考文献

Генис А. Вид из окна//Новый мир. 1992. № 8.

Иванова Н. Преодолевшие постмодернизм//Знамя. 1998. № 4.

Критики о критике//Вопросы литературы. 1996. № 6.

Курицын Вяч. Постмодернизм: новая первобытная культура//Новый мир. 1992. № 2.

Лейдерман Н. Траектории «экспериментирующей эпохи» // Вопросы литературы. 2002. № 4.

Лейдерман Н. и Липовецкий М. Жизнь после смерти, или Новые сведения о реализме // Новый мир. 1993. № 7.

Липовецкий М. Закон крутизны ("Дискуссия о постмодернизме") // Вопросы литературы. 1991. № 11–12.

Липовецкий М. Патогенез и лечение глухонемоты. Поэты и постмодернизм // Новый мир. 1992. № 7.

Липовецкий М. Изживание смерти. Специфика русского постмодернизма // Знамя. 1995. № 8.

Рассадин Ст. Голос из арьергарда // Знамя. 1991. № 11.

Роднянская И. Заметки к спору (Поставангард: сопоставление взглядов) // Новый мир. 1989. № 12.

Роднянская И. NB на полях благодетельного абсурда // Новый мир. 1992. № 8.

Роднянская И. Гипсовый ветер // Новый мир. 1993. № 12.

Роднянская И. Литературное семилетие. М.: Книжный сад. 1995.

Степанян К. Реализм как заключительная стадия постмодернизма // Знамя. 1992. № 9.

Степанян К. Реализм как преодоление одиночества // Знамя. 1996. № 5.

Степанян К. Реализм как спасение от снов // Знамя. 1996. № 11.

Степанян К. Кризис слова на пороге свободы // Знамя. 1999. № 8.

Эпштейн М. Искусство и религиозное сознание (Поставангард: сопоставление взглядов) // Новый мир. 1989. № 12.

Эпштейн М. После будущего. О новом сознании в литературе // Знамя. 1991. № 1.

第九章　当代俄罗斯文学批评的基本格局

第一节　"自由民主派"与"民族爱国派"两大阵营

在 20 世纪八九十年代的"杂志热"推动下，当代俄罗斯文学批评达到了前所未有的繁荣。文学批评的笔锋几乎触及了社会生活的各个方面，即政治、经济、宗教、文化、社会等诸多领域，批评写作相应地明显偏向了政论文体。《星火》与《青年近卫军》——分别代表"自由民主派"与"民族爱国派"两大阵营——展开的你死我活的意识形态鏖战，更是将文学批评的政论写作发展为"立场批评"[①]。文学成为展开论战的引子，文学批评则蜕化为不同意识形态交锋的武器。在后苏联时期，文学中心主义的消解意味着文学在俄罗斯不再是"我们的全部"，不再是解答社会政治、文化、道德、心理问题的百科全书，"文学只是文学而已"[②]。与此相应，文学批评也不再是论述这一系列问题的社会生活指南。作家不再是"人类灵魂的工程师"。批评家也不再是"思想的主宰"；文学中心主义的终结使文学失去了神圣的光辉，同时也免除了文学批评的种种启蒙职责。在苏联长期遭受排挤与压制的诸多人文学

[①] *Золотусский И.* Пройти безвредно между чудес и чудовищ//Литературное обозрение. 1990. № 1. С. 4.

[②] *Иванова Н.* Триумфаторы, или новые литературные нравы в контексте нового времени//Звезда. 1995. № 4. С. 179.

第九章 当代俄罗斯文学批评的基本格局

科与社会学科，如社会学、政治学、历史学等，在后苏联学术领域的崛起及其在解答专业问题方面的优势，消除了文学批评涉猎相关问题的必要性，甚至可能性。"文学家的政论作品（'非专业人士'的政论作品）实际上不复存在了，它被职业人士的专业分析所取代……"[1] 此外，在去意识形态化的社会文化语境中，意识形态批评言说失去了迫切性和尖锐性。曾经在"立场批评"中叱咤风云的批评家—意识形态政论家迅速由台前退向了幕后。文学批评开始摆脱政论风格，批评家们的注意力逐渐由文学的外部转向内部。"在解冻、停滞和改革时期，它（指有倾向的文学批评——作者注）主要是自由政治意识的一种形式，它的价值和重要性取决于"它反叛官方意识形态的程度。"如今这一功能丧失了，批评不得不开始转向美学评价。"[2] 与此同时，在"改革"浪潮中回归的苏联文学著作，以巴赫金、洛特曼的学说为代表，与随着苏联国门的开放而大量涌入的欧美人文学术成果一道，为批评家拓展学术视野、丰富知识储备、提高专业修养创造了有利条件，为文学批评的学科建设打下坚实的理论基础。社会主义现实主义、后现代主义、后现实主义等诸种"主义"论争贯穿了整个后苏联文学批评；其中，无论是对社会主义现实主义的反思，还是对现实主义的新发现，都渗透着关于后现代主义的认知。"后"说的兴盛反映了文学批评"内部"转向的努力。这不仅是文学批评的外部环境变化所致，也是它自身发展的逻辑使然。文学批评的意识形态功能与审美功能作为相互对立的两个维度，在俄罗斯文学批评的发展中交替变换主次位置。形式论学派的批评就是在俄罗斯传统的社会学文论之意识形态偏向之后，转向批评的文学本位；在"改革"时期穷尽了政论激情的意识形态言说必然向其对立面反弹，与一度陷入低谷的审美批评交换主次。批评家—语文学家、批评家—美学家逐渐取代批评家—意识形态政论家，成为后苏联文学批评的主力。

---

[1] Иванова Н. Недосказанное. К итогам литературного года//Знамя. 1993. № 1. С. 193.
[2] Новиков Вл. Критики о критике//Вопросы литературы. 1996. № 6. С. 30.

当代俄罗斯文学创作和文学批评的思潮与趋势研究

当代俄罗斯社会文化的去意识形态化，启动了后苏联社会政治、经济、文化等各个领域颠覆等级、消解中心的过程。它集中体现为中央集权的削弱，计划经济体制的覆灭，书刊审查制度的废除。与苏联官方意识形态一样，等级与中心是苏联体制的形而上基础，它们的崩溃是打造自由的后苏联社会文化生活空间的前提。

苏联官方意识形态的内核建立在严格的等级制之上。等级化是苏联社会的组织原则与存在状态。去等级则是后苏联社会文化生活的基本趋势。官方意识形态的等级制决定了苏联文化是由垂直关系构成的文化。米·佐洛托诺索夫曾经就这一点分析道，苏联"社会没有由共同的语言，共同的、被所有人自愿认同的标准和价值体系联结为一体。……几十年来，通过人为地刺激一部分亚文学，压制另一部分，这一体制阻碍了共同体系的实现。……导致文化中缺少水平关联，而只存在垂直关联，即下—上。所有亚文化正是通过它进行交流。告密、埋怨、预防性的信号汇流至此，获得能起支配作用的影响形式后，再向下回流至相应的地方"[1]。"苏联形而上学"[2] 的崩溃为亚文化之间的垂直关系向水平关系的过渡创造了必要条件；在这方面，"俄罗斯与另一种历史维度的联结也产生了影响。这一维度通常被表述为后现代主义时代，其主要特征（根据流传最广的阐释）是用多元化的平面性取代等级化的垂直性"[3]。此外，文学非国家化的一系列举措——《关于出版和其他大众传播媒介》法案的确立、文化事业的全面市场转轨，为俄罗斯社会文化的转向提供了制度上的保障。

在书刊审查制度的"废墟"上颁行的新出版法，对后苏联文学批评产生了全面而深刻的影响。历史地形成的庞大而森严的书刊审查体系，作为俄罗斯文化传统的一部分，也逐渐转化为人们自我规范的行为

---

[1] *Золотоносов М.* Отдыхающий фонтан. Маленькая монография опостсоциалистическом реализме//Октябрь. 1991. № 4. С. 168 – 169.

[2] *Генис А.* Лук и капуста. Парадигмы современной культуры//Знамя. 1994. № 8. С. 188.

[3] *Берг М.* Литературократия. Проблема присвоения и перераспределения власти в литературе. М. : Новое литературное обозрение. 2000. С. 200 – 201.

意识与无意识。关于"允许的"与"禁止的"的严格区分，关于越界及其责罚的种种潜在可能性的制度预设，为文字工作者拟定了以官方意识形态为基准的两种行为模式，也为官方与非官方文化实践者规划了文化等级中的具体地位。于是，书刊审查制度在限制言论自由的同时，也充当了语言价值的衡量标准。[①] 言论自由的实现则在客观上消除了批评活动的最大障碍，赋予每位批评家同等的言说权利。不同思想与审美取向的批评家得以直面文学文化现实，而无须顾虑第三方——当局和书刊审查制度的存在，尽情地发出自己真实的批评声音。与此同时，俄罗斯文化传统中的"厚杂志"[②]——"文学艺术的和社会政治的杂志"[③]，也在文学中心主义消解、书刊审查缺席的境况下开始了全新的市场生存。所有"厚杂志"——无论是爱国主义的还是自由主义的，都获得了自主经营的权利，同时也失去了国家的经济资助，不得不自负盈亏；言论与出版自由促进了大众传媒的发展，同时也剥夺了文艺杂志在言论与出版方面的特权。杂志出版业被抛向市场，开始在经济危机的冲击与大众文化的侵袭下与其他新闻媒介公平竞争受众。"1990年通过的出版法成为大众传媒在社会中的新作用形成的起点"，"构建文化的功能开始向大众传媒转移"。[④] 大众传媒——尤其是电视与广播媒介——的发达，刺激了视听文化在后苏联的迅速崛起，侵蚀了俄罗斯文化的传统根基。就文学而言，它加速了文学中心主义文化传统的消解，动摇了大型文艺期刊在社会文化生活中的传统影响力。在俄罗斯，文艺杂志历来是文学批评最主要且最权威的论坛。因此，杂志在苏联解体前后

---

① *Берг М.* Литературократия. Проблема присвоения и перераспределения власти в литературе. М.: Новое литературное обозрение. 2000. С. 221.

② 在俄罗斯，新闻出版业历来有所谓"厚杂志"（«толстый журнал»）与"薄杂志"（«тонкий журнал»）之分。

③ *Новиков Вл.* Промежуточный финиш. Литературные журналы на сломе времен// Знамя. 1992. № 9. С. 224.

④ *Березовая Л. и Берлякова Н.* История русской культуры. М.: Гуманит. изд. центр ВЛАДОС. 2002. С. 379，385.

的经济困境①，使得批评的市场生存问题被提上日程。此外，包括报纸、广播电视、网络在内的多种传播媒介的空前繁荣，也为文学与批评的发展创造了新的机遇。处于当代俄罗斯社会文化转型的特殊历史时期的文学批评，在经历了短暂的困惑与迷茫之后，正是在大众传媒提供的广阔空间中为自身的生存与发展开辟了全新的局面。正如纳·伊万诺娃所言，"在文学中心主义终结的全新而陌生的条件下，批评表现出惊人的顽强生命力，展示了灵活机动与随机应变的奇迹"②。随着杂志事业的受挫而陷入低谷的文学批评，开始转向其他大众传媒，首先是报纸。

"涅姆泽尔现象"③ 是报纸批评繁荣的标志之一，是职业批评成功融入市场的有力证明。

作为报纸文学批评专栏的撰稿人④，安·涅姆泽尔的工作量是惊人的。几乎所有的文学新作都被列入他的阅读计划，几乎所有的文学事件都进入他的批评视野——批评是他的职业需要，也是他的生存方式。正如谢·科斯特尔科所点明的，"涅姆泽尔为自己所选择的批评中的行为模式，首先是职业人的行为模式"。他与诸多同行的分歧根源于"批评的气质"。半业余状态的"'苏联'⑤的气质"与"'今日'⑥的气质"⑦，即职业批评（家）的气质。

---

① 杂志的经济危机可以从发行规模得到说明。以《文学问题》为例，1992 年以前它是月刊（其中 1991 年第 11、12 期合并为一期），1992 年共出版三期，1992 年以后改为双月刊。而重要的文艺杂志《伏尔加》则由于经费困难，在 2000—2002 年停止了发行。

② Иванова Н. Между. О месте критики в прессе и литературе//Новый мир. 1996. № 1. С. 204.

③ Костырко С. О критике вчерашней и «сегодняшней». По следам одной дискуссии// Новый мир. 1996. № 7. С. 219.

④ 安·涅姆泽尔先后在《独立报》（1991—1994）、《今日报》（1994—1996）、《新闻时报》（1998 至今）担任文学评论员。

⑤ 谢·科斯特尔科在这里既指官方批评家，也指以伊·杰德科夫、伊·维诺格拉多夫、斯坦·拉萨金为代表的老一代自由派批评家。前者的批评文章多而滥，他们的批评活动完全服务于官方意识形态，毫无专业性与职业性可言；后者的批评文章少而精，作为批评家，他们也处于"半业余"状态。

⑥ 此处一语双关：既指《今日报》的文学批评，也指当下的文学批评潮流。

⑦ Костырко С. О критике вчерашней и «сегодняшней». По следам одной дискуссии// Новый мир. 1996. № 7. С. 221.

然而，不可否认的是，报纸批评也引发了后苏联文学批评中的某些消极现象。确切地说，文学文化事业向市场的转轨对批评产生了正负两方面的影响。一方面，市场需求的多样化极大地丰富了后苏联社会文化生活，从而推动了批评的多样化发展；市场赋予报纸批评与杂志批评同等的言说权利并刺激了报纸批评的繁荣，促进了杂志批评的革新与二者的共同发展。另一方面，市场经济体制的建立在瓦解传统价值等级的同时，构造了新的以社会需求为唯一准则的价值体系；市场取代了"中央委员会"，成为社会文化生活的调节机制，成为文化行为价值的衡量标准——意识形态乌托邦被代之以"市场乌托邦"①。在文学中心主义失去效力的同时，"市场乌托邦"把文学作品变成了商品，把文学变成了一种文化产业，一切文化产品与行为都成为市场交易的对象；而市场上的商品畅销与否的关键因素，与其说是它的质量，毋宁说是包装和广告。以盈利为最终目的的市场行为，造就了俄罗斯文学批评的新类型——"商业批评"②，塑造了新的批评家角色："批评的裁剪师与广告师"③"批评家—作秀者、批评家—形象制造者、批评家—花边新闻编辑人，甚至批评家—雇佣杀手"④。可见，市场不仅孕育了"涅姆泽尔现象"，也滋养了各种"商业批评"行为。

第二节 批评作为一门艺术，作为一种职业，作为一项营生

在论及俄罗斯文学批评现状时，纳·伊万诺娃在"作为一门艺术

---

① Берг М. Литературократия. Проблема присвоения и перераспределения власти в литературе. М.：Новое литературное обозрение. 2000. С. 205.

② Костырко С. О критике вчерашней и «сегодняшней». По следам одной дискуссии//Новый мир. 1996. № 7. С. 215.

③ Иванова Н. Между. О месте критики в прессе и литературе//Новый мир. 1996. № 1. С. 205.

④ Чупринин С. Элегия//Знамя. 1994. № 6. С. 190.

(和目的本身) 的批评" 与 "作为一种行当的批评"① 之间进行区分，并视谢·阿韦林采夫②与安·涅姆泽尔为这两种批评的代表。如果考虑到"商业批评"模式的当下存在，那么更为客观的做法应是将后苏联文学批评有条件地区分为作为一门艺术的批评、作为一种职业的批评与作为一项营生的批评。当代批评家或偏于一种批评类型，或同时扮演若干批评角色，或游移于诸种批评模式之间，将不同的批评方式与风格相结合。例如，安·涅姆泽尔的批评活动就涉及报纸批评与杂志批评、读后感与学术性论文的写作。批评家的主观追求与客观市场环境的相互作用，决定了他们在选择职业行为模式时对专业性与商业性的不同偏重。"作为一门艺术的批评"显然是面向少数专业读者的精英批评；作为一项营生的批评则是面向普通读者的大众批评；作为一种职业的批评则尝试在前二者之间搭建桥梁，培养大众读者的专业鉴赏力。因为"批评不仅是鉴别与阐释的艺术，也是评价与审度的行当"③。这或许正是以安·涅姆泽尔为代表的职业批评家们获得市场成功的关键所在，是他们提高了报纸批评的专业水准，并扩大了文学批评在后苏联社会文化生活中的影响力。然而，以普通读者为受众的报业的发达也为大众批评的泛滥提供了源源不断的市场动力；同时，以少数专业读者为对象的精英批评则经历着市场生存的危机。

在当代俄罗斯，苏联时代社会信念的崩溃、传统价值等级的瓦解、中心的分崩离析所激发的文化范式更迭，由于种种社会历史原因，一方面引起了社会文化生活的剧烈震荡与根本变革，一方面又充满了各种盘根错节的矛盾，远非一蹴而就的事业。同时，苏联与后苏联的历史存在

---

① Иванова Н. Кому она нужна, эта критика？//Знамя. 2005. No 6. C. 183 – 184.
② 谢·阿韦林采夫（1937—2004），1961 年毕业于莫斯科大学语文系古典文学专业，当代俄罗斯著名的语文学、艺术学、宗教哲学、古代史学专家，俄罗斯科学院院士。撰写了多部学术专著，也在《新世界》等杂志上发表了多篇研究性质的文学批评文章。
③ Иванова Н. Кому она нужна, эта критика？//Знамя. 2005. No 6 C. 191.

表明,"在'公开性'宣告后变得如同雪崩一般的社会去神话化"①,全面启动了社会文化的去意识形态、去等级、去中心的过程。这是不可逆转的历史趋势,是在苏联文化和体制的"废墟"之上、在怀疑主义和虚无主义的时代氛围中重建后苏联社会文化的浩大工程。因此,"后苏联"与其说是苏联解体之后的时间和空间概念,毋宁说是"后社会主义""后社会主义现实主义"的同义语,这是一种兼具新生性与过渡性、矛盾性的社会文化状态。

当代俄罗斯社会文化转型的种种特征在后苏联文学批评中得到了最直观的体现与最深刻的反思,同时也决定了文学批评矛盾的、过渡的"后苏联"性质。去意识形态化与批评中的意识形态对抗并存,去等级化与文学主流观念并存,去中心化与非此即彼的二元思维模式并存。这种矛盾的并存状态考验着批评家的思想与美学境界,也突出了他们之间的分歧,激发了他们的论辩激情和话语潜力,从而生成了后苏联文学批评话语的"交战"风景。在急剧转变的社会文化情境中,文学批评家必须当机立断:在批评阵地("自由民主派"阵营与"民族爱国派"阵营)、批评家职能(批评家—意识形态政论家、批评家—美学家、批评家—广告师,等等)、批评观念与路径(作为一门艺术的批评、作为一种职业的批评与作为一项营生的批评)等方面做出明确的选择。意识形态信仰对立、辈分有别、才华各异的批评家逐渐走上了不同的职业道路,共同开辟了俄罗斯文学批评的"后苏联"时代。

本章参考文献

Берг М. Литературократия. Проблема присвоения и перераспределения власти в литературе. М. : Новое литературное обозрение. 2000.

Березовая Л. и Берлякова Н. История русской культуры. М. : Гуманит. изд. центр ВЛАДОС. 2002.

---

① *Липовецкий М.* Современность тому назад (Взгляд на литературу «застоя »)// Знамя. 1993. № 10. C. 184.

Генис А. Лук и капуста. Парадигмы современной культуры//Знамя. 1994. № 8.

Золотоносов М. Отдыхающий фонтан. Маленькая монография о постсоциалистическом реализме//Октябрь. 1991. № 4.

Золотусский И. Пройти безвредно между чудес и чудовищ//Литературное обозрение. 1990. № 1.

Иванова Н. Триумфаторы, или новые литературные нравы в контексте нового времени/Звезда. 1995. № 4.

Иванова Н. Между. О месте критики в прессе и литературе//Новый мир. 1996. № 1.

Иванова Н. Кому она нужна, эта критика? //Знамя. 2005. № 6.

Костырко С. О критике вчерашней и«сегодняшней». По следам одной дискуссии// Новый мир. 1996. № 7.

Критики о критике//Вопросы литературы. 1996. № 6.

Липовецкий М. Современность тому назад (Взгляд на литературу «застоя») // Знамя. 1993. № 10.

Недосказанное. К итогам литературного года//Знамя. 1993. № 1.

Новиков Вл. Промежуточный финиш. Литературные журналы на сломе времен// Знамя. 1992. № 9.

Чупринин С. Элегия//Знамя. 1994. № 6.

第十章　当代俄罗斯文学的接受状况调查

第一节　俄罗斯本土批评家视域中的当代俄罗斯文学

　　1992—2012年是苏联解体后俄罗斯文学发展的重要年代。文学在力图摆脱苏联时期的影响之同时，开始真正形成其新俄罗斯特色。这是一个大变革的时代，新旧文学势力彼此争夺影响力，加上市场的推波助澜，使得这注定成为俄罗斯文学史上繁荣与危机并存的时代。新俄罗斯文学在迷茫中前行，在困顿中摸索，这是最坏的时代，也是最好的时代。

　　由于距离我们年代较近，缺乏历史的积淀，系统地梳理当代俄罗斯文学这二十年来在其本土的接受状况还是相当困难的。诚如俄罗斯学者С. 季明娜所言，困难至少体现在以下几个方面。第一，试图以某个概念来涵盖俄罗斯文学这几十年来的发展相当困难，诸如"异样文学""另类文学""女性文学"都不够全面。第二，体裁上的多样与界限上的模糊导致对新体裁样式在美学上的认识不足，暂时无法揭示世纪末以来文学体裁演变的规律。第三，还有一种凭借揭示手法或主题、风格方面的共同特征来探寻文学进程的方法。不少学者以当代俄罗斯文学史中的"俄罗斯后现代主义"和"20世纪末的大众文学"为论题，对属于文学进程中这类现象的那些作品的共同特征进行描绘，但这些材料本身充满争议，无法促进我们揭示被充分证明了的一类文学的共性，被用来例证模式的文本却时常撕碎模式本身的轮廓。第四，在为形成一种稳定结构而选择类型支点时，我们常常忽视这几十年来的文学进程是多么难以进行系统描述。我们无法绕过对世纪之交现实主义的命运及其角色的关注。[①]

鉴于上述困难，我们这里仅以文学批评界的视角，选择这二十年来最具代表性的几篇评论文章，对当代俄罗斯文学在其本土批评家心目中的接受状况做一番检阅。

一 1992—2000 年的文学：黄昏抑或黎明

1992—2000 年是俄罗斯文学史上的大变革时代，存在了将近 74 年的苏联文学寿终正寝。文学中心主义不复存在。大型文学刊物发行量萎缩，作家队伍重组，传统与现代、后现代碰撞，社会主义现实主义创作理念解体，大众文学、女性主义文学崛起，读者对严肃文学的阅读兴趣急剧下滑……

文学的大变革，世纪末特有的迷茫，使不少学者认为俄罗斯文学已死，对于该如何评价苏联文学以及新俄罗斯文学将往何处发展的问题感到困惑，俄罗斯文学遭遇空前的危机。学者们在评价这一时期的文学时态度迥异。总的来说，在对苏联解体后至 2000 年这一时段俄罗斯文学的评价上，至少有两篇评论颇具代表性。其一是 A. 涅姆泽尔的文章《极好的十年——论 90 年代俄罗斯小说》，该文刊发于《新世界》2000 年第 1 期；其二是 A. 拉蒂宁娜的评论《文学的昏暗：黄昏抑或黎明？》，该文发表于 2001 年 11 月 21—27 日的《文学报》。

批评家涅姆泽尔的文章如同标题所明示的那样，态度乐观。他在这里指出，在过去的近十年间，不能说"在自由的俄罗斯文学生活得特别愉快"，也不能说"人们对近年来的文学没有好感——阅读人数的下降

---

① Тимина С. Русская литература конца 20 – начала 21 века. Москва：Издательский центр «Академия». 2011. С. 7 – 8.

有目共睹",更不能说"新时期文学家们就不会写出差的作品"。"批评界相当多的人在谈论新的作品时喜欢用厌恶和怀疑的语气,怀念昔日的伟大"。他提出:"在普遍灰心丧气的日子里,想一想良好的和给人以希望的倾向是否更好些?"他认为,人们经常忽视两个"世人皆知的真理"。一是坏文学任何时候都要比好文学多;二是从来没有循规蹈矩的文学生活。记住这两点,"我们就可以问心无愧地承认,90 年代文学并没有死亡,也不准备死亡"。这篇文章的题目就是由此而来的。①

涅姆泽尔看出,20 世纪 90 年代初的文学环境非常不好。这里他指的不是杂志发行量的萎缩,读者的收入和作家收到的资助下滑,而是指"被解放的文学之初始条件",即牢固地与先前阶段——改革时期的主导趋势相关联的那些条件。改革时期的文学政策具有鲜明的补偿特点。众所周知,改革时期的"回归文学"大行其道,在苏联时期遭禁的许多作品,诸如《日瓦戈医生》《我们》《狗心》《切文古尔镇》《斩首之邀》中的那些学说,克柳耶夫、曼德尔施塔姆、阿赫玛托娃、库兹明的那些诗篇,索洛维约夫、别尔嘉耶夫、弗兰克的那些文章,均得以解禁;许多侨民作家的作品也纷纷回归。这些作品极大地拓宽了读者的眼界。但涅姆泽尔认为,也应该补上当代文学的那些经典,比如 20 世纪 60—70 年代在西方杂志上或在苏联境内非法出版物上刊发的《普希金之家》《烫伤》《忠实的鲁斯兰》《从莫斯科到佩图什基》等作品。涅姆泽尔强调,不是不应该刊发那些在苏联时期遭禁的文学经典,而是要注意这种补偿可能引发的恶劣后果,"它不由自主地影响了作家们前行。更糟的是,它还影响到编辑对作家——在俄罗斯习惯称之为'年轻'作家——的态度"②。

涅姆泽尔对 20 世纪 90 年代炙手可热的作家、作品进行了一番评

---

① *Немзер А.* Замечательное десятилетие: О русской прозе 90 - х годов//Новый Мир. 2000. No 1. C. 4 - 5.

② *Немзер А.* Замечательное десятилетие: О русской прозе 90 - х годов//Новый Мир. 2000. No 1. C. 6.

述。他指出，一部分在 20 世纪 80 年代炙手可热的作家，没能经受住后来的 90 年代自由文学的考验，比如 E. 波波夫、M. 库拉耶夫、Вяч. 皮耶楚赫等；让他感到遗憾的是，一部分最有潜力的改革时代的"年轻"作家，例如奥列格·叶尔马科夫，也遭遇了类似的命运。在 20 世纪 90 年代受到广泛讨论的弗拉基米尔·索罗金，在该阶段写的文章比以前少得多。不论索罗金写得好还是写得差，他的作品情节是独特的；更重要的是，他属于过时的作家。他在间隔很久之后推出了新小说《蓝色油脂》。这部作品充分证实了涅姆泽尔的论断。在小说的初始部分，索罗金尝试新的写法，接着转到他心爱的、屡试不爽的对"经典价值"的戏拟和降格。最终，一些在 20 世纪 80 年代末被公正地发现和发掘的优秀作家离开了文学领域。T. 托尔斯泰娅 90 年代在海外名气很大，但只是出版了一些旧故事的选集，加入了一些小品文和随笔，而没看到她的新作。

在涅姆泽尔看来，费·马卡宁的小说《透气孔》是一部特殊的作品。在这部作品中可以看到 20 世纪 80 年代后期那些最危险的倾向。马卡宁写出了当代人主要的心理状态——恐惧。不仅是"思想家"主人公的恐惧，也是人们总体的恐惧。马卡宁的小说《地下人，或当代英雄》讲的是主人公的两次谋杀。描写得非常令人信服（细节非常到位，荒诞的基调尤其具有表现力），任务完成得非常精彩，批评家们竭力谴责不知悔改的罪犯。与道德水准高的批评家们不同，作家马卡宁不仅知道杀人不好，还知道谋杀存在于生活中。最重要的是，它存在于非常普通的人的念头中。彼得洛维奇很容易被视作一位浪漫的个人主义者，与人们（集体宿舍）尖锐地对立。"集体宿舍—地下室"的世界是黑暗的、罪恶的和恐怖的。主人公（诗人）为这一世界承担责任。标准的"后现代主义者的"理论是为整个现实提供虚拟，而马卡宁则相反，赋予整个虚拟以现实。彼得洛维奇的罪不取决于他是否真的杀了高加索人和告密者。马卡宁直接谴责彼得洛维奇，从外部弱化了他是"魔鬼"的论证。但艺术家和丑陋的、失去理智的社会之间的深刻联系、共同的罪行、灾难以及从黑暗通往光明的出路，占据了马卡宁的思考。

20世纪90年代之所以在涅姆泽尔看来是"极好的十年"，是因为此乃"单个"作家的时代。这些作家不顾已形成的流行体系和群体价值，知道如何回答为何写作的问题。在这层意义上，涅姆泽尔认为马卡宁的《地下人，或当代英雄》是这十年间最好的作品之一："这是一部精细的'他人话语'的作品，最复杂的象征—联想诗学，被'误差'激起的双重人物体系，与时间范畴不断的古怪游戏，标新立异的布局……也是一部非常典型的、独一无二的作品。"①

在这篇文章后半部分，涅姆泽尔开列了一份他个人心目中30部当代文学优秀作品的书单，以此来证明自己"这是非常好的十年"的论断。涅姆泽尔尝试列举大量事实来证明1992—2000年俄罗斯文学的繁荣，但难以掩饰这一时段俄罗斯文学整体上显得苍白的图景。这位十分活跃的俄罗斯本土批评家在这里更多的是在给当代文学打气，乐观中还透露出一丝悲观。

与涅姆泽尔不同，批评家A.拉蒂宁娜的文章《文学的昏暗：黄昏抑或黎明？》字里行间透出的主调则是悲观。该文发表于俄罗斯布克奖创立十周年之际。作为布克奖首届评委会主席，拉蒂宁娜亲眼见证了俄罗斯文学这近十年来的发展历程。在文章伊始，她便从这近十年来获布克奖的作品谈起。她认为没有一部作品可以使人们有把握地说将会在文学史上留名，甚至就连她任第一届评委会主席时力荐的哈里托诺夫的《命运线或米洛舍维奇的小箱子》也不例外。她在这里历数当下受到评论界热议甚或被热炒的一些作品，诸如沃洛斯的《胡拉马巴德》、佩列文的《夏伯阳与虚空》、索罗金的《四个人的心》《罗曼》及《蓝油脂》、托尔斯泰娅的《野猫精》、马卡宁的《地下人，或当代英雄》等，

---

① *Немзер А.* Замечательное десятилетие：О русской прозе 90 – х годов//Новый Мир. 2000. No. 1. C. 7.

她得出的结论是，"过去的十年，文学界没有创作出一部使人不读就感到羞耻的作品"①。然而与涅姆泽尔一样，拉蒂宁娜也高度赞扬马卡宁的小说《地下人，或当代英雄》，并把它排在自己心目中当代文学佳作的第一位。

似乎是与持乐观态度的涅姆泽尔唱反调，主调悲观的拉蒂宁娜直面"文学的黄昏"。她更多地直面这十年间文学存在的问题，对其中的一些不良现象进行了批评。但她的悲观中也透露出一丝乐观，期待文学黎明的到来。她的文章结尾发人深省："这十年的文学输了，尽管它手中握有言论自由这张王牌。我们进入了一个文学昏暗的时代。摆在我们面前的是这样的问题：要驱走黑暗，应该做些什么？是焦急不安地敲着锣鼓，跺着脚，燃起篝火；还是做了祷告后悄悄地去睡觉，希望黎明会自行到来？"②

总的来说，涅姆泽尔与拉蒂宁娜这两位批评家的发声可以代表1992—2000年俄罗斯本土评论界两派对当代俄罗斯文学的两种基本态度，一派较为乐观，另一派较为悲观，显然后一种观点在当时占了上风，个中原因自然复杂，与文学权力的争夺关系密切。涅姆泽尔是这近十年间俄罗斯文学批评界的弄潮儿，拉蒂宁娜则代表了正在失势的老一辈批评家。不可否认的是，这近十年是俄罗斯文学史上少有的大破大立时期，加之特有的世纪末愁绪，更为这一阶段蒙上了迷茫的色彩。这一时期，被俄罗斯本土评论家们热议的是"危机"这一关键词。有评论家这样描述这一时期的危机："文学主动从身上卸下担任社会意见的喉舌、人类灵魂的教育者的角色，正面的英雄—典型则被流浪汉、酒鬼、杀人犯以及最古老的职业代表者所取代。"③ 诚然，危机体现在方方面面：文学中心主义不复存在，社会主义现实主义轰然解体，过去整一的

---

① *Латынина А.* Сумерки литературы//Литературная газета. 2001. № 47. С. 12.

② *Латынина А.* Сумерки литературы//Литературная газета. 2001. № 47. С. 13.

③ *Тимина С.* Русская литература конца 20 – начала 21 века. Москва：Издательский центр «Академия». 2011. С. 7.

文学空间如今变得四分五裂、各自为政；作家的道德滑坡，大量滥竽充数的作品，使读者们对严肃文学提不起兴致，大型文学期刊发行量严重萎缩……这些现象为大多数批评家态度悲观、消极提供了一定的合理依据。但如若细思，我们也不难发现，很多危机其实有被过度夸大之嫌，使得我们很难直接看到这近十年间俄罗斯文学界其实还有不少正面的、积极的方面。С. 季明娜曾指出："文学界卸下苏联政权机关的特权，获得了梦寐以求的自由和平等，90年代的文学贪婪地、迫不及待地抓住时机将好不容易获得的权力予以兑现。如今，在当代文学进程中产生或复苏了一系列现象和流派，诸如先锋派与后先锋派、现代派与后现代派、超现实主义、印象主义、新感伤主义、元现实主义、社会艺术、观念主义等。"① 文学全面获得自由，作家获得言论与出版自由，所发表的文字不再受到书刊审查制度的限制；作家队伍虽良莠不齐，但急速扩增；大众文学蓬勃发展；俄罗斯文学的表达手段越来越丰富，后现代主义、女性主义、后现实主义……因此，这一阶段的文学绝不只是消极的，在这层意义上我们认为，危机感主要来自俄罗斯文学界对当下局势的反思与担忧。众所周知，俄罗斯知识阶层历来喜欢反思，从19世纪的"谁之罪""怎么办"到20世纪的"我们能做些什么"。该阶段俄罗斯文学仍在蓬勃发展，出现了种种可喜的新趋向。因此，在我们看来，强调危机、突显危机与俄罗斯文学界素来有自觉反思的传统有关。这种反思乃是为了使文学得到更健康而良性的发展。

二 2000—2010年文学：诊断及预测

在经历了激荡的大变革的头十年，或许是因为文学权力的争夺以自由派的全面获胜而画上了句号，俄罗斯文学在2000—2010年的形势总体缓和、平稳了许多。俄罗斯本土评论家们观察到这样一种情绪，即将

---

① Тимина С. Русская литература конца 20 - начала 21 века. Москва：Издательский центр «Академия». 2011. С. 7.

当代文学"归零"。当代文学处在这样一个计数点上,需要重新形成并意识到自己,维护自身,赢得读者,巩固自己在俄罗斯文学史上的地位。因此,21世纪初的文学也被称为"零时代文学"(проза нулевых годов)。

如果说1992—2000年俄罗斯文学的关键词是"危机"与"反思",那么,我们可以不夸张地说,2000—2010年俄罗斯文学的关键词为"诊断"和"预测"。在市场之手已然在主导文学,后现代主义与大众文学已然强势渗入文学之中这一形势下,如何发展俄罗斯文学,如何形成新俄罗斯文学的特色,便成为作家和批评家们这一阶段思考的重心。正是在这一背景下,俄罗斯国立赫尔岑师范大学与俄罗斯国家图书馆读者部等机构联合召开了一次题为"21世纪头十年的俄罗斯文学:诊断及预测"的研讨会。

当代著名文学批评家、莫斯科大学教授、《旗》杂志副主编 H. 伊万诺娃做了题为"艰难的头十年——一份观察提纲"的大会报告。这个报告开篇就指出:"产生了这样一种情绪,即文学似乎害怕复杂,在21世纪的门槛上急剧下滑。她既害怕所提供的可能,也害怕发展。躲了开去……21世纪的俄罗斯文学还没有开始,文学还在所有层面(内容和表达)上言说20世纪文学,诉说、思考、反映着。""21世纪不仅对于俄罗斯,而且对于四分五裂的俄罗斯文学也是一场考验……文学之'大整体'分裂成众多'文学'和亚文学。"①

针对不少学者认为当代俄罗斯文学异常繁荣,堪与20世纪初的俄罗斯白银时代相媲美,伊万诺娃提出自己不同的看法。她列举出同样在世纪初(20世纪)的白银时代俄罗斯文学的名家作为比较。

1900 – e	2000 – e
列夫·托尔斯泰	亚历山大·索尔仁尼琴

---

① Иванова Н. Трудно первые десять лет: конспект наблюдений//Знамя. 2010. No 1. C. 28.

安东·契诃夫	安德烈·比多夫
马克西姆·高尔基	弗拉基米尔·马卡宁
伊万·布宁	弗拉基米尔·索罗金
列昂尼德·安德烈耶夫	维克多·佩列文
亚历山大·勃洛克	米哈伊尔·希什金
因诺肯基·安年斯基	奥列格·楚洪泽夫
安德烈·别雷	亚历山大·库什涅尔
德米特里·梅列日科夫斯基	叶莲娜·施瓦尔茨
尼古拉·古米廖夫	谢尔盖·甘德列夫斯基
瓦雷里·勃留索夫	德米特里·加尔科夫斯基
康斯坦丁·巴尔蒙特	O. 塔巴科夫
尼古拉·别尔嘉耶夫	П. 福缅科
瓦西里·罗赞洛夫	Л. 多京
К. 斯坦尼斯拉夫斯基	И. 卡巴科夫
В. 丹钦科	奥列格·库利克
В. 梅耶利霍里特	
А. 瓦西里耶夫	
M. 弗鲁别利	
А. 伯怒瓦	
В. 谢诺夫	
Е. 兰谢列	
С. 佳吉列夫	
M. 格尔曼	
象征主义，现实主义（新）	后现代主义，"新现实主义"

上文直观而清晰地反映了俄罗斯今日文学与白银时代文学的对比。不难看出，左边的名字丰富多样，有诗人、小说家、艺术家、哲学家、戏剧家等（这还远不是全部，仅是白银时代前半期）；右边则是今日作家。不难发现，差距是巨大的。伊万诺娃指出："说到底，将我们尚未

沉淀的'今天'同俄罗斯艺术和文学史上的白银时代进行比较,就像以卵击石,可能会撞得体无完肤。"①

伊万诺娃道出俄罗斯作家的生存现状:"如今文学不仅对读者,也对作家失去了以往的吸引力(今日俄罗斯百分之四十的成年人根本不读书)。年轻人如今选择另一些实现自我的方式。文学已失去它在社会上的地位,变成了那类非必修的和非常麻烦的课。文学职业只在少数例外的情况下才带来社会成就和财富。"② 在其他行业赚钱和培养年轻人要比在文学领域容易得多。伊万诺娃将21世纪的作家分为四类。第一,靠名气和卖书生活的职业作家;第二,靠从事非文学工作谋生的职业作家;第三,靠亲人救济生活的职业作家;第四,以自己的非文学工作来谋生的非职业作家。③ 在这期间出现了两代新作家,他们(非常平稳地)影响着文学的变化。前一代人补写和改写,后一代人开始写。中年作家最为艰辛——对待老作家如同"爷爷",而作为"父母"又要忍让孩子。他们已经老朽,没人再对他们投去注意力。对于读者而言,他们太精致;对于批评家而言,他们新意不足。

伊万诺娃评点了这十年来的图书市场。在21世纪以降这十年里,图书市场丰富多样,图书出版业发展迅猛,图书大有排挤大型杂志之势。紧盯杂志并与杂志上的作者亦步亦趋的出版社转向了另一个雄心勃勃的战略——拦截战略。在21世纪头十年"图书"作家的数量急剧增长。Л. 乌里茨卡娅、Д. 鲁宾娜从杂志领域撤退,О. 斯拉夫尼科娃迅速推出单行本《2017》。大众文学的策略一开始就是图书出版的,而非大众文学的,但迅速提升了自己潜能的作家们也选择了这条路,他们被出版社追捧,被提供良好的,甚至极好的条件出版自己的作品。这一切

---

① Иванова Н. Трудно первые десять лет: конспект наблюдений//Знамя. 2010. № 1. C. 29.
② Иванова Н. Трудно первые десять лет: конспект наблюдений//Знамя. 2010. № 1. C. 30.
③ Иванова Н. Трудно первые десять лет: конспект наблюдений//Знамя. 2010. № 1. C. 31.

都是文化范式总体转变的一部分。

伊万诺娃还注意到21世纪文学的一个显著特点为"左倾"。她以2005年俄罗斯布克奖为例，那一年作家杰尼斯·古茨科获奖，评委会主席瓦西里·阿克肖诺夫却坚决不同意这个决定，并拒绝出席颁奖典礼。除古茨科外，安德烈·沃洛斯、伊戈尔·弗罗洛夫、罗曼·先钦、扎哈尔·普列尼平、格尔曼·萨杜拉耶夫、谢尔盖·沙尔古诺夫等都属于这类作家。是什么团结了这批作家？该如何界定他们呢？他们经常被称为"新现实主义者"，但伊万诺娃有不同的看法。她认为："这类作品最好被定义为现实的，而非现实主义的。他们与经典现实主义最主要的不同在于诗学。他们通常并不像莱蒙托夫、普希金、托尔斯泰或陀思妥耶夫斯基一样创造自己的艺术现实。我们与这类作家的人物共存，仿佛要超越现实，他们描绘的是存在的东西。"①

当代俄罗斯大众文学专家M.切尔尼亚克在这次研讨会上的发言题目为"读书人VS游戏人——关于'零'时代俄罗斯小说诊断问题"。她这样描述如今的文学生态："我们当今时代在一定程度上可以被称为'文化的非经典时期'。当代文学的生存及存在表现为审美要素与市场经济制度的复杂融合，表现为作品的艺术优点与独特的精心计划的出版手段的共生。对文学作品的需求和作家的广泛声誉是不同层次的影响形式，是作家的意志、出版行情、多变的社会心理交叉的结果。"②

切尔尼亚克这样表述"零时代"文学的个性化与多元化："无论我们愿意与否，不得不承认，与内容相一致的零时代文学的总体表现形式，不是1—2种类型的马赛克，而是一份名单，这份名单中的名字，彼此之间也许没有任何共同之处，除了这样一个事实，即它们都出现于

---

① Иванова Н. Трудно первые десять лет: конспект наблюдений//Знамя. 2010. № 1. C. 31 – 32.

② Черняк М. HOMO LEGENS VS HOMO LUDENS：К вопросу о диагнозе российской прозы«нулевых годов»//Филологический класс. 2011. № 25. C. 105.

某一时间段。"① 切尔尼亚克指出，作家和读者曾是最重要的环节，现在他们从未如此疏远。那些不接纳市场游戏规则的读者简直要灭绝，注定要忍受文学的饥饿。作家和读者是文学赖以为生的人，如今他们实际上已经被赶到了地下室。"如今，正发生着当代文学新体裁骨干的结晶，发生着模拟文学体裁流派编码的变换；最受需要和最有生命力的体裁是那些已经被大众文化所认可的体裁。"②

作为当代俄罗斯大众文学研究权威之一，切尔尼亚克剖析了大众文学深受读者青睐的深层机制并举例进行分析。她指出，"大众文学作家并不将治疗有病的社会视为己任，而是认为20世纪末、21世纪初的读者需要以某种方法来消除过剩的心理压力，摆脱周围环境所散发的严酷召唤，办法之一就是'进入文学游戏'（игра в литературу）和'与文学游戏'（игра с литературой）"③。

切尔尼亚克谈道，Б. 阿库宁 2008 年尝试创作一种新的小说体裁"电子游戏小说"（роман – компьютерная игра）。《历险》（Квест）这部小说延续着阿库宁的体裁系列，其中的每一篇都是作家已创作的或想象出的文学体裁的典范。这部小说不是按章节来划分，而是按"进度条""人物的登场""掌握游戏规则的学习阶段""游戏的层级"及所谓游戏的"密码"或"钥匙"来划分的。从一章到另一章毋宁说是从一个层次到另一个层次，伴随着谜团，标题—钥匙帮助解谜。"这一方面是尝试创造一种文学—游戏程序，按作者的构思，这可能会成为新一代电子书的原型。从另一方面看，这则是一种游戏，与当代文化的刻板之游戏，与电脑游戏史诗般的激情之幼稚的游戏。"④ "在小说《历险》

---

① Черняк М. HOMO LEGENS VS HOMO LUDENS：К вопросу о диагнозе российской прозы«нулевых годов»//Филологический класс. 2011. № 25. C. 106.

② Черняк М. HOMO LEGENS VS HOMO LUDENS：К вопросу о диагнозе российской прозы«нулевых годов»//Филологический класс. 2011. № 25. C. 106.

③ Черняк М. HOMO LEGENS VS HOMO LUDENS：К вопросу о диагнозе российской прозы«нулевых годов»//Филологический класс. 2011. № 25. C. 107.

④ Черняк М. HOMO LEGENS VS HOMO LUDENS：К вопросу о диагнозе российской прозы«нулевых годов»//Филологический класс. 2011. № 25. C. 108.

中存在着层次，但这不是游戏的层级，而是理解的层次。确实存在着复杂的冲突，但这不是同绝对的恶展开斗争的荒唐可笑的人物的冲突，而是从被新的神话所搅乱的现代意识死胡同走出来的问题，在那里天空与大地不再彼此矛盾，那里一切都混乱了，那里善与恶的标签能够以同等的可能性出现于任何事物或现象之上。人们失去了方位，他们游戏着，因为不知道该躲到何处。阿库宁决定在游戏人的背后观察自己。"①

切尔尼亚克还对佩列文的小说《泰》（T）进行了分析。她指出，这是一部关于危机的小说，但不是关于经济的危机，而是文化意义上的危机。它描写的是关于文学在社会，在作者、读者大脑中，同时也是在那些从上面支配创作进程的人脑海中的存在机制。评论家们一致看到小说中对文学方面的讽刺，从图书出版伎俩到创作形而上学。实质上，这是十足的集句，是对当今主宰着文学话语权的那些类型十足的戏仿——对"俄罗斯维多利亚时代"的拟古侦探小说、东正教、武打、"办公室哲理畅销书"等的戏仿。佩列文这部多层次情节小说讲述的是一家出版社决定开展一项新的规模庞大的超级工程——撰写一部关于列夫·托尔斯泰与教会和解的小说，一批第一流的作家签了这项工程的协议，但工程被危机所阻。订书人拒绝为俄罗斯东正教会的植入式销售（product placement）付款，于是情节就被"悬置"了。小说中的人物们摆脱了作家和市场营销专家的控制，潜入对文学思想、现实与艺术虚构相互关系的反映；形成了许多不同的对"系统混乱"的反映。小说的主人公——T伯爵，他的原型是伟大的作家列夫·托尔斯泰。

与伊万诺娃一样，切尔尼亚克也高度关注这十年间图书市场的变化。她认为图书市场的颓势不能仅仅用阅读量减少来概括。人们对图书和阅读的总体态度在改变。阅读不再是人和文化的构成要素，图书要么

---

① Черняк М. HOMO LEGENS VS HOMO LUDENS: К вопросу о диагнозе российской прозы«нулевых годов»//Филологический класс. 2011. № 25. C. 108.

被严格实用地阅读，要么被墨守成规地阅读，就像自动调控电视机的频道一样。"图书市场上的巨大竞争要求作家直接寻找自己的读者。显然，今天我们可以看到俄罗斯经典文学如此讨人喜欢的读者——学生正变成读者——买家。因此，当代文学的主要技术为营销和生产技术。"①

这十年间读者阅读兴趣的急剧下滑，"阅读人"转变成"点击人""游戏人"的现象引起了切尔尼亚克的担忧。阅读是否有益？这一曾经毋庸置疑的观点，如今被打上了问号。"阅读人相信所有人都了解世界。但果真如此吗？我们认识世界本身吗？我们认识自己吗？阅读在认识过程中对我们有帮助吗？也许，字母、词汇、形象及概念的世界在我们周围编织了一个茧，将我们永远与世界分离。"② 切尔尼亚克在其报告的结语中指出："当代文化范式的转换产生了文化空间中作家和读者之间的一些特殊的相互关系。在当代社会产生了一种独特的害怕读书的情绪（библиофобия）——不接受图书，而认定其他信息载体要优于图书。一个问题正变得迫切：图书终结是否会到来？'阅读人'蜕变成'点击人'究竟有多危险？阅读人在21世纪是否能生存，或者仅仅会变成游戏人？这些问题是我国文学新的十年所展现的。"③

三 结语

当代俄罗斯文学自苏联解体至今已悄然走过二十多年历程。可以说，这二十多年来的文学无论在内容还是形式上都无比精彩，当然也无比复杂。因此，想要得出较为立体、全面的结论无疑是困难的。我们这里仅仅聚焦俄罗斯本土文学评论界的视角，选取这二十年间俄罗斯本土最具代表性的几篇评论文章，来看看当代俄罗斯文学批评家对这段文学

---

① Черняк М. HOMO LEGENS VS HOMO LUDENS：К вопросу о диагнозе российской прозы«нулевых годов»// Филологический класс. 2011. № 25. С. 109.

② Черняк М. HOMO LEGENS VS HOMO LUDENS：К вопросу о диагнозе российской прозы«нулевых годов»// Филологический класс. 2011. № 25. С. 109.

③ Черняк М. HOMO LEGENS VS HOMO LUDENS：К вопросу о диагнозе российской прозы«нулевых годов»// Филологический класс. 2011. № 25. С. 109–110.

历程的观察,来看看他们自己如何勾勒这期间俄罗斯文学发展的大致脉络与标志性特点。这里对俄罗斯本土批评家眼中的当代俄罗斯文学的描述,远远谈不上全面。但我们认为,无论如何,俄罗斯文学与批评传统并不像一些人所说的那样已经死去,而是在新俄罗斯得到了较好的传承。我们深信,俄罗斯文学与批评传统在未来也会获得延续,继续发出耀眼的光芒。

本章参考文献

Иванова Н. Б. Трудно первые десять лет:конспект наблюдений//Знамя. 2010. № 1.

Латынина А. Н. Сумерки литературы//Литературная газета. 2001. № 47.

Немзер А. С. Замечательное десятилетие:О русской прозе 90 – х годов//Новый Мир. 2000. №1.

Тимина С. И. Русская литература конца 20 – начала 21 века. Москва:Издательский центр«Академия». 2011.

Черняк М. А. HOMO LEGENS VS HOMO LUDENS:К вопросу о диагнозе российской прозы«нулевых»годов//Филологический класс. 2011. №25.

第二节 英美学者对当代俄罗斯文学的观察

1991年苏联解体之后的社会变革给俄罗斯文学带来不小的震撼,俄罗斯文学发展呈现出多元化的特征。英美学界不少专家通常将其对俄罗斯文学的研究视点局限于19世纪作家与苏联时期的现代主义作品。对大多数俄罗斯文学爱好者而言,苏联解体后的俄罗斯文学正在重新定位。由于没有之前大一统的生存空间,这种转型期文学的发展呈现出多线性与多层次性;苏联传统的文学标准可能不适用于今日的俄罗斯文学。当下的俄罗斯文学亟待从新的角度来观察。

英美学界从社会大环境和文化发展的总体出发,进入对俄罗斯文学的整体观察。英美学者依然可以感受到俄罗斯作家一直葆有的对社会、对人生、对整个民族命运的忧患意识,当代俄罗斯作家仍然力图表现最为痛苦、最为深刻的俄罗斯式的体验及其当下处境。在这种氛围中，英美学界形成对当今俄罗斯社会以及个体表达语言之新的理解，看到苏联解体后的俄罗斯文学独特空间里产生了新思想、新现代化场景以及新型个体与集体的价值观；一些英美学者在后现代与互联网的全球影响下，积极思考苏联解体后俄罗斯文学的内涵与影响是如何获得极大的丰富与扩展的，俄罗斯文学又如何把这些新思想、新景观演绎成独特的原创艺术现象。

一 新文化语境中的俄罗斯文学

苏联解体前，文学一直受国家监控与保护。苏联解体后，文学陷入政治与道德价值体系完全缺席的处境。现如今，这种监管看似有回归的倾向。苏联解体后的俄罗斯文学进入一个新的循环，在史无前例的自由中得到新的发展。

后苏联时期对文学的监管逐步被弱化。戈尔巴乔夫改革的巅峰时期，尤其是取消审查制度的二十年里，很多完成于20世纪前期或中期但在苏联时代一直被禁止发表的作品，在当代俄罗斯得以重见天日。这当中不乏用俄语或其他语种完成的文学作品。然而，在整个苏联时代，俄罗斯文化的统一体实则是分裂的，分成官方的文化、未经审查的（地下的）文化以及侨民文化。当代俄罗斯侨民作家开始照常出版俄文版作品。之前的地下作者与早期的俄罗斯侨民的作品早已出现在书店的书架上，进入俄罗斯文学的讨论中。互联网的发展，尤其是博客以及在线版本的不断推出，巩固了这种新流动形式下的统一体。这也是英美学界在其俄罗斯研究中关注的一个重点，即新俄罗斯文化构成上的杂糅性。

以消费机制为本位的市场机制日渐形成。在苏联解体后的审查制度日益弱化的情况下，文学作品的重要载体，即文学书籍出版机构的生存格局已发生重大变化。先前只是出现在地下出版发行系统以及各种私人出版系统的文学作品，呈现出井喷式的刊发态势。布尔加科夫的《狗心》（Heart of the Dog）、普拉东诺夫的《基坑》（Foundation Pit）、帕斯捷尔纳克的《日瓦戈医生》(Doctor Zhivago)、阿赫玛托娃的《安魂曲》(The Requiemn) 以及茨维塔耶娃侨民时期的诗篇, 这些在苏联早期遭到封禁的作品, 早在 1991 年苏联解体之前就已经得以与广大读者见面。

英美学界注意到俄罗斯侨民文学现象的新发展。在这种现象中交织着两类侨民作家, 当代的新侨民作家与解体之前的俄罗斯老侨民作家。前者不同于后者的被迫离开。新侨民作家自主选择远离俄罗斯, 是为了从另一个视角去反思俄罗斯国内事件, 其文学创作首先考虑的是俄罗斯国内读者, 不是出于意识形态而是基于个人审美志趣。因而当代俄罗斯侨民文学与俄罗斯本土文学的关系密切, 当代侨民作家所面对的读者群及其体裁成为侨民文学创作的主要问题。

这一切都离不开当代地下文本出版系统。虽然当代地下文本出版系统与苏联官方文学不可类比, 在英美学界还是有人看出其根本特点不仅仅是意识形态问题, 更多地在于美学上的考虑。这些原本通过地下出版系统面世的作品, 强调俄罗斯文学精神与西方艺术手法的结合, 从"地下"转到"地上", 在社会上获得合法地位, 其中呼声最高的是莫斯科观念主义者弗拉基米尔·索罗金 (Vladimir Sorokin)。在 20 世纪 90 年代俄罗斯文学中已展现其独特的"女性话语"的女性文学, 当然也不容小觑。

二 俄罗斯文学在 21 世纪发展的新特征

后苏联的俄罗斯社会政治进程被划分为两个不均等的时期, 即 20 世纪 90 年代与 2000 年以后。

在其第一个阶段, 即叶利钦时期, 社会自由, 尤其是大众媒体的自由格外宽泛(当然也不是无限制的自由)。正是在这个时期, "新俄罗斯人"阶级出现了。那些最为富有的人, 所谓的寡头政治家们, 积极地参与政治生活。20 世纪 90 年代俄罗斯社会的特点是政治上的无政府状态, 犯罪率上升以及犯罪组织的经济权力扩张, 知识分子被严重边缘化，种族冲突升级，等等。同时，这也是文化机构呈指数式增长的时期，政治生活的变化，与国外文化交流的快速发展，催生了俄罗斯文学新的开放性。

在其第二个阶段，即普京时代，正好相反。经济发展上的突进与石油天然气价格的上升捆绑在一起。"主权民主"加强了（腐败官僚手中的经济权力集中化，联邦安全局即克格勃的接班人在政治经济中所起的作用日益增强，加之从无政府到制度化的腐败转变），出现了能改善知识分子经济处境的中产阶级。这个时期的特点是政府加强对文化机构的管控，逐步压缩媒体空间，减少政治自由。

社会学家列夫·古德科夫这样描述将20世纪90年代与21世纪最初的几年统一起来的意识形态与话语特征："'霸权的重生'成为唯一的象征主题，也是使西方化自由鼓吹者、爱国主义者以及'神圣东正教罗斯'的十字军东征者汇聚到一起的主题。其构成元素，对霸权的'庄严'期待以及获得这种目标的手段，可能大相径庭，但是总体的计划构建一直没有改变。"[1] 诞生于这种"象征主题"的新传统主义随之演变为新保守主义、新帝国主义以及复仇主义，它们成为21世纪初俄罗斯文化文学主流的核心意识形态。

按照鲍里斯·杜宾的描述，大概从1999年开始，俄罗斯公众话语变化明显，在"新传统主义的母题中，包括东正教的模子。独立派的倾向以及排外情绪无论是在国内还是在国外都变得更加明显。神秘主义的运作使得官方政府层面与新闻报刊写作、大众电影院与电视节目纷纷对俄罗斯国家历史加以神圣化，呈现出怀旧化趋势。人们不得不注意一种动向，即"俄罗斯社会反改革反现代化的倾向、思想与象征的常态化，通过各种政治力量与公众知识分子圈子的同化或者模仿，调控大众媒体的日常行为"[2]。

---

[1] Lev Gudkov, *Negativnaia Identichnot's: Stat'* 1997–2002, Moscow: NLO, 2004, p. 660.

[2] Boris Dubin, *Intellektual'nye gruppy i simovolichestkie formy*, Moscow: Novoe izdatel'stov, 2004, p. 136.

大众媒体与大众文化通过多种方式讲述政体与社会的变革，或集中于"宏大"风格的怀旧式复辟，带着强烈的帝国主义色彩，或假托于探求新鲜事物，但实际上是旧时的——"正面"主人公，这些主人公通过羞辱种族的（或社会的、宗教的、意识形态的）"他者"的方式肯定国家的优越感。在这种语境下，"精神性"与"神圣复辟"的话语，原本被视作20世纪70年代末期无可挽回、早已被遗忘的事情，在这段时期展现出新的深度。然而这种话语建构比较松散，融合了苏联道德主义、宗教"忠诚"以及大国主义的各路思想。

面对20世纪90年代有离心倾向的文化如今转向集中化的回归这一态势，面对从原本的跨越边界转向建立边界的21世纪初俄罗斯政治化新走向，弗拉基米尔·帕别尔内提出了"文化Ⅱ"概念。

> 对任何人来说都很明显的是，俄罗斯正在发生"文化Ⅱ"现象。边界在固定下来，善的世界在我们边界之内，恶的世界在其限度之外。敌人从边界之外潜入。等级作用在增强，在政治上，上下级差别正在建立，例如在政府官员的任命中。每个人都想成为贵族。从苏联剧变时开始，"文化Ⅰ"占主导，现在它开始凝固了。①

在后苏联社会的转型中，文学功能至少有两层。一方面，它确立了主流话语；另一方面，它批评主流话语并致力于探求别的途径。在同一时间里，这两种功能常共存于同一个文本里。

文学概念中对社会现实的"反思"一直驻足于苏联的历史。后苏联文学对一个过程展开例证，这个过程是"反思"的对立面。从痛苦或是怀旧感所建构的过去到塑造不确定的未来，这种情况多出现于20

---

① Olga Timofeeva, "Vladimir Papernyi: Na dvore ocherednaia 'Kul' tura Dva', pravda, s 'Feisbukom'", *Nvaia gazeta*, January 29. 2013. http：//www.novayaagazeta.ru/arts/5648.html. （俄罗斯"新报"网站艺术版块）

世纪 90 年代早期作家的作品中；到了 90 年代后期直至 21 世纪初，作家们更多地直面现实生活中存在的矛盾和问题，重新认识这种碎片化不定形状态下的社会、主体以及它们之间的作用。这种文学表达呈现出当时仍处于"可被意识到的"状态的主题。

但正因为后苏联的文学创作没有受到审查，某些文本的社会反馈是非常重要的：读者的反应是一种自觉的选择。这种选择被认为是流行文本中的修辞建构，在其广大读者的帮助下获得了最大效应。

从这个观点来看，如今有的作家会对苏联剧变时的"神秘性"采取后现代的反讽就不足为奇了。如扎哈尔·普里列平的小说《萨里卡》（San'kia, 2006），讲述了在今天的俄罗斯布尔什维克人的日常生活，这些人针对普京的社会不公正的统治展开英勇抗争，最终占领俄罗斯某个小城市的市政厅，重演了 2014 年东乌克兰发动战争的那群人的心理及其特定政治行为。俄罗斯后现代主义文学不同于西方的后现代主义，它更多地向现实主义看齐，实际上具备了俄罗斯特有的"现实主义后现代主义"的特征，带有明显的政治倾向——在荒诞无序、支离破碎的后现代叙事中揭露、批判苏联社会里人们荒诞的生活。

英美学界大量关注有"共鸣的"作品，不管这些作品是属于主流文学，还是实验派文学，或者是"垃圾"。他们的共鸣见证了这些文本的高度"程序化的"潜能。这种潜能在上文提到的例证中得以彰显，影响了这个时代的话语图景。

三 主流文学与"小众文学"现象

苏联解体后，文学出版不再享有国家资金扶持，任由市场机制把控。文学（尤其是严肃文学）在苏联解体后遭遇前所未有的困境。从文学以及文学机构的发展来看，20 世纪 90 年代的一个特点是苏联时期国有大型文学刊物的印数急剧减少，在苏联剧变前俄罗斯文学作品年均出版量却都是过亿的。许多地方文学杂志难以为继，侥幸生存下来的文学杂志主要是靠索罗斯基金的支持。与此同时，非国有的独立出版社的发展成为文学生活的重心。也正是得益于这些小出版社在俄罗斯国内市场的运作，国外作家作品的出版比重比起苏联时期快速增加；在出版的外国文学作品中，译自英语、法语、德语的作品所占比重尤其偏大，这为俄罗斯读者开始熟悉当代欧美文学打下基础。

相比逐渐弱势的国有出版社，大型私人出版社如阿斯特（AST）、埃克斯莫（Eksmo）积极出版文学书籍，无论是在种类还是在印数上均持续增加，实际上占据了主流小说与非小说市场；"新文学评论"（NLO）这家出版社旗下有众多学术杂志，其中包括著名的《新文学评论》。在出版界占有大份额的是文化、历史与理论方面的原创著作与翻译文学，还有一些"艰涩难懂的"或者是实验派的散文与小说。

英美学者围绕着苏联解体政治事件所引发的对整个文学，乃至对文学经典概念的全面重新界定，探讨文学的优劣，对文学传统的坚守与放弃，俄罗斯文学中心主义时代是否已经终结这些问题。[①] 在后苏联时期，正统的文学独步天下的地位被撼动，首次出现了自18世纪末以来地位的急转直下，文学不再扮演传统的政治布道讲坛的角色，其原因在于苏联文学本身带有超越文学艺术的特殊文化功能。文学固然是相对独立的一种艺术审美形态，文学与社会生活也紧密关联，但文学参与政党统领政治的这一功能转变则已超出了文学的边界。

后苏联时期俄罗斯文坛的一些表象看似奇怪，但正是政治审查制度的废黜把文学自身的问题推向前沿。毕竟在苏联剧变时期，审查机关将重点放在文学作品的政治性，这是艺术最为真实的评价标准。当审查机关的禁令消失时，人们不得不重新商榷艺术的价值问题，反思文学的本质。与此同时，俄罗斯知识分子开始大量熟悉20世纪60—80年代的欧美文学理论，从后结构主义到女性主义，从弗洛伊德到福柯直至德里

---

① Evegii Dobrenko and Galin Tihanov（eds.）, *A History of Literature Theory and Criticism: The Soviet Age and Beyond*, University of Pittsburg Press, 2011, pp. 287–305.

达。不用说,新兴的理论思想很快投射到俄罗斯文化之中,文学首当其冲。

国家大量削减了对文学事业的资金支持。出版业又以商业利润为导向。没有了国家对文学创作的直接领导与干预,文学界各种思潮风起云涌,各种不同的艺术方法杂然纷呈,林林总总的文学奖项最为集中地体现了这一点。英美学界也有不少学者把目光投向俄罗斯国内文学奖,其中20世纪90年代大量独立于政府的文学奖项在文学变革中发挥了重要作用。一方面,新设立的奖项为作家提供经济支持,取代西方大国的机构或者苏联政府对效忠派作家的支持;另一方面,专业团体形成的各种观点引发文学界与非文学界以及出版界激烈的讨论。安德烈·别雷奖就是第一批这样的奖项中的一个。该奖项设立于1977年,起初只是一个地下民间组织的奖项,在20世纪90年代得以公开身份。该奖项属于非营利性的文学奖且一直专注实验派文学。在这个支脉上的另一个奖项是新文学/社会学奖(NOS),2009年才开始公开颁奖,之前也属于地下民间活动。自2000年以来,"新人奖"已经挖掘出一大批青年才俊。有资料显示,在当代俄罗斯文坛上,在21世纪初已经有300个政府的与非政府的文学奖项,这足以证实文学领域的分化现象,各路"黑马"异军突起,彼此并不认可对方。例如俄罗斯布克小说奖与反布克奖。在这些奖项中,作为主流派的实验文学最终成为大量可类比的、辨识度较高的"文学领域",有自己的等级划分、权威性以及价值体系。

如果说在20世纪90年代,苏联剧变时的俄罗斯大致上被理解为"迷失的俄罗斯",那么,到了21世纪初,新俄罗斯人对苏联时代的怀旧情愫更加浓厚。尽管后者有别于人们所期待的那样,它融合了前者,产生了偶尔心血来潮的五味杂陈。

同样是在20世纪90年代,在商业化社会的冲击下,大批通俗文学的作家及其"文化快餐"式的文学作品出现在人们的视线里,主要是国外作家的侦探小说、幻想小说、爱情小说和冒险小说等,有翻译的也有原创的，文学作品开始急剧增多。① 读者阅读趣味的转向影响了文学出版的结构，因而导致不少原是严肃作品的作家转战大众文学作品市场，尤其近几年最红火的侦探小说，作家们经常匿名写作。历史侦探小说家奇哈季什维利，原本主要从事日本文学研究，系精通日文与英文的知名翻译家，同时也担任《外国文学》杂志副主编。奇哈季什维利采用阿库宁这一笔名，从1998年开始出版以侦探凡多林为主人公的四部长篇侦探小说。在20世纪最后15年里，这一小说系列结合历史以及对当下社会的指涉，大量公开地或不公开地评点俄罗斯文学以及西方经典文学。主人公凡多林是一位典型的知识分子，服务于政府（并不是要试图去诋毁或者摧毁政府）；这位伟大的侦探服务于多家政府机构，其中就包括以镇压革命运动而臭名昭著的宪兵第三师。诸如这样的知识分子作为政府的捍卫者而非反对者，明显地标志着两个世纪以来俄罗斯知识分子与俄罗斯政府之间"罗曼司"新阶段的开始。阿库宁的小说在知识分子及其成员中深受欢迎，这也证实了在自由知识分子阶层引导的和平的社会里，仍然有一种倾向坚信自由派同权力部门之间合作的可能性。然而，对新的历史灾难的担忧反映了一种日益增长的幻灭感。在急剧的政治变革环境里，知识分子不得不面对穷困潦倒的境况。先前熟悉的（尽管是憎恶的）价值体系与社会保障的丧失使他们幽怨丛生。这些知识分子只能黯然伤神于"逝去了的俄罗斯性"。

　　有别于以文学领域的去中心化为特征的20世纪90年代，21世纪之初文学主流开始形成，突显为图书市场的壮大（出现了众多全国范围的书店网络），全国经济开始稳定。然而，经济条件只是模拟了整个后苏联时期文学中已经运作了的过程。前面提到的文学领域碎片化产生了一种渴望，无论是作者还是读者，并不认同低俗小说，而是渴望对20世

---

① Eliot Borlentstein, "The Plural Self: Zajatin's We and the Logic of Synecdoche", *Slavic and East European Journal*, Vol. 40, No. 4, 1996, pp. 678 – 680.

纪 60—80 年代的苏联文学以及地下系统的传统有所继承，同时也兼顾趣味性与大量读者在思想上的可接受性。

我们前面提到的阿库宁，不久便成为后苏联主流文学的先锋之一。他之后的俄罗斯后现代主义的领导人是弗拉基米尔·索罗金与维克多·佩列文。他们的小说从 20 世纪 90 年代晚些时候开始陆续出版且受到读者好评。多元的意识形态注入主流文学，知名的作家有塔吉雅娜·托尔斯泰娅、柳德米拉·乌里茨卡娅、弗拉基米尔·沙罗夫等人。

这些作家的共同特点是什么？首先他们都致力于挽救心理小说传统，借助大量的人物以及广阔的历史背景展开情节，这可能类似于道德说教之类的文学作品，纳博科夫非常鄙夷这一点。引入与当代主题事件对话中的文学传统，同时也是非常宽泛的。从列夫·托尔斯泰到社会科幻小说家斯塔尔斯基兄弟，从反乌托邦小说到拉丁美洲的魔幻现实主义。艾略特·鲍任斯泰因讨论了"切尔诺贝利核污染事故"之后的反乌托邦与末世论的叙事，这也正好对应其在苏联时代的地位，它们已然成为后苏联文学中广为流传的文化生产模式。这些体裁也为历史对话提供了形式——未愈合的创伤成为未来的灰暗场景。在对后苏联反乌托邦文学的各种体裁（圣经中的寓言故事、小说、流行文化的研究）的考察中，这些作品被解读为有关俄罗斯历史以及对文学中心主义世界观危机之反思的重写，文学中心主义世界观把对世界命运的焦虑与对小说命运的恐慌联系在一起。① 此外，亚历山大·艾特金也讨论了"魔幻历史主义"作为被压抑的历史创伤的美学途径。作者提出，要回归到被压制者所生发的当代俄罗斯文学中不同寻常的幻象（或幻觉）类型："后苏联文学的异常场景标志着他者的失败，而转换为更为传统的理解社会现实的方式。这不是正确指引读者的社会文化批评，而是另类过往的创造

---

① Eliot Borenstein, "Dystopias and Catastrophe Tales after Chernobyl", Evegeny Dobrenko and Mark Lipovsetsky (eds.), *Russian Literature since* 1991, Cambridge: Cambridge University Press, 2015, pp. 86 – 104.

者无穷尽的幻想。"①

从总体上说,这些作品是围绕着灾难性事件或者其后续展开的感伤回忆,描写昔日个人理想的幻灭,渲染了苏联历史的悲剧性。换句话说,历史创伤的概念进入文学主流,从此个人理想与苏联历史本身彼此纠结;20世纪90年代苏联具有象征性的社会秩序的坍塌造成的创伤,不仅是社会的、集体的,也是个人日常生活存在的伤痛。这些创伤经常看似了无尽头、不可改变(更多细节详见亚·艾特金和马·利波维茨基的文章2010)②。艾琳娜·高思罗从描写个体创伤的文本出发,假定特定个体的、历史的创伤沉浸在最为广阔的哲学与文化语境之中,探求把创伤融进叙事的新方式,力图克服创伤,即便这些文本不可能简单还原为集体创伤经历的隐喻,"创伤文本"终究变成了当代存在主义文学的鲜活例子。与历史创伤彼此抵牾的各种阐释,处于主流文学所探讨的众多社会政治冲突的核心,这些也是后苏联时代文化的根源。

尽管如此,主流读者并不力图直接重演创伤体验。作家赢得了主流读者,使用了各种现代、后现代的技巧,从风格化到怪诞,从幻觉场景到制造神秘,这些都使得他们能把"批判距离"引入对历史创伤的体验。作者与人物之间的这种距离感越是强烈,读者在文本的阅读中就越能感受到人物是对苏联灾难的"反复出现的回归",当下事件与行为逻辑成为不可能区分的现在与过往,带有神秘的不可阻挡性,成为后苏联时代感受力最为强烈的伤痛。这种带有致幻性的效果,显然是后苏联的梦魇体验与未曾逝去的苏联历史记忆的融合。另一位学者玛丽安娜·巴琳娜集中讨论了非虚构和半虚构的(自传)生平传记写作,它成为近几十年来俄罗斯文学中对私人记忆与历史体验进行深度探讨的一个广阔空间。在这些文本中,私人记忆追溯性地构建了一个主体,这个主体与

---

① Alexander Etkind, "Magical Historicism", Evegeny Dobrenko and Mark Lipovsetsky (eds.), *Russian Literature since 1991*, Cambridge: Cambridge University Press, 2015, pp. 104 – 120.

② Alexander Etkind and Mark Lipovesky, "The Salamander's Return: The Soviet Catastrophe and the Post – Soviet Novel", *Russian Studies in Literature*, Vol. 46, No. 4, 2010, pp. 6 – 48.

一代人的集体生活体验密切联系,但它宣称从来没有被这个影响过。两个叙事层面之前处于分离状态,私人的与公众的互不相关,现在那些与集体记忆有关的事件被融合在一起,通过在独特个人的体验里获得重要性而被私有化。① 因为缺乏历史过往的一贯进程,这才有了上文论及的亚历山大·艾特金所提出的"魔幻历史主义"——后苏联文学中堪称主流的特定方法,尤其是当梦魔般的记忆在难以解释的幻想中表现出来之时。

与主流文化一道,21世纪初产生了一些文学思潮。鲍里斯·杜宾告诉我们,可以将其界定为小众行为:"这就是边缘文化,一种概念的美学探索。这经常是针对非常有限的群体,甚至是受众小群体,其中重要的部分就是作者本身,例如当代学术音乐的受众、书信体文学杂志的读者。"②

这里尤其要指出的是,诗歌与戏剧创作已成为20世纪末至21世纪初俄罗斯文学舞台上一道靓丽的风景线。俄罗斯诗歌最为深刻地融合了自由诗的各种可能性。史蒂芬·桑德勒考察了1991年之后俄罗斯社会想象中的变革是如何促进抒情主体的变化,如何激励人们探求诗中新的自我表现形式。史蒂芬·桑德勒由新的主体性的出现追溯历史创伤的抒情反思问题。伊利亚·卡里宁则分析了当代俄罗斯诗歌文本,这些文本旨在最大限度地满足抒情言语,运用别人的声音与意识,这就导致诗歌21世纪以来的"叙事转向"。卡里宁认为这种现象扩展了传统概念上的主体性。③

后苏联诗歌借助不同的手段,集中探讨新的主体性作为个性的新结

---

① Marina Balina, "(Auto) Biographical Prose", Evegeny Dobrenko and Mark Lipovsetsky (eds.), *Russian Literature since* 1991, Cambridge: Cambridge University Press, 2015, pp. 188 – 207.

② Boris Dubin, *Klassika, posle i riadom: Sotsiologichestkie ocherki o literature i kul'ture*, Moscow: NLO, 2010, p. 278.

③ Ilya Kalinin, "Petropoetics", Evegeny Dobrenko and Mark Lipovsetsky (eds.), *Russian Literature since* 1991, Cambridge: Cambridge University Press, 2015, pp. 120 – 145.

构，个体与社会、文化、政治以及历史之间互动的新模式。正如当代俄罗斯诗歌实践所展示的，每个重要的新生代诗人也从某种程度上创造了（经常变化的）独特的个性化的诗人之"我"，展示出诗人表达的"我"与他者（或者匿名者）相结合的声音与立场。因此，"自己的"（"个性的"）最终与某个别人不可分割地融合在一起，最为亲密的表达不断暴露在怀疑性的分析之中——我正在说这个吗？谁，或者什么在通过我言说？我在哪里？在这些问题中，他们坚持了传统的文学观和价值观，努力恢复俄罗斯的传统意识，弘扬俄罗斯民族精神，强调文化的"民族根基"，力求恢复俄罗斯的斯拉夫主义传统，反对文学的"私有化"。

当然，在这个进程中，我们不能忽视网络对于新兴文学的推进作用。20世纪90年代中期以来俄罗斯文学作品的网络化发展迅猛，大量读者群可以利用互联网阅读文学作品与文学评论。无论是读者还是文学研究者都可以有更多的机会去接触这些文学形式。互联网上常见的文学形式有作者的微博、以互联网为基础的门户网站诸如 Vavilon.ru（当代诗歌文档）、The Literary Map of Russia、Open Space.ru、Colta.ru，等等。互联网的多种可能性为作者与其读者提供长时间的日常互动、发表新文本以及有关它们的批评思考的场所。同样地，带有政治倾向的新戏剧也出现在互联网上。尤其是这个时期的新戏剧被确立为一种运动。鲍里斯·沃尔富森提出新戏剧"更多的是一种运动；这是一种美学的社会感性，是对某个史无前例的俄罗斯舞台与戏剧的复活"。互联网让那些籍籍无名的剧作家的戏剧以及大量的相关讨论呈现在更多的读者面前，形成了各种文学运动的参与者与"粉丝"群。互联网建立了作者与读者的新型沟通方式，把公众空间带入其中。这种空间有时非常有限，甚至只是小群体。然而，这在很大程度上强调了沟通的主体性，与那些将新戏剧同新诗歌分离的创新点相契合。

当代俄罗斯新戏剧的重要性一直受到英美学界的关注。英美学者通过对几十年的原创性文化进行研究，分析从地下业余工作室到最为著名的俄罗斯、欧洲和美洲的大舞台上的当代俄罗斯戏剧，发现新戏剧从对历史创伤、意识形态斗争的表现到对新主体性之主题意义的追求，正在向表演性领域转变，这个领域把文学与其他媒介实践统一起来。

这种自我探求的主体的概念化，无论是在诗歌中还是在戏剧中，都在突显社会性他者的重要性。从更为广阔的意义上，可以肯定的是"小众文学"把社会、文化、性别与性别化的他者以及在他者身上所辨认的自我统一起来。这些点也是新戏剧所关注的，突出表现为新戏剧中的"弃儿"现象，这些人在其自身的稳定性中狂欢作乐，因社会的潜在压抑机制触发其对社会的排斥感。然而，不同于新戏剧里缺乏自我表达语言的人物，21世纪早期的诗歌探求新主体性的语言，考验其永恒性，创造出各种出人意料的社会方言的融合，探求它们的共鸣并仔细倾听其中的不协之音。诚然，这些诗作由于过分注重文字游戏而造成情节性、逻辑性的缺失，其语言变得晦涩难懂。

21世纪的"小众文学"直接指向对20世纪七八十年代地下出版系统特定语汇的理解，尤其以莫斯科观念主义者为甚，诸如德米特里·普利戈夫、列夫·鲁宾施坦、弗拉基米尔·索罗金等人。一些学者探讨个人言语的问题在本体论上的不可能性，将个人言语以及其中存在的后现代主义的根本动力问题化，分析过于宽泛的个人言语的隐含意义。诚然，对自身表达的怀疑，乃至意识到自身知识并非普世的、正确的真正语言，这种伦理原则曾深受20世纪七八十年代的文学地下出版系统新派诗人的青睐。也正是这种对"批评距离"的坚守成为所有"小众文学"的出发点。

主流文学与"小众文学"的艺术实践，成为后苏联文学的两大支柱。尽管彼此分歧很大，但它们依然互补。这种关联创造出诸多调和现象。如果说主流文学把新的血液输入20世纪经典的传统中，那么21世纪的诗歌与戏剧便从地下出版系统与当代艺术中汲取了其暗示的内容。如果说主流文学关注集体创伤，那么"小众的"诗歌与戏剧则把这些创伤带入了个体的维度；在主体性世界里，存在着可以加工与克服现代历史遗留——"集体机构"的灾难性后果的路线图。主流文学与"小众文学"一起被卷入寻求自我实现的个性的语言与策略的洪流,这是为了使个性能够回归作为历史的个体参与者本身,而不是把个体作为"集体机构"之微小粒子的主体行动元。

四 结语

如今,发生在俄罗斯国内政治生活与文化政策中的深远变化,正引发人们对后苏联时代业已终结而进入新的历史时期的假设。这一新时期的特点就是新大国"冷冻期"以及旨在逐步恢复超级大国的意识形态复辟。这种假设一直被认为是延长了的"带有未知方向的转变"[①]。这个假设提出伊始,很少有人能够预见俄罗斯政治文化处境的极端性。基于不同美学策略来勾勒后苏联时代文学的努力,往往超出文学研究的边界。通过英美学界对苏联解体后俄罗斯文学的观察,我们认识到关注后苏联文学的经验不仅仅有助于理解其在全球语境中的地位与重要性,而且也可以让我们运用什克洛夫斯基的"陌生化"理论,从新的视角来看待当今全球文化的中心问题。这主要有愿景与展望的现代化问题,与历史创伤的关系问题;还有当代主体性与其语言的关联问题。

综观英美学界在苏联解体后对20世纪90年代以来俄罗斯文学发展态势的观察,可以看出,进入他们视野的重点问题大致可归为以下几点。

第一,基于目前俄罗斯文学发展的社会大环境与文化发展的总体氛围,俄罗斯文学的走向仍处于一个不太明朗的状态。

第二,历史文化的遗留问题。后苏联文学与苏联文化遗产的关系问题本质上就是后苏联社会从苏联的文化、历史、发展模式中偏离多远的问题。它是否超越了这一切,或者它依然陷入这藩篱中?

---

① Lev Gudkov, *Negativnaia ldentichnot's: Stat'* 1997 – 2002. Moscow: NLO, 2004, pp. 447–495.

第三，对历史的反思往往与创伤文学相关联，与新的主体性之建构相关联。这个新的主体性存在于苏联解体后俄罗斯文学中的个人与历史的体验空间，个人记忆追溯性地构建了一个主体性，这个主体性与一代人的集体生活体验密切关联。一些当代俄罗斯作家自称从未受到集体生活体验的影响，其单个文本中出现了处于分离状态的私人与公众的两个叙事层面，通过与集体记忆有关的事件融合，在特定人物的体验中获得重要性而变得私人化，这也是目前英美学界密切关注的一个现象。

第四，对当代俄罗斯文学中新的文学形式的关注。英美学界观察到，在当代俄罗斯，一些剧作家通过新戏剧将对历史创伤、意识形态斗争的表现与对新主体性的追求转变为表演性的内容，从而把文学与其他媒介实践统一起来。

透过英美学界对苏联解体后俄罗斯文学的观察，我们认为要更加重视对文学文本的研究。不同个性的学者其观察视角不同，呈现出来的当代俄罗斯文学景观似乎是一种"平静中的喧嚣"。对特定时期、特定场景下的文学现象有深度的勘察，还是要立足于对一些重要的文学作品的文本分析。

本章参考文献

Alexander Etkind and Mark Lipovesky, "The Salamander's Return: The Soviet Catastrophe and the Post-Soviet Novel", *Russian Studies in Literature*, Vol. 46, No. 4, 2010, pp. 6–48.

Boris Dubin, *Intellektual'nye gruppy i simovolichestkie formy*, Moscow: Novoe izdatel'stov, 2004. —*Klassika, posle i riadom: Sotsiologichestkie ocherki o literature i kul'ture.* Moscow: NLO, 2010.

Eliot Borlentstein, "The Plural Self: Zajatin's We and the Logic of Synecdoche", *Slavic and East European Journal*, Vol. 40, No. 4, 1996, pp. 678–80.

Evegii Dobrenko and Galin Tihanov (eds.), *A History of Literature Theory and Criticism: The Soviet Age and Beyond*, University of Pittsburg Press, 2011.

Lev Gudkov, *Negativnaia Identichnot's: Stat' 1997–2002*, Moscow: NLO, 2004.

Olga Timofeeva, "Vladimir Papernyi: Na dvore ocherednaia 'Kul' tura Dva', pravda, s 'Feisbukom'", *Nvaia Gazeta*, 29 January, 2013, http://www.novayaagazeta.ru/arts/5648.html.（俄罗斯"新报"网站艺术版块）

第三节　中国学界对当代俄罗斯文学的译介与研究

世纪之交，随着苏联的解体，俄罗斯文学的发展进入了一个独特的崭新时期。文学发展趋向多元化，文学思潮纷呈，文学流派众多，出现了"后现代主义文学""后现实主义文学""反乌托邦文学""女性小说"等。可以说，苏联解体后这20年来当代俄罗斯文坛发生了俄罗斯文学史上继"白银时代"之后又一次具有深远影响的大变革。中国学界一直密切关注苏联解体后的俄罗斯文学发展趋势，积极译介当代俄罗斯文坛上的重要作品与评论。这20年来，中国学界对当代俄罗斯文学的译介与研究一直在持续，且硕果累累，有必要作一次梳理。从这样的梳理中，可以窥见我国学界对当代俄罗斯文学的认知状况，可以了解苏联解体后的俄罗斯文学在当代中国学人心目中是一个怎样的形象。

一　关于当代俄罗斯后现代主义文学的研究

早在20世纪90年代，不少中国学者就开始关注当代俄罗斯文学的新变化。余一中在一系列文章中，分析阿斯塔菲耶夫、皮耶楚赫、马卡宁等作家的作品，向中国读者介绍90年代俄罗斯文学的新探索。余一中看出，俄罗斯文学的新气象主要表现为多取向、多流派并存，这与当代俄罗斯社会发生的多元化转型息息相关。张建华认为，当代俄罗斯社会思想阵营"俄罗斯民族文化"和"自由主义文化"的分野在引领俄罗斯文学创作。90年代市场的变化、国际文化的交流导致俄罗斯小说创作中出现"泛化"，这也直接影响到21世纪俄罗斯文学的发展。世纪之交的俄罗斯文学正处于转型期，随着审美对象的改变，作家的审美意识也发生了明显的变化。任光宣从总体上考察苏联解体后俄罗斯文学的三大特征，即文学发展的多元化、边缘化和市场化；作家的媒体化、作品的网络化和文学语言的复杂化；他将新侨民文学、宗教题材文学和后现代主义文学视为 90 年代俄罗斯文学的三个热点。

余一中、张建华、任光宣这三位学者都不约而同地关注俄罗斯的后现代主义文学。的确，在各种理论和流派的论争中脱颖而出的后现代主义文学，堪称 20 世纪下半期世界文坛上的独特景观。俄罗斯的后现代主义文学更是走过了一条由"地下"到"合法化"的坎坷之路。在社会主义现实主义文学占据主流的苏联时期，批评界将这种后现代主义文学列为"异样文学"。在中国学界，余一中最早关注和研究俄罗斯后现代主义文学。早在 20 世纪 90 年代初他就有介绍。在《创新与传统的结合——试论"异样文学"》一文中，余一中追溯了"异样文学"的渊源，并以相关作家作品为例，分析"异样文学"的特点。在他看来，"异样文学"的"异样性"体现在作品题材和作品人物上。作家虽然在题材、体裁、写作手法上进行了创新，但仍忠于俄罗斯文学传统。余一中还关注世纪之交俄罗斯文学中所表现出的"世纪末"意识，认为"世纪末"不仅指称时间，还兼具政治和宗教、文化等含义，它体现了人们对世纪之交社会变革所引起的生存危机的感受。任光宣也在文章中分析后现代主义文学、宗教新热潮与俄罗斯社会转型之间的关系。后现代主义文学的兴盛、宗教新热潮的出现都与俄罗斯社会 90 年代初发生的政治剧变有直接关系，这是对社会变革和文化危机的一种回应。他还断言，俄罗斯后现代主义文学和宗教新热潮都是暂时性现象，随着社会转型期的彻底结束，这两种现象也会逐渐消失。赵丹在《后现代主义文学在俄罗斯的命运》一文中详细梳理了俄罗斯后现代主义文学形成的原因及其产生、发展的基本脉络，分三个时期介绍 20 世纪 60—90 年代具有代表性的后现代主义作品的特色，归纳俄罗斯后现代主义文学的总体特征："后现代主义在俄罗斯文坛上不仅仅是一个流派，更主要的是，它是推动整个文坛甚至影响社会思维方式深层变革的强大思潮。"[1] 王宗琥考察了后现代主义文学现象的源流、发展历程及其特点，肯定了后现代主义在俄罗斯文学中的价值。李新梅从后现代主义文学与现实的关系、作家的终极价值观、解构的任务和对象、美学属性等几个层面切入，阐述了俄罗斯后现代主义文学的诗学特征及其对整个俄罗斯文学发展的意义，还提及俄罗斯后现代主义文学中的圣愚现象。赵杨对俄罗斯后现代主义与西方后现代主义文学进行了比较，指出俄罗斯后现代主义作家在创作中大多对俄罗斯文学传统表现出认可，俄罗斯后现代主义文学具有本民族文化的特色。

这些评论文章从整体上描述俄罗斯后现代主义的发展脉络，有助于使读者对这一流派或思潮获得一个总体印象。但中国的俄罗斯文学研究者并未囿于泛泛介绍，还对重要的后现代主义作家作品进行了深入研究。余一中曾节译俄罗斯后现代主义文学的开山之作——《从莫斯科到佩图什基》，并撰文介绍作家维涅季克特·叶罗菲耶夫的生平及创作，论述这部作品与俄罗斯传统文学的紧密联系，重点探讨这部作品中的狂欢化手法、对话性及作家对时间和空间的巧妙处理。任光宣在《史诗〈从莫斯科到佩图什基〉文本的〈圣经〉源头》一文中也肯定了这部作品在俄罗斯文学史上的地位。他认为，《圣经》是《从莫斯科到佩图什基》的一个重要思想文化来源。

弗·马卡宁是一位深受中国学者青睐的作家。20世纪90年代，董晓翻译了马卡宁的小说《路漫漫》；在《敢问路在何方？——浅析弗·马卡宁的中篇小说〈路漫漫〉》一文中，他肯定了这部小说集传统与创新于一体，彰显了传统人道主义精神，又展示了浓厚的后现代主义特色。张捷较早撰文介绍马卡宁的力作《地下人，或当代英雄》。在他看来，这是一部内容厚实，且具有一定思想深度和艺术特色的作品。此后不断有学者围绕这部作品展开探讨与阐发。侯玮红在《自由时代的

---

[1] 赵丹：《后现代主义文学在俄罗斯的命运》，《当代外国文学》2001年第4期。

"自由人"》一文中指出,马卡宁在《地下人,或当代英雄》中大胆尝试多种艺术表现手法,持续关注人的个性自由。王丽丹从作家的自省意识、叙事的镜像性、反讽的戏仿、魔幻的隐喻和任意时空这五个层次展开详细分析,揭示了《地下人,或当代英雄》中的俄罗斯当代元小说叙事策略。孙影则认为,马卡宁在《地下人,或当代英雄》中,选取筒子楼、精神病院和走廊漫游等典型的苏联生活模式,追溯历史,反思过去,阐发自己对那个时代的思考和认识。由此看来,"当代俄罗斯文学逐渐成为还原苏联信息的途径之一"[①]。对于马卡宁的另一部作品《审问桌及其它》,董晓强调它充满"迷宫",是一部极具后现代主义文学特色的作品。张冰在《马卡宁〈审讯桌〉与俄罗斯传统文化》一文中从词源学角度对这部小说做出解读,"桌子"即政权的象征,这涉及一个现代主义或后现代主义的母题,即人与政权的关系。作家借此对苏联意识形态进行深刻反思和批判,其良苦用心可见一斑。在《无所不在的"审讯"》一文中,王千千、谢周分析了《审讯桌》的反乌托邦特征,指出作品中的"桌子"这一审讯道具实为线索,它将历史、现实与幻想相互叠加关联,意在暗示读者,人人随时随地都会面临各种"审讯"。除上述作品外,马卡宁的战争小说也进入中国学者的研究视野。刘文霞对中篇小说《高加索俘虏》做出简评,认为马卡宁对这一经典文学主题进行了新的阐释,表达了自己对当今世界的认识。薛冉冉在评析马卡宁的另一部战争小说《阿桑》时,认为它延续了《高加索俘虏》中所探讨的主题,即平凡人在不平凡的环境中的生存境遇。王树福则从认同主题、叙事视角、叙事风格等三个方面对《阿桑》做出较为全面的评述。他指出,这是一部反映社会问题和民族矛盾的严肃之作,展现了当今俄罗斯的整体状况。

  2000 年后,佩列文作品的汉译本开始面世,主要有《"百事"一代》《夏伯阳与虚空》等,其余译文可散见于《俄罗斯文艺》等期刊。

[①] 孙影:《当代俄罗斯文学中的苏联形象》,《东北亚外语研究》2015 年第 1 期。

中国学者首先对佩列文的生平及创作做出介绍，如康澄的文章《当代俄罗斯文坛新星维克多·佩列文》。另有多位学者细读佩列文的作品《夏伯阳与虚空》《昆虫的生活》《"百事"一代》之后，从不同角度阐释自己的理解。2004年，郑体武在《走进佩列文的迷宫》一文中从时空结构、人物形象、梦境与现实、文学作品及电影《夏伯阳》的关系等多个层面，对《夏伯阳与虚空》这部作品做出多维度解读。郑永旺对佩列文的研究颇有心得。他另辟蹊径，发现《夏伯阳与虚空》文本中有佛教元素，认为作品中的阿那伽玛佛不仅是作家设置的语言游戏，更是其后现代叙事策略的表现方式；小说文本具有鲜明的后现代主义特征，主要在于对"世界是幻象"这一禅宗命题的表现方式上；作家对夏伯阳这一被无数人传颂的英雄人物进行改写和重构，更赋予作品浓厚的后现代主义色彩。宋秀梅在《生活的多棱镜》一文中评介佩列文的中篇幻想小说《昆虫的生活》，看出作家借助各类昆虫的故事透视整个俄罗斯社会，表达了自己对人的生存和命运的思考，这部作品也涉及禅宗思想。李新梅在《〈昆虫的生活〉——一部空间形式的后现代主义小说》一文中，结合约瑟夫·弗兰克的空间形式理论，对《昆虫的生活》进行解读。她认为，佩列文的反传统视角和对时空的特殊处理恰恰体现出其创作的后现代性。这为我们理解佩列文及其他俄罗斯后现代作品提供了一种新的视角。在探讨佩列文的小说《"百事"一代》时，中国学者大多关注该作品的后现代艺术特征、反乌托邦色彩、俄罗斯精神。姜磊在《佩列文〈"百事"一代〉反消费乌托邦思想研究》中论述，当代俄罗斯知识分子深受资讯和信息之扰，这部小说表达了对消费时代的警示与忧虑。作品因此彰显出强烈的反消费乌托邦思想，这也是其现实意义所在。孔俐颖则从引用、暗示、戏仿、拼贴四个方面对《"百事"一代》中存在的诸多互文进行分析。她指出，这些与经典作品、历史、社会现实的互文赋予小说多重意义，顺利实现了对传统文化的解构。还有学者研究佩列文作品里的中国形象，如《苏联太守传》中的中国文化元素等。在对佩列文小说艺术探索展开深入研究的过程中，中国学者还出版了专著。郑永旺在《游戏·禅宗·后现代——佩列文后现代主义诗学研究》一书中依据《夏伯阳与虚空》等作品，建构佩列文后现代主义诗学的主体结构，解读佩列文作品中所渗透的东方思想；李新梅在专著《现实与虚幻：维克多·佩列文后现代主义小说的艺术图景》中选择具有转折性意义的四部小说——《奥蒙·拉》《昆虫的生活》《夏伯阳与虚空》和《"百事"一代》，运用文化批评、社会历史批评和语言结构批评，结合当代俄罗斯文化与文学语境，分析佩列文的基本创作理念、创作主题、语言风格和诗学手段。可以说，在这两部专著中，研究者从各自角度出发，就佩列文的创作风格展开了有深度的具体研究，实现了对佩列文的后现代主义诗学特征之考察的不断深化。

谢·多甫拉托夫也是中国学者关注较多的一位后现代主义作家。2003年，徐曼琳翻译了多甫拉托夫的短篇小说《冬天戴的帽子》和《大官的皮鞋》，刘宪平翻译了这位作家的小说集《我们一家人》和《手提箱》。张建华在评论中梳理多甫拉托夫的生平创作，并以其若干短篇小说为例，从文本荒诞的意义、荒诞的叙事方式、作家的创作理念出发，探讨其创作的诗学特征。董晓在《神话在笑谑中破灭——谢尔盖·多甫拉托夫和他的〈手提箱〉》一文中论述，多甫拉托夫的语言幽默诙谐，颇具力量，在独特的笑谑精神和荒诞意识中解构国家乌托邦神话；虽然他尚不属于典型的后现代主义作家，但其创作中的荒诞风格还是具备了后现代主义文学的某些特质。程殿梅主要研究多甫拉托夫的集中营题材作品。通过比较分析，她认为，多甫拉托夫的《监狱》《营区》是现实主义和后现代主义兼收并蓄的作品，叙述模式极具后现代主义特色，叙述主题颇有存在主义的荒诞意味，这是与传统集中营题材作品的不同之处。葛灿红在分析《监狱》和《妥协》之后指出，真实和虚构共存是多甫拉托夫小说的一种叙事策略。吴嘉佑聚焦多甫拉托夫笔下的当代"多余人"，认为这位作家塑造了20世纪苏联社会新时期的"多余人"。《看不见的报纸》《外国女人》和《分支》是多甫拉托夫的晚期作品。这三部作品集纪实、回忆、自传为一体，反映了同一个主题，即流亡者在国外确立个人身份时所面临的困难。在中国的多甫拉托夫研究中,学者们对这三部作品关注较少,胡晓静对这几部作品有探讨。她认为,这三部作品的三位主人公分别代表三种不同身份的移民者,他们对身份的构建反映了作家对身份问题的思索。

弗·索罗金是当代俄罗斯颇具争议的一位后现代主义作家,几乎他的每一部作品都会引起热烈争鸣。2000年后,中国学者开始对索罗金展开译介,翻译了几部作品[1],出版了研究专著[2]。张捷介绍了俄罗斯文坛围绕索罗金及其作品《蓝脂油》[3]所发生的风波,向读者展示了一个另类的作家形象。索罗金的作品到底如何?有无艺术价值?温玉霞以索罗金的几部作品为例,从文本的主题、结构、话语入手,对索罗金的作品进行了详细解析。她认为,索罗金的创作颠覆了权威话语,消解了传统文学,他的"另类文学"的本质就是后现代主义文学;索罗金作品中的叙事模式基本形态是"粪土化""丑陋化"和"妖魔化",这种"审丑"模式是对传统审美叙事模式的挑战和解构;索罗金作品叙事的另一个特点是将文化主体虚化为"物"或"影子",以"主体死亡"的方式展示"虚像"叙事,以达到解构文化主体的目的。张建华在《丑与恶对文学审美圣殿的"冲击和亵渎"》一文中也对这位同时头顶"光环"与"恶名"的后现代主义作家的创作做出解读,认为"索罗金的小说创作在哲学层面是反中心的、反理性的、反整体性的;在文化层面上是反历史、反体制、反传统的;在美学层面上是反美、反规范、反诠释的;在文本层面上是反体裁、反结构、反时空的"[4]。莫言和索罗金是中俄当代文坛引人注目的名作家,都在世界范围内获得好评,还鲜有学者将两位作家的作

---

[1] 译著主要有以下几种。
[俄] 弗·索罗金:《暴风雪》,任明丽译,人民文学出版社2012年版。
《特辖军的一天》,徐振亚译,上海译文出版社2015年版。
《碲钉国》,王宗琥译,北京十月文艺出版社2018年版。
[2] 温玉霞:《索罗金小说的后现代叙事模式研究》,人民文学出版社2014年版。
[3] 另译《蓝油脂》《蓝色的腌猪油》。
[4] 张建华:《丑与恶对文学审美圣殿的"冲击和亵渎"》,《外国文学》2008年第2期。

品放在同一个视角下进行比较。在充分阅读并对比两位作家的作品之后，李昱洁认为，两位作家都具有强烈的反叛意识，在创作过程中都具有"审丑"及"狂欢化"特点，不同之处在于，莫言在解构中建构，索罗金则在颠覆中狂欢。

　　索罗金的作品《暴风雪》被译为中文，受到普遍关注。从小说命名就可以看出，"暴风雪"是俄罗斯传统文学中的经典形象，在普希金等文学大师的笔下都曾出现过。在解读这部作品时，不少中国学者都提及这一点，但更多地关注的是作品的后现代主义特征。盛百卉和张子圆在《生存或者毁灭——索罗金〈暴风雪〉中的反乌托邦思想》一文中认为，《暴风雪》充满了典型的后现代主义色彩，最突出的是反乌托邦思想，这反映了作家对俄罗斯社会发展及全人类未来的担忧。吕天威在《知识分子传统光环的消失》一文中，运用文本细读法，着重分析《暴风雪》中的加林医生。他指出，在塑造加林医生的形象时，索罗金有意消解了传统文学中光辉的知识分子形象，在作家笔下，加林医生既是自我"加冕"与"脱冕"的老爷，也是"肉"与"欲"的奴隶。进入21世纪，索罗金的创作风格有所改变，由语言实验和艺术创新转向侧重思考俄罗斯国家的历史、现在和未来，这在其作品《碲钉国》和《熊掌山》中均有体现。在翻译了《碲钉国》之后，王宗琥在《用碎布头拼接而成的花被罩》一文中指出，这部作品虽由50个互不相关、风格迥异的故事组成，但不是简单地拼凑，而是深谙艺术技巧的大师故意为之。段丽君对《碲钉国》《熊掌山》《特辖军的一天》进行了深入分析，勾勒出作家笔下"新中世纪"未来社会图景的特征——技术进步、全球化以及文明退行倾向，认为这几部作品表达了作家对人类文明的担忧；索罗金在《熊掌山》中描述的未来世界中"书籍"和"阅读"的变异、技术进步与文化衰退之间的冲突，也同样表达出对人类文明现状及发展趋势的忧虑。在《俄罗斯后现代作家索罗金小说研究述评》中，任立侠从文本的后现代性、文本与传统的关系、后期创作风格的变化等几个问题出发，对三十多年来国内外的索罗金作品研究状况做出梳理，指出现阶段研究中仍存在不足。

《索罗金小说的后现代叙事模式研究》是一部专著。作者温玉霞以当代叙事学理论为指导，运用文化批评、文本分析细读索罗金的小说，从故事层面和话语层面解读作品的后现代叙事模式，也对作品中的各种诗学手段加以探讨。在她看来，索罗金的小说以戏仿、反讽、混杂—引文、虚实结合、多声部合成等艺术手段，解构了苏联意识形态与道德价值观，消解了社会主义现实主义的审美观。

当代俄罗斯作家马克·哈里托诺夫的后现代主义作品《命运线，或米拉舍维奇的小箱子》荣获首届俄语小说布克奖。赵丹在《双重的叙述与多元的话语》一文中，从叙述学角度出发，细致解读这部作品。她认为，小说采用了"文中文"的双重叙述方式，通过四种声音进行叙述，形成多元结合的叙事角度；多学科、多种体裁话语的杂糅形成一种多元化的叙述话语；碎片化的叙述则打破了传统小说的叙述模式。这三个方面相互联系和交叉，共同造就了这部充满无限阅读可能性的后现代主义小说。赵丹的专著《多重的写作与解读：论俄罗斯后现代主义小说〈命运线，或米拉舍维奇的小箱子〉》，从内容、人物形象和叙述方式三个方面对作品展开全方位的深入研究，充分揭示出这部小说的后现代主义特征及其文学价值。赵杨的专著《颠覆与重构：论俄罗斯后现代主义文学的反乌托邦性》则以后现代主义作家创作为例，论述反乌托邦性在俄罗斯后现代主义文学中的体现，探讨反乌托邦性对传统文学的超越。

二 关于当代俄罗斯女性文学的研究

中国学者在当代俄罗斯文学译介与研究中聚焦较多的另一板块是女性文学。当代俄罗斯女性文学是当代世界文学中一种很特别的存在，它以独特的方式解构传统中所谓"女性文学"的刻板印象，是一场大规模的对当代女性的重新隐喻和象征。20世纪90年代，中国的部分学术期刊开始零星刊登俄罗斯女性文学的汉译，以柳·彼得鲁舍夫斯卡娅、柳·乌里茨卡娅等人的小说为主。其后，与女性文学相关的研究工作也逐渐形成气候。孙美玲在《俄罗斯女性文学翼影录》中回顾自19世纪末以来俄罗斯女性文学发展的历程,对柳·彼得鲁舍夫斯卡娅、塔·托尔斯泰娅、瓦·纳尔比科娃、吉娜·鲁宾娜等女作家的创作进行逐一点评,认为"女性文学不单是一种不可忽视的力量,而且已成为俄罗斯文坛上的一股泱泱大潮,它的影响也将随着它的成就辉煌而日益令人刮目相看"①。周启超在《她们在幽径中穿行——今日俄罗斯女性文学风景谈片》一文中从创作主题入手,分析了瓦西里耶娃、彼得鲁舍夫斯卡娅、托尔斯泰娅、纳尔比科娃这四位具有代表性作家的作品,勾勒出当代俄罗斯女性文学艺术探索的轨迹。王纯菲对《俄罗斯文艺》(1995年第2期、1996年第2期)上刊发的七篇俄罗斯优秀女性短篇小说进行分析,认为这些作品充分体现了女性视角,反映了女性的生活感受,在叙述话语的建构上也具备女性作家的性别特征,俄罗斯女性文学确实是一块文学新大陆。张建华则在托尔斯泰娅、彼得鲁舍夫斯卡娅等三位女作家的短篇小说中看出精神乌托邦的丧失对当代俄罗斯文学创作的影响。

在当代俄罗斯女性文学译介中,陈方翻译了彼得鲁舍夫斯卡娅、乌里茨卡娅、斯拉夫尼科娃等女作家的小说,② 发表了数篇论文。陈方认为,作为俄罗斯女性文学的领军人物之一,彼得鲁舍夫斯卡娅的作品题材广泛,从不粉饰笔下生活,而致力于颠覆传统文学内容,并对诸多传统艺术手法进行解构。陈方以乌里茨卡娅在20世纪90年代以来发表的长篇小说为分析对象,探讨作品中的"家庭中心论"。作为叙述历史的一种载体,家庭蕴含着丰富的隐喻,它高度浓缩了特定历史时期的社会景观,体现了作家对社会、政治、文化等问题的主观态度和价值取向。陈方还关注当代俄罗斯女性小说创作中的身体叙述现象,认为每一种身体叙述方式都是女性作家为建立女性主体性、彰显女性自我做出的尝

---

① 孙美玲:《俄罗斯女性文学翼影录》,《俄罗斯文艺》1995年第2期。
② 译文有《大鼻子姑娘》《手表的故事》《新哈姆雷特们》《库科茨基医生的病案》《巴西列夫斯》等。

试,这反映出女性的心理现实。

段丽君在系列文章中梳理了俄罗斯女性主义文学的发展历程,阐述了"新阿玛宗女性"文学小组的成立、发展和解散过程,指出它对当代俄罗斯女性主义文学的影响不容忽视。段丽君还对柳·乌里茨卡娅的三部作品进行了有深度的分析,认为她的创作继承并发展了俄罗斯文学传统,如关注"小人物"、人物姓名寓意化。她在《女性"当代英雄"的群像——试论柳·彼得鲁舍夫斯卡娅小说的艺术特色》一文中,论证女作家对俄罗斯文学传统中"小人物"题材的发扬和创新,对女作家的创作手法,诸如类型化、戏剧化、戏拟、互文进行了细致的探讨。段丽君还以这些女作家的作品为例,对当代俄罗斯女性主义小说中的"疯女人"形象进行具体的分析。她看出,当代俄罗斯诸多女性主义作家以重新书写女性形象为旨趣,这也反映出当代俄罗斯社会中男性文化对女性成长的压抑,表达了女性的抗拒。当代俄罗斯女性主义小说对经典文本的戏拟主要体现在三个方面,即对神话(童话)文本的戏拟,对文学文本的戏拟,对电影文本的戏拟。戏拟已是俄罗斯女性主义作家常用的一种艺术手法。

赵杨在《从〈午夜时分〉看彼特鲁舍夫斯卡娅小说中的"绝望意识"》一文中提出,彼得鲁舍夫斯卡娅的创作风格不同于传统的现实主义作家,也有别于后现代作家。她的作品因带有"宿命论"观念的绝望意识而充满了无比压抑、异常灰暗的基调。其长篇小说《午夜时分》在灰暗笔调下对日常家庭生活的反乌托邦性阐释,打破了人们对美好生活的幻想,但由此体现出的乐观面对才是隐含在"绝望意识"背后的真正意义。任光宣在《战胜对遗忘的恐惧——俄罗斯作家乌里茨卡娅新作〈雅科夫的梯子〉评析》中,对乌里茨卡娅的"收山之作"——小说《雅科夫的梯子》做了详细解读,分析了人物的性格特征与小说的创作手法,认为该作品充分体现了作家的历史观,富有纪实性。张建华在《俄罗斯民族历史的"文化寻母"——乌里茨卡娅长篇小说〈美狄娅与她的孩子们〉中的女性话语》一文中指出,女作家借助古希腊神

· 441 ·

话原型来讲述当下，探寻女性本源，这体现出作家强烈的历史感。张建华还论及当代俄罗斯女性文学与女性主义运动之间存在的深刻联系，"从20世纪70年代末到21世纪，俄罗斯的女性文学写作大致经历了由前期的发散感情、表达欲望的热潮逐渐到后期的冷观生活、深化自己的'性别自觉'和'话语自觉'过程"[①]。这一文学的鲜明特征是多元化、多样化和个性化，而"想象女性""讲述女性""自我叙事"成为女性叙事的三个主要形态。董晓在《试论柳德米拉·彼特鲁舍夫斯卡娅戏剧中的契诃夫风格》一文中对彼得鲁舍夫斯卡娅的戏剧和契诃夫的戏剧进行对比，认为前者深受后者的影响，主要表现为对戏剧冲突的淡化处理、对生活悲剧的喜剧式观照。在《当代俄罗斯"女性文学"：学术争议与美学贡献》一文中，高伟和孙超梳理了当代俄罗斯"女性文学"的起源，回顾了20世纪80—90年代俄罗斯评论界对女性文学的态度变化，即从轻视否认到客观审视，表达了对"女性文学"这一术语的质疑，但认为不能就此否认女性作家的美学贡献。

随着对俄罗斯本土当代女性文学研究的深入，中国学者也完成了几部相关专著。段丽君的专著《反抗与屈从：彼得鲁舍夫斯卡娅小说的女性主义解读》，在细读女作家作品文本的基础上，借鉴女性主义社会学和女性主义文学批评理论，从"性别的重新审视""叙事""叙述话语"以及"与其他文本间关系"等层面，分析彼得鲁舍夫斯卡娅小说的思想与艺术特征，认为她的作品开了当代俄罗斯女性写作的先河。孙超在《当代俄罗斯文学视野下的乌里茨卡娅小说创作：主题与诗学》一书中聚焦乌里茨卡娅的20世纪90年代的小说创作。他首先对"女性文学"这一名词重新进行界定，然后详细考察乌里茨卡娅在创作主题上完成的创新，阐述乌里茨卡娅小说的诗学特征的几个层面——时空观、梦境描写、叙事话语。"这是当代俄罗斯文学研究

---

① 张建华：《当代俄罗斯的女性主义运动与文学的女性叙事》，《解放军外国语学院学报》2014年第3期。

的一部学术价值不容小觑的力作,具有为乌里茨卡娅系统研究开先河的意义。"① 陈方在专著《当代俄罗斯女性小说研究》中概述了女性主义文学批评理论的产生和发展,追溯了当代俄罗斯女性文学发展的历史渊源。她选取的主要论述对象是当代俄罗斯最为活跃的几位女性作家——柳·彼得鲁舍夫斯卡娅、塔·托尔斯泰娅、柳·乌里茨卡娅、加·谢尔巴科娃。作者分析了她们的创作主题、形象体系和创作风格,认为当代俄罗斯女性文学是一个内涵丰富的文学现象,是当代俄罗斯文学不可分割的一部分。

上述几部专著都是从文学角度对当代俄罗斯女性文学做出的解析和评判。值得一提的是,2017—2018 年,北京大学出版社推出"当代俄罗斯女性文学的语言学视角研究"丛书,这是首次尝试从语言学视角对当代俄罗斯女性文学展开系统研究的成果。在《文学修辞学视角下的柳·乌里茨卡娅作品研究》一书中,国晶从文学修辞学的角度出发,对乌里茨卡娅的语言风格、艺术形象塑造风格、主题表现风格等做出了详细分析,对其作品的修辞面貌和表达方式进行了整体考察。王燕在《叙事学视角下的柳·彼特鲁舍夫斯卡娅作品研究》中综合语文学、叙事学、文艺学等多种学科理论,提出"作者形象复合结构"假说,在解读彼得鲁舍夫斯卡娅文本的基础上,对"作者形象复合结构"的作者、作品、读者等要素展开研究,进而探讨了作品的叙事特征。王娟在《语用学视角下的维·托卡列娃作品研究》一书中,以语言学、文艺学、阐释学等理论为指导,以语用学理论为主要分析工具,细致解读了维·托卡列娃作品中的各种对话,由此阐释了作家的创作意图和语用手法。这三部著作各自独立,在语言学理论的背景下又存在着一定的逻辑内在关系。可以说,这是中国的俄罗斯语言学者对当代俄罗斯文学进行系统的跨学科研究的一次成功尝试,对日后文学研究与语言学研究的有机结合具有一定的示范意义。

---

① 金亚娜:《一部关于当代俄罗斯优秀作家的好书》,《俄罗斯学刊》2014 年第 3 期。

三 结语及其他

毋庸置疑，苏联解体后的俄罗斯后现代主义文学和女性文学在中国已然成为译介热点，已经受到当代中国学者的持续关注。关于这两种文学现象的探讨，仍方兴未艾。

我们也要看到，在当代俄罗斯文坛上，在一些作家致力于对俄罗斯文学传统进行解构或颠覆之同时，也有不少作家强调回归俄罗斯现实主义传统，而形成"后现实主义"文学思潮与文学流派。这样的作家更受到中国学界的关注与译介。对于这类作家，中国学者比较熟悉的有阿·瓦尔拉莫夫，一位始终忠于俄罗斯文学传统并坚持现实主义创作的当代作家。瓦尔拉莫夫的几部作品已被译介到中国，[①] 其创作中表现出来的末世论倾向引起了中国学者的关注。刘涛在《瓦尔拉莫夫创作的末世论倾向》一文中以小说《傻瓜》《沉没的方舟》和《教堂圆顶》为例，认为创作上的末世论倾向是该作家的一大特色。赵建常则指出，末世论倾向在小说《沉没的方舟》中尤为突出。作家站在宗教高度对人类和世界表达终极关怀，希望人们能够进行道德自我完善，实现社会的复兴。李文静认为，瓦尔拉莫夫在《沉没的方舟》中表现出的末世论倾向并不代表悲观绝望，这只是他在以独特的现实主义手法对俄罗斯社会进行深刻的批判而已。谈到末世论，学者池济敏表达了不同的看法。为了救赎，瓦尔拉莫夫在作品中曾幻想借助方舟、借助俄罗斯乡土文化和自然文化，但都未成功，于是作家转而求助中国哲学，试图探索中国式的救赎之路，这体现于他创作的《上海》中。中篇小说《生》是瓦尔拉莫夫的代表作，胡学星逐层梳理这部小说的情节，指出作品中实现了个体与社会心理的契合，这是作家的成功之处。在夏秋芬看来，瓦尔拉莫夫的作品《傻瓜》中的主人公杰兹金堪称"当代英雄"，他和莱蒙

[①] 译著主要有［俄］阿·瓦尔拉莫夫《生——瓦尔拉莫夫小说集》，余一中译，外国文学出版社2002年版；《沉没的方舟》，苗澍译，中国青年出版社2003年版；《臆想之狼》，于明清译，北京十月文艺出版社2018年版。

托夫笔下的毕巧林一样，都代表了时代精神，他们的人生历程都反映出当代俄罗斯的社会风貌。赵婷廷则指出，小说《傻瓜》中男主人公的成长模式源自原始的成年礼，而成长也作为一个文学主题在这部作品中得到了广泛的隐喻。

尤里·波里亚科夫是深受俄罗斯各阶层读者喜爱的当代作家之一。张建华将波里亚科夫的长篇小说《无望的逃离》译为中文。他在《俄罗斯知识分子心态裂变的云图》一文中详细评述了这部作品。《无望的逃离》是一部充满了荒诞意味的家庭情爱小说，但作家并未限于描写知识分子的情爱旅程，而是通过描述知识分子对家庭对社会的双重逃离，"以此来展示俄国知识分子在独特历史条件下在对生命本体意义的探索中在心理和生理层面上的裂变——'艾斯凯帕尔'（逃离者）现象"[①]。在创作手法上，波里亚科夫成功继承了果戈理、左琴科等作家的幽默和讽刺艺术，在小说的结构布局上也有一定的创新。

中国学者对当代俄罗斯文学的译介，不仅涵盖对不同作家不同作品独特风格的挖掘，也包括对当代俄罗斯文学整体风貌的描述。张捷编写的《当代俄罗斯文学纪事（1992—2001）》涉及这一时期俄罗斯文学生活的方方面面——文学界的活动、文学创作、文学批评、文学理论。这部作品介绍了当代俄罗斯文坛上各种文学争论、文学奖项、重点作家作品，为中国读者初步了解当代俄罗斯文学的现状动态提供了可信的资料和线索。张建华、张朝意主编的《当代外国文学纪事（1980—2000）·俄罗斯卷》则对20世纪最后二十年俄罗斯的文学发展历程进行了全面梳理。这卷《纪事》收录当代俄罗斯作家、批评家条目达880多条，不同体裁的作品1300余部（篇）。除按年份概述各种体裁作品外，还介绍重大的文学活动与事件，包括各种文学组织、杂志和奖项。可以说，这是一次对当代俄罗斯文学进行的全景式、多视角、多维度的梳理。经过多年潜心研究，侯玮红完成了《当代俄罗斯小说研究》的撰写。这是对

---

① 张建华：《俄罗斯知识分子心态裂变的云图》，《俄罗斯文艺》2002年第4期。

苏联解体以来近二十年俄罗斯小说进行整体考察的一部专著。在梳理当代俄罗斯文学发展概况的基础上，侯玮红对俄罗斯小说从题材和风格上进行划分，结合文本着重对当代现实主义小说、后现代主义小说和后现实主义小说进行细致的剖析，并对各派的发展前景进行展望。这部著作涉及当代作家之多、作品之繁，在当代中国俄罗斯学界尚不多见。张建华的《新时期俄罗斯小说研究（1985—2015）》是一部时间跨度更大、覆盖面更广的著作。作者结合苏联解体前后俄罗斯小说的话语转型、创作景观，阐述三十年间俄罗斯的社会状况和文学形势，分析当代俄罗斯民众价值观的变化过程及其对文学发展的影响。在分析小说作品时，将其划分为现实主义、后现代主义、女性文学、通俗小说、合成小说五个板块。作者认为，当代俄罗斯文学虽然发生了叙事话语转型，但仍坚守着俄罗斯文学传统中的真善美。这部专著的显著特点是既有宏观的理论考察，也有微观的作品分析。论述的范围并不局限于苏联解体之后，对苏联解体前的社会背景与文学状况也有所触及。这对于深刻理解当代俄罗斯文学发展的内在逻辑不无裨益。

诚然，中国学界对当代俄罗斯文学译介与研究也存在一些值得注意的问题。比如，学者们对某些术语概念的认识还未达成一致，在翻译或行文中对同一现象采取不同的命名，容易给读者造成误导。又比如，对于某些作家的流派归属问题，学者们尚持有不同意见，如彼得鲁舍夫斯卡娅，有人认为其创作与"女性文学"联系紧密，也有人将其归入"后现实主义"作家群体。其实一个优秀的作家往往不会局限于一种创作理路，如何对其进行归类，要依据其创作的主要特征来判断。还有，由于种种学术壁垒的存在，在中国的俄罗斯研究学界，语言学研究和文学研究一向保持着一定的距离。其实，20世纪人文研究的"语言学转向"已经赋予文学的语言学研究以极大的空间，期待以后能出现越来越多将文学学方法与语言学方法相结合的成功范例。

尽管如此，中国学界对当代俄罗斯文学的译介与研究，经过几十年来的探索，已经取得十分丰硕的成果。我们认为，这与以下几方面的努力是分不开的。

第一，持续而不断拓展的译介。最初，中国学界对当代俄罗斯文学作品的译介以短篇小说为主，散见于《俄罗斯文艺》《当代外国文学》等学术期刊，后来渐渐出现单行本形式的译本，如马卡宁、佩列文、乌里茨卡娅、索罗金等人的作品。近几年，随着中俄两国友谊的日益巩固，两国的文化交流也日益增多，催生了不少文化交流项目，如"中俄经典与现当代文学作品互译出版项目"。截至2019年8月，中方已翻译出版当代俄罗斯作品56部，其中包括不少反映当代生活的作品，这为中俄两国人民了解对方的文化与生活状态提供了窗口，更为中国学者提供了研究动力和丰富的第一手资料。

第二，专家和学者坚持不懈的投入。中国的俄罗斯文学专家学者一直在不遗余力地投入当代俄罗斯文学译介与研究，高质量的学术论文和专著不断面世就是最好的例证。学者专家的智慧为更多的研究者提供了思路和方法，尤其是青年学者和研究生。不少俄罗斯文学专业的研究生以当代俄罗斯文学为选题撰写学位论文，探讨当代俄罗斯文学中的新气象，俨然成为当代俄罗斯文学译介与研究队伍中不容忽视的新生力量。

第三，多种类型学术研讨活动的推进。20世纪90年代以来，中国俄罗斯文学界不定期举办各种学术研讨会、学术论坛、研修班，这有力地促进了当代俄罗斯文学在中国的传播。1995年"全国俄罗斯文学与俄语教学研讨会"（南京）上，学者们开始初步谈论当代俄罗斯文学。2001年"苏联解体后的俄罗斯文学研讨会"（上海）上，俄罗斯专家代表团介绍当代俄罗斯学界文学研究的新观点新方法，引起中国学者的热烈反响。2002年，"当代俄罗斯文学国际研讨会"（南京）又一次专门研讨当代俄罗斯文学，与会学者们聆听了当代俄罗斯著名评论家安·涅姆泽尔和著名作家阿·瓦尔拉莫夫对俄罗斯文坛现状的描述。此后至今，在几乎所有的俄罗斯文学主题会议、《俄罗斯文艺》学术前沿论坛上，对当代俄罗斯文学的研究一直都是一个重要的议题。学者们各抒己见，交流当代俄罗斯文学的新信息。值得一提的是，如今，浙江大学的当代俄罗斯文学研究也走在前沿,定期开办短期研修班,如"新世纪俄罗斯文学研究前沿"高级研修班(2017)、"现当代俄罗斯文学:跨学科研究方法"高级研修班(2018)等,聘请在当代俄罗斯文学研究领域颇有建树的国内外专家学者授课,内容涉及当代俄罗斯文学叙事话语的特征、俄罗斯后现代主义文学的历史命运、当代俄罗斯文学的思潮流派,甚至还为有志于当代俄罗斯文学译介的青年学者讲授跨学科研究方法。这些面对面的交流和对话无疑有助于年轻学者多维度理解当代俄罗斯作家作品,也能帮助他们拓宽视野,激励他们在当代俄罗斯文学译介中借鉴新的方法,开辟新的路径。

本章参考文献

一 专著类

陈方:《当代俄罗斯女性小说研究》,中国人民大学出版社2007年版。

段丽君:《反抗与屈从:彼得鲁舍夫斯卡娅小说的女性主义解读》,黑龙江人民出版社2008年版。

国晶:《文学修辞学视角下的柳·乌里茨卡娅作品研究》,北京大学出版社2017年版。

侯玮红:《当代俄罗斯小说研究》,中国社会科学出版社2013年版。

李新梅:《现实与虚幻:维·佩列文后现代主义小说的艺术图景》,复旦大学出版社2012年版。

孙超:《当代俄罗斯文学视野下的乌里茨卡娅小说创作:主题与诗学》,北京大学出版社/黑龙江大学出版社2012年版。

王燕:《叙事学视角下的柳·彼特鲁舍夫斯卡娅作品研究》,北京大学出版社2017年版。

王娟:《语用学视角下的维·托卡列娃作品研究》,北京大学出版社2018年版。

温玉霞:《索罗金小说的后现代叙事模式研究》,人民文学出版社2014年版。

张建华:《新时期俄罗斯小说研究(1985—2015)》,高等教育出版社2016年版。

张建华、张朝意:《当代外国文学纪事(1980—2000)·俄罗斯卷》,商务印书馆2017年版。

张捷:《当代俄罗斯文学纪事(1992—2001)》,人民文学出版社 2007 年版。

赵丹:《多重的写作与解读:论俄罗斯后现代主义小说〈命运线,或米拉舍维奇的小箱子〉》,黑龙江人民出版社 2005 年版。

赵杨:《颠覆与重构:论俄罗斯后现代主义文学的反乌托邦性》,黑龙江人民出版社 2009 年版。

郑永旺:《游戏·禅宗·后现代——佩列文后现代主义诗学研究》,人民文学出版社 2006 年版。

二 论文类

陈方:《彼得鲁舍夫斯卡娅小说的"别样"主题和"解构"特征》,《俄罗斯文艺》2003 年第 4 期。

程殿梅:《对苏联集中营的另一种阐释——析多甫拉托夫的小说〈营区〉》,《解放军外国语学院学报》2009 年第 4 期。

池济敏:《中国式救赎——评瓦尔拉莫夫小说〈上海〉》,《外国文学动态》2010 年第 5 期。

董晓:《敢问路在何方?——浅析弗·马卡宁的中篇小说〈路漫漫〉》,《当代外国文学》1995 年第 4 期。

段丽君:《弗·索罗金小说中的"新中世纪"图景》,《俄罗斯文艺》2019 年第 2 期。

葛灿红:《真实和虚构:多甫拉托夫小说的叙事策略》,《俄罗斯文艺》2011 年第 2 期。

高伟、孙超:《当代俄罗斯"女性文学":学术争议与美学贡献》,《哈尔滨工业大学学报》2014 年第 5 期。

侯玮红:《自由时代的"自由人"》,《俄罗斯文艺》2002 年第 2 期。

胡晓静:《论多甫拉托夫三部晚期作品主人公的身份问题》,《外国文学动态研究》2015 年第 6 期。

胡学星:《个体与社会心理的契合——试析中篇小说〈生〉的潜在结构》,《青岛大学师范学院学报》2006 年第 1 期。

姜磊:《佩列文〈"百事"一代〉反消费乌托邦思想研究》,《当代外国文学》2016 年第 3 期。

当代俄罗斯文学创作和文学批评的思潮与趋势研究

金亚娜：《一部关于当代俄罗斯优秀作家的好书》，《俄罗斯学刊》2014 年第 3 期。

康澄：《当代俄罗斯文坛新星维克多·佩列文》，《外国文学动态》2000 年第 3 期。

孔俐颖：《佩列文小说〈"百事"一代〉互文性解读》，《西伯利亚研究》2019 年第 2 期。

李新梅：《俄罗斯后现代主义文学的诗学特征》，《俄罗斯文艺》2008 年第 2 期。

刘涛：《瓦尔拉莫夫创作的末世论倾向》，《俄罗斯文艺》2004 年第 3 期。

任光宣：《俄国后现代主义文学，宗教新热潮及其它》，《国外文学》1996 年第 2 期。

任立侠：《俄罗斯后现代作家索罗金小说研究述评》，《长江大学学报》2017 年第 3 期。

宋秀梅：《生活的多棱镜——维克多·佩列文的中篇幻想小说〈昆虫的生活〉》，《俄罗斯文艺》2001 年第 4 期。

孙美玲：《俄罗斯女性文学翼影录》，《俄罗斯文艺》1995 年第 2 期。

孙影：《当代俄罗斯文学中的苏联形象》，《东北亚外语研究》2015 年第 1 期。

王纯菲：《从男人世界中"剥"出来的女人世界》，《俄罗斯文艺》1997 年第 2 期。

王丽丹：《弗·马卡宁的"元小说"叙事策略》，《俄罗斯文艺》2005 年第 1 期。

王千千、谢周：《无所不在的"审讯"》，《俄罗斯文艺》2014 年第 4 期。

王树福：《在历史与现实之间：〈阿桑〉的认同叙事分析》，《中国俄语教学》2010 年第 3 期。

温玉霞：《索罗金小说中的"审丑"叙事模式》，《俄罗斯文艺》2011 年第 1 期。

吴嘉佑：《多甫拉托夫笔下的当代"多余人"》，《外国文学研究》2011 年第 3 期。

夏秋芬：《傻瓜与英雄——读瓦尔拉莫夫的〈傻瓜〉与莱蒙托夫的〈当代英雄〉有感》，《俄罗斯文艺》2003 年第 6 期。

薛冉冉：《一个平凡人的神话》，《外国文学动态》2009 年第 6 期。

余一中：《90 年代上半期俄罗斯文学的新发展》，《当代外国文学》1995 年第 4 期。

张冰：《马卡宁〈审讯桌〉与俄罗斯传统文化》，《俄罗斯文艺》2008 年第 1 期。

张建华：《丑与恶对文学审美圣殿的"冲击和亵渎"》，《外国文学》2008 年第 2 期。

张建华：《当代俄罗斯的女性主义运动与文学的女性叙事》，《解放军外国语学院学报》2014 年第 3 期。

张建华：《俄罗斯知识分子心态裂变的云图》，《俄罗斯文艺》2002 年第 4 期。

张捷：《索罗金和他引起的一场风波》，《外国文学动态》2003 年第 3 期。

赵丹：《后现代主义文学在俄罗斯的命运》，《当代外国文学》2001 年第 4 期。

赵建常：《开端就在终结中》，《当代外国文学》2006 年第 3 期。

赵杨：《俄罗斯后现代主义文学中的民族文化建构》，《当代外国文学》2012 年第 1 期。

郑永旺：《〈夏伯阳与虚空〉的佛教元素解读》，《俄罗斯文艺》2008 年第 2 期。

周启超：《她们在幽径中穿行——今日俄罗斯女性文学风景谈片》，《当代外国文学》1996 年第 2 期。

后　　记

本书是国家社会科学基金重大项目"当代俄罗斯文艺形势与未来发展研究"的子课题，"当代俄罗斯文学创作和文学批评的思潮与趋势研究"最终成果。

课题组成员根据项目鉴定组专家的建议，对结项时提交的书稿进行了两次认真修订。

全书写作分工如下。

第一章撰写者：周启超（浙江大学）

第二章撰写者：李新梅（复旦大学）

第三章撰写者：陈戈（首都师范大学）

第四章第一节撰写者：于双雁（西安外国语学院）

第四章第二节撰写者：段丽君（南京大学）

第四章第三节撰写者：孙超（黑龙江大学）

第五章撰写者：郑永旺（黑龙江大学）

第六章至第九章撰写者：姚霞（四川外国语大学）

第十章第一节撰写者：朱涛（华南师范大学）

第十章第二节撰写者：陈涛（中华女子学院）

第十章第三节撰写者：李冬梅（苏州大学）

前言与后记撰写者：周启超（浙江大学）

全书由周启超统稿。

后　　记

"当代俄罗斯文学创作和文学批评的思潮与趋势研究"
起始于 2014 年。
这部书稿是课题组
经历 7 个寒暑，
精诚合作
数易其稿，
不断打磨的成果。

我们在这里
聚焦苏联解体以来
当代俄罗斯"文学创作与文学批评的思潮与趋势"。
我们在这里
描绘 1992—2012 年
这二十年来俄罗斯文学创作、文学批评、文学接受的
总体景观。

呈现在读者面前的这部著作，
其基本旨趣
是以比较宏观的维度，
展现当代中国学人
对友好邻邦俄罗斯文学景观的持续守望；

呈现当代中国学人
对当代俄罗斯文学气象的即时瞭望。

在苏联解体三十周年之际，
对当代俄罗斯文学景观的这番守望，
至少是对一段历史的追忆。

在新俄罗斯诞生三十周年之际，
对当代俄罗斯文学气象的这番瞭望，
至少是一种对未来的期待。

中俄文字之交
已然经历百年风雨，
中俄文化交流
在 21 世纪必将也有灿烂前景可期。

是为记。

2021 年 12 月 28 日